論創ミステリ叢書
40

# 三遊亭円朝探偵小説選

論創社

# 三遊亭円朝探偵小説選　目次

## 創作篇


西洋人情話 英国孝子ジョージスミス之伝 …… 3

侠骨今に馨く賊胆猶ほ腥し 松の操美人の生埋 …… 83

欧洲小説 黄薔薇 …… 215

雨夜の引窓 …… 347

指物師名人長二 …… 379

## 資料篇


「名人長次」になる迄——翻案の径路……481

親殺しの話……487

【解題】横井 司……495

# 凡例

一、「仮名づかい」は、「現代仮名遣い」（昭和六一年七月一日内閣告示第一号）にあらためた。
一、漢字の表記については、原則として「常用漢字表」に従って底本の表記をあらため、表外漢字は、底本の表記を尊重した。ただし人名漢字については適宜慣例に従った。
一、難読漢字については、現代仮名遣いでルビを付した。
一、極端な当て字と思われるもの及び指示語、副詞、接続詞等は適宜仮名に改めた。
一、あきらかな誤植は訂正した。
一、今日の人権意識に照らして不当・不適切と思われる語句や表現がみられる箇所もあるが、時代的背景と作品の価値に鑑み、修正・削除はおこなわなかった。
一、作品標題は、底本の仮名づかいを尊重した。漢字については、常用漢字表にある漢字は同表に従って字体をあらためたが、それ以外の漢字は底本の字体のままとした。

# 三遊亭円朝探偵小説選

# 創作篇

# 西洋人情話 英国孝子ジョージスミス之伝

余曩《さき》に余が従事する所の速記法の効用を世に示さんが為《た》め三遊亭円朝子が人情話中最も著名なるものを筆記し冊子として世に公けに為せし所意外の喝采を蒙り毎編数千部《すせんぶ》を発売するに至れり。然るに頃日発兌の塩原多助一代記既に全備に近づきしを以て看客諸君より尚おこの種の冊子を草してその興を継げよとの請求あるに応じ更にこの編を発兌することとなれり。這《こ》は是《こ》れ西洋に有名なる小説を婦女子の了解し易き為め円朝子が我国の事実に翻案し寄席《よせせき》に於て毎度高評を博せし人情話なるを余が速記法を以て直写せしものなれば一読猶お円朝子の演述を聞くが如き興あるを信ず。乞う旧に倍して愛読あらんことを。

明治十八年六月　　若林玵《かん》蔵《ぞう》記

# 一

御免を蒙りまして申上げますお話は、西洋人情噺と表題を致しまして、英国の孝子ジョージ・スミスの伝、これを引続いて申上げます。外国《あちら》のお話ではどうも些《ち》と私の方にも出来かねます。またお客様方にお分り難いことが有りますから、地名人名を日本にしてお話を致します。英国のリバプールと申しまする処で、英国《イギリス》の竜動《ロンドン》より三時間で往復の出来る処、日本で云えば横浜のような繁昌な港で、東京で申せば霊岸島鉄砲洲などの模様だと申すことで、その世界に致してお話をします。スマイル・スミスと申しまする人は、彼国《あちら》で蒸汽の船長でございます。これを上州前橋竪町《たつまち》の御用達で清水助右衛門と直してお話を致します。その子ジョージ・スミスを清水重二郎《じゅうじろう》という名前に致しまして、その姉のマアリーをおまきと云います。エドワルド・セビルという侠客《おとこだて》がございますが、これを江戸屋の清次郎という屋根屋の棟梁で、侠気《おとこぎ》な人が有ったというお話にします。また外国では原語でございますとジョン・ハミールトンという人が、ナタンブノルという朋友《ともだち》の同類と、かのスマイル・スミスを打殺しまして莫大の金を取ります。このナタンブノルを井生森《いぶもり》又作と致しジョン・ハミールトンを前橋の重役で千二百石取りました春見丈助利秋《はるみじょうすけとしあき》という者にいたしてお話をこちらのことに直しましただけの事で、原書をお読み遊ばした方は御存じのことでございましょうが、これはある洋学先生が私に口移しに教えて下すったお話を日本の名前にしてお和《やわ》かなお話にいたしました。そのおつもりでお聴きのほどを願います。徳川家が瓦解になって、明治四五年の頃大分宿屋が出来ましたが、外神田松永町佐久間町あの辺にはその頃大きな宿屋の出来ましたことでございますが、その中に春見屋という宿屋を出しましたのが春見丈助という者で、表構《おもてがまえ》は宏高《こうこう》といたして、奥蔵があって、奉公人も大勢使い、実に大した暮しをして居ります。娘が一人有って、名をおいさと申します。これはあちらではエリザと申しまするのでお聞分《ききわけ》を願います。十二歳になって至って親孝行な者で、その娘を相手にして春見丈助は色々の事に手出しを致したが、皆失敗《しくじ》って損ばかりいたし、漸《ようよ》うに金策を致して山師で威した宿屋、実に危い身代で、お客がなければ借財方からは責められまするし、月給を遣らぬから奉公人は暇《いとま》を取って出ます、終にはお客をすることも出来ません、適《たま》にお客があれば機繰《からくり》の身上ゆえ、客から預かる荷物を質入にしたり、借財方に持って行かれますような事でございますから、客がぱったり来ません。丁度十月二日のことでございます。歳はゆかぬが十二になるおいさという娘が、親父の身代を案じましてくよくよと病気になりましたが、医者を呼びたいと思いましても、診察料も薬礼も有りませんから、良い医者は来て呉れません。幸い貯えて有りました烏犀角《うさいかく》を春見が頻に定木《じょうぎ》の上で削って居ります所へ、夕景に這入って来ました男は、やはり前橋侯の藩で極下役でございます、井生森又作という三十五歳に相成りましてもいまだ身上が定らず、怪しい形《なり》で柳川紬の袷一枚で下にはシャツを着て居りますが、羽織も黒といえば体が好いけれども、紋の所が黒くなって、黒い所は赤くなって居りますから、黒紋の赤羽織というのいやな羽織をまして兵児帯《へこおび》は縮緬《ちりめん》かと思うと縮緬呉絽《ごろう》で、元は白かったが段々鼠色になったのをしめ着て、少し前歯の減った下駄に、おまけに前鼻緒が緩んで居りますから、親指で蝮を拵えて穿き土間から奥の方へ這入って来ました。

又「誠に暫く」

丈「いや、これは珍らしい」

又「誠に存外の御無音《ごぶいん》」

丈「これはどうも」

又「ちょっと伺わなけりゃならんのだが、少し仔細有って信州へ行って居りましたが、長野県では大きに何もかもぐれはまに相成って、致し方なく、東京までは帰って来たが、致方がないから下谷金杉の島田久左衛門《きゅうざえもん》という者の宅に居候《いそうろう》の身の上、尊君にお目に懸りたいと思って居て、今日図らず尋ね当りましたが、どうも大した御身代で、お嬢様も御壮健でございますか」
丈「はい、丈夫でいるよ、貴公もよく来てくれたなア」
又「いやどうも、なるほどこれだけの構えでは奉公人なども大勢置かんならんねえ」
丈「いいや奉公人も大勢置いたが、宿屋もあわんから奉公人には暇を出して、身上を仕舞おうと思って居るのさ」
又「はてね、どういう訳で」
丈「さア色々仔細有って、実に負債でな、どうも身代が追付かぬ、まずどうあっても身代限《しんだいかぎり》をしなければならぬが、身代限をしても追付かぬことがある」
又「そりゃア困りましたな、就《つい》ちゃア僕がそれ君にお預け申した百金は即刻御返金を願いたい、直に返しておくんなさえ」
丈「百円今ここには無い」
又「無いと云っては困ります、僕が君に欺かれた訳ではあるまいが、これをこうすればああなる、この機械をこうすればこういう銭儲けがあると、貴君の仰《おつし》ゃり方が実《まこと》しやかで、誠に智慧のある方の云うことだから、間違いはなかろうと思って、懇意の所から色々才覚をして出した所が目的が外れてしまって仕方がないが、百円の処は、これだけは君がどうしても返して呉れなければ、僕の命の綱で、只今かくの如き見る影もない食客の身分だから、どうかお察し下さい」
丈「返して呉れと云っても仕方がないわ、それにこの節は勧解沙汰《かんかいざた》が三件もあり、裁判所沙汰が二件《ふたつ》もあるし、それに控訴もあるような始末だから、何と云っても仕方がない」
又「裁判沙汰が十《とお》有ろうが八つ有ろうが、僕の知ったことではない、相済まぬけれどもこれだけの構えをちょっと見ても大したものだ、それに外を廻って見ても、また座敷でちょっと茶を入れるにも、それその銀瓶があって、その他、諸道具といい大した財産だ、あの百金は僕の命の綱、これがなければどうにもこうにも方《ほう》が付かぬ、君の都合は僕は知らないから、この品を売却しても御返金を願う」
丈「この道具も皆抵当になっているから仕方がないわさ」
又「御返金がならなければ止むを得んから、旧来御懇意の君でも勧解へ持出さなければならぬが、どうも君を被告にして僕が願立《ねがい》てるというのは甚だ旧友の誼《よし》みに悖《もと》るから、したくはないが、拠《よんどころ》ない訳だ」
丈「今と云っても仕方が無いと申すに」
又「はて、是非とも御返金を願う」
と云って坐り込んで、又作も今身代限りになる訳でいると云うから、身代限りにならぬうちに百円取ろうとする。春見は困り果てて居ります所へ入って来ましたのは、前橋竪町の御用達の清水助右衛門という豪家でございます。この人も色々遣り損なって損をいたして居りますが、漸々金策を致しまして三千円持って仕入れに参りまして、春見屋へ来まして、
助「はい、御免なさいまし、御免下さいまし」
丈「どなたか知らぬが、用があるならずっとこっちへ這入っておくんなさい」
助「御免を蒙ります、誠に御無沙汰しました、助右衛門でございます」
丈「おおおお、どうもこれはなつかしい、久々で逢った、まアまアこっちへ、いつも壮健で」
助「誠に存外御無沙汰致しましたが、貴方様にもいつもお変りなく、ちょっと伺いたく思いやすが、何分にも些と訳あって取紛れまして御無沙汰致しましたが、段々承れば宿屋店をお出しなすったそうで、世界も変れば変るもので、春見様が宿屋になって泊り客の草履をお直しなさるような事になって、誠にお傷《いた》わしいことだ、それを思えば助右衛門などは何をしても好い訳だと思って、倅《せがれ》や娘に意見を申して居ります、旦那様もお身形《みなり》が変りお見違げえ申すようになりました、誠にまアあんたもおふけなさいました」
丈「こういう訳になって致方がない、前橋の方も尋ねたいと思って居たが、何分貧乏暇なしで御

無沙汰になった、よく来た、どうして出て来たのだ」
助「はい、私も人に損を掛けられて仕様がねい、何かすべいと思っていると、段々聞けば県庁が前橋へ引けるという評判だから、ここで取付かなければなんねいから、洋物屋《ようぶつや》をすれば、前には唐物屋《とうぶつや》と云ったが今では洋物屋と申しますそうでござりやすが、きっと当るという人が有りますから、ここで一息吹返さなければなんねいと思って、田地からそれにまア御案内の古くはなったが、土蔵を抵当にしまして、漸々のことで利の食う金を借りて、三千円資本《もとで》を持って出て参ったでがんすから、宿屋へこの金を預けて仕入をするのだが、滅多に来ねえから、馴染もねえ所へ預けるのも心配だから、身代の手堅い処がと、段々考えたところが、春見様が宿屋店を出しておいでなさると云うから、買出しするにも安心と考えてまいりました、当分買出しに行きますまで、どうか御面倒でも三千円お預かり下さるように願います」
丈「なるほど左様か」
と話をしていると、井生森又作は如才ない狡猾な男でございますから、これだけの宿屋に番頭も何もいないで、貧乏だと悟られて、三千円の金を持って帰られてはいけないと思って、横着者でございますから直ぐに羽織を脱いでそれへ出てまいり、
又「お初にお目に懸りました、手前は当家の番頭又作と申すもので、旦那から承わって居りましたが、ようこそお出でで、この後とも幾久しく宜しゅう願います、ええ当家も誠に奉公人も大勢居りましたが、女共を置きましたところが何かぴらぴらなまめいてお客が入りにくいから、皆一同に暇を出して、飯焚男も少々訳が有って暇を出しまして、私一人《いちにん》に相成りました、どうかお荷物をお預けなすったら、何は久助はどこへ行ったな」
助「横浜でも買出しをして、それから東京でも買出しをして、遅くもどうかまア十一月中頃までに帰ろうと、こう心得まして出ました」
丈「なるほど、それではともかくも三千円の金を確かに預かりましょう」

助「就きましては、誠に斯様な事を申しては済みませんが、私の身に取っては三千円は実に大した金で、今は大《でか》い損をした暁のことで、この三千円は命の綱で大事な金でがんすから、こちらにお預け申して、さア旦那様を疑ぐる訳じゃ有りませんが、どうか三千円確かに預かった、入用の時には渡すという預り証文を一本御面倒でも戴きたいもので」

丈「なるほどこれはお前の方で云わぬでも当然の事で、私の方で上げなければならん、只今書きましょう」

と筆を取って金三千円確かに預かり置く、要用の時は何時でも渡すという証文を書いて、有合《ありあわ》した判をぽかりっと捺して、

丈「これで好いかえ」

助「誠に恐入ります、これでもう大丈夫」

とこれを戴いて懐中物の中へ入れます。紙入も二重になって居て大丈夫なことで、紙入も落さんようにして、

助「大宮から歩いて参りまして草臥《くたび》れましたから、どうかお湯を一杯戴きたいもので」

又「誠に済みませんが、箍《たが》が反《は》ねましてお湯を立てられません、それに奉公人が居りませんから、つい立てません、相済みませんが、この先きに温泉がありますから、どうかそれへお出でなすって下さい」

助「温泉というと伊香保や何かの湯のような訳でがんすか」

又「なアに桂枝《けいし》や沃顛《よじうむ》という松本先生が発明のお薬が入って居りまして、これは繁昌で、その湯に入ると顔が玉のように見えると云うことでございます」

助「東京へは久しぶりで出てまいって、それにまた様子が変りましたな、どうも橋が石で出来たり、瓦で家が出来たり、方々が変って見違えるように成りました、その温泉はどこらでがんすか」

又「ここをお出でになりまして、向うの角にふらふが立って居ります」

助「なんだ、ぶらぶら私が歩くか」
又「なアに西洋床が有りまして、有平《あるへい》見たような物が有ります、その角に旗が立って居りますから、あすこが宜しゅうございます」
助「私はこれ髷《まげ》がありますから、髪も結って来ましょうかねえ」
又「行って入らっしゃいまし、残らず置いて入らっしゃいまし」
丈「証書の入った紙入を持って行って、板の間に取られるといけないよ」
助「板の間に何が居りますか」
丈「なアに泥坊がいるから取られてはいけん」
助「これはまア私が命の綱の証文だから、これは肌身離されません」
丈「それでも湯に入るのに手に持っては行けないだろう」
助「事に依ったら頭へ縛り付けて湯に入ります、行ってめえります、左様なら」
又「いって入らっしゃいまし……とうとう出掛けたが、これは君、ええどうも、富貴《ふうき》天に有りと云うが、不思議な訳で、君は以前お役柄で、元が元だから金を持って来てもこれほどに貧乏と知らんから、そこで三千円という大金をこの苦しい中へ持って来て、纏《まとま》った大金が入るというのは実に妙だ、それも未《まあ》だ君にお徳が有るのさ、直ぐその内を百金御返金を願う」
丈「これさ、今持って来たばかりで酷いじゃアないか」
又「この内百金僕に返しても、この金は一時に持って往くのじゃない、追々安い物が有れば段々に持って往く金だから、その中《うち》に君が才覚して償えば宜しい、僕には命代りの百円だ、返し給え」
丈「それじゃアこの内から返そう」
と百円包になって居るのを渡します。扠渡《さて》すと金が懐へ入りましたから、気が大きくなり、
又「どうだい、番頭の仮声《こわいろ》を遣って金を預けさせるようにした手際は」
まア愉快というので、お酒を喫《た》べて居りますとは清水助右衛門は少しも存じませんから、四角《よつかど》へ

まいりまして見ると、西洋床というのは玻璃《ガラス》張の障子が有って、前に有平のような棒が立って居りまして、前には知らない人がお宮と間違えてお賽銭を上げて拝みましたそうでございます。助右衛門はなるほど有平の看板がある、これだなと思い、

助「御免なさいまし、御免なさいまし、御免なさいまし、こちらが髪結床かね」

中床さんが髭を抜いて居りましたが、

床「何ですえ、広小路の方へ往くのなら右へお出でなさい」

助「髪結床はこちらでがんすか」

床「両国の電信局かね」

助「ここは、髪結う所か」

と云っても玻璃障子で聞えません。

床「何ですえ」

助「髪を結ってもらいたえもんだ」

床「へいお入んなさい、表の障子を明けて」

助「はい御免、大《でけ》い鏡だなア、髪結うかねえ」

床「こちらは西洋床ですから旧弊頭は遣りません……おや、あなたは前橋の旦那ですねえ」

助「誰だ、どうして私《わし》を知っているだ」

床「私《わっし》ゃア廻りに歩いた文吉《ぶんきち》でございます」

助「おおそうか、文吉か、見違るように成った、もうどうも成らなかったが辛抱するか」

文「大辛抱でございます旦那どうもねえ、前橋にいる時には道楽をして、若い衆の中へ入って悪いことをしたり何かして御苦労を掛けましたから、書ければちょっと郵便の一本も出すんでげすが、どうも人を頼みに往くのもきまりが悪くて、存じながら御無沙汰をしました、宜く出てお出でなすった、東京見物ですかえ」

助「なアに、当時は己《おれ》も損をして商売替《しょうべいげえ》をしべいと思って、唐物を買出しに来たたが、馴染が少ないから横浜へ往って些っとべい買出しをしべいと思って東京でも仕入れようと思って出て来た」

文「へい、商売替ですか、洋物は宜うがすねえ、これから開けるのだそうでげすな、斬髪《ざんぱつ》になってしまえば、香水なども売れますぜ、お遣りなさい結構でげすな、それに前橋へ県が引けると云うからそうなれば、福々ですぜ、宿屋はどこへお泊りです」

助「馬喰町《ばくろちょう》にも知った者は有るが、家を忘れたから、春見様が丁度あすこに宿屋を出して居るから、今着いて荷を預けて湯に入いりに来た」

文「何んでげす、春見へ、あすこはいけません、いけませんよ」

助「いかねえって、どうしたんだ」

文「あれは大変ですぜ、身代限りになり懸って、裁判所沙汰が七八つとか有ると云って、奉公人にも何にも給金を遣らないから、皆な出て行ってしまって、客の荷でも何でも預けると直ぐに質に入れたり何かするから、泊人《とまりて》はございません、何か預けるといけませんよ」

助「それは魂消《たまげ》た、春見様は元御重役だぜ」

文「御重役でもなんでも、今はずうずうしいのなんて、米屋でも薪屋でも、魚屋でも何でも、物を持って往く気づかいありません」

助「そりゃア知んねえからなア」

文「何か預けた物がありますか」

助「有るって無えって、命と釣替《つりげえ》の」

と云いながら出に掛ったが、玻璃でトーンと頭を打《ぶっ》つけて、慌てるから表へ出られやしません。

文「玻璃戸が閉っていて外が見えても出られませんよ、怪我をするといけませんよ」

助「なにこの儘では居られない」

と云うので取って返して来て、がらりと明けて中へ這入って、助「御免なせえまし」
と土間から飛上って来て見ると、そこらに誰も居りませんから、つかつかと奥へ往きますと、奥で二人で灯火《あかり》を点けて酒を飲んでいたが、こちらも驚いて、
丈「やアお帰りか」
助「先刻お預け申しました三千円の金を、たった今直ぐにお返しを願います」
と云うから番頭驚いて、
又「あなたは髪も結わず、湯にもお入りなさらんでどうなさいました」
助「髪も湯も入りません、今横浜に安い物が有るから、今晩の中に往って居らなければならんから、直ぐに行くから、どうか只今お預け申しました鞄を証書とお引換にお渡しを願います」
と紙入から書付を出して春見の前へ突付けて、
助「どうか三千円お戻しを願います」
丈「それは宜いが、まア慌てちゃいけん、横浜あたりへ往って、あの狡猾世界でうかうか三千円の物を買えばきっと損をするから、慌てずにそういう物があるか知らぬけれども、これから往って物を見て値を付けて、そこでその内を五百円買うとか二百円買うとか仕なければ、固《もと》より慣れぬ商売の事だから、慌てちゃアいかん、どういう訳だかまア緩《ゆっく》りと昔話も仕たいから、まア泊んなさい」
又「只今主人の申します通り、横浜は狡猾な人の多く居ります所だから、損をするのは極《きま》って居りますゆえ、三千円一度に持って往って損をするといけないから、まアまア今晩は緩《ゆる》りとお泊りなさいまし、して明日十二時頃からお出でなすって、品物を見定めて、金子も一時に渡さずに、徐々《そろそろ》持って往って、追々《おいおい》とお買出しをなすった方が宜しゅうございます」
助「それは御尤様でございますが、親切な確かな人に聞いた事でございます、今夜の内にどうしてもこうしても横浜まで往かなければ成らぬ、売れてしまわぬ前に私が往けば安いというので、確かなものに聞きました、どうかお願いでございますからお返しなすって下せい。なるほど文吉の云

った通りこれだけの大い家に奉公人が一人も居ねいのは変だ」
丈「何を」
助「へい、なに三千円お返し下さい」
丈「返しても宜しいけれどもそんなに慌てて急がんでも宜いじゃないか、まずその内千円も持って行ったら宜かろう」
助「へい急ぎます、金がなければならぬ話でがんすから、どうかお渡し下さい」
と助右衛門はどうしても聞き入れません。ここが妙なもので、三千円のうち、当人に内々で百円使い込んで居るとこでございますから、春見のいう言葉が自然におど付きますから、こちらはなおさら心配して、
助「さアどうかお返しなすって下せえ、今預ったべいの金だから返すことが出来ないことはあんめい」
丈「金は返すには極って居る事だから返すが、どういう訳だか慌てて帰って来たが、お前が損をすると宜くないからそれを心配するのだ」
又「只今主人のいう通り、慌てずに緩りお考えなさい」
助「黙ってお在《い》でなせい、あんたの知ったことじゃアない、三千円の金は通例の金じゃアがんせん、家蔵を抵当にして利の付く金を借りて、三千円持ってまいります時、婆や倅がお父《とっ》さん慣れないことをしてまた損をしやすと、今度は身代限りだから駄目だ、止した方が宜かろうと云うのを、なアに己も清水助右衛門だ、確かに己が儲けるからと云って、私が難かしい才覚を致してまいった三千円で、私が命の綱の金でがんすから、損を仕ようが、品物を少なく買おうが多く買出ししようが私の勝手だ、あなた方の口出しする訳じゃねえから、どうか、さア、どうか返して下さい」
丈「今はここにない蔵にしまって有るから待ちなさい」
と云いながら往こうとすると逃げるると思ったから、つかつかと進んで助右衛門が春見の袖にぴっ

たりと縋って放しませんから、

丈「これ何をする、これさ何をするのだ」

助「申し、春見様、私が商法をしましてこれで儲かれば、貴方の事だからそりゃア三百円ぐらいは御用達てますが、今は命より大事の三千円の金だからそれを返して下さらなけりゃア国へ帰《けえ》れません」

と云うので、一生懸命に袖へ縋られた時には、これは自分の身代の傾いた事を誰かに聞いたのだろう、罪な事だが是非に及ばん、今この三千円が有ったら元の春見丈助になれるだろうと、有合せた槻《けやき》の定木を取って突然《いきなり》振向くとたんに、助右衛門の禿げた頭をポオンと打ったから、頭が打割《ぶちわ》れて、血は八方へ散乱いたしてたった一打《ひとうち》でぶるぶると身を振わせて倒れますと、井生森又作は酷い奴で、人を殺して居る騒ぎの中で血だらけの側にありました、三千円の預り証文をちょろりと懐へ入れると云う。これがお話の発端でございます。

# 二

清水助右衛門は髪結文吉の言葉を聞き、顔色変えて取ってかえし、三千両の預り証書を春見の前へ突き出し、返してくれろと急の催促に、丈助はその中已《すで》に百円使い込んで居るから、あとの金は残らず返すから、これだけ待ってくれろと云えば仔細は無かったのだが、この三千円の金が有ったなら、元の如く身代も直り、家も立往くだろう、また娘にも難儀を掛けまいと、むらむらと起りました悪心から致して、有合う定木をもって清水助右衛門を打殺《うちころ》す。側にいた井生森又作は、そのどさくさ紛れに右三千円の預り証書を窃取《ぬすみと》るというお話は、前日お聞きになりました所でございますが、この騒ぎを三畳の小座敷で聞いて居りましたのは、当年十二歳に相成るおいさと云う孝行な娘でございますから、お父様《とっさま》は情ない事をなさる、と発明な性質ゆえ、袖を噛んで泣き倒れて居ります。春見は人が来てはならんと、助右衛門の死骸を蔵へ運び、葛籠《つづら》の中へ入れ、血《のり》の漏らんように薦《こも》で巻き、すっぱり旅荷のように拵え、木札を附け、宜い加減の名前を書き、井生森に向い、

丈「金子を三百円やるから、どうかこの死骸を片附ける工風《くふう》はあるまいか」

又「おっと心得た、僕の縁類が佐野にあるから、佐野へ持って往って、山の中の谷川へ棄てるか、または無住の寺へでも埋めれば人に知れる気遣はないから心配したまうな」

と三百円の金を請取り、前に春見から返して貰った百円の金もあるので、又作は急に大尽《だいじん》に成りましたから、心勇んでその死骸を担ぎ出し、荷足船《にたり》に載せ、深川扇橋から猿田船《やえんだ》の出る時分でございますから、この船に載せて送る積りで持って往きました。扨お話二つに分れまして、春見丈助は三千円の金が急に入りましたから、借財方の目鼻を附け、奉公人を増し、質入物を受け出し、段々景気が直って来ましたから、お客も有りますような事で、どんどと十月から十二月まで栄えて居りました。こちらは前橋竪町の清水助右衛門の倅重二郎や女房は、助右衛門の帰りの遅きを案じ、いつまで待っても郵便一つ参りませんので、母は重二郎に申付け、お父様の様子を見て来いと云うので、今年十七歳になる重二郎が親父を案じて東京へ出てまいり、神田佐久間町の春見丈助の門口へ来ますと、二階には多人数のお客が居りますから、女中はばたばた廊下を駆けて居ります。

重「御免なせい御免なせい、御免なせい」

女「はい入らっしゃいまし、まアこちらへお上んなさいまし」

重「春見丈助様のお宅はこちらでございやすか」

女「はい春見屋は手前でございますが、どちらから入らっしゃいました」

重「へえ、私は前橋竪町の清水助右衛門の倅でござりやすが、親父が十月国を出て、慥《たし》かこちらへ着きやんした訳になって居りやんすがいまだに何の便りもございませんから、心配して尋ねてまいりましたが、塩梅《あんべい》でも悪くはないかと、案じて様子を聞きにまいりましたのでがんすと云って、

どうかお取次を願いていもんです」
女「左様でございますか、少々お控えを願います」
と奥へ入り、暫くして出てまいり、
女「お前さんねえ、只今仰しゃった事を主人へ申しましたら、そういうお方はこちらへはいらっしゃいませんが、門《かど》違いではないかとの事でございますよ」
重「なんでもこちらへ来ると云って家を出やんしたが……こちらへは来ねえですか」
女「はい、お出ではございません宿帳にも附いて居りません」
重「はてねえ、どうした事だかねえ、左様なら」
と云いながら出ましたが、外に尋ねる当もなく、途方に暮れてぶらぶらと和泉橋の許までまいりますと、向うから来たのは廻りの髪結い文吉で、前橋にいた時分から馴染でございますから、
文「もしもしそこへお出でなさるのは清水の若旦那ではありませんか」
重「はい、おや、やア、文吉かえ」
文「誠にお久し振でお目にかかりましたが、見違えるように大きくお成んなすったねえ、私が前橋に居りやした時分には、大旦那には種々《いろいろ》御厄介になりまして、余り御無沙汰になりましたから、郵便の一つも上げてえと思っては居りやしたが、書けねえ手だもんだから、ついつい御無沙汰になりやした、此間《こないだ》お父さんが出ていらっしゃいやしたから、お前さんも東京を御見物に入らしったのでございやしょう」
重「親父の来たのをどうしてお前は知っているだえ」
文「へい、先々月お出でなすって、春見屋へ宿をお取んなすったようで」
重「宅へもそう云って出たのだが、余り音信《おとずれ》がないからどこへ往ったかと思っているんだよ」
文「なに春見屋で来ねえって、そんな事はありやせん、前々月の二日の日暮方、私は海老床という西洋床を持って居りますが、そこへ旦那がお出でなすったから、久し振でお目にかかり、どこへ

お宿をお取りなさいましたと云うと、春見屋へ宿を取り、買出しをしに来たと仰しゃるから、それはとんでもない事をなすった、あれは身代限になり掛っていてお客の金などを使い込み、太《ふて》い奴でございます、大きな野台骨《やたいぼね》を張っては居りますが、月給を払わないもんだから奉公人も追々減ってしまい、蕎麦屋でも、魚屋でも勘定をしねえから寄附《よりつ》く者はねえので、とんだ所へお泊りなすったと云うと、旦那が権幕を変えて、駈け出してお出でなさったが、それ切りお帰りなさらないかえ」

重「国を出た切り帰らねえから心配《しんぺい》して来たのだよ」

文「それは変だ、私が証拠人だ、春見屋へ往って掛合ってあげやしょう旦那は来たに違いねえんだ、春見屋はこの頃様子が直り、滅法景気が宜くなったのは変だ」

重「文吉、汝《われ》一緒に往って、確《しっか》り掛合ってくれ」

文「さアお出でなさい」

と親切者でございますゆえ、先に立って春見屋へ参り、

文「此間は暫く、あの清水の旦那がこちらへ泊ったのは私が慥かに知ってるが、先刻《さっき》この若旦那が尋ねて来たら、来ねえと云ったそうだから、また来やしたが、この文吉が証拠人だ、なんでも旦那は入らしったに違いないから、お取次を願います」

女「はいちょっと承ってみましょう」

と奥へまいり、この事を申すと、春見はぎっくり胸に当りましたが、素知らぬ顔にもてなして、こっちへと云うので、女中が出てまいり、

女「まア、お通りなさいまし」

と云うから、文吉が先に立ち、重二郎を連れて奥へ通りました。

丈「さアさアこちらへお這入り」

重「誠に久しくお目にかかりませんでございました」

丈「どうも見違えるように大きくおなりだねえ、今女どもが取次をしたが、新参で何も心得んも

のだから知らんが、お父さんは前々月の二日にちょっと私の所へお出でになったよ」
重「左様でございますか、先刻お女中がこちらへ来ねえと云いましたから、はてなと思いやしたのは、宅を出る時は春見様へ泊り、遅くも十一月の末には帰ると云いましたのが、十二月になっても便りがありやせんから、母も心配して、見て来るが宜いというので、私が出て参りまして」
丈「なるほど、だが今云う通りちょっとお出でになり、どういう訳だか取急ぎ、横浜へ買出しに往くと云って、直ぐ往こうとなさるから、久振で逢って懐かしいから、今晩一泊なすって緩々《ゆるゆる》お話もしたいと留めても聞入れず、振り切って横浜へいらしったが、それっ切り未だお宅へ帰らんかえ」
重「へい、そんなら親父は来たことは来たが、こちらには居ねえんですか困ったのう、文吉どん」
文「もし旦那、御免なせえ、私は元錨《いかり》床と云って西洋床をして居りました時、こちらの二階のお客に旧弊頭もありますので、時々お二階へ廻りに来た文吉という髪結でございます」
丈「はアお前が文吉さんか、誠に久しく逢いませんでした」
文「先々月の二日清水の旦那がこちらへお泊りなすって、荷物をお預け申して湯に入いるって錨床へ入らしったところが、私が上州を廻っている時分厄介になった清水の旦那だから、何御用でというと金を持って仕入れに来たが、泊る所に馴染がねえから、春見屋へ泊ったと仰しゃったから、それはとんでもねえ処へ、いえなに宜い処へお泊りなすったという訳でねえ」
丈「ちょっとお出でにはなったが、取急ぎ横浜へ往くと云ってお帰りになった」
文「もし先々月の二日でございますぜ」
丈「そうよ」
文「あの清水の旦那が金を沢山《どっさり》春見屋へ預けたと仰しゃるから、それはとんだ処へ、いえなにどうも誠にどうもねえ」
丈「来たことは来たが、お連か何か有ると見え、いくら留めても聞入れず、買出しの事故《ことゆえ》そうはいかんと云って荷物を持って取急いでお帰りになったが、それ切り帰られないかえ」

文「それ清水の旦那が荷をお前さんへ預け、床へ来ると私がいて、旦那どうしてこちらへ出ていらしったと云うと、商売替をする積りで、滅法界金を持って来て、迂闊《うっか》り春見屋へ預けたと云うから、それはとんだ、むむなに、一番宜い処へお預けなすったという訳で、へい」

丈「今もいう通り直ぐに横浜へ往くと云って、お帰りなすったよ」

文「ふん、へい、十月二日に、旦那がこっちへ……」

丈「幾度云ってもその通り来たことは来たが、直ぐにお帰りになったのだよ」

重「仕様がありませんなア」

文「だって旦那え、まアどうも、……へい左様なら」

と取附く島もございませんから、そとへ出て重二郎は文吉に別れ、親父が横浜へ往ったとの事ゆえ、横浜を残らず捜しましたが居りませんので、また東京へ帰り、浅草、本郷と捜しましたが知れません。仕方がないから重二郎は前橋へ立帰りました。お話跡へ戻りまして、井生森又作は清水助右衛門の死骸を猿田船に積み、明くれば十月三日市川口へまいりますと、水嵩増して音高く、どうどうっと水勢急でございます。只今の川蒸汽とは違い、埒《らち》が明きません。市川、流山、野田、宝珠花と、船を附けて、関宿へまいり、船を止めました。尤も積荷が多いゆえ、捗《はか》が行きませんから、井生森は船中で一泊して、翌日は堺から栗橋、古河へ着いたのは昼の十二時頃で、古河の船渡《ふなと》へ荷を揚げて、そこに井上と申す出船宿で、中食《ちゅうじき》も出来る宿屋があります。井生森はそこへ入り、酒肴を誂《あつら》え、一杯遣って居りながら考えましたが、これから先人力を雇って往きたいが、この宿屋から雇ってもらっては、足が附いてはならんからと一人で飛出し、途中から知れん車夫《くるまや》を連れてまいり、この荷を積んでどうか佐野まで急いでやってくれと、酒を呑ませ、飯を喰わせ、五十銭の酒手を遣りました。車夫は年頃四十五六で小肥満《こでっぷり》とした小力の有りそうな男で、酒手を請取り荷を積み、身支度をして梶棒を摑んだなり、がらがらと引出しましたが、古河から藤岡までは二里余の里程《みちのり》。船渡を出たのは二時頃で、道が悪いから藤岡を越す頃はもう日の暮れ暮れで、雨がぽつりぽつりと降り出しました。向うに見えるは大平山に佐野の山続きで、こちらは都賀村《つがむら》、甲村の高堤《たかどて》で、この辺はどちらを見ても一円沼ばかり、その間には葭蘆《よしあし》の枯葉が茂り、誠に物淋しい処でございます。車夫はがらがら引いてまいりますと、積んで来た荷の中の死骸が腐ったも道理、小春なぎの暖い時分に二晩留め、また打かえって寒くなり、雨に当り、いきれましたゆえ、臭気甚しく、鼻を撲《う》つばかりですから、

車「フンフン、おや旦那え旦那え」

又「なんだ、急いで遣ってくれ」

車「なんだか酷く臭いねえ、ああ臭い」

又「なんだ」

車「何だか知んねえが誠に臭い」

と云われ、又作はぎっくりしましたが、云い紛らせようと思い、

又「詰らん事をいうな、この辺は田舎道だから肥の臭いがするのは当然《あたりまえ》だわ」

車「私だって元は百姓でがんすから、肥の臭いのは知って居りやんすが、ここは沼ばかりで田畑《でんぱた》はねえから肥の臭いはねえのだが、酷く臭う」

と云いながら振り返って鼻を動かし、

車「おお、これこれ、この荷だ、どうも臭いと思ったら、これが臭いのだ、ああこの荷だ」

と云われて又作いよいよ驚き、

又「何を云うのだ、なんだ篦棒《べらぼう》め、荷が臭いことが有るものか」

車「だって旦那、臭いのはこの荷に違いねえ」

又「これこれ何を云うのだ」

と云ったが最《も》う仕方がありませんから、云いくるめようと思いまして、

又「これは俗に云う干鰯《ほしか》のようなもので、田舎へ積んで往って金儲けを仕ようと思うのだ、実は

肥になるものよ」

車「肥の臭いか干鰯の臭いかは在所の者は知ってるが、旦那今私が貴方の荷が臭いと云った時、顔色が変った様子を見ると、この中は死人《しびと》だねえ」

又「馬鹿を云え、東京から他県へ死人を持って来るものがあるかえ、白痴《たわけ》たことを云うなえ」

車「駄目だ、顔色を変えてもいけねい、己《おれ》今でこそ車を引いてるが、元は大久保政五郎の親類で、駈出しの賭博打《ばくちうち》だが、漆原の嘉十《かじゅう》と云った長脇差よ、ところが御維新になってから賭博打を取捕《とっつかめ》えては打切《ぶっき》られ、己も仕様がないから賭博を止め、今じゃア人力車《くるま》を引いてるが、旦那貴方はどこのもんだか知んねえが、人を打殺して金を奪り、その死人を持って来たなア」

又「馬鹿を云え、とんでもない事をいう、どういう次第でそんな事を云うのだ」

車「おれ政五郎親分の処にいた頃、親方《おやぶん》が人を打殺して三日の間番をさせられた時の臭いが鼻に通って、いまだに忘れねえが、その臭いに違《ちげ》えねいから隠したって駄目だ、死人なら死人だとそう云えや、云わねえと己《お》れ了簡があるぞ」

又「白痴た奴だ、どうもそんな事を云って箆棒め、手前どういう訳で死人だと云うのだ、失敬なことを云うな」

車「なに失敬も何もあるものか、古河の船渡で車を雇うのに、値切もしずに佐野まで極《き》め、その上五十銭の祝儀もくれ、酒を呑ませ飯まで喰わせると云うから、有り難い旦那だと思ったが、ただの人と違い、死人じゃ往けねえが、しかし死人だと云えば佐野まで引いて往ってくれべいが、隠しだてをするなら、後へ引返《ひきけえ》して、藤岡の警察署へ往って、その荷を開いて検《あらた》めてもらうべい」

又「馬鹿なことを云うな、駄賃は多分に遣るから急いで遣れ」

車「駄賃ぐらいでは駄目だ、内済事《ねえせえごと》にするなら金を二十両よこせ」

又「なに二十両、馬鹿なことを云うなえ」

車「いやなら宜いわ」

と云いながら梶棒を藤岡の方へ向けましたから、井生森又作は大きに驚き慌てて、
又「おい車夫、待て、これ暫く待てと云うに、仕様のない奴だ、太え奴だなア」
車「どっちが太えか知れやしねえ」
又「そう何もかも手前に嗅《か》ぎ附けられては止むを得ん、実は死人だて、就ては手前に金子二十両遣るが、何卒《どうぞ》この事を口外してくれるな、打明けて話をするが、この死骸は実は僕が権妻《ごんさい》同様のものだ」
車「それなら貴方の妾か」
又「なに僕の妾というではない、去る恩人の持ちものだが、ふとした事から馴れ染め、人目を忍んで逢引をして居ると、その婦人が懐妊したので堕胎薬《おろしぐすり》を呑ました所、その薬に中《あた》って婦人は達《たっ》ての苦み、虫が被って堪らんと云って、僕の所へ逃出して来て、子供は産れたが、婦人は死んでしまった所密通をした廉と子を堕胎《おろ》した廉が有るから、拠なくその死骸を旅荷に拵え、女の在所へ持って往き、親達と相談の上で菩提所へ葬る積りだが、手前にそう見顕《みあら》わされて誠に困ったが、金を遣るから急いで足利在《あしかがざい》まで引いてくれ」
車「そう事が定《きま》れば宜いが……なんだって女子《おんなっこ》と色事をして子供を出かし、子を堕胎そうとして女が死んだって……人殺しをしながら惚気《のろけ》を云うなえ、もう些《ちっ》と遣《よこ》しても宜いんだが、二十両に負けてくれべい、だが臭い荷を引張って往くのは難儀だアから、あすこの沼辺《ぬまべり》の葦の蔭で、火を放けてこの死人を火葬にしてはどうだ、そうしてその骨を沼の中へ打擲《ぶっぽ》り込んでしまえば、少しぐれえ焼けなくっても構った事はねえ、もう来月から一杯《いっぺい》に氷が張り、来年の三月でなければ解けねえから、知れる気遣えはねえが、どうだえ」
又「これは至極妙策、なるほど宜い策だが、ポッポと火を焚いたら、また巡行の査官に認められ、何故火を焚くと云って咎められやしないか」
車「大丈夫《でいじょうぶ》だよ、時々私らが寒くって火を焚く事があるが、巡査《おまわり》がこれなんだ、そこで火を焚い

て、消さないか、と云うから、へい余《あんま》り寒うございますから火を焚いて烘《あた》って居りますが、只今踏消して参りますと云うと、そんなら後で消せよと云って行くから、大丈夫だ、さアここへ下すべい」

とこれから車を沼の辺《へり》まで引き込み、かの荷を下し、二人で差担ぎにして、沼辺の泥濘《ぬかるみ》道を踏み分け、葭蘆茂る蔭に掻き据えまして、車夫は心得て居りますから、枯枝などを掻き集め、燧《マッチ》で火を移しますると、ぼっぼっと燃え上る。死人の膏《あぶら》は酷いから容易には焼けないものであります。日の暮れ方の薄暗がりに小広い処で、ポッポと焚く火は沼の辺故、空へ映りまして炎々《えんえん》としますから、又作は気を揉み巡査は来やしないかと思っていますと、

車「旦那、もう真黒になったろうが、貴方己がにもう十両よこせよ」

又「足元を見て色々な事を云うなえ」

車「足元だって、己《お》れはア女の死骸と云って己れを欺《だま》かしたが、こりゃア男だ、女の死骸に陰茎《ちんぼ》があるかえ」

と云われてまた驚き、

又「ええ何を云うのだ」

車「駄目だよ、お前は人を打殺して金を奪って来たに違えねえ、もう十両呉れなけりゃアまた引き返そうか」

又「仕方がない遣るよ、よっぽど狡猾な奴だ」

車「汝《わ》れ方が狡猾だ」

と、云いながら人力車《くるま》の梶棒を持って真黒になった死骸を沼の中へ突き込んでいます。又作は近辺《あたり》を見返ると、往来はぱったり止まって居りますから、何かの事を知ったこの車夫、生けて置いては後日の妨げと、車夫の隙を伺い、腰の辺をポオーンと突く、突かれて嘉十はもんどり切り、沼の中へ逆とんぼうを打って陥りましたが、この車夫は泳ぎを心得て居ると見え、抜手を切って岸辺へ泳ぎ附くを、又作が一生懸命に車の簀蓋《すぶた》を取って、車夫の頭を狙い打たんと身構えをしました。

これからどういう事に相成りますか、ちょっと一息致しまして申上げましょう。

## 三

さて春見丈助は清水助右衛門を打殺しまして、三千円の金を奪い取りましたゆえ、身代限りに成ろうとする所を持直しまして、する事為《な》す事皆当って、忽ち人に知られまするほどの富豪《ものもち》になりました。また一方は前橋の竪町で、清水助右衛門と云って名高い富豪でありましたが、三千円の金を持って出た切り更に帰って来ませんので、借財方から厳しく促《はた》られ遂に身代限りに成りまして、微禄いたし、以前に異《かわ》る裏家住いを致すように成りました。実に人間の盛衰は計られぬものでございます。春見が助右衛門を殺します折に、三千円の預り証書を春見の目の前へ突付け掛合う中に、殺すことになりまして、人を殺すほどの騒ぎの中ですから、三千円の証書の事には頓《とん》と心付きませんでしたが、後で宜く考えてみますと、助右衛門があの時我が前に証書を出して、引換えに金を渡せと云って顔色を変えたがかの証書の、後にないところを見れば、他に誰も持って行く者はないが、井生森又作はあアいう狡猾な奴だから、ひょっと奪ったかも知れん、それとも助右衛門の死骸の中へでも入っていったか、何しろ又作が帰らなければ分らぬと思って居りましたが、三ケ年の間又作の行方が知れませんから、春見は心配で寝ても寝付かれませんから、悪い事は致さぬものでございますが、凡夫盛んに神崇りなしで、悪運強く、する事なす事儲かるばかりで、金貸をする、質屋をする、富豪と云われるように成って、霊岸島川口町へ転居して、はや四ケ年の間に前の河岸にずうっと貸蔵を七つも建て、奥蔵が三戸前あって、角見世《かどみせ》で六間間口の土蔵造、横町に十四五間《けん》の高塀が有りまして、九尺の所に内玄関と称えまする所があります。実に立派な構えで、何一つ不自由なく栄耀栄華は仕ほうだいでございます。それには引換え清水助右衛門の倅重二郎は、母諸共に千住へ引移りまして、掃部宿《かもんじゅく》で少し許りの商法を開きました所が、間が悪くなりますと何をやっても損をいたしますもので、あれをやって損をしたからと云って、今度はこれをやるとまた損をして、遂に資本を失すような始末で、仕方がないから店をしまって、八丁堀亀島町三十番地に裏屋住いをいたして居りますと、母が心配して眼病を煩いまして難渋をいたしますから、屋敷に上げてあった姉を呼戻し、内職をして居りましたが、その前年の三月から母の眼がばったりと見えなくなりましたゆえ、姉はもう内職をしないで、母の介抱ばかりして居ります。重二郎はその時二十三歳でございますが、お坊さん育ちで人が良うございますから智慧も出ず、車を挽くより外に何も仕方がないと、辻へ出てお安く参りましょうと云って稼いで居りましたが、何分にも思わしき稼ぎも出来ず、遂に車の歯代が溜って車も挽けず、自分は姉と両人で、二日の間は粥ばかり食べて母を養い、孝行を尽し介抱いたして居りましたが、最う世間へ無心に行く所もありませんし、どうしたら宜しかろうと云うと、人の噂に春見丈助は直き近所の川口町にいて、大した身代に成ったという事を聞きましたから、元々馴染の事ゆえ、今の難渋を話して泣付いたならば、五円や十円は恵んで呉れるだろうというので、姉と相談の上重二郎が春見の所へ参りましたが、家の構えが立派ですから、表からは憶して入れません。横の方へ廻ると栂《つが》の面取格子が締って居りますから、怖々《こわごわ》格子を開けると、車が付いて居りますから、がらがらと音がします。驚きながら四辺《あたり》を見ますと、結構な木口の新築で、自分の姿《なり》を見ると、単物《ひとえもの》の染っ返しを着て、前歯の減りました下駄を穿き、腰に穢《きたな》い手拭を下げて、頭髪は蓬々《ぼうぼう》として、自分ながら呆れるような姿ゆえ、恐る恐る玄関へ手を突いて、

重「お頼み申しますお頼み申します」

男「どーれ」

と利助という若い者が出てまいりまして、

利「出ないよ」

重「いえ乞食ではございません」

利「これは失敬、どこからお出でになりました」

重「私ア少し旦那様にお目にかかって御無心申したい事がありまして参りました」

利「どこからお出ででございますか」

重「はい、私ア前橋の竪町の者でございまして、只今は御近辺に参って居りますが、清水助右衛門の倅が参ったと何卒お取次を願います」

利「誠にお気の毒でございますが、この節は無心に来る者が多いから、主人も困って、何方《どなた》がお出でになってもお逢いにはなりません、種々な名を附けてお出でになります、碌々知らんものでも馴々《なれなれ》しく私は書家でございます、拙筆を御覧に入れたいと、何か書いたものを持って来て何と云っても帰らないから、五十銭も遣って、後で披《あ》けて見ると、子供の書いたような反故であることなどが度々ありますから、お気の毒だが主人はお目にかかる訳にはまいりません」

重「縁のない所からまいった訳ではありません、前橋竪町の清水助右衛門の倅重二郎が参ったとお云いなすって下さいまし」

利「お気の毒だが出来ません、それに旦那様は御不快であったが、今日はぶらぶらお出掛になってお留守だからいけません」

重「どうかそんなことを仰しゃらないでお取次を願います」

利「お留守だからいけませんよ」

と頻りに話をしているのを、何だかごたごたしていると思って、そっと障子を明けて見たのは、春見の娘おいさで、唐土手《もろこしで》の八丈の着物に繻子《しゅす》の帯を締め、髪は文金の高髷にふさふさと結いまして、人品の好い、なるほど八百石取った家のお嬢様のようでございます。今障子を開けて、心付かず話の様子を聞くと、清水助右衛門の倅だから驚きましたのは、七年前自分《あと》のお父さんがこの人のお父さんを殺し、三千円の金を取り、それから取付いてこんなに立派な身代になりましたが、この重二郎はそれらのためにかくまでに零落《おちぶ》れたか、可愛そうにと、娘気に可哀そうと云うのも可愛そうと云うので、やはり惚れたのも同じことでございます。
い「あの利助や」
利「へいへい、出ちゃいけませんよ、出ちゃいけませんよ」
い「あのお父さんは奥においでなさるからその方にお逢わせ申しな」
利「お留守だと云いましたよ、いけませんよ」
い「そんな事を云っちゃアいけないよ、お前は姿《なり》のいい人を見るとへいへい云って、姿の悪い人を見ると蔑んでいけないよ、この間も立派な人が来たから飛出して往って土下座したって、そうしたら菊五郎が洋服を着て来たのだってさ」
利「どうも仕方がないなア、こちらへお入り」
と通しまして直に奥へまいり、
利「ええ旦那様、見苦しいものが参って旦那様にお目にかかりたいと申しますから、お留守だと申しましたところが、お嬢さまがお逢わせ申せ申せ申せと仰しゃいまして困りました」
丈「居ると云ったら仕方がないから通せ」
利「こちらへお入り」
重「はいはい」
と怖々上って縁側伝いに参りまして、居間へ通って見ますと、一間は床の間、一方は地袋でその下に煎茶の器械が乗って、桐の胴丸の小判形の火鉢に利休形の鉄瓶が掛って、古渡の錫の真鍮象眼の茶托に、古染付の結構な茶碗が五人前ありまして、朱泥の急須に今茶を入れて呑もうというので、南部の万筋の小袖に白縮緬の兵子帯を締め、本八反の書生羽織で、純子《どんす》の座蒲団の上に坐って、金無垢の煙管《キセル》で煙草を吹《す》っている春見は今年四十五歳で、人品の好《い》い男でございます。と見ると重二郎だから愕《びっく》りしましたが、横着者でございますから、
丈「さアさアこちらへ」

重「誠に暫く御機嫌宜しゅう」

丈「はいはい、誠に久しく逢いません、私もこちらへ転居して暫く前橋へも往きませんが、お変りはないかね、お父さんは七年前帰らんと云って尋ねて来た事があったが、お帰りに成ったかね」

重「その後いまだに帰りませんし便りもありませんで、死んだか生きて居るか分りません、御存じの通り三千円の金を持って出て、それも田地や土蔵を抵当に入れて才覚したものでございやんすから、貸方から喧《やか》ましく云われ、抵当物は取られ、お母《ふくろ》と両人《ふたり》で手振編笠で仕方がねえから、千住へまいって小商いを始めましたが、お母が長々の眼病で、とうとう眼がつぶれ、生計《くらし》に困り、無心を云う所も無えで、仕方なく亀島町の裏屋ずまいで、私は車を挽き、姉は手内職をして居りましたが、段々寒くなるし、車を引いても雨降り風間には仕事がなく、実に翌日にも差迫る身の上に成りまして、どうしようと思っていた処、春見様がこっちにおいでなさるという事が知れましたから、願ったら出来ようかと思って姉と相談の上で出ましたが、親子三人助かりますから、どうかお恵みなすって下さいまし」

と泣きながらの物語に春見も気の毒千万な事に思い、せめては百円か二百円恵んで遣ろうかと思ったが、いやいや憖《なまじ》いに恵み立てをすると、あのような見苦しい者に多くの金を恵むのは変だという所から、その筋の耳になって、七ケ年前の事が顕われては遁《のが》れ難き我身の上ゆえ、いっそ荒々しく云って帰した方が宜しかろうと思いまして、

丈「重二郎さん、誠に気の毒だが貸す事は出来ない、そういう事を云って歩いても貸す人はないよ、難儀をするものは世間には多人数あって、僕は交際も広いから一々恵み尽されません、そうして故なく人に恵みをすべきものでもなく、また故なく貰うべきものでもなく、その儀は奉公人にも言い付けてあることで、誠に気の毒だが出来ません、お前も血気な若い身分でありながら、車を挽いてるようではならん、当節は何をしても立派に喰える世の中だのに、人の家に来て銭を貰うとは余り智慧のないことだお前はお坊さん育ちで何も知るまいが、人が落目になった所を憖いに助けれ

ば、助けた人も共に倒れるようになるもので、たとえば車に荷を積んで九段のような坂を引いて上って力に及ばんで段々下へ落る時、たった一人でそれを押えて止めようとすると、その人も共に落ちて来て怪我をするようになるから、それよりも下り掛った時は構わないで打棄《うっちゃ》っておいてその車が爼橋《まないたばし》まで下ってから、一旦空車にして、後で少しばかりの荷を付けて上げた方が宜しいようなもので、今憖いに恵むものがあってはお前のためにならん、人の身は餓死するようにならんければ奮発する事は出来ない、それでなければお前のためにならん」

重「誠にお恥かしい事でございますが、一昨々日から姉も私もお飯《まんま》を喫べません、お粥ばかり喫べて居ります、病人の母が心配しますから、お飯があるふりをしては母に喫べさせ、姉も私も芋を買って来て、お母が喫べて余ったお粥の中へ入れ、それを喫べて三日以来《このかた》辛抱して居りましたが、明日しようがねえ、どうしたら宜かろうかと思って、こちらへ出ました訳でございますから、もしお恵みが出来なければ、私だけこちらの家へ無給金で使って呉れれば私一人の口が減るから、そうすれば姉が助かります、どうか昔馴染だと思って」

丈「これこれ昔馴染とは何の事だ、屋敷にいる時は手前の親を引立ってやった事はあるが、恩を受けたことは少しもない、それを昔馴染などとは以《もっ》ての外のことだ、一切出来ません、奉公人も多人数居って多過ぎるから減そうと思っているところだから、奉公に置く事も出来ません帰って下さい、この開明の世の中に、腹の減るまでうかうかとして居るとは愚を極めた事じゃねえか、それに商業繁多でお前と長く話をしている事は出来ない、帰って下さい」

と云い捨て、桑の煙草盆を持って立上り、隔《へだて》の襖を開けて素気なく出て往きます春見の姿を見送って、重二郎は思わず声を出して、ワッとばかりに泣き倒れまして、

重「はい、帰ります帰ります、貴方も元は御重役様であった時分には、私が親父は度々お引立になったから、貴方を私が家へ呼んで御馳走をしたり、立派な進物も遣った事がありますから、少しばかりの事を恵んでも、この大《で》え身代に障る事もありますまい、人の難儀を救わねえのが開化の習

いでございますか、私は旧弊の田舎者で存じませぬ、もう再びこの家へはまいりません只今貴方の仰しゃった事は、仮令《たとえ》死んでも忘れません、左様なら」

と泣々《なくなく》ずっと起《た》って来ますと、先刻からこの様子を聞いていまして、気の毒になったか、娘のおいさが紙へ三円包んで持ってまいり、

い「もし重二郎さん、お腹も立ちましょうが、お父さんはあの通りの強情者でございますから、どうかお腹をお立ちなさらないで下さいまし、これは私の心ばかりでございますが、お母さんに何か暖《あった》かい物でも買って上げて下さい」

重「いいえ戴きません、人は恵む者がある内は、奮発の附かないものだと仰しゃった事は死んでも忘れません」

い「あれさ、そんな事を云わないでこれは私の心ばかりでございますから、どうかお取り下さい」

と無理に手へ摑ませてくれても、重二郎は貰うまいと思ったが、これを貰わなければ明日からお母に食べさせるのに困るから、泣々貰いまして、ああ親父と違って、この娘は慈悲のある者だと思って、おいさの顔を見ると、おいさも涙ぐんで重二郎を見る目に寄せる秋の波、春の色も面に出でて、真に優しい男振りだと思うも、末に結ばれる縁でございますか。

い「どうかお母《つか》さんに宜しく、お身体をお大切になさいまし」

と云って見送る。重二郎も振返り振返り出て往きました。その跡へ入って来たのは怪しい姿で、猫の腸《ひゃくひろ》のような三尺を締め、紋羽《もんぱ》の頭巾を被ったまま、

男「春見君はこちらかえこちらかえ」

利「はい、何方ですえ」

男「井生森又作という者、七ケ年前に他県へ参って身を隠して居たが、今度東京へ出て参ったから、春見君に御面会いたしたいと心得て参ったのだ、取次いでおくんなせえ」

利「生憎主人は留守でございますから、どうか明日お出でを願いとうございます」

又「いや貧乏暇なしで、明日明後日という訳にはいかないから、お気の毒だがお留守なら御帰宅までお待ち申そう」
利「これは不都合な申分です、知らん方を家へ上げる訳にはゆきません、主人に聞かんうちは上げられません」
又「何だ僕を怪しいものと見て、主人に聞かんうちは上げられないと云うのか、これ僕が春見のところへまいって、一年や半年寝ていて食って居ても差支えない訳があるのだ、一体手前妙な面だ、半間《はんま》な面だなア、面が半間だから云う事まで半間だア」
利「おやおや失敬な事を云うぜ」
又「さア手前じゃア分らねえ、直ぐに主人に逢おう」
利「いけません、いけません」
又「いけんとは何だ、通さんと云えば踏毀しても通るぞ」
利「そんな事をすると巡査を呼んで来ますよ」
又「呼んで来い呼んで来い、主人に逢うと云うのだ、何を悪い事をした、手前の知った事じゃアねえ」
と云いながら又作が無法に暴れながら、ずッと奥へ通りますと、八畳の座敷に座布団の上に坐り、白縮緬の襟巻をいたし、咬え烟管《ギセル》をして居ります春見丈助利秋の向《むこう》へ憶しもせずピッタリと坐り、
又「誠に暫く、一別已来《いらい》御壮健で大悦至極」
丈「これさ誰か取次をせんか、ずかずかと無闇に入って来て驚きましたわな」
又「なにさ、僕が斯様《かよう》な不体裁な姿でまいったゆえ、君の所の雇人奴《め》が大きに驚き、銭貫いかと思い、怪《け》しからん失敬な取扱いをしたが、それはまア宜しいが、君はまア図らざる所へ御転住で」
丈「いや実にどうも暫くであった、どうしたと思っていたが、七ケ年以来《このかた》何の音信《おとずれ》もないから様子が頓と分らんで心配して居ったのよ」

又「さア僕もこの頃帰京いたしお話は種々ありますが、何しろ雇人の耳に入っては宜しくないから、久々だからどこかで一杯やりながら緩々とお話がしたいね」
丈「こっちでも聞きてえ事もあるから、有合物《ありあいもの》で一盞《いっぱい》やろう」
と六畳の小間へ這入り、差向い、
丈「ここは滅多に奉公人も来ないから、少しぐらい大きな声を出しても聞えることじゃアねえ、話は種々あるが、七年前旅荷にして持出した死骸はどうした」
又「それに就て種々話があるが、あの時死骸を荷足船で積出し、深川の扇橋から猿田船へ移し、上乗《うわのり》をして古河の船渡へ上り、人力車へ乗せて佐野まで往って仕事を仕ようとすると、その車夫は以前長脇差の果で、死人が日数が経って腐ったのを嗅ぎ附け、何んでも死人に相違ないと強請《ゆすり》がましい事を云い、三十両よこせと云うから、止を得ず金を渡し、死人を沼辺へ下して火葬にして沼の中へ投《ほう》り込んでしまったから、浮上っても真黒っけだから、知れる気遣いないが、かの様子を知った車夫、生かしておいてはお互いの身の上と、罪ではあるが隙を窺い、沼の中へ突き落し、這い上ろうとする所を人力車の簀蓋を取って額を打据え、殺しておいて、その儘にドロンとそこを立退き、長野県へ往ってほとぼりの冷《さめ》るのを待ち、石川県へ往ったが、懐に金があるから何もせず、見てえ所は見、喰いてえ物は喰い、可なり放蕩も遣った所が、追々金が乏しくなってきたから、商法でも仕ようと思い、坂府へ来た所、坂府は知っての通り芸子舞子は美人揃い、やさしくって待遇《もてなし》が宜いから、君から貰った三百円の金はちゃちゃふうちゃに遣い果して仕方なく、知らん所へいつまで居るよりも東京へ帰ったら、またどうかなろうと思い、早々東京へ来て、坂本二丁目の知己《しるべ》の許に同居していたが、君の住所は知れずよ、永くべんべんとして居るのも気の毒だから、つい先々月亀島町の裏長屋を借り請け、今じゃア毎夜鍋焼饂飩《うどん》を売歩く貧窮然たる身の上だが、つい鼻の先の川口町に君がこれだけの構いをして居るとは知らなかったが、今日はからず標札を見て入って来たのだが、大した身代になって誠に恐悦」

丈「あれからぐっと運が向き、為《す》る事なす事間《ま》がよく、これまで苦もなく仕上げたが、見掛けは立派でも内幕は皆機繰《からくり》だから、これが本当の見掛倒しだ」

又「金は無いたって、あるたって、表構えでこれだけにやってるのだから大したものだねえ、時に暫く無心を云わなかったが、どうか君百円ばかりちょっと直に貸して呉れ給え、こうやっていつまで鍋焼饂飩も売っては居られんじゃないか、これから君が後立てになり、何か商法の工夫をして、宜かろうと思うものを立派に開店して、奉公人でも使うような商人にして下せえな」

丈「商人にして呉れろって、君には三百円という金を与えたのに、残らず遣ってしまい、帰って来て困るから資本を呉れろとは、負《おぶ》えば抱かろうというようなもので、それじア誠に無理じゃアないか」

又「なにが、無理だと、どこが無理だえ」

丈「そんなに大きな声をしなくても宜しいじゃねえか」

又「君がこれだけの構をして居るに、僕が鍋焼饂飩を売って歩き、なるほど金を遣ったから困るのは自業自得とは云うものの、君がこうなった元はと云えば、清水助右衛門を殺し、三千円の金を取り、その中僕は三百円しか頂戴せんじゃねえか、だから千や二千の資本を貸して、僕の後立になっても君が腹の立つ事は少しもあるめえ」

丈「いかにも貸しも仕ようが、見掛ばかりで手元には少しも金はねえから、その内君の宅へ届けようか」

又「届けるって九尺二間の棟割《むねわり》長屋へ君の御尊来は恐入るから、僕が貰いに来ても宜しい」

丈「そんな姿で度々宅へ来られては奉公人の手前もあるじゃねえか」

又「さア当金百円貸して、後金千円位の資本を借りてもよかろう」

丈「それじゃア貸しても遣ろうが、いつまでもくずぐずしても居られめえから、何か商法を開き、悪い事を止めて女房でも持たんければいかんぜ、早く身を定めなさい、時に助右衛門を殺して旅荷に拵えた時、三千円の預り証書を君が懐へ入れて、他県へ持って往ったのだろうな」
又「どうも怪しからん嫌疑を受けるものだねえ」
丈「いや、とぼけてもいけねえ、あの事は君より他に知ってる者はないのに、後で捜してもねえからよ、あの証書が人の手に入れば君も僕も身の上に係わる事だぜ」
又「それは心得てるよ、僕も同意してやった事だから、露われた日にゃ同罪さア」
丈「隠してもいけねえよ」
又「隠しはしねえ、僕が真実《ほんと》に預り証書を持って居ても、これを証にして訴える訳にはいかん、三百円貰ったのが過りだから仕方がねえ、役に立たぬ証書じゃねえか」
丈「君がもしあの証書を所持して居るなら千円やるから僕にそれを呉れたまえよ」
又「ねえと云うのに、僕の懐にもしその証書があれば、千や二千の破れ札を欲しがって来やアしねえ、助右衛門は僕が殺したのではねえ、君が殺したのだから、君が重罪で僕も同類だけれど、その証書をもって自訴すれば僕の処分は軽い、君と僕と遣りっこにすればそうだから、証書があれば否応なしに五六千円の金を出さなければなるめえ、また預り証書があれば御息女のおいささんを女房に貰うか、入婿にでもなって幅を利かされても仕方がねえ身の上じゃねえか、貸したまえ、今千円の札を持って帰っても、これ切り参りませんという銭貰いじゃアねえ、金が有れば遣ってしまい、なくなればまた借りに来る、これだけの金主を見附けたのだから僕の命のあらん限は君は僕を見捨ることは出来めえぜ」
丈「明後日は晦日で少し金の入る目的《めあて》があるから、人に知れんような所で渡してえが、旨い工夫はあるまいか」
又「それは訳《わきゃ》アねえ、僕が鍋焼饂飩を売ってる場所は、毎晩高橋際へ荷を降して、鍋焼饂飩と怒鳴って居るから、君が饂飩を喰う客の積りで、そっと話をすれば知れる気遣はあるめえ」
丈「そんなら遅くも夜の十二時頃までには往くから、十一時頃から待っててくれ」

又「百円はその時きっとだよ、千円もいいかね」
丈「千円の方は遅くも来月中旬までには相違なく算段するよ、これだけの構をしていても金のある道理はない、七ケ年の間皆遣り繰りでやって来たのだからよ」
又「じゃア飯を喰って帰ろう」
とずうずうしい奴で、種々馳走になり、横柄な顔をして帰りました故、奉公人は皆不思議がって居りました。これから助右衛門の女房や倅が難儀を致しますお話に移りますのでございますが、ちょっと一息吐《つ》きまして申上げます。

## 四

春見丈助は清水助右衛門を殺し、奪取った三千円の金から身代を仕出し、大したものになりましたのに引替え、助右衛門の倅重二郎は人力を挽いて漸々その日その日を送る身の上となりましたから、昔馴染の誼みもあると春見の所へ無心に参れば、打って変った愛想づかし、実に悪《にく》むべきは丈助にて、それには引替え、娘おいさの慈悲深く恵んでくれた三円で重二郎は借金の目鼻を附け、どうやらこうやら晦日まで凌ぎを附けると、晦日には借金取が来るもので、お客様方にはお覚えはございますまいが、我々どもの貧乏社会には目まぐらしいほどまいります。
米屋「はい御免よ、誠に御無沙汰をしました、時にねえ余り延々《のびのび》に成りますから、今日は是非お払いを願いたいものだ」
まき「誠にお気の毒さまで、毎度おみ足を運ばせて済みませんが、御存じの通り母が眼病でございまして、弟も車を挽いて稼ぎますが」
米「おいおいお母さんが眼病で、弟御が車を挽く事はお前さんが番毎《ばんごと》云いなさるから、耳に胼胝《たこ》のいるほどだが、姉さんまアお母さんはああやって眼病で煩ってるし、兄さんは軟弱《かぼそ》い身体で車を挽いてるから気の毒だと思い、猶予をして盆の払いがこの暮まで延々になって来たのだが、来月はもう押詰り月ではありませんか、私も商売だから貸すもいいが、これじゃア困るじゃアないか、私は人が好いから、お前方も顔向けが出来まいと察して来ないのだが、私が米を売らなけりゃお前さん喰わずに居ますかえ、それもこれだけ払うから後の米を貸して下さいと云えば、随分貸してもやろうが、間が悪いと云って外の米屋で買うとは何の事だえ、勧解《かんかい》へでも持出さなければならない、勘定をしなさい」

ま「それでは誠に困ります」

重「あの姉さん少しお待ちなさい、貴方の方のお払いは何ほど溜って居りやすか」

米「ええ二円五十銭でございます」

重「ここに一円二十銭ありやんすが、これをお持ちなすってお帰んなすって、あとの米をまた少しの間拝借が出来ますならば、命から二番目の大事な金でございやすが、これを上げますから、あとの米を一円べい送って戴きていいもんでござりやす」

米「一円二十銭あるのか、篦棒らしい、商売だからお払いさえ下されば米は送ります」

と金を検め請取を置いて出て往きますと、摺違って損料屋が入ってまいりました。

ま「おや、また」

損「なんです、おやまたとは」

ま「いいえ、あの能くいらっしゃいましたと申したのでございます」

損「嘘を云いなさんな、今米屋が帰った跡へ直に私が催促に来たから、おやまたと云ったのだろう、借金取を見ておやまたとは甚だ失敬だ、私も困りますから返して下さい、料銭を払わないと止むを得ないから蒲団を持って行くよ」

ま「でもこの通り寒くなって母が困りますから、最う少々貸しておいて下さいまし」

損「そっちも困るだろうが私も困らアね、引続いて長い間留めておき、蒲団は汚し料銭は少しも払わず、どうにもこうにも仕方がないから、私ア蒲団を持って往きますよ」
ま「何卒御勘弁を願います」
損「勘弁は出来ません」
と云いながら、ずかずかと慈悲容赦《なさけ》も荒々しく、二枚折の反故《ほご》張屏風を開け、母の掛けて居りまする四布蒲団《よのぶとん》を取りにかかりますから、
重「何をなさる、被《き》て居るものを取ればまるで追剥ですなア」
損「これ何をいうのだ、私の物を私が持って行くのに追剥という事があるものか、料銭が溜ったから蒲団を持って往くのが追剝ぎか」
重「誠に相済みません、何卒御勘弁を」
と云っているのを、同じ長屋にいるお虎という婆さんが見兼て出てまいり、
虎「まアお待ちなさいな、こうやってお母さんが眼が悪く、兄さんが一生懸命に人力を挽いて稼いでも歯代がたまって困ると云うくらいだから、料銭の払えないのは尤もな話だのに、可愛そうに病人が被ているものを剥いで往くとは余り慈悲ないじゃないか」
損「お虎さん、お前さんは知らないのだが、蒲団を貸して二ケ月料銭を払わないから、損料代が四円八十銭溜って居りますよ」
重「へい、そんなになりますかえ」
損「なりますとも、一晩四布が五銭に、三布布団《みのぶとん》が三銭、〆《しめ》八銭、三八二円四十銭が二ケ月で四円八十銭に成りますわねえ」
虎「高いねえ、こんな穢い布団でかえ」
損「穢い布団じゃアなかったのだが、段々この人達が被古《きふる》して汚したので、前は新しかったのです」

虎「なるほど御尤もですが、そこがお話合で、私もこうやって仲へ入り、口を利いたもんだから三円だけ立替えて上げたら、お前さんこの布団を貸してやって下さるかえ、この汚れたのは持って帰って小綺麗なのと取替えて持って来て貸して下さるか」

損「それは料銭さえ払って下されば貸して上げますともさ」

虎「それじゃア持合せていますから私が立替えて上げるが、端銭《はした》はまけておいておくれな、明日一円上げますからさ」

損「宜うございます、八十銭の損だが、お虎さんにめんじて負けておきましょう、そんならさっぱりとしたのと取替えて来ます、左様なら」

虎「きっと持って来ておくれ、左様なら」

と損料屋の後姿を見送って、おまきに向い、

虎「まアおまきさん御覧よ、酷い奴じゃないか、彼奴はもと番太郎で、焼芋を売ってたが、そのお前芋が筋が多くて薄く切って、そうして高いけれども数が余計にあるもんだから、子供が喜んで買うのが売出しの始めで、夏は金魚を売ったり心太《ところてん》を売ったりして、無茶苦茶に稼いで、堅いもんだから夜廻りの拍子木もあの人は鐘をボオンと撞くと、拍子木をチョンと撃つというので、ボンチョン番太と綽名《あだな》をされ、差配人さんに可愛がられ、金を貯めて家を持ち、損料と小金を貸して居るが、尻《けつ》の穴が狭くて仕様のない奴だよ」

ま「叔母さんがお出でなさらないと私はどう仕ようかと思いました、毎度種々御贔屓《ひいき》になりまして有り難うございます」

虎「時にねえまアちゃんや、私ゃ悪い事は云わないから、此間《こないだ》話した私の主人同様の地主様で、金貸で、少し年は取っていますが、厭やなのを勧めるのが、そこが勧めだから、厭でも応《うん》と云って旦那の云うことを聞けば、お母さんにも旨い物を食べさせ、好いものを着せられ、お前も芝居へも往かれるから、私の金主で大事の人だから、あの人の云うことを応と聞いて囲者《かこいもの》におなりよ」

ま「有り難う存じますが、なんぼ零落《おちぶ》れましても、まさかそんな事は出来ません」
虎「まさかそんな事とは何だえ、それじゃアどう有っても否《いや》かえ」
ま「私も元は清水と申して、上州前橋で御用達をいたしました者の娘、いかに零落れ裏店《うらだな》に入っていましても、人に身を任せて売淫《じごく》同様な真似をして、お金を取るのは、母もさせる事ではありませんし、私も死んでも否だと思って居ります」
虎「はい、お立派でございますねえ、御用達のお嬢さんだから喰わずに居ても淫売《じごく》同様な真似はしないと、よく御覧、近辺の小商いでもして、可なりに暮して居るものでも、小綺麗な娘があれば皆な旦那取りをして居るよ、私なんぞも若い時分には旦那が十一人あったが、まだ足りなくって小浮気もしたことがあった位だから、お前だって大事のお母さんに孝行したいと思うならばねえ」
ま「誠に有り難う存じますが、それぱかりはお断り申します」
虎「否なら無理にお願い申しませんよ、それじゃア私の金主の八木さんから拝借した三円のお金を、今損料屋が来てお母さんの被ている蒲団を引剝ぎにかかったから、お気の毒だと思い、立替えたが、今の三円は直ぐ返して下さいな、さアお前が応とさえ云えばまた旦那に話の仕様もあるが、否だと云い切っては何も気を揉んで昨今のお前さんに金を貸す訳はないから返して下さい」
ま「お金がないのを見かけ、無理に立替えて返せと仰しゃっても致方がございません」
虎「そんな不理窟を云ったっていけないよ、損料屋が蒲団を持っていったらこの寒いのに病人を裸体《はだか》で置くつもりかえ、さっさと返して下さいな」
重「小母さんお待ちなすって下さい、姉さまが人さまの妾にはならないと云うのも御尤もな次第、と云って貴方に返す金はありやせんから、何卒私をその旦那の処で、姉の代りに使って下さいますめえか」
虎「おふざけでないよ、お前さんがいくら器量が好くても、今は男色《かげま》はお廃しだよ」
重「いいえ左様ではございませぬ、どのような御用でもいたしやすから願いやす」

虎「これサ、旦那の処で一月働いたって三円の立前《たちまい》は有りゃアしねえ、一日二十銭出せば力のある人が雇えるから、お前さんなどを使うものかねえ、返して下さいよ」

と云って中々聞き入れません。この婆は元は深川の泥水育ちのあば摺れもので、頭の真中が河童の皿のように禿げて、附け髷をして居ますから、お辞儀をすると時々髷が落ちまする、頑丈な婆さんですから、金がなけりゃこれを持って往くと云いながら、かの損料蒲団へ手を掛けようとすると、屏風の中から母が這い出して、

母「御尤もでございますが、私の宅の娘は年は二十五にもなり、体格《なり》も大きいけれども、これまで屋敷奉公をして居りやしたから、世間の事を知らねえ娘で、中々人さまの妾になって旦那さまの機嫌気づまを取れる訳でもございやせん、と申して、お借り申した三円のお金は返さねえでは済みませんが、金はなし、損料布団を取られては私が誠に困りますから」

と云いながら手探りにて取出したのは黒塗の小さい厨子で、お虎の前へ置き、

母「これは私が良人《おやじ》の形見でございまして、七ケ年前出た切り行方が知れませんが、大方死んだろうと考えていますから、良人の出た日を命日としてこの観音さまへ線香を上げ、心持ばかりの追善供養を致しやして、良人に命があらば、何卒帰って親子四人《よったり》顔が合わしていと、無理な願掛けをして居りやんした、この観音さまは上手な彫物師が国へ来た時、良人が注文して彫らせた観音さまで金無垢でがんすから、潰しにしても大《えら》く金になると、良人も人さまも云いやすが、金才覚の出来るまで三円の抵当《かた》にこの観音さまをお厨子ぐるみ預かって、どうか勘弁して下さいやし」

ま「お母さん、とんでもない事を仰しゃる、それを上げて済みますか、命から二番目の大切な品では有りませんか」

母「ええ命から次の大事なものでも拠《よんどころ》ない、こういう切迫詰りになって、人の手に観音様が入ってしまうのは、親子三人神仏にも見離されたと諦めて、お上げ申さなければ話が落着かねえではないか、ああ早く死にてい、私《わし》が死ねば二人の子供も助かるべいと思うが、因果と眼も癒らず、死ぬ

事も出来ましねえ、お察しなすっておくんなさい」
と泣き倒れまする。
虎「誠にお気の毒ですねえ、おや大層まア立派な観音さま、何だか知りませんが、まアまア金の抵当に預っておきましょう、なるほど丈も一寸八分もありましょう、これなれば五円や十円のものはあろう」
と云いながら艶消しの厨子へ入ったまま懐へ入れて帰りました。お虎婆は夜に入って楽みに寝酒を呑んでいます所へ入って来たのは、鉄砲洲新湊町に居りまする江戸屋の清次という屋根屋の棟梁で、年は三十六で、色の浅黒い口元の締った小さい眼だが、ギョロリッとして怜悧相《りこうそう》で垢脱けた小意気な男でございます。形《なり》は結城の藍微塵に唐桟《とうざん》の西川縞の半纏《はんてん》に、八丈の通し襟の掛ったのを着て門口に立ち、
清「お母ア宅か、お虎宅かえ」
虎「誰だえ、おや棟梁さんか、お上んなさい」
清「滅法寒くなったのう、相変らず酒か」
虎「棟梁さんは毎も懐手で好い身の上だねえ」
清「己は遊人じゃアねえよ、この節は前とは違って請負仕事もまごまごすると損をするのだ、むずかしい世の中になったのよ」
虎「棟梁さんは今盛りで、好い男で、独り置くのは惜しいねえ、姉さんの死んだのは幾年に成りましたっけねえ」
清「もう五年に成るがお母アが最う些と若ければ女房に貰うんだがのう」
虎「調子の宜いことを云ってるよ」
清「女房で思い出したが、この長屋の親孝行な娘は好い器量だなア」
虎「あれは本当にいい娘だよ」

清「顔ばかりじゃねえ、どこからどこまで申分がねえ女だが、あれを女房に貰いていが礼はするが骨を折ってみてくれめえか、そうすれば親も弟も皆引取っても宜いが、どうだろう」

虎「いけないよ、年は二十五だが、男の味を知らないで、応とさえ云えば、立派な旦那が附いて、三十円遣るというのに、まさか囲者には成らないと云うのだよ、どういう訳だか、本当に馬鹿気ているよ」

清「いくら苦しくてもその方が本当だ、そのまさかと云う処がこっちの望みだ」

虎「外の好い少女《すもる》を呼んで遊んでおいでな、あんなものを抱いて寝ても石仏を抱いて寝るようなもので、些とも面白くもなんともないよ」

清「己はそれが望みだ、あの焼穴だらけの前掛けに、結玉だらけの細帯で、かんぼ窶《やつ》して居るが、それで宜いのだから本当にいいのだ」

虎「棟梁はよっぽど惚れたねえ、だが仕方がないよ」

清「己も沢山《たんと》は出せねえが、たった一度で十円出すぜ」

虎「え、十円……鼻の先に福がぶら下ってるに、三円の金に困ってるとは、本当に馬鹿な女だ」

と話している所へおまきが門口へ立ちまして、

ま「伯母さん、御免なさい」

虎「はい、どなたえ」

ま「あのまきでございますが」

という声を聞き、

虎「おい棟梁、一件が来たよ、隣のまアちゃんが来たってばさア」

清「なに来たア極りが悪いなア」

虎「はい、只今明けますよ、棟梁さん早く二階へ上っておいでよ、はい今明けますよ、棟梁さん早く二階へ上っておいでよ……はい今明けますよ……私が様子を宜くして、あの子を欺して二階へ上げるから、お前さんがあの娘の得心するように旨く調子よく、そこは棟梁さんだから万一《ひょっと》して岡惚れしないものでもないよ、はい只今明けますよ……あの道はまた乙なものだから……はいよ、今明けますよ……あの子の頸玉へかじり附いて無理に抱いておしまいよ……今明けますよ……早く二階へお上り」

と、云われ、清次は煙草盆を手に提げ二階へ上るのを見て、婆は土間へ下り、上総戸《かずさど》を明け、

虎「さアお入り、まアちゃん先刻は悪い事をいって堪忍しておくれよ、詰らねえ事を催促して、何だかお母さんの大事なものだって……お厨子入りの仏さまを本当に持って来なければ宜かったと思っていたが、私もつい酔った紛れでした事だが、堪忍しておくれよ、まア宜く来たねえ」

ま「はい、先ほどはせっかく御親切に云って下さいましたのに、承知致しませんでお腹立もございましょうが、まさか母や弟の居ります前で結構な事でございますから、何卒妾にお世話を願いますとは伯母さん、申されませんでしたが、実に今年の暮も往き立ちませんで、何かと母も心配して居りますから、私のような者でも一晩お相手をして些とでもお金を下されば、母のためと思いまして、どのようにも御機嫌を取りましょうから、貴方宜いお方をお世話なすって、先ほど母のお預け申した観音様のお厨子を返しては下さいませんか」

と云われ、お虎はほくほく悦び、

虎「何かい、お前はあのお母さんのために……どうも感心、宜くまア本当に孝行だよ、仕方がないから諦めたのだろうが、否なお爺さんでは私も無理にとも云い難いが、鉄砲洲の屋根屋の棟梁で、江戸屋の清次さんという粋な女惚れのする人が、お前の親孝行で、心掛が宜く、器量も好いから、己《おら》アほんとうに女房に貰いたいと云ってるんだが、たった一晩でお金を五円あげるとさ、私ゃア誰にも云わないよ、丁度今二階に棟梁が来て居るから往って御覧、好い男だよ」

ま「それではそのお方様に私が身を任せれば、お金を五円下さいますか、そうすればその内三円お返し申しますからどうか観音様を返して下さいまし」

虎「それは直にお厨子はお返し申しますがね、そんなら少し待っておいで」

と婆はみしみしと二階へ上ってまいりまして、

虎「棟梁、フフフン、あの子も苦し紛れに往生して、親のためになる事なら旦那を取ろうと得心をしたよ、ちょいと今あの子も切迫詰り、明日に困る事があるのだが、十円のお金を遣っておくれな」

清「それは遣るよ」

虎「あの子の云うには、私もねえ元は立派な御用達の娘でございますから、淫売をしたと云われては世間へ極りが悪いから、惚合って逢ったようにして、抱寝をされた事は世間へ知れないようにして下さいと云うからその積りで、そうして棟梁も十円遣ったなんぞと云うと、あの娘は人が好いから真赤になって、金を置いて駆出すから、金の事は何も云っちゃアいけないよ、今あの子を連れて来るから、お金を十円お出しよ」

清「さア持って往きねえ、したが昔ならお大名へお妾に上げて、支度金の二百両と三百両下がる器量を持って、我々の自由になるとは可愛そうだなア」

虎「それじゃアあの子が二階へ上ったら私は外してお湯に往くよ、先刻往ったがもう一遍往くよ、早くしておくれでないといけねえよ」

と梯子を降りながら十円の中を五円は自分の懐へ入れてしまい、おまきに向い、

虎「今棟梁に話した所がねえ、大そうに悦んで、己も仕手方を使い、棟梁とも云われる身の上で淫売を買ったと云われては、外聞が悪いから、相対同様にしてえと云って、お金を五円おくれだから お前もお金の事を云っちゃアいけねえよ、安っぽくなるから、宜いかえ」

ま「伯母さん誠に有り難うございます」

虎「黙って沢山《たんと》貰った積りでおいでよ、人が来るといけないから早く二階へお上りよ」

ま「何卒観音様のお厨子を……はい有り難うございます、拝借のお金はこれへ置きます、伯母さ

んどこへいらっしゃいます」

虎「早くお上り」

と無理に娘おまきを二階へ押上げお虎は戸を締めてその儘表へ出て参りました。おまきは間がわるいから清次の方へお尻をむけて、もじもじしています。清次も間が悪いが声をかけ、

清「姉さん、こっちへお出でなさい、何だか極りが悪いなア、姉さんそう間を悪がって逃げててはいけねえ、実はねえ、私アお前さんを慰みものに仕ようと云ったのではない、お母さんが得心すれば嫁に貰っても宜いんだが、女房になってくれる気はねえかえ」

と云われて、おまきは両手を附き、首を垂れ、

ま「私も親父が家出を致して、いまだに帰りませんから、親父が帰った上、母とも相談致さなければ亭主は持たない身の上でございますから、そんな事はいけません、傍へお出でなすってはいけませんよ」

清「なんだなア、いけませんでは困るじゃないか、冗談云っちゃアいけねえぜ」

ま「誠に棟梁さん相済みませんが、下の伯母さんに三円お金の借がございまして、そのお金の抵当に、身に取りまして大事な観音様をお厨子ぐるみに取られ、母は眼病でございまして、その観音様を信じ、また親父が遺してまいりました遺物《かたみ》同様の大事な品でございますから、これを取られては神仏にも見離されたかと申して泣き倒れて居りまして、余り泣きましてはまた眼にも身体にもさわろうかと存じまして、子の身としてどうも見ては居られませんから、実は旦那を取りますからお厨子を返して下さいと伯母さんには済みませんが嘘をつき、五円戴いた内で、三円伯母さんにお返し申し、お厨子を返してもらいましたから、二円の金子は棟梁さんにお返し申しますから、あと三円のところは、何卒お慈悲に親子三人不憫と思召し、来年の正月までお貸しなすって下さる訳には参りますまいか、申しどうぞお願いでございます」

清「ええ、それは誠にお気の毒だ、お前の云うことを聞いて胸が一杯になった、三円の金に困っ

て、お父さんの遺物の守りを婆さんに取られ、旦那取をすると云わなければお母さんが歎くと云って、正直に二円返すから、あとの三円は貸して呉れろと、そう云われては貸さずには居られない、色気も恋も醒めてしまった、余り実地過るが、それじゃア婆が最う五円くすねたな、太え奴だなア、それはいいが、その大事な観音様というのはどんな観音様だえ、お見せ」
ま「はい、親父の繁昌の時分に彫らせたものでございます」
と云いながら差出す。
清「結構なお厨子だ、艶消しで鍍金《めっき》金物の大したものだ」
と開いて見れば、金無垢の観音の立像でございます。裏を返して見れば、天民謹んで刻すとあり、厨子の裏に朱漆にて清水助右衛門と記して有りますを見て、清次は小首を傾け、
清「この観音さまは見た事があるが、慥か持主は上州前橋の清水という御用達で、助右衛門様のであったが、どうしてこれがお前の手に入ったえ」
ま「はい、私はその清水助右衛門の娘でございます」
と云われ清次は大いに驚きましたが、この者は何者でございますか、次に委しく申上げましょう。

## 五

家根屋の棟梁清次は、おまきが清水助右衛門の娘だと申しましたに恟《びっく》りいたしまして、
清「ええ、清水のお嬢様ですか、これはまアどうも面目次第もねえ」
とおどおどしながら、
清「まア、お嬢様、おまえさんはお少《ちい》さい時分でありましたから、顔も忘れてしまいましたが、今年で丁度十四年前、私が前橋にくすぶっていた時、清水の旦那には一通りならねえ御恩を戴いた

事がありましたが、あれだけの御身代のお娘子が、どうして裏長家へ入っていらっしゃいます、その眼の悪いのはお内儀《かみさん》でございやすか」
ま「はいはい七年以来《このかた》微禄しまして、こんな裏長屋に入りまして、身上の事や何かに心配して居りますのも、七年前に父が東京へ買出しに出ましたぎり、今だに帰りませず、音も沙汰もございませんせん故、母は案じて泣いて計り居りましたのが、眼病の原《もと》で、昨年から段々重くなり、この頃はばったり見えなくなりましたから、弟と私と内職を致して稼ぎましても勝手が知れませんから、何をしても損ばかりいたし、お恥かしい事でございますが、お米さえも買う事が出来ません所から、お金の抵当にここの伯母さんにこの観音様を取られましたから、母は神仏にも見離されたかと申して泣き続けて居りますから、どうか母の気を休めようと思い、旦那を取ると申しまして、実は伯母さんから観音様を取返したのでございます」
清「どうも誠にどうも思いがけねえ事で、水の流れと人の行末とは申しますが、あれほどな御大家がそんなにお成りなさろうとは思わなかった、お父様は七年前国を出て、へいどうも、何しろお母さんにお目にかかり、委しいお話も伺いますが、私は家根屋の清次と云って、お母さんは御存じでございやすが、このような三尺に広袖ではきまりが悪いから、明日でも参ってお目にかかりましょう」
ま「いいえ、母は目が見えませんから知れません、お馴染ならば母に逢って、どうぞ力になって下さいまし」
清「そんなら一緒に参りましょう、とんでもねえ話だが、ここの婆がお前さんに金を十円上げましたかえ」
ま「いいえ、五円戴きました、三円お金の借りを返しまして二円残って居りますから、あなたへ二円お返し申したのでございます」
清「太え婆だ十円取って五円くすねたのだ仕様のねえ狡猾婆だ、そんなら御一緒にお前さんの家へ行きましょう」
とこれから二人連立って外へ出ると、一軒置いて隣は清水重二郎の家でございます。
ま「お母さん只今帰りました」
母「どこへ往ったのだえ」
ま「はい桂庵のお虎さんの所へ参りました」
と云いながら清次に向い、
ま「あなた、こちらへお入り遊ばしまし」
清「えい御免なせえ」
と上って見ると、九尺二間の棟割長屋ゆえ、戸棚もなく、傍《かたえ》の方へ襤褸《ぼろ》夜具を積み上げ、こちらに建ってあります二枚折の屏風は、破れて取れた蝶番《ちょうつがい》の所を紙捻《かんぜより》で結びてありますから、前へも後へも廻る重宝な屏風で、反古張の行灯の傍に火鉢を置き、土の五徳に蓋の後家になって撮《つまみ》の取れている土瓶をかけ、番茶だか湯だかぐらぐら煮立って居りまして、重二郎というおとなしい弟が母の看病をして居ります。
清「ええ、お母《ふくろ》さんお母さん」
母「はい、何方《どなた》でがんすか」
ま「あのこの方はお虎さんの家に来ていらっしゃった家根屋の棟梁さんで、お母さんを知っていらっしゃいまして、どうしてこんな姿におなりだお気の毒な事だと云って、見舞に来て下すった、前橋にいた時分のお馴染だという事でございます」
母「はい、私は眼がわるくなりやんして、お顔を見ることも出来ませんが、何方でございましたか」
清「ええ、お内室《かみ》さんあんたはまアどうしてこんなにお成りなさいました、十四年前お宅で御厄介になりやした家根屋の清次でございやす」

母「おお、清次か、おおおまアどうもまア、思いがけない懐かしい事だなア、こんなに零落《おちぶれ》やしたよ、恥かしくって合す顔はございやせんよ」

清「ええ御尤でございやす、あれだけの御身代が東京へ来て、裏家住いをなさろうとは夢にも私は存じやせんでした、お嬢様も少さかったから私も気が付かなかったが、観音様のお厨子に旦那のお名前があって分りましたが、承われば旦那には七年前お国を出たぎり帰らないとの事、とんだ訳でございやす、忘れもしやせん、私が道楽をして江戸を喰詰め前橋へまいって居って、棟梁の処から弁当を提げて、あなたの処へ仕事に往った時、私アあのくらいな土庇《どびし》はねえと、いまだに眼に附いています、椹の十二枚八分足で、大したものだ、いまだに貴方のお暮しの話をして居りますが、あの時私ア道楽の罰で瘡《かさ》をかいて、医者も見放し、棟梁の処に雑用が滞《たま》り、薬代も払えず、どうしたらよかろうと思ってると、旦那が手前の病気は薬や医者では治らねえから、これから直に湯治に往け、己が二十両遣ると仰しゃってお金を下すった、その時分の二十両はたいしたものだ、その金を貰って草津へ往き、すっかり湯治をして帰りに沢渡へ廻り、身体を洗って帰って来た時、旦那が、清次、手前の病気の治るようにこの観音様を信心して遣ったから拝めと、お前様もそう云って他人の私を子か何かのように親切にして下さいやして、誠に有難いと思い、その時の御恩は死んでも忘れやせん、私アこれから東京へ帰ったが、この時節に成りやしたから大阪へ往ったり、また少《ちっ》とばかり知る者があって長崎の方へ往って、くすぶって居て、存じながら手紙も上げず、御無沙汰をしやしたが、漸々こっちへ帰り、今では鉄砲洲の新湊町に居り、棟梁の端くれをいたし、仕手方を使う身分に成りましたから、前橋の方へ御機嫌伺いにまいりましょうと思って居りやす所へ、嬉しい一生懸命で拝んだ観音様だから忘れは仕ません、その観音様から清水様のお嬢さんという事が分り、誠に不思議な事でございます、大した事も出来ませんが、これから先は及ばずながら力になります心持でございます、気を落してはいけません、確かりしておいでなさい、旦那は七年前東京へお出でなされ、お帰りのないのに捜しもしなさらないのかね」

母「はい、能くまア恩を忘れず尋ねておくんなさいました、今まで情を掛けた者はあっても、こっちが落目になれば尋ねる者は有りませんが貴方も知ってる通り、段々世の中が変って来て、お屋敷がなくなったから御用がない所から、止せばええに、種々はア旦那どんも手を出したが皆な損ばかりして、段々身代を悪くしたんだア、するともう一旗揚げねえばなんねえと云って、田地も家も蔵も抵当とやらにして三千円の金を借り、その金を持って唐物屋とか洋物屋とかを始めると云って横浜から東京へ買《け》え出しに出たんだよ、ところが他に馴染の宿屋がねえと云って、春見丈助様は前橋様の御重役で、神田の佐久間町へ宿屋を出したと云うから、そこに泊っていて買え出しをすると云って、家を出たぎり帰らず、余り案じられて堪んねえから、重二郎を捜しにやった所が、こっちへ来た事は来たが、直ぐ横浜へ往ったが、未だ帰らねえかと云われ、倅も驚いて帰り、手分をして諸方を捜したが、一向に知れず、七年以来手紙も来ねえからひょっと船でも顚覆《ひっくりか》えって海の中へ陥没《ぶちはま》ってしまったか、または沢山金を持って居りやしたから、泥坊に金を奪られたのではないかと、出た日を命日と思っていたが、抵当に入れた田地家蔵は人に取られ、身代限りをして江戸へ来ても馴染がねえから、何をしても損をしたんだよ、貧乏の苦労をするせいか、とうとう終《しまい》に眼は潰れ、孝行な子供二人に苦労を掛けやんす、清次どん力になって、どうぞ子供等二人を可愛がっておくんなさいよ」

と涙ながらに物語りましたから、清次も貰い泣きをして、

清「へいへいそれはまアお気の毒な訳で、及ばずながら、どのようにもお世話を致しますが、私も貧乏で有りやすから大した事も出来ますめえが、あなた方三人ぐれい喰わせるのに心配は有りません」

と云いながら、おまきに向い、

清「お嬢さん、ここにいらっしゃるのは御子息様でございやすか、始めてお目にかかります」

重「私は重二郎と申しやす不調法ものですが、どうか何分宜しく願います」

清「へいへい及ばずながらお世話致しましょう、私はもう帰りやす、沢山の持合せはございませんがここに金が十円有りますから、置いてまいります、お足しには成りますめえが、また四五日の内に手間料が取れると持って来ます」

重「これはどうも戴いては済みません」

と推返すをまた押戻して、

清「あれさ取っておいて下せえ、七年前に出た旦那が帰らねえのは不思議な訳だが、そこへ泊って買出しをすると云った、春見屋という宿屋が怪しいと思いますが、過去った事だから仕方がない、早く私が知ったらば、調べ方も有ったろうに、ええ仕様がねえ、何しろ私は外に用がありますから、また近え内にお尋ね申しやす、時節を待っておいでなさい」

母「茶はないがお湯でも上げて、何ぞ菓子でも上げてえもんだが、貧乏世帯だから仕方がない、どうかまた四五日内にお出でなすって下さい」

清「また良いお医者様が有ったらばお世話致します。お構いなすって下さいますな」

と云いながら立上るから、誠に有難うございますと娘と倅は見送ります。

清「左様なら」

と清次は表へ出て、誠にお気の毒だと、真実者ゆえ心配しながら、鉄砲洲新湊町へ帰ろうと思いますと、ちらりちらり雪の花が降り出しまして、往来はぱったりと途絶え、夜もよほど更けて居ります。川口町から只今の高橋の袂へかかりますと、穿いて居りました下駄を、がくりと踏みかえす途端に横鼻緒が緩みました。

清「ああ痛《いて》え痛え、下駄を横に顛覆《ひっくりけえ》すと滅法界痛えもんだ、これだこれじゃア穿く事が出来ねえ」

と独語《ひとりごと》を云いながら、腰を掛けるものがないから、河岸に並んで居ります、蔵の差かけの下で、横鼻緒をたって居りますと、ぴゅーと吹掛けて来る雪風に、肌が裂《き》れるばかり、慄いあがる折から、橋の袂でぱたぱたぱたと団扇の音が致しまして、皺枯れ声で、商「鍋焼饂飩」

と呼んで居ります所へ、ぽかりぽかりと駒下駄穿いて来る者は、立派な男で装は猟虎《らっこ》の耳つきの帽子を冠り、白縮緬の襟巻を致し、藍微塵の南部の小袖に、黒羅紗の羽織を着て、ぱっち尻からげ、表附きの駒下駄穿き、どうも鍋焼饂飩などを喰いそうな装では有りませんが、ずっと饂飩屋の傍へ寄り、

男「饂飩屋さん一杯おくれ」

饂「へい只今上げます」

と云いながら顔を見合わせ、

饂「えこれは」

男「大きに待遠だったろうな、もっと早く出ようと心得たが、何分出入が多人数で、奉公人の手前もあって出る事は出来なかった」

饂「待つのは長いもので、おまけに橋の袂だから慄え上るようで、拳骨で水鼻《みずっぱな》を摩《こす》って今まで待っていたが、雪催《ゆきもよう》しだから大方来なかろう、そうしたら明日は君の宅へ往く積りだった」

男「此間《こないだ》君が己の宅へ、まア鍋焼饂飩屋の姿で、ずかずか入って来たから、奉公人も驚き、僕も困ったじゃアないか」

又「何で困る、君は今川口町四十八番地へあの位な構えをして、その上春見と人にも知られるような身代になりながら、僕はこんな不体裁だ、身装《みなり》が出来るくらいなら君の処へ無心には往かんが、実は身の置処がなくって饂飩屋になった又作だ、ここで千円の資本《もとで》を借り、何か商法に取附くのだ、君もまた貸したって、宜しいじゃアねえか」

丈「それも宜いが、郵便を遣すにも態《わざ》と鍋焼饂飩屋又作と書かれては困るじゃねえか」

又「そうしなければ君が出て来ねえからだ、もし来なければ態と何本も何本も郵便を遣る積りだ、まア宜いじゃねえか、あれだけの構えで、千円ぐらい貸しても宜い訳だ、元は一つ屋敷に居り、君

は大禄を取り、僕は小身もの、御維新《ごいっしん》の後、君は弁才があって誠しやかにこういう商法を遣れば盛大に成ろうと云うから、僕が命の綱の金を君に預けた所、商法は外れ、困ってる所へ三千円の金を持って出て来た清水助右衛門を打殺し……」
丈「おいおい静かにしたまえ」
又「だから云やアしないから千円の金を貸したまえとこう云うのだ」
丈「それが有るからこうやって金を貸す方で、足手を運んで、雪の降るのに態々《わざわざ》橋の袂まで来たのだから、本当に宜い金貸をもって仕合ではないか」
又「僕も金箱と思ってるよ、じたばたすれば巡査が聞付けて来るように態と大きな声をするぞ、事が破れりゃア同罪だ」
丈「静かに静かに、生憎今日は晦日で金円が入用で、纏まった金は出来んが、ここへ五十円持って来たから、これだけ請取っておいてくれ、残金《あときん》は来月五日の晩には遅くも十二時までに相違なく君の宅まで持って行くから待って居てくれたまえ」
又「だから百円だけ持って来てくれというに、刻むなア、五十円ばかりの破れ札だが、受取っておこう、そんなら来月五日の晩の十二時までに、宜しい心得た、千円だぜ」
丈「千円の所は遣るめえもんでもないが、君、助右衛門を殺した時三千円の預り証書を着服したろうから、あれを返して呉れなければいかんぜ」
又「そんなものは有りゃアしねえが、また君が軽く金を持って来て、この外に百円か二百円遣るからと云えば、預り証書も出めえもんでもねえから、五日の晩には待ち受けるぜ」
丈「もう宅へ帰るか」
又「五十円の金が入ったから、直に帰ろう、ええ寒かった、一緒に往こう」
丈「君は大きな声で呶鳴るから困るじゃアないか、僕は先へ往くよ」
又「どうせあっちへ帰るんだ、一緒に往こう」

と鍋焼饂飩と立派な男と連れ立って往きます。こなたに最前から図らず立聞きを致しております清次は驚きました。最も細かい事は小声ですから能くは分りませんが、清水助右衛門を殺した時に三千円を、という事を慥かに聞いて、さては三千円の金を持って出た清水の旦那を殺した悪人は、彼等二人に相違ない、どこへ行くかと、見え隠れに跡を附けてまいりますと、一人は川口町四十八番地の店蔵で、六間間口の立派な構の横町の方にある内玄関の所を、ほとほとと叩くと、内から開きを明け、奉公人が出迎えて中へ入る。饂飩屋は亀島橋を渡って、二丁目三十番地の裏長屋へ入るから、窃《そっ》と尾《つ》いて往くと、六軒目の長屋の前へ荷を下して、がちりっと上総戸を明けて入るから、清次は心の内で、此奴《こいつ》ここに住んでるのか、不思議な事もあるものだ、清水重二郎様のお宅はここから丁度四軒目で、一つ長屋に敵同志が住んで居ながら、これでは知れないはずだ、よしよし五日の晩には見現わして、三千円の金を取返して、清水の旦那の仇を復《かえ》さずにおくものか、と切歯《はぎしり》をしながらその夜は帰宅致しまして、十二月五日の夜明店《あきだな》に忍んで井生森又作の様子を探り、旧悪を見顕わすという所はちょっと一息つきまして、直ぐに申上げます。

## 六

さて重二郎は母の眼病平癒のために、暇さえあれば茅場町の薬師へ参詣を致し、平常《ふだん》は細腕ながら人力車《じんりき》を挽き、一生懸命に稼ぎ、僅かな銭を取って帰りますが、雨降り風間にあぶれることも多い所から歯代が溜りまして、どうも思うように往き立ちません所へ、清次から十円という纏まった金を恵まれましたので息を吹返し、まアまアこれでお米を買うが宜しいとか、店賃を納めたが宜かろうとか、寒いから質に入れてある布子を出してきたら宜かろうと、母子《おやこ》三人が旱魃に雨を得たような、心持になり、久し振で汚れない布子を被て、重二郎が茅場町の薬師へお礼参りにまいりました。丁度十二月の三日の夕方でございます。薬師様のお堂へまいり、柏手を打って頻りに母の眼病平癒を祈り、帰ろうといたしますと、地内に宮松という茶屋があります。これは棒の時々飛込むような、怪しい茶屋ではありません。そこから出て来た女は年頃三十八九で色浅黒く、小肥りに肥り、小ざっぱりとした装をいたし人品のいい女で、ずかずかと重二郎の傍へ来て、

女「もし貴方はあのなんでございますか、あの清水重二郎様と仰しゃいますか」

重「はい私は清水重二郎でございますが、あなたはどこのお方ですか」

女「あのお手間は取らせませんから、ちょっとこの二階までいらっしって下さいまし」

重「はい、なんでがんすか、私ア急ぎやすが、どこのお方でがんすえ」

女「いいえ、春見のお嬢様でございますが、ちょっとお目にかかりお詫び事をしたいと仰しゃってですが、お手間は取らせませんから、ちょっとこの二階へお上んなさいましよ」

重「先達ては御恵みを受け、碌々お礼も申上げやせんでしたが、今日は少々急ぎますから」

と云いながら往きにかかるを引き留め、

女「お急ぎでもございましょうが、まアいらっしゃいまし」

と無理に手を取って、宮松の二階へ引上げました、重二郎も三円貰った恩義がありますから、礼を云おうと思ってまいりました。

女「こちらへお這入んなさいまし」

と云われ重二郎は奥の小座敷へ這入ると、文金の高髷に唐土手の黄八丈の小袖で、黒縮緬に小さい紋の付いた羽織を着た、人品のいい拵えで、美くしいと世間の評判娘、年は十八だが、世間知らずのうぶな娘が、恥かしそうにちょいちょいと重二郎の顔を見ては下を俯《む》いて居まして、

いさ「こちらへお這入り遊ばしまし、どうぞどうぞこちらへ」

重「此間《こないだ》は私お宅へ出やした時、あなたが可愛相だと云って金をお恵み下され、早速お返し申そうと思いましたが、いまだにお返し申す時節がまいりません、どうか遅くも押詰りまでには御返金

致します心持ちで、お礼にも出ませんでした」

い「此間はせっかくお出で遊ばしましたが、父はあの通り無愛相ものですからお前さんにお気の毒な、まア素気ない事を申しましたから嘸《さぞ》お腹が立ちましたろうと、実は蔭でお案じ申して居りましたが、今日は貴方が薬師様へお参りに入らっしゃるという事を聞きましたから、兼と二人で、のう兼」

兼「本当でございますよ。お嬢様が貴方のことを案じて、どうかしてどこかでお目にかかりたいもんだが、どうしたら宜かろうかといろいろ私にお聞きなさいますから、私も困りましたが、貴方のお宅の近所で聞いたら、貴方は間さえあれば薬師様へお参りにいらっしゃるとの事ゆえ、今日は貴方のお参りにいらっしゃるお姿をちらりと見ましたから、駈けて帰り、宅の方は宜いようにして、お嬢様と一緒に先刻からここにまいって待って居りましたが、本当に宜くいらっしゃいました、嬢さまが頻りに心配なすっていらっしゃいますよ」

い「兼や、あの御膳を」

と云えば、おかねはまめまめしく、

兼「あなたお急ぎでございましょうが、嬢さまが一と口上げて、御膳を上げたいと仰しゃいますから」

重「私アお飯はいけません、お母が待って居ますから直ぐに帰ります」

兼「なんでございますねえ、本当にお堅いねえ、嬢様がよっぽどなんしていらっしゃいますのに、貴方お何歳《いくつ》でいらっしゃいますえ」

重「私ア二十三でございます」

兼「本当に御孝行ですねえ、嬢様は貴方の事ばかり云っていらっしゃいますよ、そうして嬢様はひとさわがしいがやがやした事はお嫌いで、余所《よそ》の姉さん達のように俳優《やくしゃ》を大騒ぎやったりする事はお嫌いで、貴方の事ばかり云っていらっしゃいますから、本当に貴方、嬢様を可愛そうだと思って、お参りにお出でのたびにちょっと逢って上げて下さい、こっちでも首尾して待って居りますから、それも出来ずば、月に三度宛《ずつ》も嬢様に逢って上げてくださるように願います」

重「とんでもない事を仰しゃいます、お嬢様は御大家の婿取り前の独り娘、私ア賤しい身の上、たとえ猥《いや》らしい事はないといっても、男女《なんにょ》七歳にして席を同じゅうせず、今差向いで話をして居れば、世間で可笑しく思いますし、もし新聞にでも出されては私ア宜うがんすが、あなたはお父様へ御不孝になりやんすから、そんな事の無い内に私ア帰ります」

兼「あなた、お厭やなら仕方がありませんが、嬢様何とか仰しゃいな、何故こっちへお尻を向けていらっしゃいます、宅でばかりこう云おう、ああ云おうと仰しゃって本当に影弁慶ですよ、そうして人の前では何も云えないで、私にばかり代理を務めさせて、ほんとうに困りますじゃア有りませんか、ようお嬢様」

い「誠に申しにくいけれども、どうか御膳だけ召上ってください、もしお厭やならばお母様はお加減が悪くていらっしゃるから、お肴を除けておいて、あのお見舞に上げたいものだねえ」

兼「あなた召上らんでも、お帰りの時重箱は面倒だから、折詰にでもして上げましょう、嬢様お話を遊ばせ、私は貴方のお母さんのお眼の癒るよう、嬢様の願いの叶うように、ちょっと薬師様へお代参をして、お百度を五十度ばかりあげて帰ってまいって、まだ早いようなれば、また五十度上げて来ます、直ぐに往って来ます」

と仲働《なかばたらき》のお兼が気をきかし、その場を外して梯子を降りる、跡には若い同士の差向い、心には一杯云いたい事はあるが、おぼこ気の口に出し兼ね、もじもじして居ましたがなに思いましたか、おいさは帯の間へ手を入れて取出す金包を重二郎の前に置き、

い「重さん、これは誠にお恥かしゅうございまして、少しばかりでございますが、お母さまが長い間お眼が悪く、貴方も御苦労をなさいますと承わりましたから、お足しになるようにと思いますが、思うようにも行届きませんが、これでどうぞ何かお母さんのお口に合った物でも買って上げて

下さいまし、ほんの少しばかりでございますが、お見舞の印にお持ちなすって下さいまし」
重「へいへい此間はまア三円戴き、それで大きに私も凌ぎを附けやしたがまたこんなに沢山金を戴いては私済みやせんから、これを戴くのは此間の三円お返し申した上のことと致しましょう」
い「そんなことを仰しゃいますな、せっかく持って来たものですからどうか受けてください、お恥かしい事でございますが、私は貴方を心底思って居りまして済みません、あなたの方では御迷惑でも、それは兼が宜く存じて居ります、この間お別れ申した日から片時も貴方の事は忘れません」
と云いながら指環《ゆびわ》を抜取りまして、重二郎の前へ置き、
い「これは詰らない指環でございますが、貴方どうぞお嵌《は》めなすって、そうして貴方の指環を私にくださいまし、あなたもし嵌めるのがお厭やなら蔵《しま》っておいてくださいまし、私は何も知りませんが、西洋とかでは想った人の指環を持って居れば、生涯その人に逢う事がなくても亭主と思って暮すものだと申します、私はほんとうに貴方を良人《おっと》と思って居りますから、どうぞこれを嵌めてください」
と恥かしい中から一生懸命に慄えながら、重二郎の手へ指環を載せ、じっと手を握りましたが、この手を握るのは誠に愛の深いもので、西洋では往来で交際の深い人に逢えば互に手を握ります、追々開けると口吸するようになると云いますが、これは些と汚いように存じますが、そうなったら円朝などはぺろぺろ嘗《な》めて歩こうと思って居ります。今おいさにじっと手を握られた時は、さすがに物堅き重二郎も木竹では有りませんから、心嬉しく、おいさの顔を見ますと、蕾の花の今半ば開かんとする処へ露を含んだ風情で、見る影もなき重二郎をばこれほどまでに思ってくれるかと嬉しく思い、重二郎もまたおいさの手をじっと握りながら、
重「おいささん、今仰しゃった事がほんとうなら飛立つほど嬉しいが、只今も申す通り、私は今じゃア零落れて裏家住いして、人力を挽く賤しい身の上、お前さんは川口町であれだけの御身代のお嬢様釣合わぬは不縁の元、迚《とて》もお父さんが得心して女房にくれる気遣いもなければ、また私が母

に話しても不釣合だから駄目だと云って叱られます、姉も堅いから承知しますめえ、と云って親の許さぬ事は出来ませんが、あなたそれほどまで思ってくださるならば、人は七転び八起きの譬で、運が向いて来て元のようになれんでも、切めて元の身代の半分にでも身上が直ったらおいささん、お前と夫婦に成りましょう、私も女房を持たずに一生懸命に稼ぎやすが、貴方も亭主を持たずに待って居てください」

い「本当に嬉しゅうございます、私は一生奉公をしても時節を待ちますから、お身を大事に重二郎さん、あなた私を見捨てると聴きませんよ」

と慄声で申しましたが、嬉涙に声塞り後は物をも云われず、さめざめとし襦袢の袖で涙を拭いて居ります。想えば思わるるで、重二郎も心嬉しく、せわせわしながら、

重「私はもう帰りますが、今の事を楽みに時節の来るまで稼ぎやすよ」

い「御身代の直るように私も神信心をして居ります、どうぞお母様にお目にはかかりませんが、お大事になさるように宜く仰しゃってくださいまし」

重「この包はせっかくの思召でございますから貰って往きます」

と云っている処へお兼が帰ってまいり、

兼「もう明けても宜しゅうございますか、お早ければ最う一遍往ってまいります」

と云いながら隔の襖を明け、

兼「なんだかお堅い事ねえ、本当に嬢様は泣虫ですよ、お気が小さくっていらっしゃいますから、あなた不憫と思って時々逢って上げて下さいまし、あの最うお帰りですか、またお参りにいらっしゃって、間さえあれば毎日でも首尾を見てここにいますから、時々逢って上げて下さいよ、どうも素気ないことねえ、表は人が通りますから、裏からいらっしゃいまし、左様なら」

と重二郎は宅へ帰りまして、母にも姉にも打明けて云われず、と云って問われた時には困りますから、その指環を知れないように蔵《しま》う処はあるまいかと考え、よしよしと云いながら紙へくるんで

腹帯の間へ挟んで、時節を待ち、真実なおいさと夫婦になろうと思うも道理、二十三の水の出花であります。お話変って、十二月五日の日暮方、江戸屋の清次が重二郎の居ります裏長屋の一番奥の、小舞かきの竹と申す者の宅へやってまいり、

清「竹、宅か」

竹「やア兄い、大きに御無沙汰をして、からどうも仕様がねえ、貧乏暇なしで、聞いておくんねえ、此間《こねえだ》甚太ッぽうがお前さん世話アやかせやがってねえ、からどうも喧嘩っ早い《ばえ》もんだからねえ、尤も金次の野郎が悪いんでございやさアねえ、湯屋《ゆうや》でもってからに金次の野郎が挨拶しずにぐんとしゃがむと、お前さん甚太っぽーの頭へ尻を載せたんでごぜいやす、そうすると甚太っぽーが怒って、下から突いたから前へのめって湯を呑んだという騒ぎで、この野郎というのが喧嘩のはじまりで、甚太っぽーの顳顬《こめかみ》を金次が喰取って酸っぺいって吐出したのです、後で段々聞いてみると梅干が貼って有ったのだそうで、こりゃア酸ぺいねえ」

清「詰らねえ事を云ってるな、少し頼みがあるが、襤褸《ぼろ》の蒲団と小さな火鉢へ炭団《たどん》を埋《い》けて貸してくれねえか、それを人に知れねえようにあすこの明店へ入れておいてくれ」

竹「なんです、火でも放《つ》けるのかえ」

清「馬鹿ア云うなえ、火を放ける奴があるものか」

小舞かきの竹は勝手を知っていますから、明店の上総戸を明けて中へ這入り、菰《こも》を布き、睾丸火《きんたま》鉢を入れ、坐蒲団を布きましたから、その上に清次は胡座をかき、

清「用があったら呼ぶから、もういいや」

竹「時々茶でも持って来ようかねえ」

清「一生懸命の事だから来ちゃアいけねえ」

と云われ、竹はその儘そっと出て往く。隣りは又作の住いですが、未だ帰らん様子でございます、暫くたつと、がらがら下駄を穿いて帰って参り、がらりとがたつきますする雨戸を明けて上へあがり、

擦附木《すりつけぎ》でランプへ火を点し、鍋焼饂飩の荷の間から縁《へり》のとれかかった広蓋を出し、その上に思い付いて買って来た一升の酒に肴を並べ、その前に坐り、

又「いつまで待っても来んなア」

と手酌で初める所を、清次はそっと煙管の吸口で柱際の壁の破れを突《つッ》つくと、穴が大きくなったから、破穴から覗《のぞ》いていますが、これを少しも知りませんで、又作はぐい飲み、猪口《ちょく》で五六杯あおり附け、追々酔が廻ってきた様子で、旱魃《ひでり》の氷屋か貧乏人が無尽でも取ったというようににやりにやりと笑いながら、懐中から捲出したは、鼠色だか皮色だか訳の分らん胴巻ようの三尺の中から、捻紙《こより》でぎりぎり巻いてある屋根板ようのものを取出し、捻紙を解き、中より書附を出し、開いてにやりと笑い、また元の通り畳んで、ぎりぎり巻きながら、あちらこちらへ眼を附けていますから、何をするかと清次は見ていると、饂飩粉の入っています処の箱を持出し、饂飩粉の中へその書附ようのものを隠し、蓋を致しまして襤褸風呂敷にてこれを包み、独楽の紐など継ぎ足した怪しい細引でその箱を梁へ吊し、紐の端をこっちの台所の上り口の柱へ縛り附け、仰ぬいて見たところが屋根裏が燻《くすぶ》っていますから、箱の吊して有るのが知れませんから、まずよしと云いながら、またぐびぐび酒を呑んで居ます中に、追々夜が更けてまいりますと、地主の家の時計がじゃじゃちんちんと鳴るのは最早十二時でございます。この長家は稼ぎ人が多いゆえ、昼間の疲れでどこもかもぐっすり寝入り、一際寂《しん》といたしました。すると路地を入いって、溝板《どぶいた》の上を抜け足で渡って来る駒下駄の音がして又作の前に立ち止り、小声で、

男「又作明けても宜いか」

又「やア入りたまえ、速かに明けたまえ、明くよ」

男「大きな声だなア」

と云いながら、漸く上総戸を明け、跡を締め、

男「締りを仕ようか」

又「別に締りはない、ただ栓張棒《しんばりぼう》が有るばかりだが、泥坊の入る心配もない、かくの如き体裁だが、どうだ」
男「随分穢いなア」
又「実に貧窮然たる有様だて」
男「大きに遅参したよ」
又「今日君が来なければ、些としょむずかしい事を云おうと思っていた」
春「両隣は明店で、あとは皆稼ぎ人ばかりだから、十時を打つと直きに寝るものばかりだから、安心してまア一杯遣りたまえ、寒い時分だから」
春「さア約束の千円は君に渡すが、どうかこの金で取附いてどんな商法でも開きなさい、共に力に成ろうから、何でも身体を働いて遣らなくっちゃアいけんぜ、君は怠惰者《なまけ》だからいかん、運動にもなるから働きなさい、酒ばかり飲んでいてはいかんぜ、何でも身を粉に砕いて取附かんではいかん」
又「それは素よりだ、いつまでこうやって鍋焼饂飩を売ってても感心しないが、これでも些とは資本《もとで》が入るねえ、古道具屋へ往って、黒い土の混炉《コンロ》が二つ、行平《ゆきひら》鍋が六つ、泥の鍋さ、これは八丁堀の神谷通りの角の瀬戸物屋で買うと廉いよ、四銭五厘ずつで六つ売りやす、それから中段の箱の中へ菜を煠《う》でて置くのだが、面倒臭いから洗わずに砂だらけの儘釜の中へ入れるのだ、それから饂飩粉を買いに往んだが、饂飩粉は一貫目三十一銭で負けてくれた、所で饂飩屋はこれを七玉《ななツたま》にして売ると云うが、それは嘘だ実は九玉《ここのツたま》にして売るのだが、僕は十一にして売るよ、花松魚《はながつお》は紙袋へ入れて置くのだが、これも猫鰹節《ねこぶし》を細《こまッ》かに削ったものさ、海苔は一帖四銭二厘にまけてくれるよ、六つに切るのを八つに切るのだ、これに箸を添えて出す、清らかにしなければならんのだが、余り清らかでねえことさ、これでその日を送る身の上、行灯は提灯屋へ遣ると銭を取られるから僕が書いた、鍋の格好が宜しくないが、うどんとばかり書いて鍋焼だけは鍋の形で見せ、醤油樽の中に水を入れ、土瓶に汁《つゆ》が入っているという、本当に好くしても売れねえ、こういう訳で、あの寒い橋の袂でこれを売ってその日を送るまでさ、旧時《むかし》は少々たりとも禄を食《は》んだものが、時節とは云いながら、残念に心得て居ります、処へ君に廻《めぐ》り逢って大きに力を得た、その千円で取附くよ」

春「千円は持って来たが、三千円の預り証書と引替に仕ようじゃないか」

又「よく預り証書預り証書と云うなア」

春「隠してもいかん、助右衛門を打殺して旅荷に拵えようとする時に、君が着服したに相違ない、隠さずに出したまえ」

又「有っても無くてもともかくも金を見ねえうちは証文も出ない訳さ」

春「そんなら」

と云いながら懐からずっくり取出すと、

又「有難え、えーおー有難い、これだけが僕の命の綱だ」

春「此間は何を云うにも往来中で、委しい話も出来なかったが、助右衛門の死骸はどうしたえ」

又「お宅から船へ積んで深川扇橋へ持って往き、猿田船へ載せ、僕が上乗をして古河の船渡から上って、人力を誂え、二人乗の車へ乗せて藤岡を離れ、都賀村へ来ると、プンと死骸の腐った臭いがすると車夫が嗅ぎ附け、三十両よこせとゆするから、遣るかわりに口外するなと云うと、火葬にすると云って、沼縁へ引込んで、葭蘆の茂った中で、コッソリ火葬にして、沼の中へ放り込んだ上、何かの様子を知った人力車夫の嘉十、活《いか》しておいては後日の妨げと思い、簀蓋を取って打殺し、沼へ投り込んで、それから、どろんとなって、信州でその年を送って、石川県へ往って三年ばかり経って大阪へまいった所、知ての通り芸子舞子の美人揃いだからたまらない、君から貰った三百円もちゃちゃふうちゃさ、止むを得ず立帰った所が、まアこういう訳で取附く事が出来ねえから、鍋焼饂飩と化けてると、川口町に春見氏とあって河岸蔵は皆な君のだとねえ、あのくれいになったら千円ぐらいはくれても当然《あたりめえ》だ」
春「金は遣るから預り証書を出したまえよ」
又「無いよ、どうせ人を害せば斬罪だ、僕が証書を持ってて自訴すれば一等は減じられるが、君は逃れられんさ、宜しいやねえ、まア宜いから心配したまうな」
春「出さんなら千円やらんよ」
又「だって無いよ、さア見たまえ」
と最前預り証書は饂飩粉の中へ隠しましたゆえ平気になり、衣物《きもの》をぼんぼん取って振い、下帯一つになって、
又「この通り有りゃアしない、宅も狭いからどこでも捜して見たまえ」
と云われ春見も不思議に思い、あの証書を他へ預けて金を借るような事は身が恐いから有るまいが、畳の下にでも隠して有ろうも知れぬから、表へ出してやって、後で探そうと思い、
春「まア宜い、仕方がないが、こう家鴨《しゃも》ばかりでは喰えねえ、向河岸へ往って何か肴を取って来たまえ」
と云いながら、懐中から金を一円取出して又作の前へ置く。
又「これは御散財だねえ千円の金を持って来た上で肴代を出すとは、悪事をした報いだ」
と云いながら出て往く、跡にて春見は家内を残らず探したが知れません。どこへ隠したか、どこへ置いてきたか、穴でも掘って埋《い》けてあるのではないか、床下にでも有りはしないか、何しろ彼奴の手に証書を持たしておいては、千円遣っても保つ金ではない、遊び果してまた後日ねだりに来るに違いない、これが人の耳になれば遂に悪事露顕の原《もと》だから、罪なようだが、彼奴を殺してしまいここへ火を放《つ》け、証書も共に焼いてしまうより外に仕様がない、又作を縊り殺し、この家へ火を放ければ、又作は酒の上で喰い倒れて、独身者《ひとりもの》ゆえ無性にして火事を出して焼死《やけし》んだと、世間の人も思うだろうから、今宵又作を殺してこの家へ火を放けようと、悪心も増長いたしましたもので、春

見は思い謀って居りますところへ、又作が酒屋の御用を連れて帰ってまいり、

又「大きに御苦労、平常己が借りがあるものだから、番頭めぐずぐず云やアがったが、今日は金を見せたもんだから、直ぐよこしやアがった、肴もついでに御用に持たして来たよ、大きに御苦労だった、毎もは借りるが今日は現金だ、番頭に宜く云ってくんな」

と云いながら上へ上り、これから四方山《よもやま》の話を致しながら、春見は又作に盞《さかずき》を差し、自分は飲んだふりをして、あけては差すゆえ、又作はずぶろくに酔いました。

又「大きに酩酊致した、ああ好い心持だ、ひどく酔った」

春「君、僕も酩酊致したから最う立ち帰るよ、千円の金は宜しいかえ、確に渡したよ」

又「宜しい、金は死んでも離さない、宜しい、大丈夫心配したまうな」

春「それじゃア締りを頼むよ」

と云うと、又作は横に倒れるを見て、春見は煎餅のような薄っぺらな損料蒲団を掛けて遣る中に、又作はぐうぐうと巨蟒《うわばみ》のような高鼾で前後も知らず、寝ついた様子に、春見は四辺を見廻すと、先ほど又作が梁へ吊した、細引の残りを見附け、それを又作の首っ玉へ巻き附け、力に任せて縊附《しめっ》けたから、又作はウーンと云って、二つ三つ足をばたばたやったなり、悪事の罰で丈助のために縊り殺されました。春見は口へ手を当て様子を窺うとすっかり呼吸が止った様子ゆえ、細引を解き、懐中へ手を入れ、先刻渡した千円の金を取返し、薪《たきぎ》と木片《こっぱ》を死人の上へ積み、縁の下から石炭油の壜を出し、油を打ッ注《か》け、駒下駄を片手に提げ、表の戸を半分明け、身体を半ば表へ出しておいて、手らんぷを死骸の上へ放り付けますと、見る見る内にぽっぽっと燃上る、春見は上総戸を閉《た》てる間もなく跣足《はだし》の儘のめるように逃出しました。する内に火は焔々《えんえん》と燃え移り、又作の宅は一杯の火に成りましたが、この時隣りの明店にいた清次は大いに驚き、まごまごしては焼け死ぬから、ともかくも眼の悪い重二郎のお母に怪我があってはならんと、明店を飛出す、これから大騒動のお話に相成ります。

# 七

西洋の人情話の作意はどうも奥深いもので、証拠になるべき書付を焼捨てようと思って火を放けると、そのために大切の書付が出るようになって居りますが、実に面白く念の入りました事で、前回に申上げました通り、春見丈助は井生森又作を縊り殺して、死骸の上に木片を積み、石炭油を注ぎ掛けて火を放けて逃げますというのは、極悪非道な奴で、火は一面に死骸へ燃え付きましたから、隣りの明店に隠れて居りました江戸屋の清次は驚きましたが、通常《あたりまえ》の者ならば仰天して逃げ途を失いますが、そこが家根屋で火事には慣れて居りますから飛出しまして、同じ長家に居る重二郎の母を助けようと思ったが、否々先ほど又作が箱の中へ入れて隠した書付が、万一《ひょっ》としてかの三千円の預り証書ではないか、それに就ては何卒消されるものなら長家の者の手を仮りて消し止めたいと思い、取って返して突然《いきなり》又作の家を明けると、火はぽッぽッと燃上りまして火の手が強く、柱に縛付けてあった細引へ火が付きますと、素より年数の経って性《しょう》のぬけた細引でございますから、焼け切れますると、かの箱が一つ竈《べっつい》へ当り、その機みに路地へ転げ落ちましたから、清次はいやこれだと手早くその箱を抱えて、

清「竹え、長家から火事が出た、消せ消せ」

と云って呶鳴りましたから、長家の者が出てまいり揉み消しましたから、火事は漸々隣りの明家へ付いたばかりで消えましたが、又作は真黒焦《まっくろこげ》になってしまいましたけれども、誰あって春見丈助が火を放けたとは思いませんので、どうも食《くら》い倒れの奴を長家へ置くのが悪いのだ、大方又作は食い酔ってらんぷを顚倒《ひっくりけえ》したのだろう、まア仕方がないと云うので、届ける所へ届けて事済みに成りました。そんな事と存じませんのは、親に似ません娘のおいさで、十二歳の時に清水助右衛門が三千

円持って来た時、親父が助右衛門を殺してその金を奪取り、それから取付いてこれだけになったのは存じて居りますし、また助右衛門の家はその金を失ってから微禄いたして、今は裏家住いするようになったが、可愛相にと敵同志でございますが、重二郎と言い交せましたのは、悪縁で、おいさはどうかお母さんの目が癒ればいいがと、薬師様へ願掛をして居ります。丁度十一日の事で、おいさが家を脱け出して日暮方からお参りに往きました。こちらでは重二郎が約束はしませんが、娘は一の日は内の首尾が出いいと云ったこともあるし、今日往ったら娘に逢えようかと思って、薬師様へまいり、お百度を踏んで居りますと、お兼という春見の女中が出てまいりまして、まアこちらへと云うので、宮松の二階へ連れて往って、

兼「誠に今日はお目にかかれるだろうと思って来ましたが、お間が宜くって、ねえお嬢様」

重「今日は私も少しお目にかかりたいと思っていましたが、少し長屋に騒動があって、どうも」

兼「そうですって、あなたのお長屋から火事が出ましたって、お嬢さんも御心配なさいますから、あの御近所へ出て様子を聞きましたが、それでもマア直に消えましたって、大きに安心しましたよ」

重「あの私も少しお話がしたい事がありますがあんたのお名は何とか申しましたっけねえ」

兼「はい私はかねと申しますので」

重「どうかお嬢様に少しお話がありますから、あなたは少しここへお出でなさらねえように願いたいもので」

兼「今度は貴方の方からそう仰しゃいますように成りましたねえ、今度は二百度を踏んで来ますよ」

と云いながら出て往きますと、後は両人が差向いで、

いさ「誠にこの間は失礼をいたしました、お母様のお眼はいかがでございます」

重「此間貰った十円の金と指環はあなたへお返し申しますから、お受け取りなすって下さいまし」

い「あれ、せっかくお母様に上げたいと思って上げたのに、お返しなさるって、そうして指環も

返そうと仰しゃるのは、貴方お気に入らないのでございますか」
重「此間も云う通り、釣合わぬは不縁の元、零落果てたこの重二郎、が貴方と釣合うような身代になるのはいつの事だか知れません、あなたがそれまで亭主を持たずには居られますめえし、私だってても年頃になれば女房を持たねえ訳にはいきません、此間あんたが嬉しい事を云ったから女房にしようと約束はしたが、まだ同衾《ひとつね》をしねえのが仕合せだから、どうか貴方はいい所から婿を取って夫婦中よくお暮しなすって、私が事はふッつりと思い切って下さらないと困る事がありますから、何卒思い切って下さい、ようよう」
い「はいはい」
と云って重二郎の顔を見詰めて居りましたが、ぽろりと膝へ泪をこぼして、
い「重さん、私は不意気ものでございますから、貴方に嫌われるのは当前でございますが、たとえ十年でも二十年でも亭主はもつまい、女房はもたないと云い交せましたから、真実そうと思って楽んで居りましたのに、貴方がそう仰しゃれば私は死んでしまいますが、万一許嫁《ひょっといいなずけ》の内儀さんでも田舎から東京へ出て来てそれを女房になさるなら、それで宜しゅうございますから、私は女房になれないまでも御飯炊《ごぜんたき》にでも遣ってあなたのお側にお置きなすって下さいまし」
重「勿体ない、御飯炊どころではないが云うに云われない訳があって、あんたを女房にする事は出来ません、私もお前さんのような実意のあるものを女房にしたいと思って居りましたが、訳があってそういうわけに出来ないから、どうか私が事は思い切り、良い亭主を持って、死ぬのなんのと云うような心を出さないで下さい、お前さんが死ぬと云えば私も死なねばならないから、どうか思い切って下さい」
い「お前さんの御迷惑になるような事なら思切りますけれど、お前さんの御迷惑にならないように死にさえすればようございましょう」
重「どうかそんな事を云わねえで死ぬのは事の分るまで待って下さい、後でなるほどと思う事が

ありますから、どうか二三日待って下さい、久しく居るのも親の位牌に済みませんから」

と云いながら起とうとするを、

い「まア待って下さい」

と袖に縋るのを振切って往きますから、おいさは欄干に縋って重二郎を見送りしまま、ワッとばかりに泣き倒れました所へ、お兼が帰ってまいり、漸々労わり連立って家へ帰りました。すると丁度その暮の十四日の事で、春見は娘が病気で二三日食が少しもいかないから、種々心配いたし、名人の西洋医、佐藤先生や橋本先生を頼んで見てもらっても何だかさっぱり病症が分らず、食が少しもいきませんから、さすがの悪者でも子を思う心は同じ事で、心配して居ります所へ、

男「ええ新湊町の屋根屋の棟梁の清次さんという人が、あなたにお目にかかりたいと申して参りました」

丈「なんだか知れないが病人があって取込んで居るから、お目にかかる訳にはいかないから、断れよ」

男「是非お目にかかりたいと申して居ります」

丈「なんだかねえ、此間大工の棟梁にどうも今度の家根屋はよくないと云ったから、大方それで来たのだろう、どんな装をして来たえ、半纏でも着て来たかえ」

男「なアに整然とした装をして羽織を着てまいりました」

丈「それではまアこっちへ通せ」

と云うので下男が取次ぎますと、清次が重二郎を連れて這入って来ましたから、重二郎を見るとお兼が奥へ飛んで来まして、

兼「お嬢様、重さんが家根屋さんを連れて来ましたよ、此間あなたに愛憎尽《あいそづか》しを云ったのを悪いと思って来たのでしょう」

い「そうかえ、そんなら早く奥の六畳へでもお通し申して逢わしておくれ」

兼「そんな事を仰しゃってもいけません、私が今様子を聞いて来ますから」
と障子の外に立聞きをします時、
丈「さアこちらへこちらへ」
清「へい新湊町九番地にいる家根屋の清次郎と申します者で、始めてお目に懸りました」
丈「はい始めて、私は春見丈助、少し家内に病人があって看病をしたので、疲れて居りますから、これ火を上げろ、お連があるならお上げなさい」
清「ええ少し旦那様に内々お目にかかってお話がしとうございまして参りましたが、お家の方に知れちゃア宜しくありませんから、どうか人の来ねえ所へお通しを願いたいもので」
丈「此間大工の棟梁が来て、家根の事をお話したから、その事だろうと思っていましたが、何しろお話を聞きましょう、これ胴丸の火鉢を奥の六畳へ持って往け」
清「旦那、まアお先へ」
と先きへ立たせて跡から重二郎の尾いて来ることは春見は少しも知りません。
丈「これよ、茶と菓子を持って来いよ、かすてらがよいよ、これこれ、何かこの方が内々の用談があってお出でになったのだから、皆なあちらへ往って、こっちへ来ないようにするがいい、お連れがあるようですね」
清「重二郎さん、こっちへお這入り」
重「誠に久しくお目にかかりませんでした」
丈「おやおや清水の息子さんか、此間はせっかくお出でだったが、取込んでいて失敬を云って済みません、何かえ清次さんのお連かえ」
清「旦那え、私が前橋にくすぶって居りましたとき、清水さんの御厄介になりました、その若旦那で、今は零落れて直き亀島町にお出でなさるのを聞いて驚きましたから、そんなにくずぐずしていないで、春見様は直きこの向うにいて立派な御身代になっておいでなさるから、お父さんがお預け申した金を返してお貰い申すがいいじゃないかと云っても、若いお方ですから、ついおっくうがってお在《いで》なさるから、今日は私がお連れ申しましたが、どうか七年前の十月の二日にお預け申した三千円の金はお返しなすって下さい」

丈「なに三千円、僕が預かった覚えはないが、どういう訳で重二郎殿が清次さんお前さんにそんな事を云ったのだえ」

清「へい、段々旦那も身代が悪くなって、商法を始めるのに就いて高利を借り三千円の金を持って東京へ買出しに出て来て、馴染の宿屋もねえ事ですから、元前橋で御重役をなすった貴方が、東京へ宿屋を出してお在《いで》なさるから、あそこへ行って金を預けて買出しをすれば大丈夫だと、宅へ云置いて出て来た儘帰って来ねえで、素より家蔵を抵当にして借りた高利だから、借財方から責められ、重さんのお母さんが心配して眼が潰れて見る影もねえ御難渋、私も見かねて貴方へ預けた金を取りに来やした、預けたに違えねえ三千円、元は大小を挿した立派な貴方、開化になっても士族さんは士族さん、殊にこれだけの身代で、預ったものを預からないと云っては御名義にも係わりますから、旦那、返して遣って下せえな」

丈「お黙んなさい、預かった覚えは毛頭ありません、何を証拠に三千円の金を、私が何んで預りましょう、殊に七年あと清水さんが私の所へ参った事はありません」

重「それは些とお言葉が違いましょう、私が七年前に親父を捜しに来た時、なるほど清水助右衛門が来たと云った事があるが、貴方はお侍さんにも似合いませんねえ」

丈「なるほどそれは来ました、さア来ましたが、直に横浜へ往くと云うから、まア一晩泊ったら宜かろうと云ったが聞き入れず、直に出て往きなすって泊りはせんと云いました」

重「それだからさ」

清「まア黙ってお出でなせえ、旦那え、今三千円の金があれば清水の家も元のように立ちやす、そうすれば貴方も寝覚めがいいから、どうか返して下せえ、親子三人、浮び上ります」

丈「浮び上るか沈んでしまうか知りませんが、七年前預けたものを今まで取りに来ないはずはありますまい、殊に十円や二十円の金じゃアなし、三千円という大金ではないか」
清「旦那静かになせえ証拠のないものは取りに来ません、三千円確かに預かった、入用の時は何時《なんどき》でも返えそうという証書があります」
丈「なに証書がある、証書があれば見ましょう見ましょう」
と春見は心の中に思うのに、又作を殺し、家まで焼いてしまったから、証書のあるはずはないと思いまして、気強く、
丈「さア見ましょう見ましょう」
清「旦那、これにあります」
と家根板のような物に挟んである証書を出して、春見に手渡にしませんで、
清「旦那これが証拠でございます」
と云われた時はさすがの春見も面色土の如くになって、一言半句も有りません。
清「旦那え、これだけ立派な証拠があるのに、年月が経っても返さなければ泥坊より苛いじゃねえか、難渋を云って頼んでも理に違っちゃアこれほども恵まねえ世の中じゃアありませんか、何故貴方預かった覚えはないと仰しゃいました」
丈「お静かにして下さい、お静かにして下さい、実は預かったに違いないが、清水殿が金を預けて横浜へ参り、年月《としつき》を経っても取りに来ないところから、段々僕も微禄してこの三千円があれば元のようになれるかと思い、七年経っても取りに来ないからよもや最う取りに来やアしまいと心得て、人間の道にあるまじき、人の預けた金を遣い、預かった覚えはないと云ったのは重々申訳がないが、只今早速御返金に及ぶから、何卒男と見掛けてお頼み申すから棟梁さん内聞にして呉れまいか」
清「そりゃア宜しゅうございますが、品に寄ったら訴えなければならねえが、旦那、無利息じゃアありますまい、貴方も銀行や株式の株を幾許《いくら》か持っていなさるお身の上だから、預金《あずけきん》の取扱い方

も御存じでしょうが、この金を預けてから七年になるから、七朱にしても、千四百七十円になりますが、利息を付けてもらわなけりゃアならねえぜ」

丈「至極御尤もでござるから、只今直ぐに上げます、少しお待ち下さい」

と直ぐに立って蔵へまいり、三千円の外に千四百七十円耳を揃えて持ってまいり、
丈「へい、どうかお受取り下さい」

と出しましたから、数を改めて、
清「重さんおしまいなさい」

と云うから、重二郎は予て用意をして来た風呂敷へ金包を包んで腰へしっかり縛り付けました。

清「旦那金は確に受取りましたから証書はお返し申しますが、金ばかりじゃア済みますめえぜ」

丈「三千円返して、証文の面《おもて》に利子を付けるという事はないが、こちらの身に過りがあるから、利子まで付けて遣ったが、外に何があるえ」

清「外に何も貰うものはねえが、この金を預けた清水助右衛門さんの屍骸を返してもれえてえ」

と云われて春見は恟りして思わず後へ下ると、清次は膝を進ませて、

「お前さんが七年前に清水さんを殺したその白骨でも出さなけりゃア、跡に残った女房子が七回忌になりやしても、訪《と》い弔いも出来やせん」

と云いながら、ぐるりっと上げ胡坐を掻きましたが、この納りはどう相成りましょうか、次回までお預かりにいたしましょう。

## 八

引続きまする西洋の人情噺も、この一席で満尾になります故、くだくだしい所は省きまして、善

人が栄え、悪人が亡び、可愛いい同志が夫婦になり、失いました宝が出るという勧善懲悪の脚色《しくみ》は芝居でも草双紙でも同じ事で、別して芝居などは早分りがいたしますが、朝幕で紛失した宝物を、一日掛って詮議を致し、夕方にはきっと出て、めでたしめでたしと云って打出しになりますから、皆様も御安心でお帰りになりますが、何も御見物と狂言中の人と親類でも何でもないに、そこが勧善懲悪と云って妙なもので、善人が苦しむ計りで悪人が終いまで無事でいましては御安心が出来ません。しかし善という事はむずかしいもので、悪事にはとかく染り易いものでござります。かの春見丈助利秋は元八百石も領しておりました立派な侍でありながら、利慾のため人を殺して奪いましたその金で、悪運強く霊岸島川口町で大した身代になりましたが、悪事というものは、どのように隠しても隠し遂《おお》せられないもので、どうしてあの人があのように金が出来たろう、何だか訝《おか》しいねえ、この頃こういう事を聞いたが、万一《ひょっと》したらあんな奴が泥坊じゃアないか知らんと、話しますを聞いた奴は、直にそれを泥坊だと云い伝え、またそれから聞いた奴は尾に鰭をつけて、あれは大泥坊で手下が三百人もあるなどと云うと、それから探索掛《たんさくがかり》の耳になって、調べられるというようになるもので、天に口なし、人を以て云わしむるという譬の通りでございます。かの春見は清水助右衛門の倅重二郎がいう通り、利子まで添えて三千円の金を返したのは、横着者ながら、どうかこの事を内聞にしてもらいたいと、それがため別に身代に障るほどの金高でもありませんから、清く出しましたが、家根屋の清次が助右衛門の死骸を出せと云うに驚き内心にはどうして清次がかの助右衛門を殺した事を知っているかと思い、身を慄わせて面色変り、後の方へ退りながら小声になって、

丈「清さん、ああ悪い事は出来ないものだ、その申訳は春見丈助必らず致します、どうかここでは話が出来ませんから、蔵の中でお話を致します、他へ洩れんようにお話をいたしたいから、一緒にお出でを願います」

清「蔵の中でなくてもここでも宜いじゃアありませんか」

丈「ここでも宜しいが、奉公人に知れんようにしたい、娘も今年十八になるから、この事を話せ

ば病にも障ろうと思って、誠に不憫でござる、是非お話申したい事がございますから、どうか蔵の中へお出で下さい」

清「参りやしょう参りやしょう」

丈「どうか事静かに願います、決して逃げ匿れは致しません」

と云いながら先に立って蔵の戸をがらがらと開けて内へ入りましたから、清次は腹の中で思うに、春見は元侍だから刃物三昧でもされて、重二郎に怪我でもあってはならんと思いまして、煙草盆の火入れを火の入ったまま片手に提げ後へ隠して蔵の中へ入りましたから、重二郎も恐る恐る入りますと、春見は刀簞笥から刀を出し、こちらの簞笥から紋付の着物を出して、着物を着替え、毛布《ケット》をそこへ敷き延べて、

丈「只今申訳を致します」

と云って刃物を出したから、清次は切り付けるかと思い、覚悟をしていますと、春見は突然短刀を抜いて腹へ突き立ってがばりっと前へのめったから、清次は直に春見の側へ往こうと思ったが、此奴死んだふりをしたのではないかと思うゆえ、

清「言訳をしようと思って腹を切んなすったかえ」

丈「ささ人を殺し多くの金を奪い取った重罪の春見丈助、縲絏《なわめ》に掛っては、只今は廃刀の世なれどもこれまで捨てぬ刀の手前、申訳のため切腹しました、臨終《いまわ》の際に重二郎殿、清次殿御両人に頼み置きたき事がござる、悪人の丈助ゆえ、お聞き済みがなければ止むを得ざれど、お聞届け下されば忝《かたじけ》ない、清次殿どうして貴殿は僕が助右衛門殿を殺したことを御存じでござるな」

清「頼みと云うのはどういう事か知れねえが、その頼みによってはまた旦那に話して聞きもしようが、言訳に困って腹を切るのは昔のことだが、どうもお前さんは太い人だねえ、清水の旦那を殺し、又作という奴に悪智を授けて、屍骸を旅荷に造り、佐野の在へ持って往き、始末をつけようとする途中、古河の人力車夫に嗅ぎ付けられ、沼縁へ持って往って火葬にした事は、私ゃア能く知っ

てるぜ」

丈「さささそれがさ、天命とは云いながら、知れ難い事を御存じあるのは誠に不思議でござるて」

清「その又作という奴が、三千円の証書をもっているから、又作を殺して、それを取ろうとする謀計《たくみ》の罠を知って、実はお前さんが又作を縊り殺し、火を放けて逃げた時、その隣の明店で始末を残らず聞いていたのだ、何んと悪い事は出来ねえものだねえ」

丈「どうも左もなくば知れる道理はござらぬが、それが知れるというのは天命遁れ難い訳でござる」

清「その又作が火葬にして沼の中へ放り込んだ白骨を捜し出すか、出る所へ出るか、二つに一つの掛合に来たのに、腹を切って私に頼むと云うのは一体どういう頼みですえ」

丈「さればでござる、御存じの通りいさと申す手前一人の娘が、いかなる悪縁か重二郎殿を思い初めましたを、重二郎殿が親の許さぬ淫奔《いたずら》は出来ぬと仰しゃったから、一室《ま》にのみ引籠り、ただくよくよと思い焦れて遂に重き病気になり、病臥して居ります、かかる次第ゆえ、この始末を娘が聞知る時は、憂に迫り病重って相果てるか、願の成らぬに力を落し、自害をいたすも知れざるゆえ、何卒この事ばかりは娘へ内聞にして下さらば、手前のこの身代は重二郎殿へ残らず差上げます、これこの身代は助右衛門殿の三千円の金から成立ったものなれば、取りも直さず、皆助右衛門殿が遺された財産で、重二郎殿が所有たるべきものでござる、諸方へ貸付けてある金子の書類はこの箪笥の引出にあって、娘いさが残らず心得て居ります、敵同志のこの家の跡を続《つ》ぐのはお厭であろうが重二郎殿、我なき後は他に便りなき娘のおいさを何とぞ不憫と思召され、女房に持ってはくださるまいか、いやさ敵同志の丈助の娘を女房に持たれまいが、ささ御尤もでござるが彼は我実子にあらず、我剣道の師にて元前橋侯の御指南番たりし、荒木左膳と申す者の娘の子なり」

清「ふう、それをどうしてお前さんの娘にはしなすったえ」

丈「さささその仔細お聞き下され」

と苦しき息をつきまして、
丈「今を去ること十九年以前、左膳の娘花なる者が、奥向へ御奉公中、先殿様のお手が付き懐妊の身となりしが、その頃お上通りのお腹様嫉妬深く、お花を悪み、遂に咎なき左膳親子は放逐を仰付けられ、浪々中《ろうろうちゅう》お花は十月《とつき》の日を重ね、産落したは女の子、母のお花は産後の悩みによって間もなく歿せしため、跡に残りし荒木左膳が老体ながらも御主君のお胤と大事にかけて養育なせしが、その後左膳も病に臥し、死する臨終《いまわ》に我を枕元に招き、我が亡き跡にてこの孫をその方の娘となし、成長の後身柄ある家へ縁付けくれ、頼む、と我師の遺言、それよりいさを養女となせしが、娘と申せど主君のお胤なれば、何とぞ華族へ縁付けたく、それに付ても金力なければ事叶わずと存ぜしゆえ、これまで種々の商法を営みしも、慣れぬ事とて皆な仕損じ、七年前に佐久間町へ旅人宿を開きし折、これ重二郎殿、君の親御助右衛門殿が尋ね来て、用心のため預けられた三千円の金を見るより、ああこの金があったなら我望《わがのぞみ》の叶う事もあらんと、そぞろに発《おこ》りし悪心より人を殺した天罰覿面《てきめん》、かかる最後を遂げるというも自業自得、我身は却って快きも、ただ不憫な事は娘なり、血縁にあらねば重二郎どの、女房に持ってくださらば心のこさず臨終いたす、お聞済くだされ」
と血に塗れたる両手を合せ、涙ながらに頼みます恩愛の情の切なるに、重二郎と清次と顔を見合わせて暫く黙然といたして居りますと、蔵の外より娘のおいさが、網戸を叩きまして、
い「申し、清次さん、ここ開けて下さいまし」
清「おお誰だえ」
い「はい、いさでござります、どうぞ開けて、死目に一度逢わせてください」
というから、清次は慌てて戸を開けますと、おいさは転げ込んで父の膝に縋り付き、泣倒れまして、
い「もうしお父様、お情ない事になりました、生の親より深い御恩を受けました上、こういう事になりましたも皆な私を思召しての事でございますから、皆様どうぞ代りに私を殺して、お父様を

お助けなされて下さいまし」
　と嘆く娘を丈助は押留め、
丈「ああこれ、お前を殺すくらいなら、あのような悪い事はいたさぬわい、只今も願う如く、予てお前の望みの通り重二郎殿と末長う夫婦になって、我が亡後の追善供養を頼みます、申し御両君いかがでございます」
清「ふう、どうして重二郎さんにこの家の相続が出来ますものかね」
重「それに貴方が変死した後で、お上への届けもむずかしゅうござりましょう」
丈「その御心配には及びませぬ、と申すは七ケ年以前、貴君の親御より十万円恩借ありて、今年返済の期限来り、万一延滞候節は所有地家蔵を娘諸共《そろ》、貴殿へ差上候と申す文面の証書を認めて、残し置き、拙者は返金に差迫り、発狂して切腹致せしとお届けあらば、貴殿へ御難義はかかりますまい」
　と云いながら硯箱を引寄せますゆえ、おいさは泣々《なくなく》蓋を取り、泪に墨を磨り流せば、手負なれども気丈の丈助、金十万円の借用証書を認めて、印紙を貼って、実印を捺し、ほッほッほッと息をつき、
丈「臨終の願いに清次殿、お媒人《なこうど》となって、おいさと重二郎どのに婚礼の三々九度、ここで」
　と云う声もだんだんと細くなりますゆえ、二人も不憫に思い、蔵前の座敷に有合う違棚の葡萄酒とコップを取出して、両人の前へ差出せば、涙ながらにおいさが飲んで重二郎へ献《さ》しまするを見て、丈助は悦び、にやりと笑いながら、
丈「跡方は清次どのお頼み申す早くこの場をお引取りなされ」
　と云いつつ短刀を右手の肋《あばら》へ引き廻せば、おいさは取付き嘆きましたが、丈助は立派に咽喉《のど》を掻切り、相果てました。それより早々その筋へ届けますと、証書もありますから、跡方は障りなく春見の身代は清水重二郎所有となり、前橋竪町の清水の家を起しましたゆえ、母は悦びて眼病も全快

致しましたは、皆な天民の作の観音と薬師如来の利益《りやく》であろうと、親子三人夢に夢を見たような心地で、その悦び一方ならず、おいさを表向に重二郎の嫁に致し、江戸屋の清次とは親類の縁を結ぶため、重二郎の姉おまきを嫁に遣って、鉄砲洲新湊町へ材木店を開かせ、両家ともに富み栄え、目出たい事のみ打続きましたが、これというも重二郎同胞《はらから》が孝行の徳により、天が清次の如き義気ある人を導いて助けしめ、遂に悪人亡びて善人栄えると申す段切に至りましたので、聊か勧善懲悪の趣意にも叶いましょうと存じ、長らく弁じまして、嘸かし御退屈でござりましたろうが、この埋合せには、またその内に極面白いお話をお聞に入れる積りでござりますれば、相変らず御贔屓を願い上げます。

（拠若林玵蔵、伊藤新太郎筆記）

俠骨今に馨《かんばし》く
賊胆猶《な》ほ腥《なまぐさ》し

# 松の操美人の生理

# 序

居士は東京に生れ東京に長《そだ》ちたる者なり。僅に人事を解せしより、市川団十郎氏の演劇《しばい》と三遊亭円朝氏の談芸《はなし》を好み、常にこれを見、これを聞くを以て無上の楽しみと為せるが、明治九年以来当地に移住せるを以て、復両氏の技芸を見聞する能わず。ただ新聞雑誌の評言と、在京知人の通信と、当地の朋友が東京帰りの土産話とに依て、二氏の技芸の、歳月と共に進歩して、団十郎氏が近古歴史中の英雄豪傑に扮して、その精神風采を摸するに奇を専らにし、円朝氏が洋の東西、事の古今、人の貴賤を論ぜず、その世態人情を写すに妙を得たるを知り、弥仰慕の念に耐ず、一回《ひとたび》これを見聞せんと欲するや極めて切なり。去る十七年の夏、偶事に因て出京せるを幸い、平素《ひごろ》の欲望《のぞみ》を達せん事を思い、旅寓に投じて、行李を卸すや否や、まず主人を呼で二氏の近状を問う。主人答て曰く、団十郎は新富劇《しんとみざ》に出場せるが、該劇《かのざ》は近日《このごろ》炎帝特に威を恣にするを以て、昨日俄に場を閉じ、円朝は避暑をかねて、目今静岡地方に遊べりと。居士これを聞て憮然たるもの暫久《ややひさ》しゅうす。この行《こう》都下に滞留すること僅に二周間に過ず、団十郎再度《ふたたび》場に登らず、円朝氏留って帰らざるを以て、遂に二氏の技芸を見聞する能わず、宝山空手の思い徒に遺憾を齎らして還る。その翌十八年の夏酷暑と悪病を避けて有馬の温泉に浴す。端《はし》なく会人《あいづのひと》無々君と邂逅して宿を倶にす。君は真宗の僧侶にして、学識両《ふたつなが》ら秀で尤も説教に長ぜりと。君一日浴後居士の室に至る、茶を煮て共に世事を談ず。君広長舌《こうちょうぜつ》を掉い無碍弁《むげべん》を恣にして頻に居士の耳を駭《おどろ》かす。談偶文章と演説の利益に及ぶ。君破顔微笑して曰く、文章の利は百世の後に伝わり、千里の外に及ぶ、演説の益は一席の内に止まり数人の間に限れり、故に利益の広狭《こうきょう》より言えば、素より同日の論に非ず、しかれどもその人の感情を動かすの深浅より言えば文章遠く演説に及ばず、かつ近来速記術世に行われ演説をそのまま筆に上して世に伝うの便を得たり、親しく耳に聞くと、隔りて目に視ると、感情稍薄きに似たれどもなおその人に対しその声を聴くの趣《おもむき》を存して尋常文章の人を動すに優れり、余は元来言文一致を唱うる者なり、曾て新井貝原両先輩が易読の文を綴りて有益の書を著わすを見て常にその識見の高きを感ずれども、しかれどもなおその筆を下すや文に近く語に遠きを恨みとなす、維新以降文章頗る体裁を改め、新聞雑誌の世に行わるるや、文明の魁《さきがけ》社会の先進たる福沢福地両先生高見卓識常に文を草する言文一致の法を用い、高尚の議論を著わし緻密の思想を述ぶるに、佶屈聱牙《きつくつごうが》の漢文に傚わず、艶麗嫺雅の和語を摸さず、務めて平易の文字と通常の言語《げんぎょ》を用い始めしより、世の後進輩靡然としてその風に習い、大いに言語と文章の径庭《へだたり》を縮めたるは余の尤も感賞する所なり、いな大いに世の文明を進め人の智識を加うるに稗益あり、かつそれ試《こころみ》に言語と文章の人の感情を動かすの軽重に就てここに一例を挙んに、韓退之蘇子瞻《かんたいしそしせん》の上に駕する漢文の名人、紫式部兼好法師も三舎を避ける和語の上手をして文を草せしめ、これを贈りて人の非を諫めしむると、訥弁鈍舌の田夫野老をして面前言《まのあたりことば》を呈して人の非を諫めしむると、その人の感情を動す孰《いず》れか深き、韓蘇紫兼《かんそしけん》の筆恐くは田夫野老の舌に及ばざらん、また他の一例を引んに、後醍醐天皇新田義貞に勾当《こうとう》の内侍を賜わる、義貞歓喜《よろこび》の余り「されば死ねとの仰せかや」の一語を発せる旨太平記に記せるを、ある漢文の名家、その語を漢訳して曰く「吾をして死なしむるなり」と原訳両文の人の感情を動す孰か深きと言うに、原文の妙、訳文に優ること数等なるを覚ゆ、蓋原文は言語《ことば》に近く訳文は言語に遠ければなり、また本多作左が旅中家に送りし文に曰く「一筆申す火の用心、阿仙泣《おせんなか》すな、馬肥《うまこや》せ」と火を警《いまし》むるは家を護《まも》る第一緊要的の事、阿仙は一子の名泣すなの一語これが養育に心を用いん事を望むの意至れり、馬肥せの一句造次顚沛《ぞうじてんぱい》にも武を忘れざる勇士の志操《こころづけ》十分に見ゆ、また遊女高尾が某君《なにがしのきみ》に送りし後朝《きぬぎぬ》の文に曰く「ゆうしは浪の上の御帰り御館の首尾いかがこなたにては忘れねばこそ思い出《いだ》さず候《そろ》かしく、君は今駒形あたり時鳥《ほととぎす》」とこの両尺牘《ふたつのてがみ》文章字句の上より論ずれば敢て鍛練の妙を尽せしに非ず、推敲の巧みを求めたるに非ねども、僅々の文字に能く情理の二ツを尽し、これを退之《たいし》が孟尚書《もうしょうしょ》に与うるの書、兼好が人に代って塩谷《えんや》の妻に送るの文《ふみ》に比するも、人の感情を動かすの深き決して渠《かれ》に劣らざる可し、これもまた他に非ずその文の直《ただち》に言《ことば》を写せばなり、抑も人の喜怒哀楽直に発して言と成り再び伝って文と成る、言《こと》を換えてこれを言えば、言は意を写し文は言を写せるものなり、直写と復写とその精神を露わすに厚薄あり、随て他の感情を動かすに軽重あるまた宜ならずや、方今漢文を能《よく》するを以て世に尊まるる者極めて多く、中に就て菊池三渓翁依田百川《ひゃくせん》君の二氏尤も記事文に巧みに、三渓翁は日本虞初新誌《にっぽんぐしょしんし》の著あり、百川君は譚海《たんかい》の作あり、倶に奇事異聞を記述せるものにて文章の巧妙なる雕虫吐鳳《ちょうちゅうとほう》ために洛陽の紙価を貴からしめしも、余を以てこれを評さしめば、未落語家三遊亭円朝氏が人情話の巧に世態を穿ち妙に人情を尽せるに如《し》かず、その人の感情を動す頗る優劣ありと言《いわ》んとす、嗚呼《ああ》円朝氏をして欧米文明の国に生れしめば、その意匠の優れたる、その弁舌の秀でたる、大いに公衆の尊敬を蒙り、啻に非常の名誉と非常の金銀を得るに止らず、あるいは爵位をも博し得て富貴両《ふうきふたつなが》ら人に超え、社会上流の紳士に数えらるるや必せり、惜哉《おしいかな》東洋半開の邦に生れたるを以て僅に落語家の領袖《おやだま》と呼《よば》れ、あるいは宴会に招かれあるいは寄席に出で、一席の談話漸く数十金を得るに過ず、その位置たる尋常一様の芸人と伍して官吏学者の輩に向て一等を譲らざるを得ず、実に不幸と謂つ可し、と口を極めてこれを賞賛す。居士もまたその説の当れるを賛して可と称す。爾来居士の円朝氏の技に感ずるやまた一層の厚きを添え、同氏の談話筆記怪談牡丹燈籠、塩原多助一代記等一編出る毎にこれを購い、目読の興を以て耳聞の楽《たのしみ》に換ゆ、しかり而して親しく談話を聞くと坐ら筆記を読むと、自《おのずか》ら写真を見ると実物に対するの違い有れば稍隔靴掻痒《ややかくかそうよう》の憾《かん》無きにあらず、かつや円朝氏固《かた》より小説家ならねば談話の結構においてはあるいは間然《かんぜん》するところ有るも、話中出るところ夥多《かた》の人物老若男女貴賤賢愚一々身に応じ分に適《かな》え、態を尽し情を穿ち、喜怒哀楽の状目前その人を見るの興味有らしむるに至りては実に奇絶妙絶舌に神《しん》ありと言う可し。益々無々君の言文一致の説に感じ、文章の言語に如《し》かざると弁《わきま》え、かつ曩《さき》に無々君が円朝氏の技を賛する過言に非るを知る。頃来《このごろ》書肆駸々堂主人一小冊を携えて来り、居士に一言を冠せん事を望む、受てこれを閲《けみ》すれば、即ち三遊亭円朝氏の演ぜし人情談話《にんじょうばなし》、美人の生埋《いきうめ》を筆記せるものなり。その談話《はなし》は、福地源一郎君が口訳して同氏に授けたる仏国有名の小説を、同氏が例の高尚なる意匠を以て吾国の近事に翻案し、例の卓絶なる弁舌を以て一場の談話として演述したるものにて、結構の奇、事状の異、談話の妙、所謂三拍子揃い、柳の条《えだ》に桜の花を開《さ》かせ、梅の香りを有《も》たせ、毫《ごう》も間然する所なきものにて、曩に世に行われし牡丹燈籠、多助一代記等に勝る事万々なり。居士一読覚えず案を拍《うっ》て奇と叫び、いよいよ無々君の説に服し、円朝氏の技に駭き、直に筆を採て平生の所感を記し、以て序に換ゆ。

明治二十年四月二十日

半痴居士　宇田川文海識

# 一

一席申し上げます。お耳慣れました西洋人情話の外題《げだい》を、松の操美人の生埋とあらためまして……これは池の端の福地先生が口うつしに教えて下すったお話で、仏蘭西《フランス》の侠客《おとこだて》が節婦《せっぷ》を助けるという趣向、原書はBuried《ベリッド》 a《エ》 life《ライフ》という書名だそうで、酔った時はちと云い悪《にく》い外題でございますが、生きながら女を土中に埋め、生埋めに致しましたを土中から掘出しまする仏蘭西の話を、日本に翻《なお》して、地名も人名も、日本の事に致しましただけで、前以てお断りを申さんでは解りませんから、申し上げまするが、アレキサンドルを石井山三郎《さんざぶろう》という侠客にして、この石井山三郎は、相州浦賀郡《そうしゅううらがごおり》東浦賀の新井町に廻船問屋で名主《なぬし》役を勤めた人で、事実有りました人で、明和の頃名高い人で、この人の身の上に能《よ》く似ておりますから、この人に擬《なぞら》え、またコウランという美人をお蘭と名づけ、ヴリウという賊がございますが、これは粥河図書《かゆかわずしょ》という宝暦八年に改易になりました金森兵部少輔《かなもりひょうぶしょうゆう》様の重役で千二百石を取った立派なお方だが、身持が悪くて、悪事を働きました事を聞きましたから、これを図書の身の上にいたし、またマクスにチャーレという、あちらに悪人がござりますからマクスを真葛周玄《まくずしゅうげん》という医者にして、チャーレを千島礼三《れいぞう》という金森家の御納戸《おなんど》役にいたし、巴里《パリー》の都が江戸の世界、カライの港が相州浦賀で、倫敦《ロンドン》が上総《かずさ》の天神山《てんじんやま》、鉄道は朝船夕船に成っておりますだけで、お話はすべて原書の儘《まま》にしてお聞きに入れますから、宜しくそちらでお聞分けを願います。金森家の瓦解に成りましてから、多く家来も有りましたが皆散り散りばらばらになりまして、嫡子出雲守《ちゃくしいずものかみ》、末の子まで、南部大膳大夫《なんぶだいぜんだいふ》様へお預けに成りました。粥河図書は年齢《としごろ》二十六七で、色の白い人品の好《よ》い仁《ひと》で、尤も大禄を取った方は自然品格が違います。大分貯えも有りまして、白金台町へ地面を有《も》ちまして、庭なども結構にして、有福に暮して居りました。真葛周玄という医者を連れて、丁度十月十二日池上のお籠りで、唯今以て盛りまするが、昔から実に大した講中《こうじゅう》がありまして、法華宗《ほっけしゅう》は講中の気が揃いまして、首に珠数《じゅず》をかけ団扇太鼓《うちわだいこ》を持って出なければなりませんように成っております。粥河は素より遊山半分信心は附《つけ》たりですから、真葛の外に長治という下男を連れて、それに芳町《よしちょう》の奴《やっこ》の小兼《こかね》という芸者、この奴というのは男らしいという綽名《あだな》で、この小兼は厭味の無い誠にさっぱりとした女で、芸が善くって器量も好うございます。それに客愛想も好いから当時の流行妓《はやりっこ》で家には少しの貯えも有るという位、もう一人はその頃の狂歌師談洲楼焉馬《だんしゅうろうえんば》の弟子で馬作《うまさく》という男、しかし狂歌は猿丸太夫のお尻《いど》という赤ッ下手だが一中節《いっちゅうぶし》を少し呻《うな》るので、それで客の幇間《たいこ》を持って世を渡るという男、ただこの男の顔を見ると何となく面白くなるという可愛らしい男で、皆様が贔屓《ひいき》にして供に連れて歩くという、この五人連で好天気でぶらぶらと出掛けました。

馬「私は初めて来たので、尤もお宗旨《しゅうし》で無いからだがどうも素敵で」

ときょろきょろする。両側は一面に枝柿を売る家が並んで、その並びには飴菓子屋汁粉屋飯屋などが居て、常には左のみ賑かではございませんが、一年の活計《くらし》を二日で取るという位な苛《ひど》い商いだが、実に盛んな事で、お参りの衆は皆首に珠数を掛けて太鼓を叩きまする。

馬「こう何だか珠数と太鼓が無いと極りが悪いようで、もし珠数と太鼓を買おうじゃアありませんか、珠数というのを」

図「馬鹿ア云え、この連中にそんな物が入るもんか、入らんぜ」

馬「それでも何だか無いと形が極りませんから、兼ちゃんお待ちよ珠数を買うから……おい婆さん」

婆「はいはい」

馬「あの珠数は幾らだ」

婆「はいはいそちらはなんで三分二朱でございます」

馬「高いね、もう些《ち》っと安直なのは無いかね、安いので宜しい、今日一日の掛流しだから、安いのが好い、安いのは無いかい、そっちの方のは幾らだ」
婆「こちらのは白檀《びゃくだん》ですから一両二分で」
馬「ひゃア篦棒《べらぼう》に高い高い、もっと安いのは無いか、こっちのは」
婆「これは紫檀《したん》ですから二分で宜《よ》うございます」
馬「まだ高い高い、おいほんの間に合せにするのだから」
婆「そんなら梅と桜に遊ばせ」
馬「それは安いかい」
婆「六百文《もん》でございます」
馬「妙々梅《みょうみょう》と桜で六百出しゃ気儘か、宜しい……皆様《みなさん》先へ入らっしゃい……じゃア婆さん此金《これ》で」
婆「生憎お釣がございません、お気の毒様で、どうかお端銭《はした》がございますなら」
馬「じゃアこうしよう、お参りをして来るからそれまでに取替えておいてお呉れ」
婆「はい畏《かしこ》まりました」
と婆は金を受取り数珠を渡します。馬作は珠数を首に掛け、
馬「そんなら婆さんきっと頼んだぜ、さアこいつが有りゃア大威張だ、時に兼ちゃんどうです大変な賑いですねえ、今日のお賽銭はどのくらい上りましょう、羨しいね私もお祖師様に成りてえ、もしあんな別嬪《べっぴん》なぞに拝まれてね」
兼「馬鹿アお云いな勿体ない」
馬「さア来た来た」
と本堂に上り柏手をポンポン。
馬「いや柏手じゃア無かった粗忽《そそっ》かしくッて宜い、南無妙法蓮華経南無妙法蓮華経南無妙法蓮華経南ア無妙《んみょ》ウ法蓮華経もしちょっと様子が好いじゃアありませんか別嬪ばかりずうっとさ、色気の

有る物にゃア仏様でも敵《かな》いませんね、女がお参りに来なくっちゃアいけません、どうも鼻筋の通った口元の締った所《とこ》は左団次に似て、顋《あご》のこう……髪際《はえぎわ》や眼の所は故人高助にその儘で、面《おも》ざしは団十郎にすっぱりで、ああありゃア先刻《さっき》遇った」

兼「何を云ってるのだえ騒々しいねえ」

馬「何さお祖師様のお顔の事さ」

兼「お祖師様のお顔に先刻遇ったかえ」

馬「いえ何さ……扨《さて》忠二もお薩様で一度にふッ切りまして漸く歩けるように成りましたから、お礼にちょっと是非上らなくッちゃアならんと申しましたが、生憎今日はお約束がございまして、それで私が言伝《ことづて》を頼まれて参りました宜しく申し上げて呉れと申しました」

図「これこれ馬作何を云うのだ」

馬「いえさ、私の友達がお祖師様の御利益《ごりやく》で横根を吹っ切りましたから、そのお礼のことづかりを云ってる処で」

皆々「アハハハハ」

二

これから元名村《もとなむら》の所へ来ると丹波屋という茶漬屋がありますが、ここも客が一杯であれから右へ切れて、川崎へ掛る石橋の所、妻恋村《つまごいむら》へ出ようとする角に葭簀張《よしずっぱり》が有って、その頃は流行《はやり》ました麦藁細工で角兵衛獅子を拵え、また竹に指《さし》た柿などが弁慶に挿してあります。床几《しょうぎ》にはちょっと煙草盆があって、店の方には粔籹《おこし》に捻鉄松風《ねじかねまつかぜ》に狸の糞などという駄菓子が並べてございます。唯今茶を汲んでいる娘は年が十八九で、眼元が締り、色くっきりと白くして豊頰《しもぶくれ》の愛敬のある、少しも白粉《おしろい》気《け》の無い実に透通るような、これが本当の美人と申すので、この娘が今襷掛《たすきがけ》で働いて居ります、余り美しいから人が立停って見ている様子。

馬「もし旦那ちょっと御覧なさい、素晴しい別嬪で、御覧なさいあのどうも前掛などが垢染みているがどうも別嬪で」

図「なるほどこれは美人だ」

馬「木地で化粧なしで綺麗だから、どうも得てどこか悪い所の有るもんだが、こりゃア疵気《きずけ》なしの尤《えら》い玉で」

周玄は中々の助平だから先刻から途々《みちみち》女を見て悦《よろこ》んで居る所へ、

馬「先生どうですあの娘は見事じゃアありませんか」

周「ははア成る成るいやこれは美人、こりゃア恐入った代物だ、もしあの床几に腰を掛けてる客ね、茶は呑みたく無いが、あの娘を見たい計りで腰を掛けて居ますわ、実に古今無類の嬋妍窈窕《せんけんようちょう》たる物、正にこれ沈魚落雁閉月羞花《ちんぎょらくがんへいげつしゅうか》の粧いだ」

馬「ははは当帰大黄芍薬桂枝《とうきだいおうしゃくやくけいし》かね、薬の名のような賞め方だからおかしい、何しろちょっと休んで近くで拝見などはどうでげしょう」

皆々「それがよかろう」

馬「はい御免」

娘「入らっしゃいまし」

先から居る客「こりゃア大きにお邪魔を致しやした、どれ出掛けましょう」

娘「まア御緩《ごゆっく》りと遊ばしまし左様なら有難う」

馬「旦那御覧《ごろう》じろ今の三人連は顔附でも知れるが皆な助平連で、ここの娘を見たばっかりでもう煙草入を忘れて往きましたぜ」

図「そりゃア困るだろう、返して遣んな」

馬「返せたッてこの人込の中で知れやアしません、へへへへこりゃアお祖師様から私への授かり物で、有難い、いえさ、向でもこの人込の中だから気が附きゃア仕ません、忘れていますわ」と懐の中へ入れる。

図「止せといえばよ、手前お祖師様の罰が当るぜ、止しなよ」

と云う所へ前の客はきょろきょろ眼《まなこ》で遣って来まして、

客「只今ここへ煙草入を忘れましたが後で気が附きましたので、もしここにゃア落ちていませんでしたか」

馬作は不性無承《ふしょうぶしょう》に懐から煙草入を出しまして、

馬「はい今追懸けて返して上げようと思っていたが、これですか」

客「へいこれでございます、有難うございました、いえも詰らん煙草入ですが途中で煙草が無いと困りますから、左様なら有難うございます」

とずいと往ってしまう。馬作は後で口を明いて向を眺めて、

馬「ああれだ、取りに来ようが余り早い取りに来ようだ」

図「狡い事をするとつまり損をするぜ」

馬「損をするってえ旦那これまで私は何にでも損をした事はございません、そりゃアもう、からッきし酔ってお座敷を勧めてもね、物を忘れた事はありません、そりゃアもうそこらに有る物を何でも拾って袂へ入れてね、お肴でも何でも構やア仕ません、それだから家へ帰るとねいつでも手拭の八本位袂から出るので、そりゃア実に慥《たしか》なもので……いや待てよ……ああ数珠の釣を取るのを忘れた」

図「はははそれ見ろ、直に罰が当った」

馬「いや忌《いめ》えましい、時に兼ちゃんはどうしたろう、まだ来ねえ、だが旦那あの妓《こ》ぐれえ買喰《かいぐい》の好きな妓はありませんぜ、先刻も大きな樽柿と蒸《ふか》し芋を両方の手に持って、歩きながらこう両方の

で」

喰競べをしながら……ああ来た来た……兼ちゃあんここだここだ、あんまり遅いから待っていたの

兼「おやそう、今頼まれた物を買ってる中遅くなったの」

馬「頼まれ物だと、なんだ串柿かね、おい姉さんお茶をおくれ」

茶碗も沢山《たんと》はございませんから、お客の帰る傍からその茶碗を洗ってしとやかに茶を汲んで出す。

娘「貴方お茶をお上り遊ばせ」

と出すのを見ると元小兼の主方の娘で、本多長門守様の御家来岩瀬某と申し、二百石を頂戴した立派な所のお嬢様でどう零落《おちぶれ》てこんな葭簀張に渋茶を売って居るかと、小兼はじっと娘の顔を見詰めた切り、暫くは口もきけません。

兼「お嬢様まアどうなすった」

娘「兼や誠に面目次第も無い、お母様《つかさま》と私と一昨年からこんな業をして」

兼「ほんにまアねえ、私も御存じの母が亡くなりましてその亡くなる前にも、どうぞして入らっしゃる所が知れ無いかと申して、どうか尋ねて御恩に成ったお礼を申してと、もうこなたにこうやって入らっしゃる事が知れれば、及ばずながら疾《と》うにお力にも成って上げましたものを、もうこなたに入らっしゃるとは知りませんもんですから……本当にまア好く……馬作さん何だって勿体ない、お嬢様にお茶など戴いて好い気になって、あっちへお出でよう」

馬「だって茶店の姉さんにこっちから茶を汲んで出す奴が有るものか」

兼「こりゃア私の御主人様だよう」

娘「お母様兼が参りましたよ、ちょっとお逢い遊ばせ」

破れた二枚屏風の中に年齢五十五六の老母、三年越し喘息に悩みこんこん咳をしながら、

母「兼や誠に暫く」

# 三

兼「御新造様《ごしんぞさま》誠に御無沙汰致しました」

母「まだお前が十五六の時分に逢った切りで、それから三年振で今日逢うと、ちょっと見ては話も出来ない位見忘れるように大きく成ったのう、人の噂に大層働きの好い芸者になったとは聞いたが、お前は一体親孝行で母を大事にしたが、旦那様もお前は感心だ、ああいう芸者などには似合わぬ者とお誉めなすったが、これも孝行の徳だ、私はまたこんな姿になるまで零落ました」

兼「もう唯今お嬢様にもそう申すので、どうかしてどこに入らっしゃるか知れ無い訳もあるまいと尋ねましてもどうしても知れませんので、慥かいつぞや三田に入らっしゃる様子を聞きましたが」

母「三田の三角の所の詰らない所に引込んで、それからこっちへ便《たよ》って来て、誠に私も三年越し喘息で、今にも死ぬかと思うが死なれもし無いで、早く死んだら娘にも却って楽をさせるように成ると思っているばかりで、この節こっちへ来て麦藁細工を夜なべに内職して、夜寝る眼も寝ずに娘《あれ》が大事にしてくれるから、それ故私もこうやって命を繋いで居るばかりで、お前に遇っても何一つ遣る事も出来ないで」

兼「どう致しまして飛んだ事を、私ももう何です、有難い事に皆様が贔屓にして下すって、明日ももうお約束でいけませんが、明後日《あさって》はきっとこちらへお尋ね申します、お力に成るという訳にも参りますまいが、母の遺言もございますし、どうぞ気を落さずに気を確《しっか》りとなすって居て下さいまし、これは誠に少しばかりですが」

と合切袋《がっさいぶくろ》から小粒を二つばかり出しまして、

兼「これはほんの私の心ばかりどうか何ぞ召上物でも」

母「そんな心配しないでも好い、私はお前に何ぞ上げようと思っているに却って貰っては」

兼「いいえほんの心ばかりで、生憎今日は持合せがなんですからまた出直して参ります、本当に能くねえこんな所にお住いで」
馬「兼ちゃんお出掛に成りましたよ、行くよ」
兼「先へお出でよ、直に行くから」
名残り惜しいから何かぐずぐずして、
「いずれまた」
と小兼は出掛けます。娘も見送りながら葭簀張を出ようとすると、川崎道から参りましたのは相州東浦賀の名主役石井山三郎で、連れて参った男は西浦賀の江戸屋半治、ちょっと競肌《いなせ》な男で、これは芳町の小兼と疾うより深い中で、今はその叔父の銚子屋へ預けの身の上、互に逢いたいと一心に思っているところ、
兼「おや半ちゃん、おや旦那誠にお久し振、どうしなすったかちょっと御機嫌伺に上りたいと思っても船が嫌いなもんですから、ここでまアお目に懸るとは本当に思い掛けない訳で」
山「実にここで遇うとはなア、兼公、半公もお前に逢いてえだろうが出られねえ首尾で、今日は漸く暇を貰って出て来たが、直ぐお前の所へも往けねえというのは何分世間を憚る訳で」
兼「まア何でも好い、嬉しいねえ、ここで旦那にお目に懸るとは本当に馬作さん御利益で」
馬「さて旦那誠に暫く、もし早速だが聞いてお呉んなせえ、兼ちゃんはお宗旨では無かったのをこの節半ちゃんに逢わして下さいッて、それからの信心でね、今日もお参りに往くから一緒に往こうとッて兼ちゃんのお供で」
山「そりゃア好いがお客が先へ往った様子だ、早く往きねえ」
馬「なアにあれは二三度遇った客で、なにさ一向訳の分らん奴で、途中で落合ってはッ直さまお供というような訳ですから、ここで旦那にお目に懸れば直に馬の乗替《のりけ》えお客の乗替えてえ奴で、実にここでお目に懸るたア有難《ありがて》えね、もし今もね兼ちゃんがお祖師様を拝むのを傍で聞いてましたが、

あの混雑する中で半ちゃんに半ちゃんに半ちゃんにというのが能く聞えるのでこれはどうしても是非《ぜっぴ》両方からお賽銭を取るので、旦那今日はずうっと川崎泊りでしょう、今夜は藤屋へ泊って半ちゃんに逢わして遣って下さい」

と馬作はのべつに喋って居ります。山三郎はその話を聞きながし、心ともなく今小兼の出て来た葭簀張の中を見まするると十八九の綺麗な娘、思わず驚きまして、

山「美しい娘だのう」

兼「旦那あれは私の旧《もと》の御主人様ですから、お願いで、どうぞ休んで沢山お茶代を置いてッて下さい」

と半治と二人を家の中へ突込むようにして、馬作を連れて出て往って仕舞いました。

山「能く慣れない事が出来ますね」

娘「はい誠に慣れませんで、お客様へ前後して間違っていけません」

というう ち屏風の内でこんこんこん咳入りまして、今にも死ぬかと思うほどに苦しくみえる喘息で、娘はお客にも構わず飛んで往きまして、撫でたり胸を押えたり介抱する様子を、山三郎は見ておりましたが、孝心面に現われてなかなか浮気や外見《みえ》でする介抱でございません。

山「なるほどこの介抱は容易に出来ない介抱だ、感心な娘だのう半治、客にも構わず夢中になって母親を一生懸命に看病するが、あれはなかなか出来るもので無い」

と頻りに感心して見ておりまする。

## 四

山三郎は娘の老母を看病する体《てい》を感心して見ておりましたが、咳も少し止った様子。

山「姉さん治まったかえ」
娘「はい有難うございます、もう少し立ちますと治《おさま》ります、もう愡《びっく》り致しました」
山「さぞお母《つか》さんはせつのうございましょう」
母「誠に失礼でございますが、お客様を置きまして介抱いたしますが、もう咳込んで参りますと今にも息が止るかと思いますくらいでございます、寒くなりますと昼夜に四五度《たび》ぐらい咳込みますから」
山「さぞお困りで有ろう、しかし感心な娘御で、お前さんは好い子を持ってお仕合せで」
母「はい、もうこの娘《こ》の手一つ計りでございます、これからまた寒くなりますと、夜分寝ずに咳きますので誠に堪えかねます、いっそ一《ひ》ト思いに死んだらこの娘も助かると思いますけれども、死ぬにも死なれませんしねえ貴方」
山「そんな弱い気を出してはいけません、何か外に別段親類も何も無いのかね」
母「はい」
山「ただお前さんとこのお娘《こ》さん切《きり》かね、私は田舎者で相州東浦賀の者で、小兼に聞けば能く分りますが、入らざる奴と思し召すかは知りませんが、年も往かん娘御があの介抱をなさる様子、実に孝心で、私は始めてお目に懸ったが、中々親孝行という事は出来ないもので、心底から感心しました、真実の処を申すが、女ばかりで別に親類もなく相談する処も無くってお困りの節は、見継《みつ》いで上げますから、小兼に話して手紙の一本も遣《よこ》しなされば直に出て来て話相手にも成りましょうから、お心置なく小兼にまでちょっと言伝をなさるよう」
母「有難うございます、御親切様に、あれの母は私共へ勤めて実銘な者で、それも亡なりましたそうですが、それでもあれが芸者とか何とかで母を養いまして、商売柄に似合わない親切者で、どうか贔屓にしてお遣り遊ばして」
山「誠に少ないがお母さんに此金《これ》で何ぞ温《あった》かい物でも買って上げて」

と紙入を出して萌黄金襴《もえぎきんらん》の金入から取出しました、その頃はガクで入っておりますから、何十両だか勘定の分らんほどざくりと摑出して小菊の紙に包み、

山「少許りですが、もう行きますからお茶代に」

と出して出掛けまする。

娘「これはまア沢山に有難うございます、もしお母さん兼がお茶代を心附けて呉れましたから、あの方が沢山置いてって下さいました、大変摑んで」

母「そうかえ、お前が私を孝行にするから御祖師様の御利益でこのお銭《あし》も」

と開けて見ると中は金で十両許り、その頃の十両ですから恟りして、

母「おやまアお金だよ」

娘「ほんとにまアこんなに沢山、御親切な方ですねえ、あんなに仰しゃって、浦賀の者だから手紙をよこせとまで仰しゃって有難い事ですねえ、まアお母さん少し落着いたらお粥でもお上り遊ばせ、どれお夕飯の支度を為《し》しましょう」

と娘は右の金を神棚へ上げ、その中暗くなるからあちらこちら片付けるうちぽつーりぽつーりと降出して来ました。日癖の所為《せえ》か、今晴れたかと思うとどうと烈しく降出して来て、込合います往来もばったり止りました。娘は辺《あたり》を片附けようと思うと縁台の上に萌黄金襴の結構な金入が乗って有るから、

娘「おやお母さん大変な事を為《な》すった、あの先刻沢山お心附を下すった旦那様が、お金入を忘れて入らっしゃいましたよ、中にはよっぽどお金が有りますが嘸《さぞ》お困りでございましょう、彼方《あのかた》の事ですから外にもお貯えはありましょうが、とにかく私がお宿までお届け申しましょう」

母「それでもお前、お宿は浦賀だと仰しゃったが」

娘「いえあの今夜は川崎の本藤《もとふじ》へ泊るからとのお話を聞きましたから、小兼も慥かそこへ往く様子ですし、ひょっとお差支でも有るとお気の毒ですから、ちょっくり川崎まで行って参ります、そ

れに雨は降るし日は暮るし、もうお客も有りますまいから心配しないで留守をしていて下さい、少しの間に往って来ますから」

と母の枕元に手当をして、両褄取って、小風呂敷に萌黄金襴の金入を包み、帯の間へ挿んで戸を開けて出ようとすると、軒下に立っている武士《さむらい》、雨具が無いから素跣《すはだし》でその頃は雪駄《せった》でありますから、それを腰に挿んで戸に倚《よ》り掛っている。

武「これはお邪魔で、なに拙者雨具を持たんで少し軒下を拝借して」

娘「それはお困りさまで、中へ入ってお休み遊ばせ」

武「姉さんこの降るのにどこへお出でだ」

娘「私はあの六郷の方まで参るので」

武「六郷の方へ行くのなら幸いだ、拙者もこれから参るのだから一緒に行こう」

娘「私は急ぎますから」

と不気味だからそこそこに挨拶して行き過ぎますと、武士はピシャピシャ供の仲間《ちゅうげん》と一緒に跡を追って来る。こちらは弥々《いよいよ》変だと思いますから早足にして、あれから堤方を離れて道塚へ出て、徳持村《とくもちむら》の霊巌寺《れいがんじ》を横に見て西塚村へ出る畑中の小高い処、こなたは藪畳《やぶだたみ》の屏風のようになっている草原の処を通り掛ると、

「姉さん待ちな」

と突然《いきなり》武士が後から襟上を摑むから、

「あれー」

と云う中に足首を取って無理に藪蔭へ担ぎ込み、

「ひッひッ」

というを引顚し、仲間はこの間に帯の間に挿んで有りましたかの金入を引奪《ひったく》り、

「これを盗られては私が」

というち武士は乗掛って怪《け》しからん振舞をしようとする処へ通り掛った一人《いちにん》は粥河図書で、傍《はた》から見兼て飛んで入り、突然武士の襟上取って引倒し、また仲間をやッと云って放り出した。仲間は仰向になって見ると驚きました。傍《かたわ》らに一本挿の品格の好い男が佇んでいるから少し怯《おく》れていました。

図「何だ手前は、何をする、斯様なる怪からん事をして何と心得ている、何だこの女を辱めんとするのか、捨置き難い奴だが今日は信心参りの事だから許す、行け行け」

仲「なんだ、行けとはなんだ、人をいきなり投げやアがッて、この野郎叩ッくじくぞ」

と云ううち今一人の武士は引抜いて切って掛る、無慙《むざん》に切られるような図書でない。処へ真葛周玄が駈けて来るという、ちょっと一息して後を申上げます。

## 五

西塚村で孝女お蘭が災難に遇います処へ、通り掛った粥河図書が、悪武士を取って投げまする、片方《かたかた》はなかなかきかん奴で、大胆不敵の奴で長い刀を引抜いて切って掛る、切られるようなる人で無いから、粥河図書は短かな二尺三寸ばかりの刀をもって、胸打にしてどーんと打込むと、かの者は切られたと思い、腕前に恐れてばらばらばらばら下男諸共《もろとも》転がるように、田甫畔道の嫌いなく逃延びる。所へ、少し後れた真葛周玄は駈付けて、

周「どういう訳か分りませんが、まア宜い塩梅にこの娘に疵が付かないで、おやこの娘は先刻茶店に出ていたあの石橋の際の、どうしてまアこんな処へ」

娘「はい有難うございます、思い掛なく旦那様が好い所へお通り掛りで、厭な人が後から附いて来て川崎まで道連になると申しますから、私はぎょっとして逃げようと思いますと、出しぬけに後

から抱付かれ、殺されようとする処をお助け下すって誠に有難うございます」
周「まアまア怪我が無くって宜かったしかし何か取られはせんかえ」
娘「はい誠に済まない事を致しました、私の店へお休みなすったお方が忘れ物をなすって、それをお届け申しましょうと川崎の藤屋まで参ります途中で、お金の入って有る物を只今の悪者が帯の間から持って逃げました」
周「金入には多分に入っていたのかえ」
娘「はい」
周「そのくらいなものはまア宜い、金づくには替えられないお前の身に怪我さえ無ければ宜しい、それは先方へ話して金高が分りさえすればどうにでも成る、ここを通り掛ってお助け申した以上は……何さそれは多分でも有るまいから、ここにおいでになる大夫がいかようとも致して進ぜられる、何しろお家まで送ってからの事、それからお話は家へ往って内訳話に致しましょう、ねえ大夫それが宜いじゃア有りませんか」
図「それもそうだ、それじゃア宜しきように」
周「それは僕の胸中に心得ておりますから」
と両人が娘の後先に附添って茶店へ帰って来ました。
娘「お母さん飛んだ災難に逢って帰りました」
母「なに災難に逢ったと、どんな災難に、だから云わない事じゃア無い」
娘「悪武士に摑まって私はもう殺される処を、通り掛りの旦那様に助けられて、そして其方《そのかた》は先刻お休みなすったお方で」
母「おやまア飛んだ事、貴方どうも何ともお礼の申しようもございません、見苦しゅうございますが何卒こちらへ」
周「はいはいさア大夫こちらへ、扨私は先刻ここへ休んだ者で、処がこなたのお嬢様が強姦に遇おうという処をこうやって計らずもこうお助け申すというも何ぞの縁で、お母さん私は真葛周玄という無骨者で、この後は何卒別懇に、扨実は先刻こなたへお寄り申して、小兼とのお話を段々承ったが、あの小兼は大夫が長らくの間の御贔屓で、それから様子を聞きましたが、どうか前は本多長門殿の御家来だそうで」

母「はい、申すも面目ございませんが、元は岩瀬と申し、少々はお高も戴きました者でございますが、金森様の事に付いてお屋敷は不首尾となり、殿様へ種々御意見を申し上げ、諫言《かんげん》とかをいたしたので重役の憎みを受け、御暇《おいとま》になりましたが、なんのこの屋敷ばかり日は照らぬという気性で浪人致し、その後浪宅において切腹いたし、私もそれから続いての心配が病気になって」

周「へへえそれははやお気の毒な訳で、就ては嬢さんをお助けなすった大夫は、身柄は小兼にお聞きになれば分りますが、前々は今お話しの金森家の重臣で、千石余をお取り遊ばしたお方で、主家はあの通りの大変で、余儀なく只今は白金台町にお浪宅ではありますが、お貯えが有って、何一つ御不足の無いお身の上で、お庭なぞも手広く取って極お気楽のおくらしですが、以前と違いお手少なで、只今以て御新造が無いので、どうか一人欲いと仰しゃるので、僕も種々お世話を申して、好いのをと思うが、扨どうも長し短しで丁度好いというのが無いもので、今の身の上は町人と交際《つきあい》もする身の上だがまさか町人と縁組をするも嫌だし、何か手捌《てさば》きも出来るような柔和な屋敷者で、遊ばせ言葉で無ければと仰しゃる、そうかと云って不器量でもいかんし、誠に僕も殆ど閉口いたす、処が先刻この店へ腰を掛けて御息女を見られた処が、殊の外御意に入ってどうかあれをと仰しゃる、尤もお母さんぐるみお引取申しても宜しい訳で、実は小兼にちょっとその橋渡しを頼もうと思っているうち、他に客でも出来たか逃げたので、甚だ失敬だが僕が打《ぶっ》つけにと立戻って来る途中で、前の始末で助けて上げたは、これも全く御縁だから、何卒お母さん得心して速かに承諾して下さい、僕が媒介《なこうど》する、お聞済なれば誠に満足で、どうか平《ひら》に御承知を願いたい」

六

母「はい、思召しの段は誠に有難うございますが、どうも只今の身の上では、貴方方のような立派な処へ参られもしませんし、それに身丈《みなり》こそ大きゅうございますが、誠に子供のようでございますから、世間知らずで中々もう立派なお家の御新造になるなどは出来ませんので」

周「あれさ、そんな事を仰しゃってもそれはいかん、貴方のお目からそうでもあろうが、そこがさ、それ、御相談で段々習おうよりは慣れろで、下世話でも能く云う事で習って出来ない事はない、何でも為《す》れば出来ますから」

母「有難うございますが、この事ばかりは当人が得心しませんでは親の一存にもゆきませんから、篤と考えて娘とも相談の上御挨拶致しますから、四五日どうかお待ちなすって」

周「四五日などと云って、承われば置忘れた人の金入とかを届けようとて、途《みち》で災難に遇って、それを向へ掛合って上げようと心配しているくらいな所」

母「お前何かえ、あれを盗まれたのかえ」

娘「はい、飛んだ事を致しました、担がれて行く時、帯の間に挿んでおりましたのを、仲間体の者が手を入れて抜出して持って往きました、どうしたら宜うございましょう」

母「ええそれを奪られては」

周「それも大夫がその金を向へ償《まと》って、さのみ大した事でも有りますまいから、それをこちらで整然《ちゃん》として、いえさ誠に失敬だが、それは大夫の方でどのようにも致されようから、そんな事は心配なしに、相談は早いが宜しい、何でも命を助けた恩人が頼む事だから、貴方の方でも嫌とは仰しゃれまい、殊に結構な事で、この上も無く目出度い事で、どうか早々結納を取交わして、いえも善は急げで早い方が宜い、早いがよろしい、妙だ、先刻菓子を包もうと糊入を買おうと思ったら、中奉書を出したから買っといたが、ここに五枚残っている、妙だ、硯箱がある、早速書きましょう、ええ目録は何で、帯代が三十両、宜しい、昆布、白髪《しらが》、扇、鯣《するめ》、柳樽宜しい」

と無闇に書立て、粥河図書の眼の前で名前を書いてあちらへこちらへと遣取りをさせました。母親は恩人だから厭とも云われず、娘はただもじもじして居る。周玄は結納を取替わし無理無体に約定を極めて、

周「ともかく明朝僕がまた上ります」

と独りで承知して帰りました。扨てお話は二つになりまして、川崎の本藤にては山三郎半治小かね馬作の四人が一つ座敷で、

馬「どうも今日ほど不思議で、何だか嬉しくって成らねえ事ア無えね、もし旦那忘れもしない六年跡のお祭で、兼ちゃんが思い切ってずうっと手古舞《てこまい》になって出た姿が大評判で、半ちゃんがその時の姿を見て岡惚をして、とうとうこうなったが、兄さんが固くってお家を不首尾《かぶっ》ているうち、兼ちゃんが独りで見継いでいるなあんて、本当に女の子に可愛がられて遊んでいるなどは世の中に余り類が有りませんぜ、え、鰻、これは結構、有難く頂戴」

山「師匠相替らず延続《のべつづ》けだのう、どうもサ師匠の顔を見ると自然《ひとりで》に可笑しくなるよ」

馬「私も貴方のお顔を見るとせいせいしますよ、どうかいつまでもお顔を見て居てえ」

山「時に先刻休んだ茶店の娘の、あれは好い娘だのう」

兼「好い娘だって貴方彼《あれ》は二百石も取った岩瀬主水《もんど》様という私のお母《ふくろ》が勤めたお屋敷のお嬢様で、お運が悪いので、殿様のお屋敷に騒動が出来て、旦那様は……半元服したような名は何てえのですかねえ……そら意見する事は」

山「諫言か」

兼「腹切はなんてえの」

山「切腹か」

兼「そうそう旦那様が、その半元服をなすったもんだから、到頭あんなに零落てしまったんですが、それでもお嬢様があゝ遣ってあんなに親孝行をなさるんですよ、だがあんな扮装《なり》をして入らしっても透通るような好い御器量で」
山「己《おれ》もまだあの位好い女を見たことがねえ」
馬「新井町の旦那が見た事が無いと云うが、本当にあのくらいの娘は少ねえ、しかしあの娘の方でも旦那に気のあったはずで、十両ばかり少ねえよとざっくりと置いたというから、定めし気がありましたろう」
山「師匠じゃアあるめえし金を見て気のある奴が有るものか、おおそれで気が付いた、ここへ祝儀を遣らなくっちゃアいかん、おい半治包んで」
と金入を出そうと思って、ふと懐中を捜《さぐ》りますと無いから、
山「オヤ金入を落したか、こーと、あ先刻あの娘の所へ心附けた時紙入から出したが、包んで遣った儘忘れて来た」
馬「そりゃアおいねえ事をしました、よっぽど有りましたろう」
山「なに些《ちっ》と計りさ、二十両も有ったろう」
馬「そりゃア大変だ、私が取って来ましょう」
山「宜いわ、失《なくな》る時にゃア失るから大騒ぎやって行かなくっても宜い、あアいう親孝行の娘だから有りゃア取って置いて呉れる」
馬「そりゃアそうですが、親孝行でも兼ちゃんの前じゃア云い悪いが人間の心は変り易いから」
山「お前とは違うよ」
馬「それでも知慧附ける奴が有りますからねえ」
山「宜いよ、まだ掛守《かけまもり》の中に金が有るから遣って呉れ」
と総花《そうばな》でずらりと行き渡ります。

山「さア今夜は早寝にして、兼公は久し振だから半治の脇へ寝かして、師匠、お前と己はこっちへ寝よう」

とこれから襖を閉《た》って障子を締め、夜具《とこ》を二つ宛《ずつ》並べて敷く。

山「おいそっちの床《とこ》は離さねえでも宜い、師匠何をしているのだ」

馬「へい、襖《からかみ》を閉切っていきれるからこう枕元に立って立番をしているので、これから縁側へ整然とお湯を持って行くんだ、どうです今夜は一と役二分宛と極めましょう」

山「そんな慾張を云わねえで早く来て寝て仕舞いねえ」

馬「どうせ今夜は眠《ね》られねえね」

とぴしゃりと襖を閉切ります。

## 七

こちらは三年振で逢って、

兼「本当にまア、どうしてまア、好く来てお呉れだねえ」

半「己も茫然《ぼんやり》して銚子屋に預けられて居るが、もう半年も辛抱すれば新井町の旦那が兄さんに話をして遣るから、少しの間辛抱しろというから、それを楽みに世間に見られねえようにして居るのよ」

兼「私の方からは、必ず手紙でいつ幾日にどうすると、ちゃんと極めて上げるのに、稀《たま》に手紙の返辞の一本ぐらいよこしても宜いじゃア無いか」

半「銚子屋のは頑固《かた》いからそうそう出歩く訳にもゆかず、そりゃア己だっても心配はしているけれども、そうはいかねえ」

兼「本当に男というものは情のない者と思っているが、情のある人てえものは凡そ無いもので」
半「そりゃアお前《めえ》の厄介になってまるで小遣まで貰って遊んでいるんだから、些とは己だって義理も人情も知っているから、己が世に出るようになればお前にも芸者は廃《や》めさしてえと思っている」
兼「私も年は取るし、あれこれと考えると蠟燭の心《しん》のたつようで、終《しまい》にゃア桂庵婆《けいあんばばあ》に追遣われるように成るだろうと大抵《てえてえ》心配さ、愚痴をいうようだがお前の身が定らないではと極りを付けようと思っても、船でなければ行かれないし、案じてばっかり、本当にお前義理が悪いよ」
馬「旦那、こりゃア寝られませんぜ」
山「大変な処へ来たなア」
馬「御尤もで、実に恐れ入った」
山「黙って寝た振をして居ねえ」
馬「どうも寝られませんな、こういう事には時々出合いますが一番寿命の毒だ、まア旦那お寝《やす》みなさい」
と一際蕭然《ひっそり》とする。時に隣座敷は武士体のお客、降込められて遅くなって藤屋へ着き、これから湯にでも入ろうとする処を、廊下では二人で窃《そっ》と覗いて居る。
男「貴方そう仰しゃるが、これが間違になるといけませんぜ」
田舎者「宿屋の番頭さんは物の間違にならんようにするが当然で、私が目で見て証拠が有るので、なに間違えば好え、私が背負《しょ》って立つ」
番「そんならきっと宜うございますか」
田「ええも好えちうに」
番「御免下さい」
と宿屋の番頭は障子をさらりと開けて、
番「お草臥様《くたびれさま》で」

武士「大きに厄介で」

番「先ほどは沢山お茶代を有難うございます、主人《あるじ》は宿内に少し寄合がございまして只今帰りましたので碌々お礼も申し上げませんで、え－少々旦那様に伺いますが、ここに入らっしゃるお方はお相宿《あいやど》のお方ですが、お荷物が紛失致しまして、どういう間違か貴方の床の間に有りますそのお荷物が私《わし》のだと仰しゃるので、判然《はっきり》とは分りませんが念のために改めて見たいとこう被仰《おっしゃ》るので、誠に失礼ではございますがお荷物の処を」

田舎「へい御免なせえ、お前様だ」

武士「何だと」

田「お前様ア丹波屋で飯《まんま》アたべていたが、雨たんと降らねえうち段々人が出て来たが、まだ沢山客が無えうち己《うら》とこの鹿《か》の八とこう斜《はす》けえに並んで飯たべていると、お前様アこう並んで酒え呑んで、お前様ア先い出るとき緩《ゆる》りと食べろとって会釈して、お前様ア忘れもしねえ、なんとお武士様でも身柄のある人ア違ったもんだ、己のような百姓に傍《そべ》へ参って緩《ゆっく》りてえ挨拶して行くたアえらいねえと噂アして、お前さま帰って仕舞った後で見ると置いた包が無えから後を追掛けてお前さまア尋ねたが、混雑中《こむなか》だから知れましねえ、漸く後を追って参りまして、ここへ来るとお前様足い洗って上るところだ、他人《ひと》の荷物を自分の荷物のように知らぬ顔をして呆れた人だア」

武「怪しからん奴だ、慌てて詰らん事をいうな、これ、手前の荷物を失ったと云うのか、これ、能く似た物も有る物だから気をつけて口をきけ、他のこととは違うぞ」

田「他の事とは違うと、とぼけたっていけねえ、あんでも丹波屋の横の座敷で斜になって飯ア食っていたとき、お前緩くりとって出て往ったから、叮嚀《てえねえ》なお武士《さむれえ》だと思って居っけが、後に包みが無えから後を追っかけて境内索《やまじゅうたず》ねたが知れ無えから、まアここへ来るとお前さま足い垢《よご》れたてて洗って上る所、荷物に木札が附いてるから見れば知れる、相州三浦郡高沢町井桁屋米蔵《いげたやよねぞう》と慥かに四布風呂敷《よのぶろしき》に白い切《きれ》で女房が縫って、高沢井桁米と書いてあるが証拠だ、中結《なかゆわ》えもある、どうも御人体にも似合わねえ、他人の荷物を持ってそこへ置いて何だ」
武「これいかに其方《そのほう》の荷物が紛失したとて濫《みだ》りに他人を賊といっては済まんぞ、苟《いやし》くも武士たる者が他人の荷物を持って己の物とし賊なぞを働くようなる者と思うか、手前は拙者を賊に落すか、他人の荷物を盗んだというのか」
田「盗まねえものがここに有るものか、己《おら》が飯ア喰って魂消《たまげ》て誉めていた傍に置いた荷物が無え、何より中の品物が証拠だ、麦藁細工の香箱《こうばこ》が七つに御守がある、そりゃア村の多治郎、勘太郎、新蔵、文吉、藤治郎、多蔵、弥五右衛門の七人に買って来て呉れてえ頼まれて、御守が七つ御供物が七つある、それは宜えが金が二十両脇から預かって、小さい風呂敷に包んで金がある」

# 八

武「呆《たわ》けた事をいうな、麦藁細工が七つ有ろうが、金が有ろうがそれが盗んだという証拠に成るものか、これ、番頭、これへ出ろ」
番「私は分りませんが証拠のない詰らん事をいってお武家様に御立腹おさせ申して甚だ迷惑致します」
田「迷惑するたって現在《げんぜえ》ここに」
武「じゃア手前荷物を検めさして遣るまいものでもないが、もし包を解《ほど》いて中の荷物が相違致すと余儀なく手前の首を切らなければならん、武士の荷物を検め、賊名を負わして間違った恐れ入ったでは済まんぞ、今までの失礼も勘弁し難い処だが、田舎者で分らん奴だからこの儘行くなれば許して遣るが、強《た》って検めるとなれば、もし荷物相違致せば首を切るぞ」
田「切られべえ、命より大事な他人に預った物があるから、これえ失なしちゃア私活きてる事が出来ねえ」
　武「左様なれば検めろ、相違致せば番頭も許さんぞ、さア検めろ」
と広桟《ひろざん》の風呂敷木綿、真田《さなだ》の中結を引解いて広げると違っている。麦藁細工も入ってはあるが違ってある。玩具《おもちゃ》が二つばかりに本が二三冊、紙入の中入《なかいれ》みたような物や何かが有るが皆違っているから、
　田「はアこれアはア飛んだ事を」
と百姓は真青になって慄えて居る。
　武「さアどうだ、拙者を賊に落して申訳があるか、もう許さんぞ、しかしここは旅人宿《はたごや》で、当家には相客もあって迷惑になろうから、この近辺の田甫に参って成敗致そう、淋しい処まで行け」
　田「誠に、へいいつの間に大事な他人に預かった金もある包を盗まれましたか、どうも風呂敷の縞柄といい木札が附いて似ているもんなで、何卒御勘弁をはア願《ねげ》えます」
　武「勘弁相成らん、それだから前に其方のとは違うと云うのだ、しかるを強て強情を申し張り、殊に命より荷物が大切だ、切られても構わんというから検めさしたのだ、さアもう許さんから行け、武士に二言は無い、番頭手前も怪しからん奴だ」
　番「だから私も申すので」
　武「これ米蔵と一緒に参ったもの、逃支度をするな、これへ出ろ」
　男「どうぞ御免なすって」
と手を突いて詫入るを、武士は無理無体に引張出して廊下へ出る。田舎者は、
　男「御免下さい御免下さい、御免なさいほーいほーいほーいほーい」
と泣く。ここへ見兼ねて出ましたのが新井町の石井山三郎、
　山「お武家様まア暫く」
　武「なんだ」
　山「私はお隣座敷に相宿に成りました者で、只今あすこにて承われば重々貴方様の御尤もで、実

にこの者共は怪しからん奴で、先刻より様々の不礼を申し上げ何とも申しようもございませんが、何を申すも田舎者で、預り物が紛失致して少々逆上《とりのぼせ》て居るようにも見受けますれば、お荷物に手を附けました段は重々恐れ入りますがどうか何も心得ません者と思召し只管《ひたすら》御勘弁を、この儀当人に成り替りまして私がお詫を致します、当家も迷惑致す事ですから何分とも御了簡を」

武「いや其許《そのもと》は隣の座敷にお居でのか、そしてこの者の連衆《つれしゅう》か」

山「いえ連ではございません、手前は相州東浦賀で、高沢までは遠くも離れませんからそれ等の訳をもちまして願いますので、どうか幾重にも御勘弁を」

武「お前は分りそうな人だが、今も聞いたろうが、拙者は始め許しておいたので、根が百姓の分らん奴の云う事だから黙っていたので、しかるに段々附け上って拙者が手荷物を検めさせて呉れと申すが、もし荷物を検めて違えば許さんぞと申した所が、それは構わん、何でも二十両の金子を拙者が盗んだに相違ないと疑われてみれば棄て置れんで、荷物を検めさしたから斯様に成ったので、何卒手を引いて下さい」

山「どうかそう仰ゃらずに御勘弁を」

武「なりません」

山「これほど申しても御勘弁なりませんか」

武「罷り成らん」

山「これお百姓、高沢町の人、お聞きの通り種々とお詫を申してもお聞入れがないから、お前ももうどうも詮方《しかた》がない手打に成りなさい」

田「それでもどうか御勘弁を願います、情ない訳で、何分にも」

武「相成らん、さア早く出ろ」

山「もしお聞済がなければ止むを得ず申すが、この荷物は貴方のお荷物ですか」

武「左様」

山「この荷物の中に萌黄金襴の金入が有るが、これは貴方の所持の品でありますか」
武「左様、手前の所持で」
山「結構な品で、この金入は世にも稀なる切で、いずれでお求めになりましたか」
武「これはなんで、芝口三丁目の紀国屋と申すがいつも出入で誂えるのだが、そこへ誂えずに、本町の、なにアノ照降町《てりふり》の宮川で買おうと思ったら、あすこは高いから止めて、浅草茅町の松屋へ誂えて」
山「へへえ、裏の切も大したもので」
武「なに好くも無い、ほんの廉物《やすもの》で」
山「へへえ、これは太閤殿下が常に召された物を日光様が拝領になって、神君《しんくん》が御帰依の摩利支尊天《そんてん》の御影《みえい》をお仕立になる時、この切を以てお仕立になり、それを拝領した旗下《はたもと》が有って、その切を私方で得て拵えた萌黄金襴の守袋で、これを金入にしては済まん訳だが、拙者親共より形見に貰った品物だが、どうして貴方これを所持なさる」
武「それは」
山「いやさ何を以て堤方村で失った金入を、どうして貴方が所持するかさアどういう訳か承りたい」
と山三郎に問詰められて、むむと武士は押詰って、急に顔色を変えまする。これから掛合になりまするお話、ちょっと一息つきまして申し上げます。

## 九

引続きまして、どこの国でも悪人という者はありますもので、今悪武士が形《なり》の拵えなどは上品にして、誠に情のありそうな、黒の羽織に蠟色の大小で、よもやこの人が悪事をするなどとは思いも寄らぬ体で、その上最初の掛合は極柔かでございますから、田舎者は猛り立って荷物を検めるようになりました。山三郎も始めはおとなしく掛合ったが聞きません。元より隣座敷で覗いて居りましたから包の中から出た物をよく視ると、親の形見に貰った萌黄金襴の守袋、それが出たからどうしてこれが貴方の手に有ると云われ、よもやそれほどの金入とも存じませんから好加減に胡麻化し掛けたを問詰められ、さすがの悪人も顔色が変って返答に差詰りました。田舎者はこれを見ると喜びました。

田「誠に有難うございます、何てえ太《ふて》え奴で、その荷物が己が荷物でなくっても、この人の金入その中へ突込でおくからは己が泥棒と云っても過りは無え、それに己を斬るてえ嚇《おど》かしやアがって何とも呆れ返《けえ》った野郎だ、さア出る処へ出て白《しれ》え黒《くれ》えを分けてやろう」

山「まア宜いは……扨貴方はどういう訳で私の金入をその包の中へ入れて、これは他所《わき》で購求《かいもと》めたなどと、武士が人を欺き実以て怪しからん事だ、さアどういう訳で貴方の物になすったか、どこから買入れたか篤と調べなければ成りません、またこの事はところの名主か代官へでもお届けをしなければ成りません」

武「誠に重々恐入った、実は池上へ参詣して帰り掛け、堤方村の往来中で拾ったので、見れば誠に結構な金入なり、その遺失主《おとしぬし》へ知らせようと存じても、あの通りの混雑で何分分らん、遺失主の無い事故只今その返答に差詰ったので、実は拾ったので、どうか遺失主を調べて返したいと思っていた処、お持主が其許であれば速《すみやか》にお返し申すのみで、何もその儘で一銭も中の金銭《かね》は遣い捨てません、それが慥かなる証拠で、どうか何分にもこの事は御内分にお計い下さるれば千万有難うございます、何分にも内済に願います」

山「全く拾ったと仰しゃるか、拾ったなら拾ったにしましょうが、それじゃアこの者が包を間違えても仮《よし》んばまたお前さんの懐を捜しても、他人の物は己の物と思って他人を欺くような人だからこの者を切るの突くのと仰しゃる気遣は有るまいが、なお念のため申す、いよいよこの者をお許しなさるか」

武「尤も左様で、其許の仰しゃる事においては聊かも申分はございません」

田「それ御覧なせえ、何だってもこの野郎が申分ねえなんて先刻の権幕はなんだ、今にも打斬《ぶっき》るべえとしやがって、どうもはア私ア勘弁し度《たく》っても連の鹿の八どんに済まねえから、やっぱり出る処へ出ますべえ」

山「それでも悪いからここはまずこの儘にしなさい、ここも旅人宿で迷惑をするし、お前も向うの包と取違えたのは粗忽で詮方がないから、まずここは控えて居なさい、それをかれこれ荒立ってみると事柄が面倒になるから、私も許すから、しかしお前も預り物を紛失して嘸心配であろうが、幸いこの紙入に二十両遺って有るから、お前にこれを進上するから、遺失《おと》さん積りで向へ持って行きさえすれば事が済むから、ここはこの儘穏かにしないと、この家も迷惑するから」

田「お前様にゃアどうして、なにその金アこの野郎から貰《もれ》えますすわ」

山「まア私に何事も任しておきなせえ」

と山三郎は種々に和《なだ》めて、この場は漸く穏かに納まりましたが、かの武士はこそこそこっぱゆくなったと見えまして、夜中にこそこそと立って仕舞った。山三郎は惜気もなく二十両の金を井桁屋米蔵に遣りましたが、人は助けておきたいもので。山三郎、江戸屋半治は相州浦賀へ帰り、小兼馬作は芳町へ、かの田舎者二人は共々連立って高沢町へ帰りました。

## 十

扨てお話は二岐《ふたみち》に分れ、白金台町に間口はかれこれ二十間《けん》許りで、生垣に成っております、門もちょっと屋根のある雅致《がち》な拵えで、後の方へまわると格子造りで、こちらは勝手口で、格子の方をガラガラと開けて這入って見ると、中見世《なかみせ》の玩具屋にありそうな家作りであります。この日芸者小兼は早く起きて白金の清正公様《せいしょうこうさま》へお詣《まいり》に行きました。一体芸者衆は朝寝ですが、その日は心がけて早く起き、まだ下女が焚付けていて御飯も出来ないくらいの所へ、

兼「御免なさい御免なさい」

下女「はい、入らっしゃいまし、どちらから」

兼「あの粥河様のお邸はこちらさまで」

下女「はい、手前で、どちらから」

兼「芳町のかねが参ったと御新造様にそう仰しゃって、誠につまらん物でありますがお土産のしるしにこれを何卒上げて下さい」

下女「左様で」

と下女が案内して奥へ通し、八畳敷ばかりの茶の間で、片方に一間の床の間があって脇の所が戸棚になって、唐木の棚があります。長手の火鉢の向うに坐っているのが粥河の女房お蘭、年はとって二十一、只今申す西洋元服で、丸髷に結って金無垢の櫛かんざしで黒縮緬《ちりめん》の羽織を引掛けている様子は、自然と備わる愛敬、思わず見惚《みと》れるような好い御新造で、

蘭「こちらへお這入り」

兼「誠にまア御無沙汰をいたしまして、そして結構なお住居《すまい》でどうかして上りたいと思って今日は一生懸命に早く起きて、白金の清正公様へお参りをして、ついでと申しては済みませんがそれから上りました、本当に貴方がこちらに入らっしゃることは今まで少しも存じませんでして」

蘭「私もちょっと知らせたいと思ったけれども種々そこには訳があって……よくまア訪ねて来てお呉れだ、どうかして私も訪ねたいと思っても勝手に出る事も出来ないで」

兼「まア元服なすって、よくお似合で、そして本当によいお住居でまアお広くって綺麗で、桜時

分は嫵好うございましょう、そして高台で、のんびりとなさいましょうねえ、私などの家は狭くって隣も向もくっついております、その替り便利には、お彼岸や何かで珍らしい物が出来たり、おめでたい事で時々向う前で遣ったり貰ったりする時は坐っていて手を出せば届きますが、こういう所に入らっしゃっては好うございますねえ、これは貴方詰らん物ですが些とばかり取って参りました、ほんに貴方お目に懸ったのは丁度三年後の池上様のお籠りの日で、あの時私があすこを通り掛り麦藁細工の有ったのが目に付いております、葭簀張でねえ、それもあすこにああ遣って入らっしゃる事も存じませんで……あの御新造がお亡くなりで……それからこちらへ入らっしゃったので」

蘭「こちらへ来てから一年半許りして旦那様が懇《ねんごろ》に御介抱を下すって、葬式も立派に出て、何も云置く事もなく私の身の上も安心して母も亡くなったから誠に仕合だよ」

兼「あらまア些とも存じません、その後旦那様にお目に懸ってもそうとも何とも仰しゃらずに、余り憎らしいじゃア有りませんか、そしてお寺は」

蘭「谷中の瑞林寺《ずいりんじ》で」

兼「知らない事とてお弔いにも出ませんで、嘸まア御愁傷で、あなたがこちらへ入らっしゃって御安心になってお亡《かく》れで、本当にまア旦那様は毎度御贔屓にして招《よ》んで下すっても、貴方の事は今申す通り少しも仰しゃらず、漸く他《わき》で聞いて参りましたが本当に余りだと存じておりました、もしあの時相州浦賀の石井山三郎様と仰しゃるお方がお寄りになりましたろう」

蘭「ああ」

十一

兼「あの方は浦賀で大した人で、さっぱりした気象《きっぷ》のよい男達《おとこだて》で、女などを誉めたことのない方ですが、あなたをまア親孝行のお嬢様だって独りで誉めていて、大概な者は気に入りませんが、貴方なら貰いたいと云って、江戸屋の半治さんという人を掛合にお遣んなすったら、もうこなたへ御縁組になってお引越しになったと聞き、仕方がないと云ってそれ限《ぎ》りになって」

蘭「かねや本当にあの方は情深い方で、私もあちらへ縁付かれるようなれば宜いと思っていたが、これには種々義理があって、あの方が私に沢山心付を下すって、その時金入をお忘れで、それを私が持って藤屋まで参る途中で災難に遇って、道で助けられたそのお方が私の旦那で、今では何不足なく何んでもかでも欲いものは買って遣るからと仰しゃるから安心しているわ」

兼「それはまア結構で、本当にまア旦那様はあなたを可愛がって、そうして御辛抱で、ちゃんとお宅へお帰りでしょう」

蘭「それについて私も種々心配している事があるので私のような不束者《ふつつかもの》で御意に入らぬか知れないけれども、去年の十一月からさっぱりお宅へお帰りがないの」

兼「お宅へお帰りがないといってどこへ入らっしゃいました」

蘭「私には鎌倉道に竹ケ崎という所があって、山の半途《なかごろ》で前が入海で宜い所が有ったから、どうせ毎年湯治に行く位なら、景色も空気も宜いから、そこへ普請をして遣ろうと云って、その普請に掛って入らっしゃると云うけれども、去年の暮からさっぱり手紙も遣して下さらず、こちらから手紙を出し度も女ばかりでそうもならず、何か外に出来でもして私が嫌になって万一見捨られた時は親類も身寄も何もないから行く所もなく、兼やどうかお前を力に思うよ、私はお前に逢いたいと始終思っていたわ」

兼「呆れますよ、本当にまア貴方のような美くしい結構な御新造様がお一人いらっしゃれば御辛抱なさりそうなものを、去年の十一月からお帰りにならないてえのは何てえ事でございましょう……そのお宅というのへ入らっしゃいましたか」

蘭「まだ往っては悪い」

兼「入らっしゃいまし悪い事がありますものか」
蘭「だって知れないものを」
兼「構わずに入らっしゃいまし、きっと極りが付いてこういう者とこうという訳じゃありません、詰らん者を集めて浮れているのでしょうから、出し抜けに往って玩弄箱《おもちゃ》をひっくりかえしたような芸者を揚げている所へ、お娯《たのし》みと云って引ずり出してお遣りなさい、貴方は人が好いからいけません」
蘭「大層遠いそうで」
兼「私はお祭の時往って知っております、竹ケ崎というのは法華寺《ほっけでら》のある所で、舟で行くと直です。入らっしゃい」
蘭「そう、舟は恐かないかね」
兼「なに今時分は北風が吹くと船頭に聞いておりますから直に往かれます、そして追風で宜うございます、高輪から乗ると造作はございません、入らっしゃいましょ入らっしゃいましょ」
蘭「往き度いが道も知れないから」
兼「入らっしゃいよ私が御一緒にお付き申しますから」
蘭「かねが往って呉れれば」
兼「入らっしゃいまし」
と無理に勧めるのは、小兼は江戸屋半治に逢いたいからで、お蘭もそんなら往こうと、下女へ話して急に着物を着替え小紋縮緬の変り裏に黒朱子《くろじゅす》に繻珍《しゅっちん》の帯をしめて、丸髷の後《おく》れ髪を撫あげ、白金を出まして、高輪の湊屋という船宿から真帆を上げて参りますと、船は走りますから横須賀へ着きましたのは丁度只今の二時少々廻った頃、それから多度村へ出てなだれを下りて往くと鎌倉へ出る、こっちへ参れば倉富へ出る、鎌倉道の曲り角に井桁屋米蔵という饅頭屋があって蒸籠《せいろう》を積み上げて店へ邪魔になるほど置き並べて、亭主は頻りに土竈《へっつい》を焚付けている、女房は襷掛で、粉だらけの手をして頻りに饅頭をこねている。

兼「ちょっともし少々物をお聞き申します」

男「お掛けなさえまし、こちらへおかけなさえ」

兼「あの竹ケ崎へ参りますには」

男「竹ケ崎はこっちイずいと往って突当って左へきれて、構わず南西へきれて這入ると宮がある、その宮の前に新浄寺《しんじょうじ》という寺がある、そこを突切って往くと信行寺《しんぎょうじ》というお寺様アある、それを横切って往くと地蔵寺の前へ出る、そこを右へ往くと諏訪様の鎮守様がある、そこを突当って登ると竹ケ崎へ出ます」

兼「有難うございます、そうしてそこにこの頃新規に立派な別荘のような物が出来ましてすか」

男「そこの別当は諏訪様の御支配だ」

兼「いえ、なんです、新規にお屋敷みたいな家が出来ましたろうか」

男「お屋敷か、ああこの間兼吉《かねきち》が往ったっけのう、お直《なお》、それ竹ケ崎の南山でなア」

女房「こっちへおかけなさい、おや小兼さんかえ」

## 十二

兼「まアどうも不思議じゃアないか、お直さんかえ」

女房「お掛けよう、まア懐かしかったよまア、いつもお変りなく、まア久振で丁度六年振で、いつでも同じようだねえ、兼ちゃんこの通りで本当にお辞儀したくも手を突く事が出来ない、粉だらけで、どうせ仕様が無いからどんな者でも堅くさえあれば宜いと思ってこんないけ好かない男を持って」

米「何だ、いけ好かねえなんて」

直「おや堪忍おしよ、本当に半ちゃんも疾《とう》っから銚子屋に居るって、この間来てお前に遇わして呉れって頼むのだよ、私も江戸屋のお直とって江戸《あっち》に居た時分から半ちゃんとは古い馴染だし、何でも隠さずに話をするが、半ちゃんもお前にゃア種々世話になって済まないって、そりゃア真《ほん》に銚子屋に預けられていても女郎買一つしないで堅くして居るんだよ、真に感心さ、それもお前に惚てるのだからどうかして夫婦にしたいねえ」

兼「私《あたし》も御新造様を竹ケ崎までお送り申して、帰りにゃア是非半ちゃんに逢い度いから私の来た事を知らしてお呉れな」

直「ああ帰りにお寄りよ、きっと半ちゃんを呼んでおくから、あらお茶代は入らないに、ああそれじゃアお気の毒だねえ、そんならここをこうずいと往って構わず突当って聞くと直き知れるよ」

兼「ああ有難う、分りました、左様ならば」

と小兼はお蘭を連れて路を聞き聞き竹ケ崎の山へ来て見ると、芝を積んで枳殻《きこく》を植え、大きな丸太を二本立て、表門があり、梅林が有りまして、こちらには葡萄棚もありその他種々な菓物《くだもの》も作ってありまして、かれこれ一町許りも入ると、屋根は瓦葺だが至って風流な家作りがあります。ずいと入ろうとは思ったが、またかれこれ手間取れると半治に逢うのが遅くなるから、

兼「あの恐入りますが私はこれから下りますよ」

蘭「もう少し往っておくれ、何だか私ア間が悪いよ」

兼「なにお間の悪い事がありますものか、これア貴方のお家ですものを、私はまた上りますから御免なさい」

と気がせくからはらはらと外へかけて出ました。

蘭「あれまア兼が」

と暫くそっちを見送って居ましたが、いつまで立ってもいられませんから、徐々《そろそろ》と門の中へ入り

ました。だがやっぱり極りが悪くもし間違やアしないか、誰か居るかと見ると、長治という下男が掃除をしている。

長「おや、御新造様」

蘭「長治お前まで来たっ切りで」

長「これはどうも思い掛けない、どうして、へへえ何ですか芳町の小兼が、そうで」

蘭「お前までが嫌って帰って呉れないから、家ア女ばかりで心細くっていけないから、漸く来たのだよ、すこしも便りをしないのは余りで」

長「私もこちらへお供をして参りましたが、何分御普請がこの通りで埒《らち》が明きませんし、建前が済んで造作になってから長くって、せっかく片付いてもまた御意に入りませんで、また打毀《ぶちこわ》して新規に仕直すなどいう仕儀で、誠に私もじれッたくって、漸くまアこの位出来ましたが、また材木などが差支えて……まアあちらへお出で遊ばせ、ここが這入り口で」

蘭「ほんに旦那様は材《き》のお選《えら》みが六《むず》かしくってお囂《やかま》しいからねえ」

長「しかしまア十分に出来ました、広くはございませんが、ここがお座敷で、ここが貴方のお居間になるようにとって別段綺麗に出来ました」

蘭「どうも床柱でも天井でも立派なこと、どうも広い庭だねえ、あの大きな松は」

長「あれは植えたのではない元からあるので、燈籠だけはこっちへお持ちなすったので」

蘭「どうも広いお泉水で」

長「あれは海です、あんな大きな泉水が有るもんですか」

蘭「そうかえ、ほんに好い景色で誠に心持がせいせいするよ」

長「もう少し早く入らっしゃると牡丹《ぼたん》が盛りでございました」

蘭「旦那様は今日はお家にかえ」

長「あの何んで、何とか申した変な名でございましたそこへ材木を買出しながら行くって、帰りに何で周玄さんというお医者が御一緒で、事に依ると金沢へ廻るかも知れんと被仰いました、しかし今晩はお帰りになりましょうか、それとも明日に成るかも知れません」
蘭「女中は幾人《いくたり》居るえ」
長「一人も居りません」
蘭「この広い家に女中が居ないなんて虚言《うそ》をおつきよ」
長「いえ居たのですがいけません、ここらの女は相模女で尻ばかり撫でて、実にどうも行儀も作法も知りません旦那様の前でも何でも構わず大きな足を踏跨げて歩いたり、旦那様がお誂えなすってお拵え遊ばした桐の胴丸の火鉢へ、寒いって胼胝《あかぎれ》だらけな足を上げて、立ていて踵《かかと》をあぶるので、旦那はすっかり怒って仕舞って早々お暇になりました、実に女だけは江戸に限ります」
蘭「おほほほほそうかえ怪しからない」
長「今御膳を上げますから、嘸お草臥でしょう、まア緩りと」
といって烟草盆《たばこぼん》や茶菓子などを運びますに皆長治一人でする様子、お蘭は縁側へ出て見ておりましたが、用場へ参ろうと思って縁側をずいと行って突当ると、三尺許りの喜連格子《きつれごうし》があるから、用場かと思いずーっと開けると、用場では有りませんで、そこは書物棚になっております、本箱などが幾つも積重なっておりますから、疎相な事をした、用場かと思って大切な書物のある処を無闇に明けて済まないと、徐《そっ》と閉めようとすると、昔の屋敷女《やしきもの》で足袋を穿いているのに、縁側が出来立《できたて》で新らしい足袋ですからツルツルと辷って書物棚へ思わず倒れ掛って手を突くと、その棚がギーと芝居でする田楽道具のように廻るから悔りして後へ下って覗くと、下に階梯《はしご》の降り口がありますから、はてこんな処に階梯のある訳はないが、穴蔵のようになっているが何だか知らん、とにかくこんな所を開けて見ては済まないと前《もと》のように書棚を直して出て来ると、長治は膳部を持って出る。あの辺は三月頃は初鰹の刺身が出来まして、それに海苔の付合せを沢山にして、その他キスだの鎌倉海老などと魚が出るが、どうも近所に料理屋はない様子、どこから魚を取寄せるか、自分料理でこう早く出来る訳もないし、どうした事かと女の廻り気で種々と考えて居りまする、その中灯火がつきますと、長治が屛風を立廻し、山風で寒いからと小搔巻《こかいまき》に夜着を持運び、そこへ置いて台所へ下りました。

## 十三

お蘭は自分で床を展《の》べて寝ましたが、寝ても寝られませんから、旦那様は今日もお帰りはないか、いつまで待ってもお帰りがなくっては、淋しい処に居るのも嫌だし、何しに来たとお叱りを受けはしないかと種々と心配していると、六枚折の屛風を開いて這入って来たのが粥河図書で、ずーっと前へ立ったから、お蘭は恟りして起ると、

図「お蘭か」

蘭「おやお帰りでござりましたか」

図「能く来たな、今帰った、能く出て来た、ちょっと便りをし度いと思ったが誠に普請も長く掛るし、それに今日は浦賀へ行くの、金沢へ行くのと誘われて、暇を欠くので、ついつい便りも致さなんだが、能く来たのう」

蘭「貴方が来いとも被仰らないに参ってはお叱りを受けようかと思いまして参りかねておりましたが、兼が何んでも行けと勧めますから参りまして、能く遅くもお帰りで」

図「左様か、今夜は淋しかろうが、これから余儀なくちょっと行かなければならんが、明日は正午前に帰って来ようから、まアゆっくり寝るが宜い」

蘭「それじゃアお帰り遊ばして直ぐにこれからまた夜お出遊ばしますか、このお淋しい道を……誠に悪い事を致しました、せっかくお帰り遊ばしても私が参っておりますからまた直に外へ入らっ

しゃるのは私がお邪魔になって……それでお腹立なれば、明朝帰りますから御勘弁遊ばして、何卒御寝《げし》なって」

図「決してそういう訳ではない、余儀ない義理で誘われているので、ちょっと大津辺まで行かなければならん、銚子屋という料理屋に集会しているから、ちょっと顔を出して、是非夜が更けるだろうが、事によると浦賀へ誘われると帰られないが明日の朝はきっと帰るよ」

と慌てて煙管《キセル》筒を仕舞って出て行きました。お蘭が送り出そうと思っている中、ぱったり襖を閉切って、出たかと思って考えるに表の門の開いた様子もないし、夫の外へ出たのも怪しく、夜深に私の顔を見て直ぐに出てお仕舞い遊ばしたのは、何か他に増花《ますはな》でも出来ていて、他の座敷へ隠してあるのではないか、そうしてみると先刻見た書棚の廻り階梯の降り口のあったも怪しいが、はてな。と悋気という訳ではなけれど、自分が身寄頼りもなく、図書に捨てられては行処《ゆきどころ》のない心細い処から、手灯《てとぼし》を点けて窃っと抜足して縁側へ出て、昼の中見ておいた三尺の開きを明けて、書棚の両方に手をかけて押すと、ギーと廻る。下に階梯の降口があるのを見ると、灯火が障子へさして座敷がありそうに思いましたから、手灯を吹消して階梯段を降りて参りまして、降り切ると一間ばかりの廊下のようなものが透《うね》って付いてあります。あの辺は皆垣が石のような処で、そこを切穿《きりほ》りまして穴蔵ような物が山の半腹にありまして、まるで倉《くら》庫のようになっておりますから、縁側を伝わって段々手索《てさぐ》りで行くと、六畳ばかりの座敷がありまして、一間の床の間がありまして巻物や手箱などが乗ってあります。杉戸が二重になっていて両隅の障子へ灯火がさしまして人声がするようですが、唯今なれば硝子《ガラス》障子で能く分りますが、その頃はただの障子でございますから尠《すこ》しも分りません。傍にある机を持って来て、その上に乗って、欄間の障子の穴から覗こうと思ったが、障子に破れた穴もないので覗けないから、挿していた銀脚の簪挿《かんざし》で、障子の建合せを音もせずに窃っと簪挿をさしてねじると、障子が細く明きましたから、お蘭が内を差覗くと驚きました。

## 十四

穴の中に斯様なる座敷をこしらえ、広間はかれこれ二十二三畳もあろうと思われ、棚には植木鉢その外種々結構な物が並べてあり、置物は青磁の香炉古代蒔絵《まきえ》の本台などが置並べて前に緞子《どんす》の褥《しとね》を置いて傍の刀かけに大小を置き、綿入羽織を着て、前の盃盤《はいばん》には結構なる肴があって、傍に居るのが千島礼三とて金森家の御小納戸役《おこなんどやく》を勤めた人物、這入口に居るのが真葛周玄、黄八丈に黒縮緬の羽織を着て頻りに支配《きりもり》をしており、それからずっと次に居並んでおります者がかれこれ百五六十人許り、商人体の者も居れば、あるいは旅僧体の者や武士体の者、種々なる男がずっと居並んでいて、面部に斫疵《きず》などのある怖らしい男が居る。その次の間に、年齢十六七の娘が縛られ、猿轡《さるぐつわ》をかけられて声も出す事が出来ませんで、ただ涙をはらはら零《こぼ》して、島田髷を振りみだし、殊に憫《あわ》れな姿でおります。傍に居る千島礼三が、つかつか粥河図書の傍へ来て、

礼「大夫、どこへ行ってもどうも別にこれぞと云う大《まぶ》な仕事もなく、東海道金谷の寺で大妙寺《だいみょうじ》と申すは法華宗の大寺で、これへ這入って金八百両取ったが、あの寺にしては存外有りましたが、それから西浦賀の上成寺《じょうせいじ》は平生有りそうに思ってその夜忍び込み、この寺で二百両で、金は随分あるにもせよ肴がなくてはお淋しかろうと存じて、これは西浦賀の江戸屋という家へ縁付く話が定《きま》ったという、名主吉崎惣右衛門の娘おみわと云う評判もの、大夫の寝酒のお肴に連れて来たが、お蘭さんがお出になったと申すことだが、お蘭さんがお出になればどんな者をお目にかけても迚《とて》も往かんから、この美人は礼三が抱いて寝るからお譲りを願います」

図「それは勝手に致せ」

周「こうこう千島氏貴公は誠にうまいことを考えるが、東浦賀の吉崎の娘は君が知っていたのではなかろう、この真葛周玄が知っていて、道程《みちのり》からして、こうこういう所を通って往くと大寺があ

って、ここにこういう豪農がある、陣屋はこういう山を越さなければならんという事まで貴公に道を教えたからこそ、首尾能く連れて来られたのだというものだ、それを君が抱いて寝るてえ訳にはいかん、大夫これはどうか周玄へこの娘を頂戴したい、自分年を取りまして斯様な若い美人を抱いて寝た事がないから、どうか」

図「どうでも勝手に致せ」

礼「これこれ何だ、汝《われ》は旅稼ぎの按摩で、枕探しで旅を稼いでいたのが、処を離れて頭髪《つむり》を生して黒の羽織を着て、藪医者然たる扮装して素人を嚇かし、大寺などへ入込んで勝手は少し心得ているだろうが、八州にでも取構《とりこ》まれ、さアと云う時はこの千島礼三と大夫が居らん時はぶるぶるして先へ逃げ出す役に立たず、足下などは悪事に掛けてはまだ青いからね」

周「それはいかんよ足下などは悪事に掛けてはまだ青いからね」

礼「黙れ、青いとは何んだ、青かろうが若かろうが多寡が汝は旅かせぎの按摩上り、己は千島礼三という小納戸役を勤め、大夫とも同席する身分だ控え居れ」

周「これさ、仮令《たとえ》しかるべき武士で何役を勤めたにもせよ、こうやって悪事を共にすれば、縄に就いて処刑《しおき》になる時は同じ事だ、今日に及んで無用の格式論、小納戸役がどう致した、馬鹿な面を」

礼「なに何がどうしたと」

長「待ちねえ待ちねえ騒々しいじゃねえか、今日はお蘭さんがお出なすったを独りで寝かして、こうやって大夫が各々と一所にうまい酒を呑もうというのに何の事だ、周玄さんお前なんざアこれまでさんざ新造を瞞着して来たのだから、いいや、こうしよう、周玄さんが抱いて寝ても、礼三さんが抱いて寝ても議論の種だから中を採ってこの長治が今夜抱いて寝よう」

図「何だ、千島は鯉口を切って周玄を斬る積りか、よいよいこの婦人は己が貰った」

と傍にある刀の小柄《こづか》を抜く手も見せず打った手裏剣は、かの女の乳の上へプツリと立ちましたから、女はひーと身を震わして倒れる。この有様を見ると、お蘭は、

「ああなさけない」

と机を下りにかかると、踏み外ずすとたんに脾腹《ひばら》を打ちまして、お蘭は気絶致しましたが、これからどうなりますか、次の条《くだり》に申し上げます。

## 十五

引続きまして、粥河図書の女房お蘭の身の上は、予て申し上げます通り西洋の話でございまして、アレキサンドルという侠客がコウランという貞節なる婦人を助けるという、アレキサンドルに擬せました人が相州東浦賀新井町の石井山三郎という廻船問屋で、名主役を勤めました人で、この人は旗下の落胤《らくいん》ということを浦賀で聞きましたが、その頃は浦賀に御番所がございまして、浦賀奉行を立ておかれました。一体浦賀は漁猟場所で御承知の通り海浜の土地でありますが、町屋も多く、女郎屋などもございまして誠に盛んな所で、それにつれては種々公事訴訟《くじそしょう》等もありまして、御奉行様も中々お骨の折れる事でございます。また御奉行に仰付けられます時は、お上から寒かろうと黒縮緬に葵の御紋付の羽織を拝領いたしますもので、このお話のずっと前方《まえかた》、一色宮内《いっしきくない》と申す二千五百石のお旗下が奉行を仰付けられて参って居るうち、石井の家の娘すみという者が小間使の奉公に往っておりました。するとこれにお手が付きまして、すみが懐妊致しました。海とか山とか話の解るまですみを下げまして、十分に手当を致しその後とうとう縁切との事になりましたが、当る十月にすみの産落しましたのが山三郎、それから致してこのおすみには、これも同じく浦賀の大ケ谷町《おおがやまち》で廻船問屋で名主役を勤めていた吉崎宗右衛門《そうえもん》の弟惣之助《そうのすけ》が養子に来て、おすみの腹に次に出来ましたのが女の子で、これをお藤と申しました。山三郎は十一二の頃物心を知ってから己は二千五百石の一色宮内の胤《たね》、世が世なれば鎗《やり》一筋の立派な武士、運悪くして町家に生立ったが生涯町家の家は継がん、この家は父親《てておや》の違う妹のお藤に譲って、己は後見になって、弱きを助け強きを挫き、不当者のある時は仲へ入って弱い者を助けて遣り度いとの志を立てまして、幼い時から剣術を習いましたが、お武家の胤だけに素性が宜しく忽ちに免許を取りました。剣術は真影流《しんかげりゅう》の名人、力は十八人力あったと申します。嘘か真実《まこと》かは解りませんが、この事は私があの土地へ参ったとき承りました。明和四年に山三郎は年三十歳でございまして、品格の宜い立派な男で、旦那様旦那様と人が重んじまするのは、憫然《かわいそう》なものがあると惜気もなく金でも米でも恵みまするので、それにその頃は浦賀に陣屋がありまして、組屋敷の役人が威張りまして町人百姓などを捉えて只今申す圧制とか何とかいうので、少し気に入らんことがあると無闇に横面を張飛ばしたり、動《やや》もすれば柄に手を掛けてビンタ打切るなどというがある、その時山三郎は仲へ入って武士を和め、それでも聞かんと直々奉行に面談致すなどというので、上の者も恐れて山三郎には自然頭を下げるようになり、また弱い者は山三郎を見まして旦那様旦那様と遠くから腰を屈《かが》めて尊敬いたします。殊に落語家《はなしか》などを極く可愛がりました人だそうで、丁度四月十一日のこと、山三郎は釣が好きでございますから徳田屋という船宿へ一艘《ぱい》言付けておいて、遊んでいるなら一所《いっしょ》に行けと幇間《たいこもち》の馬作を連れて鴨居沖へ釣に出ました。一体ここらは四月時分には随分大きな魚《もの》もかかります。

山「毎《いつ》もお前は船は嫌《きれ》えだというが、どうだい釣は、怖え事はあるめえ」

馬「恐れ入りましたな、私はね一体船は嫌いですがね、こうどうも畳を敷いたような平らな海に出たのア初めてで、旦那私ゃア急に船が好きになりましたぜ、どうして馬作の家からみるとよっぽど平らで、私の家なんざアねこっちを踏むとあっちが上り、あっちを踏むとこっちが上りね、どうして海の方がよっぽど平らさ、ああ宜い心持ちだ、どうも好い景色だ、もし向うに見える大山みたよなニューッとこっちへ出ているのは何ですな」

山「あれは上総の天神山で」

馬「へへえあれが、近く見えますねえ、旦那にこの間伺いましたがあれがたしか鋸山《のこぎりやま》ですね、なるほど鋸みたようで」
山「師匠どうだ釣は」
馬「私は釣はどうもいけません」
山「なぜ」
馬「釣はどうも、凡そ私の釣れた例《ためし》が無いというんだからいけません、私達のアただぽんぽん放り込んで浮《うき》の動くのを見ているだけですから面白くも何とも有りません、折節ね旦那のお供でね沖釣などに出来《でか》ける事もありますがね、馬作は竿も餌も魚任《むこうまか》せにしてただ御酒を頂くばかりいえもどうせいけません」
山「そんな事をいわずに釣ってみな、ここらの魚はまた違うから」
馬「それに蚯蚓《みみず》などをいじるのがどうも厭で」
山「なに海の釣は餌が違うよ、蝦《えび》で鯛を釣るという事があるがその通り海の餌は生た魚よ、この小鯵を切って餌にするのだ」
馬「へへえ鯵の餌で、それで何が釣れますか」
山「鯵で鯵が釣れるよ」
馬「へへえ魚は不人情なもんで、へえ、共食《ともぐい》ですね、へえ、鯵で鯵が釣れますか」
山「何でもさ、目張《めばる》でも鯖でも、鯖なぞは造作もなく釣れるよ」
馬「へえ鯖なぞが釣れますか、私なんざア鯖ア読んだ事は毎度ありますけれど」
山「まアそんな事は宜いにしてその糸へこの餌を刺して放り込んでみねえ」

## 十六

馬「へへえこの糸をこうやるのですか、これはどうもよっぽど深いな、どうもどこまで深いか知れませんぜ、旦那貴方ア両方の手に糸を持って、やはははは両方に大きな魚を、それは何で」
山「こりゃア鯖さ」
馬「恐入りましたな、私アただ糸をこうやって居れば宜いので、どうも私のア魚の方で馬鹿にしておりますからねえ些とも来ません、旦那の方にゃアやっぱり魚も面白いと見えて貴方の方へばかり行きますぜ、何でも馬作の方へは魚が廻状を廻して彼奴《あいつ》の所へは往くななぞって話合をつけて来ないとみえます……やははははは釣れた釣れた旦那釣れましたぜ、これは不思議釣れましたからどうも妙で、これは大事にしておきたい、生れて始めて釣ったというので跡で料理《りょうり》て、有難い、どうも面白い、どうも海は広いから魚の数があって馬鹿な魚もあって馬作の針に引掛るやつが有るから妙だな、どうも数が多いからおとととととそれは何で」
山「これは目張だ」
馬「有難い、めばる、どうも旨い魚で、何だって旦那有難い、もし旦那私ア急に釣が好きになりました、や、はははまた釣れた釣れた、旦那また釣れましたぜ」
山「これさ師匠のように騒いじゃアいけねえ、これさ、びしゃびしゃ潑《はね》るから活船《いけふね》へ早く放り込んで置きねえ」
馬「有難い、こりゃア旦那どうぞ大事にして、あはははは旦那まア両方の手に釣りあげて、あれまた獲《と》れました、これは不思議、容易《わけなし》に釣れるので、ああああああ」
山「どうした」
馬「魚がそこまで来てあっちへまたずうっと行きました」
山「釣り落したか」
馬「へえ釣り落しました、ああまた来た、あれ来は来たが私の顔を見て左様ならって」
山「なに、左様ならと云うものか」

と山三郎も馬作も面白いから日の暮るのも知らずに釣っておりますと、今朝から余り晴過ぎて日並の好すぎたせいか、ぴらりっと南の方に小さな雲が出ました。すると見る間に忽ち広がってぽつーりぽつりと雨が顔に当って来ました。

山「ああ悪いな、師匠早く釣を揚げて仕舞いねえ」

馬「旦那何だってそんなに急ぐんで」

山「急ぐって急がねえって、ああ悪い時に連れて来たな、余り日並が好すぎたから怪しいとは思ったが、どうも天気を見損《みそく》なった、仕方がねえ、気を大丈夫に持って呉れ、師匠颶風《はやて》だよ」

馬「はやて、えーそれは大変、旦那どうか早く上げてお呉んなさい」

山「馬鹿アいいねえ、ここは海の真中だ、どうして上る事が出来るものか」

馬「でもお願いだから上げて下さい、私は困りますから、それだから私は釣は嫌いだと云うのに貴方が大丈夫だ大丈夫だと仰しゃるから来たので」

山「憫然《かわいそう》に、己も颶風と知っていれば来やアしない、騒いではいかんよ、二里も沖へ出ているから足掻《あがい》てもいかんよ、騒いでも仕方がない、まア気を確《しっか》り船に攫《つか》まっていな」

と山三郎は直に裾を端折《はしょ》って、腕まくりをして、力があるから浦賀の方へ行こうとすると、雲足の早いこと、見る間に空一杯に広がりまして忽ち波足が高くなって来ると思うと、ざアーざアーどうと雨は車軸を流すように降り出し、風は烈しく吹掛けてどうどうと浪を打ち揚げます。山三郎の乗っているのは小鯵送りという小さな船だから耐《たま》りません、船は打揚げ打下されまして、揚る時には二三間宛も空中へ飛揚るようで、また下る時には今にも奈落の底へ墜入《おちい》りますかと思うほどの有様で、実に山三郎も迚もういかんと心得ましたから、ただ船舷《ふなべり》に摑って、船の沈んではならんと垢を搔出《かいだ》すのみで、実に最《も》う身体も疲れ果てて仕舞いましたが、馬作が転がり出すといかんから、笘枕《とまくら》の所へ帯を取ってくるくると縛り附けて自分も共に笘枕の柱に摑って、ただ船の流れ着くのを待ちますばかり。馬作は尾籠《びろう》なお話だがげろげろ吐きまして、腹は終いには何もないので、物も出ませんで、皺枯《しゃがれ》っ声になりまして南無金比羅大権現《なむこんぴらだいごんげん》、南無水天宮《すいてんぐう》、南無不動様《ふどうさま》と三つを掛合にして三つの内どっちか一つは験《き》くだろうと思って無闇に神を禱《いの》っております。山三郎も身体は疲れてもうどうも致す事は出来ませんで、ただ船がずしーんがらがらどしーんと打揚げられ打落されているが、実に危いことでありまして、その中に幾百里吹流されましたか、山三郎にもとんと分りません、稍《やや》暫くたって一つの大浪にどどどどーんと打揚げられまして、ぢぢぢぢーと波の中へ船の舳先《へさき》を突込みまして動かなくなりました。山三郎ははて船が流れ着いたなと、漸《やっ》と起上ってよくよく見ますと、松の根方の草のはえている砂原へ船は打上げられました。

## 十七

山「師匠、おい馬作、しっかりしねえよ、気を確に持ちなよ」
馬「へえ、ああ旦那貴方助かっていますか」
山「うん、船は着いたが最ういいと思うと落胆《がっかり》して死ぬものだから、どこの島へ着いても気をしっかり持っていねえよ」
馬「へえ、確かり持ちたくもこの塩梅では持てそうもございません、旦那忘れても釣はお止しなさいよ、生涯孫子の代まで釣ばかりはさせるものじゃアありません、驚きましたねえ、あああ、ここはどこでしょう」
山「どこだかどうも分らん、いずれどこかの島へ着いたのだろう」
馬「家も何もなければ昔から話に聞いた無人島とか云って人間が居なくって、恐ろしいそれ虎だの獅子や何かが出て来て人間を頭からもりもり喰って仕舞うてえのじゃ有りませんか」
山「そんな話も聞いたが、そうかも知れねえ」

馬「これはどうも情ない、日本へ帰れそうもない、だから私ゃア釣は嫌いだというに、無理に来い来いと仰しゃって、どうかして日本へ帰れるようにして下さい」

山「今更そんな愚痴をいっても仕方がねえ、一体まアこの土地がどこの国だか分らんから、だがたんと流されやアしめえと思うが、上総房州の内なれば宜いが事によったら伊豆の島辺りかも知れねえ、まだまだそれなれば旨えが」

馬「旨くも何ともありません、流されたのも長い間で、実に私はどうも何ともかともいいようもない、生体《しょうたい》も何もございません、残らず食ったものは吐いたから最う腹の中は空っぽうでひょろ抜けがして」

山「まアここへ上んなよ」

馬「上れません、動けません」

山「違えねえ、縛ってあるから」

と山三郎は馬作を縛り附けた帯を解きまして、

山「さア立ちねえ」

馬「足もなにも利《きき》ません」

山「確かりしねえ、最う波も凪もありゃアしねえ」

と山三郎はひらりっと陸地《おか》へ揚ったが、この土地はどこかは知らずもし人家もなくば、少し浪が静になったから帰ろうという時に船がなければならんから、命の綱はこの船だ、大切《だいじ》と心付いたから、疲れているが十八人力もある山三郎、力に任して船の舳《みよし》を取りまして、ずるずると砂原の処へ引揚げて、松の根形へすっぱりと繋綱《もやい》を取りまして、

山「さアこれじゃア宜い、師匠最う宜い」

馬「いつまで船に居ても仕様がございませんねえ」

山「なに師匠もう陸地へ揚っていらアな」

馬「だが、どうだか私ゃアやっぱり船に居るような心持で、ふらふらして、ここがもし外国だと、貴方と両人《ふたり》で私共は日本人で助けてと云っても向にゃア知れますまいねえ、こんな事と知ったら通弁の一人も雇って来れば好かったたっけが、貴方お金がありますか」

山「金は釣に来たのだから沢山は持って来ない」

馬「それでも幾干《いくら》ばかりあります」

山「掛守の中に十両ぐらいあるよ」

馬「えらいねえどうも、私は西浦賀の大崎の旦那に貰った御祝儀を、後生大事に紙入へ入れて置きましたが、船から皆な転がり出てほんに仕様がねえ、しかしどんな国でも王様がございましょうねえ」

山「そりゃア有るだろうさ」

馬「有難い、王様がありゃアその王様に頼んで日本へ帰れるようにしてもらえましょうねえ、それに食物も何も喰いませんから腹の減った事を打明けて頼んでねえ、どうもこう腹が減っては狼が来ても逃げる事が出来ませんから、まずその前に握飯《むすび》でも何でも喰いたいああ喰いたい」

山「これさ、まア待ちなよ、まア何しろ人家のある所へ出よう」

と山三郎は無理に馬作の手を引いてだんだん行くと、山手へ出ましたが、道もなく、松柏生繁《おいしげ》り、掩冠《おいかぶ》さったる熊笹を踏分けて参りますと、元より素足の儘ですから熊笹の根に足を引掛けて爪を引っぱがし、向脛をもりもり摺破《すりこわ》し血だらけになりながら七八町も登りますと、闇《くら》くって分りませんが山の上は平らで、樹に摑まって能く見ると、こんもりとした森があるから、森を見当にかれこれ二十町許りも行き、また斜崖《なだれ》を下ると、森の林の内にちらちら灯火が見える。

山「師匠家があるとみえて灯火が見えるよ」

馬「家でせえありゃア化物屋敷でもなんでも宜い、有難い、何か喰べられましょうか、腹が減っているから何でも好い早く喰いたい」

と云いながら参ると、こう小さな流れがありまして、丸木橋が掛っている、これを漸くに渡ると卵塔場《らんとうば》があって、もとここには家でもありましたかただ石礎《いしずえ》ばかり残ってあるが、その後は森で、卵塔場について参ると喜連格子の庵室《あんしつ》ようのものがありまして、今の灯火はこの庵室の内からさすのでありました。

## 十八

山「師匠これは古寺だぜ」

馬「いやはやどうも心細うございますな、せっかく尋ねて来れば古寺とは情ない、何だか私は死んだような気になりました」

山「待ちなよ、ここに土台石のある処を見れば、元なんでも家があって、毀されて引いたのだろう……御庵主様《ごあんしゅさま》御庵主々々」

馬「何が御安心です、少しも安心しないじゃア有りませんか」

山「庵主を訪《と》うのだよ……」、手前どもは相州東浦賀の者でございますが、今日漂流致しまして、漸々ここまで参ったので、決して胡散《うさん》な者ではないから一泊願いとうございますが、えーもしお留守でございますか、おいおい師匠少しも答がねえから誰も居ねえのだろう」

馬「心細うございますねえ、誰もいない処へ来て、上るとにゅうーと何か出でもすると驚きますねえ」

山「御免」

と云いながら喜連格子へ手をかけて左右へ明けて見ると、正面に本尊が飾ってある。銅《あかがね》燈籠があって、雪洞《ぼんぼり》ようの物に灯火が点いてあるけれども、誠に暗くって分らん。

山「師匠まア板畳の処まで上んなよ」
馬「へえ上りましょう、船でざぶざぶやられるよりゃアお寺でも家根があって、まままア宜い心持のようだ」
と持仏に向いまして、
馬「暗くって分りませんが、如来様か観音様かどなた様かは存じませんが、手前は日本の大坂町の者で烏亭《うてい》馬作と申す者で、釣に出ましてこの国へ流された者で、御利益を持ちまして日本へお帰しを願います……おや旦那あすこに高坏《たかつき》のような物の上に今坂だか何だか乗っております、なんでも宜しいお供物を頂かして」
山「よしなよ、おもりものだよ」
馬「おもり物でもなんでも少しの間願います、返せば宜うございましょう、今お供物を頂きます、その替り日本へ帰れば一つを拾《とお》にしてお返し申しますから、頂戴」
山「よしなよ」
馬「おもり物をとっては済みませんが、日本だか西洋だか食物の味で支那か印度かが分るような訳で」
とむしゃむしゃ喰いまして、腹が減ると甘《うま》い物で、
「旦那これは日本に違いない、日本らしい味がする」
山「よしなよ、取る物じゃアない」
と馬作を喩《さと》しておりますと、その内に足音がしますから、山三郎は格子の透《すき》から見ると、先へ麻衣を着た坊主が一人に、紺看板に真鍮巻の木刀を差した仲間体の男が、四尺四方もある大きな早桶を荷《かつ》いで、跡から龕灯《がんどう》を照しました武士が一人附きまして、頭巾面深《まぶか》にして眼ばかり出して、様子は分りませんがごたごた這入って来ました。山三郎は飛んだ事をしたと思って、
山「師匠ここへ下りな、いけねえことをしたな、どこかの葬式《とむらい》があっておもり物を整然と備えて

あったに、お前が喰って仕舞って咎められては申訳が無え」
馬「葬式が来たら旦那強飯《こわめし》か饅頭だろう、何ぞお手伝をしましょうか」
山「意地の穢ない事を云いなさんな、あっちへ行っていよう」
と二人は片隅の所へ隠れていると、どかどか上って来て武士は被った頭巾を取り龕灯提灯を翳して、
武士「大きに御苦労御苦労」
何か和尚と囁きながら烟草《たばこ》を出してぱくりぱくりと呑んでいますのを、山三郎が片蔭に隠れていて目を付けると、どこでか見たような武士だと思い出すと、三年前《あと》の十月十二日の夜川崎の本藤の二階で、この武士が百姓を嚇して……殊に己の金入を盗んだ武士で……あの儘助けて返したが、彼奴はここ等にうろうろしているか、どこの者か知れんが甚だ妙だ、篤と様子を見ようと、なお姿を隠しておりますと、また仲間共とこそこそ囁きまして、ぽんと畳を二畳揚げて、根太板《ねだいた》を剝がして仲間体の者が飛下りて、石蓋を払ってその中へかの大いなる棺桶をずっと入れて、元のように石蓋を斑《まだら》に置いて、根太を並べて畳を敷いて、さアこれで宜いと坊主もお経も上げずに、四人もずうっと出かけました。

## 十九

山三郎は暫く考えていましたが、
山「師匠」
馬「へい、なんですか」
山「お前が喋るかと思って心配したが、宜い塩梅だった」

馬「だが、旦那坊主も付いていたが経も上げず、ひどい貧乏な葬式で、どんな裏店《うらだな》でも小さい袋に煎餅ぐらいはあるに、何か食物があろうと思ったにひどい事で」
山「怪しいな」
馬「へエなんです」
山「訝《いぶ》かしいな」
馬「二分貸て呉れ」
山「何でも此奴《こいつ》はあやしい、これから葬式のあとを見えがくれに追って行くから、お前喋っちゃアいかんよ、喋ると向うへ知れるから黙っていな」
馬「へい、だが旦那黙って歩くぐらい草臥るものは有りません」
と段々遠見に追って参りますと、五六町も行くと山道で、これから七八町のなだれで、海辺へ接しまして、風も大きになぎました様子、しかし海岸だからどうどうざばざばと浪を打つ音絶えず、片方は山手になって右と左に切れる道があって、ここに石が建ててある。
山「おい待ちな、ここに道知るべが書いてある」
馬「何が書いてありますか」
山「ここにどこの何村と書いてでもあれば、いずれ国尽《くにづく》しにある国だろうから何とか分ろう、心配をしなさんな」
馬「日本は広いけども鹿児島熊本ならまだしも、支那朝鮮などときては困りますねえ」
山「黙っていなよ、多分日本の内だから大丈夫だ、えー南走清水観音《みなみはしみずかんのん》西北大津道横須賀道と、なんだどこの国かと思った」
馬「鹿児島ですか」
山「どうも師匠箆棒だな」
馬「箆棒と云われちゃ心持が悪いねえ」

山「風の吹廻しで元の処へ帰って来たのだ、始めは鴨居から西北《とり》で一里半も沖へ出たろう、あの通り烈しい風であったが風が東南風《いなさ》に変って元の所へ来たのだ、鴨居よりは些と寄っているが、師匠ここは真堀村に違えねえ、そうしてみればあすこは焼失《やけう》せた真堀の定蓮寺《じょうれんじ》に違えねえ、ああ有難え」

馬「どこの国で」

山「ひとつ国さ、このヤンツウ坂を越せば直己の家まで六町しかない所だ、おいなにを泣くのだ」

馬「嬉し涙が出ました、私は百里も先かと心配したが宜い塩梅で、家まで六町の所まで来ていて気をもんだ馬鹿《ばかげ》気さてえなございませんねえ、有難うございます、ありがてえ、大津の銚子屋は直きだ、一町ばかりきゃアねえから銚子屋へ行ってお飯《まんま》をたべましょう」

山「飯のことばかり云っているなア」

と段々跡を慕って行くと彼等は竹ケ崎の南山へ這入るから付いて行くと、柱が二本建っている外門の処へ四人とも這入りました。

山「師匠々々、ここへ這入ったが、こんな立派なうちから出る葬式に差担《さしにない》とはへんだなア」

馬「へんは宜うございますから銚子屋へ行きましょう」

山「今行くよ」

ともとの道へ帰ろうとする山の際の、信行寺という寺から出て来る百姓体の男が、鋤鍬を持って泥だらけの手で、一人は草鞋一人は素足で前《さき》へ立って、

「誠に貴方どうも思掛けねえ所でお目にかかりました、貴方《あんた》は石井の旦那様、東浦賀の新井町の旦那様で、とんだ所で誠に、三年跡に川崎の本藤で侍に切られる所を助けて頂きました私は高沢町の米蔵で……これはどうも誠に思いがけなくお目にかかって」

山「その後は私の所へ来られて種々頂戴もので……私も会所へばかり出ていてお目にかからんがいつも御無事で」

米「こう遣ってはア命を助かりまして達者で居りますも旦那様のお蔭で、一日でも旦那様のお噂ばかりして……鹿の八おい、あの時お目にかかった旦那様」
鹿「どうもあの時は有難うございました」
山「まアまア大層早くから稼ぐの、農業か」
米「なアに葬式がありましてねえ、どういう訳かこの山へ立派な家が建ちましたが、何だか元お大名の御家老様でえらい高をとった人だそうで、それが田地や山林《やま》を買って何不足はねえが、欠けと云うのは奥様がおッ死《ち》んだそうで、急だから内葬にしようというので、家を建った計りで葬式を出したくねえてえ、早く穴を掘れって云付《いいつか》ったで急に寺へ手伝いに参りますので、鹿の八と二人で今穴を漸く明けたので、これから葬式があるので」
山「あすこの山の上の柱が二本ある枳殻の植ってあるあれか」
米「はい」
山「馬作お前はこの人を知っているか」
馬「いいえ」
山「そら三年前池上のお籠りの日で、あの人だ」
馬「おおこれは妙だ、誠に暫くどうも、お前さんもこの近処で」
米「あの時よく冗談口をきいて……誠に久し振りで……お前さんもこの近所で」
馬「旦那お願いで……飯が食い度いからおつけでも宜いから早く行って食べたい」
山「騒々しいよ」
米「どうぞまアこちらへ」
山「ありがとうございます」

# 二十

井桁屋米蔵の家の門へ来ると、ぷッぷッと饅頭屋で煙が出ております。
米「お直やお目にかかったよ、ソラいつぞや私を助けて下すった旦那様にお目にかかったよ」
直「おやまア馬作さん暫く」
山「師匠あれは何だ」
馬「あれは西の江戸屋に勤めをしていたお直というので、祭の時分から知って居ります」
馬「直ちゃん、どうも誠に暫く」
直「馬作さん本当に暫く、どうも内の人はねお前さん旦那に助かって、お礼に上っても半間な時分行くもんですからお目にも懸りませんでねえ、どうも」
馬「直ちゃんの家とは知らなんだ、饅頭屋の女房《かみさん》になっているとは、人間は了簡の付けようですねえ」
直「馬作さん、お前さんも知っておいでのあの粥河図書という人が、田地や山を買って鎌倉道へ別荘とかを拵える話をお聞きかえ、それに奥様が死んだてえがその奥様てえな、それ三年前堤方村の葭簀張りに茶の給仕していた岩瀬という元は立派な侍の娘が、粥河様と一緒になったという事だが、その奥様が死んだと云うと、あのおらんさんという嬢《こ》が死んだのだねえ」
馬「なるほど可哀そうな事をしましたねえ、二十歳《はたち》ぐらいでしょうかもう些と出ましたか、あのくれえな別嬪は沢山はありませんよ、あれが死ぬような事じゃア馬作なんどは船で死んだっても宜いのですが、惜しいことをしましたねえ」
山「おいおいお前はこれからその穴を掘った処へ棺を埋る手伝いをするのか」
米「へい私が埋めるので」
山「湯灌は誰がするのか知らねえが、お前の働きで仏の顔を見られようか」

米「湯灌は大体家柄の邸《うち》では家でするが、殊によるとお香剃《こうぞり》の時蓋を取ると剃刀《かみそり》を当てる時どうかすると顔を見ます事がござります」

山「有難い、それじゃア已に鹿の八の扮装《なり》を貸して呉れないか、穴掘に成ってお香剃の時仏様の顔を見度いのだが、馬鹿気てはいるが、友達の積りで連れて行っては呉れまいか」

鹿「勿体ねえ訳で、旦那様が穴掘になって」

馬「お止なさいな、貴方はあの嬢《こ》に未練があるので……旦那は一度半治さんを掛合にお遣んなすったら縁付いたと聞いて、諦めてもやっぱり惚れているので……貴方が穴掘の形は団十郎が狸の角兵衛《かくべえ》をするようで、余り旨くは出来ませんぜ」

山「黙っていねえ、お前はまア家へ帰りなよ」

馬「だって腹が減ってどうも」

山「飯は喫《た》べてよ……お母様《つかさん》には釣に出て颶風をくったなどと云うとお母さんが案じるから云うなよ、西浦賀の江戸屋で御馳走になって泊っているが、明日は早く帰ります、他に用がある積りでお前先へ帰んな、帰ってもお母さんに詰らんことを云いなさんな」

馬「宜しゅうございます、それじゃアお先へ帰ります」

これから着物を借りて山三郎は穴掘の扮装になりまして、手拭はスットコ被りにして、井桁屋と二人で埋るときの手伝となって行って様子を見ていると、向うも急ぐとみえて、夜の明けん中と云うので、漸く人は五人ばかり付いて来て、仰願寺《こうがんじ》ような蠟燭を点けて和尚は一人でお経をあげて、棺桶を取って蓋を開け和尚が髪をすりかけているを、山三郎は米蔵の後からそうっと蓋を押えながら差覗くと、少々夜がしらんで明るくなりましたから、見ると仏は十七八の娘で、合掌は組んでいるが、変死と見えて上歯で下唇を噛みまして、上眼をつかって仰のけになって居るから、はてなこれは変死だなと能く見ると、自分の縁類なる東浦賀の大ケ谷町の吉崎宗右衛門という名主役の娘おみわで、浦賀で評判の美人だから、はてな奥様が死んだと云って吉崎の娘を葬るは、はて訳の分らん事だがこれは怪しいと思いまして、山三郎は米蔵よりは先きへ逃げ出して来まして、お直の処へ来て着物を着換え、これから急いで真堀の定蓮寺へ参りましたが、夜はシラシラ明けまして、定蓮寺のかの本堂へ来まして、喜連格子を明けて這入りまして、和尚に見咎められてはならんから、あちこちと抜足をして様子を見ると、人も居らん様子で、これから上って畳二畳を明けて根太板を払って、窃《そ》っと抜足をして蓋を取って内を覗くと、穴の下は薄暗く、ちらちら灯火が差しますから山三郎は訝しく思い、棺の中から灯のさす道理はなし、何んでも怪しいと考え、棺桶の蓋を力にまかせて取りますと、この棺の中に何物がおりますか、次席に申し上げます。

## 二十一

新井町の山三郎は真堀の定蓮寺の本堂の床下に埋めてある棺桶の蓋を取ると、この中に灯火が点いておりまして、手燭に蠟燭が点いて、ぼうっと燃えております。中に居ります婦人は年が二十一二で、色白の品の好い世にも稀なる美人でございます。扮装は黒縮緬に変り裏の附きましたのに帯はございませんで、薄紅色《とき》のしごきを幾重にも巻附けまして、丸髷は根が抜けてがっくりと横になって、鬢《びん》の髪も乱れて櫛簪挿も抜けていてありませんで、どういう訳か女の前に文殻《ふみがら》のような物があって、山三郎が覗くと件《くだん》の女は驚きまして山三郎の顔を見ると直に傍にありました合口《あいくち》を取って今咽喉笛《のどぶえ》を突きに掛りますから、山三郎は驚き飛掛ってもぎ取ると、見られてはならんと思いまして前の文殻を取り、急いで懐中《ふところ》へ入れて隠しまする様子故、まアこちらへお出でなさいと云うのでかの女を本堂の上へ抱上げまして、かの手燭に点いております蠟燭の灯火を女の前へ置きまして、婦人が顔を上げまするを山三郎が見ますると、三年前池上のお籠の日提方村の茶見世に出ておりました岩瀬主水の娘のお蘭で、見覚えがあるから、山「まア思い掛けない事で、お前さんは三年前に池上の田甫へ出口の石橋の処の茶見世に出ておいでのお蘭さんとか云う娘さんだねえ」

蘭「はい」

山「どういう訳でお前まアこんな棺桶へ入れられて埋られたのか知らんけれども死んだ人なれば穴を掘って墓場へ埋めなければならんが、本堂の石室の中へ入れて、殊に棺桶の中に灯火の点いているのが誠に私にはどうも実に怪しく思わるるが、一体どういう訳でお前さんにゃ合口を持って死のうとするのか、これには何か深い訳のある事だろうが、何卒私に聴かして下さい、早まった事をしてはなりません、どうを訳を聞かして下さい」

蘭「はい、誠に御親切に有難うございます、私が活きておりましては夫に済みませんことで、操が立ちません、どうぞお見遁《みのが》し遊ばして、この儘死なして下さるのが却ってお情でございます、思いがけなく貴方様にお目に懸り、面目次第もないことで、深くお聴き遊ばすと私は辛うございますから、この儘どうぞお殺し遊ばして、何卒合口をお返し下さい」

と云いかけまして、わアーっとそこへ泣倒れますから、

山「まアまア死ぬのはいつでも死なれるから、私もこうやってお前を助けるからはいざお死《しに》なさいと刃物を渡す訳には人情として出来ん、どうでも死なんければならん死なんければ操が立たんという訳なら強って止める訳にもいかんが、私が一通り聴いてなるほどと思えば決して止めはしません、何しろここで話をしていると死人を掘返したとでも云われては飛んだ罪を被せられ、人の眼に懸ると面倒だから私が連れて往く処へ厭でも往って下さい、何卒私の云うことを聞て下さいよ」

とこれから元の如く棺桶の蓋をして、石室も元のようにして蠟燭の火《あかり》を消してそこいらをも片付けて、厭がるお蘭の手をとって、連れ立ち、鴨居の横を西に切れて東浦賀へ出まして、徳田屋と申す舟宿がありまして、これは旧来馴染の一番舟のでる家でござりますが、そこへ参ると、

舟宿「これは旦那お早くどちらへ、昨日つりにお出《いで》なすったてえ」

山「あい、釣に往ったが訳があって脇へ廻ったのだが、大急ぎで舟を一艘仕立て、天神山まで行って呉んな」
舟宿「へい直ぐに、貴方が一人で」
山「急の用で一人連れがある……もしそこに立っていては人の目に懸るからこっちへ這入って」
蘭「はい、御免なさい」
と眼も何も泣き腫《はら》して、無類の別嬪がしごきの扮装で家へ這入りました。

## 二十二

平常《ふだん》堅い山三郎が、別嬪を引張って来たから、徳田屋の亭主は早呑込みに思い違えて、
亭主「旦那久しいお馴染様じゃアございませんか、何も天神山まで入らっしゃらないでも、お母さんに知れて悪くば知れないようにどうでも出来ます、奥の六畳は狭いけれども、間が隔って宜うございます、あすこなれば知れませんから、お泊りなすっても宜うございます」
山「そういう訳じゃアない、少し仔細があってここにゃアいられないから、舟を早く仕立って、親方達者そうなのを遣って呉んな」
亭「へい畏《かしこま》りました、貴方こちらへお這入りなさい、そうして旦那、あの御婦人は御番所の前は手形が入りますぜ」
山「手形はない」
亭「じゃアこうしましょう、知れないように頭巾でも被ぶらせ、扮装を変え、浜町の灯台のところへあの御婦人は待たしておいて、貴方はお一人で御番所を通って、それから岩の処で御婦人をお連れになったら宜うございましょう」

山「そんなことをしてはいられない、罪は己が負うから宜い、人の命に係わる事だから、急いで、布団を三つも入れて板子の下へ隠して行けば宜い、食物は何も入らん、あっちへ行って食うから、早くしろ」

亭「かしこまりました」

と山三郎の云うことだから大丈夫だと、亭主も急がせまして、前艫《まえろ》が二人、脇艫《わきろ》が二人、船頭一人都合五人飛乗りまして、板子の下に四布布団を敷いておらんを入れ、

山「窮屈でも少しの間の我慢で……陸《おか》へ着けば何でも有りますから……おい早くしな」

とこれから舟を漕出しまして番所の前へ出ますと、その頃番所の見張は正しいが、会所へ日々出まして役人衆とは心易いから山三郎は一人出まして、

山「山三郎私用あって上総の天神山まで参ります」

と云うと板子の下に別嬪がおります事は存じませんから、役人衆も宜しいと許します。それからこう行くと丁度朔風《ならい》と申して四月時分も北風が吹く事がありまして、舟は益々早く、忽ち只今なれば四時間ばかりで天神山の松屋という馴染の所へ参りました。

松「これは旦那、さアこちらへ」

山三郎は離れた所が宜いと云うので奥の離れ座敷の二階へ連れて参りましたが、お蘭は心配のせいかきゃきゃ癪が起って来る様子、薬を取寄せなまじい医者を聘《よ》んで顔を見られてはならんと、眼の悪い針医を呼んで種々介抱致して、徐々お蘭に聞いたが、どうあっても訳を申しません、操が立ちませんからどうぞ私を殺して自害をさして下さいと云うのみ。ある朝二番船も出まして、もう一人も客はおりませんで寂然《しん》としております。

山「お蘭さん、少しは今日はお気分は宜うございますか」

蘭「はい」

山「なるほど少しはおちついた御様子だ……改って云うまでもないが、お前さんをあすこから連

れて参って、今日は十四日で丁度四日になります、私は無沙汰に家を明けたことは、未だにございませんから、定めし母が老体ではあり嘸案じていましょう、お前さんが自害をしようと云うのを強て助け、こうやって連れて来ても、やっぱり海へ飛込むの咽喉を突くのと云ってみれば、それを見捨てて帰る訳にもいきません、お前様が仔細を話して下さらん中は私はいつまでも宅へは帰りません、生涯でもお前さんの傍にいなければなりません、そうじゃアありませんか、お前さんがいつまでも云って下さらんと私に不孝をさせるようなもの、私は賤しい船頭を扱う廻船問屋の詰らん身の上だから、蓮っ葉にべらべら喋るだろうとお思いだろうが、私も男で、人に云って害になることは決して私は云わん、言って呉れるなとお云いなら、口が腐っても骨がくだけても云わん」

## 二十三

その時山三郎は、お蘭に向って、

「武士に二言なしと云うが、私も少し武士の方に縁のある身の上で、緩くり話をしましょうが、お前さんも、元は本多長門守の御家来で立派な武士の嬢さんが、あの堤方村へ茶見世を出し、失礼だが僅かな商いを能くまアなさる、感心な、母親《おや》のためにあんな真似をなすった、私も通りかかって見世へ休んだとき、お母さんの看病には悔くりした、孝心なことで、あアいう娘をと陰でお前さんを実に賞めていたので一層の心配をします、それを恩に被せる訳でもなんでもないが、どうぞお前さんの力になって上げたいと江戸屋の半治という者を頼んで、お前さんがお独身《ひとりみ》でお在《いで》ならお母さんぐるみ引取って女房に貰いたいと話をしにあげた所が、もう粥河図書という人へ縁組が出来たと聞きましたから、それは結構な事だ、どこでも好い身柄の処へ縁付けば結構だと私もお前様の事は陰ながら噂をしていたので、処が計らず釣に出て真堀の岸へ吹き上げられ、定蓮寺の床の下へ棺桶を埋めるのを見て、怪しいと思って跡を付けて出て往って見ると、道でまた葬式に遇って、それを段々調べてみると私の縁類の吉崎のおみわと云う娘で、その娘を奥様の積りで蛇ケ沼《じゃがぬま》の信行寺へ葬むるというのは訳が分らず、奥様と云えばお蘭さんに違いないと、私は取って帰して定蓮寺へ来て見ると、棺桶の中に灯火が点いてありますから訝しいと思って私が出したので、実に訳の分らん始末、それに今お前様がどうしても操を立てなければならん図書に済まんと云うばかりでは、何故死なければならんか理由が分らん、私もこうしてどこまでもお助け申したからは訳を聞かん中は、私も男だ、一生涯でもお前さんの傍にいなければなりません、私にそれほど不孝をさせて呉れては困るじゃないか、くどくもいう通り決して口外はしないから訳を話して下さらんか、頼むから何卒お蘭さん」

と山三郎は手を突いて頼むようにして、柔しゅう云われますから、お蘭は親切なお方と顔を上げて山三郎の顔をじいっと見詰めておりましたが、眼に一杯涙を浮めまして、

蘭「誠に三年跡にお恵みを頂き、蔭ながら貴方のお噂をしておりまして、侠気の御気性でよもや世間へ云っては下さりますまいから、段々との御親切ゆえ申しますが、私が活きていては夫に済まないと申す訳を一通りお話を致した上からは、どうでも活きてはおられませんから、お聞きの上は合口をお返しなすって、直ぐにこの場で自害をさして下さるならば身の上をお話し致しましょう」

山「それは困ります、しかしどういう訳か話の様子に依って死なずとも宜い事なら殺して詮がない、まアともかくもお話しなさい」

蘭「はい、実は私は三年跡粥河図書方へ余儀ない縁合《えんあい》で嫁付《かたづ》きまして何不足ない身の上で、昨年九月頃《あたり》から、夫は鎌倉道の竹ケ崎の南山と申す所へ田地と山を買い、そこへ別荘を建ると申して出ました切り手紙を一通送って遣さず、まるで音信《おとずれ》がございませんから、悋気ではございませんが、万一《ひょっと》外に増花があって私に倦《あき》がきて見捨てられやしないかと、心細い身の上から種々心配しておりますす所へ、小兼と申す御存知の芳町の芸者が来て、勝手を知っているから船に乗って一緒に行けと、

小兼に連れられて南山と申す別荘へ参りました所が、図書は出ておりませんで、長治と申す下男ばかりで、どうしてこの山の中で、酒肴を拵えますにも大抵の事ではございませんのに、長治一人で早く出来ます訳もなし、どうもそんな事も不思議に存じまして、用場へ参ろうと思って、三尺ばかりの開戸がありますからそこを開けますと、用場ではなく、そこは書物棚になっておりまして本箱や何かが数々ありましたから、粗忽をしましたと私が締めようとしてそこでつい足が辷りまして、書棚の書台へ肘が当りますと、劇場《しばい》でいたす廻り舞台のようにぎゅうーと開きまして、不思議のこと後へ下りますと書棚の下に階梯の降口がありまして、ああこんな所に階梯の降口はないはずだが、事に依ったらここから他の座敷へ抜ける道でも附いて在って、そこに婦人でも隠してありはしないかと、まア悋気ではございませんが私は案じられますから、その階梯を降りまして漸々《ようよう》手さぐりで参りますと、暫くの間廊下のようになって、先に広いこう座敷のような所で、廻りが杉戸のような物が二重に建っておりまして、中に人は居りますが、申すことは些とも分りませんから、欄間から灯火のさすのを見て、はてなと欄間から覗いたら少しは事も分ろうと、机を台にして欄間から覗きまして、実に驚きましたが、どうか世間へは何卒この事ばかりは貴方だから申しますが、お話しは御無用に願います」

## 二十四

山「へーえ、その縁の下へ階梯が掛って、床の下が通れるようになって、なるほど、でそこを覗くとどうなっておりました」

蘭「その床下へどうしてあんな広い座敷を建てましたか、二間ほどの大広間がございまして、夫図書もおりますし、千島礼三と申す以前下役の者もおりまして、宅へも参りまする周玄と申す医者も傍におりまして、その外百人余りもそこにおりましたが、その者どもは皆夫の同類で、主人《つれあい》はその百人余りの盗賊の頭分《かしらぶん》になっておりますから、それを見まして私は実に驚きました」

山「なるほど、浦賀辺へこの頃は大分盗賊が徘徊して、寺や何かへも強盗《おしこみ》に這入ると聞きましたが、直き鼻の先の竹ケ崎へ百人から盗賊が隠れていようとは、ふうん—それからどうしました」

蘭「はい、その傍の柱の所に年の頃十六七になります器量の好い娘が縛られておりましたが、ああ荒々しい情ない事をする、どこから勾引《かどわか》して来たか憫然《かわいそう》にと存じまして、その娘を見ていると多勢寄ってその娘を今晩は抱いて寝るの恥かしめるのといい、終いに仲間同志の争いになりましたが、夫が見兼てこの娘は私が貰ったと傍に有りました刀掛の脇差の小柄を取りまして投げ附けますと、その娘の乳の辺へ刺りました、きゃっと云いましたから恟りして机から落ちたとまでは覚えておりましたが、その折どこか脾腹でも打ちましたか、それから先は夢のようでとんと解りません、暫く経って私が気が附きまして眼を開いて見ますと、四辺《あたり》が暗うございますから、出ようと存じても出る事も立つことも出来ませんで、私は死んで埋められたのではないかと手を撫てみると、私の手に火打袋が掛っております、これは図書が野掛に出ます時常に持ちます火打袋で、中には火道具や懐中附木もありますから火道具を出して火を移しますと、傍に燭台も蠟燭もありますから、取敢えず灯を附けて見ますると、私は白木の箱に這入って居りますから、前を見ますと夫図書が私へ贈りました手紙が一通と傍に懐剣が添えてあります、はて不思議な事と直ぐにその手紙を開きまして、読んでみまして、実に私は棺桶の中に泣倒れております処へ貴方がお出で遊ばして私をお救い下すって、こういう処までお伴《つ》れ遊ばして、お母さんまでに御苦労を掛けますのも私故で、何とも御親切のお礼の申しようもございませんが、何分私が活き存命《ながら》えておりますと、他から夫の悪事が露見しても私が申したとしか思われません、そうなりますと私はどうも、仮令悪人でも一旦連添いました図書に操が立ちませんから何卒自害をさして下さい、そうすれば女の道も立ちます事で、お情にどうぞ懐剣を返して下さい」

と涙ながらに申しました。山三郎はお蘭の話を熟々《つくづく》聞いておりましたが、
山「なるほど妙に巧んだもので……お蘭さんそのまアお前の亭主から贈ったという手紙をお見せなさい、まあサ見なくては解らんから」
と強いて云うゆえおらんもこの場になってはもう是非がない、
蘭「はい、皺だらけに成ってはいますが」
と図書より贈った手紙を出しましたから山三郎は開けて見ますと、文章は至って巧みに、亭主が女房に手を突いて詫《あやま》るように書いて有ります。
手紙の文意「我等儀主家滅亡の後八ケ年の間同類を集め、豪家または大寺へ強盗に押入り、数多《あまた》の金銀を奪い、実に悪いという悪い事は総て我等が指揮《さしず》してこれまで悪行を累《かさ》ねしが、三年跡其許を妻女に持ってから後は其許の孝行と貞節に愧じて、何卒悪事を止め度くと心掛け居るものの、同類も追々に殖え何分にも足を洗う事叶わず、しかるにこの度其許に我等の悪事を見顕わされ誠に慚愧の至り、さりながら同類の手前何分捨て置きがたく、是非なく真堀の定蓮寺へ気絶の儘埋葬いたすなり、されども気絶の事なれば棺桶の中にて蘇生するような事あるも測り難し、されどこの事が其許の口より露顕致せば大勢の難儀になる事なれば誠に非道の夫とも思わんが、何卒この懐剣《あいくち》にて是非も無き事と諦め得心の上自害して呉れられよ、尤も我等も遠からず官《かみ》のお手に遇い死刑に臨む時、冥途にて其許に遇い詫言を申すべし、呉れ呉れも因果の縁合と諦め自害を御急ぎ下され度く候云々」
と云うような塩梅に旨く書続けてあります。悪人でも連添う夫婦の情で死のうという心になるお蘭の志を考えると、山三郎は憫れさに堪えられず、暫くの間文殻を繰返し繰返し読んで考えて居りました。

# 二十五

山「お蘭さん、誠にどうも御尤で、お前さんは感心な方で、お前さんの御亭主を私が悪くいっては済まんが、この文面の様子では、三年あとお前さんを女房に持ってから、志を見抜いて、その孝行と貞節に感じて今までの悪事を止めようと思い込んだと書いてあるが、その位見抜いて、頼もしく思っている可愛い女房が、悪事を見たからと云って気絶した儘埋るとは情ない、死んだか活きたか分らんなら何故薬を飲まして手当をして、気が付いての上、偖《さて》こういう訳だからどうかお前を助けたいが助ける訳に往かんから自害して呉れと云えば、それお前さん、はいといって自害もする人だ、その心底を図書が知っていながらお前さんを生埋にしたので、お前さんだから蘇生《いきかえ》った後も自害をしようとしなすったので殊に私がこれほどまでに様々云っても事実を明さないで、これは勿論死を極めておいでなさるから云わないので、これが普通の女であったらわアわア騒いできっと人を呼びましょう、それでも助ける人がなければ可愛や食物はなし棺の中で飢死に死んで仕舞うだけ、実にどうも非道の致し方で、お前さんはまアその非道をも思わず、図書を思う志し、誠に夫を思う貞節、お前さんの志に免じてどうか図書が改心するようにして遣りたい、私がこれから浦賀へ帰って役所へ訴えれば直ぐ番所の手を以て竹ケ崎南山へ手当になる訳だが、なれどもそうすればお前さんの志を空しくするという誠にそれも気の毒な訳だから、図書に人知れず会って、篤と異見をして、図書が改心の上は元通りお前さんと添わしたく思います、それゆえ私はこれから帰って図書に逢って、当人に熟々意見をしますから、図書が改心の実証を見抜くまでお前さんは死を止まって、私に命を預けて……いやさそんな事を云っては困るお前さんを殺す訳にはいかん、尤も云うまでもないが、いよいよ改心せぬといえば仕方がないその時はお前さんの望に任《ま》かして自害をさせましょう、まずそれまでは」

と事を分けて諭しましたので、お蘭はただはいはいと泣きながら返辞をしておりました。山三郎

はまたお蘭の心を想いやり頻りに宥めておりますと、後をがらりと開けまして、
男「御免なさい」

山「おい、そこを無暗《むやみ》に開けては困ります、飛んでも無え」

男「御免なすって、もしお宅からお手紙が届きました」

山「どうして家の奴が知っていたか」

男「へい徳田屋の船頭がうっかり喋ってお母さんのお耳に這入ったとみええまして」

と持って来た手紙を出すを、山三郎は訝かしげに受取って開いて読下すと、驚きました。その母の手紙には、

「お前の留守中妹のお藤を強《たっ》てもらいたいというその人は、旧金森家の重役粥河図書という人で、近頃竹ケ崎へ田地や山を買い、有福の人で、奥様がこの間お死去《かくれ》で、何卒跡に嫁を欲しいと思うが、お前の妹お藤が相当な縁だというので真堀の定蓮寺の海禅和尚《かいぜんおしょう》が橋渡しをして媒妁人《なこうど》を立てて貰い度いという、向うは急ぐからお前に相談しようと思うが、何分留守で仕様がなし、先方《さき》からは急ぐ、どうもこうも断りようが無いから、今日大津の銚子屋で見合をして、お藤が得心の上は粥河様方へ縁附けるからちょっと知らせる、なれども用がなければ帰って来て、用があるなれば別段帰らんでも宜い、結納を取替せる、この段松屋に居るとのことが知れたから知らせる」

たった一人の妹お藤を盗賊の所へ縁附ける、結納を取替せるとあるから驚いた山三郎、思わず手紙をぱったり落して腕を組み、考えれば考えるほど可哀想にも、眼の前に居るこのお蘭を女房に持ち、悪事を見たといって生埋にして、間もなく己が妹を貰おうと云うはいかにも人情にはずれた悪人、しかしこの事はお蘭には云えず、心一つに憤っている。そんな事とは夢にも知らぬおらん、

「誠に何から何まで御心配下さいまして、貴方のお志は死んでも忘れません、どうぞこの上何分宜いように」

山「あの、大急ぎで船を一艘仕立って呉れんか、ちょっと浦賀へ帰るから大急ぎで、風が悪いか

らその積りで、食物や何かはどうでも宜いから……時にお蘭さん、あの母から手紙が来まして、黙って四日も明けたもんだから大分心配している様子、ちょっと行って来なければ成りませんが、今晩はどうせ来られませんが明朝《あすのあさ》来られなければ明日遅くも夕景までにはきっと来ます、それまでの間は何卒自害するの海へ飛込むのなどということは予々申す通り止まって、こりゃア私がお願いです、もし左もないと私がこれまで話した事は皆な水の泡になるから、決して悪くは計らわんから、同じ人間だから悪い心にもなりまた善い心にもなるものだから、貴方の思う図書の心が直るようにどこまでも他人を払って異見するからその積りで、御亭主が善人になれば貴方の思った心も貫き、その上何卒もともとにしたい心底、それゆえどうか行って来るまで待っていて」

蘭「はい、実に有難うございます、お母さまは嘸お案じで、どうか早くお帰り遊ばして下さい、明日夕方までにお出になるをお待ち申します」

山「お蘭さん、貴方小遣が入りますから沢山は無いが少しばかり手許へ置いて行きますから、何ぞ好きなものを買って遠慮なしにお上んなさい、気の酷く鬱《ふさ》ぐ時は、この頃は旅稼の芸人が居るからそれを呼んで気晴しでもして」

男「船が出来ました、直ぐに」

山「船が出来た、じゃ行くよ」

## 二十六

山三郎は階梯段を降ります、残り惜しいから、お蘭は山三郎を船の処まで見送ります。山三郎も船に這入って気の毒な女だとお蘭の顔を見る、これが思えば思わるると申すのでござりましょう。船頭は山三郎が大急ぎと申すので腕一杯に漕ぎますが、何分風が向い風で船足は埒明きません。山三郎はじりじりして居りますが、どうも仕方がない、朝の内は西風《ならい》が吹き、昼少々前から東風《こち》から南風に変って、かれこれ今の四時頃に漸く浦賀へ這入りました。山三郎は早くも船より上りまして新井町へ駈けつけて、家へ馳上って見るとお母も妹も居りません、そこに留守居をして居るのが馬作一人。

山「おい師匠」

馬「へい、お帰りなさい、どうも実に驚きましたぜ、どこへ入らっしゃいました」

山「わきへ廻って遠方へ行った」

馬「どうもお母さんがお前と一緒に往ったのだからどこかへ行って捜して来いと仰しゃって、それから私は江戸屋に入らっしゃったが、はてどうなすったかというような事をいってお家を出ましたが、どこへ往ったってお出なさらぬのは知っているから、ぶらぶら大廻りや何かして、ほど経って帰って見ても未だお帰りなさらない、はてなとまた出掛けて、今度は徳田屋さんで聞いてみると、貴方は舟の中へ女の子を入れて松屋へお出なさったと云うが、あなた酷いじゃアありませんか、私を捲くなんざア感心しましたぜ」

山「なにそういう訳じゃアねえ」

馬「旦那まア板子の下へ女の子を入れて行くなんざア凄い寸法で、しかし旦那よくまアあの八釜《やかま》しい御番所の前をねえ」

山「それ処じゃアねえ、お母さんはどこへ」

馬「お母様はね、いや実に妙不思議な事で、それ例のかの粥河様のおらん様が死んだので、不自由だから、他から貰うよりは貴方の妹御をというので、寺の坊さんか何か頼んでそれが橋渡で漸く話が極って、それからお嬢さんに話をすると、何かそれ貴方が後見になって妹に聟《むこ》を取ってこの家を相続させると仰しゃったのだが、それじゃア私が済まない、やっぱり兄さんをここの旦那にして私は他へ縁付きたいと云うので、処がね嬢さんが粥河様を見るとちょっと好い男だもんだから岡惚をして、藤ちゃんはずうっと行きたいという念があるので、お母さんも遣りたいと云うので、詰り極って、今日大津の銚子屋で結納を取換せ」
山「もうお出掛けになったか、ああ残念だ」
馬「旦那何も残念な事はありません、お蔭で私も一軒旦那場が殖えたので」
山「のべつに喋るなよ、着物を着替えるから早く出せ」
馬「着物《おめし》をお着替なさい、だが簞笥は錠が下りています、鍵はお母さんの巾着の中へ入れてありましたがあの儘帯へ挿《はさ》んで一緒にずうとお出かけで」
山「困ったな、じゃア出刃庖丁を出せ」
馬「なんです」
山「なんでも、喋らずに出せ」
馬「だって疵だらけになりますぜ」
山「構わんから出せ」
と山三郎は癇癪紛れにガチガチとやって着物や羽織を引出して、さっさっと着換えて脇差を挿たが、見相《けんそう》が変って居りますから馬作は何だか解らん。
馬「旦那私は今日お結納のお取替せ、お目出度いので御祝儀頂戴と内々悦んでいたので」
山「家へ帰《け》えれ」
馬「へい、女郎買からお帰りで昨夜から持越しの癇癪などは恐れ入りますな」
山「こういうとき師匠洒落《しゃれ》などいうと聞かんぞ、何も云うな、黙って供をしろ」
と山三郎は急《せ》きますから、家を駈出してどんどん谷通坂《やんつうざか》を駈下りまして、突然大津の銚子屋へ飛込んだが、丁度今結納を取替せを為ようとする所、これを山三郎が反古にしようと、これから掛合になります所、一と息つきまして次を申し上げます。

# 二十七

引継《ひきつづ》きまして、山三郎は母と妹が先に大津の銚子屋に参っていて、これから見合に相成るという事を聞いて、驚きまして、宅を出て大津の銚子屋へ参ったが、もう間に合いません広間の方には粥河図書を始めとして居並んでおります者は、前に金森家の同藩のように見せかけましたが、これは皆同類で、図書の傍に居りまするのが真葛周玄という医者、立派な扮装《いでたち》で短刀《みじかいの》をば側に引附けて、尤もらしい顔附をして居ります。その側面《かたわら》には真堀の定蓮寺の留守居坊主海禅という、これは破戒僧でございますが、これも外出《よそゆき》の袈裟《けさ》法衣《ころも》でございますが、何か有難そうな顔附をして控えて居ります。こちらの方には母と妹の前に膳部を据えて大勢で何か頻りに勧めるのを両人は返答に困って居ります。

母「どうも御尤も様でございますが、生憎山三郎も居りませんことで、もうほど無く帰りましょうかと存じておりますが、参っております処も漸くに分ったような訳で、もうこれも得心致しまして私もまア有難い事と存じている処ではございますが、何を申すも山三郎は留守の事で、あれも名《な》前人《まえにん》の事でございますからちょっと一言申し聞かせまして、得心の上でございませんければ、それはなんでいかようともお話も致しましょうが。今が今どうも御挨拶も出来かねますことで」

海「いやお母さん、それは至極御尤もじゃが、ここにまア真葛周玄先生というこういう立派な先生の媒妁《なこうど》があって事をなさるし、私も坊主の身の上だから余の事は知らんが、不思議の事で、こういう御縁合になれば、私も誠にお馴染甲斐もあるような訳、どうかお帰りがあって、それは成らんいやそれはこうしてと仰しゃれば、それはどうでも内々お話合もつく事で、貴方が御得心になりさえすれば山三郎殿は孝心の方で、お母さんの云う事を背くようなことはない、それは私も心得て居るが、どうか善は急げで、結納の所だけはちょっとここで取替せをなすって、左も無いと私もまた仲に這入った甲斐もないと云うもので」
母「実に海禅さんの仰しゃる通り御尤もでございますが、もうほど無《の》う帰りましょうと存じておりますから、どうかもう少々お待遊ばして」
という所へ、
男「へい只今旦那が入らっしゃいました」
と云ううち案内をも待たずつかつかと山三郎は母の傍に参りまして、
母「はい、直ぐにどうかこの席へ参るように仰しゃって」
山「誠に恐れ入りました、大きに御心配を掛けまして相済みません」
母「本当にまア私はどんなに案じたか知れないよ、どこにどうして居るかと思ったうち漸々天神山に居ることが知れてねえ、手紙を出したが知れましたろう」
山「拝見致して取敢ず立帰りましたが、未だ結納は取替せますまいな」
母「はい結納の事はお前を待っていたので」
山「どうか直ぐにお帰り遊ばして」
母「直ぐにと云ったってそう帰る訳には往きませんよ、まずお前それにお出でなさるお方は粥河様と仰しゃる、元はお大名の御家老役をもお勤めなすった立派なお方で、この頃竹ケ崎へお出になって結構な御普請を遊ばして、田地やお山をもお購求で、何不足なくお暮しで、処が先頃奥様が卒去《おかくれ》になって、早くどうか嫁をというので、処が浄善寺へ私がお藤を連れて御法談を聞きに参ったその折に御覧なすって、強て貰いたいと仰しゃるので、他の者では厭だがお前の妹だからと云うのでなお彼方で欲しいと仰しゃるので」
山「左様でもございましょうが、まだ結納の取替せを致さんのは幸いどうか直ぐにお帰りなすって、実に私は驚きました」
母「直ぐに帰れといっても、お前の来るのを待っていて、お前の坐る所へ整然《ちゃん》とお膳もお兄《あに》いさんのと仰しゃって心配をなすって」

山「いいえ見ず知らずの者に馳走になるべきものでは有りませんから、お母様と私と藤の料理代だけはここへ別に払いをして参ればそれで宜しい」

母「そんな事は出来ませんよ、そんな失礼な事をお云いでない、それよりはお近附になって」

山「いいえお近附どころではありません、直ぐにお帰りを願います」

と何かごたごた致しておりますから、海禅坊主が見兼て山三郎の側へ参りまして、

海「誠に暫く、番場の地蔵堂に居りました海禅で、お見忘れでしょうが今は真堀の定蓮寺の留守居で、雁田に居りました時分は毎度お目に懸りました事もありましたが、あれに御座るは粥河様でござりまして、この頃近辺に御寮が出来まして、浦賀へお出のときお藤さんを御覧で、どうか貰い度いということ、それに土地に名高いお家柄なり、旁々《かたがた》山三郎殿の御妹御なれば是非申し受けたいといって私へお頼みで、坊主の身の上でなんだけれども実はお母さんも御得心またお妹御も納得のことで、結納の取替せまでに至りまして、間際になって肝心の貴方がお出がないので大きに心配致しておりました、早速お帰宅で、どうかこれへお席を取っておきましたから、どうかこれへお坐り遊ばして、実にお目出度いことで恐悦な訳で」

山「いやお目出度いこともなんにもない、久しくお目に懸らんでしたが、海禅さん、せっかくの思召しではございますが妹藤は差上げる訳には参りませんと先方へお断りを願います」

海「へえーそれはまたどういう訳ですな、今貴方が御不承知では先方へ私が何とも云いようがございません」

山「云いようが有ろうが無かろうが手前は上げる事は出来ません、母や妹が得心でございましょうが、何と申したか知りませんが、未だ結納の取替せも致さんのは幸いでありますから、この事はどうか先方へどうも妹は上げられないと云ってお断りを願います、母と妹を連れて直ぐに帰ります、おまえさんも御出家の身で縁談の事なぞには口をお出しなさらんでも宜しかろうと私も失礼ながら

存じます」

海「それはそうじゃけれども、今になってそんなに仰しゃって下すっては言訳がない、どうかもしせっかくの御縁でこれまでに成りましたから」

山「せっかくでも何でもいけませんと先方へお断りを願います」

とこの問答を見兼ねて真葛周玄が側へ来て、

周「へい、初めまして、愚老は真葛周玄と申す至って不骨物《ぶこつもの》で、この後とも幾久しゅう御別懇に願います、この度は不思議な御縁で粥河氏よりの頼みで、届かんながら僕が媒妁役を仰せ付けられて、予てこの浦賀においても雷名轟く処の石井氏の妹御、願ってもこれは出来ん処をお母さまもお妹御も御得心で誠に有難いことで、大夫も殊無うお喜びでございます、どうか結納の取交せを致そうとして、既に只今これへ墨を添え紙をも用意致して、これから書こうという処で、御得心の上は速かに認めます心得で」

山「いやどうかこの事は先方へお断りを願います、母が得心でも妹が参りたいと申しましても、この山三郎一人不服でございますから、左様粥河様とやらへどうか仰しゃって下さるように願います、貴老《あなた》も媒妁役で御迷惑でございましょうが、直ぐに引取りますから左様思召して下さい」

## 二十八

周「これは当惑致しますな、せっかくこれまでになって、どうも親御も妹御も御得心であるのに、遅うお出になって今になって私は不服じゃなどとおっしゃっては媒妁の立端《たちは》がござらんからねえ、こうやって皆朋友の方も目出度いといって祝いに来て下すって、事がきまろうと申す所で、今になって厭と仰しゃっては誠に困りますねえ」

山「困っても何でも上げられんから上げられんと申すので」
周「それじゃアどこまでもこれを破縁なさる思召しかえ」
山「いいや破縁と申すが結んだ縁なら知らん事まだ結ばんに破縁という事はありません」
周「貴方がお出というのでこう遣って詰らん魚でも多分に取寄せて、まずお膳まで据えてお待受け申すのでござるからねえ、どうか媒妁の届かん所は幾重にもお指図を受けまして致しますからこれはどうかまず御承知を願いたい」
山「いいや御馳走にはなりません、知らん方に仮令酒一杯でも戴いては済みませんから、当家へは三人分だけの料理代を別に払って参りますから左様思召して下さい」
周「これは怪しからん事を仰しゃる、貴方はこの浦賀中で男達とか侠客とか人がお前様を尊敬する所の現在名主役をも勤めて立派なお方、物の束《たばね》をもなさる方で礼儀作法もお心得であろうのに、何ともどうも怪しからん事で、この方の馳走の代を払うなどとは以ての外な事、よしそれはともかくも今になり妹御を遣るの遣らんのとの事を仰しゃっては僕は退かれん、君も名高いお方に似合ん事で」
図「これこれ控えておれ」
と粥河図書は横着者でございますから末席に下って手をつかえ、
図「初めてお目に懸ります、自分は粥河図書でございます、この度はまた不思議の御縁で、以来は幾久しく何分にも御別懇に願います、この者は真葛周玄と申すが、只今喰酔《たべよ》っておりまして失礼の事のみ申上げ甚だ相済まんが、何卒お気に障《さ》えられぬよう、当人に成り代り図書がお詫を申上げます、殊に自分も尊兄のお出をお待受け申すうち大きに酩酊致して失敬の事ばかり、その辺は幾重にもお詫を申上げますが、どうか只今申し上る通りゆえ、届かぬ所はどのようにもお指図に従い、こうしろと仰せがあればその仰せに従いまするので、手前も親も兄弟もなし、殊には貴方のお妹御を申し受ければ、貴方のような兄様を設けるので、この上の事はありませんし、誠に当地へ参っても心丈夫なりかつ何事もお兄様のお言葉は背かん心底でござるから、どうか御不服でもございましょうが、何がこうすれば御意に入るとか、ああすれば宜いとか御腹蔵なく仰せ聞けられて、どうか結納取交せの所を何分にも御承引下されたい訳で」

山「どうも御丁寧なる御挨拶で痛み入ります、何卒お手を上げられて、せっかくの御所望ではございますが、仔細あって妹を差上げる訳にはゆきません、と申すは妹には別に婿を取って私が後見になって石井の家を相続させまするので、これには種々深い訳のある事で、どうもこの妹は上げる訳には参りません、直ぐこれで引取りますから左様思召して下さい」

図「それではどうも当惑致します、これまでに相成って今不承知じゃと仰しゃっては図書は立端がございません、これに参っておる朋友の者は皆前々《ぜんぜん》同屋敷におりました同役の者ばかりで、これにお聞き遊ばせば知れまするが、浪人しても聊か田地や山を購求めて、お妹御に不自由をさせるような事は致さん積りで、事によれば母公まで共々お引取り申し度い心得でおるほどでござるから、左様仰せられずに何卒この事はお聞済相成るように願います」

山「いや上げられません、妹が参りたいと申しても母が遣りたいと申しても、この山三郎だけは差上げることは出来ません」

図「どうあっても御承引はございませんか」

山「はい、どうあっても差上げる事は出来ません」

図「何が御意に入りませんか、これまでになって遣られないと仰しゃるその思召しを承わりたい」

山「山三郎は男でございますから情ということを存じておりまして、斯様な満座の中で申すことは出来ませんが、貴方がお宅へお帰りになって篤とお考え下さい」

図「どう考えますか、どのように考えまするのか」

山「貴方は御浪人なすっても以前は立派なお武士様で、私のような船頭を相手にする廻船問屋如き者の妹娘を貰いたいと仰しゃれば、はいと二ツ返辞で差上げんければ成らん処だが、それが上げられんと云うのはどういう訳だか貴方の心に篤とお聞きなすったら解りましょう」
図「心に問えと仰しゃるのか」
山「はい貴方のお心に聞けば直きに分るで有りましょう」
図「心に問いましても分りませんが、どうか仰せ聞けを願います」
山「いいえここでは申されません、今は分りませんが後で分ります……さア行きましょう」
と山三郎は母の手を取って表へ引出すと、母も妹も何だか訳が分りませんから、うろうろしているうちに、山三郎は帳場に参って三人ぶりの酒料理代を払って外へ出ました。妹なんぞはちと腹を立ちまして、粥河さまは男も好し人柄もよし、金はあるし、立派な人だから、ここに縁附けば仕合せと思って腹の中に喜んでいたのに、兄さんはそれだのに遣って呉れないのだよ、余りだ、と腹の中では思っているが、まさかに口には出し得ないでただしおしおとして後に附いて家へ帰って参りました。

## 二十九

家へ帰ると、供に立ちました馬作はそこへ飛出して、
「私もあの前お座敷へ出ようと思いましたが一向様子が分りませんで、旦那今日のはまア一体どうしたんです」
藤「本当に馬作さん私は冷汗が出たよ」
馬「旦那はついしか荒い言を仰しゃった事は無いが、それも宜いが三人前の料理代を払うなんどは本当に愛敬のない仕方で、あれはどうも苛い、何でも理由《わけ》があるに違いない、理由がなくってあんなになさる気遣はねえ、どうも理由がありそうだ」

山「ああ家へ帰ってまア安心した、さアさアお母さんこちらへ、妹もこっちへ来な、お前がせっかく行きたいという処を兄さんが止めて定めておいつに思ったろうが、そこには種々深い理由のある事で、また兄さんが粥河よりもそっと立派な優《まさ》った者を見立てて遣る、心配しなさんな大きにどうも癇癪に障って手荒い事を云って心配させたが、勘忍して呉んな」

馬「どういう訳でございますか苛くお怒りで、今いう通り何かこれにゃア訳があるのでしょうが、これはどうも藤ちゃん仕方がありません、御縁のないのです、その代り今度お兄いさんのお見立になるお聟さんはね、これは大した者がありましょう、あれよりは好いと云うんだからどんなに好いか知れません、粥河さんはね、あれで好いように見えてもちょっといけすかない処がありますからねえ、いやにこう色は白いようだが何だか煉瓦の裏通りというような処がありますからねえ」

山「まア宜い、何ぞで一盃遣りましょう」

と酒を取寄せ話をしている中に灯火を点けます時分になると、大津の銚子屋から手紙で、小さな文箱《ふばこ》の中に石井山三郎様粥河図書という手紙が届きました。

馬「旦那お手紙で」

山「どこから」

馬「銚子屋からで、粥河様でしょう」

山「使の者は待っているのか」

馬「へい待っております」

山「なんだ」

馬「何だって粥河さんはよっぽど藤ちゃんに惚れてるんで、先刻あの位に云われてみれば、大概の者は腹ア立って、なにあればかりが女じゃアねえ、他から貰うと云うのだが、それをまた謝り口状を云って遣すなんざア惚れてるてえものは妙なもんでねえ」

こなたの山三郎は封押切って手紙を読みかけると、

馬「旦那、なんと書いてありますか心配で、どうかちょっと」
山「なんでも宜いよ」
馬「どういう訳かちょっとお見せなさい」
山「さア」
馬「こいつア些とも分りませんねえ、残らず字ばかりで書いてありますから」
山三郎は読みかけた後をだんだん見ますと、その文面に

以手紙《てがみをもって》申上候しかれば先刻大津銚子屋において御面会の折柄何等の遺恨候てか満座の中にて存外の御過言その儘には捨置難く依之《これによって》明晩戌《いぬ》の中刻小原山において再応承わり度候間能く能く御覚悟候て右時刻無遅滞御出で有之度《これありたく》この段申進じ候御返答可有之《これあるべく》候也

四月十四日　粥河図書

石井山三郎様

という書面でこれが決闘状《はたしじょう》で、山三郎はにっこりと笑って直ぐに返事を認めました、その文面には

先刻大津の銚子屋にて御面談の儀に付御書状の趣き逐一承知仕《つかまつり》候御申越の時刻無相違《そういなく》御出合申可《もうすべく》貴殿にも御覚悟にて御出張可有之この段及御答《おこたえにおよび》候也

四月十四日　石井山三郎

粥河図書様

というこれが決闘状の取遣りでございますが、向は盗賊の同類が多人敷居りますから、それ等が取巻いて飛道具でも向けられればそれ切り、左もない所が相手も粥河図書だからおめおめとも討たれまい、必ずこの方も切死をしなければならんが、その時は松屋に残したお蘭がこうと聞かば必らず自害して相果るに相違ない、いかにもそれが不便《ふびん》なこと、どうかお蘭を助けたいものだがと、母や妹を寝かした後で、細々と認めました遺書《かきおき》二通、一本はお蘭の許へ、一本は母へ宛て、封目《ふうじめ》を固く致した山三郎、その翌晩小原山と申す山の原中に出まして粥河図書と決闘を致しまするお話、ち

ょっと一息吐《つ》きまして申上げます。

三十

山三郎が認めました遺書二通、その一通は母に贈りますので、その文には粥河図書は大賊に致して、手下の二百人からある強盗、その女房お蘭なる者が我身の大事を知ったと云い、同類が許さんからとて生埋にしたるを山三郎が掘出したるが、今は上総の天神山の松屋に隠匿《かくまっ》てある、この事に就て過日より自分も心配致して、粥河図書が改心の後はいかにも貞節なるお蘭の心を察し、故々《もともと》の通り添わして遣りたいと思っている処、大胆にもお藤を嫁に呉れという故に銚子屋においてあの如く恥しめました、それを遺恨に思って決闘状を附けたから、已《や》むを得ず明晩小原山において同人と果し合を致す、また山三郎の申す事を聞入れて改心致せば宜しいが、左もなければ刺違えて死ぬ、吾が亡い時はお蘭が自害致すに相違ないから、不便の者と思召してお蘭に意見を加えてお引取り遊ばして、お藤の姉とも思召しお手元にお置き下さらば、私より遥に優る孝行を致すに相違なし、先立つ不孝は重々相済まんがこの場に及んでは致方がない、図書と刺違えて死果《しにはつ》る覚悟、と細々と書きまして、また一通はお蘭の方へも右の如く細々と認めて、封じ目を固くして店の硯箱の上の引出に半切や状袋を入れる間へ挿んで、母が時々半切や状袋を出すから、ここへ入れて置けばきっと目に入ろうと斯様に致し、その夜は休んで翌日朝船に乗りまして上総の天神山へ参りました。お蘭は山三郎の参るを待っている所へ、

山「存外早く帰りました」

蘭「おやお帰り遊ばしましたか」

山「はい、暫く自宅《うち》を明けましたので、母も心配致して手紙をよこし、それ故ちょっと立帰って

参りましたが、お前さんの事が気になって、どうも私は宅にも居られないひょっとして私が遅く来まして、お前さんに万一《もしも》の事があった日には、私が丹誠した事は水の泡になるから取急いで参りましたが、就てはまた直ぐ私は帰ります、帰るが明日の夕景までにはまた私が来られれば好し、来られん時はこの中に細かに書いた物がありますが、これは私の親から譲られた大事の、今は金入れにしたが、先祖から伝わっている守袋で、この中に封じた物が入っているから、明夕景までに私が来なかったらこの封を切って読んで下さい、そうすれば細かに事柄が分ります、その中またお前さんを迎いに参る者が有るまいものでもない、多分夕景までにはきっと来ますが、それまではこの書いた物の封を切って読んで下すっては困ります、その処をどうか確《しか》とお蘭さん承知して下すって、必らず明日の晩まで確に待って、何卒お前さんお自害の処は止まって下さらんければならん、それだけは山三郎手を突いて願む、何卒聞済んで下さい、お聞済みかえ、え、お聞済みかえ」

蘭「はいはい有難う存じます、まアどういう御縁か存じませんが厚く思召して下さいますお志は決して反故には致しません、明日お出まで慥にその品はお預り申しております、どうか成るたけ明日はお早くお出になりますよう」

山「はい、直ぐに来まする心得、これに少々許り金子がありますがこれに添えて置きますからどうかお前さんこれで万事宜いようになすって」

と立ちますから、

蘭「はい、もうお帰りでございますか、左様なれば」

と階子《はしご》の段まで見送ります。下へ下りる事は出来ない隠れている身の上。こちらは船へ乗り移ります、虫が知らせるか互に振り返る、その内に船は岸を離れて帆を揚げる、風は悪いけれども忽ちに船は走りまして浦賀へ着致しまして、自宅へ帰って引出を開けて見ると、まだ遺書は母の手に入らんようだから宜いと心得、また元のように手紙を引出の間へ入れて、ちょっとそこまで行く振りをして宅を出て、西浦賀の陣屋へと急ぎました。その頃西浦賀の陣屋には山三郎の実の兄が居ります。お高は二千五百石で一色宮内様と仰しゃる、血筋でございますけれども、こちらは町家に育ちましたから廻船問屋で名主役を勤めており、目通りは出来ますが、お兄様という事も出来ず、向でも弟と声を掛ける事も出来ん、なれども血筋というものは仕方が無いもので、今晩もし死すれば兄の顔はこれが見納め、余所《よそ》ながら暇乞いと心得、西浦賀の蛇畠町《じゃばたけまち》の先浜町の処を行くと陣屋のある処、頓《やが》て案内を以て目通りを願いたいと云うと、その頃のお奉行は容易に目通りは出来んが、向も血筋だからして、

「苦しゅうないこれへと申せ」

と云う。取次は心得まして山三郎をそれへ連れて参ると、今お役済で袴は着けておりますが座蒲団の上に寛いで居て、その頃の遠国の奉行は、黒縮緬に葵の紋の羽織を上から二枚ずつ下すったものので、今宮内様は御紋附の羽織に濃御納戸色の面取の袴をつけて、前には煙草盆や何かを置き、こっちには煎茶の道具があり、側に家来が二人ばかり居ります。山三郎は遥か末席に控えて頭を下げまして、

山「今日はお目通りを仰せ付けられまして有難い事でございます」

宮「はい、さアこちらへ這入るが宜い、ああ遠慮なしにこっちへ許すから這入れ、いつもまア無事で、母も変りはないか、なにか妹も大分成人して美しくなったという噂は聞くが妹はいまだ見んが、好く今日は来たな、丁度用もなし徒然で居るから幸いで、酒は少しは飲むか、一盞《いっさん》取らせよう、これ由次《よしじ》、奥へ行ってあの菓子が有ったから、あれを多分に母と妹に土産になるようにして遣れ、それから酒の支度をしろ、さア最っと近く、莨《たばこ》も許す、さアさア」

山「へいへい有難うございます、今日は山三郎折入ってお目通りを願いたいことがございまして罷り出でまして、お聞済があれば千万有難く存じます」

三十一

宮「何か頼みたい事が、そうか、どうも其方《そち》は予々人の噂に聞くに、山三郎という男はあれは妙な男で、幼年の頃から剣術を遣って大分武芸を学んで、殊に力が十八人力あるなどという事が己の耳にもちらちら入るが、どうだえ本当かえ、ふふーそれで学問が出来るか不思議だな、しかし予て心得てもおろうが、力に任せて荒い事をしないように、この間組屋敷の若武士源七の腕を折ったというが、あんな事を為ないがよい」

山「相済みませんが、あれは三浦三崎の百姓を斬ると申すので、私も仲へ這入って事柄を聞きますると、斬るほどのことでもないゆえ、なお色々と扱いまするると、終には私をも斬ると申すので、致し方なく手を取って捻りまするると、ついがっくり抜けまして」

宮「そんな事をしてはいかんよ、身のためにならんから、妙に強いな、不思議だな、さアこの菓子を食べるが宜い」

山「有難うございます」

宮「何か頼みか」

山「少々他聞を憚りますから、御近習の衆をお遠ざけ下さいますれば有難う存じます」

宮「そうか、金吾、由次、少々山三郎が内々頼む事があって他聞を憚ると云うから、そちらへ出て往っておれ、用があれば手を鳴すから、そして酒の支度をしろ」

金「へい」

と両人は立ちまする。

宮「さアどういう密談か」

山「山三郎仔細あって遠方へ参りますが、三日でも旅と申しますから、人間は老少不定《ろうしょうふじょう》の例、明日にも知れんが人の身の上、殿様のお顔もこれが見納になるかと、今日は御暇乞に罷り出ましてござります」
宮「大分何か弱い事を云うのう、常の気性にも似合わんようだが、してその遠くというのはどこへ行くのか、よほど遠いかえ」
山「些と遠方へ参りまするとことで」
宮「ははア先はどこだえ、上方かえ」
山「もそっと遠方へ」
宮「ハア何か、九州筋長崎へでも参るか」
山「もそっと遠方へ」
宮「はてね、それではどこへ、じゃが余り遠方へ行かんが宜い、母も老体ではあるし、どこへ行くか」
山「しかし是非参らなければならん用で、尤も直に帰ります心得で、事に依れば明日帰ります」
宮「なにを云うのだ、そんな事を云っては分らん、気になって成らんが、何ぞ餞別《はなむけ》を遣ろうかの」
山「お餞別を実は頂戴に出ましたので、その餞別は申すも恐入りますが、誰も居りませんから申しますが、私は運が好ければ殿様のお側に居りまして、他へ養子に参りましても鞍置馬に跨り、槍を立って歩ける身の上、不幸にして腹にあるうち、母が石井の家へ帰りまして、私は町家で生立ちまして、それゆえ貴方がお役で御出張になりましても、つい向う前に居りながら、お兄様と日々御機嫌を伺うことも出来ず、弟とお言葉を戴くことも出来んくらいになっている、これも縁切になっておりますから致し方もございませんが、この度遠方へ赴きますゆえ、お餞別に『弟、無事で行ってまいれ』という御一言《ごいちごん》を承われば、山三郎心遣さず勇ましく出立致します、どうかこの儀恐れ入りますがお聞済み下されますよう」
宮「なるほど、それはよいが、それはその方が云わんからってもこちらで存じておる、あの時はお母様が嫉妬深くって、其方の母が家へ帰らんでも宜かったのを、縁切で帰るという訳に成ったの参りますが、此方《このほう》も外に兄弟というものも無いからのう、誠に貴様の行いの正しいのを聞くに附けても頼もしく、蔭ながら喜んでおるので、仮令身分は違おうとも血筋は知れておるから宜い」
山「有難い事で、それで弟無事で行って来いというお言葉を頂戴致しますれば私は勇んで往って参ります」
宮「それを云うのかえ」
山「どうか大きな声で一言頂戴しとうございます」
宮「そんな事を改まって云わんでも宜いが」
山「でございますが、どうか」
宮「困りますねえどうも、じゃア判然と云うよ、えへん、弟無事で行って参れ」
山「ははア有難う存じます」
と席を下りまして、日頃は猛き山三郎暫くの間頭《かしら》を上げません。
宮「落涙するか、何か気になる事だな、そういう事を云われると何だか遣りとうもないが、止さんか、どういう事柄を頼まれたか知らんが、予てその方は頼まれては退かんとは聞いたが、大抵の事柄は……そうそう人のためばかりしても身でも痛めると宜くない、母の居る中は慎めよ」
山「左様な訳ではございません、就ましてはどうか今一つお餞別を」
宮「ああ何なりとも遣りましょう、まア品物で持って参ってもいかんが、金子を遣ろう」
山「いえ金子は入りません、願《ねがわ》くはお乗替の馬を一頭頂載致したい」
宮「妙なものをねだりますねえ、馬とねえ、ええ、なにを存じておろうが、お父様がお逝去《かくれ》前からある大白月毛の馬、あれは歳を老《と》ってはおるが、癖のない好い馬で、あれを遣ろう、荒く騎《の》らずに歳をとっているからいたわって乗るよう」
山「はい、道が遠うござりますから騎り潰すかも知れません」
宮「騎り潰してはいかんよ、別になにも云う事はないか……これこれ金吾」

金「へい」
宮「別当に申し付けて月毛に蒔絵の鞍を置いて、支度して陣小屋へ繋ぐよう、山三郎が乗って参るからな、それから酒を早く出せ」
そのうちお膳が出まして種々の御馳走がある。山三郎は心が急いておりますから、言葉寡《すく》なに暇を告げて立出でますと、その頃の御奉行様が玄関まで出て町人を送るということはないが、何か気になると見えまして、
宮「万端気を付けて参れ、早く帰れよ」
山「御機嫌宜しゅう」
と出ますると真白な馬が繋いで有ります。

三十二

山三郎はこの馬を見まするとい白馬だ、白馬と申しても濁酒《にごりざけ》とは違います、実に十寸《とき》もある大馬で、これに金梨地の蒔絵の鞍を置き、白と浅黄の段々《だんだら》の手綱で、講釈などでしますと大して誉る白馬で、同じ白馬でも浅草の寺内にある白馬は、あれは鮫と申して不具《かたわ》だから神仏へ納めものになったので、本当の白馬は青爪でなければならんと申します、彎肉《ししむら》厚く、頸《うなじ》は鶏《とり》に似て鬣髪《たてがみ》膝を過ぎ、さながら竜に異ならず、四十二の旋毛《つむじ》は巻いて背に連なり、毛の色は白藤の白きが如しと講釈の修羅場では読むという結構な馬に、乗人《のりて》が乗人ですから、一角入れてスタスタスタタタタタタとよく云いまするが嘘だそうです、聞きまするに馬は乗りたてから駈を逐《お》うと、馬が苛《じ》れていかんそうで、山三郎は馬も上手でございますから鞍へひらりと跨りまして、最初は心静かにポカポカといい、だくを乗りまして、陣屋前から大ケ谷町を過ぎて、鴨居の浦を乗切《のっき》りまして、ここらは難所ですが、

馬は良し乗人は上手でぽんぽん乗切って頓て小原山の中央へ参りますと、湯殿山と深彫のした供養塔が有ります、大先達喜楽院の建てました物で、風が強く吹く折には倒れそうな見上げるような石塔でございまして、ここは一里四方平原で人家もなければ樹木もない処でございます。見下すとずうっと上総房州も一ト眼に見える。尤も四月十五日で青空は一点の雲もなく、月は皎々《こうこう》と冴渡り、月の光が波に映る景色というものは実に凄いもので、幽に猿島烏帽子《えぼし》島金沢なども見えまする。こちらは小松の並木で一本も外の樹はありません。真堀の岩上の方から粥河図書は来るに相違ないと、山三郎は馬を乗り据え、向に眼を注《つ》けて居ると、遥かに蹄の音がいたします。来たなと思うと粥河はそちらへ現われ出ました。元来図書は山三郎を嚇す気だから、栗毛の馬に鞍を置き、背割羽織に紺緞子《こんどんす》に天鵞絨《びろうど》の深縁を取った野袴に、旧金森の殿様から拝領の備前盛景《もりかげ》に国俊の短刀を指添《さしぞえ》にしてとっとっと駈けて来る。山三郎は石塔の際へ馬を止めて居る。図書は山三郎はまだ来らんと心得てぱっぱっと土煙を立って参りますと、傍から声を掛けまして、

山「粥河氏かお早うござる」

と云うと、図書ははっと驚きましたが、例の曲者落着き済して、

図「大分お早いな」

山「先ほどよりお待ち申して、大分お遅うございますな」

図「はい、宜く御出張あった」

山「はい、あなたも宜くお出になりました、覚悟を致して来いとの仰せですが、私は別に覚悟の仕様はありません、ただ御出張を待って貴方のお話を承わろうと存じておりました」

図「うん、お前を呼んで問おうと思うは別の事ではない、銚子屋において満座の中で存分の事を云われたが、私も粥河図書で、金森家の大禄を取った身の上、今は浪人しても町人のお前に板の間へ手を突いて、どうかお前の妹だから呉れろと、私があれほどまで頼むに、心に問え、やることは出来んとお前が云ったが、心に問えとは一向分らん、どういう訳で呉れられんかその事を聞かん中

は粥河図書この場は去らん、刀の手前捨置き難いから、さア訳を聞かして下さい、次第によればその儘には捨置かれん」

とぷつりッと母指《おやゆび》で備前盛景の鯉口を切って馬足を詰めました。山三郎は驚く気色もなく、

山「山三郎も男で情を知っているから銚子屋では云いませんが、強て聞かせろと仰しゃれば云います、お前さんに妹藤をやられんという訳は、たった一人の妹だからお前さんの女房にあげて、また生埋にされるが憫然だから」

図「むう」

と驚きました粥河図書、思うに此奴《こやつ》は我が悪事を知るばかりでなく、女房お蘭を生埋にした事まで知ってる上は助けて置かれんと柄に手を掛け、すらりと抜きました。元より覚悟の山三郎は同じく関兼元無銘の一尺七寸の長脇差を引抜いて双方馬足を進めました。山三郎は前申す剣術の名人で、身構えに少しも隙がありませんから図書はこれは迚も敵わんと心得て、卑怯にも鞍の前輪に付けて参った種が島の短筒に火縄を附けたのを取出して指向けました。山三郎もかく有らんと存じて予て用意したる種が島の筒を同じく取出し、

「どっこいこっちにも」

と鉄砲を附けました、すると粥河は面色を変えまして、これから果し合いを為ますするお話、ちょっと一息吐きまして申し上げます。

## 三十三

引続きまして、山三郎が図書と小原山において出会のお話で、彼方《かなた》には同類が沢山ありますから大勢に取囲《とりまか》れるかと思って行くと、案外粥河図書一人で参って掛合になりましたが山三郎はお前が

盗賊だから遣らんとは申しません、私が妹をお前の女房にやってまた生埋にされると憫然だからと申しました。その一言で、山三郎は何もかも知り抜いていると心得たから、図書は備前盛景を引抜いて斬ろうと思ったが、相手の身構に驚きまして、鉄砲を取って直ぐに山三郎を打殺そうと致したが、山三郎も予て用意に鉄砲を鞍の前輪に着けて来ましたから、互に鉄砲同士となってぴったり身構をしましたが、この時に粥河図書はとても敵わんと心得たとみえ、鉄砲をからりっと投げ出し、馬より飛下りて草原の中へははアと平伏してしまった。山三郎は気抜のしたようで、

山「さア馬にお乗んなさい、それでは果し合う事が出来ん、しかしこの決闘《はたしあい》は私の方で望んだわけではござらんから、其方《そちら》で退くなら退きも為ようが、早く否応の返答を承わりたい」

図「いや実に何とも申そうようも無い事で、私が身の上を残らず御存じでありながら、銚子屋において男じゃから情を知っているから云わん、心に問えと仰しゃったは誠に厚き思召しとも一向存ぜず、この小原山へお招き申して掛合い、実に図書のためには、貴公様は神とも仏とも申そうようもない有難いお方であるを、全く私の心得違から、刃物を扱い、剰《あまつ》さえ飛道具を向けましたる段は、重々恐入った次第で何分にもお許を願います、主家改易の後、心得違いを致して賊の頭となり、二百人からの同類を集めて豪家大寺へ押入り、数多の金を奪い、あるいは追剝を致し、または人の娘を勾引《かどわ》かし、実にこの上もない悪事を致したが、最早図書も天命遁れ難く、貴公様において残らず御存じの上からは、遠からずお縄にかかって家名を穢しまする所の大罪人願わくは貴公様のようなるお方の手に掛って相果つれば、手前がこれまでの罪も消え、成仏得脱致すでござろう、お手に掛けて只今この所において切って下さるか、または手前のような者を切るはお腰の物の穢れと思召して、縄に掛けて御陣屋へお引き下さるか、それは貴公様御所存に任せる、ただただこれまでの無礼の段は幾重にもお詫を致しまする、御高免下さるよう」

山「ふん、それじゃアお前さんが重々悪いという事をば、それは人間たる以上は御存じであろう、だが、粥河氏、何ともどうもお心得違いの事ではありませんか、元は金森家の重役として大禄をも

取った御身分でありながら、昨今この辺に大分押込が這入ったり追剥が出たりして、土地の者が一方ならぬ迷惑致すを、貴殿等の御所業とは知らんで有ったが実に驚いた大悪無道、私は素町人の身の上、馬の上に乗ってこう応対致すに、立派なお身柄でも草原へ下りて、大地へ頭を摺附けてその如くお詫なさるが、そこが善と悪との隔《へだて》で、貴方が今にも御改心なされば山三郎土下座を致して、重々無礼を致したとお詫を申さなければならん身の上、これよりぷッつり悪事を廃めて、お前さん元の粥河様になって下さい、そうなさる時は不束の妹どころでは無い立派な嫁を届かんながら山三郎が媒妁して差上げたく、末長う御懇意に致しますから、どうかすっぱり魂を洗い清めてその証拠を私に見せて下さい、私は貴方を斬る役でもなければ縛って連れて行く役でも無い、ただ山三郎の云う事を聞いて改心して下されば私においてもこの上なく忝《かたじ》けないことで、倶《とも》に喜ばしい訳で、どうか改心して下さい」

図「ははア、我ながらかかる悪人を憎いとも思召さず、改心の上は媒人になって、良い嫁を世話して遣ろうとまで仰しゃるは、何ともどうもお情の深いお方、東浦賀で俠客の聞えを取った山三郎殿のお妹御を女房に申受けたいなどと大それたことを申される手前身の上で無いを御存じは無かろうと、実は欺いて貴兄を兄弟に致せば竹ケ崎に居っても力になると思い、悪事にお引入れ申そうという手前の存念でござった、誠に恐入った事でございます、しかるに貴公の親切な仰せを聞いて、我ながら魂を洗い清めたように、只今は手前夢の覚めたようなる心持で、この上は頭髪《あたま》を剃毀《そりこぼ》ち、墨の法衣《ころも》に身をやつし、他へ立退きます、手前はこれから立帰り、同類の者へも貴公の思召しを申し聞け、親ある者は親許へ、主ある者は主方へ立退かせて、盗み取った金銀その他の諸道具は、近村の貧乏なる百姓へ遣わし、速かに竹ケ崎を立去りまする、これが手前の改心の証拠、どうか恐入りまするが、明日夕景、手前隠家《かくれが》まで御尊来下さりますれば有難いことで、申すまでもなく頭髪を剃こぼち、墨の法衣を着て、みすぼらしい姿で隠家を出ます所をどうか御覧遊ばして下さい、またその折貴公様にお盃を戴いて、心を洗いかえて立退きとうござりますから、くれぐれも右の時刻に御尊来下されたし、この儀を偏《ひと》えに願い上げます」

## 三十四

山「なるほど、来いと仰しゃれば行きもしましょうが、頭髪を剃らんでも改心さえすれば宜しい頭ばかり円《まる》くっても心を改めんでは何にもなりません、お前さんがそうしなければ気が済まんとなれば出家にでも何にでもお成りなさい、せっかくのお頼みだから明日夕景までに、お前さんの隠家は知りませんが、尋ねて行きましょう、同類の者は速かに立去らして下さるように」
図「お出で下さるか、承知致しました、実に有難い事で、呉れ呉れもお間違いはありますまいな」
山「いや行くと云ったらきっと行きます、さア馬にお乗りなさい」
図「恐入ります御免を蒙り仰せに随い……しからば明日夕景にお目通りを致しましょう、必ずお待ち申す」

と馬の口を取りまして、悄々《しおしお》として粥河図書は真堀口を降りまして立去りました。山三郎は何事か知らんが頼まれたからまアまア行ってやろうと、直ぐ馬の首を立直して鴨居山を下りまして宅へ帰ろうと思ったが、ふと胸に何か浮んで急に西浦賀の方へ馬の首を向けました。頓て参りましたは前々から申し上げました西浦賀の女郎屋の弟息子、芸者小兼の情夫江戸屋半治が兄の半五郎という、同所では親分筋、至って俠気《おとこぎ》のある男ですから、山三郎も平生から何事も打明けて談合をする男、この家の門口で馬よりひらりっと下り、門の脇へ繫ぎました。女郎屋から馬を引張って参る者はありますが、馬を繫ぐのは珍しい事で、頓て案内を云い入れますと主人の半五郎は直ぐ様それへ出て参り、

半五「宜うこそ入らっしゃいました、まずこちらへ、このほどは誠に御無沙汰を致しました……

よう今日はお野掛かね、遠乗で、大層白い馬に乗ってお出でなすったな」

山「はい、少し内々の話があって参ったが、ここで話しも出来んが、どこか離座敷《はなれ》はないか」

半五「へい、これこれ婆やア、あの六畳へ火鉢を持って、茶は好いのを点《い》れて、菓子は羊羹《ようかん》があった、あれを切って持って来い、さアこちらへ、ここから行かれます」

と庭下駄を穿いて飛石伝いに庭の離座敷へ行って差向になりました。

半五「何か御用でございますか」

山「外の用でもないが、少しお前に内々話したい事があるが、ここは誰も聞人《ききて》は居めえのう」

半五「誰も聞人は居りません、さて段々貴方にも御心配を掛けました宅の半治も、一体女郎屋の弟で廻船問屋のお嬢様を女房にするなどは出来ない事で、あなたのお口入であったればこそ見合までさして下すったので、有難い事と実に私も喜んでいたのに、六年前の浦賀の祭に小兼と内約が出来たってとうとうあちらをお断り、それに小兼も半治もああいう負けない気の奴だから、何と勧めても一つになると騒ぐので、私も吉崎様へ済まねえからあの野郎は懲しましたが、外に悪い事もなし、また小兼も足掛二年あの野郎を立すごしにしたというは、芸者に似合わねえ感心な親切者と思っていると、とうとう女は江戸の家を打棄《うっちゃ》って、態々《わざわざ》こんな田舎まで尋ねて来て、是非半治の女房にさして呉れろとまでも云い、その中吉崎様のお嬢さんはどこへ行ったか行方が知れず、多分死んだろうという事になって、本当の葬式をなさらぬばかり、出た日を命日としておいでなさるくらいだから、済まん事とは知ってるが、奥に二人を隠して置くので、半治も小兼も嬉しがって仲好くして居りますが、貴方には済まねえけれども、こりゃアちょっと御内談だけをしておきます、それに附けても吉崎様のお嬢さんはどうなすったか分りませんかね」

山「いや、それに就いても種々話があるが、この浦賀中で私の相談相手というはお前ばかりで、侠気を見込んでお頼み申してえ事があるが、尤も決して他に漏れんように、口外してくれちゃア困るが、またそれを聞いて旦那どうもそれは好くねえ、こうしたら宜かろう、それは止すが宜いと云って止めても困るが、どうだえ止めやアしめえのう」
半五「どんな事だか旦那まア仰しゃって、止めるも止めねえもない、何ですか」
山「その返辞を聞かねえ中は話されねえ、どうだ決して止めやアしめえな」
半五「止るって止ねえとって私も男だから云うなといえば口が腐っても云やアしねえ」
山「それは有難い、実は半五郎、こういう訳さ」
とこれから山三郎が図書が悪事の一条から、その女房お蘭を助けて上総の天神山の松屋に匿《かく》まって置く事から、外見《みえ》の場処でこれこれ恥しめた事から、掛合いに参って果し状を附けて、今粥河と出合をして、それから図書が降参して、遂に改心して、隠家を退散するというまでになり、また図書が頼みに依って明晩竹ケ崎の南山へ乗込んで同類を追払《おっぱら》って、この土地を洗い清めようという我が了簡から一部始終を詳しく話して、
山「という次第で右の通り約束したから明晩は是非とも参るが、どうも訝しいは粥河図書、事に依ったらまた己を欺いて多人数の同類で取巻いて、飛道具で撃取ろうと企むかもしれんが、さある時は止むを得ず図書を一刀の下《もと》に斬って捨て、同類の奴輩《やっぱら》を追払う積りだが、そこは運命でまた身に疵を受け切死をするやも分らんが、そこで貴様に頼みというは、もし己が切死をした事を聞いたら、早速上総の天神山へ駈付けてお蘭に遇い、篤と私の志を述べて、暫く命を存《なが》らえて、己になり代って家のお母に孝行をして呉れるようにくれぐれも後々の事を頼む」
と委細の訳を話しました。

## 三十五

半五郎は委細を聞いて驚きました。

半五「どうも飛んだ事で、旦那道理で近辺に盗賊が殖えたと思ったが、こりゃア一通りの騒ぎじゃアない、そんな奴がこの近辺に居られては叶わん、だが旦那こりゃアどうも私の考えではどうも怪しいねえ、お前さん明日の晩竹ケ崎へ行くのはそりゃアお止しなさい、先方にはどんな謀計《はかりごと》があるかも知れねえ」

山「それそれ、それを云うのだ、止めるといかんよと云ったを、止めませんというから打明けて話したのだ、なぜ止める」

半五「へいなるほど、ああ悪いことを云った、そんな事とは知らず迂闊《うっかり》といったが、旦那お前さん行けば見す見す穽穴《おとしあな》へ陥ちるので」

山「陥《お》ちても宜い、止めるな、止めるなと云ったら止めませんと云うから話したのだ」

半五「左様、悪い事を云ったねえ……どうもこりゃア……ああ悪い事を云った、悪い事を云いましたねえ、どうも飛んだ事を云った、これほどじゃアねえと思ってうっかり云ったが、何卒旦那これだけは私の云う事を聞いて、今まで貴方のいう事は背かねえが、私も最う五十一になって、貴方より外に力に思う者はないに、万一の事が貴方の身にあった日にゃアこの浦賀に相談する者は一人も無え、何事があっても旦那の処へ駈けつけて往くのに、この浦賀にお前さんが居ないと闇だよ、毎日役所のものが威張り廻って、動もすると素破抜《すっぱぬき》をしてそりゃア騒ぎだよ、どうぞこの事は思い止まっておくんなせえ、こりゃア本当に人助けだから」

山「それはいかんよ、向うから来てくれと云い、おう行こうと男が口外したものを反故には出来ん、一足も退く事は出来ん、仮令謀計があっても虎の穴へ這入らなければ虎の子は獲られぬから行くよ、貴様も男らしくも無え、決して止めませんと口外して今になって止めるとは何だ、貴様も西浦賀の半五郎だ、男らしくも無え、止めませんと云ったからにゃア止めるな、最う一度止めれば絶交する、貴様の顔は再び見ないからそう思え」

半五「こりゃアどうも飛んだ事を云ったが、どうも旦那、じゃア止め無えからこうして下さい、野郎共が今二百四五十人も遊んでいるから彼奴等を連れて供をさして遣って下さい」
山「馬鹿ア云え、そんな尻腰《しっこし》の弱い事を云って仕様があるもんか、己も石井山三郎だ、向に大勢居るを怖がって、供を連れて来たなぞと云われちゃア死んでも恥だ、殊にちゃんちゃん切合《きりあい》でも始めれば近村を騒がして、それこそお上へ対して恐れ多い事で、そうじゃア無えか、これから行って図書と刺違えて多分死ぬが、そうすれば今云ったお蘭の身の上は何分頼むぜ、己はもう帰る」
半五「旦那々々まアお待ちなせえお待ちなせえ、おやもうお帰りですか」
と云ううち山三郎は詞《ことば》少なにずうと帰って仕舞いました。半五郎は頻りに心配して、
半五「こりゃア飛んだことが出来た、どうも弱ったな、どうしよう、縁切と云うときっと縁切だからなア、子分に内証で行こうか知らん、どうしよう、困った事だな、口外するなと云うからこんな事とは知らねえから」
と独語《ひとりごと》を云ってる処へ、ばたばたと廊下を駈けて来てがたーり障子を開けて入る者が有るから、見ると小兼ゆえ恂りして、
半五「なんだ」
小「親分、半治さんの胸を聞いてお呉んなさいよ、どうぞ善いとか悪いとか聞いて下さい、ただ手前は厭になったから帰れって、何でも宜いから出て行けって、亀屋のお亀という芸者揚句の、妙齢《としごろ》の、今は娼妓《つとめ》をしているのを二三度買って、それを近いうち請出して女房にするから帰れと云うから、どうしても帰る事は出来ません、どうも江戸の姉さん達やお内儀《かみ》さん達にも沢山意見《けえ》されて、田舎へ行っては半治さんに見捨られる、男というものは心の変るものだからその時はどうすると云われたから、私はそんな事は無いと云い切って来たのだから、私は今更帰られませんと云うと、煙管でもって打《ぶ》ったり叩いたりして辛くって堪らないから、何卒親方半治さんの胸を聞いて、強て半治さんが嫌と云うなら私は海へでも飛込んで死にますから」
半五「困るなアそんなことを云って、己が今心配している処へ泣込んで来て、ほんとに困るなア、

なに半治が手込にすると、なに酔っているんだろう」
処へ半治が遣って来ました。
半五「冗談にも止せよ、手前そんな事をいうな憫然にの」
半治「云ったって宜い、厭だから厭と云うのだ、初めは好いと思ったから女房にしようと思ったが六年から経って見ると好く無くなったねえ、どうも若え女を女房に持ちたい、亀屋のお亀は真実者《ほんもの》だからねえ」
半五「止せえ詰らん事を云うな、同じ土地の女郎屋へ遊びに往って、女郎にはまって馬鹿馬鹿しい、詰らねえ、止せよ」
半治「止せッたって気に入ったから女房にするのだ」
半五「気に入ったってそういくものか、見っともねえ、世間へ済まねえ、了簡しろ」
半治「だって厭なものは仕方がねえ、厭なものを女房に持てとってこんな無理な話はねえ、そうじゃねえか」
半五「この野郎大概《てえげえ》にしろ、今更小兼を帰すなんぞという事が出来るものか、馬鹿ア云うな、間抜め」
半治「間抜けたア何んだ、ふざけた事を云うな、今江戸屋の半五郎と云われるのア誰のお蔭だ、父親《ちゃん》や母親《おっかア》がこしらえてこれだけの屋台骨が出来たから、江戸屋の半五郎とも云われるのだ、同じ家へ生れたからは己が所帯の半分を貰っても宜いんだ、兄貴だと立ててへえへえ云ってりゃア増長しやアがって、生意気な事ばかりいうなこの野郎」
半五「おや、この野郎とはなんだ、呆れた奴だ」
小兼「どうも私は兄さんに済まないから私が出て往きますよ、もう兄弟喧嘩は止めて下さいよ」
半五「なに帰らなくっても宜い、どんな事があっても己が帰さねえ、気でも違やアがったか、馬鹿野郎、女郎でも何でも勝手な者を女房にしろ、小兼には己がな立派な処へな、半治に勝った亭主を持たせらア、呆れた奴だ、兼公心配するな」
半治「何をぐずぐずして居やアがる、さっさと出て行きアがれ、何だ兄貴が厭に小兼の肩を持ちやアがる、ははア分った、こりゃアなんだな、兄貴お前は女房が死んで六年にもなるから、内々小兼とくッついているんだな」
半五「おやこの野郎、ふざけた事を、好い加減にしやアがれ」
と打ちました。
半治「おや打ったな」
半五「打ったがどうした、この野郎、呆れた事を云う、これ外の事とは違うぞ、己はな弟の女房に貰った女に手を附けるような半五郎と思うか、これ大それたことを云やアがる、これ汝はな三歳の時死んだお母が己を枕許へ呼んで、兄いやお前はもう立派な人になったが、半治はまだ歳がいかねえから、母が死んだ後に二度添でも這入って憎まれ口をきいて虐《いじ》められると憫然だから、大事にして母に成り代って丹誠して呉れと云うから、なにお母心配しなさんな、己が受合ったから、父《ちゃん》だって歳はとってるしまた女房を持ちもしめえと云ったら安心してお母は死んだが、汝《てめえ》が独り歩きの出来るまでは己は女房も持たずに丹誠して、弟でも小さいうちから育ったから子を見たような心持がして、やれこれ云えば増長しやアがって、世間へ顔向けの出来んような事を云やアがって、腹一杯喰い酔やアがって」
半治「なんだ、聞きたくも無え世迷言《よめえごと》を、態《ざま》ア見やアがれ」
半五「おや、態ア見ろとはなんだ」
半治「もう兄貴の顔を見るのも厭だ、兄弟の縁を切って書附をよこせ」
半五「なにこの野郎、書附をよこせと、書附も何も入るものか」
半治「じゃア己が書いてやろう」
と硯箱を持って来て仮名まじりで縁切状を書いた。

半五「この野郎書きやアがったか、呆れた奴だ、その気なら家にゃア置けねえ、出て行け」
半治「出て行かなくッてよ」
畳を蹴立てて挨拶もせず出て往き掛ると、見兼てそこへ出ましたのはお八重という女郎、その時分だから検査ということがないから梅毒《かさ》で鼻の障子が失なって、店へも出られないので流し元を働いておりましたが子供の時分からこの楼《うち》におりますので、馴染ではいるし、人情ですから駆出して来て、
八重「半治はん誠にほ前は悪いよう、ほれじゃア済まねえよ、私《ふアたい》も此家《ほほ》へ来《ひ》ているに、ほ前がほんな事《ほと》をひてや親分《ほやぶん》に済《ふ》まねえよ、小兼《ほはね》はんに今になって帰れってえ、ほれじゃア可愛《ははい》ほうだアへえ」
半治「うるせえや、書附せえ遣りゃア、兄弟じゃア無え、さア行くのだ」
とずうと立って行きますから、
小兼「半治さん、お前それじゃア」
と小兼は跣足《はだし》で駈出しながら、
「半治さアん半治さアん待ってお呉れよう ー」
と山坂を駈下りて追懸けます。これから小兼が半治に追附いて一つのお話に相成りますが、ちょっと一と息つきましてまた申し上げます。

## 三十六

引続きまして追々お話も末に相成りました。申し掛けました江戸屋の半治は兄に愛想づかしをいい掛けまして、無理に兄弟の縁を切って西浦賀の江戸屋を立出でますと、小兼が跣足で谷通坂まで

追懸けて参った処までお聞に入れましたが、ここに真堀の定蓮寺と申す前申し上げた、お蘭を生埋に致した寺がございまして、ここの留守居坊主は元《も》と雁田の地蔵堂に居りました破戒僧でございますが、只今この寺が焼けて留守居の無いので、頼まれてこの寺に居って、尤もらしい顔色をしておりますが、夜に入りますと山寺で人が来ませんから、箱膳の引出から鰺の塩焼や鰹の刺身が皿に載ってそこへ出掛けて、その傍の所に軍鶏《しゃも》の切身があって、小鍋立で手酌でくびりくびりと酒を呑んでおります。処へ台所口から、

半治「御免なせえ、ええ真平《まっぴら》御免なせえ、海禅さんお宅ですかえ」

海「はい、何方《どなた》え、何方でげす」

半「西浦賀の江戸屋の半治ですがちょっと明けておくんなさい」

海「困ったもんだな、何じゃしらんが愚僧《わし》は今寝たがねえ、どうか用があるなら明日来てもらいたいものじゃがねえ」

半「どうかそんな事を云わずにちょっと明けておくんなせえ、お願えだが」

海「よう寝附いたがねえ」

半「寝附いた者が口をきく奴があるものか、起きているじゃアねえか」

海「それは眠りに附いたじゃないが床の中へ潜り込んでるので、寒うて起きられんがねえ」

半「寒い時分でも無えじゃアねえか、冗談じゃアねえ胡坐ア掻いているじゃアねえか」

海「覗いていやアがらア、困ったねえ、マア待ちな待ちな今明けるから」

と傍にある鰺の塩焼や軍鶏などを経机の引出の中へお仕舞と致しまして、香物鉢と茶碗を載せて前の膳を傍へ片寄せて、

海「さアそこが開くから土間の方から上りなさい」

半「はい御免なせえ」

と戸を開けて這入ると、上り口は広い板の間で、炉が切ってあって、自在鉤《じざいかぎ》に燻《くすぶ》った薬罐《やかん》が懸っ

である。
海「さアこちらへ這入んなさい」
半「誠にどうも御無沙汰をしました、いつもお達者で結構で」
海「あいお前も相変らずお達者じゃが、尤も若いからねえ、時にお兄さんが大分お前の事では苦労するようじゃが辛抱さっしゃるか」
半「へへえどうも火の用心と違ってな、さっしゃいますとは往かねえので、些とお前さんに折入ってお願えがあって来たのだが、お前さんも知っているそれ六年前の祭の時、金棒引になった芸者の小兼ね」
海「ああ、うん、あの小兼かえ、知っているとも、あれは慥かお前のなんで、ああ彼《あれ》は好い女だ」
半「彼奴をお前さんがどうかして取持ってもらいてえと、いうような事を、西浦賀の若え者に頼んだ事が有るだろう」
海「怪しからん事を、出家の身の上でそのような事を、誰がそんなことを云うたか愚僧は一向覚えはないで」
半「そんな事を云ってもいきません、実は彼は不思議な訳で私《わっち》の女房にするような訳になった処が、兄貴はあの通り物堅いので、吉崎様へ義理が立たねえの、新井町の石井様に済まねえのといって、私はとうとう勘当となって、仕方が無えから江戸へ往って小兼の処に足掛二年も燻ぶって居たが、彼奴も私にゃア大分実をつくして呉れたので、兄貴も余り義理が悪いから女房にしろという事になって、今小兼は出て来て家に居るのだがね、妙なもんで六年前は彼奴も好い女だったが、この頃はこう小皺が寄ってきて、年を老った新造の顔は怖かねえもので、何だか見るのも厭になったが、それとは違って亀屋の暖簾附《のれんつき》のお亀はね、此奴はちょっと婀娜《あだっ》ぽい女で、此奴と私は約束して年の明けるも近えから此奴を女房にしようとした処が、それを嫉《ねた》みやアがって小兼めがぎゃアぎゃア云って面倒臭くって成らねえのに、兄貴も彼奴を変《おっ》に贔屓して、ああのこうのと云って実に七面倒臭えから兄貴と二ツ三ツ云合った所が、兄貴め腹ア立ちやアがって、見てお呉んなせえ私の月代《さかいき》の処を撲切《ぶっき》りゃアがってこの通り疵がある、何ぼ兄弟でも余りな事を為やアがるから、最う兄貴でも何でもねえ、縁切だとって書附を放りつけて出て来たら、小兼め、後から追掛けて来やアがって仕方がねえ、拠《よんどころ》なく大津の銚子屋へ遁込んでみると、まだ二三人も客が居るに彼奴がぎゃアぎゃア狂人《きちげえ》のようになって、私の胸倉ア取って騒ぐから、何でも騙すより外アねえと、ここじゃア話が出来ねえ、真堀の定蓮寺に海禅さんが留守居をして独りで居るからあすこへ行って炉の傍に己が寝ているから知れねえように中へ這入れ、そうすれば篤《とっく》り寝物語にしてやろうと漸々欺して私は一足先へ来たが、もう今に彼奴め来るに違えねえ、処で頼みというのアお前さんどうぞ私の積りで手拭を被って頬冠《ほほかぶ》りをして坊主頭を隠して、床をとって寝ていて、来たらお前さんが床の中からちょっとこう手か何か握って、首っ玉へ手を掛けておくんなせえ、処へがらりっと唐紙を明けて私が飛出す、さア太え奴だ、ただ置くものか、外に男もあろうに法衣を着た出家とこんな事をしやアがって太え婀魔《あま》だ、さアどうするか見ろ」

海「それは可愛そうだ」

半「可愛そうも糞もあるものか、さア友達に顔向けが出来ねえ、覚悟しろ、だが命は助ける、その代り手前を横須賀へ女郎に陥《は》めて、己もそれだけ友達に顔向けの出来るようにしなければならねえ、覚悟しろこの坊主太え奴と、まアこういう訳になるのだ」

海「苛《えら》い事を云うなア、呆れて物が云われん、ようまア考えてみなされ愚僧《わし》を何じゃと思って、愚僧は袈裟法衣を着る出家ではないか、仮令留守居でも真堀の定蓮寺で、今は破れても旧は大寺じゃ、この寺の留守居をする出家を捉まえてそれに邪淫の戒を犯せと云う、そないな事があろうかい、頼むに事を欠いてまア呆れた、そして罪な事じゃないかい、そんなにまで惚れて女房になりたいという、お前も得心の上で田舎のこの浦賀くだりへ呼寄せながら、今更厭《あ》きた、家へ帰すに手がないとって、まア云わば相対間男《あいたいまおとこ》して罪を被せて、女郎に横須賀へ売るなぞと、そのような事を云われた義理かい、呆れ返ってもう物が云われん、さアさアさっさと帰って下さい、愚僧はそないな事は聞くのも厭じゃ」

三十七

半治「そんな事は云わずと遣ってくんねえな」

海「出来んと云ったら、往《い》んで下さい、阿呆な事を、人情じゃから愚僧は許すが表面《おもてむき》になればただは許さんぜ、どこまでも届け出ますじゃ、出家という者はな、お前なぞは分らんから云って聞かすが、誰も知っている五戒を持《たも》つと云うじゃ、これは俗には出来悪《でけにく》いものじゃ、そのうち偸盗戒《ちゅうとうかい》といって仮にも盗みをする事は許さん、塵一つでも盗めないじゃ、殊にまた邪淫の一戒というてこれを破れば魔界へ落るというくらいの大事なものじゃ、それに酒を飲むことが出来ん、飲酒《おんじゅ》の戒は文珠経にも出てあるじゃ、宜えか、それに妄語戒《もうごかい》といって嘘をつくことは出来ん、ええか、それに虫けら一ツでも命を取ることは出来ん、殺生戒といってな、それはそれは出来にくいには違いない、喰い度いものも能う喰わず、飲み度い酒も能う飲まず、愛すべき女子も愛さんで慎しんでいるからこそ、方丈様とかお出家様とか云われる身の上となるじゃ、それに向ってどうも馴合間男せいなどと、なんぼう物の分らんでもほどがありますわ、往んで下さい」

半治「なるほど、こいつアどうも済まなかったね、したがね、お前さんなんぞはそんな事は無えがね、中には道楽な坊主があるねえ、此間《こねえだ》も亀屋へ往って浮かれていると、あすこのおすみという二十四五の、ちょっと小意気な女があるが、大層粋な声がするから、その座敷を窃《そっ》と覗いて見ると、客の坊主がおすみの部屋着を着て、坊主頭に鉢巻をして柱に倚掛《よっかか》って大胡坐をかいて、前にあるのア皆な腥《なまぐ》さ物、鯛の浜焼なぞを取寄せて、それに軍鶏抔《なんぞ》を喰って、おすみに自堕落《じだら》けやアがって、爪弾で端歌《はうた》か何かアお経声で呻っていたが、海禅さんその坊主はお前によく似ていたぜ」
海「ああ あれを見たか」
半「見たかも無えもんだ」
海「苛い事を知っているな、困ったな、好いは知られた上は是非がないが、あれはちょっとそのただほんの気晴しに女子を愛すので、楽しんで淫せずでな」
半「旨い事を云ってるぜ、飲酒戒なんぞといってもここに酒があるじゃア無えか」
海「それは仕方がない、好きじゃから」
半「おやおやここに魚の骨が、お前の前にある竹の皮包は軍鶏かい、それは旨いね、煮なせえな」
海「ああこう目付《めっか》ってはもう仕方がねえ、他人には云うなえ」
半「云やアしねえ、その代り打明けていった今の話は聞いて呉んなせえ」
海「実はなア六年あとの祭のとき、小兼が若衆頭で裁附《たっつけ》とやらいうものを穿いて、金棒曳になって、肌を脱いで、襦袢の袖が幾つも重なって、その美しいこと何ともかんともいえなかった、愚僧はその時ぞっこん惚込んだが、何をいうにも坊主の身の上、またお前という色男があるから諦めていたが、けれども実にあのような女ア無いなア、あんな好え女をお前何んで厭になったのじゃ」
半「何だって外に若えのが出来たからさ、お願えだ己がいう事を聞いてくれ」
海「お前本当に女郎に売る気かえ」
半「そうよ」
海「女郎に売る気なら愚僧にくれんかい」
半「お前が貰ってくれれば実に有がたい、それに一と晩でも抱寝をした女だから実は女郎に売りたくも無えのよ、お前が彼奴を留守居にしてくれりゃア重畳《ちょうじょう》だ」
海「そりゃア愚僧も願ったり叶ったりじゃ、これから衣の洗濯でもしてもらったり、綻びでも縫うてくれれば実に有難い、これまでは何をするにも皆な他へ出すものじゃから銭が入ってどうも叶わんが、そうなれば万事につけ都合が好えじゃ、お前、ほんまに世話して呉れようか」
半「くれるよ、狂言の筋が私が殺して仕舞うというのを、お前が仲へ入ってそんな事を云わずと助けてくれ、愚僧がどのようにもしようから女を愚僧にくれないかと、こうお前がいうのよ、その代り多分のことは出来んが、金を出すからといって二十両金を出すのだ」
海「それは些と困るね、金はないが」
半「そりゃア金は己が出すよ」
海「それじゃア宜い、うん、それから」
半「それからその代り初めは嚇して縛るよ」
海「縛るう―」
半「そうよ、縛らなけりゃア成らねえ、お前を縛って」
海「小兼は」
半「彼奴も縛るのよ、それから台所に出刃庖丁か何か有るだろう、そいつを持ってさア八つにするぞと云って」
海「寺の出刃は光らん、真赤に錆びてるぜ」
半「ただ振廻すばかりで宜いや、驚くだろう畳へ突っ挿すから」
海「畳へは通らんぜ」
半「じゃア畳の縁の間へでも挿すから宜い」
海「危ない狂言じゃな、うんそれから」
半「殺すといったら小兼が助けてくれというに違《ちげ》えねえ、するとお前が命ばかりは助けて、どのようにも致して江戸へ帰すようにするからというのよ、そこで金を出す、私が受取る、書附を書く、それを縁切にして私は出て行って仕舞うのよ、その後で小兼がお前に抱かれて、お前の大黒様になるのだよ」

海「ははアそれは有難い、思い掛けない、何だかもうぞくぞくして来た」
半「じゃア筆だの墨だの宜いか、じゃア坊主頭に手拭を被ってこうしているのよ、宜いか」
海「宜えわ」
半「竹ケ崎南山の粥河さんがお蘭さんを生埋にしたろう」
海「うんにゃ知らん」
半「いかんよ惚《とぼ》けちゃアいかんよ、知っているよ」
海「知っているったって己ア知らんよ」
半「知らねえで、じゃア、どういう訳で石井の妹を粥河へ縁付ける橋渡しをしたか」
海「あれは西浦賀の浄善寺へ、粥河様が法談を聞きに行って、お藤さんを、見て貰い度いというからで」
半「やっぱり世話アしたので、時々偸盗戒の提灯持をするね」
海「なんじゃ」
半「いけないよ、種が上っているからいけないよ、あれだけの山や田地を買い金を持っているのも皆な盗んだのに気の附かねえ奴がある者か、手下が二百人も有るからね」
海「何じゃか愚僧は知らんがなア」
半「そんな事を云ってもいかんよ、悪事を平気な泥坊とはいいながら、目を眩《まわ》した儘お蘭さんをこの本堂の下の石室の中へ生埋にしたね」
海「これこれ馬鹿な事をいうな」
半「いうなったって種が上っているからね」
海「どうしてそれを知っている」

# 三十八

半治「どうしたって蛇が沼で蛇を捕《と》るまで知っているのだ、すっかり種が上っているのだ、私も今ア兄貴を被って、長い浮世に短《みじけ》え命、うめえものを沢山喰って、為てい放題をしてえわさ、そうじゃアねえか、お前さん後生だ手紙を一本書いて粥河様へ紹介《ひきつ》けてお呉んなせえ、西浦賀の江戸屋半治という女郎屋の弟だが、餓鬼の時分から身性《みじょう》が悪くって随分お役に立つものだと云って手紙をお前さんが書いてくれれば宜い、その手紙を書いてお呉んなせえ」

海「止しなよ、好んで悪事の仲間へ這入る奴があるものか」

半「そんな事をいわねえで、お前さんが行くのじゃアなし宜いじゃアねえか、いう事を肯《き》かねえと種を破《わ》るよ」

海「全くか」

半「全くとって悪事に共に荷担《かたん》すれば素首の飛ぶ仕事じゃアねえか」

海「うん、そう了簡を極めたら後で書いて遣ろう」

半「先に書いてくんねえな」

海「後でも好かろう」

半「そんな事をいわずに、気が変るといけねえから書いてくんねえ、その代り小兼を女房に持たせるのだ」

海「そんなら書いて」

と海禅は硯箱をとって半治の身性を書いて、これこれと紹介状《ひきつけじょう》を認め、表書《うわがき》をいたしまして、

海「さア」

半「有難え、なるほどこれを持って行けば大丈夫だ、時にあすこへ夜這入るにはどこから這入るか隠れて出這入《でへえり》する処はどこだえ」

海「あすこの諏訪様の鎮守の社《やしろ》の裏に一段高い土手がある、その下に石で拵えた水門口のような処がある、あすこの下へずうと手を入れてぐうーとこう当てると、人差指の当るほどの石の凹《くぼ》みがある、そこへ中指と人差指で下へ押すとぱちんと弾けて中へ這入る所があるわい」

半「違えねえ、そうそうあすこは溝《どぶ》か何かで水でも流れる所と思っていた、おや足音が聞えるぜ、さアさア頬被をしねえ、頭が出るといけねえから」

と半治は懐中から手拭を出して被せる、そのうち床を出してその上へごろりっと海禅坊主横になりました。半治は納戸へ這入ってぴったり襖を閉て切りますと真闇《まっくら》になりました。暫く経つとばたばたと草履でも穿いて来ましたか足音が致します。土間口の戸に手を掛けて、

小兼「半治さんここを開けても宜いのかえ」

と漸々上総戸を明けて忍び足で中へ這入りまして、板の間から小兼は上りまして、手探りで探り寄ると、敷布団に手が障りましたから、ぴったり枕元へ坐りまして、

小兼「ちょっと半治さん、お前は本当に愛想もこそも尽きた人だよ、お前のような不人情な人と知らず私は欺されてこんな知らない土地へ来て恥ッかきな、今更江戸へも帰られず、お前に見捨られるよりは海へでも飛込んで死ぬ覚悟でいますから、私が命を捨る代りにおめおめとあのお亀という女と夫婦にして置かないよ」

海禅は小さい声で、

「宜いからこっちへ這入れよ」

小兼「何をぐずぐずいうのだえ、すっぱりお前の性根の据った挨拶しておくれな、挨拶次第で私はただは置かないよ」

と懐中からすうと取出しますするは剃刀二挺で、これを合して手拭で巻て手に持って、

兼「さア挨拶をお聞かせよ」

海禅はまた小さな声で、

「挨拶するからこっちへ這入れよ」
どんな声で云っても訛が違いますから露顕しそうなものだが、そこは夢中で小兼が問掛けると、半治は一間から飛出しまして、
半「さア此奴らア太え奴だ」
兼「お前はそこに居たんだね」
半「こういう事も有ろうかと思っていた、さア坊主太え奴だ、手前は衣を着る身でこんな事をしやアがって太え奴だ」
海「愚僧は何も覚えはない」
半「無えも糞もあるものか、己の女房を引摺込んだは汝《うぬ》了簡があろう、さア小兼覚悟しろ」
兼「私はお前と思って」
半「この畜生めら、太え奴だ」
と云いながら傍にあった丸絎《まるぐけ》を取って海禅坊主をぐるぐる巻に縛るから、
海「痛えな、本当に縛るのか、苛《えら》いな、どうも」
半「じだばたしやアがるな、覚悟しろ」
海「縛らんでも宜えが」
半「なんでえ覚えて居やアがれ」
海「どうしても縛るか」
半「小兼、手前も縛るが些と了簡がある、さア蠟燭があるから手燭をとって本堂へ灯を持って来い、やい坊主、さア来い」
海「これこれ何をする」
半「何も鮹《たこ》もあるものか、さア一緒に往け」
とずうと本堂の方へ引摺って行きまして、居間から直ぐ傍の本堂の前の畳を二畳上げて、揚板を

払って明けるから海禅驚きまして、
海「そこを明けてはならん」
半「この中へお蘭さんを生埋にしやアがって」
と固《もと》より一旦明けてありますから直き明きました。
海「そこを明けてはならんと云うに」
半「成らんも成るもあるものか、能くもお蘭さんを生埋にしやアがったな、この坊主、太え奴だ、お蘭さんの代りにこの中へ這入れ、間抜めが」
とずるずる引摺るが、海禅は縛られているから動くことも何も出来ない。
海「これこれ何を」
というばかり、小兼も手伝って中へ入れる。
兼「この海禅坊主め、太い奴だ、お嬢さんを生埋にして」
海「そんな事をいってもここにはお蘭さんは居ねえ」
半「居るもんかい、天神山に居るわい、さア小兼来い」
と海禅を穴の中へ押込んで、上から石蓋を整然として、ずうと出て行きました。海禅坊主は好い面の皮だ、天罰とは云いながらとうとう穴の中へ封じ殺されるように相成りました。

三十九

こちらはお話二派《ふたは》になりまして、竹ケ崎南山の粥河が賊寨《ぞくさい》では、かの夜（山三郎と果し合の夜）同類の者一同は寄集り、ずうっと居並んでおります。前の方にも側《わき》の方にも一杯でございます。床の間の処に縁取袴を穿き、打割羽織《ぶっさきばおり》を着て腕を組んで頻りに考えているのが粥河図書で、傍にいる

千島礼三が、
礼「大夫いかが成されました、お帰りになった後、種々御様子を伺っても一言のお答えもなく、ただ考えてばかり入らっしゃるが、今晩既に小原山へお出での折お供して参ろうと申したを、いや供は入らんと仰しゃるから、心配しながら皆々扣《ひか》えて居ったが、お帰り有ってもとんとお話がないが、どういう訳ですか、甚だ心配で、山三郎は我々の悪事でも存じておりますかな」
図「何もかも彼は残らず存じておる、女房お蘭を真堀の定蓮寺へ生埋に致した事も彼は存じておる」
礼「へへえ一体彼はなんではございませんか、浦賀奉行に縁故《ちなみ》があるとちらりっと聞きましたが、探索方でも致しておりますかな」
図「いやいや彼はなかなか上へ諂《へつら》って名を売って男になろうという卑劣な奴でない、どうも彼奴の魂には驚いた」
礼「彼は小原山へ参りましたか」
図「参ったとも、先へ参っておった」
礼「ふーん度胸の好い奴で、一人、ふーんしかし貴方が乗馬で彼は驚きましたろう」
図「ところが先方《むこう》も乗馬で」
礼「へえー、馬の乗りようを心得ておりましたかな」
図「馬は私よりはよほど上手に乗る、蒔絵の鞍に月毛のたくましい馬に跨がって、馬足を止めて小原山の中央に立っていた時は、実にどうも敵ながらも、天晴《あっぱれ》の武者振で中々面の向けようも無かった」
礼「ふーん、はてな、そこで貴方が銚子屋においての無礼の次第をお問いなすって」
図「私もその無礼を問掛けて、何故妹をくれられんかと云うと、そこは彼奴《きゃっ》男で、盗賊だから遣らんとは云わず、可愛いい妹だから貴公の女房に遣ってまた生埋にされるが不憫じゃからといって、悪事を云わず、実にどうも感服致した」
礼「それを知った上からは助けては置かれませんな」
図「尤も助けて置かれんから太刀の柄に手を掛けて馬を進めると、山三郎も柄に手をかけじりじりと寄ったが中々隙はない」
礼「なるほど、彼奴は剣術もよほど出来ますするか」
図「いや私よりはよほど剣道は上だな」
礼「ふーん、残念ですな、なれども貴方は飛道具を持って入らっしゃったから」
図「馬の鞍へ種が島を附けて行ったから、打落そうと思ったら、先方も、どっこいこっちにもと小筒を出した時は実にどうも驚いたよ」
礼「なるほどなるほど、ふうーん」
図「仕方がないから馬から飛下りて、これまでの悪事の段々何もかも知られた上からは貴公の手に掛って死ぬか、左もなくば縄打って八州に引渡せと云ったら、私は縄を取る役人でないから縛ることは出来ん、改心すれば私が妹よりは優った女房を持たせよう、私が媒人になって生涯親しく交際《つきあ》おうじゃないかと、実に情の辞《ことば》で中々感心致したな、私もそこで真実改心する気になって、これより頭髪を剃りこぼち、麻の衣を着て鼠色の頭陀《ずだ》を掛け、行脚の僧になって飛騨の高山へ立越えると誓ったが、ここに居る銘々も何卒心を改めて山三郎のその厚い心を無にしないように、主あるものは主方へ、親あるものは親の方へ帰参して、これから正しい道を歩いて真人間になってください、ああどうも実に弱った」
礼「ふむーん、それじゃア貴方いよいよ出家をなさるのか」
図「はい、明夕景に何卒吾が隠れ家へ御出で下さればお別れの酒盃《さかずき》を頂いて、臓腑を洗い清めて山を下りたい、坊主になった姿を見て貴方喜んで下さい、我等もお顔を見て発《た》ちたいと云ったら、侠客《おとこ》じゃなア、明日夕景から必ず参るとこう云った、明日夕景山三郎が参るからそれまでに剃髪して法衣を着る心底じゃ」
礼「ふむー」
図「さア皆はどうかな、改心して堅気な者になるか」
礼「皆も聞いたか、大夫はお覚悟の御心底だが、どうだい」
手下「大夫が御改心なら仕方がねえ、山を下りようか」
「いや己は今更盗人を廃《やめ》るのは厭だ」
と大勢ごたごた相談して居りますと、千島は、
礼「大夫、私はこの山は動かねえ、私も千島礼三で、仮令相手が強いと云っても多寡の知れた素町人、ここへ来るというが幸い、どうせ細った私が首だ、山三郎と刺違えて死ぬ分の事、また首尾好く山三郎を仕止めればこの山は同類を集めて、毒を喰わば皿まで舐《ねぶ》れで、飽くまでも遣り通します、貴方それでは余り尻腰の無えというもんだ、私は否《いや》だ、貴方その御了簡ならどこへ行くとも勝手になさい」
図「汝はどうあっても改心は致さんか」
礼「改心しても最う身動きも出来んほど悪事をして、どの道お上の手に掛って素首を刎《はね》られる身の上、よしんば大夫が今坊主になっても、粥飼図書が在俗の時分これこれの悪事があるといえば、法衣の上から縄に掛るは極っている、今改心しても駄目ですぜ、やい皆はどうだい、山三郎と刺違えて死ぬ心底か、皆はどうだい」
同類「こりゃア千島さんの云うのが尤もだ、私らもお前さまと同意で、遣るなれば共々飽くまでも遣りましょう」
図「ふん左様か、そう度胸が据ったら宜い、そうなら話すが実は己も衣を着て飛弾の高山へ行くと云ったは嘘だ、明日山三郎を欺き遂《おお》せてこの山へ引摺込んで、嬲《なぶ》り殺にして遣ろうという謀計が胸に浮んだから、今夜空泣して改心の体を見せたのだがさすがは町人、智慧は足りねえ、そんなら

行って見届けてやろうと高慢振って吐《ぬか》したが、弥々明日の夕来た時は寄ってたかって腕足を踏縛って、素っ裸にして頭の毛を一本々々引抜いて、その上で五分だめしにしなければ腹が癒えねえ」

礼「そいつア面白れえ、大夫がその了簡なら私等は十分に働きます」

となお種々明日の手筈を諜《しめ》し合せて居りますと、忍び足で来た江戸屋半治が縁側から、

半治「御免なせえ」

礼「誰か」

半「へえ私で西浦賀の半治という者で、粥河様のお宅はこちらで」

礼「肝を潰した、どこから這入った」

半「縁側の戸が開いていたからそこから這入《へえ》って、大層《てえそう》大勢様で、お賑やかで」

礼「怪しからん奴だ、どこから這入りやアがった、締りある場所を這入りやアがって、門でも乗越えて這入ったか、他に這入れる訳はねえが、此奴、手前《てめえ》賊だな、いや賊だ、手前盗賊に違いあるめえ。

## 四十

半治「冗談いっちゃアいけねえ、賊はお前さんたちだ、私は西浦賀の女郎屋の半治という者で、孩児《がき》の時分から身性が悪くって、たびたび諸方《ほうぼう》に燻ぶって居て、野天博奕を引攫《ひっさら》いまたちょっくらもち見たような事も度々遣って、随分悪い事の方にゃアお役に立つ人間だから真堀の海禅さんにこちらへ紹介《ひきつ》けてくれといって手紙を書いてもらったから、これを読んでみておくんなせえ」

礼「妙な奴だな、大夫これは海禅の書面で、むむなになに」

と千島は海禅の手紙を読下しておりますと、図書はじろりっと半治を睨《ね》め付けて、

図「これ手前は江戸屋半治というが、手前は東浦賀の石井山三郎には恩分を受けている身の上だな、手前これへ山三郎の犬になって来たな」

半「冗談いっちゃアいけねえ犬なんてえ」

図「いや犬になって来た、この書面は海禅坊主の書いた書面でも有ろうけれど、どうも手前は訝かしい、これこれ此奴を縛ってな糺《ただ》してみろ」

半「これこれ冗談いっちゃアいけねえ、糺しても何にもねえ、詰らねえ事をいっちゃアいけねえ、一体海禅さんがこの手紙を私に書いてくれたにゃア訳があるので、海禅さんがこの手紙を書いたのア、なんです、私は一体小兼という旦那も御存じの江戸の芳町の芸者ね、彼《あ》れと夫婦約束して女房にしようと思ったが、この頃変に厭になってどうかして江戸へ帰そうと思って手段《てだて》をしたが、小兼めぎゃアぎゃア狂人のようになって私を殺すって追掛るのさ、私も怖かねえから真堀の定蓮寺へ逃込んで漸々の事で助かったが家を出る時ア兄貴と喧嘩アして兄弟《きょうでえ》の縁を切る、二年越も世話になった女と一緒になるも厭になって、まごつき出した日にゃア、どうせこの世にゃア望みは無え、旨えものでも沢山喰って、面白い思いをして太く短かく生涯《しょうげい》を楽に暮して、縛られれば百年目、この粗末な素首《そっくび》を飛ばして帳消をしてもらうばかり、お役に立つか立たねえか知らねえが、まア遣ってみてておくんなせえ、お願えだから」

図「手前の申す事は採上げん、手前は山三郎の犬に相違ない」

半「縁側で聞けばお前さん方、山三郎を生擒《いけどり》にするなどというが、それは駄目ですぜ、何故なりゃア彼奴は滅法力がある、十八人力あると云いまさア、浦賀中で聞いて御覧なさい、剣術も随分上手で三十人位は一緒に掛ってもポンポン遣られて、迚も寄附く事は出来んが、そこは私が孩児の時分から気性を知抜いているから、彼奴を欺かす事ア訳はねえ、今までもその術《て》で無闇に金銭《ぜに》を遣わせたが、彼奴にはちょっとした呼吸のおいやり方があるのでただでもいかん、妙においやり方があるる、早く云やア多勢で奉って一杯飲ませる、酒の中へ麻酔薬《しびれぐすり》を入れて飲ませるので、これを飲ませれば身体が利かん、ここにはお医者もお出でしょうから毒酒を調合してお片附けなさえ、それも初めからではどうして中々取附《とつ》けねえ、ぽんぽん遣られる、彼奴を瞞《だま》す事は半治は上手で」
図「左様なことを云っても己は用いん、なるほど小兼は存じているが手前とは一方ならぬ馴染の中で、それで今更捨てるなどとはどうしてどうして真に受けられん」
半「いいえ本当で、何のつけに嘘などを吐きますものか、そりゃア海禅さんも証拠人で」
と言い争っている所へ、縁側から駈上って来た小兼は、帯もずるずる髪振り乱して片手には剃刀を持って、顔色を変え、
兼「さア半治さんここへ出なさい、呆れ返って物が云えない、お前のお蔭で海禅さんにまで瞞されて、さアもう許さない、お前を殺して私も死ぬからこっちへお出で」
半「やアやア来やアがったな、どこから這入った、此奴めが」
兼「どこから来ても好い、さア女の一念だ、誰れでも止めりゃア叩ッ切ってしまう、さア悪性男こっちへ来い」
半「これさ好い加減にふざけろえ、まア危ねえ、そんな刃物を持って、これ人様の前だ、まアこっちへ来ねえ」
と半治は立廻りながら小兼の油断を見済まして剃刀を叩き落し、手早く搔取《かいと》りて、
半「さア、もう大丈夫だ、この阿魔女《あまっちょ》めが」
といきなり髻《たぶさ》を手に引攫《ひっつか》んで二つ三つ撲りつけ、それからそこらを引摺り廻して、ひいひい泣く奴を打ったり蹴ったりして、帯を取ってぐるぐる巻にし、縄を持って来て、垣根の傍の榎の大木に縛り附けて、そこにある棒を拾ってぴしぴし打ちますと、
兼「さア殺せさア殺せ、殺せば汝《おのれ》幽霊になって喰殺すぞ」
と金切声を挙げて泣き叫ぶのを、
半「なアんの汝、殺せも何もあるものか、幽霊にでも何んでも勝手になれ」

とぴしゃりぴしゃりと打ちますから、

図「まアまア静かにいたせ、どうも酷い奴だ、手前ほんとうに殺す気か」

半「へい」

図「なるほど手前は酷い奴だ、全く手前は同類になりたいか」

半「へい、なりてえから願うんです」

図「本心か」

半「本心の何のとってお前さんも疑ぐり深え、私が本心の証拠には、山三郎が来たら手初めの奉公に、一番山三郎を瞞かして見せましょう」

図「むむ本当なら耳をかせ」

半「へい、うむなるほど承知しやした、一番すっかりと遣って見せましょう」

図「その通りにしろ、山三郎を瞞すことはその方に申し付ける、奉公初めに欺き遂せて毒酒を飲ませろ」

と多勢寄集り、明日の手配《てくばり》をしているうちに夜が明けると、真葛周玄の調合で毒酒を製《こしら》え、これと良い酒とを用意して、粥河を始め千島礼三、真葛周玄までも、実に青菜に塩というような、皆我《が》が折れて改心というような顔色《がんしょく》をして、山三郎の来るのを待っておりますと、こなたの石井山三郎は実に強い男で、たった一人で南山の粥河の賊寨へその日の夕景に乗込んで参るという お話、ちょっと一息つきまして、また後を申上げます。

## 四十一

引続きましてお聞きに入れまする、竹ケ崎の南山へ山三郎一人で乗込んで参るというお話、一体山三郎は釣の極好きな人でございますから、この日も宅を出まするとき、釣に行くような風を致して、ちょっとした結城の袷に献上博多の帯をしめて、弁当箱は籠に出来ております。竹の編物で極凝った弁当でございます、これを携げまして、関兼元の無銘摺上げ一尺七寸ばかりの脇差を挿しまして、日和下駄を穿いて竹ケ崎へ掛って参ると、とっぷり日が暮れまして、月の出ようという前で、頓て粥河が屋敷の大門を這入って、二重門の所へ立ちまして、

山「お頼み申すお頼み申す」

というと奥では待構えていた一同が、この声を聞附けまして、

図「これこれ千島、表に声がするが山三郎が参ったようで」

礼「宜しゅうございます」

図「半治支度は好いか」

半「へえ、すっかり出来ております。鉄砲へも玉込をして置きました」

図「それまでには及ばん、酒の中へ毒は這入っておるか」

半「へえ、入れて置きました」

図「これこれ千島、手前腰の物を差して往かん方が宜い、無刀の方が却って気を許すからな、それに一人では宜くない、長治と二人で出ろ、重々しくな、粥河図書がお出迎にまかり出ますのだが、只今剃髪致しまする支度をしておりますからお出迎には出ませんが、速かにお通り下さい、手前どもは粥河が同類でござる、貴方の思召を粥河から逐一承り、頓《とん》と改心致しましたと、好いか神妙らしくいえ」

礼「心得ました」

とつかつかと二人で参って門の開戸をギイと左右へ開けまする。

礼「ははア宜うこそ御来駕で、東浦賀の石井氏で入らせられますか」

山「はい、山三郎で、昨夜小原山においてお約束致したから罷り出ました、どうか粥河様へお取

次を願います」

礼「ははア、昨夜粥河図書御面会後立帰りまして承わりました、実に貴公さまのような義侠のお心掛のお方はない、実にどうも忝ない御教訓であったと粥河図書感涙を流してな、今日は頭髪《あたま》を剃こぼち、麻の法衣に鼠の頭陀で行脚の支度を取揃えまして、唯今山を下ります る、その改心の様子を御覧に供えましたら石井氏は嘸かしお悦びであろうとそれのみ申しております る、手前は千島礼三と申し旧金森家に居りまして小納戸役をも勤めました者で、今日より貴公様の御教訓に依り、改心致して真人間に相成ろうと悦び居ります る仕儀、これ皆尊君様の御説諭に基きますことと、実に何ともはや恐れ入りましたことで、粥河が先刻よりお待兼申し居ります る、さア速かにお通りあらせらるるように、おや何だ、どこかへ行って居ねえは、山三郎殿は来たのかと思ったら何の事だ」

長「居ねえってお前が頭を土間へくッつけて、ぐずぐず云ってる中、頭を跨いでつうつう先へ行って仕舞ったのよ」

礼「なんだ、そんならそうと早くいうが宜い、馬鹿馬鹿しい」

と千島はぶつぶつ云っております。こなたの山三郎は中々待ってなどはおりません、ずんずん玄関口から案内もなくずうっと奥へ通り、粥河図書の居ります二間の大床の檳榔樹《びんろうじゅ》の大きな柱の前の処へぴったり坐って、体を据えました。これはもし乱暴でも仕掛けたときは柱を楯に取って多勢を相手に切捲ろうという、そこで床柱の際へ坐りました。前へ釣の弁当箱を置きまして座を占めました坐相の見事なこと実に山をゆり出したような塩梅で、粥河はまず驚きまして、

図「これこれ千島、これへお出になるに御案内もせんでどういうものだ」

礼「御案内致そうと心得まして、あれへ参って挨拶をしているうち、頭の上を跨いで奥へお出で、驚きましたので」

図「怪しからん、届かん事ではないか、これはこれは宜うこそその御尊来で、粥河図書身に取りまして実に大悦至極にござります、昨夜の御意見に附きまして、同類の者へもそれぞれ尊公様の思召

の通りを申し聞けました処が、皆々感涙を流して有難がりまして、実に賊を働きますは恥入ったる事である、必らず改心の上親ある者は親方へ、主ある者は主方へ帰って元の職業を致すと、二百人も居ります中に一人も不服の者なく改心致しましたは、偏えにあなた様の義侠の御親切なるお心が銘々に感通致しました訳でござりましょう、実にこの上もない有難い事で、現に御覧の通り同類の者は昼ほど一時に出まするとと目立ちますから、皆それぞれ夜の五つ時までに下山させまして、只今残り居ります者は千島礼三、真葛周玄に、長治と申す旧来居りまする者と、その外十四五人居りますばかり、かくの通り畳建具なども皆積上げまして、皆近辺の貧なる百姓に分け与える心得で、金銀なども悉く遣わしましたが、まだまだ残りおります訳で、御安心下すって何卒あなた様の御盃を頂戴致して、穢れたる臓腑を洗い清めまして速かに立退きまする心底で」

山「いやそれはどうも辱《かたじけ》のうございます、お前さんが改心して下されば、私も誠に申した甲斐あると申すもの、さア速かにお立退きなさい、下山の処を山三郎これにおいて篤と見ましょう、さアお立退きなさい」

図「ははア畏まりました、就きましては甚だ差上げる物もござらんが、聊か酒肴を取寄せお待受を致しておりましたから、どうぞ一盞お傾け下され、さ周玄これへ」

というと、真葛周玄は恭《うやうや》しく足附の高膳を山三郎の前へ据えまして銚子を持って参りました。そのうち一つは毒薬の仕込んである酒、一方《かたかた》は他の者が飲むように銚子を替えて持出しました。実に山三郎の命の危いこと、風前の灯火のようでござります。

## 四十二

粥河図書は丁寧に手を突きまして、

図「そのお盃を何卒石井氏一つ召上って私へ頂戴いたしとう存じます、どうか御盃を頂きたいもので」

山「御盃などと大形なことを云っては困ります、私は一体酒は飲まん性《たち》で」

図「でもございましょうが、切《せ》めて一杯召上って私へ頂戴致し度う」

山「いや、私もまるっきり飲まんのではないが、お前さん処《とこ》の酒は飲みません、お前さんが他から盗んだ穢れた金銭で買った物を、正道潔白な山三郎の口へ入れては私の臓腑を穢すような訳で、私は厭だ、盗賊の物を飲んだり食ったりするのは厭だ、渇しても盗泉の水を飲まず、そのくらいの事は山三郎存じております、其方で勝手にお飲みなさい、私は釣に行きますとき、いつでも母親が旨いものを拵えてくれて、肴は沢山はないが、此方《こちら》はこちらで勝手に遣ります、其方はそちらで勝手にお喫《あが》りなさい」

と山三郎は持参の酒を盃に出してぐびりぐびり飲んでいる。

図「いやこれはこれはどうも、それではどうもせっかくの心入も無になります、御意には入りますまいが、元より尊君のようなる正道潔白なるお方に差上げますするには、盗取りました穢れた金銀をもって求めました酒肴ではございません、これは主家金森家改易の折、皆々一家中の者が引取ります節に分配しました金子で、それを持ちまして手前共が求めました酒肴でございます」

山「やはりそれが穢れております、主家改易で皆々主家を引取るとき金子を分けるなぞというは、最うそれが穢れておるので、主家改易に際し金なぞを持って出る心が一体穢れておるのだ、その分けた金をもって買った物は私はどうも食いにくいから、私はやはり持参の物を此方で勝手に用います」

図「ではございましょうが、せめて麁酒《そしゅ》を一盞だけでも召上って」

山「いやいや、私は勝手に、どれ私がお前さんに酌をしましょう」

と毒酒の方の銚子をさしますから、

図「それでは恐れ入ります、いえこれは」
山「でもせっかくだから私がお酌を」
というから粥河はこれを飲んでは大変と顔色が変りまする。その間海《うち》の方に月は追々昇って来まするると、庭の榎に縛られている小兼が、
兼「旦那アーその酒を飲むと毒が這入っていますようー、お前さんを殺そうといって皆が企んでいますようー、旦那アー油断してはいけませんようー」
という声が泣き嗄れまして、実に声は立ちませんが、ひッひッと喚きまする声が山三郎の耳に這入るから、と向うを見ると垣根の傍にある榎の大木に縛り附けられている女が有るから、
山「あの女は何です」
図「へえあれは何でござるか頓と心得ません」
山「お黙んなさい、お前は何だ、この家の主人でこの庭はお前の庭じゃアないか、自分の庭内に、婦人があの通り縛付けられて、ひいひい泣いているのに、主人が知らんで済みますか」
図「いやあれは江戸屋半治と申す者と約束のあるとか申す芸者で、何か半治が不実を致したと申し、刃物を持って追かけて参ったを、半治が立腹して刃物をもぎ取り、彼が縛りましてあのように致し置くので、手前においては聊か心得ません」
山「黙れ、貴公は何と申した」
図「へえ」
山「いやさ改心して頭髪を剃こぼち、麻の法衣に身を俏《やつ》し、仏心になると云ったではござらぬか、その仏に仕える者が繊弱《かよわ》い婦人をあの如く縛って置くをなぜ止めん、なぜ助けん、其許の心底の訝しき事は疾くより存じておる」
と云いながら、側に置いた関の兼元を取ってひらりと抜いて、
山「さア一緒に往って見なさい」

とぐっと抱上げましたから、図書は手込になるまいと手足を働かしてみたが迚も敵わん。例の十八人力あるという山三郎の腕に力を籠めて締附けられたのだから耐りません、うんと云ったばかりの有様を見て、傍の者も驚きまして呆気に取られて見ておりますと、山三郎は図書を小脇に掻い込んだまま大股に歩いて庭に下りようと致します。千島礼三はこの体に驚いて立上るのを山三郎は振返りながら関の兼元を突附けて、

山「さア、じたばたすると片端《かたッぱし》から踏殺すから左様心得ろ、手前らは己をここへ誘《おび》いて、俘虜《とりこ》にして命を取ろうとした企《たくみ》の罠へ、故意《わざ》と知って来たを気が附かんか、大篦棒め、ぐずぐずすれば素首を打落すぞ」

というそのけんまくの怖ろしいのに盗賊共はただ最う胆を挫《ひし》がれましてきょときょとしておりましたが、その中に千島礼三さすがに度胸も据っておりますから、

礼「それ鉄砲を」

と云ったけれども二十一挺ある鉄砲へ玉込をして置いたを、江戸屋半治が残らず縄にからげて谷へ投り込んで仕舞って、鉄砲は一挺も無いからどたばたしておりましたが、粥河の手箱の蓋を開けると火縄の附いた予て用意の鉄砲があるから、これを取って千島礼三が山三郎に狙《ねらい》を附けると、山三郎は振向いて身構えをする、所へ江戸屋半治は飛来って、樫の三尺ばかりの棒をもって、ずんと力に任して千島の腕を打ちましたから耐らない、千島はからりっと鉄砲を落す、その途端に引鉄《ひきがね》は下りましたから弾はどんと発して庭石へ当りました。千島は同類と思った江戸屋半治はひっくり覆ったので猶更驚きまして、周玄長治ともども狽《うろた》えまわる、同類の奴らは取る物をも取らずばたばた逃げ出して南山を下りると、予て江戸屋半五郎が八州へ御届に及び陣屋へ知れましたから、それと云って浜町に居ります組屋敷の与力同心衆が出張致して、山の下に整然と詰めているから、どかどか下りる奴らは忽ちに御用御用と造作もなく縛られましたが、多勢ですから一人宛は縛られない、五六人ぐらいずつ首っ玉を括《くく》して、まるで酒屋の御用が空徳利を縛るようで、ばたばた同類の者は

搦《から》められました。

四十三

所へ半治は山三郎の側へ駈け出して来て、

半「旦那お怪我がなくってお目出とう、実に先刻からお怪我をなされはしまいかと心配《しんぺい》しました」

山「半治か、手前は何故ここへ来た」

半「へい、誠にどうも、貴方のお言葉を背きますようですが、実にお案じ申して参りました」

山「これ半治、聞けば手前は粥河の同類になって小兼を縛付けたというが、どうしたのだ」

半「へい、実は旦那をお助け申そうとして小兼と相談ずくでした事で、昨夜兄貴の処へあなたがお出で、明日竹ケ崎の南山へ行くが、一人でも子分や縁者の者をよこすな、よこすと向後《きょうご》足踏はしない絶交だ、とこう旦那が仰しゃって、兄貴も心配して、旦那にお怪我があってはならんと一通りならねえ苦労している様子を見ましたから、私はなお驚いて、旦那に御恩になった恩返しはこの時だ、命を捨てても旦那にお怪我のねえようにと考えましたが、お前さんは云った事を反故にしない性だから、一人でも往けば以来江戸屋の土台は跨がねえと仰しゃるに違えねえ、兄貴も五十一にもなって旦那より他に力に思う者はねえ、私はやくざな人間だから、兄貴と縁切になって出て仕舞った所が兄貴も困りゃアしめえ、こりゃア一番縁を切ってお味方をしようという考えでしたが、そこが一人の兄弟でございますから、私のようなこんな人間でも、容易に勘当するの縁切にするなどという事もあるめえと、小兼と言い合せて、済まねえ事だが私が縁切と云ったら、泣いた事のねえ兄貴も涙ぐんで兄弟の縁を切り兼ねているのを、私が縁切状を書いて飛出した訳ですから、私とは生涯付合って下さらねえでも仕方がねえ、ただ兄貴の処へは何卒相変らず来て下すって力になって遣って下さい、そうすれば誠に有難い事でございます、この山へ入込むのも容易にゃア出来ませんが、定蓮寺の海禅坊主が疾うから小兼に惚れていることを知ってるから、小兼と馴合い、二人ですっかり欺かして彼奴に紹介の手紙を書かせ、それから踏縛って、お蘭様を埋めた棺桶の中へ投り込んで、石蓋をして畳を敷いて来ましたが、ここへ来てみると、粥河の畜生中々本当にする奴じゃアねえ、何でも山三郎の間諜《まわしもの》だ間諜だと云ってたが、その中小兼が剃刀を持って暴れ込んで、切るの突くのと騒いだので真に受けて、どうしてどうしてそれまでにするにゃア容易じゃア有りません、憫然《ふびん》だが小兼を縛り附けて、加減していちゃア露われるから本当にぴしゃぴしゃ思い切って殴ったが、小兼は定めし苦しかったろう、まア夫婦のものがこう遣って心配して、旦那にお怪我をさせめえとおもってねえ、お腹立かは知らねえが、二人のものが言葉に背いてここへ来たから、これからはもう構わねえと仰しゃっても仕方はねえが、あなた何卒兄貴の処は何にも知らねえのだから何分にもお頼み申します」

山「そうかい、まア二人の者が己を助けようとそれほどに思ってこの山へ乗込んで、まア小兼、手前は昨夜から縛られたか」

兼「はい、旦那この粥河は私の母親の勤めた岩瀬様のお嬢様の仇敵《かたき》だから、私は死んでも宜いから、半治さんどうか旦那にお怪我のないようにお役に立って働いておくれと話し合いで来ましたから、縛られるももともと覚悟だし、引撲《ひっぱた》かれて骨が挫けても宜いと思って、蚊に螫《ささ》れるも毒虫に喰われるも我慢しましたが、蛇が出やアしないかと本当にそればかり心配しましたが、まア旦那にお怪我がなくって半治さんお前も嬉しかろう」

山「早く縄を解いて遣れ、まア手前等は己がどれほどのこともしねえに、恩人とか旦那とか云って命に掛けて能くまアこうして庇《かば》ってくれて、それに附けても、これ粥河、此女《こりゃ》ア芸者だ、一人はな侠客肌《いさみはだ》の女郎屋の弟で、こういう身分の者でさえも恩義を知って命を捨てても己を救うというに、手前はどうだ、人を殺し金をぶったくり、あるいは追剥ぎあるいは他人の娘を誘拐《かどわか》してまたは辱しめるという、その悪行というものは、帯刀をする身の上で有りながら、この半治や小兼に比ぶれば汝は虫よりも悪い奴だ、殊には己が助けて上総の天神山の松屋に匿《かくま》って置く手前の女房お蘭は、棺の中で蘇生して手前の手紙を見て自害をさしてくれというを、私が種々に止めて彼女《あれ》は生ているが、夫の悪事が他より露顕しても、私の口から漏れたとしか粥河は思いますまいから、どうも生きていては操が立たんから自害をさしてくれと云った、な、これ仮令悪事を知ったとて人を生埋にするような人非人の其方でも、夫と思えばこそ命を捨てても夫の悪事を隠そうとするお蘭の貞節に引替え、よくも己を欺いて多勢寄ってたかって己を殺そうと企んで、空々しくも小原山において恥を捨て、草原の中へ土下座をしたが、あの態《ざま》はどうか、実に憎むべき所業である、さア手前のような奴を助け置かば衆人の害になる、なれども、己は盗賊を斬る役でもなし、また穢れたる者の素首を刎るような腰の物は持たん、縄にかけて役所へ引くからそう心得ろ、嗚呼立派な武士でありながら、いかに慾に迷えばとてかかる行いをいたして不届至極な奴である、お蘭に愧じろよ、これで恥を知らんといえば実に犬畜生である、虫よりも劣る奴で憎むべき奴である」

と山三郎力にまかして、前足にかけて二つ三つ顔を蹴つけました。

## 四十四

粥河図書は山三郎に恥しめられて、顔を土足で蹴附けられた時、ああ悪い事をしたと始めて夢の覚めたる如く心付きまして、段々前々の悪事を思えば思うほど、吾身ながらいかなればこそかかる非道の行いを致したか、かかる非道の夫を仇《あだ》とも心得ず、お蘭が自害致そうとまでに思いしか、ああお蘭は蘇生して松屋に居るか、お蘭に何とも面目次第もない事である。と鬼の眼に涙で潸然《はらはら》と草原へ涙を落しますので、山「どうだ、汝が改心致せば好い女房を世話して遣ろうと云ったは松屋に匿ってあるお蘭の事だ、手前全く改心致せば、あれほどまでに思うお蘭の心を憫然に思い、山三郎媒介いたして連添わせようと申したのだ、なんと山三郎の申した事を忘れやアしまい」

図「はははは山三郎殿、拙者がこれまでの悪業、貴公が義侠の言葉に責められると何とも面目次第もござらん、唯今ふッつと改心いたした、その証拠をお目に掛けん」

と図書は切腹しようと思ったが、無刀で居りますから、突然山三郎の提げておりました所の関兼元の刃の方へ両手を掛けて自らぐっと首筋をさし附けて、咽喉元をがっくり、あっと云って前へのめるから、

山「ああ粥河汝は自害致すか」

図「ああ何も申さん、とても死は遁れん所の粥河で、お蘭を助けて松屋にお匿まい下された事は只今始めて知りました、お蘭の心に恥入りまして、自害致して相果てます、これ皆天命で、素より死刑は逃れぬ粥河、どうぞ縄に掛って死にたいから、お蘭には能く貴公様より詫をいって下され」

と血に染った手を合して山三郎に向って合掌して、真実の仏心になりましたから、山三郎も江戸屋半治も我を折って、粥河図書の様子をみている所へ、ばたばたと高張提灯を先に立てまして駈けて参ったのが江戸屋半五郎、お蘭の手を引いてつかつかと来まして、

半五「旦那にお怪我はございませんか」

山「半五郎、手前も来たのか」

半五「へい、お前さんに愛想をつかされてもと存じ、私は参りました、今蔭で様子を聞くと半治が昨夜の愛想づかしもお前さんの身の上にお怪我のないようにと思い詰めて、縁切に参ったのだと申すので、私はこの垣根の蔭で聞いて泣いておりました、これ半治、手前はまア能く己に愛想づかしをいって、来てくれたなア、小兼のも本当《ほんと》と思った、能くまア悪党の粥河を欺かして手前も旦那にお怪我の無えようにして呉れた、有難てえ、今日上総の天神山の松屋へ行ってこのお嬢さんにお

目に懸りお連れ申しました」
山「お蘭さんかえ」
蘭「はい」
と云いながら粥河の自害の体を見て自分も直ぐ自害しようと、半五郎が差している刀に手をかけますから、
山「お蘭さん、早まってはいかん、今自害する場合でない、まアお待ちなさい」
と止めている。粥河図書はお蘭を見ると両手を合して、
図「お蘭か、許して呉れ」
と云ったのがこの世の別れ、前へかっぱとのめる。所へ八州の衆が来て死骸に縄をかけて引いて行きました。お蘭がこの体を見まして、なお自害しようと致すを多勢に押止められ、詮方なくて頭髪をふっつり切り棄てまして、その身は宮谷山《くうこくざん》信行寺海念和尚の弟子となり、名を妙貞《みょうてい》と改めて、今にその墓は西浦賀に遺ってあります。これにて悪人平《たいら》ぎまして、浦賀の町々が白浪の騒ぎも無く栄えましたも、皆山三郎が稀なる義侠の致す処で、また半治小兼は目出度く夫婦に相成りまして、二代目江戸屋を相続致して、只今もって江戸屋半五郎の家はございます。また石井家は妹お藤に養子をして石井三郎兵衛と云い、今に旧家として富栄えております。

（拠小相英太郎速記）

欧洲小説

# 黄薔薇

# 序

薄く黄ばみある花の咲く茨《ばら》の一名《いちみょう》を黄薔薇《おうしょうび》という。枝にはおそろしき荆《とげ》あるに似げなく美敷《しき》花の咲くものなり。人にも此類《このるい》ありて容貌《すがたかたち》の美敷《しき》に似気《にげ》なく荆の有る如きおそろしき心ある有りというべき一譚《ものがたり》を黄薔薇と題し彼《か》の円朝ぬしが異国《ことくに》の一話を我国の事になおされ譚《ものがた》られしを懲悪の一助とも成《なり》ぬべしと斯《かく》一小冊《いっしょうさつ》となしたるは金泉堂の主人なり。依《よっ》てここに序書を附す。

萬町　秋琴亭緒依

# 一

さて今日より欧州小説黄薔薇《こうしょうび》という名題にてお聞に入れますお話は、仏蘭西《フランス》のジュリヤの伝記でござります。このお話は原書をお読み遊ばしたお方は御案内のはずで、しかるべき官員さんが、私に口うつしに教えて下さいましたが、西洋のお話は私には弁舌が廻りませんし、またお客様の方でも、御婦人方お子供衆などがお聞き遊ばしてはお解り悪《にく》うございますから、日本のお話にして申し上げましょう。仏蘭西の巴里《パリー》の都開けて以来《このかた》ジュリヤほどの悪党な者は無いと申します。殊に学問がありて才智がありて、口の先で男をあやなす事が上手で、平生の暮《くらし》は誠に結構な暮をいたして居りまして、このジュリヤのためにエンマニエルという堂々たる官員さんが遂に自滅してしまって、法律学校の学生さんがかような訳はないと云って立腹して、ジュリヤの宅へ押し掛けて行ってジュリヤと議論をした処が、ジュリヤはなかなか学問が有って才智があるから、遂にその書生さんが議論に負けてしまい、残念で堪《たま》らないから国の害になる女だと申して、石をもってジュリヤを打殺《うちころ》して、直《ただち》に内務卿に迫って辞職させ、その辞職書を元老院へ投込んで逐電し、国事犯に等しき大事件を惹起《ひきおこ》したという事実を日本のお話に直して、ジュリヤをお嬢お吉といたし、エンマニエルを江沼実、バロンという貴族を馬場良介と申す士族にいたし、ゼルマンチーノを土井様の家臣生間忠右衛門《せいまちゅうえもん》、その娘のマーリーをお万、その友達のマンチーノというを足軽紅葉万次郎《くれはまんじろう》の娘お桑といたし、伊太利《イタリヤ》を上州高崎にいたし、巴里の有様を東京にいたして申上げますから、御鑑定は貴方方の御勝手にお聞きのほどを願います。そこでジュリヤを下谷の練塀町に住い伏見屋さんの寵愛であったという別嬪《べっぴん》のありましたその身の上に直してお話し申します。扨《さて》このお嬢お吉は外妾《かこいもの》で、その住居《すまい》は這入口の一間《けん》が栂《つが》の面取の格子で、三間の板塀に三尺の開きがありて、これを明けると庭口があり、二畳の取次の間がありまして、次に三畳の女部屋があり、廊下伝いに行くと六畳が茶の間で、その次に四畳があり、客間は花月床《かげつどこ》で、これから椽側伝いに廻ると三畳台目の茶室《かこい》がありまして、綺麗な庭に寂《さび》のある角燈籠があり、後に二間に二間半の土蔵がありまして、その家の構造《こしらえ》は和《やわら》かな事実に言葉に尽されん位で、美味は食べるし、年中常綺羅《じょうきら》で、芝居は新富座と千歳座の替り目を看《み》て栄耀栄華をして、銀の股引《ぱっち》を穿《は》いた箸であの魚は喫《た》べられないからこの肉を買ってお出でと贅沢を申して御飯を食べ、実に誰が見ても立派な者で、どんな紙屑買が踏倒しに値を付けても二万円位の暮をして居りますゆえ、どうしてこんな暮をしているか誰にも分りませんが、元は雪谷《ゆきや》織部《おりべ》という三千石取りのお旗下《はたもと》のお嬢様だと申しますから、大方公債証書でも沢山持っているんだろう。お吉の年は二十四で色が白く鼻は摘みっ鼻でツンと高く、眼は涼やかで髪の毛は艶をもっておりますを大丸髷に結い、例の眉毛も剃らず鉄漿《かね》も付けぬ西洋元服で、青玉の中指《なかざし》に無疵で薄毛の七分もある珊瑚の古渡玉《こわたりだま》の付きました金足の簪《かんざし》に金無垢の櫛を指して、緞子《どんす》の褥《しとね》の上にチャンと坐っております。衣粧《なり》は黄八丈の小袖と黒縮緬の羽織に、仏蘭西の織物でモレアンの帯で、見た容子《ようす》は極温順《おとなし》そうな大した別嬪だから、どんな人でも男が一目見れば直にムカムカとして仕舞う位、それで常に男を側へ寄せ付けないという見識でおり、都《すべ》て何やかやどう見ても三千石のお嬢様と見えるから、憶病な男は側へ行っても口を利くことが出来ないほどで、人がお吉さんお前さんはどんな者を亭主にお持ちだえと尋ねますと、私は大臣の内なら亭主に持ってみたいなどというような事を云うておりますが、芸というと三曲は勿論茶を点《た》て歌を詠み、生花発句上方唄に一中節が出来て、実に大した者でございます。

# 二

その（お吉の）家へは勅任官のお方々が遊びに来ます。お吉の処へ遊びに来ると、何でも下々の景況が能《よ》く分るから、そこで上等の方々が下々の実際を視察に折々しらばっくれて参ります。また下等の人達もこの家へ遊びに来ていると、上等のお方に交りが出来るというので来ますし、中にはお吉の処へは立派な官員さんが来るから、あすこへ行ったらお吉の電信で官に就く事もあるだろうなんどと思って、カステラの折なぞを進物に持って来る者もありますから、お吉は電信柱のような女でございます。その遊びに来る人の中に馬場良介という人は、年が四十一で湯島天神下に住んで居りますが、時々商法に手を出して損をして、当時遊んでいて、お吉に惚れて遊びに来るのだが、中々吝嗇《しまりや》で銭を遣いません。時々鮨か鰻飯などを奢る位なもので、始終遊びに参りますが、ある日のことお吉が良介に芝居をすすめて是非観せて呉れろと云われて、良介も仕方が無いからそれじゃア連れて行こうというので、下女のお政とも三人が九月十一日に新富座に参りますと、向正面まで一杯の入りで、この良介の三人が西の桟敷で見物していると、その向うの東の桟敷にいるお方は黒い山高の帽子に黒の紋付のお羽織を着て、年は二十六名前は江沼実という好男子で、元は徳川の旗下、学問が出来て中々の才智人、当時この人でなければ外《ほか》に内務卿になる人は無いと云う位で、国に立憲政体を立て政治を改良し、国を治め人民枕を高く寝られるように為《し》ようという精神でおりますから、大した人望のある官員でございますが、少しも高ぶる事はなく至極柔和のお人で、八の字の髭を時々捻って、人を見る目の烱々《けいけい》として才識ある人だから、芝居を見るにも常の人の見るように俳優の顔ばかり見てはいないので、腹の中で見ているから舞台をジッと見詰めて居ります。と馬場は真向《まんむこう》だからふとこの人に眼を著《つ》けると、同じ学校に居た知己《ちき》でございますから、帽子を取りて挨拶を致します。と側にいたお吉が、

「馬場さん、あの今貴方が御挨拶を遊ばした方は何と仰しゃるお方ですえ」

馬場「あれか、あの人をお前知らんかえ、あれは江沼実という人で、学者で智慧がある大した者だ、僕も学校朋輩で一緒に居たんだが、あっちは今は官途に就ていていてどこまで昇進するか知れん、

僕はまたどこまで下るんだか知れんが、一ツ鍋の中の物を喰った中だが、人というものはどうしてこう違うものか実に分らんて」

お吉「誠に立派な好《い》い方ですねえ、そうして先様で御挨拶をなさるに、貴方はここにいて御挨拶をするのは、高振っているじゃアありませんか、あすこへ行ってチャンと御挨拶を為《な》さいよう」

馬「それでもこの中を向うまで行くのは大変じゃアないか」

吉「アレそれだから貴方はいけないさ、いつでも内の政（下女の名）とそう申しているんですよ、貴方は勅任官にはなれないが、奏任官位な者は有ると、それですからああいう立派な電信があるなら、ちょっと行って会ってお出でなさいよ」

馬「こりゃア感服いたしした、懇意にいたせばこそ、僕が官員になればいいなぞと云って呉れるのだ、実に感服だ、辱《かたじ》けない、行って会って来ましょう」

と云いながら馬場は江沼のいる桟敷へ行って、

「これは誠に存外の御無沙汰、エー本郷御弓町へ御移転になったそうでございます、誠に結構な事で、蔭ながらお噂申しております、今日は能く御見物で」

江沼「今日は土曜日なり、幸い余暇もあるので見物に参りました」

馬「それは能くどうもいらっしゃいました、後から新橋か柳橋の芸妓連《ねこれん》がいずれ参るんでございましょう」

江「いいえ誰も来ない、たった一人見物に来ました」

馬「へえお一方《ひとかた》でいらっしったのですか、それはお淋しいナ、実に話相手の無いという者はいかんもので、いや嘘でしょう、誰か参るんでしょう」

江「いいえ、実に一人で、一昨日《おととい》他《よそ》から郵便が届いた、その手紙に、お前は菊岡が茶屋だそうだから、土曜日に是非行くから先へ参っていて呉れろと書いてあったが、多分悪戯《からかい》にするのだろうと思ったが、今日は別に用も無いから菊岡へ来てみると、誰だか分らんが僕の名前で菊岡へ総祝儀や茶代を遣って、チャンと勘定も払って、帰りの支度まで申し付けてあるなど、万事行届いたもので、これは何者が致せし事かトンと分らん、不審至極な訳だて」

馬「へえーこりゃア妙な訳ですが、まアそのお文《ふみ》を拝見致したいものですなア」

江「いやもし君が余人に話されると大《おおい》に困る筋だから御覧に入れられないて」

馬「いえ決して他人《ひと》には話しません、貴方のお身柄に関るような事は毛頭致しません、どれ拝見」

三

どれ拝見、と馬場は江沼への無名の手紙を手に取りまして、

馬「へえなるほどこれはどうも女は松花堂《しょうかどう》の書に限りますなア、仮名が上手で感服致す、ええト文して申し上げまいらせ候《まいらせそうろう》」

江「これこれ大きい声では困るて、他人に聞えると赤面の至りだから」

馬「なアに皆芝居に気を奪《と》られているから知れる気遣いなし。『いつもいつも御さえざえしく御暮し遊ばされ蔭ながら御嬉しく存じ上げまいらせ候左候《さそうら》えば私こと余り厚かましきものと御軽蔑《おんさげすみ》もかえりみずただただ御前様《ごぜんさま》は世にたぐいなき御方と明暮れ焦れおりまいらせ候』ムムなるほどどうも『然《さ》りながらまた賤しき身を考え、幾度か思い直し候えども、同じ枕の寝覚の床秋には堪えぬ物思い忘るる暇は御座なく候』イヤ実に凄い文句ですなア何々『何卒《どうぞ》不便《ふびん》と思し召され明二十一日は新富座へ御見物に御出被下候《おんいでくだされそうろう》よう願い上げ参らせ候、お茶屋は菊岡と申す事承り候ゆえお場所も取らせおき御身分柄に係るような事は決して致さず候まま外々《ほかほか》へ知らせずお出でのほど願い上げまいらせ候、妾《わらわ》は芝居の中にて御前様のお顔を染々《しみじみ》と拝したくこれのみ楽みに存じおり候まま呉々もお出のほど念じ上げまいらせ候御前様まいるゟ《より》』へえこりゃアゟという名ですか」

江「自分の名前の知れないようにただかと書いたのだろう」

馬「こりゃアどうも恐れ入りましたなア、女の身で散財をして、御前のお顔を拝見するのを娯《たのし》みに致すとは誠にどうも」

江「まさかそんな事はあるまい」

馬「いいえさにあらず、宜しい僕が慥《たしか》に当ましょう、きっと分りますが、サ何でもこの中で貴方の顔を見ている者があれば、その女に違いないドレドレ」と云って桟敷から土間を見渡したが、皆芝居を見ております。これは見ている訳で、皆芝居を見に来たのだから。馬場はなお能く芝居中を見渡すと、自分の一緒に連れて来たお嬢お吉が、狂言は見ずに江沼実の顔をジイッと穴の明くほど見詰めているゆえ、

馬「いやアこりゃア怪《け》しからん、こりゃア驚いた、江沼君知れました、僕が同道して参ったお吉とて、元は三千石を領していた旧幕旗下の雪谷織部の嬢《むすめ》、当時孀暮《やもめぐら》しをして男嫌いと評判の女にて大概の男は撥《はね》つけるというほどの者が、貴方に、イヤどうも恐れ入りましたなア」

江「あれが噂に聞いていた美人だという評判のお吉かえ、彼は一旦茅場町《かやばちょう》へ芸妓に出やアしないか」

馬「いかにも芸妓に出ましたけれども、こんな業をするのは否《いや》だと自ら愧《は》じて引いて仕舞いました、道理こそ先頃から僕に芝居を奢れ奢れと云って頻りに勧めました故、是非なく奢り向うの桟敷は僕の散財です、はてさて自分は御前の方の散財を払い、自分の方は僕に散財をさせ、貴方の顔を見て一日娯みいるとは、実にこりゃア恐れ入りましたなア、いやはや酷《ひど》い奴でござる」

江「それはお気の毒なわけ、しかし手紙を見た事を彼に申されては迷惑致すて」

馬「宜しいそういう訳なら明白《あからさま》には申しませぬが、今日の散財が馬鹿々々しいから、後でお吉にお前は今日は芝居を二つ見たから、今日の払いはお前が持てという位な事を云って遣ります」

江「では忽《たちまち》悟られようから暫く拙者にめんじて」

馬「ナニ宜しいお気遣いなされるな、さようなら」

## 四

馬場は江沼に挨拶して自分の桟敷へ帰って来ますと、
お吉「おやお帰りなさい、あの方とは昔馴染だと見えて、どうも大層お長うございましたねえ」
馬「お嬢さん今日の勘定は僕は持ちませんよ、どうも恐れ入った」
吉「そんな事を仰しゃっちゃアいけませんよ、それでも貴方が今日は奢ると仰しゃったではありませんか、今になって何でそんな事を仰しゃるの」
お政「お嬢様馬場さんほど気の変る方は有りませんよ、先頃もお宅へお出でなすった時、会席を誂《あつら》えて来いと仰しゃるから、誂えに行こうとすると、またよそう鰻飯にしようと仰しゃいまして、遂々《とうとう》鰻飯にしてお仕舞いなすったの」
馬「黙っていろ、どうもお嬢様今日は芝居を二つ見たろう」
吉「いいえ」
馬「新富座と千歳座と二つ見たに違いない、宜しいその代り今日の勘定は僕は持ちませんから」
と種々《いろいろ》問答をしている中に、芝居が打出《はね》たから茶屋へ帰り、江沼も菊岡へ帰って来て見ると、大きなカステラの折が江沼の処へ来ているゆえ、どこから来たのと聞いてみると、猿屋のお客様より届きましたというので、手紙が付いているから取上げて見ると、
「今日はようぞ御出で下され、染々お顔を拝見いたし候のみ、自分の賤き身を愧じお側へ参りお言葉を頂く事もならぬ仕儀故、甚だ見苦しくは御座候えども粗茶一服差上げたく存じ候まま何卒《なにとぞ》お帰りの節お立寄のほど偏《ひと》えに願い上げまいらせ候　下谷練塀町より」

としてあるから、ハハアなるほどそれなら先刻《さっき》馬場の云った女だなと思いました。なんとこの噺をお聞のお方が、もしこういう事が有りましたらどうなさいますか、これは是非寄りますよ、私でも必らず寄ります。年が二十四になる、前に申し上げた通りの別嬪が呼ぶんですから、寄らずには居られません。処がこの江沼という人は博識多才の人物だから、見ず知らずの女にこんなものを貰う理由《わけ》は無い、失敬な奴だと思って少し癇癪に障ったから、何しろ帰りに立寄って礼をしようと思いまして三十円の紙幣《さつ》を包み、直に茶屋を出ると手車でガラガラと行きまして急いで練塀町へ行き、あちこち捜すと雪谷お吉という標札がありて賃仕事という招牌《かんばん》が出ています。これはどういう賃の字か解らないが、江沼はハハアここだなと思い、車から下りて、

「お頼み申すお頼み申す、ええ雪谷さんのお宅はこちらですか」

と申しますと、お政という下女が出て参りまして、

政「雪谷は手前でございますが、貴方は何方様《どなたさま》でいらっしゃいますか」

江「一昨日はお手紙を下され、今日はまた図らず種々御馳走になりまして、誠に有難いからちょっと御礼に参りました、これは甚だ失礼ですがお土産の印に持参致しました、何分宜しく」

と云うからお政はハハアそんならこの方が江沼さんだなと思ったから、

政「お嬢さまお嬢さま御前が入《いら》っしゃいました」

というと常の女なら直ぐ駈け出して来るのだが、お吉は然《さ》る者ゆえ少しも慌てずに落着いて奥から静々と出て参り、閑雅《しとやか》に両手を仕えて挨拶をすると、

江「お前がお吉さんか、今日はどうも種々世話になって誠に有難い、ちょっとお礼に参りました」

と云い捨てて帰ろうとすると、

吉「まアよいじゃアございませんか」

政「ちょっとお茶を一つ召し上っていらっしゃい、そんなにお急ぎ遊ばさないでも宜しいではございませんか、敵《かたき》の家へ来ても口を濡らさないで帰るものは無いと申す比喩《たとえ》もありますから、貴方

さアお上り遊ばせ、決してお手間は取らせませんから、お嫌でもございましょうが、どうぞお上りなすって下さいな、よう」

# 五

お吉お政の両人が江沼の手を取って無理やりに引張りますので、江沼は是非なく上へ連れ上げられ、奥の八畳の座敷へ通りますと、まず煎茶に菓子が出て、万事お吉が亭主役にて茶を汲み菓子を取りて侑《すす》めますから、江沼は茶を飲みながらお吉の様子を見ると、なるほどどう見ても三千石の旗下のお嬢さんと思わず見惚《みと》れて居りますと、その中に手早く酒肴を座敷へ運んで参りまして、

お政「あの御前貴方に上られるような肴はとても御座いますまいが、どうぞお一つ召し上って」

江「いやせっかくの御馳走だが、今菊岡で御馳走になって十分戴いたから、もうこの上は戴かれぬ、平《ひら》に御免を蒙りたい」

政「アレ御前はお嫌いでもございましょうが、お供の方にお支度を差上げます間お一つ召上りませ」

江「供も只今支度をしたばかりですから」

政「いえ只今お供の方にお聞き申した処が、菊岡で喰べては参りましたが骨を折りますから直にお腹が空《へっ》て喰べられると申して、お支度をいたしておいでです」

江沼は困った奴だと云っている中に、吸物や鉢肴口取物等が出て参りますと、

お政「御酒は日本がお嫌いなら、西洋酒かビールにいたしましょうか、葡萄酒にいたしましょうか」

江「それなら葡萄酒を少々頂戴しよう」

と飲みながら世間話のうち、
江「どうもお前さんのような人に会うと昔の事を思い出すが、僕も旧幕府の禄を食《は》んだ者で、お前さんの事は馬場から能く聞きましたよ」
吉「日外《いつぞや》御前が八百善《やおぜん》へいらっしゃいました時始めてお目にかかり、アアお恥かしい事と存じまして、私は賤しい芸妓の身に成りますも、外に身寄も便りもございませんから、人に勧められて茅場町に少しのうち芸者をしておりましたが、我身ながら恥しくなりまして早く引いて仕舞いました」
政「もうし御前、岡惚れも三年すれば何だとか申すことがございます、それをお嬢さまがあなたに岡惚をなすって入らっしゃるのは丁度五年目ですから御夫婦も同じことでしょう、それですがお嬢様の方でばかりこんなに思っていらっしっても、貴方の方では少しも御存じないのですから、思っても冗《むだ》だと申し上げるとお嬢様の仰しゃるには、昔は許嫁《いいなずけ》という者があって、未だ御婚礼を遊ばさない中でも、そのお殿様がお亡《かく》れ遊ばすと、切髪になってしまうという事があるから、私は一人で御前を旦那様と思っているよ、なんぞと仰しゃいますから、私も種々心配いたし漸く御前は芝居がお好きだと申す事を承り、そんなら芝居でお目にかかられるよう致して上げたいものと考え付きましたが、この事を考え出すに十日の間も寐《ね》ずに考えて漸々考え付きましたの」
江「とんだ事を云う、冗談も大概にしてもらいたい、イヤもうお暇《いとま》致そう」
政「アレいけませんよゥ、明日は日曜日で御用もございますまいから、今晩は是非お泊り遊ばせ」
江「どういたして、お暇いたすから車夫にそう通じて下さい」
政「そう仰しゃってもいけません、お供さんは先ほどお帰し申しました、アノ御前は今晩こちらへお泊り遊ばして、明朝十時頃にお帰りになるから、その積りでお迎いにお出でなさいとこう申しまして」
江「エエ」

# 六

江沼「それは困る、僕に一応の断りもなく車夫を返したとは、余りに見越した計いじゃアないか」と江沼は申しましたものの、最早仕方がないと思い直して、四畳半の小座敷へ案内されて見ると、郡内の夜具蒲団に紋縮緬《もんちりめん》の寐衣《ねまき》を添え、枕頭《まくらもと》には烟草盆《たばこぼん》に切炭が活けてあり二枚折の金屏風を立て廻し、銀瓶から湯呑まで、座敷の総てが何から何まで行き届いており、長押《なげし》の額面は、ある堂々たるお方に書いて戴いた金文字に酔擁《すいよう》美人楼としてあるから、江沼は心中で美人を抱くはこの時かと思うておりました。お政は、

「明朝お早く、御機嫌宜しゅう」

と挨拶をして次の間へ出て行きますと、お嬢お吉は江沼の枕頭に坐り、銀の烟管《キセル》で薩摩の国分烟草をつけて出すのだが、これには烟草の出しようが有ります。どうかすると烟草をつけて出すのに、嘗《な》めた烟管の吸口を拭くような拭かないような振《ふり》をする者がありますが、これは極失礼なので、お華族烟草というものは、そういうものではない、チャンとこう拭いて好い塩梅に出します（この時仕方を見せる）江沼は烟草を喫《の》みながら、

江「お吉さん、先刻も云った通りお前も徳川家の禄を食んだ士族のお嬢様、私も殿様とか何とか云われたものだから誠に懐しく思うが、どういう訳で僕を芝居へ呼んで莫大の散財をし、その上にここへ呼んでまたかように饗応《もてな》すという、お前の心中が少しも分らないから、その心を聞きたいねえ」

お吉「どういう訳とお尋ね遊ばしても、あのウ御前のようなお方をいかほど思いましても、とても叶えて下さる気遣いはございませんから、切《せめ》てお次の間へでも居りましてお伽をいたしたい心で

ございますわ」

江「それは冗談だろう、本心なら真実僕に惚れたという証拠はどこにあるか見たいねえ」

吉「私も武士の娘ですからあなたを悪戯《からかい》にお呼び申したのではありません、馬場さんには誠に済みませんがどうぞ内々に願います」

江「僕もまだ無妻だから心底それなら妻にしますが、僕の妻になりますかね」

吉「私のような婆アを何で貴方が貰って下さるものですか、お悪戯遊ばしてはいけませんよ」

江「いや話は早い方が宜しい、真実なら仲人《なこうど》を入れ玉椿の八千代までも」

と江沼は博学多才の人だけに、こういう事に見えもなく申して手を取れば、お吉はポッと顔を赤らめさも嬉しそうに小声で、

吉「あなた本当ですか」

七

偖《さて》申上げます。引続きジュリヤの伝記で、仏国《あちら》では内務卿が、エンマニエルという官員の頗る学才と威望のあるを嫉《そね》み、往々《ゆくゆく》は己《おのれ》が内務卿の地位を奪われん事と大層恐れまして兼て深く寵愛する外妾のジュリヤに悪計を授けて、かのエンマニエルを自滅させようと企む処のお話。それを日本に直してエンマニエルは江沼実、ジュリヤはお嬢お吉という名前になっておりますが、なおその内務卿を我御官名に擬《なお》しては恐れ入りますが、仮に元老院議長道野辺清美といたして、孰れもただ名目が相違しているだけでございますから、宜しくお聞分を願います。お嬢お吉は道野辺の差図通り江沼を引入れまして、深い穴に陥れようとしたが、江沼の様子といい物の云いようといい実に感心な人で、なるほどこの人は後には内務卿になるだけの力のある人だとお吉が見抜いて惚れました故に、

暗殺しようという両人の悪者を帰して、夜の明けん内に江沼を車に乗せて帰しました。江沼は御弓町に帰ったが、心嬉しく茶を入れて昨夜の事を思い出し、

江沼「ああありゃア感心な女だ、随分この世の中では娼妓や芸妓を請出して権妻《ごんさい》や奥方にする人もあるが、あのお吉は元三千石取った雪谷織部という家の娘だから、僕が妻にしても恥かしからん、奥方にしても苦しゅうない、あれならば宜しい」

と考えている処へ、馬場良介という湯島天神の中坂下におります士族が参りまして、

馬場「誠に暫く」

江「これはどうも、さアずっとこちらへ、甚だ手狭である処へ能くお尋ね下すった」

馬「昨日は計らずも劇場にて拝顔を得ようとは思い掛けない次第で、ちょっと伺いたく心得ておりましたが、存じながら打絶えておりました、これはどうも好い所へ御転住になりましたな」

江「幸いここが明いているという事を知己が知らせてよこしましたから引移りました」

馬「お庭や何かが結構でございますなア、以前保村《やすむら》の住みました時よりお手入れがお届きゆえ」

江「どういたして先《せん》の通り、ただ庭が手広になっておるばかりで」

馬「いえ実にお掃除が届いておりますから全《まる》で見違えるくらい、時に蔭ながら伺いますに、君の御評判が高いので、彼の君でなければこの国を鎮める事は出来ない、人民が枕を高くして寐るのは江沼君でなければならんと、訳も分らん西洋床で下等社会の者までが云っているのは、尊君の人望のある処で実に感服いたします、僕なんぞは君と同じ学校に居って一ツ鍋の牛を突つき合った間柄だが、士族の商法などと新聞屋に敲《たた》かれて未だに恥をかいているが、生附《つ》とは云いながら才不才は別なもので、君の御勉強には恐れ入ります……エーこれは有難う（と注がれた茶の挨拶をする）」

# 八

江沼「君は何ですかえ、今天神の中坂下に居るのですかえ」
馬場「詰らん小さい所に引込んでおりますが、少し訳があって種々の事に手を出したが、何を遣っても損ばかりで、この節はどんな事を勧めても手を出さん事にしました」
江「それはそれは、時に昨日貴公があの芝居へ連れて来た婦人は、元旗下の娘だと云い、また茅場町かどこへか芸者に出ていたとも云うが本当かえ」
馬「それに就てはお話があるが、昨日は苛《ひど》うございましたねえ」
江「何故え」
馬「何故と云って彼奴《きゃつ》は貯えがありますのに、どういう訳か茅場町へ出て、半年ばかり芸者をしていたが、人間が賢いから身を抜いて、六年以来《このかた》亭主も旦那もなく、男嫌いと他人に云われるくらい品行正しき女で、時々僕が行きますが何も惚れて行った処が、僕にどうこう云う見識ではない、中々の見識もの、芝居は替り目に見、食物《くいもの》も店屋物《てんやもの》で三種《いろ》か四種無ければ飯が食えんといい、次の間には葡萄酒やビールのような西洋酒がいつ行って見ても並んでいて、人の扱いは好し、弁舌は好し、手も能く書き、歌も詠み、狂歌から川柳から発句《ほっく》まで出来て、婦女子には稀な才気があるので、お前は六年以来独身《ひとりみ》でいるが、どんな者なら亭主に持つえと云うと、仮にも大臣の中なら亭主に持ってみたいと云うので、男に惚れる奴でないが……時に君は未だ奥方はございませんかえ」
江「今に独身でいるさ」
馬「それじゃアどこかへ権《ごん》のような者でも置きますか」
江「いいや」
馬「尤も御品行の宜しい事は他で評判する位だからそんな事はございますまい」
江「妻は持ってはいかんから、二三年独りでいるつもりさ」

馬「そこをお吉が見込んでいるのです、知りもしない人の処へ手紙を出して、芝居の中でお顔を見たいという文面は苛いねえ、昨夜事に寄ったらお吉の処へ御一泊ありやしませんか」
江「そりゃア無い」
馬「お隠しなさらん方が宜しい、莞爾《にやり》ッと笑って変ですねえ」
江「笑ったって、思いもせん事を云うからさ、知りもしない所へ行きはせん」
馬「今朝京橋辺まで行って万世橋まで帰って来ると、お吉が大丸髷に結って手車で行くから、僕がちょいとお吉を摑まえて、昨夜江沼君が君の処へ行ったろうと云うと、莞爾と嬉しそうな笑を含んだ処が怪しいから、事に寄ったら君は行きはしませんか」
江「そりゃア決して無いのさ」
馬「本当にありませんか」
江「ありアせん」
馬「そんならお話をしますが、うっかりしちゃアいけやせんよ」

# 九

馬場「何でもお吉は貴方を呼ぼうという手段《てだて》に芝居へ来たので、実に弁舌と云い、裾捌きと云い、品格と云い、毛筋ほども悪い処はありません、その上に茶は点《たて》る花は活けるし盆画盆石まで出来て一点の非を打つ処はありませんが、男に掛けると悪い癖のある女で、あの位な女に惚れられるから、男が好い気になってスタスタお吉の処へ足を運んで行くと、此奴己《こいつおれ》に惚れたなと思って、その男をポーンと鉄砲とか矢筈とかでひっくりかえすから、男の方で逃げようとすると、刃物は持たんが口の先で横腹《どてっぱら》を抉《えぐ》ろうとするのが癖ですが、君は御存知はありますまいねえ」

江「そりゃア知りませんよ、悪い癖がありますねえ」
馬「悪いってあの馬を乗りこなす者はありません、鬼鹿毛《おにかげ》処じゃアありませんよ」
江「そりゃア飛んだ事をした、困ったなア」
馬「困ったと仰しゃれば、昨夜お吉の処へいらしったかえ」
江「どうも誠に困ったねえ、実はそういう事を知らんゆえ、女から書面を贈られて芝居を見に行って馳走になりっぱなしにもいかんから帰り掛けに寄りました」
馬「へえ入らしったかえ」
江「行った処が、何でも上れと云って女が二人で無理に引張るから拠《よんどころ》なく上ったて」
馬「上ってもお泊りなさらんなら宜しい」
江「それがさ、帰ろうと思った処が車夫を帰されて仕舞い、夜も深更になるから止むを得ず一泊いたした」
馬「そら云わない事じゃアありませんよ」
江「どうか逃げる工風《くふう》は有るまいか、ええ君は幸いお吉を知っているから、その雷を旨く解いて断ってもらいたいものだ、真《しん》にお頼みだ」
馬「どうして僕の手際には行きませんよ」
江「君だから話すが、議長の道野辺が内々あの女の処へ行きはせんかと思うのは、文殻《ふみがら》があってそれに柳影《りゅうえい》という道野辺の隠し名が書いてあったが、事に依ったら議長があれへでも行きはせぬかしらん、もし行くような事があっては僕は実に困ってしまうが」
馬「そりゃア何とも知れません、大方行きましょうよ、そういう事があるなら別して遠ざくるに如《しか》ず、今貴方は誠に大切のお身の上ですから、いっそお職を辞して他県へいらっしゃい」
江「他県へ行くのは宜しいが、手切れの百円と二百円遣って女の方も断然《さっぱり》思い切らせたいものだが」

馬「金はいけませんよ、金も公債証書も沢山持っているゆえ、金などを遣ると必ず失敬だと怒るに違いないから、うっかり持って行く事は出来ませんが、貴方は御文才に長《た》けて入っしゃるから、お前とこういう訳になったを嫌で別れるのじゃアない、全く国のために別れるのだからというような文を認めて、金を遣らずに白縮緬を一疋でも二疋でも買い、それへ宮川で無垢の櫛を買って附けてお遣んなさい、菊五郎が贔屓《ひいき》で菊の模様を夏雄の彫った金無垢の櫛をこの間買いたいと云っていたが、値が高いのでさすがのお吉も買わなかったからその櫛が宜しい、仮令《たとえ》君が今お職を辞して他県へいらしっても長くは閑散で置きません、官では手を取って引上げようとする、人民は君の腰を押して官に就かせようとするから、暫時の間他県へいらっしゃい」

江「宜しい、それでは何分お頼み申す」

馬「さようなら僕が縮緬や櫛を見立てて来ますから手紙をお書きなさい、ドレ早く行って来ましょう」

十

馬場は二品を買いに行き、江沼は手紙を書き始めました。こちらはお吉がそんな事を知りませんから、抱人力車《かかえぐるま》にて練塀町の家を出で、三番町十一番地道野辺清美の邸へ参り、門から入って左に付て曲るとお長屋を借りておる、これも士族で、書画を愛して時々道野辺の所へ碁の相手に行きます、お吉はこの家に一旦参って、庭伝いに離座敷《はなれざしき》へ行くのが兼ての合図でございます。それゆえお吉の参った事を道野辺に知らせると、道野辺は直と離座敷へ行き、来るのを待ちかねて障子を明けかけて見ております。その衣装《なり》は黒出《くろで》の黄八丈に更紗の下着を衣《き》て、白縮緬の兵児帯《へこおび》をしめ、どっしりとした黒縮緬の羽織を着、お吉が庭の折戸を開け入って来る姿を見て莞爾と笑って、八の字髭

を捻りながら座蒲団《しとね》の上に坐る。お吉は椽側より上り今明いておる処から内へ入って障子をピシャンと閉切り、

吉「御前《たてき》誠に暫く」

道「どうか」

吉「誠に御無沙汰を致しました、伺いたいと思っておりますが、貴方がこういうお身柄にお成り遊ばしたから、私風情のためにもし御身分に障るような事が有っては相済まぬと思ってついつい御無沙汰勝になり、なるたけ伺わないように致しておりましたが、今日はあの事で是非と存じたら早速のお目通りでホンに好いお間合でございました」

道「おお誰も居らんから遠慮はない、昨夜桑出と島野をさいてお身の所へ遣ったが、かれこれ明方じゃろうが窃《そっ》と庭へ這入って来て、どうも首尾が好うない、お吉さんが今夜は首尾が悪いから帰れと云うたから、空しく戻って来たと云うたが、せっかく謀って遺憾じゃっけのう、そりゃア才略のある奴どもがつい訳ア無いと考えておったが、江沼の様子はどうか」

吉「それがねえ御前、あなたのお差図の通りに手紙を向うへ贈った処が、江沼さんも友達の洒落《しゃれ》にしたのだと思いましたか、それにあの方も芝居が好きだものだから、菊岡から参りましたのさ、私の方へは好い塩梅に馬場が来ましたから、向うへ探索《たま》に使った処が調子が好いから、今度は猿屋から私の名を露《あらわ》に書いた手紙に添えて菓子を贈って、私は先へ帰りました、処が向うもあれほどの人でございますから、どういう訳で私が斯様な事をしたか知れないが、女に散財をさせては捨て置けないと思ったと見えて、三十円ばかりの目録を拵えて芝居から帰りがけに十一時頃私の家へ寄りましたから、無理無体に座敷へ通し、お政に云附けて車夫を帰し、とうとう泊めて段々その様子を見ましたが、芥子《けし》ほども隙の無い人で、その云う事から様子から、御前の前で申しては済みませんが、あの人は立派な人になりますよ、大臣の価値《ねうち》は有りますねえ、ほんにあの人が内務卿にならなければ、この国が立憲政体となって人民が枕を高く眠る事は出来まいという噂の通り、それだけの

器量が見えますよ、あなたはあの人を良い事に付け悪い事に付け密告して品行を乱させろと仰しゃったが、私は染々江沼さんに惚れましたから、あの人の良い事はお知らせ申しますが、悪い事は決して申しませんよ、あの人が出世をすれば国のためにきっとなろうと思いますから、私はどうかして江沼さんの女房になりたいと思いますわ」

道「ナニ女房になりたいと」

十一

道野辺「これお吉、お主《ぬし》がそういう我儘な心とは知らず、己《おれ》がつい一大事を打ち明かして云うたで、江沼を引き入れた処は十分にいったが、今心が変って江沼に惚れ、己が托した事を手前が喋って向うへ附くという事ならそれまでの事だが、こっちはその代り月々二百円ずつ遣ったのが遣らんようになったらば、月々の活計《くらし》に差支えはせんか、それは困るじゃろうがどうして暮す」

吉「フフンそりゃア困りますけれども、仮令売食《うりぐい》にしても二三年の内は食べていられます、その内には江沼さんが出世をして、今御前が二百円下さるものなら、江沼さんは月々三四百円も送って下さいますよ、二三年の間に江沼さんは立派な人になるという事を承知しておりますから、御前が送って下さらないのは承知でございます」

道「お吉お主ア不実なものじゃなア、六年以来物を送られ恩義になっているものを、二心《ふたごころ》になって江沼に附き、僕の頼みを江沼に内通するような事があっては済まんじゃないか」

吉「いいえ内通は致しませんよ」

道「内通せんといってそれでは恩も義理も知らんじゃないか、恩も義理も知らんければ犬畜生にも劣るじゃないか」

吉「恩も義理も知らんと仰しゃれば申しますが、私が茅場町に出ている内に、先の宮城さんが私の世話をして下すって、そこへあなたがお遊びにお出でなすって、私の電信であなたがこういう訳になった、その大事の恩人の宮城さんを大阪府で暗殺して……」

道「コーレ黙れ、云うない」

吉「云やアしませんよ、六年以来御恩になったから申しませんが、恩も義理も知らんと云えば私も申そうではありませんか余りお言葉が過ぎようと思いますからねえハイ、あなたはこれまでのお身の上になれば、この上もない十分になって仕舞ったんじゃアありませんか、それをまた江沼さんが人望が有って出世をすれば、邪魔になるから自滅させるようにと、浅智慧の女に事を頼んであの方を無い者にしようと云うのは、御前は随分学問もお智慧もありますが、惜い事に胆が小さいと思いますよ」

道「そうならどうなと勝手にせい」

とどんな智識の有る人でも、六年以来世話をしていた女に愛想尽しを云われたから、道野辺は立腹して八の字髭《よじ》を捩って椽側の障子を明け、庭下駄を穿いて跡をも見ずに出て行きましたから、お吉も続いて直に待してあった車に乗ってガラガラガラと我家をさして帰ります。

## 十二

馬場はお吉の留守に参って待っております。車夫がお帰りーという触込みに、下女のお政が上り口まで出迎え、

政「お嬢様お帰り遊ばせ、大層お早うございました」

お吉「アア今帰ったよ、咽喉《のど》が乾くからお湯でもお茶でもお呉れ、おやおや馬場さんお出でなさ

いまし」

政「先刻からお待受けです」

吉「おやそう」

馬「昨日はどうも芝居において図らず御散財を掛けるようになりましたが、実に御散財なすっても宜しい次第があるから仕方がない、また今日はどこへ」

吉「アノちょっと用達しに四谷の方へ行って来ました」

馬「ナニ君はどこへ行くか分らん、四谷へ行くと云って品川の方へ行くから訳が分らんが、昨夜は江沼君が来て泊ったろう」

吉「アラ先刻もそんな事を仰しゃったが、どうして身柄のある方が孀暮しの処へ泊りに来るものですかね、積っても知れそうなものだに」

馬「ないエ、それでも先刻万世橋《めがね》の手前で会った時、聞いたら莞爾と笑ったが、どうも怪しいぜ、ナニ隠すにゃア及ばない、しかしその笑った時の様子はどうもハヤ堪らん顔だったよ、ほんに美しいねえ、あの顔を見たら僕は胸がムカムカとして気が遠くなってしまったよ」

と云っている処へ台所より小婢《こおんな》が何の気なしに、

女「只今本郷御弓町の江沼様の所からお手紙が参りました」

吉「いいよウ、何んだねえ、いいからそっちへやってお置きよ」

馬「そら見給え、どうも隠すより顕《あらわ》るるは無しで、江沼君の所からお手紙が届いたって、ドレお見せ、どんな手紙だえ」

吉「江沼さんと云ったとてあの方には限りませんよ、江沼という名字は他にいくらも有りますからね」

馬「それでも今本郷御弓町と云ったじゃないか、そうすればあの人に違いない」

吉「いけないねえそう尻尾を押えられたら云いますよ、実は昨夜芝居のお帰りに先刻は心配をかけて気の毒だったと仰しゃってこんな所へお立寄りがあったから、ちょいとお上り遊ばせと云って、お茶を一つ上げてお帰し申したのです」
馬「そうれとうとう白状したね、イヤどうも江沼君はまた別さ、あの位の君は無いねえ、年齢《とし》は二十六だというが、智識があるだけにちと長《ふ》けて見えるが、実に立派な方だねえ」
吉「真《ほん》にあなたの仰しゃる通り、今まで種々の方にお交際《つきあい》申したがああいう方は無いと思いますわ」
馬「そうともそうとも、さア早く手紙を読んで御覧な、どんな文面か傍ら拝見したいねえ」
政「お嬢様恐れ入りますよ、お気の付く事は、あなたがソレ欲いと仰しゃった物をお手紙に添えてお遣《よこ》しなさいました、御覧遊ばせ、白縮緬に無垢の櫛を、兼て宮川で取ろうと仰しゃったのはこれですよ、智慧のある方は違いますねえ」
吉「これがお手紙かえ」
馬「イヤ江沼君の手紙を戴くとは、こりゃア恐れ入るねえ、あのまア嬉しそうな顔つきは」
吉「何んだい側へ来て交《まぜ》っかえしちゃアいけませんよウ」
と云いながら手紙を読んでいるうち、忽ち五本の指がガタガタ動き出し、小鬢《こびん》の処へ青い筋が出て、目は釣るし上り、口元がブルブル震えるを横に曲げ、歯を喰い締る生附《うまれつき》の癇癪に、物をも云わず暫く考えて、手紙をジイッと睨み詰めております。

## 十三

馬場は俄に見相《けっそう》の変ったお吉の顔を覗き込みながら、
馬「こうお嬢さんどうしたい、どういう御書面だえ」

吉「どういう御書面もないものだ、馬場さんは何だねえ、江沼さんの犬になって来たねえ」

馬「犬になってとこりゃア訝《おか》しい、憚りながら僕は尻尾も何も生えはしないよ」

吉「江沼さんも立派な官員さんの癖に呆れ返るじゃアないか、私ぐらいで職を辞して他県へ行くなんぞとは、余り胆が小さいじゃないか、口惜いよ政や、私は始めてこんな恥を掻いたよ、それに今日一件の所へ行ってぴったり断って来たのがなお口惜いよ」

馬「え何を何を」

吉「何もないものだ」

馬「これさ江沼君の手紙を破って勿体無いよ、僕が張雑《はりまぜ》にするから呉れ給え、さすがは江沼君だなア、婦人の処へ遣《よこ》すだけに仮名交りで優しく書いたのは感心ねえ、えー何んだと『昨夜は思掛なき事に候、帰宅の後も君のこと忘れ難く、かくまで迷い詰め候上は向後いかなる事を仕出《しいだ》さんも我ながら計り難くと思い返せば、なかなかに一時の迷いを悔《くゆ》るのみ、自重ながらもこれまでに江沼と多くが望みを嘱しその人民へ対しても誠に申訳もなく深く恥じ入り候、仍《よっ》て今日職を辞しひとまず他県へ脱し候ゆえ昨夜の事は夢と為し下されたく、しかし君を厭うての訳には毛頭これなく君の身の上にも考え及びてかくは取計い候儀に付、呉々も悪《あし》からず御酌量《おんくみとり》下されたく候この品甚だ麁《そ》末《まつ》には候え共永く御持下され候わば山々嬉しく存じ候、なお申したき事は数々あれど心急《こころせ》くまま惜しき筆とめ早々不備』なアーるほど、イヤまだ歌が書いてある、ナニナニ『あかでこそ思はん中は離れなめそをだに後の忘れがたみに』これはこれ古今集にある読み人知らずの歌だが、この歌の意味は今離れても思う心はいつまでも忘れない、それを楽しみに離れて暮すという事だから、これで君を厭になったという事の無い正しき証拠じゃないか」

吉「ヘン人を馬鹿にする、お前さんは江沼さんの犬になって来たに違いない、お戯《ふざ》けでないよ、夏雄の櫛なんぞを私が欲しがることをあの方が知ろうはずはない、きっとお前さんが話したのだよ、それに違いはない」

馬「知らないよ、思いも付かぬ疑いをかけられて、こりゃア迷惑だ」
吉「迷惑もないものだ、どこまでとぼけているのだろう、憎らしいよ」
馬「おお痛たた優しい手をしても大層な指の力だ、こんなに抓《つね》って痣《あざ》になったよ」
吉「その位は疎《おろか》なこと、こんな櫛は欲しくもない、見るとなお腹が立つ」
と今度は突然《いきなり》無垢の櫛を取って馬場へ打付けますと、丁度額へ当って、
馬「痛たたた」

# 十四

馬場「こりゃア怪しからん、櫛を放りつけるとは手酷い、アア痛い、オヤ痛いはずだ、この通り血が手につくからは額へ疵が出来た、こう男子の額へ疵を付けられちゃアもう捨てておかれぬ、直に派出所へ出るという処だが、そこがソレ日頃心易いお前の事だから、大負けに負けて入らぬ櫛なら罰金代りにこれを貰っておくよ」
と手に取り懐へ入れようとする処を、下女のお政が後からその櫛に手を掛けたので、馬場は慌てて、
馬「これこれ何をするのだ」
政「何だってあなたは男の癖に入るはずが有りません、きっとお妻君にでも上げる積りでしょうが、そう旨くはさせません、あなたに上げる位なら私が頂いておきますよ、いけ猾《ずる》い、何でもお前さんは犬に違いないよ」
と櫛を奪取《ひったく》られたので馬場は拍子も抜け、お吉はなお摑み掛りもすべき権幕に、
馬「己等《おいら》は犬でも何でもないよ、こんな処に長居をすると、どんな目に遇うか知れぬ、オオ怖いお暇お暇」

と誤魔化して帰ってしまいました。お吉はなお身を震わせながら、

吉「エエ口惜しい江沼のお蔭で旦那を一人無《なく》してしまった」

と腹をも立て悔みもしましたが、根が狡猾な女だから忽ち首尾を損わぬ手段を案じ出して、直に手紙を認めて、先刻《さきほど》ああいう事を申したのは全く御前の心を試すためにて、決して真の心から出た訳ではございませせぬ、その時御前がお腹立になったのでお心も解りましたから、この上は江沼の良い事も悪い事もお知らせ申しますし、なお見付け次第にきっと自滅させせますから、何卒お見捨なく今まで通りお目を掛けられて下さいましという文を認めて、道野辺の所へ送りましてこれからお吉は江沼の事を種々悪ざまに書立てて諸新聞へ投書しましたが、素より新聞の編輯先生は江沼がそういう不品行をするような人ではないという事を知っておりますからトンと新聞に出もせず、肝腎の当人も居処が分りませんから、空しく思うのみで悪計を施す道も無い処を、図らずも再び江沼に廻り会うというお話は続いてまた申上げましょう。

## 十五

引続きジュリヤの伝記を日本に直して申すお話で、仏蘭《フランス》国の巴里を日本の東京、伊太利を上州高崎、貴族ゼルマンチーノを生間忠右衛門、その娘のマーリーをお万、友達のクレマンチーの娘を紅葉万次郎の娘お桑と致してありますが、なお日耳曼《ゼルマン》のノルマンと申す所を下総古河の思川《おもいがわ》、ゼルマンチーノの女房ジョセヒーを、お篠と致して申し上げますからさようお聞分を願います。偖この生間忠右衛門という人は、前申上げた通り古河の土井様の藩中で、今は紺屋町へ参りまして、貯えもありますから田地を買って可なりに暮して居りまして、兼て馬場良介の知人《しりびと》でございますから、これへ手紙を付けて立たせましたが、こういう知識のある人が参りますのは他県では悦ぶ事で、兼て

有名の江沼君が古河表へ参るのでございますから、掃溜《はきだめ》へ鶴が下りたようなものですから、

生「まアまア御心配なく永らくお在《い》でを願います」

と家内中寄ってやれこれ申しまして江沼の世話を致しますから、江沼も安心して居りました。その上に十六になるお万という娘とお桑という足軽の娘と両人《ふたり》で江沼の小間使ばかりしておりますが、何となく江沼の様子が気烟霧《きぶっせい》に見えるから生間も考えて、

生「こういう所は雑沓《ざっとう》で御気分にも障りましょうし、その上手狭くもありますが、あの源三位《げんざんみ》頼政《よりまさ》の家来猪《い》の隼太《はやた》が首洗《くびあらい》井戸のある思川の辺《ほとり》に、詰らん寮がございますから、これへお出でを」

と云うので江沼も左様ならとそれへ参りますと、ここは閑静の地で後に田畑を見晴し、前に河の流れがあるという実に好い所でございますし、日々の食物は紺屋町から送り、お万とお桑が参って交る交る給仕をして御膳を食べさせます。九月の半ばからここに参ってその年も果てまして、翌年の正月も果て、二月になりまして梅の咲く頃になると、春は浮気と云う譬えの通りふと江沼が考えたには、生間の娘は真の初心《うぶ》なお嬢様と云うのだ、器量といい物数は云わずその挨拶振といいあぁ美女《いいおんな》だ、僕もふとした心得違いからお吉の処へ一泊して、あの位な美人はないと思ったが、能く能く考えてみればお吉は人摺れた処があったが、こういう初心な娘を貰って夫婦中能く暮して子でも出来たら、この位楽しみな事はあるまいから、あの女を貰いたいものだと思ったが、一人娘で婿取り前の大事な娘を妻に呉れんかと云う訳にもいかん、殊にはこれまで永らく厄介になっているから、そんな事を思っては済まん、諦めようと思っても諦められん、実にいくら智識でもこの事計りは思案の外と見えまして、お万を女房にしたいと思うと、その欲しいという念が離れんもので神経にこだわりますから、気が鬱して食も進まん、繰返えしてただただお万の事を思うのみで、俗に云う昔の恋煩いで日々に重《おも》るようになりました。

# 十六

江沼は気が進みませんから、床を取って寝るようになりました。生間が心配して日々見舞いに参ります。

生「御免を蒙ります、お屏風を開けても宜しゅうございますか」

江「さアこちらへお入り」

生「どういう御様子でございます」

江「日々お見舞い下すって御多忙の中を恐れ入りますが、変な塩梅でどうも食が進まん」

生「当地では藤川という医者が元は漢家でございますが、今は西洋も出来ます名高い医者でございますが、種々御診察申しても分らん、多分御書見が過ぎたので肺を痛めはせんか、あるいは肋膜炊衝《ろくまくきんしょう》ではないかなどと申してとんと分りません、貴方のお気の晴れるように心をお取り直しを願います」

江「取り直そうと思うが取り直せない、こんな事を思ってはならんと思っても思わない訳にいかん、こういう流れを前に見下し、また遠く山を眺めていると頭脳が変って来るか知らん、僕はよほど馬鹿になりましたねえ」

生「どういたしまして、貴方がお出でになったので皆悦んで居ります、実に一通りならん悦びで、この間前々名主をして居りました荘田が参って、どうも思い掛けない事でこの地へ江沼君がお出でになったのはこの地を開く始りだから、どうか先生に永くこの地にお在でになって、学校を建て月に三度位ずつ御演説を願いたい、そうなれば人智も進みためになると申して悦んで居りました、手前なぞは旧弊の親父で開化は嫌い、何んでも西洋風と云って余り出来た話じゃアない、日本に仕来《しきた》った事を捨て外国風にならんでも宜しい、開化は却て国のためにならんと頑固を云って居ったが、先生がお出でになって、それはそういうものではない、これはこういう訳で、西洋とはこういう条約があってこうと云う事を細《こまか》に御講釈を伺ってみると、なるほどこれまで日本は野蛮であった開けなかったと考えを起したから、永くこういう所にお在でになるお方じゃアないが、切めて四五年もお在でになればこの地のためになると申して、荘田も心配して居りますが、どういう御様子で」

江「どういう御様子って、僕は馬鹿になったねえ」

生「斯様な事申しては失敬でございますが、大した月給を捨て辞表を出してこれへお出になるのは、何か深い訳のあるのに違いありません、その時に東京へ妾《しょう》でもお遺《のこ》しになって、別れる時に五月《つき》であったが、今頃は出産があったか母子共《おやこども》に無事で居るか、産後に子供でも取られはせんかとお考えになって、あちらからお便も有りましょうが、これへお出でになってもお万やお粂がお給仕をするのでお気に入りますまいから、お馴染の御婦人でもあれば、これへお呼びになってはいかがでございます」

江「そんな事はございません」

生「お隠しなさらんでも宜しい、もしそういう御婦人でもあれば、手前呼んで参りましょう」

江「東京へ婦人を置いてきたなどという事はありません」

生「いや貴方は兼て御品行正しいという事を承っておりますが、万一そういう事でもありはしまいかと思って伺うので」

江「誠に恥じ入った話だが、僕が望んでいる婦人があるが、いくら望んでも貰う事の出来ぬ婦人で、女房にしたいと思っても望みは遂げられないから、諦めようと思っても諦められない」

生「へーどこの婦人で、いずれ東京の婦人でしょう」

江「イヤ当地へ参ってから見た婦人で」

生「へー当地で誠に仕合せな婦人で、まアどこの婦人でございます」

江「どこと云ってそりゃア云えない」

## 十七

江沼が思っている女はあれど名は云えぬとの事に生間は膝を進めて、
生「何卒その女の名前を仰せ聞けられよ、当地とあれば本町通りの呉服屋の娘ですか、まさかそうでもあるまい泉屋の妹ですか、まさかそうでもありませんか、あれさ仰せ聞けられよ、どのような婦人でもお世話致しますから御心配には及びません」
江「実は紺屋町へ参ってからの事で」
生「へー紺屋町は手前共の町内で、この町内には御前の気に入るような婦人はありませんが、亭主持ですか」
江「まさか亭主持じゃァありません」
生「この紺屋町で娘と云うと手前の娘とお桑ばかりですが、まさかあの二人の内ではありますまいな」
と云われそこは幾ら智慧者でもお前の娘に惚れたと云う訳にはいかんから、江沼は頻《しきり》に頭をかいて愚図々々して居りますから、
生「へーあの二人の内ですか、よもや手前の娘ではありますまい、お桑ですか、あれも随分ガラガラしておりますが面白い女です」
江「イイエそういう訳ではない」
生「ナニお隠しなさらんでも宜しい、御前のようなお方はああいうガラガラする者が却って宜しいので、あれは両親もない者で叔母の処に厄介になって居りますものですから、そういう訳ならきっとお世話申します」
江「ナアニお桑じゃないのだよ」

生「イイエ宜しゅうございます、必ずお世話致します、刀に掛けてもお世話申します、宜しゅうございます」

と慌てて帰りました。

江「アアそそっかしいから飛出してしまった、お桑だお桑だと云って無理にお桑にしてしまったが、お桑は大嫌いだ、ちょっと側へ来ても湯呑をひっくりかえしたり、湯沸に躓《つまず》いたり、そそっかしくって厭な女だのに無闇にお桑にしてしまった、アア己は馬鹿になった、人にも知られた江沼実が忠右衛門に向ってお前の娘だと云わなかったばかりで、無理にお桑にしてしまった」

と頻に残念に思っております。こなたは忠右衛門がお桑の叔母を呼んで談判《はなし》をすると、お桑も思い掛けないから真赤になって、

桑「どういう訳でございますか存じませんが、旦那さえ宜しければ私はどうでも宜しゅうございます」

と悦んで居りましたが、この事を聞くと今度はお万が病気になりました。

## 十八

お万は疾《と》うから江沼に惚れておりまして、江沼の手許を働くのを娘心に楽しみに致し、病気の介抱をするのを心嬉しく思っておりました処が、うって変って江沼はお桑に惚れて恋煩いをする位で、いよいよ約束が定《きま》って祝言《しゅうげん》をするというから、残念に思い胸が迫ってドッと床に就きました。人が行ってどういう様子かと聞くと、向をむいてホロホロと涙を溢《こぼ》しておりますが、お桑は子供の中からお万と中が好いから看病しようと思ってお万の側へ行くと、なお怒って向をむいてしまうから、生間も心配して居りますと、一日《あるひ》の事お桑が参りまして、

桑「旦那様へちょっと申上げたい事がございます」

生「さアこちらへ、こんどはお前も仕合せな事で、お前があの方の奥さんになれば、今はああやっておいでになるが、今に高官に就くに違いない、実に悦ばしい次第だが、何しろ万の病気でそれがためにお約束も延引して申し訳がないが、少しも快《い》い方になれば直に御祝言をしますから」

桑「誠に旦那様に恐れ入りますが、江沼さまが私に惚れて強《たっ》て貰いたいと仰しゃったのは嘘らしい事で、仮令本当に仰しゃっても私は止そうと思います」

生「今になってそんな事をいうては困りますよ、僕のような者へ頭を叩いて赤面して仰しゃるような訳で、どういう縁かお前でなければならんと云うのだから、今更お前がそんな事を云うと私が迷惑しますよ、私は旧弊者だから、もし間違えば切腹致しますと云って請合っておいたから、それはそういかんよ」

桑「それでも私が江沼さまの処へ参ってはお万さんに済みませんよ」

生「そりゃまたどういうわけで」

## 十九

生「ナニ万に構った事はありませんよ」

桑「いいえ、アノ外の事でもございませんが、いつでもお万様の御病気の時私が参ると、芝居の話をしようと仰しゃるが、この度は私が参ると向うをむいていらしって口もお利きなさらないから変だと思うと、お嬢さんの方から江沼さまに真から惚れて在《いら》しったので、それを私が江沼さまの処へ行く事になりましたから御病気になったのですから、どうかお嬢さんが江沼さまの処へ参るようにお願います、それを強て私に行けと仰しゃると、お嬢さんは井戸か河へ身を投げて死にますよ」

生「飛んだ事になりました、オーお篠ここへお出でよ」
しの「誠に飛んだ事になりましたねえ、私も義理あるお万で御座いますから、どうか江沼さんに願って、お気には入るまいがお小間使いにでもなすって下さるように願って下さいよ」
生「そんな事は出来ませんよ、江沼君の前で間違えば切腹すると云って請合って来たに、今さら娘を貰って下さいなどと、そんな事は云われませんよ、苛い事は云うまいが、君は口と心と違うと云われると、切腹するより外に仕方がないから、そんな事は出来ませんよ」
しの「それでも貴方私も義理ある中でございますから、そこをどうか宜しく仰しゃって下さいまし」
生「よくって私には云えませんよ、身体を投げ出して娘を貰って呉れとは云われませんが、何しろ行ってお話しましょう、合口《あいくち》をお出し」
と生間は昔気質《むかしかたぎ》に、間違えばその合口で死ぬ覚悟で出掛けて行き、正直な人でございますから、自分の家だけれども別荘へ入り悪いから、怖々《こわごわ》庭の方から障子を開けて、
生「御免下さい」
と云うと江沼は今日あたりは忠右衛門が結納とか何とか云って来はせんかと思って鬱《ふさ》いでいる処へ、案の定生《じょう》間がやって来て、
生「へい御免下さい、お屏風を明けても宜しゅうございますか」

二十

江沼「さアこちらへ」
生「御病気はいかがでございます」

江「どうも快《よ》くありません」
生「娘の病気の事に就て参りましたが」
江「お万さんが御病気だという事を今朝チラリと聞きましたが、どういう御様子です」
生「申し上げ悪いが、実は、エー実は失敬な儀でござるが、昨年御前がお出でになった時から、娘万が御前を深く想い染めております処へ、この度お桑が御前の奥さんになるという事を聞いてパッと思い、御前へ恋煩いを致して居ります」
江「へー恋煩い有難い事でございますなア」
生「面目次第もない訳で、お桑は幼年の折から友達でござるから、万の心底は能く存じて居りますが、お桑の云うに、自分がこの儘君の奥様になればお万さんは焦れ死《じに》に死ぬから、是非自分の事はお断り申して呉れ、それを強て行けと云えば万は身を投げると申しますから、誠に恐れ入りますが、お気には入りますまいが、万をお小間使いにでもなすって下さる訳には参りますまいか、愚妻は義理ある中だとて誠に心配して居りますからどうかお聞済みを願います」
江「実は僕はねえ、お万さんに恋煩いをしているのです」
生「へーこれはどうも、それでは御前は娘の方に、へー」
江「まさかにお世話になる人の一人娘を女房に呉れとも云い兼ねている処を、君が一人でお桑だお桑だと云って飛び出して行ってしまったので……今日はお万さんとは実に有難い」
生「そんならば何故はやくそう云って下さらない、この通り合口を用意して参りました」
江「合口を何にするのです」
生「御前と約束した事を破るようで済みませんから、もしお叱りがあれば切腹する覚悟でございました」
と大層悦んでこの事を娘に話すと、お万は直に飛び起きてお飯《まんま》を六杯食べました。

# 二十一

江沼もお万の話で忽ち病気が癒《なお》りましたから、早速実《みのる》とお万の内祝言を致しましたが、生間忠右衛門は堅い男でございますから、表向はどうかお万の服を改めてしたいものだ、素より江沼の身柄のあるのを知っておりますから、本祝言は立派にしたいが、それについても当地では好い物がないから、東京へ行って大丸か越後屋で買物をしたいと云うので、生間父子《おやこ》に江沼とお桑という娘が附きまして東京へ参り、湯島天神下の馬場良介の方へ着き座敷を借りて居りました。馬場も大層悦びまして、どうか御緩《ごゆる》りと御見物なすってお帰んなすった方が宜しかろうと、これから越後屋へ参りまして嫁入の支度をいたし、江沼もそれぞれ支度をいたしました。この日は丁度六月十八日で両国に花火があるというので、帰り掛けに両国へ参り、馬場が藤岡へ船を誂え、江沼と生間父子とお桑と馬場が屋根船へ乗込みまして、中村楼の下へ船を舫《もや》って涼んでおりますと、向うにも船が一艘着いて居ります。内に美濃部竜作《みのべりゅうさく》と申しまして、これは元高崎侯の御藩中で、御維新から叔父に附いて板鼻へ引込み、糸商を覚えて横浜へ参り、東京にも居り、折々上方の方へも参ります。東京に出て居ります時は、本郷春木町へ造作附の貸家を借り、下男を一人置きまして留守居をさせ、自分は商法のために横浜へ参って二三日逗留して、また東京へ帰って居ります。どういう縁でかお吉の処へ遊びに参り、お吉が別嬪でございますから、惚れて頻りにはりに参りますが、この人は訝《おつ》う気取った事を云いますから、お吉も気障《きざ》な奴だと思いますが、おひゃって時々会席や芝居でも奢らせようと云うので、家内中寄っておひゃって居ります。美濃部は素より好い人でございますから時々遊びに参ります。今日も花火だからというので、お吉とお政という下女を連れて見物に参り、江沼の船の向うに舫っている事を互いに知りませんでしたが、美濃部と江沼とは元学校朋輩でございますから、麦藁の帽子を取って互いに挨拶を致しますと、美濃部の側に坐って居りますのはお吉で御座います。常とは違って粋な拵えで、昨日髪を洗って油気なしの達磨返しに結い、珊瑚の小さい珠の付いた銀簪《ぎんかん》を挿し、上布《じょうふ》の帷子《かたびら》に繻珍《しゅっちん》の帯を締め坐って居りますが、仇《あだ》には見えても芸者のようには見えません。ただ驚いたのは江沼で御座います。飛んだ処をお吉に見られたと、始終薄気味悪く思っております。

## 二十二

お吉の方では、江沼さんがどうして東京へ出て来たのかと、未だ江沼に惚れておりますから、横目でジロリッと見ると、江沼は顔を横にして、もうここに居ては面倒だと思うから、

「お舅様《しゅうとさま》、もし親父様《おとっさま》、船の中で御飯を食べますのはおちおち致しませんから、船を上って食べたいと思いますが、この辺に好い割烹店はありますまいか」

生「どうも私は心得ませんよ」

江「たしか花屋敷の常磐屋が料理が好いと申しますから常磐屋へ参りましょう」

生「どちらでも宜しい、船頭花屋敷の常磐屋へやって呉れ」

江「大きな声をなすってはいけません」

という声がお吉の耳に入ったから、ハハア逃げるなと思い、

吉「ちょいと美濃部さん、船の中で御飯を食べるのは身になりませんねえ」

美「そうさ身にならんねえ」

吉「花屋敷の常磐屋へ行こうじゃありませんか」

美「それが宜しい、まだ花火には早いから、おい船頭花屋敷の常磐屋だよ」

とこっちも舫《もやい》を解いて漕ぎ出しました。江沼の船は丁度元柳橋の鈴木屋の河岸へ着きますと、こ

っちは先へ参って渡し場の口へ着けて陸《うえ》へ上り、江沼が阿州様の邸の前を行くのを見え隠れに行きました。江沼が常磐屋へ入るのをスッカリ見認《みと》めて、お吉は〆《しめ》たと思い、続いて入りますと、江沼は二階へ上り、こちらは下座敷で酒が始まりますと、

吉「ちょいと美濃部さん、先刻船で挨拶をした方が二階へ来て居りますよ」

美「へーあれは江沼君と云ってもと元老院の書記官を勤めた人だが、僕とは同じ学校朋輩でえらい人だよ、どういう訳で職を辞したかとんと分らんが、この度図らず面会した訳で、その人がこの二階へ来て居りますかえ」

吉「二階へ慥に来ておいでなさるから、ちょいと行って挨拶してお出でなさいな」

美「宜しい挨拶して来ましょう」

と刎《は》ね出しに乗る事を知りませんから、直に二階へ参りました。こなたはお吉がどういう様子か早く聞きたいと思って待って居りますると、稍《や》や暫くしてトントンと二階から下りて参りまして、

美「行って来たよ」

吉「おや大層長かった事ねえ」

## 二十三

お吉の言葉に美濃部竜作は、

美「アア久し振りで江沼君に逢ったよ、十七八の折別れたぎり今度図らず逢ったのだから、つい昔の話が出て長くなった」

吉「江沼さんはどこに居るの」

美「生間忠右衛門という元土井の藩中の処に居るそうだ」

吉「そう東京へ来てどこに居るの」
美「馬場の処に居るそうだ」
吉「お前さんが私と一緒にここへ来ているのを知っているの」
美「知っているのいないのと云って、生間という老人だがね、侍気質の爺さんが挨拶をするから、僕も挨拶をしていたがね、娘は美人だねえ、あの位可愛らしい女はないねえ、人柄だねえ、おとなしいと云ってないねえ」
吉「へー幾歳《いくつ》位の娘だえ」
美「まだ十七八だろうと思うが、好い器量だ、あの位な娘はないねえ」
吉「そう、江沼さんはお前さんがこうやって私のような女を連れているのを知っているかえ、今日は生憎結び髪で来たから、淫売《じごく》か何かを連れて来たのじゃないかと思いはしないかねえ」
美「どうもうぶだねえ、親父の後に引込んで小さくなって居るから、まだ地獄だなんて怖いものを知らないよ」
吉「地獄じゃアないよ、私とお前とお酒を飲んでいるから、色だと思やアしないかえ」
美「色も恋もない、是非女房に貰いたいねえ」
吉「娘の事じゃアないよ」
美「アアもう一人の二十位のでっぷりした女かえ、ありゃーア娘より下《おち》るねえ、しかし却て相手にしてみると面白いかも知れないよ」
吉「何を云っているんだよ、どういう訳でお前さんが私と一緒に来ているか知っていますか、お前さんと私と色だとも何とも思っていやアしないかえ」
美「思わないねえ、君にはどうせ歯が立たないと思っているが、あの娘は好いねえ、女房にしたいねえ」
吉「じれったいよ」

美「本当にじれったいねえ、あんな年の行かない生娘《きむすめ》を貰ったらいいだろうねえ」と美濃部は独りで貰う貰うと云って居りまして、その日は別れて帰りましたが、十日ほど経ってお吉の処へ美濃部が参りまして、

美「今日は」

政「おやまアどなたかと思いましたよ、どうなすったの」

美「すっかり思い入れが違ってしまった」

吉「誠にこの間は御馳走になりました、久し振りで保養をしました、あなたの噂さばかり申して居りました、大層顔が蒼ざめて見えまするが、どこかで浮れましたねえ」

美「どうして浮れどころじゃない、すっかり寸法が違ってしまった」

二十四

政「おや美濃部さんどうして寸法が違いましたえ、貴方が書いておいでなすった通り誂えたのです、お単物《ひとえ》の方ですか、袷羽織《あわせばおり》の方ですか」

美「仕立物じゃアないよ、花火の時に逢った生間の娘のお万さんに思いを懸けてねえ、江沼君にも久し振りで逢ったものの、料理店《や》の席でちょっと話をしたばかりだから、馬場の処へ行って江沼君に逢って、君より外にこの周旋を願う人はないが、どうかあの娘を僕に御周旋は願われませんかと云って、土産になるような進物まで持って行って頼んだのだ」

吉「へー江沼さんはただそこに居るの」

美「その娘をどうか周旋を願うと云って頼んだのだ」

吉「江沼さんは何とか云いましたかえ」

美「いいやただニヤリニヤリと笑ってばかりいて挨拶がない、取持ってやるともやらんとも云わないから家へ帰ってまた行ったが一向返事がない、余り埒《らち》が明かぬから今度は馬場を以て話そうと思って馬場に云うと、それは江沼君にお取持の出来よう訳がない、実は江沼君の奥さんで、既に内祝言の済んだ女だそうだ、イヤどうも恐れ入ったねえ、江沼君の女房と知らず周旋を頼む頼むと云って、実に恥を掻いたねえ」

吉「江沼さんはあの年の行かない娘を奥さんにするのかねえ」

美「変だねえ」

吉「余り思い掛けないじゃないか」

美「そうとは知らないで、お前の女房を私に呉れと云ったようなものだから、顔が合わされないが、また江沼君は江沼君だねえ、東京へ帰って来ると上《かみ》で逃がさない、ともかくもというので今度は司法省へ出るようになって、駿河台へ地面を買って立派な家を新築すると云うのだ、実に豪《えら》いものだねえ」

吉「それじゃアあんな結構な若い奥さんを持って、また官に就くとは江沼さんは豊年だねえ」

美「僕は螺《ほら》の貝の方だから仕方がない」

吉「お前さんは真実のある方だねえ、何か調子の好い事を云うけれども、ただ浮かれて洒落ものにしているのかと思うとそうではない、感心した事があるよ、あの娘を女房に貰うと云うから、冗談かと思うと真に惚れて、江沼さんに周旋を頼んだ処がいかないで、諦めようと思っただろうが、それからがっかりして鬱いで顔を蒼くして、お飯も食べる気がないというのは昔風だよ、その昔風に惚れたから、お前さんの気の散るように、今夜は私の処へお泊んなさい」

美「ええ本当かえ」

吉「本当ですとも冗談に云やアしませんよ」

美「そりゃア有難い、だがまア泊ってどうするの」

# 二十五

吉「お前さんの気の晴れるように、悪い声だが上方唄でも謡《うた》って遊ぼうじゃアないか」
美「有難い、遂に君がそういう事をいわないと、雨が降るから今夜は泊めて呉れろと云っても女計りだから泊める事は出来ないお帰りと云ったのが、今夜は君の方から泊れというのは有難い、悪い声どころじゃない、春の海棠《かいどう》に小鳥の囀るような声をして謡うのだものを結構だねえ」
吉「政やあれを持ってお出で、甘《うま》くなくても持っておいでよ……日本酒かえ、ビールが好いかえ」
美「何でも好いよ」
吉「それから鯵の塩焼に水貝か何かそう云っておいでよ」
とこれから八畳の広間に膳立を致しまして、庭の燈籠へ火を点けまして、頻にお酒を酌み合って居りましたが、お吉は素より美濃部は馬鹿だという処を見抜いて居りますから、江沼に懇意なのを幸い出入をさせようという謀計《たくみ》ですが、こっちはそういう謀計を知りませんから、
美「有難い、すっかり気が晴れた」
吉「お前さんねえ、私の口からこんな事をいうと訝しいが、どうせそのお嬢さんの代りにはなるまいが、私も独り身で居るのだから、どうか力になってお呉れでないか、お前さんだってここの養子になりっきりという訳には行くまいが、横浜へ行ったり田舎へ行く事が有っても、東京へ出て来て居る内はここへ来て、どうぞ私を女房と思って下さい、私のような者でも浮かれちゃア否だが、本当に女房に持ってお呉んなさる気は有りませんかえ」
美「コウコウコウコウ」
吉「何だい、そんな手つきをして、鳥の啼くような声をして」

美「本当かえ」

吉「お前さんを欺すような芸者や娼妓の身の上じゃアないから、欺してお金を取るわけではなし、お前さんは今まで心が知れなかったが、今日は心底を見抜いたから頼むのだよ」

美「君には所詮歯が立たないと思って諦めていたが、あの娘の代りに君がそういう事になって呉れれば、白酒の代りに葡萄酒のようなものだ」

吉「あの口が憎らしいよ」

美「この口が舶来で、こっちの口が和製だ」

と冗談を云っているうち夜も更けましたから、お吉は最《も》う大概にしましょうとて酒を切り上げ、さアお休みなさいよと美濃部の手を取り、四畳半の小座敷へ連れ込みました。

## 二十六

お吉は美濃部竜作を騙して己《おの》が手を下さずに江沼を自滅させせんと思います処から、俄に馳走をして何卒女房にして呉れと表面では云い出しましたが、素より種にする仕事なればその夜はただ泊めましたのみで、私はこう見えても元は旗下の娘なれば、差向いでお互いに承知をして直にそれというそんな淫らな事はしませんから、お前さんも骨を折ってこの上精一杯稼いで立派な家を持つようにして下さい、そうなる時は私が持っている一万円の公債証書もその外銀行の預金や地面も家作も皆一緒にして、しかるべきお方に仲人を頼み晴れて婚礼をしようではありませんか、それまでは近々遊びに来てどうぞ泊ってお呉んなさいと云われ、美濃部は宝の山へ入りながら手を空しくする心持で、案に相違はしたものの強《しい》てとも云い兼て渋々その夜は寐てしまい、これから時々来て泊りますが、適《たま》には訝しな気がするから一緒に寐かしてお呉れと云うと、日本流の色事はいかない、西洋流に婚礼をしない内は同衾《ひとつね》をしないと云って遠ざけられ、仕方がないから美濃部もしぶしぶして泊って参りますが、ある日の事美濃部に対《むか》い、

吉「お前さんは江沼さんの処へさっぱり行かないようだが、アノお万さんに惚れているから、私が嫉妬《やきもち》をやいてお前さんを遣らないと思われると悪いから、近々行ってお呉んなさいよ、江沼さんとは学校朋輩ではあり、旧来の交誼《よしみ》でもあるしするから、どこまでも懇意にして悪い事は無いから」

と云って、お吉が進物を拵えて、今日は菓子折明日は鰹節の折と自身が見繕って持たせてやります。江沼も美濃部は智慧はないが悪気はない男だ、いかにも元が元で私も知っている事だから、来たら、もし留守でも好いほどにして酒でも飲ましてやるがよいと、家内へ言附けておいたるくらいでありましたがその内に江沼の坊ッちゃんが生れた時などは、お吉が向うの気に入るような物を買って持たせてやったりなどするから、奥方お万どのも美濃部さん美濃部さんと云って居りますと、時々お坊ちゃんのお守を致しましょうと云って、坊ちゃんを抱いてヘンヤラヘンヤラヘンヤラヘンなぞと云って遊んでおります処があどけないから、江沼夫婦に気に入られました。間もなく江沼は等が進みてこの度は大書記官になりました。なれどもこの人はもう三年経てば必ず大臣になるなどと評が高いが、少しも権を振らず至って柔和な人でございます。官から退けて丁度五月六日の事でございます。坊ちゃんの初のお節句も済みましたが、飾り物はもう一日位置くが宜しいと云って飾ってあります。お万は入湯を致して居ります。江沼は一人で煙草をくゆらせて居ると、通用口から中の口へ掛りました書生体の者が両人ありまして、一人は薩摩紛《さつままがい》の洗い晒《ざら》した単物《ひとえもの》に、堅縞のボヤリとした穢い袴を穿き、新聞の紙で拵えた煙草入を持ち、垢染みた豆絞りの手拭を三角にたたんで腰へ挿み、髪《あたま》は大砲の筒払いを見たようになっており、朴歯の下駄を穿いて居ります。今一人は着ながしで万筋の単物に、縮緬呉絽《ごろ》の怪しい兵児帯をしめ、同じく手拭を腰に挿《はさ》んだ毬栗頭《いがぐりあたま》の者が等しく高声で、

二人「頼む頼む」

二十七

頼む頼むと頻に案内を請いますから、ドーレと若党の長治と申しますのが中の口へ出て参り、
長「御両所はいずれからお越しで」
二人「ハイ僕等は大学予備門の生徒でござるが、只今御主人は御在宿か」
長「いかにも主人は宅でござるが、シテ各々方の御姓名は何と仰せらるる、また御用の次第は」
二人「イヤ僕等は内々御主人公に拝顔を得て申し上げたい願いのあって推参した者であるから、御繁忙ではありましょうが、是非々々御許容のあるよう君どうか取次いで呉れ給え」
長「さようなら取次ぎますが、マア御姓名は」
二人「そこがサお目通りを致さん内は名前を申されん、チト憚る次第だから委細は拝顔の上で申上げる、少し御依頼の筋があって参ったものだとこう云って呉れたまえ、偏えに懇願いたす」
長「そう仰せられるなら何と主人が申されるか、マアお取次ぎを致すから少々お控え下さい」
と頓《やが》て長治は主人の前へ参り、
長「御前只今書生体の者が両名参りまして、是非お目通りを願いたいと諄々《くどくど》申しますから、どこから来られたかと尋ねると、ただ大学予備門の生徒とのみで姓名を名告《なの》らず、お目にかかれば分ると申しますが、例の銭貫いじゃないかと思われます、ほどよく断って追払《おっぱら》いましょうか」
江「さようか、身形《みなり》が悪いとて粗末に取扱うな、只今お目に懸かるからと申して、庭の口を開けて縁側の方へ廻しなさい」
長「畏りました」
と長治は直に下りて庭口を開け中之口へ参りまして、

長「御両所お待遠でございましたろう、さアこちらへ」

と先へ立って案内をするから、両人の書生もこれはお手数と長治の跡へ附いて参りますと江沼は最早出張《でば》っております。縁側には篠莚《とむしろ》を布き、その上に立派な絨毯《じゅうたん》を重ね、煎茶の道具に菓子皿へはカステラが入って、煙草盆までが出してあります。江沼は両人を見ると、

江「御両所さアこちらへ、夏気は垂籠めた応対所より、却ってこういう場所が清涼で宜しかろうと、設けた席でありますから、ズッとこれへ安座めされ、閑静な地は車馬の熱閙《ねっとう》を聞かざる代りに、蚊の進撃には閉口致す、もうソロソロ出て参った、刺しますから団扇をお使いなさい、さアさア御遠慮には及ばぬ、拙者も御免を蒙って用います」

一人「これは御主人公、好い折から御意を得ます、我輩は以前四谷鮫ケ橋に居りまして、旧幕の禄を食みし桑出兵右衛門《くわでへいえもん》の次男、同苗数衛《かずえ》と申します愚鈍の者で御座います、予てお尊名は落雷の如く承知致して居りましたが、時機を得んため未だ貴面を得ざりしに、今日は幸い御在宅で計らずも咫尺《しせき》に対顔する事を得たるは、平素の懇望始めて達し悦びこれに過ぎず、あわれ爾来お見識りおかれて御教示下さればなおまた悦ばしゅうござる」

江「これは御丁寧な御口頭で、拙者が江沼実と申します、この後とも御別懇に願います」

と答えますと桑出は頭《つむり》を擡《もた》げて後を振向き、未だ上りもせず飛石の上に突立っている一人を呼び、

桑「オイ島野君、君もここへ上って主人公に謁《えっ》し給え」

二十八

桑出に云われて一人の書生も漸く縁側へあがり、

「僕は宮城県士族島野幸三《こうぞう》と申します至って武骨者、爾後どうか御別懇に願います」

江「はい拙者においても御同様以後の親密を希望します、シテ御両所お揃いで今日の御来訪は何等の御用向か」
二人「ヘイ」
桑「君から云い給へ」
島「マア君から頼む」
桑「さらば我輩から両人の懇願する次第を陳弁しますが、実は恥をお話し申さんじゃア事情が明瞭しませんから、その根源より申せば、一体我輩等は大学予備門に入りて勉学の功を積み、進んで専門の大学科を修め、業成るの後は国家有為の事業を起すか、官途に出身して行々は自ら政権を執るの地位に上り、百般の政務を改良して旭日《きょくじつ》の光を全地球に輝かさんとの目的にて、当初は誓ってこの目的を貫かんと只管《ひたすら》勉強しておりましたが、余り凝って脳を病ますというと却って愚鈍にもなり、かつ時々運動をせねば身体も虚弱となり、遂に短命に終るの不結果を生ずべければ、偶《たま》には愉快をして気を散じ運動をして身体を強壮にするは学生の最も務むべき処と、他生の勧誘に一日飛鳥山に遠足を試み、迂回してその帰路根津の遊里を跋渉《ばっしょう》したるが、抑《そもそ》も惰弱に帰するの濫觴《らんしょう》にて、天然の桜花より窈窕《ようちょう》たる人語の花はまた格別の趣あり、一度この地へ足を入れて空しく過《よぎ》らんは明月の皎々《こうこう》たるを聞いて、徒《いたずら》に室内に座すると一般なれば、シテ一睡の夢を見んと登楼したるその移り香の忘れかねて、しばしばその度を重ねしより試験の度毎落第し、校則を破って夜中に帰校致した事もあり、それ等の廉にて遂に放逐の身となり、初めて後悔の念を生じたれど最早その甲斐なく、我身で我身に茫然たるのみ、親戚には疎んぜられ、僅に知己の情によってこれまでは安宿に蟄塞《ちっそく》致し居りしが、諸方の債主がいつしか探知し、その進撃の衝《しょう》烈しく忽ち安宿も落城して、今は府下に身を容るるの家なく、仍てこれなる島野が本県宮城にある父兄を便り赴く事には決心したれど、嚢中の空隙いかんともし難く、殆ど当惑する場合にて」
島「今桑出が申す通り僕の父兄は宮城県におれば、差向きこれへ参りて以後の方向を定むる所存なるが、何がさて同所へ赴くについての旅費はなし、両人とも進退ここに谷《きわま》り、いかにせばその意を達せんかと種々に焦慮致しおる処、伝え聞くに江沼君は至って慈悲深き君で誰でもあれ困却すると言えば財を惜まず抛《なげう》たれ、その厚情を蒙る者少なからずと承り、しからば僕等もその憐情を訴えて君が慈恵に与からんと、かくは打揃って推参致したる次第にて、何共汗顔《なにともかんがん》の至りなれど、両人が窮迫を賢察ありて、幾分の旅費を義捐《ぎえん》し賜わらば、両人が仕合せこれに過ず、只管この儀を懇願いたします」

桑「今島野が言葉を継ぎし如く、我輩は同人に連れられてひとまず宮城へ赴き、何とか方向を立て帰京したき存念にて、そを為し得るも得ざるも、ただ君が胸中の慈悲心一つにあれば、仰ぎ願わくは御採用あらん事を希《こいね》がう」

江「ハイ何等の御用かと存じたら、旅費の補助を拙者にお望みとの事なれど、素より自己が生活する料にも足らん位にて、他人へ恵む余金は御座らぬが、せっかくのおいでゆえこれは誠に心ばかりの寸志にて、草鞋銭の足《たし》に呈しますからお納め下さい」

と差出した包をこれは千万忝《かた》じけないと手に取った桑出が、失敬千万にも目の前で開いて見、

桑「いやアこれは江沼君、タッタ五十銭でござるナ」

二十九

桑「モシ江沼君積って見給え、五十銭では両名の者が宮城へ行くは扨置いて、一人が宇都宮までの汽車賃にも足らぬ、とてもお恵み下さるならもう少し願います」

江「イヤ御縁も無い方に上げるのに、金の多少を仰しゃっては困る、拙者が心ばかりで上げたのだから、その上上げる訳には参らんて」

桑「でもございましょうが、かく我々が身の失策を発露して懇願する次第なれば、抂《ま》げて何卒」
江「それならマア何ほど上げれば宜いのです」
桑「決して多分な事は申しません、ただ銭と円の相違で五十円拝借したい」
江「ナニ五十円と、初めてお目に懸った者から五十円貸せとは案外な申し条、スリャ事と時宜《すべ》によれば見ず知らずの者でも、五十円は疎《おろ》か百円でも二百円でも貸さぬ事はないが、一体学校を放逐される位だから、これまでによほど悪い事をなすったかね」
桑「そうお問いが有っては申そうようではありませんが、只今ちょっと陳述した通り、実に放蕩無頼と評されても甘んじる位、実に恥入った品行でありました」
江「へーただ放蕩無頼とのみでも甚だ漠然としておるが、これは拙者の心得のみで内々伺うが、もしや人を殺した事か、または賊を働いた事がありますか」
桑「これはけしからん、実に失敬な事を仰せられるナ、仮令いかほど困窮して橋の袂でマッチを売ろうとも、賊を働こうなどとの所存は、脳裡に毫末もござらんから、聞くだに厭わしい、況《まし》てや貴重の人体へ傷《きずつ》くる如き残害をなしましょうか、君にも似合わぬ失敬なお尋ね、愚弄も大概に措きたまえ」
江「イヤ愚弄はいたさぬ、しかし君方は人を殺したり、賊を働く心はありませんと、そんなに柔弱極る無力の人物には、金を貸しても無益だから、せっかくのお頼みなれどお貸し申すことは止めにしましょう、出来ませんよ、金銭も遣いようだが、汽船に乗るも陸を行くも倹約すれば十円なら大概追付《おッつ》こう、今他人に合力を受ける身で、人並の旅行をしようとは分外の望み、さなくば五十円入ろうはずがなければ、その志を試したに、人を殺す事も賊も出来んとは呆れ果てた、戦争をするには人を殺さねばならず、版図《はんと》を拡むるには地領を侵さねばならぬ、これは殺人盗賊と意義を異にしますが、啻《ただ》に国と国の争いに止まらず、商法といえども殆んど戦争に異らず、掛引を過れば一敗して忽ち仆《たお》る、凡そ文明の社会に立って事を為さんとせば、常に豪邁活潑の気象を蓄え、才智に富んで進退をせねば勝は制せられぬ、五十円貰ったら途中で娼妓でも買おうという惰弱な了簡がまだ失せぬものには五十銭遣るも惜しい、飲食《のみくい》の銭は恵まれませぬぞ」

桑「これは意外な事を仰しゃる」

島「承って驚き入る、江沼君のお説とも覚えぬ、我々は放蕩こそあれ、殺人強盗などの悪心は無いと申したので、戦争や商法の事などの儀は仰せを待たいでもそれぐらいの事は心得ておる、君は事を設けて拒む御所存だな」

桑「それではどうあっても出来ぬと仰せられるのか」

江「いかにも、見下げ果てた各々方には決して御用立られぬ、最早弁を費すも無益」

と立ちかかるを両人が目配せするよと見えましたが、突然島野が懐中に隠し持ったる合口を引抜いて跳《おど》りかかり、

島「人を殺すはこうならん」

と突出すを一足飛び退いた江沼は、側に有合う煙草盆を投付ける、その間に桑出も同じく引抜いて突きかかるを、今度はヒラリと身を替《かわ》し、空を打たせて蹌踉《よろめ》く処を利腕《ききうで》取って肩に掛け、片膝突いてエイヤッと反身打《もんどりう》って投げ飛ばされた。この手並に堪らんと先の島野は起上って逃げると、桑出も今投げられし時飛石にて腰の番《つが》いをしたたか打たせて起き兼しを、取残されては大変と逃げ出すを、江沼が自身に追い掛くれば取押えるは無造作なれど、かくも巧んで来るからは、もし遣り損じたる時は誘出《おびきだ》して打たん手筈の有ろうやも計られずと、思慮深きお方なれば悠々と塵打払い奥の一間へ入らるるを、かくとは知らぬ最前の長治がただ騒がしきに駈付けると、丁度両人が逃げて行くから続いて跡を追いかけましたが、最早日がトップリと暮れ、生憎空も曇っておって行方を見失いましたから、それなりに止みましたが、この者等はやはり道野辺の廻し者で、お吉の方から巧んで入れた者ですが、江沼は柔術《やわら》も剣術も知っていて、スッカリ当《あて》が外れたから、お吉は残念に思いまた一つの巧みを考えつきました。

三十

翌日になると暑中休暇で、江沼は職務のために脳を悩まし神経を痛めましたから、御養生かたがた箱根の木賀へ御入浴遊ばしてはいかがですと勧めるものがありますから、家来を連れて箱根へ出立致しますと、お吉の方では美濃部に勧めて留守見舞いに追《おっ》かけ追かけやります。お万の方でも至極好い人と思っておりますと、ある日の事、

吉「美濃部さん美濃部さん、江沼さんは湯治に行ったじゃアないか」

美「行ったよ、ああいう君だから肺を痛めましょうよ」

吉「留守見舞いにチョクチョクおいでよ」

美「お万どのが独りで居る所へたびたび行くのも善くないが、しかしあの赤い手絡《てがら》を昔風に掛けているのが実に美しいねえ」

吉「そう、自分の惚れた奥さんだから、留守中に行って惚れさせると肯《き》かないよ」

美「そういう訳じゃアないがただ美《い》い女だという事さ」

吉「お前さんは先にお万さんに惚れて嫁に貰いたいと思っていたのをああいう訳になったが、西洋ではもしそういう事があって、たった一度でも手に入れたいと云うには、この薬を用いれば自由になる効能があるとねえ」

美「ドウドウドウ」

吉「此間他《わき》の人が持って来て呉れたが、何とか云ったっけ、コロールホルムとかいう薬で、これをハンケチーに浸して持っていて、向うの女を口説いて声を立た時これで鼻を押えれば、それを嗅ぎ込むと好い心持になって三十分ばかり正体なしに眠るとねえ、それを辱かしめる悪党があると云

うが、不思議な功能のある薬だね」
美「へーへーへー、少しお呉れな」
吉「上げるが、お前またなんだよ、これを持って行って江沼さんの奥さんに嗅がせて、浮気をすると肯かないよ」
美「浮気じゃアないが、僕はこの頃癇で寐られないから、その薬を嗅いだら能く眠られるだろうと思って貰うのだよ」
吉「それなら上げよう」
美「頂戴」
と美濃部は根が馬鹿だから、この薬を持って行きまして、どうかこれを用いたいという大慾心を起しました。その内にお万どのが古河へ行かなければならぬ事が出来ましたのは、古河で継母お篠が没しまして、父の力落しと云い、仮令夫の留守中でも捨てて置かれませんから、女中を一人連れて、今年生れた若さんは乳母に預けて古河へ参りました。跡を美濃部が尾《つ》けて参りまして、共に生間忠右衛門の所へ参り、江沼君に御懇命を蒙りましたから、何ぞお手伝いをというので、これから葬式を済ました帰りにお万と一緒になり、余りお急ぎでも宜しくないから、一晩位は旅籠屋へお泊りなさいとお万に勧めて、途中へ一晩泊り、東京へ帰って来てこの事を迂闊《うっかり》お吉の前で喋ると、お吉はもうこれは出来たなと覚りました。

## 三十一

お万の方では、美濃部に、どうぞもう来て下さるな来て下さるなと云っても、やっぱり参りますが、ある日美濃部はお吉の処へ参り、美「内かえ」
吉「おや美濃部さん、誠にお遠々しいねえ」
美「アア浜へ行っていたから御無沙汰しました」
吉「今日は甲賀町からお帰りかえ」
美「何を」
吉「江沼さんの処へ泊って来たのだろう」
美「ナニ泊りゃアしないよ」
吉「いいえ顔で知れるよ、お前江沼さんの奥さんと悪い事をしたねえ」
美「こりゃア怪しからん、江沼君は旧知己だものをその人の奥さんと何でそんな事をするものか」
吉「いけないよ、女の心になってみなければ分らないが、誠に済まないことをしたよ、本当《ほんと》にお前さんのような人はないよう」
美「覚えはないよ」
吉「云ってお仕舞い」
美「そんな事はないよ、万一探訪の耳に入って新聞にでも出ると江沼君の身分に係わるから、そんな事を云っちゃアいけないよ」
吉「なぜそんな大切な人の奥さんを取ったよ」
美「どうもそんな事を云っちゃア困るよ、覚えはないよ」
吉「種が上っているよ、もしお前が白状しなければ表向にするよ」
美「とんだ話だ、どうもこれは宜しくない」
吉「そんな事をすると赤い仕着せを着るよ」
美「馬鹿な事を云うものじゃアない、向うには赤ちゃんがある位だものを何でそんな事をするものか」

吉「お前も赤ちゃんが出来るよ佃島で」
美「決して覚えはない」
と争っている処へ女中が、
女「もし美濃部さま、あなたの処へ御用があると云って曾和蔵《そわぞう》さんが参りました」
美「なんだい曾和蔵が」
曾「駿河台の江沼さんの所からお手紙が届きました」
美「何だい……何を……何へ行って来な」
曾「何処へ」
美「何へ、この間薬研堀《やげんぼり》の袋物屋へ洋服持の煙草入を誂えておいた、あれを取って来な」
曾「あれは来月十二日の約束だものを」
美「イヤ出来たかも知れねえから早く行って来な」
曾「ハイ」
吉「隠すより顕れるはなし、お万さんの処から手紙が来たのだろう、出してお見せよ」
美「なアに江沼君の処から来たのだよ」
吉「江沼さんの処から来たのならなお隠さずにお出しなねえ」
美「これにはいろいろ訳があるんだから見せられないよ」
吉「政や手伝って取ってお呉れ」
美「アハハハハハハ、エーくすぐったいくすぐったい、これよしなよよしなよ」
と一生懸命に振放して裏口から飛出してしまいましたから、お吉はお政に向い、
吉「種が上ったねえ、これから曾和蔵を質《ただ》してふんだくる物がある」
と云っている処へ曾和蔵が帰って参り、
曾「へー行ってまいりました」

三十二

政「曾和蔵さん御苦労、まアこっちへお上り」
曾「アノ行って参りやしたが、十二日までのお約束だから出来ねえって云いやした」
吉「おやそう、美濃部さんはお帰りになったよ」
曾「へーそうですけえ」
吉「お前は正直な人だねえ」
曾「有難うござえやす」
吉「美濃部さんの処にいつから奉公しているえ」
曾「家は板鼻で、ああやって金助町《きんすけちょう》へ世帯を持っているが夜具蒲団は損料で、私は飯焚に入ったが給金は年に八円五十銭で、その替りに日曜には刈込に行けなんて十銭位呉れやす」
吉「惜しいねえ、私の処へ来れば年に十五円やるよ」
曾「十五円エ勿体ねえね」
吉「一つお上り、何か肴がありますかね」
曾「勿体《もってえ》至極もねえ、これは鯛だねえ、目玉が大《で》けえや、これは頭の方が大かく見えても味がたんとねえや」
吉「私が酌《つ》いで上げよう」
と侑《すす》めるから曾和蔵は微酔《ほろよい》になって来ました。
吉「お前の家へは方々から手紙が来るだろうが、美濃部さんはどこへ仕舞っておくえ」
曾「この間何だか蒔絵のした箱を買って来て、これへは錠前がおりる、なんとこの禿《はげ》た処が価値《ねうち》があるなんて云って、そん中へ手紙を入れておきやす」
吉「錠がおりているかえ」
曾「へー」
吉「お前に三円上げるが、その文殻の入っている箱を美濃部さんの留守に持って来てお呉れな」
曾「知れると失錯《しくじ》ります、この間の状袋はどうしたなんてナカナカきちょうめんだから」
吉「お前に難儀は掛けないよ、その内で二三本見たい文があるから」
曾「アノ手紙は大事にしておりやす、張雑ぜにするんだなんと云って」
吉「知れやアしないよ、もし失策《しくじつ》たら私の処へ十五円で抱えよう」
曾「それじゃア盗んで来べえか」
と曾和蔵は慾張っていますから早速文箱《ふばこ》を持って参りました。その中から女の書いたのを二三本出して、
吉「政やここへおいでよ、この内に違いない、何でも長いのじゃアないよ」
政「そうでございますねえ」
吉「これじゃアないか、何だ、『鳥渡申し上参らせ候先もじはお早くお帰りにて、何か御機嫌に障り候事かと幸吉もおいくも心配致し居候《おりそうろう》』何だろう」
政「幸吉という御家来が承知していると云うのでしょう」
吉「『その折お頼みの小万へ口を掛けおき候えどもお約束故に』、何だろう、『小たつではいかがで御座いますか承りたく浜野屋の親方も近日伺いお目もじ致しお話し申し上げ』、何だろう」
政「たしかこれは新橋の兵庫屋から来たのでしょう」
吉「これだよこれだよ、『先達《せんだつ》てお頼みの御袷は行きは七寸五分に漸く縫い上り候』」
政「呆れるじゃアありませんか、衣物《きもの》まで奥さんに縫わせるのですかえ」
吉「本当にねえ、あんな奴でも惚れたかも知れない、エー『その時のお羽織は後から仕立差上候

仕立代は七十五銭』、何だいこれは仕立屋の書付だよ」

となお見たその内に二通の手紙が出ました。一通には名がないが、一通には過りてか万と名が書いてありましたから、その二本の手紙を取上げ、名のある方は宅へ残して、名のない方は自分の文を付け、江沼さま奥方お万さまお吉よりとして、車に乗って江沼の玄関へ掛りました。

## 三十三

引続いたるジュリヤの伝記を申し上げます。手前（円朝）はこのほど少々風邪で臥せりましたのでお話を途切らせ、新聞社から度々催促をされましたが、漸《ようよ》う全快になりました。これから出精して大尾《おわり》までお聞きに入れます故、相変らず御評判御聞続きの儀を願います。申し掛けました雪谷お吉は、曾和蔵を騙してお万より美濃部竜作へ贈りたる二通のうち、名のある方は宅へ残し、名の無い方へ自分が文と一緒に封じて懐中《ふところ》に入れ、抱車《てぐるま》に乗って駿河台甲賀町の江沼実の玄関へ掛りました処まで先日申し上げましたが、お吉は直に地輻《じふく》の所へ立止り、

吉「お頼み申しますお頼み申しますお頼み申します」

と案内を請いますと、頓て、

「ドーレ」

と取次に出ましたのは、玄関番の長治という男でございます。

長「へーどちらから」

とお吉を見ると器量は好し人柄は好し装飾《なり》は上等なり、誰が見ても奏任官《そうにんかん》位の人の奥さんとしか見えませんお吉の見識に、自然《ひとりで》に頭が下りまして、

長「入っしゃいまし、どちらから」

吉「はい私は下谷練塀町から参りました雪谷吉と申しますが、奥様にお目に懸って内々申し上げたい事があって参りました、どうかお取次を願います、あなたから宜しく仰しゃって下さいまし」

長「ヘイ左様でございますか、練塀町の雪谷様、ヘイ少々お控え下さい」

とツカツカと長治は奥へ参りますとお万は乳呑児《ちのみご》を抱きまして、美濃部の事を思い、どうしたらよかろうと心配して、この節は目も何も泣腫らして、髪を撫上げる事もありませんから鬢《びん》の毛も乱れ鬱《ふさ》いで居りますが、美人というものは、泣いても笑っても腹を立っても好く見えます。

万「長治何だえ」

長「エー練塀町の雪谷お吉様というかたが、奥様にないないお目にかかってお話をしたいからと申しますが、どちらの奥様でございますか、お美くしいかたでございます」

万「練塀町とは下谷かえ」

長「ヘー左様でございます」

万「練塀町の雪谷お吉という女なれば、私は他からふと聞いた事があるが、確か筋の悪い淫売同様の事をする心掛けの善くない女だという事を聞いているよ、私が他人様の事を悪く云っては済まないが、ひょっとその人なら逢うのは嫌だから、私は少し不快で休んでいるし、殊に殿様も温泉へお出になってお留守中だから、お帰りにでもなったらお会い申しましょうと云って断ってお呉れ」

長「ヘイあなたお会いなすった事はないのでございますか、知りもしない所へ参って奥様にお目に懸りたいなどと申し、殊に淫売同様な身の上で怪しからん奴でござる、早速断って帰してやりましょう」

万「決して荒くお云いでないよ」

長「ヘイ畏りました」

とツカツカ玄関へ来て小言を云おうと思うと、お吉の品と愛敬のために荒くも言えないで、自然に頭が下ります。

長「只今奥様にさよう申し上げました処が、未だあなたに一遍もお会いなすった事はないそうでな、せっかくお出でですが、奥様は少々御不快でもあり殿様もお留守の事で、知らぬ方にお目にかかる事は出来んから帰って下さいと斯様申しましたから、お気の毒だが帰ってお呉んなさい」

吉「まアお目に懸かった事はございませんが、是非今日は内々お目にかかってお話をしたいからよくそう云って下さいな」

長「ですがねえ、お前さんがどちらの奥さんとか権妻さんとか云うなら、奥様も仮令お加減が悪くってもお目に懸からん事はないが、どういうお身柄か知れんが、始めてお出でになって強てお会いになりたいと云ってもお目にかかる事は出来ないし、手前は存じませんが、主人に聞きましたに、外国では芸妓や娼妓をした者に身柄のある奥様がお会いになるのは恥だというて、汽車でも同じ所には乗らん事になっているそうです、日本は開けんから未《まだ》そんな事はないが身分の正しい人なら格別、お前さんはそんな事はあるまいが、淫売女《じごく》とか何とかいうような身柄の変な者には会わぬ事になっておるから、知りもしない者に会う事は出来ません、殊に主人は不在だからお会いにならん、マアそうじゃアございませんか、主人の身柄も予て御存じだろうけれども、貴い方の奥さんは無闇とお会いにならんから帰ってお呉れ」

吉「そうでございますか」

とグッと腹が立ったと見えて、ボーッと目の縁が赤くなって、持前の癇癪で唇がブルブルと震えました。

吉「へん大層な御見識だねえ、お前さんも当擦《あてこす》って変な事を云わないでもいいじゃアないか、私が淫売女同様だから会わないというのだろうが、そんな者ではありませんよ、仮令私が淫売女でも何でも、女に変った事はありません、江沼さんの奥さんがどれほどの事があるか知りませんが、私だって奥さんだって女に変った事はない、奥さんは貴いから耳が四つあって目が三つあるではあるまい、私だってノッペラボウで目が一つほか無いのではない、赤い物を見ればやっぱり赤い、白い物を見れば同じ白いし少しも変った事はない、それを当擦って淫売女同様とは大層な見識だ、官員さんは大層でございましょうが、官職があるから官員様だが、官職を引剝《ひっぺが》せば徒《ただ》の人だ」

長「何だ失敬な事を云う、悪口を吐くといって度があるものだ、優しい顔をして顔に似合わん事を云う女だ」

吉「お前さんは顔に似合った事を云う人だよ」

長「何だと」

吉「顔も馬鹿々々しいが、云う事も馬鹿げているよ」

長「失敬なことを云う」

吉「腹を立てなくってもいいじゃないか、悪ければ交番へでもどこへでも出ましょうよ、大方奥さんが会わないだろうと思って手紙を持って来ました、これを奥さんに上げて、お吉がせっかく参ったのを、今日会わないと飛んだ事になります、今に後悔おしなさいますなとそう云ってお呉れよ」

と玄関の敷台へ手紙を叩きつけて帰りました。

## 三十四

長治はお吉が素振《そぶり》を呆気に取られて見ておりましたが、手紙を拾って奥へ参り、

長「奥様お会いがなくって宜しゅうございました、酷い奴でございます、私も少しあくどく申しましたが、官員さんだって徒の人だって違いはない、私の事を顔に似合った馬鹿げた事を云うなんて、お手紙を置いて参りました、奥さんに後で後悔しないようになどと申して帰りました」

万「何だろう、お前あっちへ行ってお玄関を気を注けてお呉れ」

と、封を切って見ると一通はお万が美濃部に宛てた名前なしの手紙に驚きましたから、何故かと

文を読んでみると今日態々《わざわざ》参りましたが、私は身分がない女ゆえ、官員様の奥さんの御見識でひょっとお会いにならんか知れんと思って、この文を封じてお届け申します、私は身分のない賤しい女だが、主ある身の上で他から男を引入れ密通は致しません、お前さんは立派な官員様の奥さんでありながら、江沼さんの留守中に私の亭主と頼む美濃部を引入れて能く媾曳《あいびき》をなさる、このお怨みは、江沼さんが湯治からお帰りになれば、表向にしてお掛合申しますからその時後悔をなさらんように念のため申し上げます、とあるから読み下して、

万「ああどうしたら宜かろう、人にも云えず、どうして美濃部さんがこの文をお吉さんに取られたろう、美濃部さんとお吉という人と夫婦約束のあることも知らんが、どうしても旦那様がお帰りになってこの事が表向になれば、御苗字を汚すばかりでなく、再び夫に顔向けが出来ん」

と存じ、これから奉公人にはちょっと買物があるが、人伝《ひとづて》では分らんから私が行って来る、坊は私が抱いて行くと云って、外へ出で人力車《くるま》に乗り、練塀町へ参りまして十八番地を尋ねあてまして、車から降り車夫を帰して、と見ると格子戸の家があって標札に雪谷とありますから、栂の面取格子の所に立って、

万「御免なさい御免なさい」

女「はい何方《どなた》でございます」

万「少々御免下さいまし」

女「はいお上んなさいましよ」

ガラガラガラ格子を開けますからお万は中へ入り葭戸《よしど》の所へ立ちますと、お政という女中が、

政「どちらからいらっしゃいました」

万「私は駿河台の江沼の奥でございますが、ちょっとお吉さまにお目に懸かりたくって上りました」

政「はい左様でございますか、お噂には承っておりますが、何の御用でいらっしゃいました」

万「先ほどお吉様が態々お出で下すって、私のためを思って御相談をなすって下さる思召の処を、

私も不快で臥って居りまして、また家来共が不調法の事を申しまして嘸々《さぞさぞ》御立腹でございましょう、就きましてはそのお詫び事も致したし、またいろいろお目に懸かって申し上げたい事があって出ましてございますが、どうかお会いを願いとう存じます」

政「はい左様でございますか、少々お待ち下さい」

と奥へ参り、

政「お嬢様お嬢様」

吉「あい」

政「来ましたよ一件が」

吉「来たかえ」

政「涙をポロポロ零《こぼ》して驚いた様子でございます、是非お目に懸かってお詫をしたいと申します」

吉「いいえ私ゃア会やアしないから、よく云ってお呉れ、先刻話をしようと思って参りましたが、官員様の御見識が高くって、身分の無い者には会えんと云われて悔《びっく》りして帰って来ました、私は官員様の奥さんにお目に懸かれるような身の上ではございません、罰《ばち》でも当るといけませんから、お目に懸かりませんとか何とか云って帰してお呉れ」

政「宜しゅうございます」

とお万の前へ来て、

「只今ねえお嬢様に申しましたが、先ほどせっかくお屋敷へ参りましたが、身分の無い者には会えないと厳しくお小言を頂戴して参りましたから、万一《ひょっと》お目に懸かって奥さんのお目から後光がさして、目でも潰れるといけないからお目に懸からないと申して、お目に懸かりませんからお帰り下さいまし」

万「はい嘸御立腹でございましょうとそればっかりが心配になり、私も内証でこうやって子供を抱いて参ります位でございます、お会い遊ばせば、私が左様な失敬な事を申したか、申しませんか分りますから、どうか是非お会いを願います」

政「出来ませんよ、宅のお嬢さんは癇癪持でございますから、一度云い出してはどんな事があってもお会いになりませんから、お帰りなさいまし」

万「左様でもございましょうが、そこをあなたからお願いなすって」

政「いけませんよ袖へ摑まってもいけませんよ、元はお嬢様育ちで御気性が勝って居りますから、お腹をお立ち遊ばすと、私を突飛《つきとば》したり、高いお金を出して飼っておく洋犬《かめ》や何かを打ち殺す位でございますから、お肯《き》きになりませんよ」

万「お嬢様に一目お目に懸かれば宜しゅうございますから、どうかあなたからお願いなすって下さいまし」

と女中の袂に縋って放しませんが一方《かたかた》は莫連《ばくれん》でございますから、

政「私が知った事じゃアない」

と袖を振放すと、また縋ろうとする処を胸を突いたから格子へ突当り、赤坊はオギイオギイと泣きますのを叩きながら、また葭戸の処へ駈上って来ると、お政は跣《はだし》になり、お万の胸元を取って外へ突き出したから、横倒れになるのを見て笑いながら、ガラガラピーンと錠を下してしまいました。お万は往来でワーッと泣き倒れましたが、心付きましてもう迚《とて》も生きて居られないと、死ぬ覚悟をして悄々《すごすご》と立上りましたが、今一本お吉の手にある文さえ取返えせば、またどうにかなるだろうと思い直して、帰りがけに美濃部の所へ参りました。

## 三十五

お万が一伍一什《いちぶしじゅう》の話に竜作も悔りしましたが、まず逸《はや》まらずにお気を鎮めて、何事も私へお任せ

なさいと、翌朝十時ごろ竜作は顔色を変えて参ったを見ると、お吉は瞋《にら》みつけ、
吉「よくズウズウしく私の家の敷居を跨いで来たねえ」
美「まアここじゃア話が出来ない、奥の囲いへ行ってお呉れ」
吉「もうお前さんとは二度は口をきかないよ」
美「いや重々僕が悪い、それは詫びますよ、ダガお前いつの間にか曾和蔵を騙して二通の文を捲上げたね、それもよいが、あれを表沙汰にされてはお万さんに済まないよ、初めっから惚れたの何のという訳ではなし、お前とこういう訳になったから、外に浮気をする了簡は更々無いが、日外《いつぞや》ソレお前が薬を呉れたばっかりで、フト兆した出来心から、アノ薬を嗅して実はこっちが恥かしめて寐た一件だから、情人《いろ》でも何でもない、もう決して来て呉れるな、足踏をされては困ると云っているのだから、それを江沼君が帰っての上、君から厳《やかま》しく云われては、僕の旧知己ではあり、あの人でなければ治まらない、今に内務卿にもなろうというその人の名誉を害して済まん、僕が罰金を出すから、もう一通の文を返してお呉れ」
吉「いくら詫びたって知らないものを知りませんよう、文なぞは無いてえば」
美「何卒そんな事を云わないで後生だから拝むよ」
吉「知らないっていうにしつこいねえ、思う奥さんと密夫《まおとこ》をしたのだから仕方がない、石川島へ行って泥をお担ぎ、好く似合うだろうよ」
美「僕はどうでも宜い、何にも知らない奥さんを可愛そうじゃないか」
吉「好い事をすりゃア当前だよ、江沼さんだっても山の中へ身を隠せば宜いわね、知らないよゥ、アレサそんな所を掻き廻しても有りゃアしないよ、その文庫には大切な物が入れてあるんだから、手を付けるときかないよ、その文はお政が知っているからさ」
美「それじゃアどうぞお願いだから、お政三円遣るから在る所を教えてくれ」
政「お嬢さん三円で出せと、マア呆れるじゃアありませんか、並の手紙でも三円とは安すぎる、

お金を出すのが本当なら、三千円お出しなさい」
美「エー僕の財産が三千円しかないのに」
政「ああお前さんの身代が三千円だから、三千円に負けておくのです、もし一万円なら一万円と云うのだわ」
美「それじゃア丸で出来ない相談だ」
吉「知れた事さ、江沼さんが帰って来れば表向にすると云うのは、あの人を官に就けないようにするのさ」
美「お前は酷い人だねえ、末には女房になろうと云ったを待ちもしないのは僕が悪いもうこれぎり浮気はしないからよ、女と名が付いたら猫でも抱かないから、勘弁しておくれというに」
吉「何だえ私が焼餅からすると思うのかえ、あつかましいよ、初手から惚れてはいないのだよ、お前さんは鏡を見た事が無いかえ、丸で戦争の時の貉《むじな》見たような顔付きで」
美「ナニ貉とはひどい」
吉「相応だわ、ねえお政、これには深い訳があって、惚れた振をしたら好い気になっているが、江沼さんとは学校朋輩の中だというから、近しくおしなさいと種々な遣い物を持たせてやったは、思う山が有るからの事サ、こういう刎《はね》出しに乗ったはお前が馬鹿だからさ」
美「それじゃア己を欺いたのだな」
吉「おや私を打《ぶ》つ気かえ、政や乱暴なことをしたら直に交番所《こうばん》へお出で」
美「そういう心と知らなかったは、ああ私が悪い、そんなら宜いもう帰る」
と美濃部は智慧の足りないものだから、男泣きに泣いて家へ帰りました。

## 三十六

それから美濃部はもうこうやってはいられないから、直に駈落をしようと、その月の家賃を払い、嵩張る物は道具屋へ売り、金目な小道具だけを鞄へ入れ、世帯を仕舞い、途中で二人乗の人力車を二車雇いまして、これを駿河台鈴木町の織田姫稲荷の脇へ待たして置き、それから南甲賀町の江沼の門を忍んで這入り、庭口の三尺の開きの脇へ鞄を置き、庭から這入って来て向うを覗いて見ると、お万はただ一人物案じ顔で子供を抱いておりますから、四辺《あたり》を見廻し、御免なさいと小声で縁側から上り、傍へ来られてお万は初めて気がつきました。

万「おやいつの間にお出でなさいました」

美「どうして、僕の来た事は誰も知らない、庭からこっそりと参ったので、扨はやアノ女はどうしても勘弁しません、是非表向にすると云っていますが、これには何か江沼君かあなたに宿意があっての事で、一通りではありません、あなたには誠にお気の毒で申そうようはない、全くこの美濃部が悪い、この上はあなたを良いように計らいましょう、亭主ある妻《もの》へ大瑕瑾《おおきず》を付けた憎い奴と思召しましょうが、これも何ぞの因縁とお諦め下さい、表沙汰にされますれば江沼君の栄誉を害すのだから、あなたが江沼さんを大切と思召すなら、お嫌でも僕と逃げて暫く他県に身を隠して下さい」

万「アノ私が逃げますれば、この事は内々で済みましょうか」

美「あなたと私が身を隠せば、相手のない喧嘩で、江沼君は今に内務卿になろうという日本一の大先生だから、後でとやこう申そうとも、それは宜い御工夫をなさいましょう、もしこの儘で表向になった暁には、幾ら云い張ったとて打消す証拠がありません、それがさ貴方が娼妓や芸妓とはちがい、立派な奥様だから、慾で浮気をしたとは誰れも思いますまい、どうでも惚れて密通したとしきゃ思やアしません、また惚れないで密通すれば、尚更らあなたの罪になります、それこそこの上なく悪い事になりますから、ここでは飽くまでも惚れて僕と逃げたと思わせるより外はありません、仮令逃げたとて僕は情人《いろ》とも女房とも思いませんから、宿屋へ行っても一緒の座敷へは寐ません、主人と思って大切にお世話を致します、人の噂も七十五日、余熱《ほとぼり》の冷めての後工夫をしてきっとお帰し申しますから、私と共にお逃げなすってください」

と云われお万ははいはいと云うたびに、胸が迫って膝へバラバラ泪が落ちますばかり、取って未だ十九のお万なれば、どうして宜いとの考えも無く、そうすれば夫の名義に拘りませんか、そんなら済まない事ではありますけれど、あなたと逃げましょうが、たった一言でも訳を書残して参りとうございますから、と硯を引寄せ漸うと五行《いつくだり》ばかり書いたのを、常に江沼が手廻りの物を入れまする桑の二つ引出しの手箱の中へ入れまして、最うこれが一生の別れと寐ている仁太郎《にたろう》へ名残りにと乳房を含ませると、虫が知らせましたかオギャオギャと泣く、お万は、

「私のような愚な者の腹に宿ったはお前の不幸、初ての子と楽みにした甲斐もなく、お父様には御苦労かけ、可愛いい其方《そなた》を振り捨てて行くのはいかなる我身の因果か、嘸成長の上は非道な母憎い親と思うだろうが、これには種々と深い訳のある事だから、無慈悲な者と必ず恨んでくれるなよ、どうぞ行々はお父様のような立派な者になりャやおなりよ、虫気もなしに成人し、また二度目の母様には心配をかけるじゃないぞ」

と繰り返し繰り返し寐ている我子に愚痴たらたら泪と共に云っていますを、こちらは竜作が頻と気が急きますから、これサ奥さまどうしたものです、早くお支度と、迫り立ってもそこは女の事ゆえ、櫛笄《くしこうがい》と少しの着替を取り出だして、悄々《しおしお》と支度をしておりますと、ガラガラガラと車の音がして門前へ誰か下りたと思うと、直にお帰りーという触れ込みにお万はハッとばかり、美濃部は恟りして縁側から庭へ転がり落ちる騒ぎで、これから江沼が帰って参りましてからのお話は、ちょっと一息吐いて申し上げます。

# 三十七

江沼は箱根の湯治場の木賀に五週間ほど療養いたしましたので、大《おおき》に身体の工合も良いから、最早帰ろうと思いますにつけ、予て電信を打って帰りの日取りを知せたなら、却て出迎えの何のと騒ごうから、いっそ無沙汰で帰ろうと家来を連れて当所を立ちましてから途中も取急いで新橋の停車場より綱引人力車でガラガラ駿河台甲賀町の邸へ着き、お帰りーと云う触れ込みの声に驚いて、竜作は縁側より転がり落ちたので、踏石でしたたか腰を打ち、おまけに膝を擦剥いたので、顔を顰《しか》めながら両手の突張《つッぱり》でやっと立ち、さア奥様お早くとお万の手を取り跛《びっこ》を引き引き、今玄関へ江沼が懸かる処を見て、最前切戸の脇へ置きました鞄を手に持ち、痛さを堪えて息をも吐かずに駈け出して、織田姫稲荷の脇へ待たしておいた二輛の人力車へ別々に乗りまして、

美「オイ車夫《くるまや》酒手を遣るから板橋へ急いでくれ」

とこれから中山道《なかせんどう》へと参りました。こちらは江沼が神ならぬ身の夢にも知りません。女中は皆出迎えまして、

女「へー御機嫌さま宜しゅう宜しゅう」

江「オオ誰も無事でおるか、大きに留守中は世話になった、行ったついでだからと最寄の名所古跡をも見物したので長引きました」

女「もう私どもは寄りますと御前のお噂のみで、御様子はいかがかとお案じ申し上げたに、まアお早く御全快遊ばしたは誠に結構な事で、もうこれまでは日々にただただ御前様の上のみ申し暮しておりました」

女「オヤ金助どん、お前さんは実にお仕合せなことで、御前様にお附き申して湯治をしたり、旨《おい》しいものを食べたり、ほんとに羨ましいねえ」

金「エエ私《わっち》は御前様のお蔭で湯に入り、方々を見物して旨い肴は食過《たべすぎ》るくらい、命の洗濯をした

ばかりでない、また仕合せなのは持病の疝気《せんき》までもすっかり癒ったよ」
女「まアそれは好かったねえ、おや未だ奥様がお見え遊ばさないよ、ドレお帰りの事を申し上げて参りましょう、奥様奥様、御前様がお帰りになりました、奥様奥様、どう遊ばしたのでしょう、お居間にはいらっしゃいません」
江「よいよ、おや坊がここに寐ているよ、もう静かにしな、ナニ便所にも見えないと」
女「へーこうお探し申してもいらっしゃいませんのは、多分お隣家《となり》の石川様へでもお出で遊ばしはなさいませんか、ちょっと伺いに上りましょうか」
江「もうよい、それなら今に帰るだろう」
女「ねえお竹さん、いつでもお帰りというと奥様が一番先へお玄関へ入らっしゃるに、今晩はどう遊ばしたのでしょう」
女「ほんにそうですよ、こんなに落著いてお探し申してもお見え遊ばさないし、お隣家様でしょうか、どうも不思議でございますねえ」
と奉公人は未だかれこれと云っておりますを、江沼が心の中ではこの乳呑を寐かしてお万がただ一人他へ行くはずは無い、これは変だと思いましたから騒ぎ立てるを鎮めて、これから衣服を着替えようと、まず隠嚢《かくし》から桑の手箱の引出へ金側の時計と巻煙草入を仕舞おうと明けると、お万の自筆で書置としてある一封が見えたから、その手紙を手早く押隠して、
江「これこれ服を着替えて直に用場へ行くから灯火《あかり》を早く」
と、つけさせました雪洞《ぼんぼり》を手に持って、用場へ行く振で書斎に入って、その手紙を開封して見ると、さすがの江沼も悯りしまして、アノ愚かな美濃部と密通するようなお万ではないが、これには何か深い訳のある事だろう、それに付けても帰れば直に表向にするとお吉よりの厳しい手紙に、この上はもう致し方がないから家出をするとあるのを見れば、お吉が我を仇に思い、竜作を欺いて咎ない奥にこの濡衣《ぬれぎぬ》をおわせて連出したのではないかと、江沼は先前《せんぜん》の我非を顧みて、ああ悪い事を

したと後悔しても、今更詮方がないから、その手紙を懐中して元の座敷へ帰り、始めて手紙を見付けた振にて、
「奥にも困るのう、余り馬鹿々々しい事だが、帰りの遅いので置手紙をして古河へいったよ」
女「おやまア先刻方までここにいらっしゃいましたにねえ」
江「イヤこうと知ったら先へ知らせるものを、電信を打ったらまた出迎えだなどと却って騒ぎ廻るだろうと、余り見越したのが悪かったよ、しかしそこがそれお嬢さん育ちだねえ、私が湯治に行って養生しているのを、新橋や芳町の芸妓を連れて愉快をしていることと大きに腹を立ち、少しは悋気《りんき》の気もあって、古河のお父様の所へ母様の墓参りながら、フイと思い立つと行ったのだよ」
女「まアとんだ事で、そうならそうと一言仰しゃれば宜しいに、お一方でねえ、仮令御立腹に致せ余りお手軽過ぎますことで」
江「もう宜しい、何しろ今夜は目出度い事だから例《いつも》の料理屋から何ぞ取り寄せて一杯遣るとしよう、そして坊はね、御迷惑でもお隣りの石川様の御新造に預けて、今晩だけの処をお願い申してくんな、いや、年が行かぬと前後《あとさき》の考えもなく、一図にこうと思うと、直にその通り遣られるには困るのう」
とこれからして酒宴を始め、皆も遠慮はない、今日は許すから一杯飲むがよいアハハハハと、大腹中《だいふくちゅう》の江沼なれば笑いに紛らして、この夜は寐てしまいました。

## 三十八

扨翌日になると江沼は、湯治は致したが効《ききめ》がない、どうも身体が悪いと言い立って、職を辞して奉公人にも暇を出し、ひとまず石川県へ赴くから、これから古河へ行って奥を連れて、直に同県へ

行く積りだからそう思ってくれ、誰も今までは能く勤めてくれた、永々御苦労であったぞ、さアこれは貴様に取らす、あれは其方《そち》に遣りますと、各々《めいめい》へ多分の手当をして残らず暇を出し、住居は売り、道具は懇意な所へ預け、金目の小道具を入れた鞄一つを提げ、未だ丸一つと少々の倅《せがれ》仁太郎を連れまして、まず古河へ参ろうと千葉県下下総国古河の紺屋町の生間忠右衛門というお万の親父の処へ行きます。生間は最早五十の坂を越えて、このほど二度添いの家内に別れ、ただ一人ぼんやりとして居ります処へ、江沼がまいり玄関へ立って、

「頼む頼む」

という声は常に出入るものでない、いずれ珍客と生間が自身に立出でますと、江沼なれば、

生「おおこれは聟どの、まア能くこそお出でになりました、思い掛けない御尊来で、奥方は後から、若さんもお連れなすって、これはこれはさアずッとお通り下さい」

江「その後は打絶えまして、昨今は続いて厳しい残暑の処をお障りもなく御健勝で何より結構、就きましてこの度はまた奥様が不慮の事でお亡《かく》れになりましたを、手前丁度木賀に入浴中の留守の事で、一体呼び戻すはずなれど、不快療養中ではあり、殊に今度は内葬ゆえ、いずれ本葬の時は是非出向くようにと、かように奥から郵便を以て申し越したので恂り致しました、御尊父には嘸御愁傷でございましょう」

生「はい年は若うございましたが、女房の役は尽しました、二度添ではありますが、能く万の丹誠をしてくれましたに、先妻といいまたも先へ死なれました、イヤもう五十五六歳になって女房に別れる不幸お察し下さいまし、時に貴方のお身体はいかがでございますな」

江「まず仕合せと壮健になりましたから御安心下さいまし」

生「それは何より、貴方奥さんはお後から、若さんはお先へお連れなすったので、お虫気もない御容子は何より喜ばしい、かかる土地へよくこそお出でになりましたどうぞ御緩りと御逗留下さい」

江「就きましてお父様に少々内々で申し上げたい儀がございますから、奉公人をお遠ざけ下さい

まし」
生「はい心得ました、これよお簑、貴様はちょっと買物をして来てくんな、通りの和泉屋で好い物を見繕って五品ばかり、イヤもう田舎で碌なものはないが、一口差上げたいからサ、ついでに何よ、私《わし》が筆を三本ばかり、紙幣を遣るから余り急がなくってもよい、筆は真書《しんかき》だよ、それから半紙も三帖ばかり買って来てくんな、紙幣はこれだ、持って行きなさい」
みの「さようなら行って参じます」
生「貴様はゆっくりでいいが、肴は早くよ東京の立派な方に上げるのだと申せ、少しは気を附けようから……さア出してやりました、……ちと若さんを抱かして下さい」
江「どうか抱いてやって下さいまし」
生「おおこれは中々重い……どうか孫の顔を見たい、なろうなら東京へ行って若さんのお傅《もり》をしたいと心で思っておるばかりで、何がさて用が無いような有るようで暇はなく、つい今日は明日はと送るうち、少し見なかったら丸で見違えるように大きゅうおなりで、貴方に能く似ております、口元と頤《あご》の処は奥方に似ておるて、アアもう抜いたようだ、ドレ襁褓《おしめ》を」
と漸う取り替え、生間はまた意気地の無い事に抱きあげ、
生「奥方は大分手間が取れますな、扨はやこの度はどういう訳で態々当地へお出向になりましたか、未だ賜暇中《しかちゅう》の事で御尊来になりましたのか」
江「イエまずこれを御覧下さい」
と江沼は懐中から出したお万の置手紙を渡しました。

## 三十九

生間は目鏡を掛けてお万の置手紙を読み下して悔りいたし、余りの事に呆れ果て書置と聟の顔を見ておりますうち、いつか堪え兼ねて手紙へ涙をはらはらと落しまして、

「早や何とも申そうようも無い事で、思い出せば先年貴方があのような所へお出でに相成り、馬場の手紙に暫時お置き申してとの頼みでありますから、思川の別荘へお置き申すうち、娘が病気、お粂から段々様子を聞きますると何とも早や申上げるも恥じ入ることで、娘は貴方を思い病み、子を思う親心で御無理を願いました処、世にも名高い貴方の事ゆえ、僕もお万さんにと、この親爺に恥を掻かせぬお計いから早速のお聞入れ、古今稀なる御前を夫に持つとは娘の仕合せ親の面目、不束《ふつつか》な娘を妻となされ、頑固な親爺を舅と思召して下さるとは、有難いとも嬉しいとも、親爺の身に取りて譬えんようもございませんでした、ただこの上は貴方様を力にと楽みに思いましたに、僅か一年余経つか経たん間に、人もあろうに愚なやつと密通するのは何事でしょう、殊にかような愛らしい赤さんを残し、貴方という結構なお方を振り捨て、かように老朽《おいく》ちた一人の親をも見限って、仇し男と他へ身を隠すとはいかなる天魔が魅《みい》ったのか情ない事をしてくりゃったのう……エエ思わずわが愚痴ばかり申して貴方には嘸かしお腹立でございましょう」

江「さてそれに付き少々御相談申し上げたい儀が有って、かく参ったのでござります」

生「いえもうかように相成ってまで御相談をお掛け下さるとはお情深いだけ何とも貴方に合す顔もございません仕儀で、思えば思えば憎い娘、人面獣心とも云うべき奴、早速手分けをして捜し出し、縄を掛けてお目の前に引据え、この親爺がきっと手打に致しますから、暫時御猶予を願います」

江「いやさような事をいたす位なら態々拙者は参らんて、これを表向にすれば第一はこの江沼の外軽《がいけい》にもなり、また可愛い仁太郎が成人の後その汚名のために官に就けんような事が有ってもならず、拙者とても及ばずながら政体に尽力した身なれば、憖《なまじ》い暗闇の恥を明るみへ出すような騒ぎ立てを致しますまいと、なお病気を申し立てて職を辞し、奥は当地へ参っておるから、連れて石川県へ赴くと奉公人へは暇を遣わした次第でございます、憎いは美濃部竜作、首根っこを押えて成敗せ

ねば腹が癒えん、未だ遠くは逃げ行くまい、跡を追うて竜作お万を引戻す心得でありますから、貴方はまア騒がずにこの事は極内分にして、もし人が尋ねましたら、拙者は加州金沢表へ身を避けたと御披露下さい、なれども不束な江沼実なれば、あるいは万も今少し舅に能くして呉れそうなものだなどと、何か心に染まない事から、愛想を尽かして美濃部と逃げたかその辺は計られませんが、お舅御これまでに何か拙者に不実の廉があらば、御遠慮のう仰しゃって下さい」

生「どどどう致して、不開化の親父めには定めて失敬だらけ、貴方には何でございましょうか、手前こそ必ず失敬な事がございましょう」

江「イエ貴方においては決して失敬は無い、私を差して御前の殿様のと仰せられるさえ勿体ない位でございます、しかし拙者にも無いと仰しゃったので安堵しましたゆえ、これから直に立ちます」

生「それは余り早急で、切て今晩一夜だけは御足《おみあし》をお止め下さい、先刻云附けた物がございますから、枉げてどうぞ御一泊下さい」

江「その思召は千万有難うございますが、私も切て今晩間々田《ままだ》へまで参りとうございますから一刻も早いが宜い、どれお暇申しましょう」

生「さようなら是非に及びません、せっかく時候をお厭いなすって、どうか坊にも霍乱《かくらん》させないようにお気を付け下さい」

江「さらばお舅御にも御機嫌好く」

と立出でます江沼を門口まで見送って、忠右衛門は声をうるまし、

「赤や許してくれ、アア悪い母を持って気の毒」

と仁太郎へまでいうも老の愚痴。江沼は忠右衛門に別れ、倅仁太郎を連れまして栃木県下の野木と真間田の間にあります乙女村という所まで参りました。当所には地蔵山法恩寺と申す赤い門の寺があります。ここより間々田まで二十町余で、その寺の真向うに葭簀張《よしずッぱり》の茶店がありますから、江沼は仁太郎が泣かないうちどこぞで乳を貰ってやりたいものと、これなる茶店へ入りました。

# 四十

江沼は茶店へズッと入りまして、
江「爺や茶を一杯くんな、何とここらに乳をくれる処は無いかね」
爺「そうですな、お困りならこれ婆アどん貴様の乳でも絞り出して進ぜなせえ」
ばば「おお可愛いお子だのに乳がねえとはお痛わしいのう、男の手では丹誠がえれえ、私等《わしら》は未だ乳が無え子にゃア時々飲ませて遣りやすから、この年になってもヒャア出て来やんす」
爺「へい旦那お茶を召しやがれ」
と出した急須の茶と茶碗を取る時、互いに顔を見合せて、
江「ハテ手前は見たような男だ」
爺「そう仰しゃれば私もお見請《みうけ》申したようです、あなたは江沼様の若様ではござえやせんか、私等は先年御奉公を致した藤蔵《とうぞう》でごぜえやす」
と云われて江沼はしげしげと顔を眺めまして、
江「なるほどそう云われて分った」
藤「誠にハア思い掛けない所でお目通りを致しやす、お薩《さつ》予て貴様に話した江沼様《さん》の若様はこのお方だよ久しくお目に懸からん間に立派なお方にならっしゃいましたのう、私等ア御奉公する時分にゃア若さんは未だお前髪があって、毎度はやお弓やお鉄砲のお稽古にもこの藤蔵がお供をしやしたが、徳川様がああいう事になりやしてから天朝様の御代《みよ》になって、江沼の若様は学問がすばらしいから官員のえれえお方にならしった、今にあの人でなけりゃア蝸牛《まいまいつぶろ》じゃアねえ、内務卿になるお人はねえと世間の評判に爺も魂消《たまげ》やして、蔭ながら喜んでおりやしたが、今お目に懸かると鼻の下

へ髭を生し、そういうもので後からでは足袋のようだが、全で鍾馗様《しょうき》が穿《へ》えてるような物を穿えておりやすねえ、貴方の奥様は東京ですか、それにしてもお子様ばかり連れてどけへ行かっしゃる」

江「いや仔細あって奥は遠い国へ行き、私もまたこれから遠方へ行き、今年秋の末か来春の三四月頃と思うが、その帰るまで家内に乳の有るのが仕合せだから、何卒この倅を預ってはくれまいか」

藤「それはお易い御用ですが、あんたはマアどけへ行かっしゃる、ナニ加州へ、それは遠方だ、年を取ってからので外聞《げえぶん》が悪いと思ううち、小児《がき》は直におっ死《ち》んだが、それから困る者にゃア遣りつけたので、乳は今に方々から貰えに来る位出《くれえ》やすから、お預り申しやしょう」

江「それは悦ばしい、これは倅の手当で、三十円あるから納めてくれ」

藤「あんた三十円とえ、そんなでけえお金は入りやしねえ、大殿様に御高恩のうあれば、決して御心配は御無用にさっしェえ、どうせ人に遣る乳だからサ」

江「いや寒くなればそのような著物が入るから、何卒寒くないようにしてもらいたい、もしまた乳が少なければ牛乳」

藤「牛乳たア何の事だ、ナニ牛の乳だとえ、妙な符牒がありやすのう」

江「それからちょっと硯箱を貸してもらいたい、当家の番地を見ておこう」

と軒先へ出て門札を読み、

「栃木県下下野国下都賀郡《しもつけのくにしもつがごおり》乙女村七十五番地平民高瀬藤蔵、私の名は江沼実と申すから、この通り上書のある手紙が来たら、倅をどうぞ渡してくれるように、それゆえ同じ物を二通書いたのは後に引合せるためで、これを渡しておくから外の者には決して渡してくれるな、呉々も頼みますよ、これから私は取急ぎ間々田へ行って泊るから、それなら倅を何分頼みますよ」

藤「あんた一晩位は宜うござえやしょう、木綿ではありやすが、洗って仕立直したばかりの夜具もありやすから、お泊りなされば、もう御日様《おてんとさま》はなくなりやすぜ」

江「イヤ親切は忝《かたじけ》ないが是非行かねばならない」

藤「御用が有るというのを無理にお引止め申されねえが、余りあっけねえのう、麦飯がお嫌《きれ》えなら餅でも蕎麦でも進ぜるがねえ、いけやしねえか」
薩「あれー一晩もお止め申さずに沢山金《えけえ》を頂いては済みやしねえが、お言葉に甘えてお預かり申しやす、さようならお暑さに中《あた》らねえようお身体を大切にさっせえ」
藤「左様なら随分お厭いなさって」
と夫婦が子供を抱いて暫く見送ります。江沼も振返って見る親子の情、こちらも立止る、江沼はなお振返り振返り行くを伸び上って影の見えなくなるまでおりまして、それから夫婦は家に戻って三十円の紙幣と江沼の名刺を仏様の戸棚へ入れましたは、これ前表《ぜんぴょう》にて、これから江沼はお万竜作の行方を尋ねますお話で、引続きお聞きに入れます。

## 四十一

江沼実は乙女村の藤蔵に別れて、その夜は間々田の青木儀三郎方へ一泊致しまして、次の日は壬生《みぶ》から栃木に懸かり、栃木から富田まで、それから八木、太田、木崎、芝、玉村を経て、漸く高崎へ出て参りましたのは、美濃部竜作は元高崎藩でございますから、知辺《しるべ》の処にでも匿《かく》れてでも居やアせんかと宿中を探ねましたが、聊か心当りが有りません、板鼻に叔父が居るという事を聞きましたゆえ、これから板鼻へ参りまして段々調べました処が、この地へは参りましたが、直に商売用の事に就て碓氷《うすい》を越して信州路へ懸かったという事を聞きましたゆえ、また信州を探ね、飯山《いいやま》から致しましてあれから善光寺辺の人の盛る所盛る所と段々心当りへ足を附けました処が、どうも行方が知れませんせん故、これから越後へ懸かり、種々と手を尽して探しましたがどうも知れない。殊に依ったらばお万の家に元勤めた者が筑摩郡の福島村に居るということだから、これへ参って聞いてみたが頓《とん》と当りが附きません。その九月の末には早や雪が降り出し、頓と探ねる事も出来ませんから、余儀なく筑摩郡にその年を果たし、翌年また石川県へ参り、加州金沢大聖寺《だいしょうじ》から富山、高岡辺を尋ねましたが、更に心当りがありません、もし遠方《とおく》へ逃げた事か、しかしそう遠方へ走る気遣は無いがと、段々道中《どうちゅう》筋で雲助のような者に酒手を遣っては、こういう人体の者が婦人を伴れ、斯様斯様の男が往来をせんだったかと尋ねますと、慥か女を伴れてこの五月の月末に通ったものが有ったが、あれじゃアありませんかえ、女は滅相な美い器量だが、男の方は極不器量な質《たち》でございましたが、夫婦のような塩梅は無い、何でも主人のように男は女を大事にする様子だったが、どうもそうでございましょうというから、どちらへ行ったと聞くと沓掛宿《くつかけじゅく》で見たと云うから、そんならと沓掛から碓氷峠を越え、また元の高崎へ参ったものと思い、元町の堺屋という旅店《はたごや》へ宿を取りまして、宿中を尋ねましたが心当りが無い。するうちに七月と相成りました。田舎では魂祭《たままつり》を叮嚀に致しますものので、盆の十六日は現今《ただいま》とは違い、その頃はまだ盆踊りが盛んに有る時分、連雀町《れんじゃくちょう》からかけて太鼓を叩き一杯の盆踊り、見物も大そう出る。

下女「お客さま盆踊りでも行って観覧なさらねえか」

との勧めに江沼実は白地の浴衣に白縮緬の兵児帯をしめ、団扇を片手に提げて穿きにくい番下駄を借り、ぶらぶらと踊りの処を覗いていると大した見物でございます。すると向うの軒下に両人伴れの者が立って居り、その一人は女のようでどうもお万に似ているると思ってると、向うでも頻にこちらへ目を附けて居ります。これは竜作お万ですが、こちらは軒下へ入って居りますから判然とは見えませんが、江沼は往来に立っているのですから見える。お万はハッと驚きブルブル慄えながら屈《しゃが》んで仕舞う。アア大方私共の行方を探しに江沼さんがいらしったか、もうこれまでの事と思い、迚もお目にかかる事は出来まいが、どうか一目お目にかかってわが心底曇りのない事のお話をして、その上自害して相果てたいと思い詰めますと、胸に迫って持病の癪が起りまして軒下へ、

万「アア痛々《いたいた》」

とお万は屈む。
美「奥さんあなたお癪気《しゃくけ》が起りましたか」
万「はい今日は昼から癪が起りそうでございましたが、夜に入りましたらどうも冷えますとみえて、これまで歩いて参るも漸々の事で、何分にも痛んで立っている事は出来ませんから、これなり直に帰りたいもので」
美「ヘイ宜しゅうございます、お手をお引き申しましょう、何を御覧なすっても東京の事ばかりお案じでございますから、お癪も起るのでございます、そうくよくよなすっては私が誠に困ります、サ確《しっか》りとお摑まり遊ばせ」
万「いえ一人で参られます、軒下の方を歩きましょう」
と知れないように月影の軒下を廻って向うへ行くのを、江沼は心の中で思うには、あれは慥におお万竜作に違いない、ハテどちらへ参るかと見え隠れにその両人の跡を追って参ります。

## 四十二

江沼は両人の跡を附けまして南町から西へ折れ、傾斜《なだれ》を下りる、烏川の縁へ付て北の方に頼政神社の赤い華表《とりい》が見えまする。その華表を右手にして、段々とその跡を附けて参りまするど、この奥に和泉屋という小料理屋が有りまして、右の両人はこの家の潜りを入りましたがこれはその見世《みせ》より二間計り離れた処の間を借りているので、直に江沼は、

「ハイ御免よ御免よ」

下女「ハイおいでなせえまし、お上んなせえまし」

江「今この家へ両人で入った一人の男は美濃部竜作といって元高崎藩の人だろう、もしそうなら

僕の旧知己だからちょっと逢いたいもんだのう」
下女「へイ美濃部さまでございますか、貴君《あなた》灸を据えるとえ」
江「イヤ灸を据えるのではない、旧知己の者だと云う事だ、オオ幸い有合せた名刺《なふだ》が有る」
と懐中から出した小さい紙入のような物の間から名刺を出し、
江「さアこれを」
と出すを下女が受取り、
下女「ハイ只今申し上げますから少々お待ちなすってお呉んなせえ」
と下女はバタバタと廊下伝いに来て、
下女「アノ明けましても宜うございますか」
美「無闇に明けてはいけません、何だよ」
下女「ハイ只今おめえさまにお目に懸かりてえというお方がおいでなせえました」
美「ナニ僕に面会《あい》たいと、無闇に人を入れてはいけませんよ、どんな人だ」
下女「白地の浴衣を着て、白縮緬の帯をしめ、まだ若《わけ》え好い男で団扇を提げて、美濃部に会いてえと旧何とか云いやしたよ」
美「あッ僕がここに居る事を誰がそう云ったのか知らん」
下女「イエ今こけへ両人上った一人は、美濃部さんと云いやしないかと聞くから、エエ美濃部さまでござえますと云ったんです」
美「ナニそう云ったえ、僕のここに居る事を人が尋ねても、僕の名前を云ってはならんと予て云附けてあるのに、田舎もんだがら仕様がないが、何と云う人だか名前を聞かなければいかんぜ」
下女「名前はこれを見せて呉れろって」
とかの名刺を差出すを受取りながら、お万に向い、
美「あなた御心配遊ばしますな、ナニ当藩の、アレサ高崎藩の者で商法をしているものが、僕に

会いたいとて来たに相違有りません」

と慰めながら名刺を見ると、江沼実と書いてあるに竜作は驚いたの驚かないの、名を読み下すと顫々《ぶるぶる》して、名刺を持った手が震えている。その事を聞くとお万はあッと声をあげて泣倒れるから、慌てながら竜作は、奥さんあなたまアそんなに心配なすってももう仕方がありません、手前は素より覚悟して居りまする、あなたにお咎のない事は私からどのようにもお詫を致しますから、まアこの次の間へ入っていらっしゃいまし、蚊が刺しましょうが少し我慢しておいで遊ばせ」

と無理やりにお万の手を取って次の間へ入れ、只今お出迎いをするから少々お待ち遊ばして下さいと下女に云い附け、兵児帯を固くしめ浴衣の態《なり》で、美濃部は、事に依ったらば、昔で云えば武士道が立たんと抜打ちにも斬り兼ねん、気象の勝《すぐ》れた江沼君だと思うと踵が畳へは著《つ》きません。ぶるぶる震えながら美濃部が縁側へ出ると、江沼は案内も待たずズッと入って参りましたから、美濃部は悔りしながら、
美「まアこれへこれへ、どうぞこれへ」

と云いながら首を畳へ摺り附け、
美「誠に思い掛けない御尊来」

江「暫く逢いませんナ、些《ち》と他聞を憚るから宿の女共を遠ざけて下さい」

美「ヘイこれ女中、お茶を持って来てくれ、それから誰もこれへ参ってはなりませんよ、用があれば手を叩く、マアお茶を持って来んでよい、後で差上げよう、熱くても宜うございますかな、障子をしめましょう、サアどうぞこれへ、サアこれへ、誠に御面会致された義理ではございません、人面獣心の美濃部竜作、暫く逢わんと云うお詞は、誠にハヤどうも恐縮の至りで」

江「貴方に逢って別に何も云う事はないが、この儘では捨て置かれん、貴方は人の女房を取る位な大胆の男だから、人の命を取る位の事は何とも思うまいから、今晩という訳にも参らんが、明夜この清水の観音山の根方の庚申塚《こうしんづか》の許《もと》において、夜の十二時を合図に出会致して、一言《いちごん》申し聞けた

い事がある、貴公も覚悟して、明夜時間遅滞なく出張ありたく心得る、仮令今は商人になっても貴公は素《も》と高崎藩で帯刀した身の上だから、逃隠れはいたすまいから相違なく参られよ」

美「へー御前、この竜作には重々罪がございますけれども、奥方には聊かお咎のない事です、それに就き練塀町のお吉が、何やら御前に宿意でも有る事か、証拠を盗み何でも表向にすると荒立まする事ゆえ、御前の御名義を汚しては一大事のことと思い、奥さま何卒一度《ひとたび》御身を隠して下さい、僕と同道でいらっしゃるのはお厭ではございましょうが、何事も大切な江沼君のおためでございますから、惚れて密通した積りで倶《とも》に逃げて下さいと、御無理を願いました処、厭ではあるが私がここに居ては大事な旦那様のお名前を汚すのなら仕方がない、ただ何事も穏便にするため一緒に行こうと仰しゃり、お可愛いお坊ちゃんを跡に遺し手前共のようなものと同道して慣れない旅を遊ばし、なんともハヤお気の毒で申そうようはございませんが、どのような宿屋へ泊りましても、隣座敷へも臥せらんようにいたし、手前は下の座敷へ寝ますが、御心配が重なりお癪気ばかり起しておいでなさるゆえ、今晩踊りを御覧になったら、少しはお気晴しと見にお伴れ申したが、それ故に御前のお目に留まりまして、これまでお出でになった事と心得ますが、手前は重々の罪でございますから、明夜仰せに任せて観音山の下なる庚申塚の許へ参り、御存分に相成りまするが、奥方には聊かお罪の無い事でございますから、お腹立ではありましょうけれども、奥方の処は御勘弁下さるように願いとう存じます」

江「万は言葉交すも穢わしい、面会はいたしとうないが、たった一言申し聞けねばならん事があるが、これで申す訳にはちといかんゆえ、元町の堺屋に居るから、当人が参られるなら参ってもよし、またこれに一封手紙が認めあるから、これを万に渡したいのであるが、別に逢いたくもなし、また当人も逢いたくもあるまいから、尋ねて来なければそれまでの事サ、ここへ一封の書面を置いて行くから万に渡して下さい」

美「承知致しました、明夜十二時には相違なく観音山の下まで仰せに任せて罷り出でまする」

江「しからば相違なく参られよ、ドレもう帰りましょう」

と言葉ずくなに江沼は和泉屋を立出でました。

## 四十三

江沼は元町の堺屋へ帰りましてから、蚊帳《かや》の中へ這入って枕を附けましたが、何分にも寝られません。宿も一体に寝鎮り寂然《しん》と致します頃に、ここの家の表の戸をトントンと叩くは、遅泊りの客でもあることかと思っている中に、判然《はっきり》と云う言《こと》は分りませんが、女の声で挨拶しておりまする様子で、暫く経って女中が蚊帳の許まで駈けて参り、

下女「旦那さま」

江「あい」

下女「アノあなたにお目に懸かりてえと云って、若え御新造さんがお出でなせえやしたよ」

江「アイ私に逢いたいと云って、それはどこから来たのだ」

下女「はい、アノ頼政の社内の和泉屋から参《めえ》りやしたと」

江「さようか」

下女「誠にハア美《え》え女子《おなご》でごぜえやす、塩梅でも悪いと見え髪も乱れてねえ、優気《やさしげ》な顔をして眼などは泣《ね》えておおり、擦り擦り入《へえ》って参りやした、あなたも永く泊っているけれども、つい一晩も明けた事がねえから、皆が本当に堅《かて》えお方だってそう云ってたアが、アノ美しい女子が夜中に尋ねて来るようでは、余り油断はならねえよ」

江「何を詰らん事を云う、そういう訳ではないからこちらへ通せ」

下女「畏《かしこめ》えりやした」

と立って行き、
下女「モシこちらへお出でなせえ」
万「はい」
と女中の案内に連れられ、蚊帳の許まで来ましてションボリ坐りました。
江「これこれ女中や、誰もこれへ参らんようにして呉んな、今夜は向うの座敷には誰もお客は居ないかえ」
下女「へー誰も居ませんよ、奥の方には七組ばかりお客が有るが、ここには誰れも居やせん、邪魔の来ねえようにしますから、緩くりお楽しみなさい」
と云いながら下女は行ってしまう。
江「万、其方《そち》は何用あってここへ来た」
万「はいのめのめ参られた義理ではございませんが、斯様申しますと何か申し訳のようではございますが、私が美濃部と得心の上で不義密通をして、家出をいたしました訳ではございません、実はお留守のうち家事不取締から起りまして、竜作のために身を汚しましたは何たる災難かと、今更悔みましても復《かえ》らん事でございますが、家出をしなければ旦那さまの御名義に係るから、旦那さまを思うならば一緒に参れと、竜作に連れ出されまして、あなたさまを遺し可愛い仁太郎に別れ、たった一人のお年寄られて便りのないお父様を捨てて、歎きをかける不貞不孝の私、今日は自害いたしまして相果てようか、明日は入水《じゆすい》いたしまして死のうかと思いました事は度々でございますが、どうぞ旦那さまに一目お目に懸り一言申した上で死にたいと、惜くもない命を長らえておりました、八ツ割《ざ》きにしても飽き足らぬ犬畜生のような私に先ほどのお手紙、また申し聞ける事が有るから来られるならば来いとのお申遺《もうしのこ》しゆえ、面目ない訳ではございますが、これまで参りましてございます、私は明日にも知れない命、何卒私の亡《な》いのちは、古河に遺した親共また若仁太郎の事は、何分にも御丹誠を願います」

# 四十四

江「アノお前は自害をして死のうの、また入水して死のうと云やるが、そんな狭い心で密夫を引入れ留守中に楽みが出来ますか、実に女の道に背く愛想もこそも尽き果てたお前ゆえ一言も交す言葉はないけれども、先ほど置いて来た手紙は、栃木県なる野木と間々田の間に乙女村という処がある、そこに地蔵山法恩寺という寺があって、その寺の向うに素と私が家来であった藤蔵と申す者が葭簀張の茶見世を出して居るが、その夫婦の者は子が亡くなって、少し乳が出るというから、仁太郎はその家内に預けておいたが、正直律義の者だから大事にかけているだろう、しかし誰が来ても渡す事はならんが、手紙を証拠に持って来たらば、男なり女なりその者へ倅仁太郎を渡して呉れろと頼んであるから、先ほど和泉屋へ置いて来た書面をお前が持って行けば、直に倅を渡すから、お前はこれを引取り、私への云い訳には、自害するよりも仁太郎を丹誠して、いずくへなりとも身を隠し、成人の後は江沼の名跡《みょうせき》が継げるようにしなさい、自害などしてはこの上もない不貞の事になろう、憎いなれども夫婦の情、そなたの罪を隠そうために職を辞して永の年月旅を致したのも、仁太郎が成人の後、母は美濃部という密夫を拵えたものと云われれば、仁太郎の名義も汚れ、実に官にも就けぬ訳ではないか、死のうなどという軽率《かるはずみ》な事を思わずに、済まぬと思うなら、急いで乙女村へ参り、仁太郎を引取り、十五歳まで丹誠を凝らして育てなさい、今死んでは猶更済まんぞ、お前は顚倒してそれしきの事が解らんのか、最う再び交す言葉はないから早く行きなさい」

と云われお万は悄々《すごすご》として、

万「はい左様ならば御機嫌宜しゅう、お身を御大切に遊ばしまして」

と堰来る涙を袖に隠して行こうとする。

江「アアこれこれ万」
万「はい」
江「もう再び逢わんぞ、今云う通り軽率な事をしてはならんぜ、どのような事を聞いても、仁太郎が成人までは死ぬ事はなりませんぞ」
万「はいはい畏りました」
と今は最う堪え兼ね声を発《た》てて廊下へ泣き倒れる。
江「早く行きなさい早く行きなさい」
と云われ漸々起上り、袖に涙を拭きながら悄々《しおしお》として堺屋を立出でました。扨翌日に相成ると、江沼は昼の内にすっかり支度をいたし、要らぬものは宿の女共に遣わして、鞄一つを提げ、夜に入って宿を出で、南町から烏川の辺へ参りますると、ドードッと渦巻立って押流す処の急流でございます。空は晴れて一点の雲もなく、月は煌々《きらきら》と河流《ながれ》に映り、聖石までありありと見ゆる。この渡しを越え、田圃道を廻り、石橋を渡り、段々と清水の観音山の根方まで参ると、南の方に当りまして高土堤《たかどて》が有り、その下に青面金剛の深彫のした石塚が在って、その下《もと》に腰をかけ向を見れば斑の卵塔場《らんとうば》、今に美濃部が来るかと懐中の合口の鯉口を切り待っている処へ、美濃部竜作も死を極めて参ると云う、これから果合《はたしあい》になる処でちょっと一息つきましょう。

## 四十五

さてこなたは美濃部竜作が、お万が帰って来まして、良人《おっと》がこれこれ申して、私の死を止められ、今更死ぬ事も出来ずどうしたらよかろう、この苦みをするもお前さんゆえ、実にお前さんという方は情ないお人だと愚痴たらだら。竜作も気の毒に心得まして、何とも答は出来ません。

美「奥さま、あなたが死のうと思召すのは、御尤もでございまますが、江沼君の仰しゃるごとく、若様をお取り返しなすって、知れぬ所へお身を隠し、若様が御成人まであなたが御丹誠をなさらんではなりませんよ、手前は明晩清水の観音山の下で、江沼君のお手に掛かって相果てる覚悟でございます、果合などと申した処が、とてもハヤ江沼君に向ける刀剣《はがね》はございません、手前は最早明晩は相果てる身の上で、果合の事をお聞き遊ばしては、却ってお胸を痛めますから、あなたは明朝早めにこの家を御出立遊ばせよ、車を申附けておきましょう、その鞄の中に御存知の通り貯えの路金もございますが、手前はもう半銭と入る身の上ではございませんから、お足しにはなりますまいが、どうか残らず小さい鞄の中へ入れてお持ち下さるように願います、手前はあなたのお身に傷を附けましたからその天罰報い来って直ちに明晩一命を断たれます、実にハヤ恐入りますが、明晩竜作が江沼君のお手に掛かり相果てた後は、アア好い気味であったとお胸が晴れましょう、どうかまた悪い奴ではあるが、亡いのちにはお線香の一本もお手向《たむ》け下されば、黄泉《あのよ》へ何よりの土産でございます、就ては奥さんあなた死を止めて下さいよ」

と様々の事を云いますが、お万は何と答えも無くただ泣入って居りまする。秋の永い夜ではありますが、追々東が白んで参ります中に、御膳の支度が出来たと蒸気《けむ》の立つ炊きたての御膳も咽喉へは通りません。その内旅支度をいたしまして車に乗り、お万はこれから高崎を出まして、前申し上げます通りの道筋へ懸かり、玉村から芝、木崎、太田と出て参りました。太田に芭蕉屋という宿屋がございます。これへ泊る事になりましたが、何分キャキャ癪が差込んで、車へ乗っていてもせつのうございますから、これへ泊ると一時に癪が起りました。宿屋の亭主も種々心配して、女の一人旅はどういう訳で、どちらへお出でになりますのか、ともかくも近辺に良い医師があるからと、宿の亭主は親切ものゆえ駆け廻り、医師を頼んで呉れたり、様々に世話を致して呉れましたが、どうも全快致しませんで、とうとうこの家に七月から致しまして八月末まで居り、八月二十七日に漸くの事で全快致し、永々お世話に相成りましたと云うて持合せも有りますから多分の謝金《れい》を取らせまして、車に乗ってこの家を出ましたが、却て胸に障って悪いから、徐々《そろそろ》と歩いた方が好かろうと思い、車を下り、小さい鞄を提げ、片手には洋傘《こうもりがさ》を杖にし、漸《やっ》との事でかの栃木県下の乙女村まで参って見ると、なるほど地蔵山法恩寺というお寺があって、その向うに葭簀張の茶見世があるから、そこへ行って、

万「ハイ御免なさいまし御免なさいまし」

爺「ハイおいでなさいまし、エエそこは湿めっておりやすから、こちナア方へお掛けなせえ、空ア曇っていやすから、降りそうな塩梅でござえやす」

万「はい誠に卒爾ではありますが、あなたは藤蔵どのと仰しゃいますか」

藤「へイ私は藤蔵と申しやす」

万「そんなら素とあなたは江沼様のお家に御奉公をなすったお方でございますか」

藤「ハイ能く御存じで、徳川様の時分に御奉公致しましたが、戦争《いくさ》が始まるという騒ぎになってお屋敷の皆様が駿府へ引込むので、私も国へ帰って参りやしたが、仕様がないのでこんなハア片商《かたあきねえ》をして、どうやらこうやら暮して居りやすが、旧《もと》を思うと今は変りましたなア旧ならば若い御新造さんなどが一人で往来の出来やせん物騒で、今はハアどこを歩いても大丈夫な世の中になりやしたから、一人で歩かれ、それに車もありやすからねえ」

万「左様ならばこちらに江沼の一子仁太郎が御厄介になって居ります事を聞きまして出ましたが、どうか私に仁太郎をお渡し下さるように」

と云いながら懐中からかの書面を取出し、

万「これは証拠の手紙でございます」

藤「ハイ」

と手に受取って見ると見覚えがあるので、

藤「これお薩、マアここへ来《こ》う、この間旦那様が置いて行かしった書附を持って来う、したが、

あなたはマア仁太郎を引渡して呉んろと仰しゃるのは、もしあなたは江沼様の奥様でござえやすか」
万「はい私は江沼の奥でございます」
と云われて藤蔵は大に驚きまして、
藤「ええ、イヤハヤどうもそうでございますか、ここではお話が出来やせん、まアこちらへお入んなせえ、お薩江沼様の奥様がお出でなすったのだよ」
薩「イヤハヤ魂消やした、能くまアお出でなせえやした、サまアお上んなせえましよ、旦那さまはどこにおいでででござえやす」
万「はい江沼は高崎においでででございますが、私はお別れ申してこちらへ参りました、こちらは藤蔵どの」
藤「ハイ、さて奥様、誠にハア済みやせん事が出来ました」
万「そりゃまたどういう事でございますか」

## 四十六

藤「イヤ奥様、誠にハア済みやせん、何とも申訳のねえ事が出来たと云うのは若さまの事で、去年旦那さまがお通りになり、藤蔵汝《われ》なれば安心だが、たった一人の倅で乳に不自由する、汝がに預けて行くから大事にかけて育てて呉んろと、三十円という金子《かね》を附けて下すったから、それはそれはもう大切《ていせつ》にかけて育てていると、ここナ村の戸長さまがお出でなせえやして、菅谷市左衛門《すがのやいちざえもん》というえれえお方さ、私が家へ来て汝の処に江沼さまの若さまを預っているそうだが、県令さまとか何とかがその若さまを見てえから、己《おら》ア方へ引渡せと云うから、そういう都合の若さんではないと云っても、大事の人の子だアから己ア方で育てるから引き渡せと、頼光《らいこう》さまじゃアねえ、令公《れいこう》さまがそういうからね、己アハアなんでも渡されやせんと、エー私がハア大切の若さんでごぜえやす、どうも旦那さまに預りやした時に、誰エ来ても渡して呉れるなと頼まれた口上があるから、お役人さまでも何でも渡す訳には参りやせん、御恩になりました家来の身の上でどうも渡されやせんと云ったら、汝そんな事を云うと縛るぞと云うから縛られても構わねえ、人の子を預って知りもしないものに若さんは渡されやせんというと、この栃木県の県令様の云う事だから渡せ、ナニ県令さまだっておっかねえ事は何にもねえ、そんならひったくって行くべえというから、頓だ事だから死んでも上げる事は出来ねえと強情を張ると、県庁の役人が三人己ア家に来て、ともかくも若さまをよこせ、汝も一緒に来うと云うから、後月の二十九日に引かれて行きやしたら、牢へでも入れるかと思えばそうでない、県令さまのお屋敷へ連れて行っただよ、それから庭へ廻せと庭へ廻り、ここから上れと、何とハアどうも魂消るような結構な座敷へ己を入れて、茶ア出し菓子を出して、ズッとそこへ出て来たのは立派な人で、どうもマア何とも云いようのねえ、鼻の下から掛けて一杯《ぺい》の髯が生《へ》えて、黒の羽織着て、マア能く来て呉れた、ここの上に坐れよと云わっしゃるから、中々渋茶を売ってる百姓ですから坐れやせんというと、そんな事を云わずと坐れよ、県令でも百姓でも人間に変りはねえ、同じ世界に湧いて生れたものだ、正直なもんだ、ナア藤蔵と云って、私が背中を優しげに叩いて云いようが巧《うめ》えのだ、汝は正直律義だ、人はそれでなければならん、主人から預った若さまを大事にかけて、誰が来ても渡さないというのは、何とか云ったっけ、ムム倭魂《やまとだましい》だとサ、豪《えれ》えもんだが、若様は現時《いま》世間に沢山ねえ江沼君の若さんだと云うが、江沼様という方はこの世界を握る位の方で、我《おら》も江沼君とは別懇の間《ええだ》と云い、殊に種々世話に成った事もあるから、汝が云う処は尤もではあるが、どうかその若さんを我ア方へ引渡して呉れ、そうすれば乳母《おんば》を置いて善い乳を呑ませ、成人させて江沼君同様の官に就かせなけりゃアなんねえ訳だというから、そうでごぜえやしょうが、私は主人から預ったもんだから、貴方には上げる訳に参りやせん、旦那さまが帰《けえ》って来るか、奥様が帰って来るかでなけりゃ渡しやせんと強情云うと、汝も無意気《ぶいき》でねえか、大切にかけて育てるから、心配ないから渡して呉れろ、汝がためにもよし、この若さまのためにもよい、若さんが立派な人になれば汝も共に悦びだ、尤も汝のように人間は正直にせねばなんねえが、悪くはしねえ、江沼君の身の上は今も知んねえこんだ、もし江沼君が死んだ後では、汝が育てては百姓になるより他に仕様がねえ、己が育ててきっと立派な人にして上げるから、どうか渡して呉んろと優しげに云われ、到頭お前《めえ》さま若さんを県令さまへ取られやした」

万「アノそんなら仁太郎は当地の県令様のお邸へ」

藤「へー取られやした」

## 四十七

藤「私はねえ若さんを取られやしたから、殿さんや奥さんでもいらしった時に、何で渡して呉れたと仰しゃったら、誠にハア申訳のねえこんだと、毎日家内とも心配して居りやすのさ」

薩「ねえあんた内の人も随分強情を張りやしたけれども、泣く子と地頭の比喩《たとえ》の通り否とはア強情張れば牢の中へおっぺし込むという騒ぎだから、仕様がなく渡しやしたが、嘸お腹立でごぜえやしょうが、どうかあんた県令さまの所へ行って受取って下さるように願《ねげ》えやす」

万「御尤もさまでございます、そういう訳ならば私も今更県令さまの所へ行って、私の倅でございますからお返し下さいと、私の口からは申されませんほどの私には罪もあるから、親子の縁も夫婦の縁もよくよく薄い事で、これも何ぞの約束事でございましょう、左様ならばお暇致します」

薩「アレ顔を押えてそう泣けば、毒だアから泣かねえで、一晩己が処《とけ》へ泊って」

万「いえこれから直古河まで参ります」

薩「あんたまだ道もよほどあるし、遅くなってるから一晩私が処へ泊って、明《あく》る朝立ったら好かろうに」
万「そういたしては居られません、左様ならお暇いたします」
薩「左様でごぜいますか、どうかあんたねえ飯《まま》でも食ってってたらよかんべいと思いやす、ナニそういきゃアせんか、お塩梅が悪いようだが、そんなら大切にしておいでなせえやし、車でも上げやしょうか」
万「イエ先へ参って乗ります、左様ならば」
と云い捨ててお万は表へ出ましたが、また堪え兼ねて往来へ立留って泣いていまするのは、令公も私の家出をした事は御存知であろう、男を拵えて夫の家を出るような淫奔者《いたずらもの》、私が実の子にもせよ返して呉れろと、今更にどうも令さまの処へは行くにも行かれぬこの身の罪、悪くは育てて下さるまい、あの令さまは旦那さまと御別懇の事は兼て承っていたが、これには何か深い思召のある事であろう、この上は古河の紺屋町のお父様に一目お目に懸かって、その上で死ぬより外に思案はないと覚悟を極めて、気抜けのしたようにブラリブラリと出て行きましたが、少し経って入って参りましたのは近辺の人力車夫《くるまひき》で、
車夫「藤蔵さん」
藤「何だよ」
車夫「お前とこの息子さんの伊三《いさ》さんがの、石川島から帰って来たが、善い身形して歩いてる様子だが、今あすこに居た滝四郎という車夫と耳擦《みみッこす》りして、お前の家から出て行った若い女子を安く遣るから古河まで参りやしょうと無理に勧めて、塩梅の悪そうな美え女子を車に乗っけて行ったようだが、あの女子をどっかへ伴れてって何をするか知んねえぜ、心配《しんぺい》で堪んねえから知らせに来やした」
藤「あの野郎奴《め》、悪い根性を起して、奥様をどこへ伴れて行くか知んねえ、よく知らせて呉れた、早く車を持って来て呉んろ、跡を追掛けにゃアなんねえ、綱ッ曳を附け後を押すべし、早く追掛け

ろ」

と直に車を仕立てて跡を附け、どんどん追掛けて参ると、かの伊三郎は名題《なうて》の悪党で、綽名《あだな》を大名伊三という者でございます。同じ悪者の滝四郎をかたらって、お万を乗せて野木の神社の森の蔭に曳入れると云う。お万の大難の処でございますが、ちょっと一息つきまして申上げます。

# 四十八

扨藤蔵の倅伊三郎と申すものは、東京生れでございまして、藤蔵は江戸に屋敷奉公を致し居りました時、ふとした事で仲働《なかばたらき》の女お民というものと馴染みまして、これが懐妊を致し屋敷をお暇となります時に、先代江沼宗左衛門という実の実父と情けある奥方の両人より多分のお手当を戴き、江戸表に世帯を持っている内に産み落しまするると、間もなくお民は亡なりました。藤蔵も初めのほどはその赤子を里に遣って丹誠して育てあげましたが、この伊三郎は生立《うまれだち》器量が極く宜しい上に品があり、背格好と云い物の云いようと云い、どう見ても千石以上も取ります旗下か何かの落胤《おとしだね》でもあろうかという品格を以て生れました者ゆえ誰云うとなくお大名の若さん見たようだと、友達などに云われるほどの品格《ひん》が備って居りながら、生附悪才に長《た》け漸々《だんだん》悪い友達が出来、博徒等と交り強請《ゆすり》騙《かた》りや美人局《つつもたせ》と悪い事には抜け目なく致し、度々島へ参りまして漸く放免になる時にはいつも引取人がないので藤蔵方へ引取り、また悪い事をしては島へ遣られるので、藤蔵もほとほと困じて居ります。ついこの間島から帰って来たばかりで、またまた悪い事を仕なければよいがと、心配している折でございますから、大切な奥様を車に乗せ万一《ひょっと》して宿場へでも持って行き、器量の好い奥様だから沈められるような事があっては、江沼様へ義理が立たねえと、人力車を急がせ乙女村を出でまして、友沼村は上中下とある長い道程《あいだ》を疾《とっ》とと綱曳き後押しで急ぎ、漸く松並樹へ出でてこれから欅並樹にかかりますと、そこに野木の社と申すがあります。その野木の社の裏手の方に影が見えましたから、猶更車を急がせ跡を追って参ります。こちらはお万を乗せまして野木の神社の中へ入ると、あちらへいらしったお方は皆御案内でございましょうが、正面は野木の社で右の方に銀杏の老木《おいき》がありまして、その根方に小さい駒寄《こまよせ》を囲み額が幾つも掛かってあります。これは乳の出ない婦人《ひと》が願掛をして納めるので乳房銀杏とか申します。その堂の裏手の方は一円に繋った森で、ここへ車を下して、

伊「御新造さんお草臥《くたびれ》でござい、ましょう、些とお休みなさい」

万「ここは何と云う処でございます」

伊「エエ野木でごぜえやす、光仁天皇のお子さまを祭ったんですから随分立派な社で」

万「やはり古河の紺屋町へ参ります道ですか」

伊「エエ御新造さん、お前さんは年若で器量も好いのに、どういう訳で一人旅をなさるか知らねえが、お前のような美しい女を私ゃア見た事がねえ、大方可愛い人の跡でも慕って来たんだろうと思やア、何だか気が悪くなった、たった一度私の云う事を聞いてお呉んねえ、悪い事を勧める訳ではねえが、私もお前さんの身体を宿場へ預けて好い正月をするんだ、浮気でもしなければ女一人でぶらぶらとこんな処へ来るはずはねえ、まんざら生娘でもあるめえ、云う事を聞きなせえ」

と云われお万は悔りし取附く手先を振払い、

万「お前はマア頓でもない、寂しい処へ曳き入れて」

伊「エエ知れた事だ、姦淫《なぐさ》もうと思ってよ」

チョッと目配せをすると、滝四郎が迂闊しているお万の帯を取捕《とッつか》まえて仰向に引倒そうとするゆえ、

万「あれー」

と云いながら振払って逃廻るお万を忽ちどうと引倒しました。

# 四十九

伊三郎は押し倒しましたお万の上へのしかかり、今辱かしめようとする処へ、藤蔵が駈け附け、この体を見るより早くも車から飛下り、突然伊三郎の襟首を取ってとんと引倒せば伊三郎は仰向《あおの》けさまに顚覆《ひっくり》かえりました。またお万の肩を押えていた滝四郎を、穿いたる下駄を脱ぎ手に持ちざま続打《つづけう》ちに打つ。

滝「エエ痛い痛い」

藤「痛《いて》えもねえもんだ、これ伊三」

伊「オオ父さん」

藤「父さんもねえもんだ、己《うぬ》アまア途方もねえ奴だ、奥様御心配なせえやすな、私が参りやしたから決してもう心配はありやせん、コレ兼吉よ、サ早くこの奥様を今己ア乗って来た車へ乗っけて、大急ぎで古河の紺屋町までお伴れ申して呉んろ、お怪我があってはなんねえぞ」

万「お前さんマア能い処へ来て下さいました」

藤「来たって来ねえって何ともハア申し訳のねえ事だ、イヤ奥さん私が困りやすから、跡に構わず早くお行でなせえ」

万「実にお前さんは命の親、御恩は決して忘れはいたしません、とんだ悪い車に乗り当てました」

藤「この両人は栃木でも評判の悪党でごぜえやす、お構《かめ》えなく早くおいでなせえ」

とお万を自分の乗って来ました車へ乗せ、後押を附け急がせて古河へ送らせました。

伊「父さんどうしてお前ここへ来た」

藤「コレ馬鹿野郎、どうもハア何ともかとも呆れて物が云んねえ、幼童《がき》の時分から手癖が悪く、庚申の月にでも出来た餓鬼かも知れねえけれども、何とどうも悪い事には抜け目のねえほど悪事《わるさ》アしやアがって、両親《ひと》に泣《なき》を掛けやアがって、縄にかかっちゃア巡査に曳かれて行く姿を見る親の心は、どの位恥かしいか知んねえが、毎度《めえど》の事でそれもこの頃は慣れる位だ、島から免《ゆる》されて帰って来ても引取り手が無えから、旧なら離縁して勘当という事もあるが、今は一人の子を勘当する訳にもいかず、何でも引取れ、長男は除く訳にはいかねえと、理解があるから仕方なく引取っておけば、三度に上げず家の物を盗み出し、手前《てめえ》のような親不孝な奴があるかえ、コレそれに今の奥さんは汝誰が奥さんと思ってるか、汝がにも能く聞かせるでねえか、己が若い時分江沼さまへ奉公のした時、己も若気の至りだが、汝が母親《おふくろ》と密通《いたずら》して屋敷を追い出されるほどの不始末をした時に、汝を腹へ出来《でか》して汝を生むと間もなく母は死んだが、お暇になる時不義密通をした奴打斬《ぶっき》ると殿様が仰しゃる処を、奥様はえらえお方ゆえ表向にしずに内証で済ませ、古く居た両人だから夫婦になり世帯を持って仲好く暮せよ、腹の子を大事にしろよと云って優しげにお手当まで下すったから、浅草の新堀端へ世帯を持ち、汝を出来《でか》したお民のためにも大事な御主人、江沼さまの奥さんだぞ」

伊「エエ」

## 五十

江沼さまの奥さんだぞと云われて伊三郎は仰天し、

伊「エエ父さん、オイそんなら今のが江沼さまの奥さんか」

藤「奥さんかもねえもんだ」

と云いながら滝四郎の方を睨み附け、

藤「ヤイ滝四郎、汝も倅と仲間になり、奥さんを乗っけ、一緒におっ曳いて来やがって、もうこれから己ア家の前へは車を置かせねえからそう思っていろ」

滝「そんな事は知んねえもんだから、お前とこの伊三兄イに頼まれて、一円遣るから車へ乗っけて行けというから、ここまで来たアだよ」

藤「ナニ知んねえ事があるかえ、大切《だいじ》な恩人の奥方様を仰向にぶっくり返し、万一として強姦《なぐさみ》でもしたら汝生きてる事は出来ねえぞ」

と云われ伊三郎は悄々《しおしお》として、

伊「アア悪い事をした、お前に云われて始めて目の醒めたように心付いたが、実に悪い事は出来ねえもんだなア、己だって恩も道理も知っていながら、どうしてこう邪《よこし》まになるかと思えば、我身ながら愛想が尽きた、今日という今日は奥さまと知らないで強姦《なぐさみ》でもした時にゃア、己も生きては居られねえが、爺《ちゃん》江沼さまは高崎の観音山の根方で人と斬合ったとか斬られたとかで、自害したという事を聞いたが、どうしてあの奥さんがここへ来たんだろう」

藤「エナニ江沼さまが斬られた」

伊「ナニサ人聞きだから判然分らねえのよ」

藤「殿さまではあるめえ、お少《ちい》さい時分から剣術のお稽古にいらっしゃるので、竹刀を担いでお供をした事があったが、大方それは人の噂だんべい」

伊「己も噂だとは思うが判然分らねえのよ、何しろ悪い事をした、今日からふッつり悪い事は止めるというのは、両親が大恩のある主人を慰もうとしたのは、我身ながら呆れたから、今日始めて恐ろしいもんだと思ったからよ」

藤「恐ろしいたって、この位悪い事はねえ、止めろう己《うぬ》」

伊「ムム止める、父さんふッつり悪事は思い切って、これから改心してお前の手助けでもするから、家に置いてくんねえ」

藤「ナニ嘘べい吐きやアがって、またハア大事の冬物でも持出す下心だろう、ちっとべい小遣《こづけえ》をやるから早く帰れ、また滝四郎汝《わり》アもう乙女村へ来やアがって商売すると打ちのめすぞ」
伊「爺此奴《ちゃんこいつ》の所為《せえ》じゃアねえよ、滝、爺はナ草臥れているだろうから、汝が車へ乗けて行け」
藤「伊三手前はどこまでも一緒に伴れて行くぞ」
伊「一緒に行くよ」
と伴《つ》れ立って乙女村へ帰りました。

## 五十一

こなたはお万が藤蔵に救われ、綱曳後押し附の人力車で古河の紺屋町へ送られ、様子を聞きますると、生間忠右衛門は先頃より加減が悪いので、思河の別荘に居るという事を聞きましたから、これへ来ましたが、我家でもさすがに恥じて直とは入る事が出来ませんから、暫く考えて恐々《こわごわ》ながら門の潜りを入ると、雇女と見えて、よぼよぼした老婆が台所で働いていますのを見て、
万「はい御免なさいまし」
ばば「どこからおいでなさいました」
万「はいお父さまは奥においでかね」
ばば「どこからおいでなさいましたえ」
万「イエ私は遠い処から来たものでございますが、お父さまへ万が来たとそう仰しゃって下さい」
ばば「何でございますか、私は耳が遠くて小さい声では分りませんよ、旦那様は塩梅が悪くてね、一人の娘があったのを他へ片附けたら、わるさをしてどこかへおっ走ってしめえ、行方が知んねえが、大方斬られたんべい斬られたんべいと云い云いして奥に気が間違ってね、この節はハイどうも仕様がねえよ、初めは暴れたが今では布団の上へ坐ったきりで、そこに虎子《おまる》を置くほどの訳だよ」

万「はい、あのお父さまが発狂なさいましたか」
ばば「何だとらっきょう食って気が間違いましたと」
万「いえお前さんには解りませんから御免なさい」
ばば「サこちらへお上んなせえ」
と案内をする。お万は早く逢いたいが胸がわくわくいたします。漸々座敷へ入ると二枚布団の上に胡摩塩まじりの白髪の髪の元結ははじけ、目は窪み頬骨高く現れ小鼻は落入り、骨と皮ばかりに痩衰えたる生間忠右衛門、床の上にピッタリと坐し、膝へ手を突き上眼を遣い発狂しておりますから物の見境がありません。
万「おおお父さま、浅ましいお姿におなり遊ばしました、こういう事になりましたのも皆私の心得違いから起った事御免なすって下さい、どうぞ御勘弁遊ばして下さい、お父さま私の心から出た罪ではありませんが、年が若いものですから迂闊《うっか》りと悪い者に騙されてこんな事になりました、何卒御免遊ばして下さい」
と忠右衛門の膝に縋り揺り動かしても、当人は狂人《きちがい》でございますから物をも云わずちゃんと致しまして真面目になり、
忠「私がね一人娘がありましたが、器量も美し芸も種々と仕込みましたが、立派な処へ片附けましたよへイ、大臣参議へ片附け大した支度をして遣りました、私は金の箱の中へ入れて遣りましたが、粉々に毀れてしまい、向うに行くとその上に白雲が棚引いて、五色の糸がズーッとぶら下ってるを、それをお前さん、どうも美濃部竜作ごときの悪人はどうも有りませんな、あれを斬りましたねえ、八ツに斬りましたら斬り口からズンズンと白蓮が出て、河へ一杯に流れてただどうも一円の銀世界」
万「アアどうもお情ない、こんなにおなり遊ばしましたか、お父様万でございます、顔を見て下さい、私が分りませんか」

忠「どうもねお前さん、何が有ってもねえ、相手は遠い所へ行った訳だから仕方がない、逃げましたけれども、何分にも情け深い江沼実さまはえらい男でございます、天子に成りましたから奥様も大勢あります、娘万も皇后さまに成るのだが、皇后さまになれないで仕方がないから、竜宮へ参りまして乙姫《おとひめ》になりました、大きな亀に乗って泛々《ぶらぶら》と行きました、浪は高いけれども、どうも兵隊が附いて居りますよ」

万「お父様、どのように申しても私の顔が分りませんか」

どうかこのお心の鎮まるような工夫はない事かとふと床の間を見ると、床に立掛けてあったのは三味線。ようまア皮もひけずにあった、お父様が私に芸を仕込んで下さる時に、私が一番好きじゃから能く覚えろと仰しゃって、上方唄の鳥部山《とりべやま》を能くお加減の悪い時にはお枕頭で唄うと、誠に能く出来ている歌だ、これを聞くと心が鎮まると仰しゃるから、毎度お聞きに入れた事があるから、万一お心の鎮まる事があるまいものでもない、この唄をお聞き遊ばしたら、私が帰ったを万一お心も附こうかと涙ながらに三味線を手に取りました。

# 五十二

お万はこれから漸うとその三味線の調子を合せて、涙に胸は塞がりますれど、父の心の鎮まるようにと、涙に曇る声を振立て謡いまする。

唄「一人来て二人連れ立つ極楽の清水寺の鐘の声……」

と謡いかけて、

万「ムムムム」

と噎返《むせかえ》り声を上げて泣きまするると、生間忠右衛門は心耳《しんに》を澄して聴いて居りましたが、少し心も落著いた様子。

万「オオお父様にはこの唄の文句がお耳に這入りましたか」

と思えば嬉しくまた哀しく、どうかお心の鎮るようにと、またまた二句を謡いまする。

唄「父母の事思い出す早寺々の鐘もつきやみ夜はしらじらと鳥部山にぞ着きにける」

と謡い果てて三味線を投げ出し、また生間忠右衛門の膝の許へ泣き伏しまするると忠右衛門は、

「おお有難い、たった一人の娘が悪道に陥って、地獄の底に沈む事と思いの外、娘は天上界へ生じまして天人になり、あの音楽の声、おお成仏得脱《じょうぶつとくだつ》した事か」

と掌《て》を合せて悦びながら立上るから、
万「お危うございますお父さま」

と後から抱き止めると、前へ撲地《ばったり》と倒れた儘息は絶えましたから、お万はワーッと声を揚げて泣くより外はありません。その処へ以前の友達紅葉万次郎の娘お桑が駈け附けて参り、
桑「久し振りでお見舞に上りました、私もつい忙《せわ》しくて御無沙汰を致しました」

と云いながら奥へ来て見て驚きました。お万はお桑を見るより面目なさを漸うと涙ながらに身の懺悔話を致して、直に自害を致そうとしますのを、お桑が慌てて押し止め、
桑「私も今では郡役所の書記を勤めます者の処へ縁附いておりますから、思うようにはお世話も出来ません、今この場へお前さんがお帰んなすったは、親子の縁の尽きない処で、死のうというは心得違い、この上は是非存命《ながら》えてお父さんの問弔《といとむらい》をなさいまし、どうか私の云う事を聞きわけ死を止まって下さい」

と様々に諭しましてもお万は、
万「いえいえ私は子に離れ夫に別れたその上で、今また親にこのような死にようをさせましたも、皆私が咎ですから、迚も生きては居られません、どうでも死なして下さい」

となお合口を逆手に取り、強て死のうと云いますのを、漸うの事でお桑はもぎ取り、なお種々と

意見を致しますので、

万「そんならば切めて菩提のため髪を剃って尼になりたい」

と云うので、これから当所の大正寺《だいしょうじ》という禅寺へ参りまして、頭髪を剃りこぼって鼠木綿の着物や麻の衣に身をやつし、尼になって生涯朽果てまする。実に御婦人はお若い中は慎むべきものでございます。扨また江沼実の身の上はどういう事に相成りまするか、次の条《くだり》に申上げます。

## 五十三

お話は後へ返りまして、七月十七日の夜の丁度十二時の時計を合図に、江沼実は身支度を致しまして元町の堺屋を立出でました。その時の身装《なり》は、薄鼠の丸に唐花の紋を打ちました染め帷子に、御納戸《おなんど》献上の角帯を締めまして、懐中《ふところ》に小長い合口を入れ、片々の手には小さい鞄を下げて、連雀町から南町へ廻り、これより西へ折れまして、傾斜に坂を下りまするとの渡《わたし》でございまする。水面に煌々と十七日の月が映りまして、打落す清水は聖石へ当り、水霧立ってドウドーッと押流しまする、極水勢の速いことでございまする。江沼実は漸々渡を越えて、これから田圃路を廻り石橋を渡ると、南の方に小高い所の土手がございまする。土手の下には大なる榎樹が繁茂いたしておりまます。その下に青面金剛と深彫に彫り附けました大きな庚申塚が立っており、傍《かたわら》は藪になって杉の叢《むら》が処々にある。向うには細い墓所が疎《まばら》に立っておりまして、裏手は清水の観音山でございます。その夜は晴て中空に一点の雲もなく、月は冴渡りあだかも白昼《ひる》のようでございますから、向うをきっと見渡して、最早美濃部竜作が来るかと暫く待っている処へ、美濃部は支度を致しましてこちらを指して参りましたが、実に先非《せんぴ》を悔いまして、今日は江沼君のために一命を差出してお詫を致そうという覚悟でございますが、誰れでも今死ぬという位厭な心持は有りますまい。悄々と下を向き

ながら来ると、土手の傍に立っていました江沼実が声を掛け、

江「それへお出でのは美濃部氏かな」

美「ハイこれはお早い事でございます」

江「先ほどから参ってお待受を致していた、よくこそ時間違《たが》えず御出張下すった」

美「ハイ大きに遅参致しました、奥方お万さまにはお勧め申して、車で古河へお立たせ申しました、却《かえっ》てこれにおいででは跡方の事をお聞き遊ばして御心配をなされ、また御病気でも起るような事があっては相成りませんから、貴方の仰せに従いまして、今朝お早う古河へお出でるように申し上げましたゆえ、泣く泣くお立ちになりましたが、貴方さまへお前が行ったらば、能うお詫を申し上げて呉れろという御伝言でございました」

江「ウンもそっと側へ来なさい」

美「ハー」

江「お前は人の女房を取った位な大胆の男だから、人の一命を取るなどは事ともせせまいから、速《すみやか》にこの江沼が命を取んなさい」

と云われ竜作は悔りいたしまして、

美「エエどう致しまして、手前は性来愚でござるゆえ、お嬢お吉ごときの女に欺かれまして、何も御存じない奥様へ非道の濡衣を着せまして、貴方の御名義を汚した段何とも申そうようは御座らん、重罪の美濃部竜作速に手前の素首《すこうべ》をお刎ね下さるとも、憎い奴だからと仰しゃって五分だめしになさるとも、御存慮に従いまする事で、速に手前をお斬り遊ばして下さい」

江「否々お前のような心得違いの人を斬る一刀は持たん、速に私が一命を取んなさい」

と云われ美濃部はキョトキョトしながら、

美「エエどういたしまして、何卒手前の命をお取り下さい」

江「さア刃物を持っているか、持たんければ私が貸して進ぜようが、持っているならば早く抜き

なさい」
と云いながら懐中からスラリッと引抜きました小長い合口を出して、
江「さアこれで斬んなさい」
と突附けられるから、美濃部竜作も懐中に持っている処の小刀を引抜き、
美「さア江沼君、この小刀でどうかお斬り遊ばして」
江「いやこの合口で突きなさい」
美「何卒手前を速にお突き遊ばして」
と妙な果合もあればあるもので、両方で斬れ斬れと云っておりまする。美濃部は身体がぶるぶるして寄附《よりつ》けませんのを見て、江沼はツカツカと竜作の側へ近づきまして、竜作の持っている処の小刀の手首をグッと押えたから、竜作は斬られる覚悟で首を突きつけると、さはなくて竜作が持っている小刀を以て、江沼は自ら近寄りながらウーンとばかりに我が脇腹へ突通しました事ゆえ竜作は驚いて、
美「江沼君お情ない、貴君《あなた》何を遊ばします、手前をお斬り遊ばしませんで」
江「いやいや留めるには及ばぬ、江沼が死は尊君の罪ではござらぬ、また妻女万が罪でもござらぬ、皆我なす処の罪でござる、その心を以て心を欺くの罪遁《のが》れ難く、咎ない万に濡衣を着せて家出を致さするようになるも、仮令先方は悪人なりとも、たった一言お吉を欺いたは江沼実が生涯の失策《あやまり》、天帝《てんてい》これを赦さず、かく相果つるは即ち天のしからしむる処、貴公は後に構わず速にこの場を立退きなさい、ここにおいででは相成らん、実は懐中に書面が御座れば、検視が参り死骸を改め見れば、必ずわが懐中より書遺《かきのこ》したる一封が出る、これを令公に訴え令公が御覧になれば委細事柄は相分る事である、またこの鞄の中には路金も少々遺っておるから、これを持って速に遠い所へ身を匿しなさい」
美「エ、ドどうして頓だ事で、尊君のようなお方を殺して立退く訳にはどうも参りませんから、

手前もこの処において自殺いたします」

江「否々それは悪い了簡、左様な事をされてはわが悪名も尚更増す道理、わが自殺はよほど深い仔細がありて、これも国のためにかく致すので、これまで政体の事に尽力致して、どうか国のため人のためと思う江沼も、一時の心得違いから斯様な事に至ったのも深い仔細のある事で、貴公には申しても相分らん事であるから、速にこの場を立退いて下されえ、これに居っては相成らん、最早これにて何も聊か思い置く事はござらん、ああ他に親類もない江沼実がかかる刃《やいば》で死するは、皆これ自業自得である」

と観念を極めましたか、その小刀を諸手《もろ》に取りまして一文字に腹掻き切り、返す刀で喉笛を貫き前へのめるを見て、美濃部はさっぱり訳が分りません。ただぶるぶる震えながら、

美「アア許して下さい江沼君、お吉に唆《そその》かされ心得違いを致したのはわが愚ゆえ、実に馬鹿に生れ附いたのは生涯の不運でござる、手前はとてもこの儘では居られません、と云って今ここで死んで悪ければ、また死ぬ時節もござろうから、幾等か国のために相成って命を捨てましょう、さようなら仰せに任せ、路金は戴いて参ります」

と云いながら江沼の鞄の中から金円を取出して、伏拝み伏拝み南無阿弥陀仏も口の中にて、その儘美濃部竜作は知辺が有って九州へ立退き、日向《ひゅうが》の高鍋に居りましたが、その後西南《さつま》の戦争の時には官軍の隊に加わり、鉄砲玉の中へ進み入って一歩も引かず、遂に薩摩勢の砲丸のために相果てたと云う事で、これは後日《のち》のお話、さて翌日検視沙汰に相成りまして、江沼の死骸を改めましたが何事も分りませんが、懐中にございました一封が県庁へ上ると、これにはよほど深い仔細のある事で、これ等は蔭の事で、頓とハヤ細い処は他の者に解らんように、お取計いを令公がなすったという事であります。

# 五十四

さてお話は二つに分れ、丁度その年の十月の八日にて、お天気は時雨空のふりみふらずみ定めなく、今晴れいるかと思えば、忽ちドードッと車軸を流して降り出します。その時下谷練塀町十八番地のお吉の軒下へ、駈け込んで来ました男は、年齢《としごろ》二十七八という色のクッキリと白い、鼻梁《はなすじ》の通りました口元の締った、誠に好男子で御座います。身形は大した衣服《なり》ではありませんが、結城紬の藍の万筋の小袖の上へ、小紋の羽織を着ていたのだが雨が降ってきたので羽織を脱ぎ懐中へ入れ、腰差しの煙草入れ、表附の駒下駄に跳《はね》が上って泥だらけになって居ります。一人は番頭体の男で、

番「大変に降り出してきましたなア」

男「誠に困ったものだのう久兵衛《きゅうべい》」

番「へイ」

男「どうかして人力車を雇うか傘を一つ買わなくっちゃアいけないのう」

番「へイしかし悪い所へ駈け込んで来ました、この横町には傘屋などはなく、和泉橋の通りまで買いに行かなけりゃアなりませんが、どう致しましょう」

男「アノ何で借りたらどうだろう、仲町の堺屋で」

番「その仲町まで行く間が無いのには困りますと云って車に乗るは費《ついえ》で勿体ないから、少し待ってみましょう、本当に思い懸けない雨でございましたねえ」

男「困りましたなア、他人の軒下へいつまでも立ってて叱られやアしないか」

番「そんならちょっと断りましょう、へエ少々お願いでございますが、この通りの急雨でございまして、雨具がございませんで、お軒下を少々拝借いたしました、もしお邪魔様ならば傍《わき》へ参りますが」

と云うを聞き附けて、この家の下女は障子越しにて、

下女「ようございますから立っていらっしゃいまし、ようございますよ、決して邪魔ではありません……へい何ねお嬢さま、表に雨に降られて困ると云う人が立って居りますので」
吉「それはお困りだろうから、こっちへお入れ申して上げな」
下女「へいちょっとあなた方それではお困りでございましょうから、どうかこちらへお入り遊ばしませ、見苦しゅうはございますが」
番「若旦那とてものついでに拝借致しましょう」
若「よしなよ、知りもしない処へ無闇に入っては失敬だ」
番「だって若旦那、軒下を拝借したって礼を云わなけりゃアなりませんし、奥を拝借しても礼を云うのです、同じ礼を云うのならば、這入れと云うのだから奥を借りましょう、左様なら誠に厚顔《あつかま》しいようでございますが、実に降り込められて困りますから少々どうぞ」
下女「さアさア、格子は明きますからお這入りなさいまし」
番「御免下さいまし」
と云いながら栂の面取の格子を明けて、中へ這入ると叩きになっております。
下女「誠に急な雨で嘸お困りでございましたろう」
番「へエ実にこう急に降ろうとは思いませんでしたから、雨具の用意もなくとんだ御厄介様になります」
吉「政や開きを明けて、庭から三畳へお通し申して上げなよ」
下女「へいさアこちらへこちらへ」
若「とんだ厚顔しい事を願いました、番頭が無闇に中へ這入りまして誠に相済みません」
吉「どういたしまして、私なども参詣に行った節《せつ》雨に降られ、知らない処へ駈け込んでお茶を戴き、こちらからお礼に参れば、それが御縁で向う様でもまたいらっしゃるようなもので、お互様の事でございますから、まアお茶一服お上り遊ばせ」

若「へい有難う御座います」

吉「あなた方は嘸まアお困りでございましょう、政やお菓子を上げなよ」

政「只今好いお茶を入れまして」

番「いえこれで結構で、どうぞお構い下さいますな、こちらは誠に好いお住居で、お庭が大層お手広で、この辺はお静かでとんだ好い所でございます、傘を買いたくっても和泉橋通りまで出なければなりませんし、車夫《くるまや》も居りませんので心配して居りました、モシ若旦那とてもの御厄介ついでにこちら様でお傘を拝借して、私一人で根岸のお屋敷へ行って参りましょう」

若「知らない所でお傘をとまでは云えないわね」

番「ナニ拝借してそれから新しいのを買って返えせば宜うございましょう、エ若旦那行って来ましょうよ」

若「あんまり厚顔しいじゃアないか」

番「でも格別な大暴風雨《おおあらし》ではありませんから、骨の折れる事もありますまい、これしきの雨は私には何でもありません」

と云いながらお吉に向い、

番「エエ誠に恐入りますが、エエ今日主人と二人で根岸の前田様のお屋敷まで参る処でございましたが、この通りの降りでございますから、主人をこちらへ願いまして、私一人で行って参じましょうと思いますが、傘がなくって誠に困りまするが、お悪いので宜うございますからどうかお傘を一本拝借願いたいもので、エエもう番傘で宜うございます、とんだ事を厚かましく願って恐入ります」

吉「畏りました、お易い御用でございます」

若「どうも恐入ります、じゃア久兵衛お前行って来てお呉れかえ」

番「へえ、若旦那は御病気と云えば済む事です」

若「そんならアノ前田様へ行ったらば、御家従さまへお目に懸りこれを差上げて下さい」

と云いながら懐中から出しました小さな甲斐絹《かいき》の風呂敷包を解き、中から包紙幣《つつみさつ》を出すと大概十円位の紙幣かと思う位厚く包んであるのを出したから、ちょっと見ても四五百円の金額《かね》を並べ、
若「久兵衛」
久「へえ」
若「それじゃアお前これを御家従様へ差上げ、慥にお請取を頂戴しておいで」
久「畏りました」
という様子をお吉がジロリと見まして、この番頭に渡した金は大したものと、そこが尋常《ただ》の女ではありませんから見免《みのが》しません。心のうちで思いますには、品の好い容子といい、何でもこれは立派な町人で、お屋敷方へお出入をして、お金の御用でも達《た》す身の上の人に相違ないと一目で見て取ったから、お吉はなおなお声を柔和にいたしまして、
吉「あの番傘では重うございますから、政や先達買った私の蛇《じゃ》の目をお出しな、あれは私には重いが男衆には軽かろう、それからあなた男の半合羽《はんがっぱ》もございますからお貸申しましょう」
久「イヤこれはお傘からお下駄まで、どうも恐れ入ります、へい直に行って参りますから主人を少々願います、この通りの世間知らずでございますから」
若「成《なり》たけ早く行っておいで」
久「へい畏りました、直に行って参ります」
と番頭は出掛けました。

## 五十五

番頭が行った後は、息子ただ一人三畳の寄付《よりつき》に茫然《ぼんやり》と煙草を喫んで居ります る。

下女「貴方こちらへ、誠に手狭な上に掃除が届かないから穢うございますが、こちらへ何卒入しって下さいまし、お嬢様がお茶を一服《ひとつ》上げたいと申してでございますから」

若「へい有難う存じますが、これで宜しゅうございます」

下女「まアこちらへいらっしゃいましよ、面白い物がございますよ」と親切に云って呉れるから、余り遠慮しては悪いと思い、左様ならばと案内に随い廊下伝いに行くと八畳の客間で、手烘《てあぶり》の側に寐覚《ねざめ》が附いており、そうこうする内に菓子器やお茶が出る。

吉「あなたはどちらでいらっしゃいますか」

若「私はちょっと遠方深川の方におります」

吉「そうでございますか、深川の方は誠に何でございます好い所で」

若「いえもう以前《まえ》は誠に好い所でございましたが、只今はあの辺は淋しくなりましたが、これからまた追々お賑やかになりましょうと人さまが仰しゃいますが、仕様のない所でございます、ちょっと庭へ木を植えましても、塩風が当るので直に枯れまするが、この辺はお賑やかで誠にお羨しい事で」

吉「あの何でございますか、加賀様のお屋敷は根岸だそうでございますが、あなたはお出入様ですか」

若「へいそうでございます」

吉「それに同じ華族さまでも、加賀様はやはり昔のように大層お立派だそうでございますねえ」

若「へい全《まる》で御見識が違いまして、さすがは百万石のお家で、今は開化になり華族様とおなり遊ばしても、どこかお凛々《りり》しい処がございます、私共が参りましても、何かどうも他様とは違う処がございます」

吉「私は存じませんが御評判計りを聞いておりまするが、己前《まえ》から思えば違いました事で、あなたは旧来《もとより》のお出入でいらっしゃいますか」

若「へい親父の時からでございます」
吉「アノお父様がおあり遊ばしますか」
若「今に達者でございまして世間知らずには困ります、只今の開化の事が解りませんで、味を存じませんからあれのこれのと小言を申します、私共はお屋敷へ参りますから、頭髪を剪《き》りませんでは工合が悪いので、散髪《ざんぎり》になろうと存じますと、頓でも無い事を云うと叱られ、このほど漸く散髪になりまして香水を附けると、親父が頭が腫れるといけないって心配するような分らずやで、さっぱり何も存じません事で」
吉「いえお堅くて宜うございますこと、誠に御退屈さまでございましょう、何か召上りませんか、私も淋しいからと存じて居りました処で、あなた御酒を上りますか」
若「否《いえ》私は御酒は戴きません」
吉「そんなら葡萄酒なら上られましょう」
若「アノ鉄漿《おはぐろ》のような色の酒ですか」
吉「砂糖を入れますれば下戸のお方でも飲めますよ」
若「私は西洋ものは頓といけません、この間お屋敷のお方と御一緒に西洋料理へ参りましたが、油臭くっていけません、それにアノ梳油《すきあぶら》見たようなバタとか云うものを麵麭《パン》へ塗るんですが、実に見たばかりで厭でございます」
吉「そんなら却って有る物で、やはり当前《あたりまえ》の御酒を、ナニ御酒がお嫌ならお味淋《みりん》はいかがでございます」
若「白酒かお味淋なら少々位は戴きます」
吉「政や早く」
と云う内いつの間に取寄せましたか、手早くそれへ酒肴が出ます。
若「かような訳では実に恐れ入ります、番頭の帰って来まする間お置き下さるので十分でございますのに、御馳走などでは却て恐れ入ります」
吉「政やお進め申してお呉れ」
政「はいあなた誠にお堅くっていらっしゃいます、お嬢さままアあなた一つ召上ってこちらへおさし遊ばせ」
吉「それじゃア注いでお呉れ」
とお吉はグッと飲んで差したから、仕方なしにその盃を受取ると、お政が思い切って注ぐから溢れて垂れるを、オオ勿体ないと云いながら、その垂れた味淋をスーッと吸いまして、
若「お味淋は誠に口当りが好うございますから、少々は戴けます、頂戴いたします」
と段々勧められるので、拠《よんどころ》なく猪口《ちょこ》に五六杯飲みほすと、忽ち酔ってきまして真赤になる。
吉「大層赤くなりましたねえ」
若「へい酷くせつなくなりました、もうとても戴けません、頭が割れるように痛くって堪りません」
吉「おやそれはいけない事を致しました、お味淋は直頭へ上りますから、ただの御酒を上げれば宜うございましたっけ、何かお薬を上げましょうか」
若「ナニ暫時こうやって居れば宜うございます」
と俯伏しに成りまして、
「毎年お寒さの取附には遣られますが、またそれが兆しましたか、キャキャ痛いような気味合《きみあい》が有ります」
吉「あの何かお薬を上りましな、どこがお痛みですか押して上げましょう、否遠慮なすってはいけませんよここが御窮屈なら、今に番頭さんがお帰りでございましょうから、それまであちらでお休み遊ばせ」
と親切にお吉が手を取り囲いへ連れ込みました。

# 五十六

あちらはどういう間合か、番頭は日の暮々に帰って参り、
番「只今帰って参りました、誠に主人を有難う存じました、どうも日和の癖でございまして、只今は豁然《からり》と夕陽が映《さ》すくらいスッカリお天気になりました、早く帰ろうと思いましたが、お屋敷でお引留めで拠なく斯様に遅くなりました、承れば主人が御馳走を頂き、また種々御厄介に相成りましたとの事、誠にお手厚い事でお礼は言葉に述べられません」
吉「どう致しましてあなた嘸御空腹でしょうから、旦那様のお残り肴で一膳喫《あが》っていらっしゃいな」
番「否私は只今お屋敷で頂戴致しました」
政「左様でございますか、御遠慮なさらずにねえお前さん」
番「有難うございますが、只今戴きましたばかりで、幸い天気になりましたから、左様ならばもうお暇といたしましょう」
政「まア宜いじゃありませんか」
番「ええお礼の処はいずれまた明日でも上りまする、今日は誠に有難う存じます……さア若旦那参りましょう」
と両人が帰り際に、息子はお吉の顔を振り返って見ながらにやりと笑う。お吉もまた息子を見てにやりと笑う様子に、番頭は可笑しいと心の中で思いましたが、何だか分りません、それなりで帰ってしまいましたが、翌日になりまするとと番頭と相談を致し、何ぞお礼をしたいが何を上げたら好かろうと云うと、女の事ですから御召縮緬の一反も遣ったら好かろう、それでなければ白縮緬の一

反も上げ、染めは向うの好みに任せると致し、また女中も居る様子だからと、万事手当をして風呂敷に包み、これから息子さんは番頭を連れてお吉の家へ参り、昨日のお礼に出ました。

「多分のお手当に相成りまして有難う存じます」

と品物を出《いだ》せば、
吉「かように御心配下すっては恐れ入ります」

と直に酒肴を取り寄せ、番頭にまで十分に馳走をして帰しました。これが縁となってかの息子さんは近々この家へ参ります。段々様子を聞くとこの若旦那は嫁を貰って三年目にその嫁が亡くなり、今は独身だが大人しやかな男で、その上家はよほど大家《たいけ》の様子、ちょっとの礼にもこれだけの事をするのだから、どれぐらいの身代か分りません。殊に品の善い息子さんと思い、お吉は慾も満ちておりますから、なおなおお手当を良くいたし、呼寄せるように致します。こちらも惚れておりますからコソコソ参るが、お父さんが喧《やかま》しいので番頭が心配して、近頃若旦那があの家へ行く様子が訝しいと、内々探ってみると、お吉との中が知れたから一旦は驚いたが、人は些と位の楽みも無ければならんものだ、偶々《たまたま》いらっしゃるのだから御保養にもなろうと、番頭も忠義な心から後には時々首尾をしては泊りに遣るような事になりました。するとその年十一月の二十六日の事でございますが、番頭が大主人の様子を聞き驚いて、練塀町へ飛んで参りまして、こなたは今一杯始め交情《なか》睦しく話をしている処へ、
番「御免下さい」

政「おや番頭さんお出でなさいまし、さアお上んなさい」

番「へい主人は参って居りますか、毎度上りましては御馳走に相成りまする」

政「どう致しまして、いつもいつもお匆々《そうそう》許りでございますから、お嬢様も御心配なすっていらっしゃいますよ、先達もお話し申す通りのお身柄のお嬢様お一人《ひとかた》で、女計りの家は淋しいと思っている処へ、近々と来て下さいますから気丈夫でもあり、本当に大人しい好いお方だと云ってお嬢様

も大層悦んでいらっしゃいます、私はお小さい時分からお屋敷へ御奉公をして、それから徳川様がああいう訳になって、駿府へいらっしゃいましたが、お嬢さまのお力になる御親族方はお一人もないので、また東京へ参りましたが、私は旧来御奉公を致すものでございますから、政だけはと仰しゃって、今にこうやって御厄介になって居りまする、お小さい時分からお嬢様と申し上げたので、あやはり只今でも元のお嬢様のような気がして、いつまでもお嬢さまお嬢さまと申すような訳で、あなたはまた旦那様思いで大切にしてお上げ遊ばすから、若旦那も彼《あれ》は忠義ものあんな番頭は有りませんって、あなたの事を白鼠だってねーあなた」

番「どう致しまして白鼠どころかむく犬見たようでございます、就きまして今日は大変な事が出来まして、大急ぎで来たんですから主人に逢わして下さい」

政「そんなら今お奥で御酒が始まっている処ですから、あちらへお通んなさいまし」

番「左様なら御免下さいまし」

と番頭は奥へ参りました。

## 五十七

若「久兵衛何だよ」

久「何だって大旦那があなたのこちらへいらっしゃいます事を少し感附きましたよ、お泊りがねー五度《たび》ばかり有りましたもんだから」

若「誰か鎌を掛けられやしないか」

久「多分小僧の常吉でしょうが、若旦那は家をあけると大旦那へ申しましたもんだからさア大変、寐泊りをする所が出来ては安心がならない、多分久兵衛も同意だろうと仰しゃって、私はお談じを蒙り実に困りましたが、そこで凹《へこ》んでは私も扶持の喰い上げですから、抜《ぬか》らずにアノ若旦那様が寐泊を遊ばすのは、実は若旦那のおためで、私がお家のためと存じまして、お心の修業には良かろうと存じましたから、お勧め申しましたのは私でございますと云いました」

若「そんな事を云ってはいけませんなア」

久「他に云いようが有りませんからさよう申し上げて、なおこちらからまア若旦那はどこへ行くと思召すとこう云いますと、大旦那がそれは練塀町の方じゃアないかと仰しゃったから恂りいたしましたが、仕方がないからへえ練塀町でございますが、そのお内は旧は立派なお旗下のお嬢様で、只今は女暮しでいらっしゃる身の上ですが、えらいお方でございますよ、このお家へは皆悪い者は行かないので、講中というものが立てて有ります、実はアノ陶宮術とかとおかみとかいう事を御修行なさるお方なんでございますと云いますと、大旦那がそのとおかみという事は、私も碌々知らんがどんな事をするんだと仰しゃるから、心の修行をなさるので、一週間位蔵の中へ這入って、麦飯に古沢庵《ひねたくあん》で行《ぎょう》をなさると、精神の坐る所へチャンと坐るこの上もない善い御修行で、これまで堅くしていらっしゃるが、もし万一《ひょっと》あの娘は器量が善いのこの女が好いとかまた芸者が好いのと他へお心の動かんように、その講中へお入れ申した処が、時々先生がお出向《でむき》になり、蔵の中でトオカミエミタメトオカミエミタメとやるんだそうで、あなたもその内へいらっしゃいませんかと、実は大丈夫否だと仰しゃるかと思って云った処が、大失策《おおしくじり》、己《おいら》もそこへ行ってみたい、講中になろうと仰しゃったには少し驚きましたが、最う否と云われん場合ですから、貴方さようなら明日にもいらっしゃいませんかと申しますと、これから直でよい先はどこだ、練塀町の何という家だと仰しゃるから、へい十八番地で雪谷お吉様と正直に云いました」

若「困った事を云ったのう」

久「じゃア行こうと仰しゃいましたから、出し抜けでは大変と先へ駈けて参ったんですが、若旦那あなたはねーここにいらしってもいいが、私は実はお吉様というのはお婆さんのように云っておいたので、お年は五十七八位と嘘を吐《つ》いたんです」
若「それは甚だ不都合ですな」
久「へい尤も私が御懇意に致す方で、とおかみに入って居る塩田という女隠居がこの御近所に有るんですから、それを替玉にする積りですが、このお方は極不器量で、顔は疱瘡の地腫《じばれ》が引かない、体はまん丸く肥ってて、眼付きが変だからちょっと見ると睨め附けてるんではないかというような恐い顔で、女とは見えません人を思い出しましたから、そう云ったのでございます」
若「それはいけませんな」
久「だが今に万一ここへいらっしゃると大変だから、女中は居てもよいが、お嬢様だけどこかへいらっしゃりさえすれば、お父様がお出でになれば、あなたの御修行になる処を見て御安心して、お宅《うち》も立派なり先生は醜いから気遣いは有りませんので、なるほどと御安心なさってお帰りになるんでしょうが、それに付いてお嬢様あなたひとつねえ」
吉「はい私はどこへ参りましても好うございますが、若旦那様に御心配をかけて誠に恐れ入りますねえ」
若「アノこの間から芝居を見たいような事を云っていたが、今からじゃア些と遅いが、夜芝居の事だからどうだねえ、これから皆を連れてって下さいな、どうでしょう」
吉「本当に結構でございますねえ、私は芝居が見とうございますが、何やかやにかまけてしまっておりましたが皆も見たがって疾うからねだられて居りますから、そうなすって下されば家中大喜びでございますよ、ねえお政芝居はどうだえ」
政「何より結構、お由どんもお兼どんもお喜びなさい」
二女「ほんとに願ったり叶ったりでございますよ」
若「そんなら何方かお女中の内で一人残って下さればようございますから早くお支度をなさい」
吉「左様なら政や早く支度をおしよ」

と一同は支度を致しまする。息子さんは幾らか紙幣を紙に包み、
若「これは誠に少許りですが」
と十分に手当を出したのですから、急に車を仕立て飯焚き女一人を跡へ残して出掛けようとして、振返って息子の顔を見てニッコリと笑い、
吉「左様ならば行って参ります」
久「ヘイ私がここに居りますれば御心配はございません、芝居が打出《はね》てからあちらでお支度なさってお帰りになれば、丁度工合が好うございましょう、実にとんだ事をお願い申しました」
吉「どう致しまして、却って仕合でお蔭で芝居が見られます、私こそ頓だ御散財をかけて済みません、御免下さい、それじゃア行って参りますから何分お願い申します」
とお針まで連れて出かけました。

五十八

跡へ残った息子と番頭は灯火の点く時分まで今か今かと待ちましたが、お父様のお出でがありません。

番「アノちょっと何とか云いましたっけ、もしお兼どんかお前さんね、今までお出でが無ければもういらっしゃる気遣いない、大方威《おどか》しに仰しゃったに違いないから、そうとも知らずに御心配をなすってるといけませんから、車を奢るがねえお前さん芝居へ行って今晩はいらっしゃる気遣いは有りませんとお知せ申して、お帰りになるようにそう云って来てお呉れな、ついでにお前さんも切幕でも一幕見てお出でな」

と云われ下女は莞爾莞爾《にこにこ》嬉しがりまして、

兼「私は最う疾うより見たいと思って居りましたので、本当に有難い事でございますよ、芝居は丁度十三の時に見たきりですから、何より嬉しゅうございます、お迎いなら車は入りません、駈出して参ります」

若「そう云わずと乗ってお出でよ、これは少いが」

とまた手当を遣りましたから、下女は喜んで迎いに行きましたが、お吉に逢ってこの話を致しますと、それは好い塩梅と大きに安心して帰りに支度をして、遅くなってはならんと云うので、もう何時ですと聞いてみると、十一時と云うので驚きまして、車でガラガラガラと残らず女中を連れて帰って参りまして、

吉「車夫さん大きに御苦労」

政「ヘイ只今帰りました。久兵衛どんチョイと只今帰りました、おや中が真暗の様子だが変ですねえ、誰方《どなた》もいらっしゃいませんか」

と云いながら格子へ手を掛け明けてみるとガラガラガラ、

政「おや明きますよ」

吉「お前先へお這入り」

政「へい何だか変な塩梅ですよ、何しろ真暗ですから、車夫さんちょっと提灯を貸して下さい、お願いだから」

と借りて障子を明け襖を明けて、茶の間へ這入った処が、そこらに茶盆や菓子器が散してあって、鉄瓶は傍へ下りて火は起しばなしになって居ります。

政「お嬢様大変ですよ、こちらへ入らっしゃいまし、チョイとお兼どん行灯《あんどん》を出してお呉れよ」

と云うにどうした訳かしらんとまごまごしていますから、八百善形の燭台へ蠟燭を付け、これから座敷を明けて見ると、床の間の掛物が有りません。それから花を引抜いて投《ほう》り出して古銅《こどう》の花瓶がない。大方冗談でもしてお土蔵《くら》へでも隠れているんだろうと云いながら行きますと、四畳半の茶

座敷の掛物が有りません。また炉に掛かっていた釜が無いから、

政「オヤ厭だ、どうしたんだろう、変だねえ」

と云いながら見ると、土蔵の網戸が明いているから、灯火を附けて中へ這入ると、簞笥の引出が抜いて積重ねてあり、用簞笥の引出も残らず抜き放し、葛籠《つづら》の蓋も明いていて中は空っぽうなり、種々な物が引摺り出してありまする。

兼「大変です、盗賊《どろぼう》が這入ったんですよ、お座敷の大時計まで残らず持って行ったのでございますよ、お嬢さま御覧なさいまし」

と云われお吉も中へ這入りそちこち見まわせば用簞笥の錠前を引剝し、深い引出の中に入れて置いた銀貨から紙幣から残らずない。

吉「おやどうしたんだろう」

とさすがのお吉も呆気に取られ、ペタペタペタと火鉢の側へ坐って仕舞う。お政は立って茫然として居りまする。ふとお吉が見ると火鉢の脇に書いたものが有って、お吉様へ伊三郎よりという手紙でございますから、

吉「おや、これは若旦那が置いてった手紙だが、まアここへ灯火を持って来てお呉れよ」

と灯火を側へ引寄せて、右の手紙を読んで見て驚きましたは、深川中木場で吉田喜兵衛というお大名方へ出入をする金満《かねもち》家の息子と云ったは偽《いつわり》、実は己は大名伊三郎という肩書の有る悪党だ、己の親父が大恩を受けた江沼様を欺いて自滅させたその仇討に、実は富豪《かねもち》の風をしてこの家へ入込んで、汝《てめえ》を騙して芝居へ遣った後で、有金衣類諸道具まで残らず浚《さら》って行く、今一人は同類の小網の久治というものを番頭久兵衛と仕立て、とうとう悪婆《あくば》を欺き終せ、泡を吹かせて江沼様の讐《かたき》を討ったのだ、どうだ驚いたか、馬鹿馬鹿馬鹿馬鹿。と書いて有りますのを見て、

吉「アア口惜い、為て遣られたか、彼奴《あいつ》は盗賊であったか、道理で口前が好い奴と思った」

と呆れている処へ、ガラリと格子を明け、書生体の男が汚れた手拭を腰へ挿んで、散髪は眉間ま

でぶらさがり、朴歯《ほおば》の下駄を脱ぎながら、
書「ハイ御免なさい」
政「お出でなさいどちらから」
書「ハイ御免なさい」
政「おや探索さんかえ」
書「エーお吉さんの宅はこっちゃかねえ」
政「はい手前でございます」
書「ハイ御免なさい」
と云いながらまた這入って来る。
吉「何で無闇に這入るのですよう」
書生体の人は後を振向いて、
「雪合お吉さんの宅はこっちゃだとよ」
と云うと多勢の書生さんが、
甲「ハイ御免なさい」
乙「ハイ御免なさい」
丙「ハイ御免なさい御免なさい」
とドカドカドカと続いて上って来る様子。アレアレと云ってる所へ五六十人がズーッと座敷へ通って、お吉の坐っている所を取巻いたので、
吉「どうしたんだねえ政や、こんなに人が来て仕様が無い、どうしたんだよ」
政「止める間も無いうちに、ずかずか続いて這入って来るんですものを、全で金魚に麸《ふ》でも遣ったように揃って来ては仕様がありませんよ、本当にどうしたんだろう、お前さん方はまアどこから来たんです」

甲「むむお吉さんにお目に懸って確《しか》と御存慮のほどを伺いたく参りましたが、マア僕等が姓名は云う訳にはいかんがお吉さんお前さんは太い人だ」

と一人の年嵩の書生さんがお吉の前へ進み寄り、これから大議論になりまする所は、ちょっと一息ついて申上げましょう。

## 五十九

お吉の宅へ六十三名の書生が物をも云わず続いて上って参りましたが、こちらは今大名伊三郎のために有金諸道具を窃み取られて、ただもう馬鹿のようになっている処へ、ごたごたと這入って来てお吉を取巻きましたから、さすがのお吉も呆気に取られて、キョトキョトしながらただ書生共の顔を見て居りますると、一人の年嵩の書生さんがお吉の前へ進み出まして、

甲「お吉さん始めて逢いますが、お前さんが雪谷お吉さんでありますか」

吉「ハイ私だがお前さん方は他人の宅へ挨拶もなくズカズカ這入って、マアこんなに大勢狭い宅へ上って来てマア本当にどこのお方でございますか知りませんが、余り乱暴過ぎるじゃありませんか」

甲「僕等は乱暴に参ったではありませんが、何しろここでは話が出来ん、もしこの事が世間へ流布してもようない、話は静かにしても事は解る、見れば結構なお土蔵《くら》も有るが、アノお土蔵の中で話がしたいから、ちょっと土蔵の中へ這入って下さい」

吉「お前さん方は女暮しでこうやって居るから、土蔵の中にはお金や諸道具でも有ろうという見込みで、押込みに這入ってお出でなすったのかも知れませんが、この通り残らず財産は盗賊に取られてしまいました」

乙「失敬な事を云うな、僕等は固《もと》より賊に参ったのではない、失敬極まる事を云う」

甲「ママアそういう訳じゃア決してねえが、ここじゃア話が出来ないから、ともかくも土蔵へ這入ってお呉んなさい」

と云いながら立って、お吉の手を取りにかかる。

吉「土蔵へ行こうとどこに居ようと、私の宅で私が居るのをお前さん方の指図は受けませんよ」

甲「それじゃアいかない、ここじゃア話が出来んから、こっちゃへ行きなさいと云うのだ、世間へこの事が知れればお前さんの恥にもなり、世間を騒がしても能うないから、それでお前さんに土蔵へ行って呉んなさいと云うのだ」

吉「気味の悪い、何も土蔵の中へ行く訳は有りませんよ、君方は大勢寄って集《たか》ってうんぜえまんぜえ他人の宅へ押込んで何を為《す》るんです」

と云うと一人気早の書生さんがズッと来てお吉の手を取り、

丙「こっちへ来なさい」

とズルズル奥へ引摺って行く。

吉「何をするんです」

と云いながら逃げようとしたが、大勢で押え附けて居りますから、逃げる事は出来ません。女共も悔りして逃げ出そうとしても逃げられず。お政始めお針の婆さんから小女までも書生が押えて居りますから、声を立てる事も出来ません。また話も聞かさんように頭立《かしらだ》ちました者が二十四五名どかどかとお吉を取巻き、とうとう土蔵の中へ引込みました。

## 六十

土蔵の中には箪笥や用箪笥の引出が抜出してあり、葛籠の蓋を取りっ放しにした儘横っ倒しにな

っている所へ引摺り込まれましたから、お吉はかな切り声を振立てて、

吉「お前さん達は何をするんです、どうしようと云うのです、私を慰もうとでもするのかえ」

丁「一々お前は失敬な事を云う」

甲「ここならば余所《よそ》へ漏れんからお話をしますが、お前さんは以前は雪谷織部という三千石以上のお旗下のお嬢さんでありながらねえ、今こうやって寡婦《やもめ》暮しで、亭主も無く旦那も無いようだが、お蚕ぐるみの常綺羅で甘い物を喰べて、このように結構な家に居なさるが、これはマアどうして暮しているんですか」

吉「大きにお世話じゃアありませんか、どうして暮していようと私が身代で私が暮しているんです、仮令芝居を見ようと、好い衣服《きもの》を着ようと、どんな真似をしようと、私が自由の権で当前です、何もお前さん方が構う訳はありますまい」

甲「そうさお前の自由権へ何も干渉する訳じゃアないが、一体お前さんはどの位な財産の有るお方か知りませんが、女の身でこれだけの雇人を使って、これだけの家に住んで、これほどに暮して居ようはずがない、何でもこれはどこからか金を送って呉れる人が有るに違いない、その人は誰ですか」

吉「おや金なぞを送って呉れるような人は有りませんよ、私は私だけの器量でこうして居るのですよ」

丙「イヤ隠してもいかねえぜ、お前さんをこれだけの結構な暮をさせておく人が必ず有ろう、何でもこの国に権利の最も高い人がお前さんの所へ往き通いして、お前さんの世話をして置くじゃアないか、月々お前さんの十分に活計《くらし》の立つように幾等か送って呉れる人が有りましょう、サアその人はどういう人だかその名を云いなさい」

吉「名を云えたってそんな人は有りませんよ、私は旗下の家へ生れましたが、徳川様が瓦解になりましたから駿府へ参りましたが、親族の者も皆死絶えましたから、私一人でこうやって東京へ帰

って来ましたが、禄券が有りますから、奉公人を五人使おうが、十人使おうが、暮しに困る身の上ではありませんからね、それ処じゃアありません、今この通り泥坊が這入って、お届けをもしなければならない騒ぎに、私一人を土蔵の中へ引摺り込んで、お前さん達は何を云うんです」

甲「いくら隠してもとぼけてもいけない、世界に大切な江沼君を自滅させ、この日本国のためになりこの上も無い大切な人望のある江沼君を君が悪才で自滅させようと巧《たく》んだばかりで、とうとう江沼君はこの間高崎において自滅された」

吉「知らないよ」

甲「知らん事があるかえ、その事は群馬新誌に出ているから見せましょうか、お前さんは何か江沼君を遺恨に思う事が有って、美濃部竜作というものを騙し、入れ智慧をして江沼君の奥さんに濡衣を着せ、東京にもいられんようにしたので、その奥さんは大切な江沼君を捨て、また可愛い子供に別れて逃げました、そうしなければこの事が世間へ流布して江沼君の名義を汚すからだ、それほど奥さんが心配して逃げても江沼君はやはり官に就いている事も出来んに依て、大事な人が職を辞して群馬県下において自滅しましたも皆お前さんゆえだ、実にお前さんは美しい顔に似合わない悪い人じゃアなアー」

吉「これは面白い、お前さん方は、何を云うんです、そんな訳の分らない事を云って、私は江沼さんとか云うお方は存じませんよ、自滅をしたかしないか私は知りません、そんなお方に心易い事は有りません、美濃部さんとかいう人も知りません、何を証拠にお前さん達はそんな事を云うんです」

丁「そう強情を云うなら、サアこれを見なさい」

と一人が代って懐中から群馬新誌を取出し、お吉の目先へ突き付けました。

# 六十一

吉「ええお前さん達は初めて逢った計りだのに途方もない事を云いなさるねえ、この紙がどうしたんです」

丁「イヤお前さんは実に善くねえお方じゃねえ、見なせえ新聞紙上にこの通り事柄が出ているがのう、実に惜い、この江沼君は後日にはきっと内務を押握る人で、内務卿になれば実に我々同胞三千八百万の人民の幸福安寧を増進して呉れる大事な人物で、その人を自滅させるような事をするとはどういう理窟だえ」

と乗掛かって申しまするると、

吉「何だかお前さん方の云うことはさっぱり訳が分らないよ、自滅をしたかしないかそんな事は私は知りません、江沼さんなどという人に逢った事は有りませんよ」

乙「逢った事は無いといくら隠してもいけない、少しマア聞きたまえ、こうお吉さん、僕もねえ聊か徳川の禄を食んだものだが、君はどうも顔に似合わぬ実に恐しい女だねえ、悪才に長けて大事な江沼君を自滅さしておいて、証がないからとて知らないと云い張るが、まさか跡形も無い事を新聞紙上に出しやアしまい」

吉「いいえ随分探訪をし損《そく》なって、後から取消をする事は幾らも有りますよ、そんな事は私は覚えは有りませんから、その新聞紙へ取消を出させましょうよ」

乙「こう君、それはいけない、いくら知らぬ証拠がない覚えはないと云い張るけれども、マア君の心に問うたらば何と云います、君の心には覚えが有りましょう」

吉「知りませんよう」

乙「どこまでも君が知らんと云えば云いましょうが、心に問うたらば心はなしと答えますか、お前さんは自分の心を欺くと云うものだ、それじゃアすみますめえ、お前がこの栄耀栄華は月々三百円という金を永年の間送って呉れる権利の高い人の世話になっているお蔭だから、実はその人に頼まれたので、私ゃア女の事だから深い事は知らんと、その人の名を云って君が今ここで服罪すれば好いのだ、早く云ってしまいなさい」

吉「云ってしまえってお前さんも分らない事を云うじゃアありませんか、誰の世話にもなっていませんよ、覚えもない事をいうじゃアないか、仮令私が誰の世話になり、誰から金を送って貰おうとどうしようと、お前さん方の世話にはなりませんよ、また覚えの無い事を心に問えと云っても知らない事は云いようが有りません、そして何だえお前さん方は、女一人をこんな処へ引込んで愚図愚図云いなさるのは分らないにもほどが有る、宅には奉公人も居るから、皆をここへ呼んで下さい、言分が有るならどこへでも出る所へ出ましょう」

甲「出る所へ出るまでの事はないじゃアないか、そんな面倒を云い出す位なら、君にここまで這入って呉んなさいとは云わねえが、君の恥にならんようにと思うから斯様に致したのだ、荒立てる事は素より好まんのだから、実はこうこうだと云いさえすれば、事柄は分るのだから早く云いなさい、覚えが無いと云うても、お前の心には何か有ろう」

吉「何にも心には有りませんよ」

丙「ナニ心に無い事があるものか、云わないか」

と段々と声が高く相成りましたから、サア外に居りまする処のお政やお針の婆さん飯炊女などは、ただどうなる事かと心配致すばかりで、何事か訳が分りません。すると表に立っていました書生さんは堪え兼ねたと見えて、口々に君どうするどうする。

戊「どうするって、この儘では捨置かれん、いつまで議論したって果しが無いじゃアないか」

壬「もうこれまでの事だ、三千八百万の人民のためには女一人位は替えられん事じゃ、行け行け行け」

と血気のお方々でございますから、ドカドカドカと二十人ばかり続いて這入って参りまして、土蔵の網戸をガラガラと閉めて、何事か分りませんが、土蔵の中で幽かにヒーッと云うお吉の声、稍暫く経ちますると網戸をガラガラと明けて出て来た書生さん達は、真蒼な顔をして出て参り、

甲「サア行こうじゃアないか」

と云いながらぶるぶるしている女中達を見返り、

甲「この人達には意趣も遺恨も無い、ただ悪い主人を取ったのだ、なれども、このお政とか云う女子はよっぽど悪い奴じゃア、此奴《こいつ》はただア置けん奴じゃア、後で手前は許さんぞ」

と云われお政は恐くて慄え上り口も利かれません。

乙「何か確とした証が有ったかのう」

丙「ウム同人《どうにん》が守嚢《まもりぶくろ》の中に持っていた」

乙「宜ったのう、それさえ有れば大丈夫だ、サア行こうかえ」

「サア行こう」

バラバラと皆出て行って仕舞い、何だか少しも訳が分りません。女中たちはホッと溜息を吐き立とうと思ったが、早腰が抜けて立つ事が出来ません。お政は案じられますから、漸く這うようにして土蔵まで参り、網戸をガラガラと明けて、中へ這入って見ると驚きました。

政「オオ情けないこと、皆さん早く派出所へお訴えよ」

と震声で云いますから、続いてお針の婆さんも飯炊婢《おんな》も皆来て覗いて見れば、無残や書生輩《しょせいども》が寄り集りまして、刃物ではない石か何かを以て面部《かお》を打砕《うちくだ》き殺した様子。実に天命と申すものは遁れ難いもので、お吉のために多くの人の一命を捨てた事は計りきれず、それ故に天の憎しみを受けてかく相成ったもので、この書生輩は翌日に相成りまして十二月二十七日の事で、一同協議の上で品川鮫洲《さめず》の河崎屋へ揃って、愉快をして居りまする。初めは藤八拳《とうはっけん》をやって居るものも有り、変な声を出して詩を吟じて居るもあり、あるいは三味線なしで角力甚句《すもうじんく》を謡い、または唄につれて跳るや踊るもあり、向うの方では議論を致し、こちらじゃア硯を貸せなかと云って書を認めるものがあり、

種々様々の遊びをして、互に愉快を極めて居りまする。先ほどより奥の離座敷の上段に参って居る客は、その頃権利の高い道野辺清美というお方で、別に遊びの事でございますから、窮屈な者なしでいずれも気に入りのお供計り、新橋と芳町の芸者を二人宛《ずつ》連れましたのを相手にして頻と興に入りお傍の芸者は芝居などの噂を致して、余念なく楽んで居りますが、学者というものは、遊ぶ時はまるで子供と同じような塩梅しきに遊ぶのが、識者《ものしり》の常でございますが、今ここへ不意に唐紙をガラリと明け、ヨロヨロヨロヨロとヨロケながら一人の書生さんがこの座敷へ転げ込みました。

書「イヤこれは失敬」

道「誰か誰か」

六十二

書「イヤ誠に失敬、僕は甚だ酩酊いたしまして宴席を取違え、御座《ござ》を汚した段は重々相済まん事でありますが、先生の御尊名は予て承知いたし罷り居ったが、未だ拝顔を得ず残念に心得居ったところ、好き折柄今日当家において図らず拝顔する次第で、先生は婦人をお招きありての御愉快、僕等も学友とやはり愉快に参った儀でござるが、どうか一同へ拝顔をお許しありたく心得まするて」

道「イヤ君達も愉快かね、随分ここは景色もよし肴もよし、遊ぶには極く好い処だが、大分御機嫌だねー、心配なしに遊んでお出で」

書「これはお許し下さるとな、有難い、これ木原君桑田君お許《ゆるし》が出たからこっちゃへ這入り給え」

書「オオそうか」

とどかどか六十三人の書生さんが一時に這入って参ります。

道「イヨウ大勢じゃなア、皆お揃いじゃな」

と道野辺は頓着しませんが、傍に附いてる女中が悔りし、

女「御前どうしたんです、皆さんそう大勢では困りますねえ、お座敷が狭いのにこう一杯では、まるで演説でも始まるようじゃアありませんか」

書「ムー演説があるんだ、ヤア君から先へ演説したまえ、僕は熟酔しておるから君に頼む」

書「ウウそんなら僕がする」

と云いながら一人が前へ進みまして、

「さて失敬ながら、先生は世界に高名のお方ゆえ、拝顔を得るは僕等の身に取りて実に大慶この上もない次第で御座る」

道「まア一杯上げよう」

女「いやだよ、書生さんが来るたってこんなに居ようとは思わなかった、大変だねえどうしたんだろう、本当に本郷の芝居へ行ったように、こう押込まれては適わない、お前さん方は余り大勢すぎて、皆さんへはお盃は上げられませんよ」

書「イヨ別嬪、天下の美人をこんなに傍に引附け、実に君はこの上もない御愉快羨ましい事で、しかしちょっと伺いたい儀がございますが、委細の訳はこれへ認めて参りましたから、これをどうか御覧を願います」

と懐中から一通の書面を取出し、道野辺清美の前へ差置き、

書「これは僕等一同にて貴方へ懇願致す次第を認めしものにて、もしこれをお聞済み下さらば、日本全国のため人民一般の幸福これに上越すものは無いと存じますから、我々が只管懇願奉ります、どうか篤と御披見下さるように願います」

道「ハイ何かね」

とまたいつもの癖で詰らん事を書いて来た事かと思いまして、手に取上げ封を切る途端に、ばたりと下へ落ちた書附を見ると、お嬢お吉の所へ道野辺清美が送った艶書《ふみ》でございますから、悔くり

致しまして窃《そっ》とこれを袂へ入れて仕舞い、書生さんの書いて出した書面を読み降《くだ》す内に、さすがの道野辺清美も面色土気色に相成りまして、持っている手紙がブルブルと震え出し、癇癖《かんぺき》が高ぶって来た様子。

道「ウウンマアここじゃア話も出来んねえ」

書「別に話はござるまい、貴方もこれまで政体の事に尽力なされ、最早御十分の事です、もし将来いつまでも御前が官に就いていらっしゃれば、人民が甚だ迷惑致しますから、速に僕等が願いの通り職を辞して他県へお出でになるか、あるいはまた御隠居なさい、お楽になりますぞ、ここは身命を擲《なげう》って、我輩等が人民に代り懇願致す儀」

と六十三人の書生等が言葉を揃えてジリリと詰め寄り、

「お聞き済みがあるか但しはないか、只今《たったいま》速に仰しゃいまし、また辞職書を御自身ではお出し難いと思召すならば、僕等が元老院へお届け申しましょうからちょっとお認め下さい、只今速にサアサア」

と今まで酔っていたかと思った書生輩が真顔になり、否と云ったら摑み掛からん剣幕、肩肱を張りジリジリと膝を進めて道野辺清美を取巻きましたから、道野辺清美は最うとてもいかんと思い、殊に一封の書面の外に、二通の艶書の証もあり、聞かずば表向にすると云うから、止むを得ず観念して、

道「諸君よう親切に云うて呉れられた、いかにも君達の諫《いさめ》にまかせ速に辞職を致す、只今その書面を認めよう」

と云いながら硯を引寄せ、サラサラと認めて渡すを、一人の書生さんが受取って、

書「君よう書いて下すった、それでこそ道野辺君だ、これで日本国も安泰だ」

と悦んで書生等はどかどかと出て行きましたが、直にこの辞職書を元老院へ投げ込み、そのままいずくへ行ったか行方知れずになりました。道野辺清美も、かく職を辞して他県へ参りましたから、

これより世界が誠に穏に治まりましたと云う、お目出度いお話でございます。就きまして彼の大名伊三郎は、お吉方にて洗いざらい盗みました金銭品物は、聊かも身に附けませんで、残らず貧民に施し、その上で小網の久治と共に自首いたしましたから、お調べの上詐欺取財の律に照らされ、自首減軽の酌量がございまして、伊三郎は重禁錮一年、久治は同じく六ケ月に処せられ、放免の後伊三郎は故郷へ立ちかえり、以前と違い両親に孝行を尽し、家繁昌いたしましたとの事で、この外馬場良介等の成行は原書にございません。また江沼の一子仁太郎は、成人の後二代目の江沼実となって、大臣の職に昇り、大層な人望を得たと云うことでございますから、これもお目出度い納りで、まずジュリヤの伝はこれで大尾《たいび》でございます。

（拠石原明倫筆記）

# 雨夜の引窓

# 序

正邪を照すに法律にあり。法律を曲ぐる者これを悪人と云う。悪人にして亦《ま》た況々《さまざま》あれば一概《いっかい》これを論ずる能《あた》わずと雖《いえど》も就中《なかんずく》君父を弑し恩人を殺し他人を害しこれを大悪と云い兇器を携え衆人を威《おど》し以て財を掠奪するこれを中悪と云い窃盗欺偽《さぎ》これを小悪と云う。緑林中亦た種々《しゅじゅ》あると雖も実《げ》に憎むべきはこの三人与兵衛なるか。三遊舎主人鈴木氏偶々《たまたま》円朝翁と倶《とも》に熱海へ入浴す。翁語って曰く「予が先師の作る処『早川雨後の月』と題するあり。予壮年の頃ろこれを各席に於て口演せしが今は絶えて演せず。温故知新これを訂正改良して演ぜん」と。鈴木氏切に請う。時に酒井昇造氏傍《かたわら》にあり。筆を探《と》ってこれを速記と為す。この書『雨夜の引窓』と題し強悪三人与兵衛の履歴にしてその酷その悪衆人《ひと》をして肌を寒からしむるに致るの説話なり。その為す処その行う処自己《おの》が罪跡を隠匿《いんじょく》し以て他人を冤罪に陥らしめんと為す事柄を具《つぶさ》に説明せり。これ翁が得意の弁説にして能《よ》く勧懲の意を示し聴衆をして転《うた》た感動に堪えざらしむるに足るものなり。然《しか》れども未《いま》だ訂正の余暇を得ず。鈴木氏曰く「商賈は兵法の如し。神速《しんそく》を以て貴《たっと》し」と。即ち上篇を請い之を印行に附して世に公けにす。看客それこれを求めて余稿の不日《ひならず》発市するを待たれんことを序詞に換えて禿筆《とくひつ》を舐《ねぶ》り云爾《しかいう》。

因によりて本月本日雨太《いた》く降る夜《よ》べ仕事の間《あい》に

香夢楼の小座敷独り寐のさびしきまま夢覚しるす

# 一

これはその昔流行《はや》りました人情話でございます。当今開けて参りまして悪々しいことを演《や》ってはならず、秘事猥褻は極《ごく》人のためにならん、なまめいた事を話さんが宜いとあるお方から厳しいお叱りでございましたので、暫く打ち絶え廃《すた》って居りましたお話で、お聞新らしいだけでございます。しかしまた古い事は却ってお新しいようになりますような訳で、これは三人与兵衛《よへえ》という外題《げだい》で、引窓の与兵衛に、引俣村《ひきまたむら》の与兵衛、練馬村の与兵衛という三人が、依田《よだ》様の時分にお処刑《しおき》になりましたけれども、練馬村の与兵衛だけは、ああ悪い事をしたなと前非を後悔しても、悪事を重ねて、今更是非ないことだと、引廻しの馬の上で悔悟をいたし、初めて磔《はりつけ》に上ります時に、辞世を詠みましたということで、「練馬から大根に似た太い奴押しが強いで今日もうまづけ」と分からん狂歌でありますが、改心をしたので、勿論悪事は誰もしたい者はありませんが、ついした事からふと悪に這入り、その悪を匿さんためにまた悪事をかさね、ああ己《おれ》はこれだけの事をしたが、これが知れてはならんからどうか知れんようにしたいものだと思います処から、彼奴《あいつ》が我が悪事を知ってるから彼奴を殺さんければならんと、またまた悪事が重なって参りますような訳で、芥子《けし》ほど致した悪事が豆のようになり石のようになり、遂にはどのくらいに拡がって大きくなるか知れんから、芥子ほども悪い事をしてはならんという仏法の教えもございますが、なるほどそうであります。引窓の与兵衛と綽名《あだな》を致しました男は、元深川大嶋町の廻り髪結で、一体身性《みじょう》がわるいので親方をしくじり、親の家にもいられん事になりましたので、一人の母を棄てて田舎歩きを致して居りましたが、田舎ではその頃博徒《ばくと》等が蔓《はびこ》って居りますから、博奕打《ばくち》の中に這入って悪い事を致し、天下お禁制の事でありながら、八州様も恐れて逃げるような開けん野蛮の世の中でありましたが、それでどうなりこうなり遊人と云われ、食っていかれたは変な世の中で、丁度宝暦十年の頃、武州中瀬の渡しから伊勢崎へかかる側《わき》に横堀村という村がございました、ここに与左衛門《よざえもん》という名主《なぬし》がございましたが、大庄屋でありまして、金もあり、田地もある裕《ゆたか》の身の上で、江戸見物に出掛けると、たまには芸者の一つも買って遊び、田舎の人だが随分粋《すい》な人で、その頃江戸のよし町にお早《はや》と申す芸者を世話をして居りましたが、しかし女に溺れるという訳ではなく、至って真実者ゆえ親兄弟のないものは可愛相だから己がどうかして遣ろうと云って家でも持たせ、世話をしておくという親切ものでございます。田舎のお内儀《かみさん》はもう年を老《と》って居りますが、世間知らずでございますから御亭主の身を心配致しまして、

内「旦那明日はお発足《たち》になりますかえ」

旦「ああ明日立つとしようが、事によると少し長いが、あの馬の背で買っておいた荷物が来るかも知れねえ、尤も沢山《たんと》じゃアねえ三梱《みこうり》ばかり来るから平常《いつも》のように小屋へ引き込んでおいてくれよ、用が済めば直に帰るから、後は何分頼むよ」

内「お前《めえ》さんの直に帰るというのは当てになんねえ、江戸へお出に成るも宜《え》いが、秋口は少し気を利かして早く帰って来ねえと誠に困りやす、あんたがいれば若え者も気イ置くから夜遊びにも出ず、家の用も気イ付けてあんたに賞められようと思って働いているが、あんたがいねえと、夜遊びいして遅くなって帰って来やアがって、表戸《おもて》をたてえて這入るようなことがあって、誠に困るから、江戸へお出があらばまた長くなり、今度は一ト月で済むかと思った事が四月《よつき》も五《い》ツ月も掛る事があると、誠に心配でなんねえから、どうか些《ち》っと早くお帰《けえ》りをお願え申しやす」

旦「えーい何んぞというとお前がそんな事をいうが、早く帰るって帰らねえって用の弁し方だから仕様がねえ、用が早く済めば早く帰るが、用の都合に依っては帰れねえ事もある、毎日《いつ》帰ると極めて出るわけにはいかねえ」

内「極めて出る訳にいかねえって、江戸へ往けば遅えに極まっているから、またそんな事を仕ね

えで些っと気いつけて……」

旦「気いつけろって何を」

内「何をたって若え者が噂べえするにゃア、旦那どんは年い老って江戸に行って、ああいう若え女子《おなご》の傍にいるから、家へ帰るのは厭になるだろう、国へ帰って婆アさまの傍へ寝るのは厭やだんべえという事が耳に這入ってみれば、少しは心配しねえばなんねえ」

旦「えーい訝《おか》しな気障《きざ》な事をいうねえ、何んだア好い年いして馬鹿のことをいうもんじゃアねえ二十歳《はたち》代《でえ》の者じゃアなし、四十五十の年いして……ナニそりゃア芸者も買い女郎も買うよ、それだからって何も蝸牛《めえめえつぶろ》じゃアなし、その女に惚れて家を打っちゃってどこへ往くという了簡はねえから、若え者じゃアあるめえし、そんなことを心配して悋気《りんき》らしいことを言わねえもんだ」

内「あんたそんなに腹ア立って云わねえでも好え、私《わし》も嫉妬《やきもち》でねえ、家のためえ思うと心配でなんねえからそういうんだアね、私だってハア年いとって子供はなし他人の夫婦養子をするなれば、馬の一疋も殖やしてえと、間せえあれば木綿に縒《よ》い掛けて、布団地の一反ずつも余計に織って、夜なべ掛けて女どもと一つにこんな婆アさまになっても働きやす、そりょう少しいうと貴方が直きに腹ア立って、そんな事を云うだもの、それよりゃア私に打ち明けて話いしてくれても宜いに、匿したって知ってやす、江戸の芳町《よしちょう》に出ていたお早という女子を可愛相だって引かして遣り、そうして他処《よそ》へ囲まっておくてえ話を聞いただから」

旦「何だ、囲まっておいたって泥坊じゃア有るめえし、しかしお前が知ってるか……実は好い年いして、囲者《かこいもの》が出来たとは言い悪《に》くいから、今まで云いやアしねえが、実はお早という親兄弟も無《ね》え、誠に親戚《みより》たよりも無く、両親にも早く死に別れ、誠に心細いものだと打ち明けて身の上話をしたから、可哀相だと思って、それから実は他処《わき》へ世帯を持たせたが、己もこれを浮気でしたてえ訳ではない、勘定高《だけ》えからよ……何故といってみな、宿屋へ泊って宿屋の飯を喰ってれば、碌なものも喰わせねえで手当はわるしさ、それでえらく物がかかるから、己が家にして世帯を持たせておいて寝泊りをすれば、家の惣菜でどうやらこうやら押っつくねておけば、旅籠《はたご》飯を喰うより遥か安くつくと勘定高えからそういう訳に為《し》ているだアから、決して無駄な金え遣う訳ではねえだよ」

内「ああそういう訳なら宜えだ、そう打明けて話せば宜えだが……旦那さま、こうして下せえな、そのお早という女子にねえ、国にゃア年い老ってる婆アさまが一人あるだが、子供もなし、己《おら》アが江戸へ出て来て長くなれば婆アさまも心配するし、家を二軒にしておけばそれだけ物もかかるし、己も老る年でそうそう江戸へも来られんようになってみればここへ一人で置くも無駄だから、婆さまだってもまさか悪くもしめえ、娘とも妹とも思って可愛がるにゃア違えねえから、どうだお前も国へいって婆アさまと一緒になって己アが世話をしてくれめえかと、あんたがそう言ったら、先の女子が、なるほどそんだらば私も心細い者だから、お内儀《かみさん》様と一緒になって世話ア致しましょうという心なれば、情愛があるてえものだね、だから相談打ってみて連れて来てお呉んなせえ」

旦「お前にそういう気があれば大きに宜えだ、じゃア相談してみべえ」

と与左衛門は機嫌よく江戸へ参り、お早に遇って話を致しますと、お内儀《かみ》さんがそういう思召なら、共に参って苦労を致しましょうと云うので、江戸の世帯を仕舞って連れて参りましたが、一処《ひととこ》に置いてみますと、どうも家が紛紜《ごたごた》致しますが、互に心の内には何もなくても自然とちょっとした目遣いや何かで訝しく思う事がありますから、心の中で戦うことがいくらもございます。するとまた間へ這入って胡麻をするという奴が出来まして、意地の悪い男が、両方へ立ち廻って意地をつけて中を悪くさせるという善くない奴がございます。

男「へえお内儀さん、あんたまア何いしているかね」

内「誰かと思ったらおお太助か」

男「はい」

内「用が終えたかえ」

男「はい、今馬に下湯う遣わして馬小屋へ打《ぶっ》ぽり込んで仕舞ったが、あんまり苦しいだアから少し休むべえと思って、一ぷくやりに来やしたが、あんたは何を為《し》ているかね」
内「お早が江戸から来ても、元は芸者をしていたものだから着る物が無え、絹布物《やわらかもの》ばかりで誠に困るてえから手織の紬縞が二三反あるから、あれの着物になおすべえと思って、今積っている処だアよ」
男「ひえー魂消《たまげ》ただねえあんたはえれえ者《もん》だね、あんた位の方は無えだよ、ええ旦那どんが江戸から引っ張って来た女子をあんたが可愛相だって、あれが事だと妹っ子のように思って、骨え折って手織にした物を着物に縫って着せるてえ心は、実に魂消ただアね、どうもあんたは可愛相だよ」
内「何が可愛相だ」
男「だがネあの女子が来て、あんたが可愛がって遣る処の心根がいかにも可愛相だ、先方《むこう》でそれだけに思ってれば宜えだが、そうは思わねえだ、思わねえのをあんたが目を懸けるから可愛相で」
内「なに先方で思ったたって思わねえたって己ア方でさえ思ってれば宜かんべえ」
男「そんなら、そういうがね、私がいうたら悪いけんど、私が言ったと言っちゃア駄目だよ、宜えかえ、この間私が新家の方へ行くと、旦那どんがお早さんと何かこそこそ話声がするから、耳を澄まして、立聞きをする気はねえが、釣りに行くべえと思って釣竿を出して、からんでいた糸を解《ほご》そうと思って立ち止まって聴いてると、旦那どんに甘えたれやアがって、あんたのためと思ってこんな知んねえ片田舎へ這入って来ましたが、気い詰《つま》っていられません、どうかして以前《もと》の処《とけ》へ帰してもらいたい、内儀さんが優しくしてくれるだけに気い詰って駄目だよと云うと、旦那どんが巻かれているから、心配《しんぺえ》するな、家の婆アさまは年い老ってるし、長く己も世話して遣ったから今に家を追ん出して、汝《われ》を嚊《かか》アにしたら宜かんべえといってただが、お前様はそれを知んねえで、目を懸けて遣るなア可愛相だと思うから云うだ、油断のう仕ちゃアなりやせんぞ、江戸の者だから口前《くちめえ》は旨えが心は善くねえよ、気い締めていなせえ」
とこういう奴だからまたここへ来てみるとやっぱり同じようのことを云うにちがいない。

男「何いしているだえ」
早「おや太助どんか、お這入り、この切れをお内儀さんに見せたら、私の扱《しご》きが余り切っているなら欲しい物だと仰しゃったから、お内儀さんに縫って上げたいと思って今出した処さ」
男「たまげたねえ、えれえもんだねえ、あんたくらいの人はないね、江戸で芸者ぶっていた人が、何とまアこんな田舎へ這《へ》えって来て、夜になると狸の腹太鼓を聞いて、面白くもねえ処へ来て淋しかんべえと思っているに、お内儀さんに帯を一本でも縫って締めさせべえという心根はいかにも可愛相だと思ってねえ、さぞ江戸へ帰りたかんべえ」
早「なにしと帰りたい事はないよ、あっちよりこっちの方がよっぽどのうのうして掛け離れていて、寿命が延び延びするよ、お内儀さんが優しくして下さるので、こんな幸福《しあわせ》な事はないと思えば、些っとも帰りたい事はないのです」
男「それだから可愛相だというのだ」
早「何を」
男「何をたって……己《おいら》が云ったと云っちゃア駄目だよ、この間旦那どんとお内儀さんとの話を己が聞いただがね、扨《さ》てあの女子を連れて来たが、以前《もと》芸者した女子だから何一つ出来ることはねえ、米も搗《つ》けねえし馬を曳っ張ることも出来ねえ、飛んだ無駄のことをしたなアと云うと、旦那どんは己も考えてみれば帰してえが、今更帰すには金も入るから困ってるが、もし彼《あれ》が己やお前に逆らったことでも云ったら追ん出そうと思ってると云うと、家のためならたった今追出《おんだ》して仕舞った方が好えって、お内儀さんは口はやさしいが心が善くねえから、気いつけねえばなんねえぞ」
とこんなことを両方へ往って同じようのことを云いますから、自然と家の折合が悪いので、与左衛門さんも心配して、今更お早を江戸へ帰すことも出来ず、どうかして亭主を持たせたいと思って居りますと、遊び人の与兵衛という男がブラブラして居りますから、彼奴は髪結職だが、江戸ッ子同士で気が合って宜かろうと、これへ話を致しますと、与兵衛は結構な美くしい女を女房に貰うのみならず、衣類も沢山あり、金もつけてくれ、殊には村端れに世帯を持たして遣ると云うので、与兵衛は何分願いますと、ここに相談が極って、丁度村はずれに明き家がありましたから、自分は髪結であるいていれば、何にも困ることは無いが、根が遊び人だから、さアどうも博奕を初めて取られると、女房の物を持ち出し、どうかすると着ている物を踏ん剝いても持って行くというほどゆえ、僅か半年ばかりの間にお早は以前の姿はありません、毀れ果てた破屋《あばらや》の住いで、囲炉裏の側にばかり居りますので、自在の薬罐《やかん》と共に燻ぶって居ります。頭髪《あたま》をエボジリ巻にして簪《かんざし》を一本さしているから、牡丹餅へ矢を射ったようで、継ぎの当った半纏を着て働いて居ります。ある日の夕方ポツリポツリと雨が降り出しました。中瀬の方からの帰りと見えまして庄屋の与左衛門さんが来て、

庄「お早、うちか」

早「はい、おや旦那どこへ」

庄「なに今ちょっと中瀬まで行ったが、渡しを渡って漸くここまで来たが、降り出してきたから下駄を借りようと思って、草履を穿いたなりだから……こう降ろうとは思わなかった」

早「お内儀さんはお変りはありませんか」

庄「みんな変りはねえ、ちょっと来たいと思うが……しかし秋口になるといかねえが、これから段々に楽になるのよ」

早「私もちょっと上りたいと存じて居りますが、こんな姿《なり》をしているものですから、半纏一枚を引っ掛けて往く訳にもいかず、遠慮が無沙汰で大きに御無沙汰をいたしましたが、旦那がいらっしゃると胸が一ぱいになりますよ」

庄「いつまでも子供じみているな、早く世帯じみて仕舞わねえといけねえ、与兵衛は大分評判が悪るいなア、誠に己も案じられる、些っと意見をいわねえばならん、彼《あれ》が腰に縄でもつくような事があると己の名前も出るし、表向の店《たな》受けでは無えが、子のようにしている汝《てめえ》を遣ったから、誰も咎め人《て》が無えが、心ある老人《としより》は陰で心配しているそうだ、お前も些っと意見をしねえ」

早「意見どころじゃアありません、私なんぞが何を云ったって聴きゃアしません、意見らしい事でも云うと、何んでもそこにあるもので殴ったり叩いたり仕ますから、うっかりしたことは云われないので我慢をして居りますが、実に心細いのは、皆な家の物を持ち出されましたよ、何もかも失くなして仕舞って、私はこの着物たった一枚で、着て寝るものも無い始末」

庄「困るなア」

早「布団でも何んでも持ってってしまって、夏蚊帳を引っぱずされた時には困っちまいました、これから帰るたって旦那のお世話になる訳にも往かず、江戸へ行けば芸者をしなくってもお馴染のお客もありますから、ちょっとお酌に往ってお相手をしても、自分だけの事はどうやらこうやら出来るし、雇い奉公をしたって旦那のお厄介になりませんように食い方をつけますから、どうぞお願いですから江戸へ帰して下さいな、殴《ぶ》ちたたきをされているのは厭ですからサ」

庄「そんな事を云ったって、それア困るよ、今帰るたって、廉《かど》もねえのに無理に夫婦わかれをしろと云うことは出来ねえ、己がついている内はまさか己の手前もあるから、己に対して悪い事は出来めえ」

早「いいえ仕兼ねやア仕ませんよ、この頃は負けて自棄《やけ》になって居りますから、少しばかり勤めをしてくれねえかと云い兼ねやアしませんよ」

庄「そんな事を云ったって為《さ》せやアしねえから心配はねえや、それア少しは我儘も云うよ、夫婦の間柄だから、それをとやこう心配するな、己の目の黒い内は貧乏ゆるぎもさせる気遣いねえ、心配するな」

と話をしている処へ、間を悪く与兵衛が帰って来ました。姿を見ますると、袷の膝の抜けたのにあやしい二重廻りの三尺を〆《し》め、大道に鼻緒をすげたような藁草履を穿き、山みち手拭を深く被《か》ぶり、男にも嫉妬《やきもち》がありますから訝《おか》しいと思い、裏口から這入り、暫らく立聞きをして居りましたが、だしぬけにガラリと開けて這入って来たから胆をつぶしました。

庄「ああ与兵衛か、胆をつぶした、傘が無えか、降られたろう、己も今中瀬まで来たからチョックリ寄っただア、ハッハハハ久しく来ねえからどうしたと思った」

与「えー大きに御無沙汰しやした（腕を組んで怖い顔をして睨みつけ）おいお早、茶を酌んで出しねえ、人が帰ったら茶でも汲んで出せ」

早「何んだねえ帰って来ると直ぐにけんつくを喰わせるよ、何も囲炉裏のはたにいながら傍にあるものだから自分で汲んで呑んだって宜いじゃアないか、大家の旦那様だって独りで飲むアね、人を牛か何かと思って鼻づらへ藤蔓を通して使う気になっているよ」

与「何をどうしたと、帰って来るとぐずぐず云いやアがる、茶を汲んで出せばどのくらい面倒くさいのだ」

庄「これさお前も小言を云うな、お早も茶を汲んで遣んねえな……逆らわずに、与兵衛も腹ア立つな……」

与「へえ旦那え、私《わっち》はこの間から実はお話に上ろうと思っていやしたが……マアこんな折に云い出すと何だか廉が立って義理が悪いが、御存じの通り私は深川へ六十を越したお母《ふくろ》を残して来やしたが、たった一人の親で、死に水を取る者はねえから、一度《ひとたび》江戸へ帰るようにと手紙が来て居りますから、チョックリ立帰りに行って来てえと思いやす、処が江戸へ往った日にゃア、借金だらけの中へ飛び込むんだから、野辺の送りをした後で借金の極りをつけて帰らなければ成らねえから、一年経って帰るか二年経って帰るか、その間お早を残しておいても、貴方が世話をしてお呉んなさるだろうけれども、私が帰らねえ内に、与兵衛も間抜けの奴だ、嬶《かか》アを置きっ放しにして留守のざまア見ろなんてえ後指をさされるのも厭だから、どうであなたの妾を女房に貰ったんだから、元々どおりあなたの方へお返し申して、江戸へ行けば極りもつくし、家まで拵えてもらって、家は台《でえ》なしに成って嬶アも台なしにしやしたが、元々どおり、奇麗さっぱりとお返し申して極りをつけ……一年も経てば帰りやす」

庄「そういう訳ならば、それまで確に預かって、お早一人ぐらい食わして置いても宜い、素より家まで拵えて遣り、夫婦にして、江戸ッ子同士で宜かろうと思っていたが、汝《てめえ》のように云うと物に廉が立つ、やれ居ねえ内に人に後指をさされるとか、やれ馬鹿だと云われちゃア気が利かねえと云うところをみると、お早の身体に何か迂散《うさん》のことでもあるように厭に聞えて、どうも云い方が悪るいじゃアねえか、お早の身に何かあるようだのう」

与「何かあるから云うのだ」

庄「突ッかかった事を云うねえ、己に向って何を云うのだ」

与「何をたって、いつでも私が帰って来る度にお前さんの話し声がするから……」

早「おや忌《い》やだ」

庄「江戸ッ子に似合わねえ訝しな事をいうな、毎日《めえにち》でも来やアしめえし、今日は中瀬まで来たから、あんまり久しく来ねえから」

与「いえいえいつでも話し声がする……人が聞いていれば己の目の黒い内は与兵衛に貧乏ゆるぎもさせねえって、後楯があるから……この女《あま》っちょが喰れえそべえやがって」

庄「おや此奴《こいつ》、おらに対してつッかかったことを云うナ」

早「お前は何を訝しな事をお云いだ、旦那に向って……」

与「ええこン畜生、何をぬかしやアがる」

と云いながらお早の領上《えりがみ》に手を掛け後へ引き倒し、

与「元々どおりに返して行くのに、何も不思議はねえから、受取っておくんなせえ」

庄「ああいう事をいう」

早「打っちゃってお置きなさい、気が違っているのです、逆上《のぼ》せているんだよ、お前どうしたんだえ、一から十まで旦那の御厄介になっていながら、博奕ばかりして、些っとも仕事をしないから家には喰べものも何もありませんよ、私も旦那の処へ無心にも行かれず、本当に私は人の手伝いをしているのをそんな事を、馬鹿々々しいことを云って、嫉妬らしい、何を馬鹿々々しい事をいうんだネ」

与「嫉妬らしいとは何んだ、何を云いやアがる」

早「だってお前恩人の旦那に悪体を吐《つ》くから云おうじゃアないか」

与「黙っていろ、張付《はッつけ》め」

早「張付ったってお前」

与「おやこン畜生なぐるよ」

庄「止しなてえに」

与「うっちゃって置きなせえ」

といいながらポカポカと殴ると、

庄「これ与兵衛、何をする、止さねえかこれ止せったら」

与「止せったて未だ預けねえ内は己の嬶だ、擲殺《たたッころ》したって宜いのだ」

早「ああ打《ぶ》ち殺すともどうとも勝手におし、お前のために丸裸にされ、苦労艱難《かんなん》をして居るのに」

与「利いた風な事をいうな、ナニこの女《あま》ア」

とお早をポンと打つ途端に自在の竹にあたりましたから、外れて薬鑵が転覆《ひっくりかえ》り灰神楽が上がる。

アレーと立つ拍子に行灯が倒れる、四辺《あたり》は真の闇となる。

庄「えー与兵衛、危ねえよ、粗朶《そだ》を抜いたようだ、喧嘩をするな」

与「なにたたき殺しても構やアしねえ、お放しなせえ」

庄「これサ与兵衛、あぶねえからよせ、これ待て」

と与左衛門が立ちながら確《しっ》かりと手に縋る。

与「なにこの……放さねえか」

と与兵衛は腹立ち紛れに粗朶を以て払う先が、与左衛門の脇腹に中《あた》ったとみえてウーンと倒れる

音に気がつき、
与「旦那え旦那え、旦那どうかしやしたか、旦那え……オー倒れた、旦那え、どっかへ当りやしたか旦那え、これお早どこへ往ったんだ、旦那がここにひっくりかえった」
早「ええ……ほら御覧、旦那に怪我でもさせちゃア済まないから早く……」
与「あ、冷たくなっちまった」
早「えー……」とさぐり寄り、「旦那が冷たくなっちまったよ」
与「冷たくなったって……そりゃア己の頭だ、痛えナ、それ何を……おい」
早「おいッたって何をサ」
与「えーそれ何んだ……えー何んだっけ……」
早「手真似をしたって暗い処で分りゃアしないよ」
与「なにそれ火打箱を、早く持って来い、えー頭の上へ出しちゃアいけねえ……えーこれは鰹節箱だヨ、火打箱をさッさと持って来い」
とカチカチ遣って、その時分はマッチがないから附木へ火を移して見ると驚きました。与左衛門は虚空を掴んで歯を食いしばり顔色を変えて倒れて居ります。
与「うむ、こりゃア飛んでも無え怪我で、旦那え御免なせえ、私アお前さんが止めるのを払おうと思った機《はずみ》に当ったんで、旦那確かりしておくんなせえ」
早「おやどうも主人とも親とも云いようのない旦那をこんな事にしちゃア済まないよ……」
与「やいどこへ行くのだ」
早「お放しよ」
与「えい、篦棒《べらぼう》めえ、顔色を変えて飛び出してどこへ行くのだ」
早「どこへたって……お医者様の処へ行くのさ」
与「えー分らねえ事を云うな、待ちねえ、汝《てめえ》が医者の処へ駈け出して行って、医者が来て脈を取って、薬を盛って好い塩梅に旦那が気がつきゃア宜いが、もしも気がつかねえ時にゃア名主殺しだ、汝も己も一緒にいたんだからどうでも一緒に行かにゃアならねえ、罪は重いよ、だからここでどうか算段して旦那を介抱して、それで気がつきゃア誠に済みません、全く怪我でござえますと詫びりゃア、解った人だから謝り証文の百本もかけば堪忍してやろうと云って済むが、人が来りゃア表向だから、その人に対しても勘弁は出来んと云うに違えねえ、己は実は汝に惚れていればこそ詰り嫉妬らしい事を云った奴が初まりだ、汝も江戸から厄介になって、恩もあり情もあるから、どこまでも駈け込んでこの事を訴人すれば、汝は助かると思っているかも知れねえが、己が喰《くら》い込んでみろ、汝も助かりゃアしねえ、どこまでも汝を抱えて行くよ、宜いかえ、それよりゃア二人とも命が助かって、江戸へ往って末長く仲好く夫婦になられればそれほどの事はねえ、それとも己に抱かれていって共に死ぬ気か、さアどうだ、どうする」

と云われてお早も考えましたが、この野郎の云う事を聞かないと、どんな目に遇うかも知れないと思います。これは怖いから、どうでも宜いから命の助かるようにと、ただ怖いと思ったから思案を決し、

早「どうでも宜いから旦那の命の助かるよう早く助けて上げておくんなさい」

与「もう間に合わない、家に艾《もぐさ》の買ったのがあるか」

灸が一番いいと灸を一時に足の裏へ団子のようにかためて載せて火を点け、渋団扇でセッセと煽いだが聾《つんぼ》ほども利きません。

与「これは仕方がねえ、先刻《さっき》いったこともあるが、人に知れてはならねえから外へ出ちゃアいけねえ、それよりゃア人知れず死骸を片付けて、事なく夫婦になられればよかろう、駈け出して訴人をすれば抱えて行くよ」

と威しておき、死人の顔へは頬被りをさせ、名主が穿いて来た麻裏草履を腰にはさんで手にこう取って、自分が負《おぶ》い出して、巧みの深い奴もあるもので、河岸へ廻って、他《わき》へ罪をなすりつけると

いう悪事に長《た》けた奴で、後に之が原因《もと》で遂にお処刑《しおき》に相成るお話でございます。

## 二

扨《さて》与兵衛は、己の家で殺した死骸へ頬冠りをさせて、これを担ぎ出し、段々田圃伝いに参りますと、雨がサッサッと真向に降掛けて来ました。四辺《あたり》は人ッ子一人通りません田圃中なれども、向うにチラリと一張《はり》見えた提灯は、沢辺を飛びかう蛍より小さく見えますを南無三《なむさん》人が来たかと堤を下り、裏手に曲ると生垣がありまして、野良の中の一軒家で、寄合所で、昼は百姓が参り、花を担いで来たり、あるいはタゴを担いで来て休む所で、夜になると、百姓が馬鹿囃の稽古を致したり、あるいは月待の勘定を致すなどに寄合を致します。丁度月待が済みましたから勘定を致します。十三夜十五夜は皆月待と云って、遊びに参りまして、頭《かしら》立った人が大勢入り交り、その日の勘定だけは皆いたしますが、

甲「長島新田の方は嘉十の方へつけて、祭礼《まつり》の時の世話人は五左衛門を立てた方が宜かろうと思うがどうだ」

乙「左様でございます、五左衛門も宜いけれども、彼はどうも風の悪い分らねえ男で、毎年これ極っているが、どうも勘定合が大《えれ》えたって、彼は若《わけ》え者どもと心配をぶって、早く相談の追付く訳だから、これだけの事はどうしても汝《われ》がにおっ付けておかなければなんねえ、これお前方後の方にいねえでこけへ出ろやい、誰だこれ酔払って来やアがって、人が相談ぶっている処え、こんな行作《ぎょうさ》の悪い人間は沢山《たんと》はねえ、村の者べえではねえ、他《ほか》村の者も二人ばかり這入っていて、己の方で神輿を出せばこっちからも神輿を出すという村の頭立った者がいるのに、酔払って来やアがって足を突ん出す奴があるか、坐っていろ」

丙「何だって、己の足を己が出すのに悪いてえはどういう訳だ」
乙「行作が悪い、後へ去《しゃ》ってろ」
丙「いや去らねえ、兄イぶった事を云うな、今では汝《われ》ア田地持になりアがって、旦那様とか何とか人においやられる者だから、大え面《でけ》アして大手を振って歩いていやアがるが、以前《もと》を忘れちゃア人間は済まねえぞ、以前は汝貧乏だって、己が家へ来て婆様に餅イ搗いて食わせる事が出来ねえで、どうか嘉十兄イ唐餅《もろこしもち》を七切《ななきれ》くれッせえと云って貰っていった事を忘れたか、それから己ン所で白え餅まで遣った時に、兄イ助かりやす雑煮して食わせると云った事を忘れたか」
乙「この野郎助けられねえ野郎だ人中で……人間はお互《たげ》えに浮沈《うきしずみ》があるから、世話になったりなられたりする事もあんべえ、今人中で他村《よそ》の者も這入っているに良く無え奴だ」
甲「嘉十、汝酔払って来て後に去ってろヤイ」
乙「へん元は元だが、今の名を聞いて魂消るな、宮の下の平四郎を知んねえか」
と紛々《ごたごた》している所へ与兵衛が頬被りをさせた死人を雨戸へ立て掛け、腰に挟んだ草履を死人に穿かせ、片手で静かに表の戸をトントン（口に袖を当てて妙な声で）
与「何をしているんだ……」
甲「何を、えー何だえ」
乙「この頃は狸が出るてえが狸じゃア無えか」
甲「狸だって人の多くいる所へ来る事はねえ……誰だ」
与「喧嘩をするときかねえぞ、喧嘩をするときかねえぞ」
甲「何だか分らねえ、誰か往って見ろやい」
己が往って見ると一人気早の奴が出まして、誰だアと云いながら手を掛けてガラリと戸を開けると、立て掛けてあった死人がバタリ中へ倒れ込みました。
「この野郎酔払って這入《へえ》って来やアがって、分らねえ事を云やアがってこの畜生人間と見せて狸に違えねえ、コレー慌てて逃げねえでも宜え……この野郎、口も聞けねえほど酔っていやアがる」

「これサ余り騒がねえが宜え、酷く騒がねえが宜え、灯火《あかし》点けろよ、お役人様でも来て博奕《わるさ》していた訳じゃア無え、間違えて這入って来ただ、これ仕様がねえ、そんな所へ這上って、下ろやい」

「下る事は出来ねえ、誰か肩を貸してくれ」

「ムーそっちの方で糖味噌臭えがどうしたんだどうしたんだ」

「揚板を踏み外して糖味噌の中へ陥《おっ》こちた」

「待てよ、今灯火点けて遣るから」

と一人が蠟燭を持って土間へ下りて参り、被り物を取って見ると、村の束ねをする大庄屋の与左衛門だから慆《びっく》りしました。

「ヤこれア魂消たよ、これ馬鹿野郎、これは誰方《どなた》だか知んねえか」

「どこの人だ、誰だ」

「名主どんが、若え者が疾《と》うからこけえ寄って悪戯《わるさ》をして博奕を打つ事があるから、村から縄付が出ちゃアなんねえと、時々見廻って来るが、今日は少し嚇《おど》し事をしようというので、月待勘定とは知んねえで、高声で喧嘩をしていただから、こんな事があると思って嚇しのため頬被りをして来たのを、這入《へい》るか這入らねえに大勢でぶっ敲《たて》えて殴殺《ぶちころ》して仕舞やアがった、見ろやい」

「そんな事たア知んねえで、旦那どんと知ってれア敲かねえ」

「知んねえたって能《よ》く気いつけろ、これ誰も出す事はなんねえぞ、どうせここにいる者は皆掛り合いだ、他の者と違って名主どんだ、その中《うち》にも汝《われ》は太《ひど》く敲えたに違えねえが……」

「イヤ冷てえ……ウンもういけねえ」

「冷てエたってこれア災難だ、こういう時に世話人になって、頭立ってここに這入っていれば拠《よんどころ》ねえ、己か解死人《げしにん》に立たねえばなんねえ事に成ったか」

「ああどうも困ったなア、どうしべえ」

「どうしべえたって汝は殴殺した当人だから、汝はどうしても解死人になんねえじゃァ、ここに居る人は何人いる……この十一人の人が残らず掛り合だ、縄付になって引かれるような事があれば、気の毒だからこれアこうしべえ、己と汝と密々《こそこそ》話をしている所へ旦那が這入って来たのを、間違えて殴殺したと訴え出て、縄付になって出べえ、汝は殴殺した当人だから解死人に出るなア当前《あたりめえ》だ」

「旦那どんと知ってれば敲かねえ、知んねえで敲えたのだから勘忍してくれっせえ」

「堪忍してくれでは済まねえ、馬鹿野郎、外に仕様がねえ……はア」

若者「ムム新田の婆様が目エ廻した時に足の裏に灸をすえたが、灸をすえたら万一《ひょっと》まア気がつくかも知んねえがそうしてみてえ者だ、艾《もぐさ》あれば持って来う」

と死人の足を顚転返《ひっくりかえ》して先《せん》にすえた所へ載せ、

「ここに黒い物があるから印しで宜かんべえ」

と火を点けて煽ったがいけません、先に一つ遣ったので、皆途方にくれて居りました。処へもう時刻も宜かろうと与兵衛が白ばっくれて表の戸をガラリと開け、

与「御免ねえ」

甲「ああたまげた」

与「へえ勘定かえ大勢寄って」

甲「はア魂消たなア、人の家へ這入るなれば応対して這入るが宜え、声も掛けねえで開ければはア魂消るだ」

与「誰だ寝ているのは……ヤ旦那だ、己の所の旦那だ、旦那どうしたんだ、や冷たくなった旦那……」

甲「静かに静かに、扨お前に来られちゃアどうも致し方がねえ訳だが、実は月待の勘定のついでに、後の祭礼《まつり》の事を相談打《ぶ》つ積りで大勢寄って灯火を点けて、こそこそ話をしていたから、若え者が寄って悪戯していると思って、嚇しに這入って来たが、頬冠りをしているもんだからこの野郎が

出やアがってはア、他村《よそ》の者でも来たか狸が這入ったかと思い違え、旦那どんが敷居を踏んまてえで這入らねえ中に引摺り込んで殴っ殺しただ」
与「ええ、飛んでもねえ事をしやアがる、汝《てめえ》か」
乙「己は知んねえで敲えただ、知っていれアア敲かねえ」
与「知らねえたってこの村中の束ねをする旦那を殺したと云えば、ここにいる奴は残らず解死人に立てるぞ、一人も助けねえ、一通りならねえ親とも主人とも云いようのねえ旦那を殺しやアがって、汝か、ただア置かねえぞ」
甲「騒いだって仕方がねえから静かにしておくんなせえ、あんたは旦那どんの妾のお早どんを女房に貰って、親とも主人とも云いようのねえ大事《でえじ》の旦那を打殺されて、腹立ち紛れに訴え出れア、残らず縄つきになるのは当前の事だ、だがここに他村の者も来ている、この人達に難儀を掛けちゃア済まねえから、己が殺さねえでも殺した積りにして、この野郎は敲えたから解死人に立ったのは当前だから、二人で解死人に出て、後の九人を助けてえと思って心配ぶっている処へ、お前が這入って来ただが、しかしここで悪戯をして博奕を打つ事もあるから、表向にすれば少しお前も懸り合いになる事だから、後の九人を助けて二人が解死人になって、事穏やかに済ませる訳にはいかねえか」
与「なるほどそうだなア、物の頭に立つ者は因果の者で、打殺されても大勢を助けようという心持を考えてみれば、軽はずみに飛出して出る処へ出るてえのも済まねえ訳で、こんな難儀をお前さん方に背負《しょ》わせずに、他《わき》の方から出るように工風《くふう》をしてみてえが、何をするのも金だ」
甲「金ずくで助かる工風が出来るなら己ア一人で出さねえでも、九人の者から十両ずつ集めても九十両出るが、どうか工風はあるめえか」
与「ちょっとお前耳を貸しねえ」
甲「ええ」

と耳をほじり、
甲「久しく耳をほじらねえから、がんがんと云って上せて聞えねえから……ええ……ウンそうなりゃアハア旨えなア」
与「その代り己の了簡では百両の金は今という訳にもいくめえが、旦那の葬式が済んで仕舞った処で宜い」
甲「些とも早く、明日の朝にもどうでもするからきっとだよ」
与「己がこの死人を持ち出した事をこれッぱかりでも人に知らせると、ここにいる者は残らず素ッ首が落るぜ、表を開けて見てくれ、首ったけ出して、えー間抜けめえ戸を閉めろ」
「へえ」
と小言ばかり云われている。
与「誰も来ない様子か」
「ええ誰も来やせん」
これからまた草履を脱がして自分の腰に挟み頰冠りをさせて再び与左衛門の死骸を背負い出しましたが、ひどい奴もあるもので、裏伝いに持って参りまして、どこへ往くかと思うと、堤からダラダラと下り、大庄屋与左衛門の庭から這入り、ここに新屋と云って、今度座敷が出来ました処に、お内儀さんは一人で、旦那が帰らないので悋気深いから寝て待って居りますと、与兵衛は出入の事だから勝手も知っている。庭のタナ井戸と云って刎釣瓶《はねつるべ》の井戸があります、その井戸端の処へ窃《そっ》と死骸を下して、トントントントンと戸を敲き、
与「今帰ったよ今帰ったよ（トントン）今帰ったよ」
と口を袖に当てて旦那の声色《こわいろ》を使います、この男は元来《もとより》器用の奴で、江戸に居りましても役者の声色の上手の者でございますから、今旦那の声色を使うと、お内儀さんの方では旦那がまたお早の処へ往きやアしないかと、少し悋気が起って居ります処へ、表を敲かれましたから、

内「誰だかの、そこで表を敲くのは誰だの」
与「今帰ったが遅く帰って極りが悪いからちょっと開けてくれ」
内「今帰ったから開けてくれと云われた義理かえ、そこは開きやせんよ、ここは這入り口ではねえ、垣根で囲ってあって這入られません、どこの人か名前を云って表口から這入っておくんなせえ」
与「己が家へ己が帰って来るのに不思議はねえ」
内「己の家へ己が帰ったもねえもんだ、いい年して、へえあなた幾歳《いくつ》になんなさるかえ」
与「五十一になったよ」
内「五十一になってはア夜更しイして、表べえ出てはア、何んともはア云おうようがねえよ、家がそれほど厭なれば帰らねえでも宜えよ、私《わし》が云わねえこっちゃアねえ、綺麗さっぱり与兵衛の女房に遣ったと云うから、旦那どんは未練を残して度々そこへ行かねば宜えが、嫉妬《やきもち》ではねえが人の誹《そし》りもあるからだ、それほど厭な処なれば戻らねえでも宜え、ここは開きやせんよ、フフフ」
与「表から這入ると奉公人の前もあって極りが悪いから、ちょっと開けてくんなよ」
内「極りが悪いように貴方《あんた》がしただ、私が知ってでもいやアしめえし、はア極りも悪かんべえ、頭を光らかして女子狂いをするだものう、ここは開けませんよ、私ゃアこの八畳へ来て一人で眠るだから、あんたもこの家遣るから勝手にしろッてえから貰って、私は女隠居というになってるから開きませんよ」
与「そう云われると面目ねえから、ひょっと狭い心を出して井戸へ身を投げるか、夜中《よじゅう》歩いて途中で間違があっても宜えか」
内「はッはッはッ嚇しべえ云ってる、気が小さいから井戸へ這入るような気になるべえよ、ハハ井戸へ身を投げて見さっせえ、よっぽど冷こくッて宜かんべえ」
与「そんならもうこれが別れだよ」
内「何だか判然《はっきり》分りゃせん、ああいう嚇し言を云って、お別れになりやんしょう」

ウン仕済ましたと、与兵衛はこれから腰に狭んである草履を出し、井戸の前に並べて頬冠りを取って逆さまにして、ドブリと井戸へ放り込んだ音に紛れて、生垣を飛び越えて逃げたんですが、お内儀さんは余りに音が甚《ひど》いから、

内「誰だか大《で》え音《け》がした、これやいちょっくら出て来う、若い者ども、どうしたんだかね……はてな」

と思って雨戸の桟を外して、表をガラリと開けて見ると、二十日の月が傾いてボーッと明るく見えます、井戸の前に草履が二つ並んでいる処を見れば、ひょっと井戸の中へ這入りゃアしないかと胸に当ったから、心配して跣足《はだし》で駆け出し、

内「これやい喜八郎々々々、与吾左衛門、ちょっくら出て来う、旦那どんが井戸へ陥《はま》ったようだから……」

と云う声に驚き、出て見ると井戸側の前に草履が並べてある、中に死骸がある様子に家内一統騒ぎ居りまする処へ、再び与兵衛がゆすりに来るという、大悪非道の奴でございます。

三

それから若い者が大勢寄って来て見まして、

甲「お内儀さん、井戸の前に草履が並んでいますが、どうしたのか」

内「旦那どんがそこにいるような声がしたように思ったが、井戸の中で大え音がしたから、ひょっとして陥りゃアしねえかと思って呼んだだが、出て来ようが遅えじゃアねえか」

甲「遅えたってはア、人が井戸に這入ったなんて知んねえだもの……はてな剣釣瓶が無花果《いちじく》の木へ引掛っている、やい剣釣瓶がどうしたんだ、転げて井戸の中へ入る訳もなし、他にも這入る人も

ねえから、これア旦那どんが陥ったかも知んねえ」
内「だから早く見てくんろゥ」
甲「見てくんろゥたって来たばかりで、ただじゃアいけねえから、中へ這入って見るから、何を持って来う……錨綱《いかりづな》を持って来て、己の身体を縛って、傍にいるものが段々大勢で押えて入れるだ、留吉にもこっちへ来うと、大勢来て力の強《つえ》え者が押えなけりゃアなんねえから、錨綱を持って来ねえければいかねえ……これは肥桶《こえたご》の紐だ、錨綱を持って来いよう……」
これからこの綱で身体を縛りました。
甲「宜えか、大丈夫《でえじょうぶ》か幾重にも縛って肩へ懸けて縛れば大丈夫だ、宜えかね、自然と下るようにするのだぜ、一時に下すといけねえから……足で掻廻《かんまわ》したら知れべえ、これやい確かり押えていろやイ」
乙「押えろッたって力が足んねえから、無花果の枝へ綱を打掛けておけば宜え」
甲「直にぶっさけべえ、確かり押えて下《おろ》せ」
乙「さッさと這入れ、早く這入れ」
内「急がねえが宜え……ア危ねえよ」
甲「宜いか、確かり綱を押えて」
と井戸側へ足をふん掛けて、
内「一旦に下さば危ねえぞ、綱を離すと怪我するぞ」
乙「怪我したって構わねえ、この野郎はおっ死んだって旦那どんさえ助かれば宜え、放しても宜え、この間の意趣があるから些とべえ水を呑まして遣ろう……」
甲「これ腰きり陥った、首だけ這入ったよ、これ首ッきり陥ったぞ……綱を収めろてえに」
乙「もっと下すぞ、沢山《たんと》這入れよ」
甲「これ馬鹿するない、ウップー……綱を収めろてえに、悪戯するな、ウップー……」

と云いながら足で探すと障る物がありました、水の中ではあり、一旦打殺した死骸でございますから浮いて参り、見ると死人ゆえ片々の手を確かり押えて、

甲「もう悪戯をするときかねえぞ、これやい死骸は確かり押えたからお内儀さんに心配ぶったって駄目だ、今這入ったばかりだから揚れば助かるべえ、灯火見せろ……熱いなア、蠟を頭の上へ垂らしてヨ、死人を結える増綱《ましづな》を一本下せ」

乙「その綱へ縛って先きへ上げろ」

甲「それじゃア己が上れねえ」

乙「上れねえでも宜え、面倒な事を云わねえで汝の綱をほどいて縛れ」

甲「それじゃア己がまた中に這入ちまわア、もう一本綱を中へ下げなければいかねえ」

と漸くの事で引き上げたが、中々助かる様子もございません。二度も三度も灸をすえたり色々介抱致しましたが気がつきませんから、内儀さんはただ死骸に取ついて泣いて居りますと、時刻は宜しと思って与兵衛が表口から、

与「御免なせえまし」

男「おお与兵衛どん」

与「今私が表を通ったら、灯火が差していたから奥で一杯飲んでいるんだろうと思って」

男「一杯処じゃアねえ、はア水をくん飲む騒ぎだ」

与「何だかお前さん裸体《はだか》でどうしたんだ」

男「裸体だって苛《えれ》え目に逢って二度三度水を呑ませられました、はア旦那どんが井戸へ這入っておっ死《ち》んだ所だ」

与「ええ旦那どんが……おどろいたなア」

男「魂消るにも魂消ねえにもあんな沈着《おちつ》いた人の好い旦那で、表を歩くたって容易に足を踏み出さねえような人が井戸へ陥るなんてえ云うのは、能々《よくよく》覚悟をしたに違えねえだね、草履がちゃんと

一足並べて在ったのは、覚悟を極めて死んだと思っているが、脾腹打って陥ったものと見え水も吐かねえ」
与「これは驚いたねえ、どうも実に恟りしたねえ、ただ夢のようでねえ、どうお内儀さんはどうして居る」
男「ただ泣いてばかりいるから、早く奥へいって力をつけてやってくれ、病《やめ》えでも出ると仕様がねえから」
与「へえ御免なせえまし、奥へいってお内儀さんにお目に懸りやしょう」と奥へ通りますと死骸に縋ってオイオイ泣いて居ります。
与「御免なせえ」
内「誰だか」
与「へえ与兵衛で」
内「おおどうして来ただか」
与「今表を通りやすと、表へ灯火が差していますから、奥でお酒でも初まっているかと思って、余り御無沙汰になったから参りやしたら、旦那が井戸へ落ちたそうで、驚いちまいました、何とも申しようがございません、嘸《さぞ》御愁傷で……」
内「はいただ魂消てばかりいやす、何の因果でこんな事になったかと泣いても泣きおおせられない訳で（と泣沈む）、子供はいず、跡目に立つものはなし、ああ気の狂うような人でもねえに、何だって井戸へ陥ったと思って魂消ているだよ」
与「どうもねえ今お宅の御奉公人衆に聞いても、ただ胆を潰してあんな落着いたお方が疎相《そそう》で井戸へ落ちるような事はなし、どういう事か覚悟を極めたと見えて履物が並んでいた、脾腹打って陥ちたか飛込む機《はずみ》に甚く撲《ぶ》ったろうか、水も吐かねえと仰しゃったが、私も驚きやした、何共《なんとも》どうも親とも主人とも云いようのない、力に思う旦那様に死別れて、私は実にがっかりして仕舞いやした、御恩返しの仕様のない訳で、これも災難だからどうも仕様がないんで」

内「どうもはア魂消ているだね」

与「旦那さんはどういう訳で……何か訳があるでしょう」

内「就てまアお前だから話すけれども、この頃旦那どんは折々夜遅く帰る事もあるに、今夜に限って庭口から這入って来て、己が寝ている奥座敷を敲いて開けてくんろと云うから、冗談では無え、好い年をして夜遊びなんぞしてては世間の前も能くねえ、お前の評判も能くねえ、それほど家が厭なれば外へ往って泊って来れば宜いにぐらいの事は云うべえ、まア与兵衛どんの前だけれども、嫉妬の訳じゃアねえが、云うべアじゃアございやせんか、すると云うが早いか直に井戸へ飛込んで仕舞ったが、可愛相にはアただ魂消ているだよ」

与「へえ（腕組をして考え）どうもお内儀さん、そんな事をうっかり人に云っちゃアいけやせんよ、お前さんは亭主殺しに陥《おち》やすぜえ」

内「汝は魂消た事を云う人だ、何で己が亭主殺しかえ」

与「旦那は平常《ふだん》から沈着《おちつ》いた方で、遅く帰ったって帰らないって旦那の家へ旦那が帰ったのだから、たとえば八ツが九ツでも開けなければならねえそれをお前さんが明けねえから旦那さんが井戸へ飛込んだというと、手を下さねえでもお前さんは亭主殺しに落ちやしょう、水を呑まずに死んだてえのは、はて変だなア、井戸へ這入れば水を呑むはずだが、呑まねえ所を見れば訝しい、これは調べなければアならねえと世間に疑りを受けたら飛んでもねえ事になりやしょうかと思いやす」

内「疑ぐりを受けるたって、何も己が旦那どんを飛込まして殺した訳でもなし、手を下して殺したと村の者も思う訳もねえと思うが、そんな事を云う者があるかえ」

与「ありゃアしねえがね……ある気遣いねえがね……これアただ私がお内儀さんに話をするのだが、江戸にこういう事があってね、深川大島町の仲間合で、亭主が飲ん倒れで夜遅く帰って来る事があるんだ、女房が心得違いの奴で、間男をして楽しんでいるもんだから、亭主を縊り殺して井戸の中へ放り込んで遅く帰って来たから戸を開ねえと井戸へ飛込んだと云ったが、水でも飲みに這入ったろうと思っていたと云うので、ついにこれで済んで仕舞ったが、どうも私は合点しねえで、呑ん倒れだが平常は良い人間で、兄貴同様の極仲の好い奴でして、その嬶アが来たから、兄弟分の縁も切れるような事だから、その女房を手先へ私が指して、亭主殺しに落して酷い目に逢わせた事がありましたが、それとは違い、お前さんを疑ぐる気遣いはないが、また村の者もそんな事を云う人はねえが、もし村の者が聞いたら旦那は毎晩どこへも出やアしない、この頃では加減が悪いと云って、どうかするとプッと折々飛出して庭に駆け出す事があって訝しいと思っていたが、何を云っても間違った変な事を云う事もあるが、今考えれば気でも違っていやアしないか、逆上《のぼ》せていたんだろう、雨戸を開け、草履を穿いて出たが、とか何とか云わなければ可《い》けやせんよ」

内「有難うござえます」

与「私は江戸の深川に年を老ったお母《ふくろ》がありやすが、大病だという手紙が来ているんで、立ち帰りに行って来てえが、何分にも借金だらけの中でげすから、借金を目鼻をつけてお母の弔いを出して、三十五日の配り物でもして、それから帰るにはどうしても一年掛るか二年掛るか分りません、旦那どんに家まで貰って、お早を女房に持って居りますから早く帰りてえが、借金の形《かた》をつけなけりゃアお母の見送りも出来やせんで……私はこれまでこんなに力の落ちた事は無えが……御愁傷の中でこんな事を云っちゃア済みませんが、どうぞ五十両貸しておくんなせえな、すっぱり借金の目鼻をつけるから五十両貸して下せえ」

内「あれまア呆れた人だ、愁傷の中で、旦那どんが井戸へおっ陥《ぱま》って大騒ぎやっているに、五十両貸してくれってお前、旦那どんに借りでも返した事があるか、誰が貸す奴があるものか、出来ねえよ、お母の死水を取ろうと取るめえと金を貸す訳はなえ、旦那どんの貸したのさえ今だに返した事はねえ、お前ぐらいずるい男は無えと平常旦那どんが云っていた」

与「へえ誠に済みませんがえへへへへ無理にお借り申すとは云いやせんが、えー宜うございますかえ、毎度こうやって御無心を云いやすので、私が来ても与兵衛がまた金を借りに来やがった、仕方がない五両貸して遣ろうと云うと、あなたが傍でそんな事を云わずに八両にしてお遣んなせえと仰しゃって下さるから、私も有難えと思っていやすが、あなたがもし意地が悪くて、あんな奴を家へ寄せつけるな、世話をしたって無駄の話だから止せと、あなたが旦那に焚付けるような事があれば、疾うにお出入が出来ねえわけだが、思えば思わるる喩《たとえ》で、旦那をだしになすって、十両金が入《い》ると云えば十五両貸してお遣んなせえと、殖《ふや》してくれるように云って下さるから、これまで助かっていたんだと、蔭で賞め散かしてお前さんの事計り云っていますが、輪に輪を掛けて私がお前さんの事を世間へ吹聴して居りやす、ねえお内儀さん、お前さんそこいらを買って与兵衛を助けておくんなさると、その今もお話をした兄弟分とまでなった好い中の朋友《ともだち》の嬶《かかあ》が、間男をして井戸の中へ亭主を放り込んだから、彼奴は訝しい、随分間男もし兼ねえ、亭主も殺し兼ねえと私が吹聴したから遂々《とうとう》上の耳に這入って踏縛られて敲かれると、白状してお処刑《しおき》になって仕舞ったが、怖ろしいもので、優しくしているお前さんでも旦那が井戸へ這入るてえのは訝しい、水を呑まねえ処は変だなんぞと中が悪いと随分喋って、この事が調べられて、お前さんが役人に殴られるような事があると目を廻すよ、箒木尻という奴で、割竹に皮を巻いたので打たれると一撲《なぐり》で死ぬねえ」

内「ああ気味の悪い事を云う人だ、そんな事を他へ往って云わねえが宜え」

与「なアに今まで御高恩になって、陰で賞めているくらいで、あんな宜い御新造はないと云って……しかし平常中が悪いと私が深川にいた時分のようにした日にゃア大変です、遂にその二人は磔《はりつけ》に上げて遣りましたよ」

内「ああまア待つが宜え、金を借すべえよ、人の悪い男だ、今取り替えて来た金が丁度五十両あるだから皆な貸すべえが、些とずつ返すが宜え（と泣きながら）旦那どんがいねえばっかりで馬鹿にされるだ、さア持って行きなせえ」

与「有難うございます、実は旦那に御無心を云おうと思っていた処へ、こんな事になって力が落ちたと気を揉んでいたが、こんな事を云い出すてえのもお気の毒だと思ったが、お内儀さん誠に有難うげす、お蔭様で私は親孝行になりやす、お母の死水を取れば直ぐに帰って参ります、お早は連れて行くかも知れませんよ、お葬式の時にはまたお手伝いに参りやす、左様ならば」
と瞞《ごまか》して帰りました。悪い奴で、これから博奕場から百両、与左衛門の宅から五十両、都合百五十両貪りとり、白ばっくれて我家へ帰って参ります、その翌々日名主与左衛門方より本葬式が出ました、その夜、
与「おいお早」
早「あい……すっかり葬式が出たが、どうして家から出たんだね」
与「どうしてったたって出るようにしたんだ」
早「どういう考えでさ、旦那が家の井戸の中に身を投げたとか、気が違って這入ったとか私が悔みに行った時に聞いて変だと思ったが、どういう工風にして……」
与「へへそこが工風だ、こいつはどうしてもここにいてはボロが現われるから、長くいるといけない、早く江戸へ往かねえとばつがわるいっていうのだ、お内儀さんへ話をしてお母の死水を取りに行くと云っておいたのだから、ぐずぐずしていると現われねえでも、二人が身の上だから、今夜々中に……」
早「夜中にたって行かれるかえ」
与「なに金さえあればどうでもなるから行け行け」
とこれから女の嗜みで、お早は小包を拵えて、着換がありませんからすっかり支度をして、夜中に両人で堤《どて》へ上って、なだれに下りて参りましたが、御案内の通り中瀬の渡場より下へ参り河原にかかりますと、ドウドッという水が新利根川、大利根へ落ちます処の河原でございます。
与「ここに渡船があるが、人に見られると面倒だから浅え川だからボチャボチャ越そう、お前負《おぶ》って遣ろう」

早「負うたって転びでもすると流されて仕舞うよ」

与「なに大丈夫だ、怖え事は無えそっと往きゃア訳えねえ、己も時々渡る事もあるから、さアおぶされ」

とお早を無理に負って、

与「しっかり首に摑まんねえ」

と河原の中にずり足をしてヂャブヂャブ這入りますと、時々ヒィーヒィーという五位鷺《ごいさぎ》の声ばかり、雨雲も切れて二十日亥中の月影は西に傾き、早川の水に映ります所を、段々浅瀬を渡り、勝手を知って居りますから段々下へ下へと往きます、これから先きの処へ参りますと水瀬はなお早くなりますから、

与「おいお早、浅えだろう」

早「私ゃアねこんなに浅かアないと思ったが、お前渡るに怖い事はないかえ」

与「怖いたって膝限《ひざき》りっきゃア無いから大夫夫だ……待ちねえ、ここは深え、ここは深えんだ、待ちねえよ足が強気と労れてきたから少し下りて休ましてくれ」

早「あ、忌だよ危ないから」

与「キャアキャア云うない、下すよ、水の中で少し休みねえ、ええそれ袖へ摑まっちゃアいけねえ」

早「ああ怖いから……私が若い時分に玉川へ連れて行かれて這入った心持を覚えているが、気味が悪いじゃアないかねえ」

与「大丈夫だから袖を離しねえよ、子供でも連れて来たようだなア」

早「ああ真暗で……」

与「真暗だが、あ向うの田舎家に灯火が見える、あれが中瀬の渡しだ、これから上って往きゃアよっぽど近え、見や（と前後を見廻し）向の堤の上に人が一人立っている」

早「ええどこに」

うっかり見廻す処をどっと腰を突いたから、お早は真さかさまにもんどりを打ってドブンと深みへ陥る、急流でございますからガラガラガラドウドッと流れ、助かる気遣いはないと身を引くと、浅い処へ身体が当ったから一生懸命水を掻きながら、お早は辛くも這い上って来るという、これが与兵衛悪事露顕の処でございます。

（拠酒井昇造、今村次郎速記）

# 指物師名人長二

## 序

三遊亭円朝子、曾て名人競と題し画工某及女優某の伝を作り、自らこれを演じて大に世の喝采を博したり。しかして爾来病を得て閑地に静養し、また自ら話術を演ずること能わず。しかれども子が斯道に心を潜むるの深き、静養の間更に名人競の内として木匠長二の伝を作り、自ら筆を採りて平易なる言文一致体に著述し、以て門弟子修業の資と為さんとす。今や校合成り、梓に上せんとするに当り、予にその序を需む。予常に以為く、話術は事件と人物とを美術的に口述するものにして、音調の抑揚緩急得てこれを筆にすること能わず、蓋し筆以て示すを得るは話の筋のみ、話術その物は口これを演ずるの外またいかんともすること能わずと。此故に話術家必しも話の筋を作為するものにあらず、作話者必しも話術家にあらざるなり。それしかり、しかりといえども話術家にして巧に話の筋を作為し、自らこれを演ぜんか、これ素より上乗なる者、彼の旧套を脱せざる昔話のみを演ずる者に比すれば同日の論にあらず。しかして此の如きは百歳一人を出すを期すべからず。円朝子はその話術に堪能なると共に、また話の筋を作為すること拙しとせず。本書名人長二の伝を見るに立案斬新、可笑あり、可悲あり、変化少からずして人の意表に出で、しかも野卑猥褻の事なし。此伝の如きは誠に社会現時の程度に適し、優に娯楽の具と為すに足る。しかれどもこれただ話の筋を謂うのみ。その話術に至りてはこれを演ずる者の伎倆に依りて異ならざるを得ず。門弟子たるもの勉めずんばあるべけんや。もしそれ円朝子病癒ゆるの日、親しく此伝を演せばその妙果して如何。長二は木匠の名人なり、円朝子は話術の名人なり、名人にして名人の伝を演す、その霊妙非凡なるや知るべきのみ。しかして聴衆は話の主人公たる長二と、話術の演術者たる円朝子と、両々相対してまたこれ名人競たるを知らん。

乙未初秋

土子笑面識

# 一

これは享和二年に十歳で指物師《さしものし》清兵衛《せいべえ》の弟子となって、文政の初め二十八歳の頃より名人の名を得ました、長二郎《ちょうじろう》と申す指物師の伝記でございます。凡そ当今美術とか称《とな》えまする書画彫刻蒔絵《まきえ》などに上手というは昔から随分沢山ありますが、名人という者はまことに稀なものでございます。通常より少し優れた伎倆《うでまえ》の人が一勉強いたしますと上手にはなれましょうが、名人という所へはただ勉強したぐらいでは中々参ることは出来ません。自然の妙というものを自得せねば名人ではございません。この自然の妙というものは以心伝心とかで、手を以て教えることも出来ず、口で云って聞かせることも出来ませんゆえ、親が子に伝えることも成らず、師匠が弟子に譲るわけにもまいりませんから、名人が二代も三代も続くことは滅多にございません。さてこの長二郎と申す指物師は無学文盲の職人ではありますが、仕事にかけては当時無類と誉められ、江戸町々の豪商《ものもち》はいうまでもなく、大名方の贔屓《ひいき》を蒙ったほどの名人で、その拵えました指物も御維新前までは諸方に伝わって珍重されて居りましたが、瓦解の時二束三文で古道具屋の手に渡って、どうかなってしまいましたものと見えて、昨今は長二の作というものを頓《とん》と見かけません。世間でも長二という名人のあった事を知っている者が少うございますから、残念でもありますし、また先頃弁じました名人競のうち錦の舞衣《まいぎぬ》にも申述べた通り、何芸によらず昔から名人になるほどの人は凡人でございませぬゆえ、何か面白いお話があろうと存じまして、それからそれへと長二の履歴を探索に取掛りました節、人力車から落されて少々怪我をいたし、打撲で悩みますから、ある人の指図で相州足柄下郡《そうしゅうあしがらしもごおり》の湯河原温泉へ湯治に参り、温泉宿伊藤周造方に逗留中、図らず長二の身の上にかかる委しい事を聞出しまして、このお話が出来上ったのでございます。これが真《まこと》に怪我の功名と申すものかと存じます。文政の頃江戸の東両国大徳院前に清兵衛と申す指物の名人がござりました。これは京都で指物の名人と呼ばれた利斎の一番弟子で、江戸にまいって一時に名を揚げ、箱清《はこせい》といえば誰知らぬ者もないほどの名人で、当今にても箱清の指した物は好事《こうず》の人が珍重いたすことで、文政十年の十一月五日に八十三歳で歿しました。墓は深川亀住町閻魔堂《かめずみちょうえんまどう》地中の不動院に遺って、戒名を参清自空信士《さんせいじくうしんし》と申します。この清兵衛が追々年を取り、六十を越して思うように仕事も出来ず、女房が歿《なく》りましたので、弟子の恒太郎という器用な柔順《おとな》しい若者を養子にして、娘のお政を娶《めあ》わせましたが、恒太の伎倆《うでまえ》はまだ鈍うございますから、念入の仕事やむずかしい注文を受けた時は、皆な長二にさせます。長二はその頃両親とも亡《なくな》りましたので、煮焚をさせる雇婆《やといばあ》さんを置いて、独身で本所〆切《ほんじょしめきり》に世帯を持って居りましたが、どういうものですか弟子を置きませんから、下働きをする者に困り、師匠の末の弟子の兼松《かねまつ》という気軽者を借りて、これを相手に仕事をいたして居りますところが、誰いうとなく長二のことを不器用長二と申しますから、どこか仕事に下手なところがあるのかと思いますに、そうではありません。仕事によっては師匠の清兵衛より優れた所があります。これは長二が他の職人の仕事を指図するに、何でも不器用に造るが宜《い》い、見かけが器用に出来た物に永持《ながもち》をする物はない、永持をしない物は道具にならないから、表面《うわべ》は不細工に見えても、十百年《とッぴゃくねん》の後までも毀《こわ》れないように拵えなけりゃ本当の職人ではない、早く造りあげて早く銭を取りたいと思うような卑しい了簡で拵えた道具は、どこにか卑しい細工が出て、立派な座敷の道具にはならない、これは指物ばかりではない、画《え》でも彫物でも芸人でも同じ事で、銭を取りたいという野卑な根性や、他《ひと》に褒められたいという諂諛《おべっか》があっては美《い》い事は出来ないから、そんな了簡を打棄《うっちゃ》って、魂を籠めて不器用に拵えてみろ、きっと美い物が出来上るから、不器用にやんなさいと毎度申しますので、遂に不器用長二と綽名《あだな》をされるようになったのだと申すことで。

二

不器用長二の話を、その頃浅草蔵前に住居いたしました坂倉屋助七《すけしち》と申す大家《たいけ》の主人が聞きまして、面白い職人もあるものだ、予て御先祖のお位牌を入れる仏壇にしようと思って購《もと》めておいた、三宅島の桑板があるから、長二に指させようと、店の三吉という丁稚《でっち》に言付けて、長二を呼びにやりました。その頃蔵前の坂倉屋と申しては贅沢を極めて、金銭を湯水のように使いますから、諸芸人はなおさら、諸職人とも何卒《どうか》贔屓を受けたいと願うほどでございますゆえ、大抵の職人なら最上等のお得意様が出来たと喜んで、何事を措いても直《すぐ》に飛んでまいるに、長二は三吉の口上を聞いて喜ぶどころか、不機嫌な顔色で断りましたから、三吉は驚いて帰ってまいりました。助七は三吉の帰りを待ちかねて店前《さき》に出て居りまして、

助「三吉何故《なぜ》長二を連れて来ない、留守だったか」

三「いいえ居りましたが、彼奴《あいつ》は馬鹿でございます」

助「何と云った」

三「坂倉屋だか何だか知らないが、物を頼むに人を呼付けるという事アない、己《おら》ア呼付けられてへいへいと出て行くような閑な職人じゃアねえと申しました」

助「フム、それじゃア何か急ぎの仕事でもしていたのだな」

三「ところがそうじゃございません、鉋屑《かんなくず》の中へ寝転んで煙草を呑んでいました、火の用心の悪い男ですねえ」

助「はてな……手前何と云って行った」

三「私ですか、私は仰しゃった通り、蔵前の坂倉屋だが、拵えてもらう物があるから直に来ておくんなさい、蔵前には幾軒も坂倉屋があるから一緒にまいりましょうと云ったんでございます」

助「手前入ると突然《いきなり》その口上を云って、お辞儀も挨拶もしなかったろう」

三「へい」

助「それを失礼だと思ったのだろう」

三「だって旦那寝転んでいる方がよっぽど失礼でしょう」

助「ムムそれもそうだが、何か気に障った事があるんだろう」

三「そうじゃアございません、全体馬鹿なんです」

助「むやみに他の事を馬鹿なんぞというものではございませんぞ」

と丁稚を誡めて奥に這入りましたがこれまで身柄のある画工でも書家でも、呼びにやると直に来たから、高の知れた指物職人と侮って丁稚を遣ったのは悪かった、他の職人とは異《かわ》っているとは聞いていたが、それほどまで見識のある者とは思わなんだ、今の世に珍らしい男である、御先祖様のお位牌を入れる仏壇を指させるにはこの上もない職人だと見込みましたから、直に衣服を着替えて、三吉に詫言《わびこと》を云含めながら長二の宅へ参りました。長二はこの時出来上った書棚に気に入らぬ所があると申して、才槌で叩き毀そうとするを、兼松が勿体ないと云って留めている混雑中でありますから、助七は門口に暫く控えて立聞きをして居りますと、

長「兼公、手前はそういうけれどな、拵《こせ》えた当人が拙いと思う物で銭を取るのは不親切というものだ、何家業でも不親切な了簡があった日にア、梲《うだつ》のあがる事アねえ」

兼「それだってこのくれえの事ア素人にア分りゃアしねえ」

長「素人に分らねえから不親切だというのだ、素人には分らねえから宜いと云って拙いのを隠して売付けるのは素人の目を盗むのだから盗人も同様だ、手前盗人としても銭が欲しいのか、己アこんな職人だが卑しい事ア大嫌《でえきら》いだ」

と丹誠を凝《こら》して造りあげた書棚をさい槌でばらばらに打毀しました様子ゆえ、助七は驚きましたが、益々並の職人でないと感服をいたし、やがて表の障子を明けまして、

助「御免なさい、私は坂倉屋助七と申す者で、少々親分にお願い申したい事があって、先刻出し

ました召使の者が、早呑込みで粗相を申し、相済みません、そのお詫かたがたまいりました」
と丁寧に申し述べましたから、さすがの長二も驚き、まごまごする兼松に目くばせをして、その辺に飛散っている書棚の木屑を片付けさせながら、
長「へい、これはどうも恐入りました、この通り取散かしていますが、何卒《どうぞ》こちらへ」
と蓙《ござ》の上の鉋屑を振って敷直しますから、助七は会釈をしてそこへ坐りました。

# 三

助「御高名は予て承知していましたが、つい掛違いまして」
長「私もお名前は存じて居りますが、用がありませんからお目にかかりませんでした。シテ御用と仰しゃるのは」
助「はい、お願い申すこともございますが先刻のお詫をいたします……三吉……そこへ出てお詫をしろ」
三吉は不承々々な顔付で上り口に両手をつきまして、
三「親方さん先刻《さっき》は口上を間違えまして失礼を致しました、何卒御免なさい」
とお辞儀をいたしますを、長二は不審そうに見ておりましたが、
長「へい何でしたか小僧さん、何も謝る事アありません……ええ旦那……先刻お迎いでしたが、出ぬけられませんからお断り申したんで」
助「それが間違いで、先刻三吉に、親方に願いたい事があるから宅《うち》に御座《ござ》るか聞いて来いと申付けたのを間違えて、親方に来てくださるように申したとの事でございます」
長「ムムそういう事ですか、訳さえ分れば宜いじゃアありませんか、それより御用の方をお聞き

申しましょう」

助「そんならお話し申しますが、実は、私先年から心掛けて、先祖の位牌を入れておく仏壇を拵えようと思って、三宅島の桑板の良いのを五十枚ほど購《もと》めましたが、この仏壇は子孫の代までも永く伝わる物でもあり、また火事に焼けてならんものですから、非常の時は持って逃げる積りです、混雑の中では取落す事もあり、また他から物が打付《ぶッつか》る事もありますゆえ、よほど丈夫でなければなりませんが、丈夫一式で木口が橋板のように馬鹿に厚くっては、第一重くもあり、お飾り申した処が見にくくって勿体ないから、ちょっと見た処は通例の仏壇のようで、大抵な事では毀れませんように、極丈夫に拵えたいという無理な注文でもございますし、それに位牌を入れる物ですから、なるべくは根性の卑しい粗忽《そこつ》な職人に指させたくないと思って、職人を捜して居りました処、親方はお心掛が潔白で、指物にかけては京都の利斎当地の清兵衛親方にも優るという評判を聞及びましたから、この仕事をお願い申したいので、手間料には糸目をかけません、どうぞ私が先祖への孝行にもなる事でございますから、この絵図面を斟酌して一骨折ってはくださるまいか」

と仏壇の絵図面を見せますと、長二は寸法などを見較べまして、

長「なるほど随分難かしい仕事ですが、宜《よ》うがす、この工合に遣ってみましょう……だが急いじゃアいけませんよ、ともかくも板を遣《よこ》してお見せなさい、板の乾き塩梅によっちゃア仕事の都合がありますから」

助「はい、承知いたしました……そんなら明朝板をよこすことに致しましょう……ええこれは少のうございますが、御注文を申した印までに上げておきます」

と金子を十五両鼻紙に載せて差出しますを、長二は宜く見もいたさずに押戻しまして、

長「板をよこして注文なさるんですから手金なんざア要りません、出来上ってみなければ手間も分りませんから、これはお預け申しておきます」

助「そういう事ならお預かり申しておきますから、御入用の節はいつでも仰しゃってお遣わしな

さい」
と金子を懐中に納めまして、
助「これはお仕事のお邪魔を致しました……そんなら何分宜しくお願い申します、お暇というはございますまいけれど、自然浅草辺へお出での節はお立寄り下さい」
と暇を告げて助七は立帰り、翌日桑の板を持たせて遣りましたが、その後長二から何の沙汰もございません。助七は待遠でなりませんが、長二が急いではいけないと申した口上がありますから、下手に催促をしたら腹を立つだろうと我慢をして待って居りますと、七月目に漸々出来上って、長二が自身に持ってまいりましたから、助七は大喜びで、長二を奥の座敷へ通しました。この時助七は五十三歳で、女房は先年歿って、跡に二十一歳になる倅《せがれ》の助蔵と、十八歳のお島という娘があります。助七は待ちに待った仏壇が出来た嬉しさに、助蔵とお島は勿論、店の番頭手代までを呼び集めて、一々長二に引合わせ、仏壇を見せてその伎倆を賞《ほ》め、長二を懇《ねんごろ》にもてなしました。

# 四

助「時に親方、つかん事を聞くようだが、先頃尋ねた折台所にいたのは親方のお母《ふくろ》さんかね」
長「いいえ、お母は私が十七の時死にました、あれは飯焚の雇い婆さんです」
助「そんならまだ家内は持たないのかね」
長「はい、嬶《かかあ》があると銭のことばかり云って仕事の邪魔になっていけませんから持たないんです」
助「親方のように稼げば、銭に困ることはあるまいに」
長「銭は随分取りますが、持っている事が出来ない性分ですから」
助「職人衆は皆なそうしたものだが、親方は何が道楽だね」

長「何も道楽というものあないんですが、ただ正直な人で、貧乏をしている者と見ると気の毒でならないから、持ってる銭をくれてやりたくなるのが病です」

助「フム良い病だ……面白い道楽だが、貧乏人に余《あん》り《ま》金を遣りすぎると却ってその人の害になる事があるから、気を付けなければいけません」

長「そのくれえの事ア知っていいます、その人の身分相応に恵まないと、贅沢をやらかしていけません」

助「感心だ……名人になる人は異《かわ》ったものだ、のうお島」

島「左様でございます、誠に善いお心掛で」

と長二の顔を見る途端に、長二もお島の顔を見ましたから、お島は間の悪そうに眼もとをぽうッと赧《あか》くして下を向きます。長二はこの時二十八歳の若者で、眼がきりりとして鼻筋がとおり、どことなく苦味ばしった、色の浅黒い立派な男でございますが、酒は嫌いで、他の職人達が婦人の談《はなし》でもいたしますと怒るというほどの真面目な男で、ただ腕を磨く一方にのみ身を入れて居りますから、外見《みえ》も飾りもございません。今日坂倉屋へ注文の品を納めにまいりますにも仕事着のままで、膝の抜けかかった盲縞の股引に、垢染みた藍の万筋の木綿袷の前をいくじなく合せて、縄のような三尺を締め、袖に鉤裂《かぎざき》のある印半纏《しるしばんてん》を引掛けていて、動くたんびにどこからか鋸屑《のこぎりくず》が翻《こぼ》れるという始末でございますから、お島は長二を美い男とは思いませんが、予て父助七から長二の行いの他に異っていることを聞いて居ります上に、今また年に似合わぬ善い心掛なのを聞いて深く心に感じ、これにひきかえて兄の助蔵が放蕩に金銭を使い捨てるに思い較べて、竊《ひそ》かに恥じましたから、ちょっと赤面致したので、また長二もお島を見て別に美しいとも思いませんが、これまで貧民に金銭を施すのを、職人の分際で余計な事だ、馬鹿々々しいから止せと留める者は幾許《いくら》もありましたが、褒める人は一人もありませんでしたに、今十七か十八のお嬢さんが褒めたのでありますから、長二はまたお島が褒めた心に感心を致して、その顔を見たのでございます。助七はそれらの事に毫《すこし》も心づかず、

「親方の施し道楽は至極結構だが、女房を持たないと活計向《くらしむき》に損がありますから、早く良いのをお貰いなさい」

長「そりゃア知っていますが、女という奴ア吝《けち》なもんで、お嬢さんのように施しを褒めてくれる女はございませんから持たないんです」

助「フム左様さ、女には教えがないから、仁だの義だのという事は分らないのは道理《もっとも》だ、この娘なぞは良い所へ嫁に遣ろうと思って、師匠を家《うち》へ呼んで、読書《よみかき》から諸芸を仕込んだのだから、ともかくも理非の弁別がつくようになったんだが、随分金がかかるから大抵の家では女にまでは行届きません、それに女という奴は嫁入りという大物入がありますからなア、物入と云やア娘もその内どこかへ嫁に遣らなければなりませんが、その時の箪笥三重《みかさね》と用箪笥を親方に願いたい、何卒心懸けて木の良いのを見付けてください」

長「畏《かしこ》まりましたが、先達《せんだっ》て職人の兼という奴が、鑿《のみ》で足の拇指《おやゆび》を突切った傷が破傷風にでもなりそうで、甚《ひど》く痛むと云いますから、相州の湯河原へ湯治にやろうと思いますが、病人を一人遣る訳にもいきませんから、私も幼《ちい》さい時怪我をした背中の旧傷《ふるきず》が暑さ寒さに悩みますので、一緒に行ってついでに湯治をして来ようと思いますので、お急ぎではどうも」

助「いいや今が今というのではありません、行儀を覚えさせるため来月お出入邸の筒井様の奥へ御奉公にあげる積りですから、娘《これ》が下るまでで宜いんです」

長「そんなら拵えましょう」

助「湯河原は打撲《うちみ》と金瘡《きりきず》には能《い》いというから、緩《ゆっく》り湯治をなさるが宜い、就《つい》てはこの仏壇の作料を上げましょう、幾許《いくら》あげたらよいね」

長「左様……別段の御注文でしたから思召《おぼしめし》に適うように拵えましたので、思ったより手間がかかりましたが……百両で宜うございます」

その頃の百両と申す金は当節の千両にも向う大金で、いかに念入でも一個《ひとつ》の仏壇の細工料が百両とは余り法外でございますから、助七は恂《びっく》りして、何にも云わず、暫く長二の顔を見詰めて居りました。

## 五

助七は仏壇の細工は十分心に適って丈夫そうには出来たが、百両の手間がかかったとは思えませんさ、これは己《おれ》が余り褒めすぎたのに附込んで、己の家が金持だから法外の事をいうのであろう、扨《さて》は此奴《こいつ》は潔白な気性だと思いの外、卑しい了簡の奴だなと腹が立ちましたから、

助「おい親方、この仏壇の板はこっちから出したのだよ、百両とはお前間違いではないか」

長「へい、板を戴いた事ア知っています、何も間違いではございません」

助「これだけの手間が百両とは少し法外ではないか」

長「そう思召しましょうが、それだけ手間がかかったのです、百両出せないと仰しゃるなら宜うがす元の通りの板をお返し申しますから仏壇は持って帰ります……素人衆には分りますまいよ」

と云いながら仏壇を持ちて帰ろうといたしますから、助七が押留めまして、

助「親方、まア待ちなさい、素人に分らないというが、百両という価値《ねうち》の細工がどこにあるのだえ」

長「はい……旦那御注文の時何と仰しゃいました、この仏壇は大切の品だから、火事などで持出す時、他の物が打付っても、また落《おっ》ことしても毀れないようにしたいが、丈夫一式で見てくれが拙くっては困ると仰しゃったではございませんか、随分無理な注文ですが、出来ない事はありませんから、釘一本他手《ひとで》にかけず一生懸命に精神《たましい》を入れて、漸々御注文通りに拵え上げたのです……私ア注文に違ってる品を瞞《ごま》かして納めるような不親切をする事ア大嫌えです……最初手間料に糸目をつ

けないと仰しゃったから請負ったので、こういう代物は出来上ってみないと幾許戴いて宜いか分りません、この仏壇に打ってある六十四本の釘には一本一本私の精神が打込んでありますから、随分廉《やす》い手間料だと思います」

助「フム、その講釈の通りなら百両は廉いものだが、火事の時竹長持の棒でも突《つッ》かけられたらこの辺の合せ目がミシリといきそうだ」

長「その御心配は御道理《もっとも》ですが、外からどんな物が打付っても釘の離れるようなことア決してありませんが中から強《ひど》く打付けては事によると離れましょう、しかし仏壇ですから中から打付かるものは花立が倒れるとか、香炉が転《ころが》るぐれえの事ですから、気遣《きづけ》えはございません、嘘だと思召すなら丁度今途中で買って来た才槌《せいづち》を持ってますから、これで打擲《ぶんなぐ》ってごらんなせい」

と腰に挿していた樫の才槌を助七の前へ投出しました。助七は今の口上を聞き、なるほど普通の品より、手堅く出来てはいようが、元々釘で打付けたものだから叩いて毀れぬ事はない、高慢をいうにもほどがあると思いましたゆえ、

助「そりゃア親方が丹誠をして拵えたのだから少しぐらいの事では毀れもしまいが、この才槌で擲《なぐ》って毀れないとは些《ちっ》と高言が過《すぎ》るようだ」

長「旦那……高言か高言でねえか打擲って一本でも釘が弛んだ日にゃア手間は一文も戴きません」

と嘲笑いましたから、正直一途の長二はむっと致しまして、

助「ムム面白い、この才槌で力一ぱいに叩いて毀れなけりゃア千両で買ってやろう」

と才槌を持って立上りますと、先刻から心配しながら双方の問答を聞いていましたお島が引留めまして、

島「お父《とっ》さん……短気なことを遊ばしますな、せっかく見事に出来ましたお仏壇を」

助「見事か知らないが、己には気にくわない仏壇だから打毀すのだ」

島「ではございましょうが、このお仏壇をお打ちなさるのは御先祖様をお打ちなさるようなものではございませんか」

助「ムムそうかな」

と助七は一時お島の言葉に立止りましたが、扨は長二の奴も、先祖の位牌を入れる仏壇ゆえ、遠慮して吾が打つまいと思って、斯様《かよう》な高言を吐いたに違いない、憎さも憎し、見事叩っ毀して面の皮を引剝《ひんむ》いてくりょう。と額に太い青筋を出して、お島を押退けながら、

助「まだお位牌を入れないから構う事アない……見ていろ、ばらばらにして見せるから」

と助七は才槌を揮《ふ》り上げ、力に任せてどこという嫌いなく続けざまに仏壇を打ちましたが、板に瑕《きず》が付くばかりで、止口釘締は少しも弛みません。助七は大家の主人で重い物は傘の外持った事のない上に、年をとって居りますから、もう力と息が続きませんので、呆れて才槌を投《ほう》り出してそこへ尻餅をつき、せいせいいって、自分で右の手首を揉みながら、

助「お島……水を一杯……速く」

と云いますから、お島が急いで持ってまいった茶碗の水をグッと呑みほして太息《おおいき》を吐《つ》き、顔色を和げまして、

助「親方……恐入りました……誠に感服……名人だ……名人の作の仏壇、千両でも廉い、約束通り千両出しましょう」

長「アハハハ精神を籠めた処が分りましたか、私《わっちゃ》ア自慢をいう事ア大嫌いだが、それさえ分れば宜うがす、こんなに瑕が付いちゃア道具にはなりませんから、持って帰ってその内に見付かり次第、元の通りの板はお返し申します」

助「そりゃア困る、瑕があっても構わないから千両で引取ろうというのだ」

長「千両なんて価値《ねうち》はありません」

助「だって先刻賭をしたから」

長「そりゃア旦那が勝手に仰しゃったので、私が千両下さいと云ったのじゃアねえのです、私ア賭事ア性来《うまれつき》嫌いです」
助「そうだろうが、これは別物だ」
長「何だか知りませんが、他の仕事を疑ぐるというのが全体気《ぜんてえ》にくわないから持って帰るんです、銭金に目を眩《く》れて仕事をする職人じゃアございません」
と仏壇を持出しそうにする心底の潔白なのに、助七は益々感服いたしまして、
助「まア待ってください……親方……私《わし》がお前の仕事を疑ぐって、せっかく丹誠の仏壇を瑕物にしたのは重々わるかった、そこんところは幾重にもお詫をしますから、何卒仏壇は置いて行ってください」
長「だってこんなに瑕が付いてるものは上げられねえ」
助「それが却って貴いのだ、聖堂の林様はお出入だから殿様にお願い申して、私が才槌で瑕をつけた因由《いわれ》を記《か》いて戴いて、その書面をこの仏壇に添えて子孫に譲ろうと思いますから、親方機嫌を直して下さい」
と只管《ひたすら》に頼みますから、長二もその考えを面白く思い、打解けて仏壇を持帰るのを見合せましたから、助七は大喜びで、無類の仏壇が出来た慶《よろこ》びの印として手間料の外に金百両を添えて出しましたが、長二はどうしてもこれを受けませんで、手間料だけ貰って帰りました。助七は直に林大学頭様《はやしだいがくのかみさま》の邸へ参り、殿様に右の次第を申上げますと、殿様も長二の潔白なる心底と伎倆の非凡なるに感服されましたから、直に筆を執って前の始末を文章に認《したた》めて下さいました。その文章は四角な文字ばかりで私どもには読めませんが、これもまた名文で、今日になってはその書物《かきもの》ばかりでも大層な価値があると申す事でございます。斯様に林大学頭様の折紙が付いている宝物で、私も一度拝見しましたが御維新後坂倉屋が零落《おちぶ》れまして、本所横網辺へ引込みました時隣家より出た火事に仏壇も折紙も一緒に焼いてしまったそうで、いかにも残念な事でございます。それは後の話で

この仏壇の事が江戸市中の評判となり、大学頭様も感心なされて、諸大名や御旗下衆《はたもと》へ吹聴をなされましたから、長二の名が一時に広まって、指物師の名人と云えば、ああ不器用長二かというように名高くなりまして、諸方から夥しく注文がまいりますが、手伝の兼松は足の疵《きず》で悩み、自分もこの頃の寒気のため背中の旧疵が疼《いた》み、当分仕事が出来ないと云って諸方の注文を断り、親方清兵衛に後を頼んで、文政三辰年の十一月の初旬《はじめ》、兼松を引連れ、湯治のため相州湯河原の温泉へ出立いたしました。

## 六

湯河原の温泉は、相州足柄下郡宮上村《みやかみむら》と申す処にございまして、当今は土肥次郎実平《どいじろうさねひら》の出た処というので土肥村と改まりまして、城堀村《しろほりむら》にある実平の城山は、真鶴港《まなづる》から上陸して、吉浜《よしはま》を四五丁まいると向うに見えます。吉浜から宮上村までこの間は爪先上りの路で一里四丁ほどです。温泉宿は湯屋（加藤広吉）藤屋（加藤文左衛門）藤田屋（加藤林平）上野屋（渡辺定吉）伊豆屋（八亀藤吉）などで、当今は伊藤周造に天野某などという立派な宿も出来まして、いずれも繁昌いたしますが、文政の頃は藤屋が盛んでしたから、長二と兼松はこの藤屋へ宿を取りました。温泉は川岸から湧出しまして、石垣で積上げてある所を惣湯《そうゆ》と申しますが、追々開けて、当今は河中の湯、河下の湯、儘根《ままね》の湯、下の湯、南岸の湯、川原の湯、薬師の湯と七湯に分れて、内湯を引いた宿が多くなりました。湯の温度は百六十三度乃至百五度ぐらいで、打撲金瘡《うちみきりきず》は勿論、胃病、便秘、子宮病、僂麻質私《りゅうまちす》などの諸病に効能《ききめ》があると申します。西は西山、東は上野山、南は向山、北は藤木山という山で囲まれている山間《やまあい》の村で、総名《そうみょう》を本沢と申して、藤木川、千歳川などいう川が通っております。この藤木川の流が、当今静岡県と神奈川県の境界《さかい》になって居ります。千歳川の下に五所明神という古い社がありますこの社を境にして下の方を宮下村と申し、上の方を宮上村と申すので、宮下の方は戸数八十余《あまり》、人口五百七十ばかり、宮上村は湯河原のことで、この方は戸数三十余、人口二百七十ばかりで、田畑が少のうございますから、温泉宿の外は近傍《もより》の山々から石を切出したり、炭を焼いたり、種々の山稼ぎをいたして活計《くらし》を立っている様子です。この所から小田原まで五里十九丁、熱海まで二里半余で、いずれへまいるのにも路は宜しくございませんが、温泉のあるお蔭で年中旅客が絶えず、中々繁昌をいたします。さて長二と兼松は温泉宿藤屋に逗留して、二週《ふたまわり》ほど湯治をいたしたので、忽ち効験《ききめ》が顕《あら》われて、両人とも疵所の疼みが薄らぎましたから、少し退屈の気味で、

兼「長兄《ちょうあに》い……不思議だな、一昨日《おととい》あたりからズキズキする疼みが失《なく》ってしまった、能く利く湯だなア」

長「それだからこんな山ん中へ来る人があるんだ」

兼「本当にそうだ、怪我でもしなけりゃア来る処じゃアねえ、此処《こけえ》来て見ると怪我人もあるもんだなア」

長「ムム、伊豆相模は石山が多いから、石切職人が始終怪我をするそうだ、見ねえ来ている奴ア大抵石切だ、どんな怪我でも一週《ひとまわり》か二週《ふたまわり》で癒《なお》るということだが、好い塩梅にしたもんじゃアねえか、そういう怪我を度々する処にゃア、こういう温泉が湧くてえのは」

兼「それが天道《てんとう》人を殺さずというのだ、世界《せけえ》の事ア皆んなそんな塩梅に都合よくなってるんだけれど、人間というお世話やきが出てごちゃまかして面倒くさくしてしまッたんだ」

長「旨い事を知ってるなア、感心だ」

兼「旨いと云やア、それ此処《こけえ》来る時、船から上って、ソレ休んだ処ア何とか云ったっけ」

長「浜辺の好い景色の処か」

兼「そうよ」

長「ありゃア吉浜という処よ」

兼「それから飯を喰った家は何とか云ったッけ」
長「橋本屋よ」
兼「ムム橋本屋だ、あすこで喰った鮊《めばる》の煮肴は素的に旨かったなア」
長「魚が新らしいのに、船で臭《くせ》え飯を喰った挙句だったからよ」
兼「そうかア知らねいが、今に忘れられねえ、全体此辺《こけいら》は浜方が近いにしちゃア魚が少ねえ、鯛に比目魚《ひらめ》か鮊に鯥《むつ》、それでなけりゃア方頭魚《あまでい》と毎日の御馳走が極っているのに、料理方がいろいろして喰わせるのが上手だぜ」
長「そういうと豪気に宅で奢ってるようだが、水涕《みずッぱな》をまぜてこせえた婆さんの惣菜よりア旨かろう」
兼「そりゃア知れた事だが、湯治とか何とか云やア贅沢が出るもんだ」
長「贅沢と云やア雉子の打たてだの、山鳩や鵯《ひよどり》は江戸じゃア喰えねえ、此間《こねえだ》のア旨かったろう」
兼「ムムあれか、ありゃア旨かった、それにあの時喰った大根《でいこ》さ、こっちの大根は甘味があって旨え、それに沢庵もおつだ、細くって小せえが、甘味のあるのは別だ、自然薯《じねんじょ》も本場だ、こんな話をすると何か喰いたくなって堪らねえ」
長「よく喰いたがる男だ、せっかく疵が癒りかけたのに油濃《あぶらッこ》い物を喰っちゃア悪いよ」
兼「毒になるものア喰やアしねいが、退屈だから喰う事より外ア楽みがねえ……蕎麦粉の良いのがあるから打ってもらおうか」
長「己ア喰いたくねえが、少し相伴《つきあ》おうよ」
兼「そりゃア有難い」
と兼松が女中を呼んで蕎麦の注文を致します。馴れたものでほどなく打あげて、見なれない婆さんが二階へ持ってまいりました。

七

兼「こりゃア早い、いや大きに御苦労……兄い一杯《ぺい》やるか」
長「己ア飲まないが、手前一本やんない」
兼「そんなら婆さん、酒を一合つけて来てくんねえ」
婆「はい、下物《さかな》はどうだね」
兼「何があるえ」
婆「鯛《たえ》と鶏卵《たまご》の汁《つゆ》があるがね」
兼「それじゃア鯛の塩焼に鶏卵の汁を二人前くんねえ」
婆「はい、直に持って来やす」
と婆さんは下へ降りてまいりました。
長「兼公見なれねえ婆さんだなア」
兼「宅の婆さんよりア穢《きた》ねえようだ、あの婆さんの打った蕎麦だと醬汁《したじ》はいらねいぜ」
長「なぜ」
兼「だって水洟で塩気がたっぷりだから」
長「穢ねいことをいうぜ」
と蕎麦を少し摘んで喰ってみて、
兼「そんなに馬鹿にしたものじゃアねえ、中々旨え……兄い喰ってみねえ……おお婆さん、お燗が出来たか」
婆「大きに手間取りやした、お酌をしますかえ」
兼「一杯頼もうか……婆さんなかなかお酌が上手だね」

婆「上手にもなるだア、若《わけ》い時からこっちでお客の相手えしたからよ」
兼「だってお前今日初めて見かけたのだぜ」
婆「そうだがね、私《わし》イ三十の時からこっちへ奉公して、六年前に近所へ世帯を持ったのだが、忙《せわ》しねえ時アこうして毎度《めいど》手伝に来るのさ、一昨日おせゆッ娘《こ》が塩梅がわりいって城堀へ帰ったから、当分手伝えに来たのさ」
兼「ムムそうかえ、そうして婆さんお前年は幾歳《いくつ》だえ」
婆「もうはア五十八になりやす」
兼「兄い、田舎の人は達者だねえ」
長「どうしても体に骨を折って欲がねえから、苦労が寡《すくね》いせいだ」
婆「お前さん方は江戸かえ」
長「そうだ」
婆「江戸から来ちゃア不自由な処だってねえ」
長「不自由だが湯の利くのには驚いたよ」
婆「そうかねえ、お前さん方の病気は何だね」
兼「己のアこれだ、この拇指を鑿で打切ったのだ」
婆「へえー怖《おっか》ねいこんだ、石鑿は重いてえからねえ」
兼「己ア石屋じゃアねえ」
婆「そんなら何だね」
兼「指物師よ」
婆「指物とア……ムム箱を拵えるのだね、……不器用なこんだ、箱を拵える位《ぐれ》えで足い鑿い打貫《ぶっとお》すとア」
長「兼公一本まいったなア、ハハハ」

婆「笑うけんど、お前さんのもやっぱりその仲間かね」
長「己のはそうじゃアねえ、子供の時分の旧疵《ふるきず》だ」
婆「どうしたのだね」
長「どうしたのか己も知らねえ」
婆「そりゃア変なこんだ、自分の疵を当人が知らねいとは……やっぱり足かね」
長「いいや、右の肩の下のところだ」
婆「背中かね……お前さん何歳の時だね」
長「それも知らねいのだが、この拇指の入《へえ》るくれえの穴がポカンと開いていて、暑さ寒さに痛んで困るのよ」
婆「へいーそうかねえ、孩児《ねねっこ》の時そんな疵うでかしちゃアおっ死《ち》んでしまうだねえ、どうして癒ったかねえ」
長「どうして癒ったどころか、自分に見えねえからこんな疵のあるのも知らなかったのさ、九歳《ここのつ》の夏のことだっけ、河へ泳ぎに行くと、友達が手前の背中にア穴が開いてると云って馬鹿にしやがったので、初めて疵のあるのを知ったのよ、それから宅へ帰ってお母《ふくろ》に、どうしてこんな穴があるのだ、友達が馬鹿にしていけねえからどうかしてくれろと無理をいうと、お母が涙ぐんでノ、その疵の事を云われると胸が痛くなるから云ってくれるな、他にその疵を見せめえと思って裸体《はだか》で外へ出したことのねえに、何故泳ぎに行ったのだと云って泣くから、己もそれっきりにしておいたから、到頭分らずじまいになってしまったのよ」
という話を聞きながら、婆さんは長二の顔をしげしげと見詰めておりました。

八

婆「はてね……お前さんの母様《かかさま》というは江戸者かねえ」

長「何故だえ」

婆「些《ち》と思い出した事があるからねえ」

長「フム、己の親は江戸者じゃアねえが、どこの田舎だか己ア知らねえ、何でも己が五歳《いつつ》の時田舎から出て、神田の三河町へ荒物店を出すと間もなく、寛政九年の二月だと聞いているが、その時の火事に全焼《まるやけ》になって、その暮に父さんが死んだから、お母《ふくろ》が貧乏の中で丹誠して、己が十歳《とお》になるまで育ってくれたから、職を覚えてお母に安心させようと思って、清兵衛親方という指物師の弟子になったのだ」

婆「そうかねえ、それじゃアもしかお前さんの母様はおさなさんと云わねいかねえ」

長「ああそうだ、おさなと云ったよ」

婆「父様《とっさま》はえ」

長「父さんは長左衛門さ」

婆「アレエ魂消《たまげ》たねえ、お前さん……長左衛門殿の拾児《ひろいッこ》の二助《にすけ》どんけえ」

長「何だと己が拾児だと、どういうわけでお前そんな事を」

婆「知らなくってねえ、この土地の棄児《すてご》だものを」

長「そんなら己はこの湯河原へ棄てられた者だというのかえ」

婆「そうさ、この先の山を些と登ると、小滝の落ちてる処があるだ、そこの蘆ッ株の中へ棄てられていたのだ、背中の疵が証拠だアシ」

兼「これは妙だ、どこに知ってる者があるか分らねえものだなア」

長「こりゃア思いがけねえ事だ……そんなら婆さんお前己の親父やお母《ふくろ》を知ってるかね」

婆「知ってるどころじゃアねい」

長「そうして己の棄てられたわけも」

婆「ハア根こそげ知ってるだア」

長「そうかえ……そんなら少し待ってくんな」

と長二はこの先婆さんがいかようのことを云出すやも分らず、次第によっては実《まこと》の両親の身の上、または自分の恥になることを襖越しの相客などに聞かれては不都合と思いましたから、廊下へ出て様子を窺いますと、隣座敷の客達は皆な遊びに出て留守ですから、安心をして自分の座敷に立戻り、何ほどかの金子を紙に包んで、

長「婆さん、こりゃア少ねえがお前に上げるから煙草でも買いなさい」

婆「これはマアでかくお貰い申してお気の毒なこんだ」

長「その代り今の話を委しく聞かしてください、他《ひと》に聞えると困るから、小さな声でお願いだよ」

婆「何を困るか知んねいが、湯河原じゃア知らねい者は無《ね》いだけんどね、私イ一番よく知ってるというのア、その孩児《ねねっこ》……今じゃアこんなに大《でか》くなってるが、生れたばかりのお前さんを苛《むご》くしたのを、私《わし》イ眼の前に見たのだから」

長「そんならお前、己の実《ほんと》の親達も知ってるのか、どこの何という人だえ」

婆「どこの人か知んねえが、私が此家《こっち》へ奉公に来た翌年の事だから、私がハア三十一の時だ、そうすると……二十七八年前のこんだ、何でも二月の初《はじめ》だった、孩児を連れた夫婦の客人が来て、離家《はなれ》に泊って、三日ばかりいたのサ、私イ孩児の世話アして草臥《くたび》れたから、次の間に打倒れて寝てしまって、夜半《よなか》に眼イ覚すと、夫婦喧嘩がはだかって居るのサ、女の方で云うには、好い塩梅に云いくるめて、旦那に押かぶしておいたが、この児はお前《めい》さんの胤《たね》に違《ちげ》い無いというと、男の方では月イ勘定すると一月違うから己の児じゃア無い、顔まで好く彼奴《あいつ》に似ていると云うと、女は腹ア立って、一月ぐれえは勘定を間違える事もあるもんだ、お前のように実の無いことを云われちゃア苦労をした効《けい》がねい、私イもうあの家に居ねい了簡だから、この児はお前の勝手にしたが宜《え》えと孩児

を男の方へ打投《ぶんな》げたと見えて、孩児が啼くだアね、その声で何を云ってるか聞えなかったが、何でも男の方も腹ア立って、また孩児を女の方へ投返すと、女がまた打投げたとみえてドッシンドッシンと音がアして、果にア孩児の声も出なくなって、死ぬだんべいと思ったが、外の事でねえから魂消ているうち、ぐずぐず口小言を云いながら夫婦とも眠《ね》てしまった様子だったが、翌日《あくるひ》の騒ぎが大変さ」

長「フム、どういう騒ぎだッたね」

婆「これからお前さんの背中の穴の話になるんだが、この前江戸から来た何とか云った落語家《はなしか》のように、こけえらで一節休《ひときり》むんだ、喉が乾いてなんねいから」

兼「婆さん、なかなか旨えもんだ、サアここへ茶を注いで置いたぜ」

婆「ハアこれは御馳走さま……一息ついて直に後を話しますべい」

## 九

兼「婆さん、それからどうしたんだ、早く話してくんなせえ」

婆「ハア、それからだ、その翌日の七時《ななつさがり》であったがね、吉浜にいる知合を尋ねて復帰《また》って来るから、荷物は預けておくが、初めて来たのだからと云って、勘定をして二人が出て行ったサ、その日長左衛門殿《どん》が山へ箱根竹イ芟《き》りに行って、日暮に下りて来ると、山の下で孩児の啼声がするから、魂消て行って見ると、沢の岸の、茅《かや》だの竹の生えている中に孩児が火の付いたように啼いてるから、どうしたんかと抱上げて見ると、どうだんべい、可愛そうに竹の切株が孩児の肩のところへ突刺っていたんだ、これじゃア大人でも泣かずにゃア居られねい、打捨《うちやっ》ておこうもんならおッ死んでしまうから、長左衛門殿が抱いて帰って訳え話したから、おさなさんも魂消て、吉浜の医者どんを呼びにやるやらハア村中の騒ぎになったから、私が行って見ると、藤屋の客人の子だから、直に帰ってどこの人だか手掛イ見付けようと思って客人が頂けて行った荷物を開けて見ると、梅醤《うめびしお》の曲物《まげもの》と、油紙に包んだ孩児の襁褓《しめし》ばかりサ、そんで二人とも棄児をしに来たんだと分ったので、直に吉浜から江の浦小田原と手分えして尋ねたが知んねいでしまった、何でも山越しに箱根の方へ遁《ぬ》げたこんだろうと後で評議イしたことサ、孩児は背中の疵が大え《でけ》に血がえらく出ただから、所詮助かるめいと医者どんが見放したのを、長左衛門殿夫婦が夜も寝ねいで丹誠して、湯へ入れては疵口を湯でなでて看護をしたところが、効験《ききめ》は恐ろしいもんで、六週《むまわり》も経っただねえ、大え穴にはなったが疵口が癒ってしまって、達者になったのだ、寿命のある人は別なもんか、助かるめいと思ったお前さんがこんなに大くなったのにゃア魂消やした」

兼「ムムそれじゃア兄いはこの湯河原の温泉のお蔭で助かったのだな」

長「そうだ、温泉の効能も効能だがお母や親父の手当が届いたからの事だ、他人の親でせえそんなに丹誠してくれるのに、現在血を分けた親でいながら、背中へ竹の突通るほど赤坊を藪の中《なけ》え投り込んで棄るとア鬼のような心だ」

と長二は両眼に涙を浮めまして、

長「婆さん、そうしてお前その児を棄てた夫婦の形《なり》や顔を覚えてるだろう、どんな夫婦だったえ」

婆「ハア覚えていやすとも、苛《むご》い人だと思ったから忘れねいのさ、男の方は二十五六でもあったかね。商人《あきうど》でも職人でも無い好い男で、女の方は十九か二十歳《はたち》ぐらいで色の白い、髪の毛の真黒な、眼《まなこ》が細くって口元の可愛らしい美い《い》女で、縞縮緬の小袖に私イ見たことの無い黒え革の羽織を着ていたから、何という物だと聞いたら、八幡黒《やわたぐろ》の半纏革だと云ったたっけ」

兼「フム、少し婀娜《あだ》な筋だな、何者だろう」

長「何者だってそんな奴に用はねえ。婆さんこの疵は癒っても乳の無いので困ったろうねえ」

婆「そうだ、長左衛門殿とおさなさんが可愛がって貰い乳《ぢ》イして漸々に育って、その時名主《なぬし》様をしていた伊藤様へ願って、自分の子にしたがね、名前《なめえ》が知んねいと云ったら、名主様が、お前達二人の丹誠で命を助けたのだから二助としろと云わしゃった、何がさて名主様が命名親《なつけおや》だんべい、サア村の者が可愛がるめいことか、外へでも抱いて出ると、手から手渡しで、村境まで行ってしまう始末さ、私らも宜く抱いて守をしたんだが、今じゃア大くなってハア抱く事ア出来ねい」

兼「冗談じゃアねえ、今抱かれてたまるものかナ……そうだが兄い……不思議な婆さんに逢ったので、思いがけねえ事を聞いたなア」

長「ウム、初めて自分の身の上を知った、道理でこの疵のことをいうとお母が涙ぐんだのだ……兼……己の外聞《げいぶん》になるからこの事ア決して他に云ってくれるなよ」

十

長「婆さん、お願いだからお前も己のことを此家《こっち》の人達へ内《ねえ》しょにしていてくんなせえ……これは己の少さい時守をしてくんなすったお礼だ」

とまた幾許《いくら》か金を包んで遣りますと、婆さんは大喜びで、

婆「こんなに貰っちゃア気の毒だが、お前さんも出世イして、こんな身分になって私も嬉しいから お辞儀イせずに戴きやす……私イ益もねいこんだ、お前さんのことを何で他に話すもんかね、気遣えしねいが宜い」

長「何分頼むよ、お前のお蔭で委しい事が知れて有難え……ムムそうだ、婆さん、お前その、長左衛門の先祖の墓のある寺を知ってるか」

婆「知ってますよ、泉村の福泉寺《ふくせんじ》様だア」

長「泉村とアどっちだ、遠いか」

婆「なアにハア十二丁べい下《しも》だ、明日私が案内しますべいか」

長「それには及ばねえよ」

婆「そうかね、そんなら私イ下へめえりやすよ、用があったらいつでも呼ばらッしゃい」

と婆さんが下へ降りて行った後で、長二は己を棄てた夫婦というは何者であるか、また夫婦喧嘩の様子では、外《ほか》に旦那という者があるとすれば、この男と馴合で旦那を取っていたものか、但しは旦那というが本当の亭主で、この男が奸夫かも知れず、何にいたせ尋常の者でない上に、無慈悲千万な奴だと思いますれば、真の親でも少しも有難くございません、それに引換え、養い親は命の親でもあるに、死ぬまで拾ッ子ということを知らさず、生《うみ》の子よりも可愛がって養育された大恩の、万分一も返す事の出来なかったのは今さら残念な事だと、既往《こしかた》を懐《おも》いめぐらして欝《ふさ》ぎはじめましたから、兼松が側《はた》から種々と言い慰めて気を散じさせ、翌日共に泉村の寺を尋ねました。寺は曹洞宗で、清谷山《せいこくざん》福泉寺と申して境内は手広でございますが、土地の風習でいずれの寺にも境内には墓所を置きませんで、近所の山へ葬りまして、回向《えこう》の時は坊さんがその山へ出張《でば》る事ですから、長二も福泉寺の和尚に面会して多分の布施を納め、先祖の過去帳を調べて両親の戒名を書入れてもらい、それより和尚の案内で湯河原村の向山にある先祖の墓に参詣いたしたので、婆さんは喋りませんが、寺の和尚から、藤屋の客は棄児の二助だということが近所へ知れかかってきましたから、疵の痛みが癒ったを幸い、十一月の初旬《はじめ》に江戸へ立帰りました。さて長二はお母が貧乏の中で洒《すす》ぎ洗濯や針仕事をして養育するのを見かね、少しにても早くお母の手助けになろうと、十歳の時自分からお母に頼んで清兵衛親方の弟子になったのですから、親方から貰う小遣銭はいうまでもなく、駄菓子でも焼薯でもしまって置いて、仕事場の隙を見て必ずお母のところへ持ってまいりましたから、清兵衛親方も感心して、他の職人より目をかけて可愛がりました。斯様に孝心の深い長二でございますから、親の恩の有難いことは知って居りますが、今度湯治場で始めて長左衛門夫婦は養い親であるということを知ったばかりでなく、実《まこと》の親達の無慈悲を聞きましたから、殊更に養い親の恩が有難くなりましたが、両親とも歿《な》い後は致し方がございませんから、切《せ》めては懇《ねんごろ》に供養でもして恩を返そうと思いまして、両親の墓のある谷中三崎の天竜院へまいり、和尚に特別の回向を頼み、供養のために丹誠をこらして経机磐台など造って、本堂に納め、両親の命日には、雨風を厭わず必ず墓まいりをいたしました。

## 十一

斯様な次第でございますから、何となく気分が勝れませんので、諸方から種々注文がありましても身にしみて仕事を致さず、その年も暮れて文政四巳年と相成り、正月二月と過ぎて三月の十七日は母親《おふくろ》の十三年忌に当りますから、天竜院において立派に法事を営み、親方の養子夫婦は勿論兄弟弟子一同を天竜院へ招待して斎《とき》を饗《ふるま》い、万事滞りなく相済みまして、呼ばれて来た人々は残らず帰りましたから、長二は跡に残って和尚に厚く礼を述べて帰ろうといたすを、和尚が引留めて、自分の室《へや》に通して茶などを侑《すす》めながら、長二が仏事に心を用いるは至極奇特な事ではあるが、昨年の暮頃から俄かに仏三昧を初め、殊に今日の法事は職人の身分には過ぎて居るほど立派に営みしなど、近頃合点のいかぬ事種々あるがこれには何か仔細のある事ならん、次第によっては別に供養の仕方もあれば、苦しからずば仔細を話されよと懇に申されますゆえ、長二も予て機《おり》もあらば和尚にだけは身の上の一伍一什《いちぶしじゅう》を打明けようと思って居りました所でございますから、幸いのことと、自分は斯々《かくかく》の棄児にて、長左衛門夫婦に救われて養育を受けし本末を委しく話して居りますところへ、小坊主が案内して通しました男は、年の頃五十一二で、色の白い鼻準《はなすじ》の高い、眼の力んだ丸顔で、中肉中背、衣服は糸織藍万《いとおりあいまん》の袷に、琉球紬《りゅうきゅうつむぎ》の下着を袷重ねにして、茶献上の帯で、小紋の絽《ろ》の一重羽織を着て、珊瑚の六分珠の緒締に、金無垢の前金物を打った金革の煙草入は長門《ながと》の筒差という、賤しからぬ拵えですから、長二は遠慮して片隅の方に扣《ひか》えて居ると、その男は和尚に雑と挨拶して布施を納め、一二服煙草を呑んで本堂へお詣りに行きました。その容体が頗る大柄《おおへい》ですから、長二はこんな人に話でもしかけられては面倒だ、この間に帰ろうと思いまして暇乞を致しますと、和尚はまたその人に長二を紹介《ひきあわ》して出入場《でいりば》にしてやろうとの親切心がありますから、

和「まア少しお待ちなさい、今のお方は浅草鳥越の亀甲屋幸兵衛《きっこうやこうべい》様というて私の一檀家じゃ、なかなかの御身代で、苦労人の上に万事贅沢にして居られるから、お近附になっておくが好《え》い」

長「へい有難うございますが、少し急ぎの仕事が」

和「今日は最《も》う仕事は出来はすまい、ムム仕事と云えば私も一つ煙草盆を拵《こさ》えてもらいたいが、どういうのが宜いかな……これは前住が持って居ったのじゃが、暴《あら》うしたと見えてこないに毀れて役にたたんが、落板《おとし》はまだ使える、この落板に合わして好い塩梅に拵えてもらいたいもんじゃ」

と種々話をしかけますから長二は帰ることが出来ません、その内に幸兵衛は参詣をしまい戻って来て、

幸「毎月墓参《はかまいり》をいたしたいと思いますが、屋敷家業というものは体が自由になりませんので、つい不信心になります」

和「お忙しいお勤めではなかなか寺詣りをなさるお暇はないて、暇のある人でも仏様からは催促が来んによって無沙汰勝になるもので」

幸「まアそういう塩梅で……二月ばかり参詣をいたさんうちに御本堂が大層お立派になりました、あの左の方にある経机はどちらからの御寄附でございますか、あんな上作はこれまで見ません、よっぽど良い職人が拵えた物と見えます」

和「あの机かな、あれはここにござるこの方の御寄附じゃて」

幸「へい左様ですか……これは貴方御免なさい……へい初めてお目にかかります、私は幸兵衛と申す者で……只今承まわればあの経机を御寄附になったと申すことですが、あれはどこの何と申す

者へお誂《あつら》えになったものでございます」
長「へい、あれは、ヘイ私《わっち》が拵えたので、仕事の隙に剰木《あまりつき》で拵えたのですから思うように出来ていません」
幸「へえーそれでは貴方は指物をなさるので」
和「はて、これが指物師で名高い不器用イイヤナニ長二さんという人さ」
幸「フム、それでは予て風聞に聞いた名人の木具屋さん……へえー貴方がその親方でございますか、慥《たし》か本所の〆切とかにお住いですな」
長「さようです」
幸「それでは柳島の私の別荘からは近い……就てはお目にかかったのを幸い、差向き客火鉢を二十に煙草盆を五六対拵えてもらいたいのですが、尤も桐でも桑でもかまいません、いつ頃までに出来ますね」
長「早くは出来ません、良く拵えるのには木の十年も乾《から》した筋の良いのを捜さなけれアいけませんから」
幸「どうか願います、お近いから近日柳島の宅へ一度来てください、漸々この間普請が出来上ったばかりだから、種々誂えたいものがあります」
長「へい、私はどうも独身で忙しないから、屹度《きっと》上るという約束は出来ません」
幸「そういう事なら近日私がお宅へ出ましょう」
長「どうかそう願います」
と長二は斯様な人と応対をするのが嫌いでございますから、話の途切れたのを機《しお》に暇乞をして帰りました。

十二

後で幸兵衛は和尚に、

幸「伎倆《うで》の良い職人というものは、お世辞も軽薄もないものだと聞いていましたが、なるほどあの長二もその質《たち》で、なかなか面白い人物のようです」

和「職人じゃによって礼儀には疎いが、心がけの善い人で、第一陰徳を施す事が好きで、この頃はまた仏のことに骨を折っているじゃて、よほど妙な奇特な人じゃによって、どうか贔屓にしてやってください」

幸「左様ですか、職人には珍らしい変り者でございますが、それには何か訳のある事でしょう」

和「はい、お察しの通り訳のあることで、全体あの男は棄児でな、今にその時の疵が背中に穴になって残って居るげな」

幸「へえ、それはどうした疵で、どういう訳でございますか」

と幸兵衛が推して尋ねますから、和尚は長二の身の上を委しく話したならば、不憫が増して一層贔屓にしてくれるであろうとの親切から、先刻長二に聞きました一伍一什のことを話しますと、幸兵衛は大きに驚いた様子で、左様に不仕合な男なれば一層目をかけてやろうと申して立帰りました後は、度々長二の宅を尋ねて種々の品を注文いたし、多分の手間料を払いますので、長二は他の仕事を断って、兼松を相手に亀甲屋の仕事ばかりをしても手廻らぬほど忙しい事でございました。その年の四月から五月まで深川に成田の不動尊のお開帳があって、大層賑いました。そのお開帳へ参詣した帰りがけで、四月の二十八日の夕方亀甲屋幸兵衛は女房のお柳《りゅう》を連れ、供の男に折詰の料理を提げさせて、長二の宅へ立寄りました。

幸「親方宅かえ」

兼「こりゃアいらっしゃい……兄い……鳥越の旦那が」

長「そうか、イヤこれは、まアお上んなさい、相変らず散かっています」
幸「今日はお開帳へまいって、人込で逆上《のぼ》せたから平清《ひらせい》で支度をして、帰りがけだが、今夜は柳島へ泊るつもりで、近所を通るついでに、妻《これ》が親方に近付になりたいと云うから、お邪魔に寄ったのだ」
長「そりゃア好く……まアこっちへお上んなさい」
と六畳ばかりの奥の室《ま》の長火鉢の側へ寝蓙《ねござ》を敷いて夫婦を坐らせ、番茶を注《つ》いで出す長二の顔をお柳が見ておりましたが、どういたしたのか俄に顔が蒼くなって、眼が逆づり、肩で息をする変な様子でありますから、長二も挨拶をせずに見ておりますと、まるで気違のように台所の方から座敷の隅々をきょろきょろ見廻して、幸兵衛が何を云っても、ただはいとかいいえとか小声に答えるばかりで、その内にまた何か思い出しでもしたのか、襟の中へ顔を入れて深く物を案じるような塩梅で、紙入を出して薬を服《の》みますから、兼松が茶碗に水を注いで出すと、一口飲んで、
柳「はい、もう宜しゅうございます」
長「どっか御気分でも悪いのですか」
幸「なに、人込へ出るといつでも血の道が発《おこ》って困るのさ」
兼「やっぱり逆上せるので、もっと水を上げましょうか」
幸「もう治りました、早く帰って休んだ方が宜しい……これは親方生憎な事で、とんだ御厄介になりました、またその内に出ましょう」
とそこそこに帰ってまいります。

十三

お柳の装《なり》は南部の藍の子持縞の袷に黒の唐繻子《とうじゅす》の帯に、極微塵の小紋縮緬の三紋の羽織を着て、

水の滴《たれ》るような鼈甲《べっこう》の櫛笄《くしこうがい》をさして居ります。年は四十の上をよほど越して、末枯《すが》れては見えますが、色ある花は匂失《においう》せずで、どこやらに水気があって、若い時はどんな美人であったかと思うほどでございますが、来ると突然病気で一言も物を云わずに帰って行く後影を兼松が見送りまして、

兼「兄い……ちっと婆さんだが好い女だなア」

長「そうだ、装も立派だのう」

兼「だが、旨味の無え顔だ、笑いもしねいでの」

長「塩梅がわるかったのだから仕方がねえ」

兼「そうだろうけれども、一体が桐の糸柾《いとまさ》という顔立だ、綺麗ばかりで面白味が無え、旦那の方は立派で気が利いてるから、桑の白質《しらた》まじりというのだ」

長「巧く見立てたなア」

兼「兄いも己が見立てた」

長「何と」

兼「兄いは杉の粗理《あらまさ》だなア」

長「何故」

兼「何故って厭味なしでさっぱりしていて、長く付合うほど好くなるからさ」

長「そんなら兼、手前は檜の生節《いきぶし》かな」

兼「有難《ありがて》え、幅があって匂いが好いというのか」

長「いいや、時々ポンと抜けることがあるというのよ」

兼「人を馬鹿にするなア、いつでもしめえにアそんな事だ、おやア折を置いて行ったぜ、平清のお土産とは気が利いてる、一杯《ぺい》飲めるぜ」

長「馬鹿アいうなよ、忘れて行ったのなら届けなけりゃアわりいよ」

兼「なに忘れてッたのじゃア無え、コウ見ねえ、魚肉《なまぐさ》の入ってる折にわざわざ熨斗《のし》が挿《はさ》んである

から、進上というのに違いねえ、独身もので不自由というところを察して持って来たんだ、行届いた旦那だ……何が入《へえ》ってるか」
長「コウよしねえ、取りに来ると困るからよ」
兼「心配しなさんな、そんな吝な旦那じゃア無え、もしか取りに来たら己が喰っちまったというから兄いも喰いねえ、一合買って来るから」
と、兼松はこれより酒を買って来て、折詰の料理を下物《さかな》に満腹して寝てしまいました。その翌朝長二は何か相談事があって大徳院前の清兵衛親方のところへ参りました後で兼松が台所を片付けながら、空の折を見て、長二の云う通り忘れて行ったので、柳島から取りに来はしまいかと少し気になるところへ、毎度使いに来る亀甲屋の手代が表口から、
手代「はい御免なさい、柳島からまいりました」
と聞いて兼松はぎょっとしました。

## 十四

兼松は遁《に》げる訳にも参りませんから、まごまごしながら、
兼「えい何か御用で」
手「はい、御新造様がこのお手紙をお見せ申して、昨日忘れた物を取って来てくれろと仰しゃいました」
兼「へえー忘れた物を、へえー」
手「それにこの品を上げて来いと仰しゃいました」
と手紙と包物を出しましたが、兼松は蒼くなって、遠くの方から、

兼「何だか分りやせんが、生憎兄《あにき》ええ長二が留守ですから、手紙も皆な置いてっておくんなせえ」
手「いいえ、是非手紙をお目にかけろと申付けられましたから、お前さん開けて見ておくんなさい」
兼「だって私《わっち》にはむずかしい手紙は読めねえからね」
手「御新造様のはいつでも仮名ばかりですが」
兼「そうかね」
と怖々《こわごわ》手紙を開いて、
兼「ええと何だナ……鳥渡中上々《とりなべちゅうじょうじょう》……はてな鳥なべになりそうな種はなかったが、ええと……昨《さく》日《ひ》はよき折《おり》……さア困った、もしお使い、実はね鉋屑の中にあったからお土産だと思ってね、お手紙の通り好い折でしたが、つい喰ったので」
手「へえー左様でございますか、私は火鉢の側のように承わりましたが」
兼「どこでも同じ事だが、それから何だ、ええ……よき折から……空になった事を知ってるのか知らん、御《おん》めもし致《いたし》……何という字だろう……御うれしく……はてな、御《お》めしがうれしいとはどういう訳だろう、それから……そんじ上《じょう》…………サアこの瘻《せむし》のような字は何とか云ったッけねえお前さん、この字は何と云いましたッけ」
手「へい、どれでございます、へい、それはまいらせそろという字で」
兼「そうそう、まいらせそろだ、それにしても何が損じたのか訳が分らねえが、ええと……その折は、また折の事だ喰わなければよかった……持《もち》びょうおこり……おごりには違えねいが、持びょうとは何の事だか……あつく御せわに……相成り……御きもじさまにそんじ……また損じて瘻のような字がいるぜ、相模《さが》の相という字に楠正成の成《しげ》という字だが、相成《さがしげ》じゃア分らねえし、またきもじさまとア誰の名だか、それから、ええと……あしからすあしからす御かんにん被下度候……何だか読めねえ」

手「お早く願います」
兼「そう急《せ》いちゃアなお分らなくならア、このからすからすかんざえもんとア此間《こねえだ》御新造が来た夕方の事でしょう」
手「そんな事が書いてございますか」
兼「あるから御覧なせえ、それ」
手「こりゃアあしからずあしからず御かんにんくだされたくそろでございます」
兼「フム、お前さんの方がなかなか旨い物《もん》だ、その先にむずかしい字が沢山《たんと》書いてあるが、お前さん読んでごらんなせい」
手「ここでございますか」
兼「何でもその見当だッた」
手「ここは……その節置《せつおき》わすれ候懐中物このものへ御渡し被下度候《くだされたくそろ》、この品粗まつなれどさし上候《あげそろ》まずは用事のみあらあらかしく」
兼「旨いその通りだ、その結尾《しまい》にある釣鉤《つりばり》のような字は何とか云ったね」
手「かしくと読むのでございます」
兼「ウムそうだ、分った事ア分ったが、兄いがいねえから、帰ってその訳を御新造に云っておくんなせい」
と申しますので、手代も困って帰りました。その後へ長二が帰って来ましたから、兼松が心配しながら手紙を見せると、
長「昨日御新造が薬を出したまんま紙入を忘れて行ったのを、今朝見《め》っけたから取りに来ないうちにと思って、親方の所へ行った帰りがけに柳島へ廻って届けに行ったら、先刻取りにやったと云ったが、またこんな土産物をよこしたのか、気の毒な、何だ橋本の料理か、兼また一杯飲めるぜ」
兼「ありがてえ、毎日こういう塩梅に貰《もれ》え物があると世話が無えが、昨日のは喰いながらも心配

だった」

長「何もそんな思いをして喰うにア及ばない、全体手前は意地がきたねえ、衣食住と云ってな着物と食物《くいもの》と家の三つア身分相応というものがあると、天竜院の方丈様が云った、職人ふぜいで毎日店屋《めえにちてんや》の料理なんぞを喰っちア罰があたるア、貰った物にしろ毎日こんな物を喰っちア口が驕ってきて、まずい物が喰えなくなるから、実ア有がた迷惑だ、職人でも芸人でも金持に贔屓にされるア宜いが、見よう見真似で万事贅沢になって、気位まで金持を気取って、他の者を見くびるようになるから、己ア金持と交際《つきあ》うことア大嫌えだ、亀甲屋の旦那が来い来いというが、今まで一度も行かなかったが、忘れて行ったものを黙っておいちゃア気が済まねえから、持って行って投り込んで来たが、柳島の宅ア素的に立派なもんだ、屋敷稼業というものア、泥坊のような商売《しょうべえ》と見える、そんな人のくれたものア喰っても旨くねえ、手前喰うなら皆な喰いねえ、己ア天麩羅《てんぷら》でも買って喰うから」

と雇いの婆さんに天麩羅を買わせて茶漬を喰いますから、兼松も快よくその料理を喰うことは出来ません。婆さんと二人で少しばかり喰って、残りを近所に住んでいる貧乏な病人に施すという塩梅で、万事並の職人とは心立《こころだて》が異《ちが》って居ります。

## 十五

長二は母の年回の法事に、天竜院で亀甲屋幸兵衛に面会してから、格外の贔屓を受けていろいろ注文物があって、多分の手間料を貰いますから、活計向《くらしむき》も豊になりましたので、予ての心願どおり、思うままに貧窮人に施す事が出来るようになりましたのは、全く両親が草葉の蔭から助けてくれるのであろうと、益々両親の菩提を弔うにつきましては、いよいよ実の両親の無慈悲を恨み、寐ても覚めても養い親の大恩と、実の親の不実を思わぬ時はございません。さてその夏も過ぎ秋も末になりまして、亀甲屋から柳島の別荘の新座敷の地袋に合わして、唐木の書棚を拵えてくれとの注文がありました。前にも申しました通り、長二はお柳が置忘れた紙入を届けに行ったきり、これまで一度も亀甲屋へ参った事はございませんが、今度の注文物はその地袋の模様を見なければ寸法その外の工合が分りませんので、余儀なく九月二十八日に自身で柳島へ出かけますと、折よく幸兵衛が来ておりまして、お柳と共に大喜びで、長二を座敷へ通しました。長二は地袋の模様を見て直に帰るつもりでしたが、夫婦が種々の話を仕かけますので、迷惑ながら尻を落付けて挨拶をして居るうちに、橋本の料理が出ました。

幸「親方……何にもないが、初めてだから一杯やっておくれ」

長「こりゃアお気の毒さまな、私ア酒は嫌いですから」

柳「そうでもあろうが、私がお酌をするから」

長「へいへいこれは誠にどうも」

幸「酒は嫌いだというから無理に侑《すす》めなさんな、親方肴でもたべておくれ」

長「へい、こんな結構な物ア喰った事アございませんから」

幸「だッて親方のような伎倆《うでまえ》で、親方のように稼いでは随分儲かるだろうから、旨い物には飽きて居なさろう」

長「どう致しまして、儲かるわけにはいきません、皆な手間のかかる仕事ですから、高い手間を戴きましても、一日《いちんち》に割ってみると何ほどにもなりゃしませんから、なかなか旨い物なんぞ喰う事ア出来ません」

幸「そうじゃアあるまい、人の噂に親方は貧乏人に施しをするのが好きだという事だから、それで銭が持てないのだろう、どういう心願かア知らないが、若いにしちゃア感心だ」

長「人は何てえか知りませんが、施しといやア大業です、私ア少《ちい》さい時分貧乏でしたから、貧乏人を見ると昔を思い出して、気の毒になるので、持合せの銭をやった事がございますから、そんな事を云うんでしょう」

柳「長さん、お前少さい時貧乏だッたとお云いだが、お父《とっ》さんやお母《つか》さんは何商売だったね」

長「元は田舎の百姓で私の少さい時江戸《こっち》へ出て来て、荒物屋を始めると火事で焼けて、間もなく親父が死んだものですから、母親が貧乏の中で私を育ったので、三度の飯さえ碌に喰わないほどでしたから、子供心に早く母親の手助けを仕ようと思って、十歳の時清兵衛親方の弟子になったのですが、母親も私が十七の時死んでしまったのです」

と涙ぐんで話しますから、幸兵衛夫婦もその孝心の厚いのに感じた様子で、

柳「お前さんのような心がけの良い方が、どうしてまアそんなに不仕合だろう、お母さんをもう少し生かしておきたかったねえ」

長「へい、もう五年生きていてくれると、育ってくれた恩返しも出来たんですが、ままにならないもんです」

と鼻をすすって握拳で涙を拭きます心を察してか、お柳も涙ぐみまして、

柳「お察し申します、お前さんのように親思いではお父さんやお母さんに早く別れて、孝行の出来なかったのはさぞ残念でございましょう」

長「へいそうです、世間で生の親より養い親の恩は重いと云いますから、なお残念です」

柳「へえー、そんならお前さんの親御は本当の親御さんではないの」

と問われたので、長二はとんだ事を云ったと気がつきましたが、今さら取返しがつきませんから、

長「へい左様……私の親は……へい本当の親ではござ《ママ》いません、私を助けて、いいえ私を養ってくれた親でございます」

幸「はて、それでは親方は養子に貰われて来たので、本当の親御達はまだ達者かね」

長「そんな訳じゃアございませんから」

幸「そんなら里っ子ながれとでもいうのかね」
長「いいえ、そうでもございません」
幸「どうしたのか訳が分らない」
長「へい、この事はこれまで他に云った事アございませんから、どうもへイ私の恥ですから誠に」
柳「親方何だね、お前さんの心掛が宜いというので、旦那がこんなに可愛がって、お前さんのためになるように心配してくださるのだから、話したって宜いじゃアないかね」
幸「どんな事か知らないが、次第によっちゃア及ばずながら力にもなろうから、話して聞かしなさい、決して他言はしないから」
長「へい、そう御親切に仰しゃってくださるならお話をいたしましょうが、何卒《どうぞ》内々に願います……実ア私ア棄児です」
柳「お前さんがエ」
長「へい、私の実の親ほど」
と云いかけて実親の無慈悲を思うも臓腑《はらわた》が沸《にえ》かえるほど忌々しく恨めしいので、唇が痙攣《ひきつ》り、烟管《きせる》を持った手がぶるぶる顫《ふる》えますから、お柳は心配気に長二の顔を見詰めました。
柳「本当の親御達がどうしたのだえ」
長「へい私の実の親達ほど酷《むご》い奴は凡そ世界にございますめえ」
とさも口惜《くやし》そうに申しますと、お柳は胸の辺でひどく動悸でもいたすような慄え声で、
柳「何故だえ」
長「何故どころの事《こっ》ちゃアございません、私の生れた年ですから二十九年前の事です、私を温泉のある相州の湯河原の山ん中へ打棄《うっちゃ》ったんです、ただ打棄るのア世間に幾許《いくら》もございやすが、猫の死んだんでも打棄るように藪ん中へおッ投《ぽ》込んだんとみえて、竹の切株が私の背中へずぶり突通ったんです、それを長左衛門という村の者が拾い上げて、温泉で療治をしてくれたんで、漸々助かっ

たのですが、その時の傷ア……失礼だが御覧なせい、こん通りポカンと穴になってます」

と片肌を脱いで見せると、幸兵衛夫婦は左右から長二の背中を覗《のぞ》いて、互に顔を見合せると、お柳は忽ち真蒼になって、苦しそうに両手を帯の間へ挿入れ、鳩尾《むなさき》を強く圧《お》す様子でありましたが、圧《おさ》えきれぬか、アーといいながらその場へ倒れたまま、悶え苦みますので、長二はお柳が先刻からの様子と云い、今の有様を見て、さてはこの女が己を生んだ実の母に相違あるまいと思いました。

十六

その時の男というはこの幸兵衛か、但しは幸兵衛は正しい旦那で、奸夫は他の者であったか、その辺の疑いもありますから、篤《とく》と探索した上で仕様があると思いかえして、何気なく肌を入れまして、

長「こりゃとんだ詰らないお話をいたしまして、まことに失礼を……急ぎの仕事もございますからお暇にいたします」

幸「まア宜いじゃアないか、種々聞きたい事もあるから、今夜泊ってはどうだえ」

長「へい、有難うございますが、兼松が一人で待ってますから」

柳「親方御免よ、生憎また持病が発《おこ》って」

長「お大事《でえじ》になさいまし……左様なら」

と急いで宅へ帰りましたが、考えれば考えるほど、幸兵衛夫婦が実の親のようでありますから、それから段々二人の素性を探索いたしますと、お柳は根岸辺に住居していた物持某《なにがし》の妻で、某が病死したについて有金を高利に貸付け、孀暮《やもめぐら》しで幸兵衛を手代に使っているうち、いつか夫婦となり、四五年前に浅草鳥越へ引移って来たとも云い、また先の亭主の存生中から幸兵衛と密通していたの

で、亭主が死んだのを幸い夫婦になったのだとも云って、判然《はっきり》はしませんが、谷中の天竜院の和尚の話に、何故か幸兵衛が度々来て、長二の身の上は勿論両親《ふたおや》の素性などを根強く尋ねるというので、かれこれを思い合すと、幸兵衛夫婦は全く親には違いないが、無慈悲の廉《かど》があるので、面目なくって今さら名告《なの》ることも出来ないから、贔屓というを名にして仕事を云付け、しばしば往来《ゆきき》して親しく出入をさせようとしたが、こっちで親しまないので余計な手間料を払ったり、不要な道具を注文したりして恩を被《き》せ、余所《よそ》ながら昔の罪を償おうとの了簡であるに相違ないが、前非を後悔したなら有体に打明けて、親子の名告《なのり》をすればまだしも殊勝だのに、そうはしないで、現在実子と知りながら旧悪を隠して、人を懐《なず》けようとする心底は面白くないから、今度来たならこっちから名告りかけて白状させてやろうと待もうけて居るとは知らず、幸兵衛は女房お柳といずれかへ遊山にまいった帰りがけと見えて、供も連れず、十一月九日の夕方長二の宅へ立寄りました。丁度兼松は深川六間堀に居る伯母の病気見舞に行き、雇婆さんは自分の用達《ようたし》に出て居りませんから、長二は幸兵衛夫婦を表に立たせておいて、その辺に取散してあるものを片付け、急いで行灯を点して夫婦を通しました。

幸「夕方だが、丁度前を通るから尋ねたのだ、もう構いなさんな」

長「へい、誠にお久しぶりで、なに今皆な他へまいって一人ですから、誠にどうも」

と番茶を注いで出しながら、

長「いつぞやは種々御馳走を戴きまして、それから以来《こっち》体が悪いので、碌に仕事をいたしませんから、棚も木取ったばかりで未だ掛りません」

幸「今日はその催促じゃアないよ、あの時ぎりでお目にかからないから、妻《これ》が心配して」

とお柳の顔を見ると、お柳は長二の顔を見まして、

柳「いつぞやは生憎持病が発って失礼をしましたから、今日はそのお詫かたがた」

長「それは誠にどうも」

と挨拶をしながら立って、戸棚の中を引掻きまわして、漸々菓子皿を探して、有合せの最中《もなか》を五

つばかり盛って出し、
長「生憎兼松も婆さんも留守で、誠にどうも」
柳「お一人ではさぞ御不自由でしょう」
長「へい、別に不自由とも思いませんが、こんな時何がどこに蔵《しま》って在るか分りませんので」
柳「そうでしょう、それに病み煩いの時などは内儀《おかみ》さんがないと困りますから、早くお貰いなすってはどうです、ねえ旦那」
幸「そうだ、失礼な云分だが、鰥夫《おとこやもめ》に何とやらで万事所帯に損があるから、好いのを見付けて持ちなさい」
長「だって私のような貧乏人の処《とけ》えは来人《きて》がございません、来てくれるような奴は碌なのではございませんから」
柳「なアにそうしたもんじゃアない、縁というものは不思議なもんですよ、恥を云わないと分りませんが、私は若い時伯母に勧められてある所へ嫁に行って、さんざん苦労をしたが、縁のないのが私の幸福《しあわせ》で、今はこういう安楽な身の上になって、何一つ不足はないが子供の無いのが玉に瑕とでも申しましょうか、順当なら長さん、お前さんぐらいの子があっても宜いんですが、子の出来ないのは何かの罰《ばち》でしょうよ、いくらお金があっても子の無いほど心細いことはありませんから、長さん、お前さんも早く内儀さんを貰って早く子をお拵えなさい……お前さん貧乏だから嫁に来人《きて》がないとお云いだが、お金はどうにでもなりますから早くお貰いなさい、まだ宅の道具を種々拵えてもらわなければなりませんから、お金は私が御用達《ごようだ》てます」
と云いながら膝の側に置いてある袱紗包の中から、その頃新吹《しんふき》の二分金の二十五両包を二つ取出し、菓子盆に載せ、折熨斗《おりのし》を添えて、
柳「これは少いが、内儀さんを貰うにはもう些と広い好い家へ引越さなけりゃアいけないから、納《と》っておおきなさい、内儀さんが決ったなら、また要るだけ上げますから」

と長二の前へ差出しました。長二は疾《と》くに幸兵衛夫婦を実の親と見抜いて居りますところへ、最前からの様子といい、段々の口上は尋常《ひととおり》の贔屓でいうのではなく、殊に格外の大金に熨斗を付けてくれるというは、己を確かに実子と認めたからの事に相違ないに、飽《あく》までも打明けて名告らぬ了簡が恨めしいと、むかむかと腹が立ちましたから、金の包を向うへ反飛《はねと》ばして容《かたち》を改め、両手を膝へ突きお柳の顔をじっと見詰めました。

## 十七

長「何ですこんな物を……あなたはお母《つか》さんでしょう」

と云われてお柳はあっと驚き、忽ちに色蒼ざめてぶるぶる顫えながら、逡巡《あとじさり》して幸兵衛の背後へ身を潜めようとする。幸兵衛も血相を変え、少し声を角立てまして、

幸「何だと長二……手前何をいうのだ、失礼も事によるア、気でも違ったか、馬鹿々々しい」

長「いいえ決して気は違えません……なるほど隠しているのに私がこう云っちゃア失礼かア知りませんが、棄子の廉《かど》があるからいつまで経っても云わないのでしょう、打明けたッて私が親の悪事を誰に云いましょう、隠さずと名告っておくんなせえ」

と眼を見張って居ります。幸兵衛は返答に困りまして、うろうろするうち、お柳は表の細工場の方へ遁げて行きますから、長二が立って行って、

長「お母さん、まアお待ちなせえ」

と引戻すを幸兵衛が支えて、

幸「長二……手前何をするのだ、何を証拠にそんなことをいうのだ、ハハア分った、手前は己が贔屓にするに附込んで、失礼千万な、言いがかりをいうのだな、お邸方の御用達をする亀甲屋幸兵衛

だ、失礼なことをいうと召連《めしつれ》訴えをするぞ」
柳「あれまア大きな声をおしでないよ、人が聞くと悪いから」
幸「誰が聞いたッて構うものか、太い奴だ」
長「何で私が言いがかりなんぞを致しましょう、本当の親だと明しておくんなさりゃアそれで宜いんです、それを縁に金を貰おうの、お前さんの家に厄介《やくけい》になろうのとは申しません、私はこれまで通り指物屋でお出入を致しますから、ただ親だと一言云っておくんなせえ」
と袂に縋るを振払い、
幸「何をするんだ、放さねえと家主へ届けるが宜いか」
と云われて長二が少し怯むを、得たりと、お柳を表へ連れ出そうとするを、長二が引留めようと前へ進む胸の辺を右の手で力にまかせ突倒して、
幸「さア疾《はや》く」
とお柳の手を引き、見返りもせず柳島の方へ急いでまいります。後影を起上りながら、長二が恨めしそうに見送って居りましたが、思わず跣足《はだし》で表へ駈出し、十間ばかり追掛けて立止り、向うを見詰めて、何か考えながら後歩《あとじさり》して元の上り口に戻り、ドッサリ腰をかけて溜息を吐《つ》き、
長「ハアー二十九年前に己を藪ん中え棄てた無慈悲な親だが、会って見ると懐かしいから、名告ってもれえてえと思ったに、まだ邪慳を通して、人の事を気違だの騙りだのと云って明かしてくれねえのはどこまでも己を棄てる了簡か、それとも己の思違いで本当の親じゃア無いのか知らん、いいやそうで無え、本当の親で無くってあんなことをいうはずは無い、それに五十両という金を……おおそうだ、あの金はどうしたか」
と内に這入って見ると、行灯の側に最前の金包がありますから、
長「やア置いて行った……この金を貰っちゃア済まねえ、チョッ忌々しい奴だ」
と独言《ひとりごと》を云いながら金包を手拭に包《くる》んで腹掛のどんぶりに押込み、腕組をして、女と一緒だから

まだそんなに遠くは行くまい、田圃径《たんぼみち》から請地《うけち》の堤伝《どてづた》いに先へ出越せば逢えるだろう、柳島まで行くには及ばねえと点頭《うなず》きながら、尻をはしょって麻裏草履を突かけ、幸兵衛夫婦の跡を追って押上の方へ駈出しました。こちらは幸兵衛夫婦丁度霜月九日の晩で、宵から陰《くも》る雪催うに、正北風《まならい》の強い請地の堤を、男は山岡頭巾をかぶり、女はお高祖《こそ》頭巾に顔を包んで柳島へ帰る途中、左右を見返り、小声で、

幸「こっちの事を知らせずとも、余所ながら彼《あれ》を取立ててやる思案もあるから、決して気ぶりにも出すまいぞと、あれほど云っておいたに、余計なことを云うばかりか、己にも云わずにあんな金を遣ったから覚られたのだ、困るじゃアねえか」

柳「だッてお前さん、現在我子と知れたのに打棄《うっちゃ》って置くことは出来ませんから、名告らないまでも彼《あれ》を棄てた罪滅しに、あのくらいの事はしてやらなければ今日様へ済みません」

幸「エエまだそんなことを云ってるか、過去った昔の事は仕方がねえ」

柳「まだお前さんは彼を先の旦那の子だと思って邪慳になさるのでございますね」

幸「馬鹿を云え、そう思うくらいならあんなに目をかけてやりはしない」

柳「だって先刻《さっき》なんぞア酷く突倒したじゃアありませんか」

幸「それでも今彼に本当のことを知られちゃア、それから種々《いろん》な面倒が起るかも知れないから、どこまでも他人で居て、子のようにしようと思うからの事だ……おお寒い、こんな所で云合ったたッて仕方がない、速く帰って緩くり相談をしよう、さア行こう」

と、お柳の手を取って歩き出そうと致しまする路傍の枯蘆をガサガサッと掻分けて、幸兵衛夫婦の前へ一人の男が突立ちました。これは申さないでも長二ということ、お察しでございましょう。

# 十八

請地の土手伝いに柳島へ帰ろうという途中、往来も途絶えて物淋しい所へ、大の男がいきなりヌッとあらわれましたので、幸兵衛はぎょっとして遁げようと思いましたが、女を連れて居りますから、度胸を据えてお柳を擁《かば》いながら、二足三足後退して、

幸「誰だ、何をするんだ」

長「誰でもございません長二です」

幸「ムム長二だ……長二、手前何しに来たんだ」

長「何しに来たとはお情ねえ……私は九月の二十八日、背中の傷を見せた時、棄てられたお母さんだと察したが、奉公人の前があるから黙って帰って、三月《みつき》越しお前さん方の身上《みじょう》を聞糺《ききただ》して、確に相違無えと思うところへ、お二人で尋ねて来てくだすったのは、親子の名告をしてくんなさるのかと思ったら、そうで無えから我慢が出来ず、私の方から云出したのが気に触ったのか、但しは無慈悲を通す気か、気違だの騙りだのと人に悪名を付けて帰って行くような酷《むご》い親達から、金なんぞ貰う因縁が無えから、先刻の五十両を返そうと捷径《ちかみち》をしてここに待受け、おもわず聞いた今の話、もう隠す事ア出来ねえだろう、お母さん、どうかお前さんに云い難い事があるかア知りませんが、決して他には云わねえから、お前を産んだお母《ふくろ》だといってくだせい……お願いです……また旦那は私の本当のお父さんか、それとも義理のお父さんか聞かしてくだせい」

と段々幸兵衛の傍へ進んで、袂に縋る手先を幸兵衛は振払いまして、

幸「何をしやアがる気違奴《め》……去年谷中の菩提所で初めて会った指物屋、仕事が上手で心がけが奇特だというので贔屓にして、仕事をさせ、過分な手間料を払ってやれば附けあがり、途方もねえ言いがかりをして金にする了簡だな、そんな事に悸《びく》ともする幸兵衛じゃア無えぞ……ええ何をするんだ、放せ、袂が切るア、放さねえと打擲《ぶんなぐ》るぞ」

と拳を振上げました。
長「打《ぶ》つなら打ちなせえ、お前さんは本当の親じゃアねえか知らねえが、お母さんは本当のお母さんだ……お母さん、何故私を湯河原へ棄てたんです」
とお柳の傍へ進もうとするを、幸兵衛が遮りながら、
幸「何をしやアがる」
と云いさま拳固で長二の横面を殴りつけました。そうでなくッても憎い奴だと思ってる所でございますから、長二は赫《くわっ》と怒りまして、打った幸兵衛の手を引とらえまして、
長「打ちやアがったな」
幸「打たなくッて泥坊め」
長「何だと、いつ己が盗人をした」
幸「盗人だ、こんな事を云いかけて己の金を奪ろうとするのだ」
長「金が欲いくれえなら、この金を持って来やアしねえ、汝《うぬ》のような義理も人情も知らねえ畜生の持った、穢わしい金は要らねえ、返すから受取っておけ」
と腹掛のかくしから五十両の金包を取出し、幸兵衛に投付けると額に中《あた》りましたから堪りません、金の角で額が打切れ、血が流れる痛さに、幸兵衛は益々怒って、突然《いきなり》長二を衝倒《つきたお》して、土足で頭を蹴ましたから、砂埃が眼に入って長二は物を見る事が出来ませんが、余りの口惜さに手探りで幸兵衛の足を引捉えて起上り、
長「汝《うぬ》ウ蹴やアがッたな、この義理知らずめ、最う合点がならねえ」
と盲擲《めくらなぐ》りで拳固を振廻すと、幸兵衛は右に避《よ》け左に躱《かわ》し、空を打たしてその手を捉え捻上るを、そうはさせぬと長二は左を働かせて幸兵衛の領頸《えりくび》を摑み、引倒そうとする糞力に幸兵衛は敵いませんから、挿して居ります紙入留の短刀を引抜いて切払おうとする白刃《しらは》が長二の眼先へ閃いたから、長二もぎょッとしましたが、敵手《あいて》が刃物を持って居るのを見ては油断が出来ませんから、幸兵衛に

ひしと組付いて、両手を働かせないように致しました。

## 十九

長「その刃物は何だ、二十九年前に殺そうと思って打棄った己が生きて居ちゃア都合が悪いから、また殺そうとするのか、本当の親のためになる事なら命は惜まねえが、実子と知りながら名告もしねえ手前のような無慈悲な親は親じゃアねえから、命はやられねえ……危ねえ」

と刃物を捥取《もぎと》ろうとするを、渡すまいと揉合う危なさを見かねて、お柳は二人に怪我をさせまいと背後へ廻って、長二の領元《えりもと》を摑み引分けんとするを、長二はお柳も己を殺す気か、よくも揃った非道な奴らだと、くわッと逆上《のぼ》せて気も顚倒、一生懸命になって幸兵衛が逆手に持った刃物の柄《つか》に手をかけて、引奪《ひったく》ろうとするを、幸兵衛が手前へ引く機《はずみ》に刀尖《きっさき》深く我と吾手で胸先を刺貫き、アッと叫んで仰向けに倒れる途端に、刃物は長二の手に残り、お柳に領《えり》を引かるるまま将棋倒しにお柳と共に転んだのを、肩息ながら幸兵衛は長二がお柳を組伏せて殺すのであろうと思いましたから、這寄って長二の足を引張る、長二は起上りながら幸兵衛を蹴飛ばす、後《うしろ》からお柳が組付くを刃物で払う刀尖が小鬢を掠《かす》ったので、お柳は驚き悲しい声を振搾って、

柳「人殺しイ」

と遁出すのを、もうこれまでと覚悟を決めて引戻す長二の手元へ、お柳は咬付き、刃物を奪ろうと揉合う中へ、蹌《よろめ》きながら幸兵衛が割って入るを、お柳が気遣い、身を循にかばいながら白刃の光をあちらこちらと避《よ》けましたが、とうとうお柳は乳の下を深く突かれて、アッという声に、手負ながら幸兵衛は、

幸「おのれ現在の母を殺したか」

と一生懸命に組付いて長二の鬢の毛を引摑みましたが、何を申すも急所の深手、諸行無常と告渡る浅草寺の鐘の音を冥府《あのよ》へ苞《つと》に敢《あえ》なくも、その儘息は絶えにけりと、芝居なれば義太夫《ちょぼ》にとって語るところです。さて幸兵衛夫婦は遂に命を落しました。その翌日、丁度十一月十日の事でございます。回向院前の指物師清兵衛方では急ぎの仕事があって、養子の恒太郎《つねたろう》が久次留吉《きゅうじ》などという三四名の職人を相手に、夜延《よなべ》仕事をしておる処へ、慌てて兼松が駈込んでまいりまして、

兼「親方は宅かえ」

恒「何だ、恟《びっく》りした……兼か久しく来なかッたのう」

兼「長兄《ちょうあにい》は来やしねえか」

恒「いいや」

兼「はてな」

恒「どうしたんだ、何か用か」

兼「聞いておくんなせえ、私がね、六間堀の伯母が塩梅がわりいので、昨日《きんのう》見舞に行って泊って、先刻帰って見ると家が貸店《かしだな》になってるのサ、訳が分らねえから大屋さんへ行って聞いてみると、兄《あにい》が今朝早く来て、急に遠方へ行くことが出来たからッて、店賃《たなちん》を払って、家の道具や夜具蒲団は皆な兼松に遣ってくれろと云置いて、どっかへ行ってしまったのサ、全体《ぜんてえ》どうしたんだろう」

二十

恒「そいつは大変《てえへん》だ、あの婆さんはどうした」

兼「婆さんも居ねえ」

久「それじゃア長兄と一緒に駈落をしたんだ、あの婆さん、なかなか色気があったからなア」

恒「馬鹿アいうもんじゃアねえ……何か訳のあることだろうがナア兼……婆さんの宿へ行って様子を聞いてみたか」
兼「聞きやアしねえが、隣の内儀さんの話に、今朝婆さんが来て、親方が旅に出ると云って暇をくれたから、田舎へ帰《けえ》らなけりゃアならねえと云ったそうだ」
恒「そんな事なら第《でえ》一番にこっちへいうはずだ」
兼「己もそうだと思ったから聞きに来たんだ、親方にも断らずに旅に出るはずアねえ」
留「女房の置去という事アあるが、こいつア妙だ、兼手前は長兄に嫌われて置去に遭ったんだ、おかしいなア」
兼「冗談じゃアねえ、若え親方の前だが長兄に限っちゃア道楽で借金があるという訳じゃアなし、この節ア好い出入場が出来て、仕事が忙がしいので都合も好い訳だのに、夜遁《よにげ》のような事をするとア合点がいかねえ……ともかくも親方に会って行こう」
と奥へ通りました。奥には今年六十七の親方清兵衛が、茶微塵松坂縞の広袖に厚綿の入った八丈木綿の半纏を着て、目鏡をかけ、行灯の前でその頃鍛冶の名人と呼ばれました神田の地蔵橋の国広の打った鑿と、浅草田圃の吉広、深川の田安前の政鍛冶の打った二挺の鉋の研上げたのを検《み》て居ります。年のせいで少し耳は遠くなりましたが、気性の勝った威勢のいい爺さんでございます。兼松は長二の出奔を甚く案じて、気が急きますから、奥の障子を明けて突然に、
兼「親方大変です、どうしたもんでしょう」
清「ええ、何だ、仰山《ぎょうさん》な、静かにしろえ」
兼「だッて親方私《わっち》の居ねい留守に脱出《ぬけだ》しちまッたんです」
清「それ見ろ、あんなにいうのに打《うち》ようを覚えねえからだ、中の釘は真直に打っても、上の釘一本をありに打ちせえすりゃア留の離れる気遣えは無いというのだ……杉の堅木か」
兼「まア堅気だ、道楽をしねえから」

清「大きいもんか」
兼「私より少し大きい、たしか今年二十九だから」
清「何を云うのかさっぱり分らねえ、己ア道具の事を聞くのだ」
兼「ムム道具ですか道具はすっかり家具蒲団まで私にくれて行ったんです」
清「まだ分らねえ……棚か箱か」
兼「へい、店《たな》は貸店になっちまッたんです」
清「何だと菓子棚だ、ウム菓子簞笥のことか、それがどうしたんだと」
兼「どうしたんか訳が分らねえから聞きに来たんだが、親方へ談《はなし》なしだとねえ」
清「そりゃア長二がする事だものを、一々己に相談する事アねえ」
兼「だッて、それじゃア済まねえ、己アそんな人とア思わなかった……情ねえ人だなア」
清「手前何かその仕事の事で長二と喧嘩でもしたのか」
兼「いいえ、長え間助《すけ》に行ってるが、喧嘩どころか大きい声をして呼んだ事もねえ……己を可愛がって、近所の人が本当の兄弟でもあアは出来ねえと感心しているくれえだのに、己が六間堀へ行ってる留守に黙って脱出したんだから、不思議でならねえ」
清「何も不思議アねえ、手前の技《うで》が鈍いから脱出したんだ、長二は手前に何も云わねいのか」
兼「何とも云いませんので」
清「はてな、あんなに親切な長二が教えねえ事アねえはずだが……何か仔細のある事だ」
と腕組をして暫らく思案をいたし、
清「些《すこ》し心当りがあるから明日でも己が尋ねてみよう」
兼「そうです、何か深いわけがあるんです、心当りがあるんなら何も年寄の親方が行くにゃア及びません、私が尋ねましょう」
清「手前じゃア分らねえ、己が聞いてみるから手前今夜帰ったら、長二に明日仕事の隙を見てちょっと来てくれろと云ってくんな」
兼「親方何を云うんです、家に居もしねえ長兄に来てくれろとア」
清「どこへ行ったんだ」
兼「どこかへ身を隠したから心配しているんだ」
清「何だと、長二が身を隠したと、ええ、そんなら何故速くそう云わねえんだ」
兼「先刻から云ってるんです」
清「先刻からの話ア釘の話じゃアねえか」
兼「道理で訝《おか》しいと思った……困るな、つんぼ……エエナニあの遠方へ急に旅立をすると、家主の所《とけ》え云置《いいお》いて、どこへも沙汰なしに居なくなっちまッたんです」
清「急に旅立をしたと、それにしても己の所え何とか云いそうなもんだ、黙って行く所をもって見りゃア、何か済まねえ事でもしたんだろうが、彼奴に限っちゃアそんな事アあるめいに」
と子供の時から丹誠をして教えあげ、名人と呼ばれるまでになって、親方を大切に思う長二の事ですから、清兵衛は養子の恒太郎よりも長二を可愛がりまして、五六日も顔を出しませんと直に案じて、小僧に様子を見せにやるというほどでございますから、駈落同様の始末と聞いて清兵衛は顔色の変るまでに心配をいたして居ります。

## 二十一

恒太郎も力と頼む長二の事ですから、心配しながら兼松を呼びに来てみると、養父が心配の最中でありますから、
恒「兼、手前……長兄のことを父さんに云ったな、云わねえでも宜いに……父さん案じなくって

も宜いよ、長二の居る処は直に知れるから」
清「手前長二の居る処を知ってるのか」
恒「大概《ていげえ》分ってるから、明日早く捜しに行こう」
清「若えからどんな無分別を出すめいもんでもねえから、明日といわず早いが宜い、兼と一緒に今ッから捜しに行きな」
と急き立てる老の一徹、性急なのは恒太郎もかねがね知って居りますが、長二の居所が直に分ると申しましたのは、ただ年寄に心配をさせまいと思っての間に合せでございますから、大きに当惑をいたし、兼松と顔を見合せまして、
恒「行くのアわけアねえが、今夜はのう兼」
兼「そうサ、行って帰ると遅くなるア親方、明日起きぬけに行きましょう」
清「そんなことを云って、今夜の内に間違えでもあったらどうする」
兼「大丈夫だよ」
清「手前は受合っても、本人が出て来て訳の解らねえうちは、己ア寝ても眠られねえから、御苦労だが早く行ってくんねえ」
と急立《せきた》てられまして、恒太郎は余儀なく親父の心を休めるために、
恒「そんなら兼、行って来よう」
と立とうと致します時、勝手口の外で、
「若え親方も兼公も行くにゃア及ばねえ」
と声をかけ、無遠慮に腰障子を足でガラリッと押開け、どっこいと蹌《よろめ》いて入りましたのは長二でございます。結城木綿の二枚布衣《ぬのこ》に西川縞の羽織を着て、盲縞の腹掛股引に白足袋という拵えで新しい麻裏草履を突かけ、どこで奢ってきたか笹折を提げ、微酔《ほろよい》機嫌で楊枝を使いながらズッと上って来ました様子が、平常《ふだん》と違いますから一同は愕《びっく》りして、

兼「兄い、どうしたんだ、どこへ行ってたんだ、己ア心配したぜ」
長「どこへ行こうと己が勝手だ、心配するやつが間抜だ、ゲエープゥー」
兼「やア珍らしい、兄い酔ってるな」
長「酔おうが酔うめえが手前の厄介になりアしねえ、大きにお世話だ黙っていろ」
と清兵衛の前に胡座《あぐら》をかいて坐りました。
兼「何だか変だが、兄いがどうかしたぜ、コウ兄い……人にさんざん心配をさせておいて悪体を吐《つ》くとア酷いじゃアねえか」
長「生意気なことを吐《ぬ》かしやアがると打《たた》き擲《なぐ》るぞ」
兼「何が生意気だい、兄い兄いと云やア兄いぶりアがって、手前こそ生意気だ」
と互に云いつのりますから、恒太郎が兼松を控えさせまして、
恒「コウ長二、それじゃアおとなしくねえ、手前が居なくなったッて兼が心配しているのに、悪体を吐くのア宜くねえ、酔っているかア知らねえが、ここでそんなことをいっちゃア済むめえぜ」
長「ええそうです、私が悪かったから御免なせえ」
恒「何も謝るには及ばねえが、聞きゃア手前家を仕舞ったそうだが、どけえ行く積りだ」
長「どけへ行こうとお前さんの知った事《こッ》ちゃアねえ」
と上目で恒太郎の顔を見る。血相が変っていて、気味が悪うございますから、恒太郎が後退《あとじさり》をする後に、最前から様子を見て居りました恒太郎の嫁のお政が、湯呑に茶をたっぷり注いで持ってまいりました。

## 二十二

政「長さん、珍しく今夜は御機嫌だねえ……お前さんの居る所が知れないと云って、お父さんや皆がどんなに心配をしていたか知れないよ」

と茶を長二の前に置いて、

政「温《ぬる》いからおあがり、お夜食はまだだろうね、大沢さんから戴いた鰤《ぶり》が味噌漬にしてあるから、それで一膳おたべよ」

長「ええ有がとうがすが、今喰ったばかしですから」

と湯呑の茶を戴いて、一口グッと飲みまして、

長「親方……私は遠方へ行く積りです」

清「そんなことをいうが、どけへ行くのだ」

長「京都へ行って利斎の弟子になる積りで、家をしまったのです」

清「それも宜いが、己も先の利斎の弟子で、毎《いつ》も話す通り三年釘を削らせられた辛抱を仕通したお蔭で、これまでになったのだから、今の利斎ぐれえにゃア指す積りだが……むむあの鹿島さんの御注文で、島桐の火鉢と桑の棚を拵《こせ》えたがの、棚の工合《ぐえい》は自分でも好く出来たようだから見てくれ」

と目で恒太郎に指図を致します。恒太郎は心得て、小僧の留吉と二人で仕事場から桑の書棚を持出して、長二の前に置きました。

清「どうだ長二……この遠州透《えんしゅうすかし》は旨いだろう、引出の工合なぞア誰にも負けねえ積りだ、これ見ろ、この通りだ」

と抜いて見せるを長二はフンと鼻であしらいまして、

長「なるほど拙くアねえが、そんなに自慢というほどの事もねえ、この遣違《やりちげ》えの留と透の仕事は嘘だ」

兼「何だと、コウ兄い……親方の拵えたものを嘘だと、手前慢心でもしたのか」

長「馬鹿をいうな、親方の拵えた物だって拙いのもあらア、この棚は外見《うわべ》は宜いが、五六年経っ

てみねえ、留が放れて道具にゃアならねえから、仕事が嘘だというのだ」
恒「何だと、手前父さんの拵えた物ア才槌《せえづち》で一つや二つ擲ったって毀れねえ事ア知ってるじゃアねえか」
長「それが毀れるように出来てるからいけねえのだ」
恒「どうしたんだ、今夜はどうかしているぜ」
長「どうもしねえ、毎もの通り真面目な長二だ」
恒「それが何故父さんの仕事を誹《くさ》すのだ」
長「誹す所があるから誹すのだ、論より証拠だ、才槌を貸しねえ、打毀して見せるから」
恒「面白い、毀してみろ」
と恒太郎が腹立紛れに才槌を持って来て、長二の前へ投り出したから、お政は心配して、
政「あれまアおよしよ、酔ってるから堪忍おしよ」
恒「酔ってるかア知らねえが、余りだ、手前の腕が曲るから毀してみろ」
兼「若え親方……腹も立とうが姉《あね》さんのいう通り、酔ってるのだから我慢しておくんなせえ、不断こんな人じゃアねえから、私が連れて帰って明日詫に来ます……兄い更けねえうちに帰ろう」
と長二の手を取るを振払いまして、
長「何ヲしやがる、己ア無宿《やどなし》だ、帰る所アねえ」
と云いながら才槌を取って立上り、恒太郎の顔を見て、
長「今打き毀して見せるからそっちへ退いていなせい」
と才槌を提《ひっさ》げて、蹌めく足を踏みしめ、棚の側へ摺寄って行灯の蔭になるや否や、コツンコツンと手疾《てばや》く二槌ばかり当てると、忽ち釘締の留は放れて、遠州透はばらばらになって四辺《あたり》へ飛散りました。

# 二十三

言葉の行掛《ゆきがかり》からあアはいうもののよもやと思った長二が、遠慮もなく清兵衛の丹誠を尽した棚を打毀しました。かつ二つや三つ擲ったって毀れるはずのない棚がばらばらに毀れたのに、居合わす人々は驚きました。中にも恒太郎は長二が余りの無作法に赫《くわっ》と怒って、突然長二の髻《たぶさ》を摑んで仰向に引倒し、拳骨で長二の頭を五つ六つ続けさまに打擲りましたが、少しもこたえない様子で、長二が黙って打たれて居りますから、恒太郎は燥立《いらだ》ちて、側に落ちている才槌を取って打擲ろうと致しますに、お政が驚いてその手に縋りついて、

政「あれまア危ないからおよしよ、怪我をさせては悪いからサ兼松……速く留めておくれ」

兼「まアお待ちなせえ、そんな物で擲っちア大変だ」

と止めるのを恒太郎は振払いまして、

恒「なにこの野郎、ふざけて居やがる、この才槌で棚を毀したから己がこの野郎の頭を打毀してやるんだ」

と才槌を振り上げました。この騒ぎを最前から黙って視て居りました清兵衛が、

清「恒マア待て、よしねえ、打棄っておけ」

と留めましたが、恒太郎はなかなか肯《き》きません。

恒「それだッてこんなに毀してしまっちゃア、明日鹿島さんへ納める事が出来ねえ」

清「まア己が言訳をするから宜いというに」

と叱りつけましたので、恒太郎、余儀なく手を放したから、お政も安心して長二を引起しながら、

政「どこも痛みはしないか、堪忍おしよ」

長「へい、有がとうがす」

と会釈をして坐り直す長二の顔を、清兵衛がジッと視まして、
清「これ長二手前能《よ》く吾《おれ》の拵えた棚を毀したな、手前は大層上手になった、己の仕事に嘘があるとは感心だ、どこに嘘があるか手前の気の付いた所を一々そこで云ってみろ」

長「へい、云えというなら云いますが、この広い江戸で清兵衛と云やア知らねえ者のねえ指物師の名人だが、それア二十年も前のことだ、もう六十を越して眼も利かなくなり、根気も脱けて、この頃ア板削まで職人にさせるから、艶が無くなってどことなしに仕事が粗びて、見られた状《ざま》アねえ、私が弟子に来た時分は釘一本他手《ひとで》にかけず、自分で夜延《よなべ》に削って、精神《たましい》を入れて打ちなさったから百年経っても合口《えいくち》の放れッこは無かったが、今じゃアこのからッぺたの恒兄《つねあにい》に削らせた釘を打ちなさるから、こん通りで状ア無い、アハハハ」

と打毀した棚に指をさして嘲笑いますから、兼松は気を揉んで、長二の袖とそっと引きまして、
兼「おい兄いどうしたんだ、大概にしねえ」

と涙声で申しますが、一向に頓着いたしません。

長「才槌で二つや三つ擲って毀れるような物が道具になるか、大概知れた事《こっ》た、耄碌しちゃア駄目だ」

と法外な雑言を申しますから、恒太郎が堪えかねて拳骨を固めて立かかろうと致しますを、清兵衛が睨みつけましたから、歯軋《はぎしり》をして扣えて居ります。

長「その証拠にゃア十年前私に何と云いなすった、親方忘れやしないだろう、箱というものは木を寄せて拵えるものだから、暴《あら》くすりア毀れるのが当然《あたりめえ》だ、それが幾ら使っても百年も二百年も毀れずに元のまんまで居るというのア仕事に精神を入れてするからの事だ、精神を入れるというのは外じゃアねえ、釘の削り塩梅から板の拵え工合と釘の打ちようにあるんだ、それだから釘一本他《ひと》に削らせちゃア自分の精神が入らねえところが出来て、道具が死んでしまうのだ、死んでる道具は直に毀れッちまうと云ったじゃアありやせんか、その通りしねえからこの棚の仕事は嘘だと云うのだ、

こんなに直ぐ毀れる物を納めるのア注文先へ対して不実というものだ、これで高い工手間《くでま》を取ろうとは盗人より太え了簡だ」

と止途《とめど》なく罵ります。

## 二十四

清兵衛も腹にすえかね、
清「黙りやアがれ、馬鹿野郎め、生意気を吐《ぬか》しやアがると承知しねえぞ、坂倉屋の仏壇で名を取ったと思って、高言を吐きアがるが、手前がそれほど上手になったのア誰が仕込んだんだ、その高言は他へ行って吐くが宜い、己の目からはまだ板挽《いたひき》の小僧だが、己を下手だと思うなら止せ、他に対《むか》って己の弟子だというなよ」
長「さア、それだから京都へ修業に行くのだ、親方より上手な師匠を取る気だ」
恒「呆れた野郎だ、父さんどうしよう」
兼「正気でいうのじゃアねえ」
清「気違だろう、そんな奴に構うなよ」
兼「おい、兄い、どうしたんだ、本当に気でも違ったのか」
長「べらぼうめ、気が違ってたまるもんか、こんな下手な親方に附いていちゃア生涯仕事の上りッこがねえから、己の方から断るんだ」
清「長二、手前本当にそんなことをいうのか」
長「嘘を吐いたッて仕方がねえ、私が京都で修業をして名人になッたって、己の弟子だと云わねえように縁切の書付をおくんなせえ」

清「べらぼうめ、手前のような奴ア、再び弟子にしてくれろと云って来ても己の方からお断りだ」
長「書付を出さねえなら、こっちで書いて行こう」
と傍にある懸硯箱《かけすずりばこ》を引寄せて鼻紙に何か書いて差出しましたから、清兵衛が取上げて見ますと、仮名交りで、

一私これまで親方のおせわになったが今日あいそがつきたから縁を切りますしかる上は親方でないあかの他人で何事も知らないから左様おぼしめし被下候《くだされそろ》
文政巳十月十日　　長二郎
箱清様

とありますから清兵衛は変に思って眺めておりますと、恒太郎が横の方から覗き込んで、
恒「馬鹿な野郎だ、弟子のくせにこんな書付を出すとア……おや、長二はどうかしているんだ、今月ア霜月だのに十月と書いてあるア、月まで間違えていやアがる」
長「そりゃア知ってるが、先月から愛想が尽きたから、そう書いたんだ」
恒「負惜みを云やアがるな、こんな書付を張ったからにゃア二度と再び家の敷居を跨ぎやアがると肯《き》かねいぞ」
長「そりゃア知れた事《こっ》た、この書付を渡したからにゃアこっちにどんな事があっても己ア知らねえよ、また己の体にどんな間違えがあっても御迷惑アかけねえから、御安心なせいやし」
と立上って帰り支度を致しますが、余りの事に一同は呆れて、ただ互いに顔を見合すばかりで何にも申しませんから、お政が心配をして、長二の袂を引留めまして、
政「長さんお待ちよ……まアお待ちというのに、お前それでは済まないよ、よもやお忘れではあるまい、二十年前の事を、私はその時十三か四であったが、お前がお母に手を引かれて宅へ来た時に、私のお母さんがマア十や十一で奉公に出るのは余り早いじゃアないかと云ったら、お前何とお云いだ、お母《ふくろ》がとる年で、賃仕事をして私を育てるのに骨が折れるから、早く奉公をして仕事を覚

え、手間を取ってお母に楽をさせたいとお云いだッたろう、お母さんがそれを聞いて、涙をこぼして、親孝行な子だ、そういう事ならどのようにも世話をしようと云って、自分の子のように可愛がったのはお忘れじゃアなかろう、またその時お前の名は二助と云ったが、伊助という職人がいて、度々間違うからお父さんが長二という名をお命《つ》けなすったんだが、これにも訳のある事で、お前の手の人指《ひとさしゆび》が長くって中指と同じのを御覧なすって、人指の長い人は器用で仕事が上手になるものだから、指が二本とも長いというところで長二としよう、京都の利斎親方の指もこの通りだから、この小僧も仕立てようで後には名人になるかも知れないと云って、他の職人より目をかけて丁寧に仕事を教えてくだすったので、お前こうなったのじゃアないか、それにまたお前のお母が歿った時、お父さんや清五郎さんや良人《うちのひと》で行って、立派に葬式《とむらい》を出して上げたろう、お前はその時十七だッたが、親方のお蔭で立派に孝行の仕納めが出来た、この御恩は死んでも忘れないと涙を流してお云いだというじゃアないかね、元町へ世帯を持つ時もそうだ、寝道具から膳椀まで皆なお前お父さんに戴いたのじゃアないか、こんなことを云って恩にかけるのじゃアないが、お前そういう親方を袖にして、自分から縁切の書付を出すとアどうしたものだえ、義理が済むまいに、お前考えてごらん、多くの弟子の中で一番親方思いと云われたお前が、こんな事になるとは私にはさっぱり訳が分らないよ」

## 二十五

政「恒兄に擲たれたのが腹が立つなら、私が成代って謝るからね、何だね、子供の時から一つ処で育った心安《こころやす》だてが過ぎるからの事だよ、堪忍おしよ、お父さんもお年がお年だから、お前でもいないと良人《うちのひと》が困るからよ、お父さんへは私がお詫をするから、長さんマアちゃんとお坐んなさいよ、どうしたのだねえ」
と涙を翻《こぼ》してなだめまする信実に、兼松も感じて鼻をすすりながら、
兼「コウ兄い、いま姉さんもいう通りだ、親方の恩は大抵の事ちゃアねえ、それを知らねえ兄いでもねえに、どうしたんだ、何か人にしゃくられでもしたのか、ええ、姉《あね》さんが心配するから、おい兄い」
長「お政さん御親切は分りやしたが、弟子師匠の縁が切れてみりゃア詫言をする訳もねえからね、人は老少不定《ろうしょうふじょう》で、年をとった親方いいや、清兵衛さんより私の方が先へ往くかも知れませんから、他を当にするのア無駄だ、何でもてんでに稼ぐのが一番だ、稼いで親に安心をさせなさるが宜い、私の体にどんな事があろうと、他人だから心配なせいやすな……兼、手前とも最う兄弟じゃアねえぞ」
と云放って立上り、勝手口へ出てまいりますから、お政も呆れまして、
政「そんならどうでもお前は」
長「もう参りません」
清「長二」
長「何か用かえ」
清「用はねい」
長「そうだろう、耄碌爺には己も用はねえ」
と表へ出て腰障子を手荒く締切りましたから、恒太郎は堪《こら》えきれず、
恒「何を云いやがる」
と拳骨を固めて飛出そうとするのを清兵衛が押止めまして、
清「打棄っておけ」
恒「だッて余りだ」

清「いいやそうでねえ、これには深い仔細《わけ》のある事だろう」

恒「どんな仔細があるかア知らねえが、父さんの拵《こせ》えた棚を打き毀して縁切の書付を出すとア、話にならねえ始末だ」

清「それがサ、彼奴己の拵えた棚の外から三つや四つ擲ったッて毀れねえことを知ってるから、先刻打擲った時、故《わざ》ッと行灯の陰になって、暗い所で内の方から打きやアがったのは、無理に己を怒らせて縁切の書付を取ろうと企んだのに相違ねえが、縁を切ってどうするのか、十一月を十月と書いたのにも仔細のある事だろう、二三日経ったら何か様子が知れようから打棄っておきねえ」

と一同をなだめて案じながら寝床に入りました。

その頃南の町奉行は筒井和泉守様で、お慈悲深くて御裁きが公平という評判で、名奉行でございました。丁度今月はお月番ですから、お慈悲のお裁きにあずかろうと公事《くじ》訴訟が沢山に出ます。今日は十一月の十一日で、追々白洲へ呼込みになる時刻に相成りましたから、公事の引合に呼出された者は五人十人と一群になって、御承知の通り数寄屋橋内の奉行所の腰掛茶屋に集っていますを、やがて奉行屋敷の鉄網《かなあみ》の張ってある窓から同心が大きな声をして、芝新門前町高井利兵衛貸金催促一件一同入りましょう。などと呼込みますと、その訴訟の本人相手方、只今では原告被告と申します、双方の家主五人組は勿論、関係の者一同がごたごた白洲へ這入ります。この白洲の入口の戸を締切る音ががらがらピシャーリッと凄じく脳天に響けますので、大抵の者は仰天して怖くなりますから、嘘を吐くことが出来なくなって、有体《ありてい》に白状をいたすようになるという事でございます。今大勢の者が白洲へ呼込みになる混雑の中を推分《おしわ》けて、一人の男が御門内へ駈込んで、当番所の前へ平伏いたしました。この男は長二でございます。

# 二十六

当番所には同心一人と書役《かきやく》一人が詰めておりまして、

同「何だ」

長「へい、お訴えがございます」

同「ならない」

と叱りつけて、小者に門外へ逐出《おいだ》させました。この駈込訴訟と申しますものは、その筋の手を経て出訴せいといって、三度までは逐返すのが御定法でございますから、長二も三度逐出されましたが、三度目に、この訴訟をお採上げになりませんと私の一命に拘わりますと申したので、お採上げになって、直に松右衛門の手で腰縄をかけさせまして入牢《じゅろう》と相成り、年寄へその趣きを届け、一通り取調べて奉行附の用人へ申達《しんたつ》して、吟味与力へ引渡し。下調《したしらべ》をいたします、これが只今の予審で、それから奉行へ申立てて本調になるという次第でございます。通常の訴証は出訴の順によってお調べになりますが、駈込訴訟は猶予の出来ない急ぎの事件というので、他の訴訟が幾許あっても、それを後へ廻してこの方を先へ調べるのが例でありますから、奉行は吟味与力の申立てにより、他の調を後廻しにして、いよいよ長二の事件の本調をいたす事に相成りました。指物師清兵衛は長二が先夜の挙動《ふるまい》を常事《ただごと》でないと勘付きましたから、恒太郎と兼松に言付けて様子を探らせると、長二が押上堤で幸兵衛夫婦を殺害したとの南の町奉行へ駈込訴訟《うったえ》をしたので、元町の家主は大騒ぎで心配をして居るという兼松の注進で、さては無理に喧嘩を吹かけて弟子師匠の縁を切り、書付の日附を先月にしたのは、恩ある己達をこの引合に出すまいとの心配であろうが、この事を知っては打棄っておかれない、何の遺恨で殺したのか仔細は分らないが、無闇な事をする長二でないから、お採上げにならないまでも、彼奴が親孝心の次第から平常《ふだん》の心がけと行いの善い所を委しく書面に認めて、お慈悲願をしなけりゃア彼奴の志に対して済まないとは思いましたが、清兵衛は無筆で、自分の細工をした物の箱書は毎《いつ》でもその表に住居いたす相撲の行司で、相撲膏を売る式守《しきもり》伊之助に頼んで書いてもらう事でありますから、伊之助に委細のことを話して右の願書を認めて貰い、家主同道で恒太郎が奉行所へお慈悲願に出ました。今日は亀甲屋幸兵衛夫婦殺害一件の本調というので、関係人一同町役人家主五人組差添で、奉行所の腰掛茶屋に待って居ります。やがて例の通り呼込になって一同白洲に入り、溜《たまり》と申す所に控えます。奉行の座の左右には継肩衣《つぎかたぎぬ》をつけた目安方公用人が控え、縁前《えんさき》のつくばいと申す所には、羽織なしで袴を穿いた見習同心が二人控えて居りまして、目安方が呼出すに従って、一同が溜から出て白洲へ列びきると、腰縄で長二が引出され、中央《まんなか》へ坐らせられると、間もなくシイーという制止の声と共に、刀持のお小姓が随《つ》いて、奉行が出座になりました。

## 二十七

白洲をずうッと見渡されますと、目安方が朗かに訴状を読上げる、奉行はこれを篤と聞き了りまして、

奉「浅草鳥越片町幸兵衛手代万助、本所元町与兵衛店恒太郎、訴訟人長二郎並びに家主源八、その外名主代組合の者残らず出ましたか」

町「一同附添いましてござります」

奉「訴人《うったえにん》長二郎、その方は何歳に相成る」

長「へい、二十九でござります」

奉「その方当月九日の夜五つ半時、鳥越片町亀甲屋幸兵衛並に妻柳を柳島押上堤において殺害いたしたる段、訴え出たが、何故に殺害いたしたのじゃ、包まず申上げい」

長「へい、ただ殺しましたので」

奉「ただ殺したでは相済まんぞ、殺した仔細を申せ」
長「その事を申しますと両親の恥になりますから、何と仰しゃっても申上げる事は出来ません
……何卒《どうぞ》ただ人を殺しました廉で御処刑《おしおき》をお願い申します」
奉「幸兵衛手代万助」
万「へい」
奉「これなる長二郎は幸兵衛方へ出入をいたしおった由じゃが、何か遺恨を挟《さしはさ》むような事はなかったか、どうじゃ」
万「へい、恐れながら申上げます、長二郎は指物屋でございますから、昨年の夏頃から度々誂え物をいたし、多分の手間代を払い、主人夫婦が格別贔屓にいたして、度々長二郎の宅へも参りました、その夜死骸の側に五十両の金包が落ちて居りましたのをもって見ますと、長二郎がその金を奪ろうとして殺しまして、何かに慌てて金を奪らずに遁げたものと考えます」
奉「長二郎どうじゃ、左様か」
長「その金は私が貰ったのを返したので、金なぞに目をくれるような私じゃアございません」
奉「しからば何故に殺したのじゃ、その方のためになる得意先の夫婦を殺すとは、何か仔細がなければ相成らん、有体に申せ」
恒「恐れながら申上げます、長二は差上げました書面の通り、私親共の弟子でございまして、幼少の時から親孝心で実直で、道楽ということは怪我にもいたしませんで、余計な金があると正直な貧乏人に施すくらいで、仕事にかけては江戸一番という評判を取って居りますから、金銭に不自由をするような男ではございませんから、悪心があってした事では無いと存じます」
源「申上げます、只今恒太郎から申上げました通り、長二郎は六年ほど私店内《たなうち》に住居いたしましたがただの一度夜宅を明けたことの無い、実体な辛抱人で、店賃は毎月十日前に納めて、時々釣は宜いから一杯飲めなぞと申しまして、心立《こころだて》の優しい慈悲深い性《たち》で、人なぞ殺すような男ではござり

ません」

万「へい申上げます、私主人方で昨年の夏から長二に払いました手間料は、二百両足らずに相成ります、この帳面を御覧を願います」

と差出す帳面を同心が取次いで、目安方が読上げます。

奉「この帳面は幸兵衛の自筆か」

万「へい左様でございます、この通り格別贔屓にいたしまして、主人の妻は長二郎に女房の世話を致したいと申して居りましたから、私の考えますには、その事を長二郎に話しましたのを長二郎が訝《おか》しく暁《さと》って、無礼な事でも申しかけたのを幸兵衛に告げましたので、幸兵衛が立腹いたして、身分が身分でございますから、後で紛紜《いさくさ》の起らないように、出入留の手切金を夫婦で持ってまいったもんですから、この事が世間へ知れては外聞にもなり、殊に恋のかなわない口惜紛れに、両人を殺したんであろうかとも存じます」

奉「長二郎、この帳面の通りその方手間料を受取ったか、そうして柳がその方へ嫁の口入《くにゅう》をいたしたかどうじゃ」

長「へい、よくは覚えませんが、その位受取ったかも知れませんが、決して余計な物は貰やアしません、また嫁を貰えと云った事はありましたが、私が無礼なことを云いかけたなぞとは飛んでもない事でございます」

奉「それはそれで宜しいが、何故斯様に贔屓になる得意の恩人を殺したのじゃ、どういう恨か有体に申せ」

長「別に恨というはございませんが、ただあの夫婦を殺したくなりましたから殺したのでございます」

奉「黙れ……その方天下の御法度を心得ぬか」

長「へい心得て居りますから、遁げ隠れもせずにお訴え申したのでございます」

奉「黙れ……有体に申上げぬは御法に背くのじゃ、こりゃ何じゃな、その方狂気いたして居るな」

恒「申上げます、仰せの通り長二郎は全く逆上《のぼ》せて居ると存じます、平常こういう男ではございません、私親共は今年六十七歳の老体で、子供の時分から江戸一番の職人にまで仕上げました長二郎の身を案じて、夜も碌に眠りませんほどでございますによって、何卒老体の親共を不便と思召して、お慈悲の御沙汰をお願い申します、全く気違に相違ございませんから」

万「なるほど気違だろう、主のある女に無理を云いかけて、こっちで内証にしようと云うのを肯《き》かずに、大恩のある出入場の旦那夫婦を殺すとア、正気の沙汰ではございますまい」

奉「万助……その方の主人夫婦を殺害いたした長二郎は狂人で、前後の弁えなくいたした事と相見えるがどうじゃ」

万「へい、左様でございましょう」

奉「町役人共は何と思う、奉行は狂気じゃと思うがどうじゃ」

一同「お鑑定《めがね》の通りと存じます」

と、お受けをいたしました。仔細を知りませんから、長二が人を殺したのは全く一時発狂をいたした事と思うたのでございましょうが、奉行は予て邸へ出入をする蔵前の坂倉屋の主人から、長二の身持の善き事と伎倆《うでまえ》の非凡なることを聞いても居り、かつ長二が最初に親の恥になるから仔細は云えぬと申した口上に意味がありそうに思われますから悪意があって、殺したので無いということは推察いたし、何卒この名人を殺したく無いとの考えで取調べると、仔細を白状しませんから、これを幸いに狂人にして命を助けたいと、語《ことば》をその方へ向けて調べるのを、怜悧《りこう》な恒太郎が呑込んで、気違に相違ないと合槌を打つに、引込まれるとは知らず万助までが長二を悪くする積りで、正気の沙汰でないと申しますから、奉行は心の内で竊《ひそ》かに喜んで、一同に念を押して、いよいよ狂人の取扱いにしようと致しますと、長二は案外に立腹をいたしまして、両眼に血を濺《そそ》ぎ、額に青筋を現わし拳を握りつめて、白洲の隅まで響くような鋭き声で、長「御奉行様へ申上げます」

と云って奉行の顔を見上げました。

## 二十八

さて長二郎が言葉を更めて奉行に向いましたので、恒太郎を始め家主源八その他の人々は、何事を云出すか、お奉行のお慈悲で助命になるものを今さら余計なことを云っては困る、してみるといよいよ本当の気違であるかと一方ならず心配をして居りますと、長二は奉行の顔を見上げまして、

長「私は固より重い御処刑《おしおき》になるのを覚悟で、お訴え申しましたので、またこの儘生延びては天道様へ済みません、現在親を殺して気違だと云われるを幸いに、助かろうなぞという了簡は毛頭ございません、親殺しの私ですから、何卒御法通り御処刑をお願い申します」

奉「フム……しからば幸兵衛夫婦をその方は親と申すのか」

長「左様でございます」

奉「どういう仔細で幸兵衛夫婦を親と申すのじゃ、その仔細を申せ」

長「この事ばかりは親の恥になりますから申さずに御処刑を受けようと思いましたが、仔細を云わなけりゃア気違だと仰しゃるから、致し方がございません、その理由《わけ》を申上げますから、お聞取りをお願い申します」

とそれより自分の背中に指の先の入るほどの穴があるのを、九歳の時初めて知って母に尋ねると、母は泣いて答えませんので、自分もその理由を知らずにいた処、去年の十一月職人の兼松と共に相州の湯河原で湯治中、温泉宿へ手伝に来た婆さんから自分は棄児であって、背中の穴はその時受けた疵である事と、長左衛門夫婦は実の親でなく、実の親は名前は分らないが、斯々云々《かくかくしかじか》の者で、自

分達の悪い事を掩《おお》わんがために棄てたのであるという事を初めて知って、実の親の非道を恨み、養い親の厚恩に感じて、養い親のため仏事を営み、菩提所の住持に身の上を話した時、幸兵衛に面会したのが縁となり、その後種々の注文をして過分の手間料を払い、一方ならず贔屓にして、度々尋ねて来る様子がいかにも訝《おか》しくあり、殊にこの四月夫婦して尋ねて来た時、お柳が急病を発し、またこの九月柳島の別荘で余儀なく身の上を話して、背中の疵を見せると、お柳が驚いて癪を発した様子などを考えると、間違いなさそうでもあり、また幸兵衛が菩提所の住持に自分の素性を委しく尋ねたとの事を聞き、幸兵衛夫婦も自分を実子と思っては居れど、棄児にした廉《かど》があるから、今さら名告りかね、余所ながら贔屓にして親しむのに相違ないと思う折から、去る九日の夕方夫婦して尋ねて来て、親切に嫁を貰えと勧め、その手当に五十両の金を遣るというので、もう間違いはないと思って、自分から親子の名告をしてくれと迫った処、お柳は顕われたと思い、悔《びっく》りして逃出そうとする、幸兵衛はその事が知れては身の上と思ったと見え、自分を気違だの騙《かたり》だのと罵りこづきまわして、お柳の手を取り、逃帰ったが、こんな人から、一文半銭ただ貰う謂れがないから、跡に残っていた五十両の金を返そうと二人を逐かけ、先へ出越して待っている押上堤で、図らずお柳の話を聞き正しく実の母親と知ったから、飛出して名告ってくれと迫るを、幸兵衛が支えて、粗暴を働き、短刀を抜いて切ろうとするゆえ、これを奪い取ろうと悶着の際、両人に疵を負わせ、遂に落命させしと、一点の偽りなく事の顚末を申し立てましたので、恒太郎源八を始め、孰《いず》れも大きに驚き、長二の身の上を案じ、大抵にしておけと云わぬばかりに、源八が竊《そっ》と長二の袖を引くを、奉行は疾くも認められまして、

奉「こりゃ止むるな、控えておれ」

## 二十九

奉「長二郎、しからばその方は全く両親を殺害致したのじゃな」

長「へい……まアそういう次第ではございますが、幸兵衛という人は本当の親か義理の親かまだ判然分りません」

奉「左様か……こりゃ万助、その方幸兵衛と柳が夫婦になったのはいつか存じて居るか」

万「へい、たしか五ケ年前と承わりましたが、私はその後に奉公住をいたしましたので」

奉「夫婦の者は当年何歳に相成るか存じて居るか」

万「へい幸兵衛は五十三歳で、柳は四十七歳でございます」

奉「左様か」

と奉行は眼を閉じて暫時思案の様子でありましたが、白洲を見渡して、

奉「長二郎、只今の申立てに聊かも偽りはあるまいな」

長「けちりんも嘘は申しません」

奉「追って吟味に及ぶ、長二郎入牢申付ける、万助恒太郎儀は追って呼出《よびいだ》す、一同立ちませい」

これにてこの日のお調べは相済みましたが、筒井侯は前にも申述べました通り、坂倉屋の主人または林大学頭様から、長二の伎倆《うでまえ》の非凡なる事を聞いておられますから、斯様な名人を殺すは惜いもの、何とかして助命させたいとの御心配で、狂人の扱いにしようと思召したのを、長二は却って怒り、事実を明白に申立てたので、せっかくの心尽しも無駄になりましたが、その気性の潔白なるに益々感服致されましたから、なお工夫をして助命させたいと思召し、ひとまず調べを止めてお邸へ帰られました。当今は人殺にも過失殺故殺謀殺などとか申して、罪に軽重がございますから、少しの云廻しで人を殺しても死罪にならずにしまいますが、旧幕時代の法では、復讐《かたきうち》の外は人を殺せば大抵死罪と決って居りますから、何分長二を助命いたす工夫がございませんので、筒井侯も思案

に屈し、お居間に閉籠って居られますを、奥方が御心配なされて、
奥「日々の御繁務《ごはんむ》さぞお気疲れ遊ばしましょう、御鬱散のため御酒でも召上り、先頃召抱えました島路と申す腰元は踊が上手とのことでございますから、お慰みに御所望遊ばしてはいかがでございます」
和泉「ムムその島路と申すは出入町人助七の娘じゃな」
奥「左様にございます」
和「そんなら踊の所望はともかくも、これへ呼んで酌を執らせい」
と御意がございましたから、時を移さずお酒宴の支度が整いまして、殿様附と奥方附のお小姓お腰元奥女中が七八人ずらりッと列《なら》びまして、雪洞《ぼんぼり》の灯が眩しいほどつきました。この所へ文金の高髷に紫の矢筈絣《やはずがすり》の振袖で出てまいりましたのは、浅草蔵前の坂倉屋助七の娘お島で、当お邸へ奉公に上り、名を島路と改め、お腰元になりましたが、奥方附でございますから、殿様にはまだお言葉を戴いた事がありません、今日のお召は何事かと心配しながら奥方の後へ坐って、丁寧に一礼をいたしますを、殿様が御覧遊ばして、
和「それが島路か、これへ出て酌をせい」
との御意でありますから、島路は恐る恐る横の方へ進みましてお酌を致しますと、殿様は島路の顔を見詰めて、盃の方がおるすになりましたから、手が傾いて酒が翻れますのを、島路が振袖の袂で受けて、畳へ一滴もこぼしません、殿様はこれに心付かれて、残りの酒を一口に飲みほして、盃を奥方へさされましたから、島路は一礼をして元の席へ引退ろうと致しますのを、
和「島路待て」
と呼留められましたので、並居る女中達は心の中で、さては御前様は島路に思召があるなと互に袖を引合って、羨ましく思って居ります、島路はお酒のこぼれたのを自分の粗相とでも思召して、お咎めなさるのではあるまいかと両手を突いたまま、そこに居ずくまっておりますと、殿様はこっ

ちへ膝を向けられました。

三十

和「ちょっと考え事を致して粗相をした、免《ゆる》せ……其方《そち》に尋ねる事があるが、其方も存じて居るであろう、其方の家へ出入をする木具職の長二郎と申す者は、当時江戸一番の名人であると申す事を、其方の父から聞及んで居るが、どういう人物じゃ、職人じゃによって別に取柄はあるまいが、どういう性質の者じゃ、知らんか」

との御意に、島路は予て長二が伎倆の優れておるに驚いて居るばかりでなく、慈善を好む心立の優しいのに似ず、金銭や威光に少しも屈せぬ見識の高いのに感服して居ります事ゆえ、お尋ねになったを幸い、お邸のお出入にして、長二を引立ててやろうとの考えで、

島「お尋ねになりました木具職の長二郎と申します者は、親共が申上げました通り、江戸一番の名人と申す事で、その者の造りました品は百年経っても狂いが出ませず、また何ほど粗暴《てあら》に取扱いましても毀れる事がないと申すことでございます、左様な名人で多分な手間料を取りますが、衣類などは極々質素で、悪遊びをいたさず、正直な貧乏人を憐れんで救助するのを楽みにいたしますに就ては、女房があっては思うままに金銭を人に施すことが出来まいと申して、独身で居りますほどの者で、職人には珍らしい心掛で、その気性の潔白なのには親共も感心いたして居ります」

和「フム、それでは普通の職人が動《やや》ともすると喧嘩口論をいたして、互に疵をつけたりするような粗暴な人物じゃないの」

島「左様でございます、ああいう心掛では無益な喧嘩口論などは決して致しますまいと存じます、殊に御酒は一滴も戴きませんと申す事でございますゆえ、過ちなどは無いことと存じますが、只今

申上げました通り潔白な気性でございますゆえ、他から恥辱でも受けました節は、その恥辱を雪《すす》ぐまでは、一命を捨てても飽くまで意地を張るという性根の確《しっ》かりいたした者かとも存じます」

和「ムムそうじゃ、其方の目は高い……長二郎はそういう男だろうが、同人の親達はどういう者か其方は知らんか」

島「一向に存じません」

和「そんなら誰か長二郎の素性やその親達の身の上を存じて居る者はないか、其方は知らんか」と根強く長二郎のことを穿鑿される仔細が分りませんから、奥方が不審に思われまして、

奥「御前様、その長二郎とか申す者のことをお聞き遊ばして、いかが遊ばすのでござります」と尋ねられたので、殿様は長二郎を助ける手段もあろうかとの熱心から、うかうか島路に根問いをした事に心付かれましたが、お役向の事をこの席で話すわけにも参りませんから、笑いに紛らして、

和「何サ、その長二郎と申す者は役者のような美い男じゃによって、島路が懸想《けそう》でもして居るなら、身が助七に申聞けて夫婦《めおと》にしてやろうと思うたのじゃ」

と一時の戯《たわむれ》にしてこの場の話を打消そうと致されましたのを、女中達は本当の事と思って、羨ましそうに何れも島路の方へ目を注ぎますので、島路は羞かしくもあり、また思いがけない殿様の御意に驚き、顔を赧らめて差俯いて居りますのを、奥方は気の毒に思召して、

「いかに御前様の御意でも、こりゃこの所では御挨拶が成りますまいのう島路」

と。奥方にまで問詰められて、島路は返答に困り、益々顔を赧くしてもじもじいたして居りますと、女中達は羨ましそうに、

春野「島路さん、何をお考え遊ばします、願ってもない御前様の御意、私なら直にお受けをいたしますのに、お年がお若いせいか、ぐずぐずして」

常夏「春野さんの仰しゃる通り、このような有難い事はござんせぬ、それとも殿御の御器量がお

錠口の金壺さんのようなら、私のような者でも御即答は出来ませんが、その長二郎さんという方は役者のような男だと御前様が仰しゃったではござりませぬか」
千草「そのうえお仕事が江戸一番の名人で、お金が沢山儲かるとの事」
早咲「それればかりでも結構すぎるに、お心立が優しくって、きりりと締った所があるとは、嘘のような殿御振り、お話を承わりましたばかりで私はつい、ホホ……オホホホホ」
と女中達のはしたなきお喋りも一座の興でございます。

# 三十一

殿様は御機嫌よろしく打笑まれまして、
和「どうじゃ島路、皆の者は話を聞いたばかりで彼様《かよう》に浮れて居るに、其方は何故鬱《ふさ》ぐのじゃ」
と退引《のっぴき》のならんお尋ねを迷惑には思いましたが、この所で一言申しておかなければ、殿様が自分を他の女中達のように思召して、万一父助七へ御意のあった時は、否やを申上げることも出来ぬと思いましたから、羞かしいのを堪《こら》えまして、少し顔を上げ、
島「だんだんの御意は誠に有難う存じますが、何卒《どうぞ》この儀は御沙汰止《ごさたやみ》にお願い申上げます、長二郎は伎倆と申し心立と申し、男として不足の廉《かど》は一つもございませんが、私家《わたくしいえ》は町人ながらも系図正しき家筋でございますれば、身分違いの職人の家へ嫁入りを致しましては、第一先祖へ済みませず、かつ世間で私の不身持から余儀なく縁組を致したのであろうなぞと、風聞をいたされますのが心苦しゅうございますれば、何卒この儀はこの場ぎり御沙汰止にお願い申上げます」
ときっぱり申述べました。追々世の中が開けて、華族様と平民と縁組を致すようになった当今のお子様方は、この島路の口上をお聞きなすっては、開けない奴だ、町人と職人とどれほどの違があ

る、頑固にもほどがあると仰しゃいましょうが、その頃は身分という事がやかましくなって居りまして、お武家と商人とは縁組が出来ません、拠所《よんどころ》なく縁組をいたす時は、その身分に応じて仮親を拵えますことで、商人と職人の間にも身分の分《わか》ちが立って居りました、殊に身柄のある商人はお武家が町人百姓を卑しめる通り、職人を卑しめたものでございますから、島路は長二郎を不足のない男とは思って居りますが、物の道理を心得て居るだけに、この御沙汰を断ったのでございます。殿様は元来そういう思召ではなく、ただこの場の話を紛らせようと、戯れ半分に仰しゃったお言葉が本当になったので、取返しがつかず、困っておられた処へ、島路が御沙汰止を願いましたから、これを幸いに、

和「おお、何も身が無理にそういうのではない、そういうことなら今の話は止めにするから、島路大儀じゃが下物《さかな》に何か一つ踊って見せい」

と踊りの御所望がございましたから、女中達は俄に浮き立ちまして、それぞれの支度をいたし、さア島路さん、早くと急き立てられて、島路は迷惑ながら一旦その席を引退りまして、斯様な時の用心に宿から取寄せておいた衣裳を着けて出ました、容貌は一段に引立って美しゅうございまして、殿様が早くとのお詞に随い、島路は憶する色なく立上りまして、珠取《たまとり》の段を踊りますを、殿様は能くも御覧にならず、何か頻りに御思案の様子でございましたが、踊の半頃で、

和「感服いたした、最うよい、疲れたであろう、休息いたせ」

と踊を差止め、酒肴を下げさせ、奥方を始め女中達を遠ざけられて、俄に腹心の吟味与力吉田駒二郎と申す者をお召になりまして、夜の更けるまで御密談をなされたのは、全く長二郎の一件に就いて、幸兵衛夫婦の素性を取調べる手懸りを御相談になったので、略《ほぼ》探索の方も定まりましたと見え、駒二郎は御前を退いて帰宅いたし、直にその頃探偵捕者の名人と呼ばれた金太郎繁蔵という二人の御用聞を呼寄せて、御用の旨を申含めました。

## 三十二

町奉行筒井和泉守様は、長二郎ほどの名人を失うは惜いから、救う道があるなら助命させたいと思召す許りではございません、段々吟味の模様を考えますと、幸兵衛夫婦の身の上に怪しい事がありますから、これを調べたいと思召したが、夫婦とも死んで居ります事ゆえ、吟味の手懸りがないので、深く心痛いたされまして、漸々に幸兵衛が亀甲屋お柳方へ入夫になる時、下谷稲荷町の美濃屋茂二作《もじさく》とその女房お由《よし》が媒妁《なこうど》同様に周旋をしたということを聞出しましたから、早速お差紙をつけて、右の夫婦を呼出して白洲を開かれました。

奉行「下谷稲荷町徳平店茂二作、並に妻由、その他名主、代組合の者残らず出ましたか」

町役「一同差添いましてござります」

奉「茂二作夫婦の者は長年亀甲屋方へ出入をいたし、柳に再縁を勧め、その方共が媒妁《なかだち》をいたして、幸兵衛と申す者を入夫にいたせし由じゃが、左様か」

茂「へい左様でございます」

由「それも私共が好んで致したのではございません、拠《よんどころ》なく頼まれましたので」

奉「いかなる縁をもってその方共は亀甲屋へ出入をいたしたのか」

茂「それはあの亀甲屋の先の旦那半右衛門様が、御公儀の仕立物御用を勤めました縁で、私共も仕立職の方で出入をいたしましたので、へい」

奉「何歳の時から出入いたしたか」

茂「二十六歳の時から」

奉「当年何歳に相成る」

茂「五十五歳で」

奉「由は亀甲屋に奉公をいたせし趣じゃが、何歳の時奉公にまいった」
由「へい、私は十七の三月からでございますから」
と指を折って年を数え、
由「もう二十八九年前の事でございます」
奉「その後両人とも相変らず出入をいたして居ったのじゃな」
茂「左様でございます」
奉「して見るとその方共実体に勤めて、主人の気に入って居ったものと見えるな」
由「はい、先の旦那様がまことに好いお方で、私共へ目をかけて下さいましたので」
奉「左様であろう、して柳と申す女はいつ頃半右衛門方へ嫁にまいったものか、存じて居ろうな」
茂「へい、私が奉公にまいりました年で、御新造はその時慥か十八だと覚えて居ります」
奉「御新造とはお柳のことか」
茂「へい」
奉「して、半右衛門はその時何歳であった」
茂「左様で」
と考えて、お由とささやき、指を折り、
茂「三十二三歳であったと存じます」
奉「当月九日の夜、柳島押上堤において長二郎のために殺害された幸兵衛という者は、いかなる身分職業で、亀甲屋方へ入夫にまいるまで、いずかたに住居いたして居った者じゃ」
茂「幸兵衛は坂本二丁目の経師屋桃山甘六《かんろく》の弟子で、その家が代替りになりました時、暇《いとま》を取って、それから私方に居りました」
奉「その方宅に何個年居ったか」
茂「左様でございます、かれこれ十年たらず居りました」

奉「フム大分久しく居ったな」
茂「へい、随分厄介ものでございました」
奉「その方の宅において幸兵衛は常に何をいたして居った」
茂「へい、ただぶらぶら、いえ、アノ経師をいたして居りました」
奉「フム、由その方は存じて居ろうが、亀甲屋の元の宅は根岸であったによって、坂本の経師職桃山が出入ゆえ、幸兵衛がしばしば仕事にまいったであろう」
由「はい」
と云いにかかるを茂二作が目くばせで止めましたから、慌てて咳払いに紛らし、
由「いいえ、あの私は存じません」
奉「隠すな、隠すとその方のためにならんぞ、奉行は宜く知って居るぞ、幸兵衛が障子の張替えなどに度々まいったであろう」
由「はい、まいりました」
奉「そうであろう、して、幸兵衛がその方の宅に居った時は経師職はいたさなんだと申す事じゃが、その方共の家業の手伝でもいたして居ったのか、どうじゃ」
由「へい、証文を書いたり催促や何かを致して居りました」
奉「ムム、それでは貸附金の証文の書役などを致して居ったのじゃな、してその貸付金は誰の金じゃ」
茂「それは、へい私の所持金で」
奉「よほど多分に貸付けてある趣じゃが、その方いかがして所持いたし居るぞ、これは多分何者かその方どもの実体なるを見込んで、貸付方を頼んだのであろう、いや由、何も怖がることは無い、存じて居ることを真直に申せばよいのじゃ」

## 三十三

由「はい、その金は、へい先の旦那がお達者の時分から、御新造様がお小遣の内を少しずつ貸付けになさったので」

奉「フム、しからば半右衛門の妻柳が、出入の経師職幸兵衛を正直な手堅い者と見込んだゆえ、その方の宅において貸付金の世話をいたさせたのじゃな、そうであろう、どうじゃ」

茂「左様でございます」

奉「由その方は女の事ゆえ覚えて居るであろう、柳が初めて産をいたしたのは何年の何月で、男子であったか、女子であったか、間違えんように能く勘考して申せ」

由「はい」

と両手の指を折って頻りに年を数えながら、茂二作と何か囁やきまして、

由「申上げます……あれは今年から二十九年前で、憶か御新造が十九の時で、四月の二十日に奥州へ行くと云って暇乞にまいりました人に、旦那様が塩釜様のお符《ふだ》をお頼みなさったので、私は初めて御新造様が懐妊《みもち》におなりなさったのを知ったのでございます、御誕生は正月十一日お蔵開きの日で、お坊さんでございますから、目出たいと申して御祝儀を戴いたのを覚えて居ります」

奉「ムム、柳が懐妊と分った月を存じて居るか」

と奉行は暫らく眼を閉じて思案をいたされまして、

奉「由その方はなかなか物覚えが宜いな、しからば幸兵衛が亀甲屋方へ初めてまいったのは何年の何月頃じゃか、それを覚えて居らんか」

由「はい、左様」

と暫らく考えて居りましたが、突然《いきなり》に大きな声で、

由「思い出しました」

と奉行の顔を見上げて、

由「幸兵衛が初めてまいりましたのは、その年の五月絹張の行灯が一対出来るので」

と茂二作の顔を見て、

由「それ、お前さんが桃山を呼びに行ったら、その時幸兵衛さんが来たんだよ、御新造が美い男だと云って、それ、それ、あの」

と喋るのを茂二作が目くばせで止《とど》めても、お由は少しも気がつかずに、

由「別段に御祝儀をお遣んなさったのを、お前さんがソレ」

と余計なことを喋り出そうといたしますから、茂二作が気を揉んで睨めたので、お由も気が付いたと見えて、

由「へい、マアそういうことで、それから私共まで心安くなったので、その初めは五月の二日でございます」

奉「して見ると柳の懐妊の分ったのは、寛政四年の四月で、幸兵衛が初めて亀甲屋へまいったのは同年五月二日じゃな、それに相違あるまいな」

茂「へい」

由「間違いございません」

奉「そうしてその出生いたした小児は無事に成長致したか、どうじゃ」

由「くりくり肥った好いお坊さんでございましたが、御新造のお乳が出ませんので、八王子のお家へ頼んで里におやんなさいましたが、間も無く歿ったそうでございます」

奉「その小児を八王子へ遣る時、誰がまいった、親半右衛門でも連れてまいったか」

由「いいえ、旦那様はお産があると間もなく、慥か二十日正月の日でございました、急な御用で京都へお出でになりましたから、御新造が御自分でお連れなされたのでござります」

奉「柳一人ではあるまい、誰か供をいたして参ったであろう」
由「はい、供には良人《やど》が」
奉「やどとは誰の事じゃ」
茂「へい私が附いてまいりました」
奉「帰りにもその方同道いたしたか」
茂「旦那が留守で宅が案じられるから、先へ帰れと仰しゃいましたから、私はお新造より先へ帰りました」
奉「柳の実家《さと》と申すは何者じゃ、存じて居るか」
茂「へい八王子の千人同心だと申す事でございますが、家が死絶えて、今では縁の伯母が一人あるばかりだと申すことでございますが、私は大横町まで送って帰りましたから、先の家は存じません」
奉「その方の外に一緒にまいった者は無いか」
茂「はい、誰も一緒にまいった者はございません」
奉「黙れ、その方は上《かみ》に対し偽りを申すな、幸兵衛も同道いたしたであろう」
茂「へいへい誠にどうも、宅からは誰も外にまいった者はござりませんが、へい、アノ五宿へ泊りました時、幸兵衛が先へまいって居りまして、それから一緒にヘイ、つい古い事で忘れまして、まことにどうも恐入りました事で」
奉「フム、左様であろう、して、柳は幾日に出て幾日に帰宅をいたしたか存じて居ろう」
茂「へい左様……正月二十八日に出まして、あのう二月の二十日頃に帰りましたと存じます」
奉「それに相違ないか」
茂「相違ございません」
奉「確《しか》と左様か」

茂「決して偽りは申上げません」
奉「しからば追って呼出すまで、茂二作夫婦とも旅行は相成らんぞ、町役人共左様に心得ませい……立ちませい」
これにてこの日のお調べは済みました。

## 三十四

奉行は吟味中お由の口上で、図らずお柳の懐妊の年月が分ったので、幸兵衛が亀甲屋へ出入を初めた年月を糺《ただ》すと、懐妊した翌月でありますから、長二は幸兵衛の胤でない事は明白でございますが、お柳は実母に相違ありませんから、まだ親殺しの罪を遁れさせることは出来ません。これには奉行も殆んど当惑して、最早長二を救うことは出来ぬとまで諦められました。
由「私ア本当に命が三年ばかし縮まったよ」
茂「男でさえ不気味だもの、そのはずだ」
由「大屋さんは平気だねえ」
茂「そうサ、自分が調べられるのじゃアないからの事《こっ》た、此方《こち》とらはまかり間違えば捕縛《ふんじば》られるのだから怖《おっ》かねえ」
由「今日の塩梅じゃア心配しなくっても宜いようだねえ」
茂「手前が余計なことを喋りそうにするから、己ア冷々したぜ」
由「行く前に大屋さんから教わっておいたから、襤褸《ぼろ》を出さずに済んだのだ、こういう時は兀頭《はげ》も頼りになるねえ」
茂「それだから鰻で一杯飲ましてやったのだ」

由「鰻なぞを喰ったことが無いと見えて、串までしゃぶって居たよ」
茂「まさか」
由「本当だよ、お酒もあんな好いのを飲んだ事アないと見えて、大層酔ったようだった」
茂「己も先刻は甚く酔ったが、風が寒いのですっかり醒めてしまった」
由「早く帰って、また一杯おやりよ」
と茂二作夫婦は世話になった礼心で、奉行所から帰宅の途中、ある鰻屋へ立寄り、大屋徳平に夕飯をふるまい、徳平に別れて下谷稲荷町の宅へ戻りましたのは夕七時半過《ななつはんすぎ》で、空はどんより曇って北風が寒く、今にも降出しそうな気色でございますので、この間からこの家の軒下を借りて、夜店を出します古道具屋と古本屋が、大きな葛籠《つづら》をそこへ卸して、二つ三つ穴の明いた古薄縁《ふるうすべり》を前へ拡げましたが、代物を列べるのを見合せ、葛籠に腰をかけて煙草を呑みながら空を眺めて居ります。
茂「やア道具屋さんも本屋さんも御精が出ます、何だか急に寒くなって来たではありませんか」
道「お帰りですか、商売冥利ですから出ては見ましたが、今にも降って来そうですから、考えているんです」
茂「こういう晩には人通りも少ないからねえ」
本「そうですが天道干《てんとうぼし》という奴ア商いの有無《あるなし》に拘わらず、毎晩《めいばん》同じ所え出て定店《じょうみせ》のようにしなけりゃアいけやせんから、寒いのを辛抱して出て来たんですが、雪になっちゃア当分喰込みです」
茂「雪は後が長くわるいからね」
と立話をしておりますうち、お由が隣へ預けておいた入口の締《しまり》の鍵を持って来って、格子戸を明けましたから、茂二作は内へ入り、お由はその足で直に酒屋へ行って酒を買い、貧乏徳利を袖に隠して戻りますと、茂二作は火種にいけておいた炭団《たどん》を掻発《かきおこ》して、その上に消炭を積上げ、鼻を炙りながらブーブーと火を吹いて居ります。お由は半纏羽織を脱いで袖畳みにして居りますと、表の格子戸をガラリッと明けて入いってまいりました男は、太織《ふとおり》というと体裁が宜うございますが、年数を喰って細織になった、上の所斑《ところまんだ》らに褪《は》げておる焦茶色の短かい羽織に、八丈まがいの脂染みた小袖を着し、一本独鈷の小倉の帯に、お釈迦の手のような木刀をきめ込み、葱の枯葉《かれっぱ》のようなぱっちに、白足袋でない鼠足袋というのを穿き、上汐《あげしお》の河流れを救って来たような日和下駄で小包を提げ、黒の山岡頭巾を被って居ります。

## 三十五

誰だか分りませんが、風体が悪いから、お由が目くばせをして茂二作を奥の方へ逐遣《おいや》り、中仕切の障子を建切りまして、

由「何方《どなた》です」

「はい玄石でござるて」

と頭巾を取ってこっちを覗込みました。

由「おやおや岩村さんで、お久しぶりでございますこと」

玄「誠に意外な御無音をいたしたので、しかし毎も御壮健で」

と拇指を出して、

玄「御在宿かな」

というは正しく合力を願みに来たものと察しましたから、

由「はい、今日は生憎留守で、マアお上んなさいな」

と口には申しましても、お由が腰を掛けて居る上り端へ、べったりと大きなお尻《いど》を据えて居りますから、玄石が上りたくも上ることが出来ません。

玄「へいどちらへお出でです、もうほどのう御帰宅でしょう」

由「いいえこの頃親類が災難に遭って、心配中で、もう少し先刻その方へ出かけましたので、私もこれから出かけようと、この通り今着物を着替えたところで、まことに生憎な事でした、お宿が分って居りますれば明日にも伺わせましょう」

玄「はい、宿と申して別に……実に御承知の通り先年郷里へ隠遁をいたした処、兵粮方の親族に死なれ、それから已《やむ》を得ず再び玄関を開くと、祝融《しゅくゆう》の神に憎まれて全焼《まるやけ》と相成ったじゃ、それからというものはする事なす事鶍《いすか》の嘴《はし》、所詮田舎では行かんと見切って出府いたしたのじゃが、別に目的もないによって、まず身の上を御依頼申すところは、亀甲屋様と存じて根岸をお尋ね申した処、鳥越へ御転居に相成ったと承わり、早速伺ったら、いやはや意外な凶変、実に驚き入った事件で、定めて此方《こなた》にも御心配のことと存ずるて」

由「まことにお気の毒な事で、何とも申そうようがございません、定めてお聞でしょうが、お宅へお出入の指物屋が金に目が眩《く》れて殺したんですとサ」

玄「ふーむ、不埒千万な奴で……実に金が敵《かたき》の世の中です、しかるに愚老はその敵に廻り逢おうと存じて出府致した処、右の次第で当惑のあまり此方へ御融通を願いに出たのですから、何卒何分」

由「はい、せっかくのお頼みではございますが、この節は実《まこと》に融通がわるいので、どうも」

玄「でもあろうが、お手許に遊んで居らんければ他からでも御才覚を願いたい、利分は天引でも苦しゅうないによって」

由「ハア、それは貴方のことですから、才覚が出来さいすればどのようにも骨を折って見ましょうが、何分今が今と云っては心当りが」

玄「そこを是非とも願うので」

と根強く掛合込みまして、お由にはなかなか断りきれぬ様子でありますから、茂二作は一旦脱いだ羽織を引掛け、裏口から窃《そっ》と脱出して表へ廻り、今帰ったふりで門口を明けましたから、お由はぬからぬ顔で、由「おや大層早かったねえ」
茂「いや、これは岩村先生……まことにお久しい」
玄「イーヤお帰りですか、意外な御無音、実に謝するに言葉がござらんて」
茂「どうなさったかと毎度お噂をして居りましたが、まアお変りもなくて結構です」
玄「ところがお変りだらけで不結構という次第を、只今御内方《ごないほう》へ陳述いたして居るところで、実に汗顔《かんがん》の至りだが、国で困難をして、出府いたした処、頼む樹陰《こかげ》に雨が漏るで、亀甲屋様の変事、進退谷《きわ》まったので已むを得ず推参いたした訳で、老人を愍然《びんぜん》と思召して御救助をどうか」
茂「なるほど、それはお困りでしょうが、当節は以前と違って甚い不手廻りですから、何分心底に任しません」
と金子を紙に包んで、
茂「これは真《ほん》の心ばかりですが、草鞋銭《わらじせん》と思ってどうぞ」
と差出すを、
玄「はいはい実に何とも恐縮の至りで」
と手に受けて包をそっと披《ひら》き、中を見てその儘に突戻しまして、
玄「フン、これはたった二百疋ですねえ、もし宜く考えてみておくんなさい」
茂「二分では少いと仰しゃるのか」
玄「左様さ、これッぱかりの金が何になりましょう」
茂「だから草鞋銭だと云ったのだ、二分の草鞋がありゃア、京都へ二三度行って帰ることが出来る」
玄「ところが愚老の穿く草鞋は高直《こうじき》だによって、二百疋ではどうも国へも帰られんて」
茂「そんなら幾許欲いというのだ」
玄「大負けに負けて僅か百両借りたいんで」

## 三十六

由「おやまア呆れた」

茂「岩村さん、お前とんでもねえ事をいうぜ、何で百両貸せというのだ、私アお前さんにそんな金を貸す因縁はない」

玄「なるほど因縁はあるまいが、亀甲屋の御夫婦が歿った暁は、昔馴染の此方へ縋るより外に仕方がないによって」

茂「昔馴染だと思うから二分はずんだのだ、そうでなけりゃア百もくれるのじゃアない、少いというなら止しましょうよ」

玄「宜しい、こっちでも止しましょう、憚りながら零落しても岩村玄石だ、先年売込んだ名前があるから秘術鍼治の看板を掲けさいすれば、五両や十両の金は瞬間《またたくま》に入って来るのは知れているが、見苦しい家を借りたくないから、資本を借りに来たのだが、貴公がそういう了簡なら、貸そうと申されてももう借用はいたさぬて」

茂「そりゃア幸いだ、二分棒にふるところだった、馬鹿馬鹿馬鹿しい」

玄「何だ馬鹿馬鹿しいとは、何だ、貴公達は旧《もと》の事を忘れたのか、物覚えの悪い人たちだ、心得のため云って聞かせよう、貴公達は亀甲屋に奉公中、御新造様に情夫《おとこ》を媒介《とりも》って、口止に貰った鼻薬をちびちび貯めて小金貸、それから段々慾が増長し、御新造様のくすねた金を引出して、五両一の下金貸、貧乏人の喉を搾《し》めて高利を貪り仕上げた身代、貯るほど穢くなる灰吹同前の貴公達の金だ、仮令《たとえ》借りても返さずにはおかないのに、何だ金比羅詣り同様な銭貰いの取扱い、草鞋銭とは失礼千万、たとい金は貸さないまでも、遠国から出て来て、久しぶりで尋ねて来たのだ、こんな家へ泊りはしないが、お疲れだろうから一泊なさいとか、また鹿角菜《ひじき》に油揚の惣菜では喰いもしないが、時刻だから御飯をとか世辞にも云うべき義理のある愚老を、軽蔑するにもほどがあるて」
由「おや大層お威張りだねえ、何ですとアノ」
茂「お由黙っていろ、強請《ゆすり》だから」
玄「なに強請だ、愚老が強請なら貴公達は人殺の提灯持だ」
茂「やア、とんだ事をいう奴だ、何が人殺だ」
玄「聞きたくば云って聞かせるが、貴公達は亀甲屋の旦那の病中に、愚老へ頼んだことを忘れたのか」
と云われて、夫婦は愡《びっく》りして顔色を変え、顫えながら小さな声をして、
茂「これサ、それを云やア先生も同罪だぜ、まア静かにおしなさい、人に聞かれると善くないから」
由「それじゃお前さん虫がいいというもんだ、先生お前さんあの時御新造から百両貰ったじゃアありませんか」
玄「それは万々承知さ、こんなことは云いたくは無いが、余り貴公達が因業で吝嗇《けち》だからさ」
玄「百両ばかりどうなるものか、なくなったによって、また百両また百両と、千両ばかり段々に貰う心得で出て来てみると、天道様は怖いもので、一人とも人手にかかって殺されたというから、向後悪事はいたさぬと改心をしたが、肝腎の金庫《かねぐら》が無くなってみると、玄石殆んど路頭に迷う始末だから、已むと得ず幸いに天網を遁れて居る貴公達へ、御頼談に及んだのさ」
茂「それでも私にア一本という大金は」
玄「出来ないというのを無理にとは申さんが、その金が無い時は玄関を開く事も出来ず、再び郷里へ帰る面目もないによって、路傍に餓死するよりむしろ自から訴え出て、御法を受けた方が未来のためになろうと観念をしたのさ、その時は御迷惑であろうが、貴公達から依頼を受けてこうこう

いたしたと手続きを申し立てるによって、その覚悟で居ってもらわんければならんが、宜しいかね」

と調子に乗って声高に談判するを、先刻より軒前《のきさき》に空合を眺めて居りました二人の夜店商人が、互いに顔を見合わせ、頷きあい、懐中から捕縄を取出すや否や、格子戸をがらりっと明けて、

「御用だ……神妙にいたせ」

と手早く玄石に縄をかけ、茂二作夫婦諸共に車坂の自身番へ拘引いたしました。この二人の夜店商人は申すまでもなく、大抵御推察になりましたろうが、これは曩《さき》に吟味与力吉田駒二郎から長二郎一件の探偵方を申付けられました、金太郎繁蔵の両人でございます。

## 三十七

岩村玄石を縛りあげて厳重に取調べますと、この者は越中国射水郡《えっちゅうのくにいみずごおり》高岡の町医の倅で、身持放埒のため、親の勘当を受け、二十歳の時江戸に来て、ある鍼医の家の玄関番に住込み、少しばかり鍼術《はり》を覚えたので、下谷金杉村に看板をかけ、幇間《たいこ》半分に諸家へ出入をいたして居るうち、根岸の亀甲屋へも立入ることになり、諂諛《おべつか》が旨いのでお柳の気に入り、茂二作夫婦とも懇意になりました所から、主人半右衛門が病気の節お柳幸兵衛の内意を受けた茂二作夫婦から、他に知れないように半右衛門を毒殺してくれたら、百両礼をすると頼まれたが、番木鼈《まちん》の外は毒薬を知りません。また鍼には戻天《るいてん》といって一打《ひとうち》で人を殺す術があるということは聞いて居りますが、それまでの修業をいたしませんから、殺す方角がつきませんが、眼の前に吊下《ぶらさが》っている百両の金を取損うのも残念と、種々に考えるうち、人体の左の乳の下は心谷命門《しんこくめいもん》といって大切な所ゆえ、秘伝を受けぬうちは無闇に鍼を打つことはならぬと師匠が毎度云って聞かしたことを思い出しましたから、これが戻天の所かも知れん、物は試しだ一番行《やっ》てみようというので、茂二作夫婦には毒薬をもって殺す時は死相が

変って、人の疑いを招くから、愚老が研究した鍼の秘術で殺して見せると申して、例の通り療治をする時、半右衛門の左の乳の下へ思切って深く鍼を打ったのがまぐれ中りで、命門に達したものと見えて、半右衛門は苦痛もせず落命いたしましたから、お柳と幸兵衛は大に喜び、玄石の技術《うでまえ》を褒めて約束の通り金百両を与えて、堅く口止をいたし、茂二作夫婦にも幾許かの口止金を与えて半右衛門を病死と披露して、谷中の菩提所へ埋葬《とりおき》をいたしたと逐一旧悪を白状に及びましたので、幸兵衛お柳の大悪人ということが明白になり、長二郎は図らず実父半右衛門の仇《あだ》幸兵衛を殺し、敵討をいたした筋に当りますが、悪人ながらお柳は実母でございますから、親殺しの廉はどうしても遁れることは出来ませんので、町奉行筒井和泉守様は拠《よんどこ》ろなく、それぞれの口書を以て時の御老中の筆頭土井大炊頭様《おおいのかみさま》へ伺いになりましたから、御老中青山下野守様《しもつけのかみさま》、阿部備中守様《びっちゅうのかみさま》、水野出羽守様《でわのかみさま》、大久保加賀守様《かがのかみさま》と御評議の上、時の将軍家斉公へ長二郎の罪科御裁許を申上げられました。この家斉公と申すは徳川十一代の将軍にて、文恭院様と申す明君にて、この時御年四十六歳にならせられ専ら天下の御政事の公明なるようにと御心を用いらるる折柄でございますから、容易には御裁許遊ばされず、なお御老中方に長二郎を初めその他関係《かかりあい》の者の身分行状、並にこの事件の手続等を悉《くわ》しくお訊《ただ》しになりましたから、御老中方から明細に言上いたされました処、なるほど半右衛門妻柳なる者は、長二郎の実母ゆえ親殺しの罪科に宛行うべきものなるが、柳は奸夫幸兵衛と謀り、玄石を頼んで半右衛門を殺した所より見れば、長二郎のためには幸兵衛同様親の仇に相違なし、しかるに実母だからといって復讐の取扱が出来ぬというはいかにも不条理のように思われ、裁断に困《くる》しむとの御意にて、直に御儒者林大学頭様をお召しになり、御直に右の次第をお申聞けの上、斯様なる犯罪はまだ我国には例もなき事ゆえ、裁断いたし兼るが、唐土《からくに》に類例もあらば聞きたし、かつ別にこれを裁断すべき聖人の教あらば心得のため承知したいとの仰せがありました。

## 三十八

林大学頭様は、先年坂倉屋助七の頼みによって長二郎が製造いたした無類の仏壇に折紙を付けられた時、その文章中に長二郎が伎倆の非凡なることと、同人が親に事《つか》えて孝行なること、慈善を好む仁者なることを誌《しる》した次に、未だ学ばずというといえども吾はこれを学びたりと謂わんとまで長二郎を賞め、彼は未だ学問をした事は無いというが、その身持と心立は、十分に学問をした者も同様だという意味を書かれて、その後人にもその事を吹聴された事でありますから、その親孝行の長二郎が親殺しをしたといっては、先年の折紙が嘘誉《そらほめ》になって、御自分までが面目を失われる事になりますばかりでなく、将軍家の御質問も御道理でございますから、頻りに勘考を致されましたが、唐にもこのような科人《とがにん》を取扱った例《ためし》はございませんが、これに引当てて長二郎を無罪にいたす道理を見出されましたので、大学頭様は窃《ひそ》かに喜んで、長二郎の罪科御裁断の儀に付き篤と勘考いたせし処、唐土《もろこし》においてもその類例は見当り申さざるも、道理において長二郎へは御褒美の御沙汰あってしかるべう存じ奉つると言上いたされましたから、家斉公には意外に思召され、その理を御質問遊ばされますと、大学頭様は五経の内の礼記《らいき》と申す書物をお取寄せになりまして、第三巻目の檀弓《だんぐう》と申す篇の一節《ひとくだり》を御覧に入れて、御講釈を申上げられました。ここの所は徳川将軍家のお儒者林大学頭様の仮声《こわいろ》を使わんければならない所でございますが、四書の素読もいたした事のない無学文盲の私には、所詮お解りになるようには申上げられませんが、ある方から御教示を受けましたから、長二郎の一件に入用の所だけを摘んで平たく申しますと、唐の聖人孔子様のお孫に、伋字《きゅう》は子思《しし》と申す方がございまして、そのお子を白字《はく》は子上《しじょう》と申しました、子上を産んだ子思の奥様が離縁になって後死んだ時、子上のためには実母でありますが、忌服を受けさせませんから、子思の門人が聖人の教に背くと思って、何故に忌服をお受けさせなさらないのでございますと尋ねましたら、子思先生の申されるのに、拙者の妻であれば白のためには母であるによって、無論忌服を受けねばならぬが、彼は既に離縁いたした女で、拙者の妻でないから、白のためにも母でない、それ故に忌服を受けさせんのであると答えられました、礼記の記事は悪人だの人殺だのという事ではありませんが、道理は宜く合っております、ちょうどこの半右衛門が子思の所で、子上が長二郎に当ります、お柳は離縁にはなりませんが、女の道に背き、幸兵衛と姦通いたしたのみならず、奸夫と謀って夫半右衛門を殺した大悪人でありますから、姦通の廉ばかりでも妻たるの道を失った者で、半右衛門がこれを知ったなら、妻とは致しておかんに相違ありません、されば既に半右衛門の妻では無く、離縁したも同じ事で、離縁した婦《おんな》は仮令《たとえ》無瑕でも、長二郎のために母で無し、まして大悪無道、夫を殺して奸夫を引入れ、財産を押領《おうりょう》いたしたのみならず、実子をも亡わんといたした無慈悲の女、天道争《いか》でこれを罰せずに置きましょう、長二郎の孝心厚きに感じ、天が導いて実父の仇を打たしたものに違いないという理解に、家斉公も感服いたされまして、その旨を御老中へ御沙汰に相成り、御老中から直ちに町奉行へ伝達されましたから、筒井和泉守様は雀躍《こおどり》するまでに喜ばれ、十一月二十九日に長二郎を始め囚人《めしうど》玄石茂二作、並に妻由その他関係の者一同をお呼出しになって白洲を立てられました。

## 三十九

この日は筒井和泉守様は、無釼梅鉢《けんなしうめばち》の定紋付いたる御召御納戸《おめしおなんど》の小袖に、黒の肩衣を着け茶宇《ちゃう》の袴にて小刀《しょうとう》を帯し、シーという制止の声と共に御出座になりまして、

奉行「訴人長二郎、浅草鳥越片町亀甲屋手代万助、本所元町与兵衛店恒太郎、下谷稲荷町徳平店茂二作並に妻由、越中国高岡無宿玄石、その外町役人組合の者残らず出ましたか」

町役「一同差添いましてござります」

奉「茂二作並に妻由、その方ども先日半右衛門妻柳が懐妊いたしたを承知せしは、当年より二十九ケ年前、即ち寛政四子年《ねどし》で、男子の出生はその翌年の正月十一日と申したが、それに相違ないか」
茂「へい、相違ございません」
奉「その小児の名は何と申した」
由「半之助様と申しました」
奉「フム、その半之助と申すはこれなる長二郎なるが、どうじゃ、半右衛門に似て居ろうな」
と云われ茂二作夫婦は驚いて、長二の顔を覗きまして、
茂「なるほど能く似て居ります、のうお由」
由「そうですよ、ちっとも気が付かなかったが、そう聞いてみるとねえ、旦那様にそっくりだ、へいこの方が半之助様で、どうして無事で実に不思議で」
奉「ムム能う似て居るとみえるな」
と奉行は打笑まれまして、
奉「半右衛門妻柳が懐妊中、その方共が幸兵衛を取持って不義を致させたのであろう」
茂「どういたしまして、左様な事は」
由「私どもの知らないうちにいつか」
奉「いずれにしても宜しいが、その方共は幸兵衛と柳が密通いたしておるを知って居ったであろう」
茂「へい、それは」
由「何か怪しいと存じました」
奉「柳が不義を存じながら、主人半右衛門へ内々にいたしおったは、その方共も同家に奉公中密通いたし居ったのであろうがな」
と星を指されて両人は赤面をいたし、何とも申しませんから、奉行は推察の通りであると心に肯き、

奉「左様じゃによって幸兵衛を好《よ》きように主人へ執成《とりな》し、柳に諂諛《こびへつら》い、体よく暇を取って、入谷へ世帯を持ち、幸兵衛を同居いたさせおき、柳と密会を致させたのであろう、上《かみ》には調べが届いて居るぞ、それに相違あるまい、どうじゃ恐れ入ったか」

夫婦「恐入りました」

奉「それのみならず、両人は半右衛門の病中柳の内意を受け、これなる玄石に半右衛門を殺害する事を頼んだであろう、玄石が残らず白状に及んだぞ、それに相違あるまいな、どうじゃ、恐入ったか」

夫婦「恐入りました」

奉「長二郎、その方は亀甲屋半右衛門の実子なること明白に相分りし上は、その方が先月九日の夜、柳島押上提において幸兵衛、柳の両人を殺害いたしたのは、十ケ年前右両人のため、非業に相果てたる実父半右衛門の敵を討ったのであるぞ、孝心の段上《かみ》にも奇特に思召し、青差拾貫文《あおざしじゅっかんもん》御褒美下し置かるる有難く心得ませい、かつ半右衛門の跡目相続の上、手代万助はその方において永の暇《いとま》申付けて宜かろう」

万「へい、恐れながら申上げます、どういう贔屓か存じませんが余り依怙《えこ》の御沙汰かと存じます、なるほど幸兵衛は親の敵でもございましょうが、御新造は長二郎の母に相違ございませんから、親殺しのお処刑《しおき》に相成るものと心得ますに、御褒美を下さりますとは、一円合点のまいりませぬ御裁判かと存じます」

奉「フム、よう不審に心付いたが、依怙の沙汰とは不埒な申分じゃ、その方斯様な裁判が奉行一存の計いに相成ると存じ居るか、一人の者お処刑に相成る時は、老中方の御評議に相成り上様へ伺い上様の思召をもって御裁許の上、老中方の御印文が据らぬうちはお処刑には相成らぬを、その方公儀の御用を相勤め居った亀甲屋の手代をいたしながら、その儀相心得居らぬか、不束者《ふつつか》めが」

# 四十

奉行は高声に叱りつけて、更に言葉を和げられ、

奉「半右衛門妻柳は、長二郎の実母ゆえ、親殺しと申す者もあろうが、親殺しに相成らぬは、こういう次第じゃ、柳は夫半右衛門存生中密夫を引入れ、姦通致せし廉《かど》ばかりでも既に半右衛門の妻たる道を失っておる半右衛門においてこの事を知ったならば軽うても離縁いたすであろう、殊に奸夫幸兵衛と申合わせ竊かに半右衛門を殺した大悪非道な女じゃによって、最早半右衛門の妻でない、半右衛門の妻でなければ長二郎のために母でない、この道理を礼記と申す書物によって林大学頭より上様へ言上いたしたによって、長二郎は全く実父の敵である、他人の柳と幸兵衛を討取ったのであると御裁許に相成ったのじゃ、万助分ったか」

万「恐入りました」

奉「茂二作並に妻由、その方共半右衛門方へ奉公中、主人妻柳に幸兵衛を取持ったるのみならず、柳の悪事に同意し、玄石を頼み、主人半右衛門を殺害をいたさせたる段、主殺《しゅうごろし》同罪、磔《はりつけ》にも行うべき処、主人柳の頼み是非なく同意いたしたる儀に付、格別の御慈悲をもって十四ケ年遠島を申付くる、有難く心得ませい」

二人「有難うございます」

奉「下谷稲荷町茂二作家主徳平、並に浅草鳥越片町亀甲屋差配簑七、その方斯様なる悪人どもが自分の差配中に住居いたすを存ぜざる段、不取締に付咎め申付くべき処、この度は免《ゆる》し置く、以後きっと心得ませい」

奉「恒太郎その方父清兵衛儀、永々長二郎を世話いたし、この度の一件に付長二郎平生の所業心懸等逐一申立てたるに付、上の御都合にも相成り、かつ師弟の情合《じょうあい》厚き段神妙の至り誉め置くぞ」

恒「へい、有難う存じます」

奉「玄石その方儀、半右衛門妻柳より金百両を貰い受け、半右衛門を鍼術にて殺害に及びし段、不届に付死罪申付くべきの処、格別の御慈悲をもって十四年遠島を申付くる、有難う心得ませい」

玄「有難うござります」

奉「長二郎親の仇討一件今日《こんにち》にて落着、一同立ちませい」

これでこの事件は落着になり、玄石と茂二作夫婦は八丈島へ遠島になって、玄石は三年目に死去し、茂二作夫婦も四五年の内に死去いたしたのは天罰《てんばつ》、かくあるべきはずでございます。さて長二郎は死罪を覚悟で駈込訴えをいたしました処、もとより毛筋ほども悪心のないのは天道様が御照覧になって居りますから、筒井様のお調べ、清兵衛のお慈悲願いから、林大学頭様の御理解等にて到頭実父の復讐《かたきうち》となり、御褒美を戴いた上、計らず大身代の亀甲屋を相続いたす事になりまして、公儀から指物御用達を仰付けられましたので、長二郎は名前を幼名の半之助と改め、非業に死んだ実父半右衛門と、悪人なれど腹を借りた縁故により、お柳の菩提を葬うため、紀州の高野山へ供養塔を建立し、また相州足柄郡湯河原の向山の墓地にも、養父母のため墓碑を建てて手厚く供養をいたしました。右様の事がなくとも、長二郎の名は先年林大学頭様の折紙が付いた仏壇で、江戸中に響き渡りました処、また今度林大学頭様が礼記の講釈で復讐という折紙を付けられました珍らしい裁判で、一層名高くなったので、清兵衛達の喜びはいうまでもなく、坂倉屋助七も大に喜び、ある日筒井侯のお邸へ伺いますと、殿様が先日腰元島路の申した口上もあれば、今は職人でない長二郎ゆえ、島路を彼方《かれかた》へ遣わしてはいかがとの仰せに助七は願うところと速かに媒酌を設け、亀甲屋方へ婚姻の儀を申入れました処、長二郎も喜んで承知いたしたので、文政五年午年《うまどし》三月一日に婚礼を執行《とりおこな》い、夫婦睦じく豊かに相暮しましたが、夫婦の間に子が出来ませんので、養子を致して、長二郎の半之助は根岸へ隠居して、弘化二巳年《みどし》の九月二日に五十三歳で死去いたしました。墓は孝徳院長誉義秀居士と題して、谷中の天竜寺に残ってございます。

# 資料篇

# 「名人長次」になる迄――翻案の径路

馬場孤蝶

## （一）

一昨年（大正四年）の十月の始め頃かと思うのだが、その頃土手三番町に住んでいたある知り人を尋ねるというと、好い栗を買ってあるから、それを茹でて御馳走しよう、その間マアこのようなものでも見て待っていてくれと、雑誌を二冊ほど出した。その一つは博文館の「講談雑誌」の第一巻第二号であった。その目次を見ると、円右の「名人長次」というのが出ている。どんなはなしなのであろうとそれを読み出した。それは湯ケ原で長次が自分の生い立ちの話を宿の婆さんから聞く所から始まって、亀甲屋幸兵衛が長次に仕事を註文するようになる所あたりまでであったとおもう。

僕はそれだけ読むとこの話の出所に直ぐ当りが付いたので、ひどく不思議な感じがした。全く思いもかけぬようなところで、知り人に逢ったような驚きの感じである。

そのうちにあるじが台所から出て来たので、

おい君、この名人長次の話を皆な知っているかね、と聞くと、あるじは、全部知っているというのだ。

ではこの長次というのが幸兵衛夫婦を殺すことになるのだね。

ええ、そうです。

幸兵衛夫婦が長次の親なんだね。

ええ、まあそうです。

そこで僕のこの「名人長次」の原話であると信じた仏蘭西の短篇小説の梗概を話して、こういうのがあるが、どうだというと、あるじも、
ええ、それが確かにこの話の根源に相違ありません。全体が全くその通りになっていますよ。

というのであった。芝居や寄席の事をよく知っている主はまたこういった。

先代の菊五郎がやったことがあります、今にきっと市村あたりでやりますよ。

（二）

「名人長次」はギイ・ド・モウパッサンのUn《アン》 Parricide《パリシイド》（親殺）の翻案であると僕は信じたのだが、念のために「講談雑誌」の「名人長次」の出ている分、（それは第一巻の一から六までである）を買い集めて来て、全体を読んでみた。最早疑いを容るべき余地は無い。

所でモウパッサンの「親殺」は「昼と夜の物語」というモウパッサンの短篇集中の一篇であって、その短篇集の発刊は千八百八十五年、明治十八年、となっている。「名人長次」の作者、即ち円右の師匠であった故人円朝は、いつそれをこしらえたのであるか知らぬが、とにかくその翻案は明治二十五年以前位と見なければならぬ理由がある。そういう早い時分に、誰が円朝に「親殺」の話を教えたのであろうか。これはどうしても誰か仏蘭西語学者でなければならぬ、それは一体誰なのであろうか。

　僕はその点はゆるゆる穿鑿することにして、取り敢えず「名人長次」が「親殺」の翻案であることをば、当時林毅陸氏等のやっていた「新社会」という雑誌の紙面で公表しておいた。

すると間もなく、どこの新聞か何かで「名人長次」が翻案であること、馬場孤蝶がその発見者であること、円右の話では円朝は原作の話を福地桜痴居士から聞いたのだということなどを載せた。

福地氏は芸人社会などでは神話的偉人のような形になっているのだから、どうもこの話はそのままには受けとり得られなかった。よし円朝に教えたのは福地氏であったにしたところで、その福地氏に「親殺」の話を教えた人があるのであろうと僕は思ったのだ。当時のような時代にあっては福地氏ほどの文界に顕要な地位にいる人が、外国の新文学を自分で読むようなことはまず無かったものと断言して宜しい。今の鷗外逍遥両大家の振りあいで、福地氏を見ては福地氏を買いかぶることになるのだ。

(三)

ある夜与謝野寛君のところで小宴が開かれた。それは来游中の米国の某女流文学者から晶子君が花籠を貰ったので、親しい連中を招いたのであった。客は藤島氏、梅原氏、有島生馬氏御夫婦、平野万里氏御夫婦、及び生田長江氏と僕とであった。

その席で、「名人長次」の翻案であることの話が出た。僕は日本における出所が福地氏であるということに就いての疑を述べた。

すると向う側にいた有島君が突然、「あれは私どもが横浜にいた時分に親父に仏蘭西語を教えに来ていた人があの話をしたので、それを母が書取って一冊のものにまとめて置いたが、後日円朝にその話をすると、面白がったので、その原稿を円朝のところに貸してやったのです。探せば当時の原稿がまだ家にあるはずです。仏語の先生というのは確か鶴田という人だったとおもいます」と云ったので、少し意外に思いながら、それは大凡明治二十二年頃のことなのかと聞くと、大凡その頃のことだと思うという答であった。

この思いがけない偶然の話から、「名人長次」翻案の径路が初めて分って来た。

鶴田氏は有名な仏蘭西語学者である。今から十年ほど前には、氏の蔵書印の据った仏蘭西語の本をよく神田辺の古本屋で見たものであった。鶴田氏ならばモウパッサンの小説を明治二十年頃に読んでいたとしたところで決して怪むに足らぬのだ。（生馬曰く。後母に質したら、鶴田氏と云ったのは私の記憶の誤であった。）

その後有島君から、当時の原稿と円朝自筆の礼状及び「指物師名人長次」の単行本を発見したから、いつでも貸そう、あの晩あの席で、あの話が出たのはよほど面白い偶然であったという手紙を貰った。

それからこっち、有島君の書類を拝見に出ようとおもいながら、その意を果さなかったが、この両三日前にフト憶い出して、借用を申し込んだ。有島君はそれ等の書類を貸してあった、今の菊五郎のところからとり戻して、わざわざ持って来て下すった。

## （四）

で今僕の机上には有島君の母堂の書かれた原稿と、円朝の手紙と明治二十八年に出た円朝の「指物師名人長次」という菊判の本とがある。所で円朝の手紙は左の通りである。

御書拝見仕候このほどは御暑さきびしく候え共益益御機嫌よくいらせられ御目出度存じ上まいらせ候かねてお話の時より楽しみおり候処へ御忙しき御中を御心にかけられ細細と御認め被下御真実の段有がたく山山御礼申上候末ながら奥方様へよしなに御鶴声被下度ちかきうちに御礼かたがた参上拝顔の上万万可申上候早早かしこ

七月二十二日　　　　　　　　　三遊亭円朝

有島様

そうして封筒には月岡町有島様、御礼状とあって、その下に本所南二葉町二十三番地、三遊亭円朝とあるのだが、使者か何かで有島家へとどいたものであろう。印紙も何も無いので年は判然せぬ。故有島武氏は横浜税関長で明治十四年から二十三年まで横浜月岡町に住んで居られたというのである。

有島君の母堂は「親殺し」の話は当時の仏蘭西新聞に掲載されたもので、それを幾回かに分けて聞きとって控えたという話だった。生馬君と二人で試みに母堂の原稿とモウパッサンの「親殺」そのものの訳文とを対照してみると、それが同一のものであることは疑うべき余地がない。

母堂の原稿は極めて美しい筆蹟で総仮名である。御免を蒙って字を篏めてこれに引用する。題は「おやころしのはなし」となっている。（生馬曰く。当時父母は極めて熱心な仮名の会、会員であったため、その原稿も凡て仮名で書いたものと思われる。父が一生使用した実印も「ありしまたけし」と仮名で書いてあった。）

「ここは名に負う仏蘭西の国シヤテゥ（Chatou）に近きさなる川辺なる葦蘆茂りたるなかにある日男女の互に腕を抱き合いたる死骸あるを見出して官にも訴えまたいかなる人の成れの果にやいと浅ましき有様よとより集い語り合いしにこの人人はときめきて流行を競う人人の中にもその名を知られ家また富める夫婦にして年齢はやや老いたりされどもようよう去年の夏頃婚礼せし人人にて女の方は三年ほど寡婦にて暮しし人なりという」

原稿にはところどころ朱で添删が加えてあるが、これは税関文書課長佐藤奉という和文の出来る人が直したのだと有島君は云ったが、原文の方が原作を見るには都合がよいので、前記の引用は朱字の批正の方には拠らなかった。

所でこの書き出しは確にモウパッサンの「親殺」に拠ったものであるのみならず、よんで行くに従って、その夫婦が何か尖ったもので突かれて死んだらしいという点や、犯人が「ブルヂョア」（旦那）と綽名のある指物師であったことや、法廷の有様や、どこを見ても、一行一行モウパッサンの作の殆ど翻訳であるといい得る位に原文の句を移し用いてある。

円朝作の「指物師名人長次」は二十八年の十月の発行である。有島君の話では円朝から前記の礼状が来てからその後何んの沙汰もないので、有島家では円朝はあの材料はそのまま握りつぶしたのであろうと、いっていたのだが、二十八年になると先年のお話をようようこしらえたからと云って、その単行本を円朝の処から届けて来たというのである。

## （五）

モウパッサンの「親殺」と「名人長次」とはその根本思想に甚だしい相違があるが、円朝のように翻案すれば、どうにか日本の話になるのである。原作が日本の話になると鑑定された有島君の母堂の烱眼は元よりのこと、円朝の話を作る手腕も称賛に値するが、さればと云って中内蝶二君の市村座狂言評のように「巧に日本化して少しもバタ臭い痕を止めず」というような風にほめることはどうであろうか。僕等はむしろ円朝が原作のカンドコロを可なりによく活用している点、即ちバタ臭いところを大分残しているのに感服するのだ。

（大正六年七月十六日東京日日新聞掲載）

# 親殺しの話

有島幸子訳

ここは名に負う仏蘭西の国、シヤテゥに近き、さる河辺なるよし蘆のいと生い茂りたるなかに、ある朝、男女のかたみに腕を抱きあいたる死骸あるを見出して、公にも訴え、またいかなる人の成れの果にや、いとあさましき有様よと、よりつどい語り合いしに、この人人は、この頃、この国にもいとときめきて、はやりを競う人人の中にもその名を知られ、家また富める夫婦にして、年はや老いたり。されどもようよう去年の夏頃婚礼せし人人にて、女の方は三とせほどやもめにて暮しし人なりという。この夫婦は世のなかの人に、わけて恨を結べる仇ありとも思われず、また物とりのわざかとみれば、その携えたる品に不足ありとも思われず、あまりに怪しきことと そのからだを改めしに、長く尖りたる刃物にて刺し殺したる後、無惨にも河中へ蹴落されたるものならんとおもわれたり。その事につき、いろいろと近きほとりの船人等をも呼びつどえ質したれども、それかと思う手がかりとてはなく、かかりの役人も困じはて、もはやあぐみて吟味をやめんと思いし処へ、この処よりほど遠からぬまろ屋に住みて指物をなして世を渡るブルヂョアと仇名せらるる人あり、この者自ら為しし罪とて訴え出でたり。

人人驚き早速吟味に及びければ、その答は下に記すのほかならざりき。

「いったい私は彼の男の方とは二年のあいだちかづきになりてありしが、女の方はようよう六月《むつき》ばかり前より知り、その後は私の拵えたる細工の良ければとて、古道具などのつくろいを頼まんと度度店に参りしことあり」というとき、役人問うて曰く、「さればいかなる恨ありてその方は彼等を殺ししや」かく尋ねられしに、ブルヂョアすまし切って答うるよう、「私はあの人人を殺したくなりしによりて殺ししなり」と、その外には何を尋ねられても、この事柄につきては更らに答を為さず。

　そもこの人は、いとけなき頃田舎の里親に預けられて、その後両親《ふたおや》に見捨てられたるものなりと。察するに、その親達のいまだ婚礼せぬ前に思い合い、ひそかに忍び会う夜の度重なりて遂に生れ出でしものとは知られたり。この子をジョルヂ・ルイと呼びなすはまことの名なり。追追生いたつに従い、そのさが特に温和の質にて才智もすぐれ、かつ何事を為すにもきようにて、世の人にたちまさりければ、里人はブルヂョアの仇名を呼びしが、その後は、この仇名をもて、人に知らるるようになれり。年頃になりてその職をえらんで指物師となりしが、彫りものなどにも巧みにて、大いによき評判を得たり。その上社会主義、虚無主義を信じ、世を疎み嘲けるの歌草紙など読むことを好み、甚だものに感じやすき性質あり。さればまた、選挙会などの時は力あるひととして、職工会、農夫政談会にても指折の演説家と云われたり。さればこの度のことにつき、被告弁護のために出でたる弁護人は、全く気狂なりとの申し立てをなせり。成るほど右の如き性質なれば、ふと心狂いて、このようなるまがつみを作りたるというの外には、説き明かしは無かるべし。いかとなれば、この職人として、何故に大切なる良き華客を殺さんと思いたちしや、被告人自身も、彼の人人は家富み、恵深き好き華客にてありしことを知りいたり。既に前三年のあいだに、被告人がこの華客より受け取りし金は三千フランの上にも及べりと云う。（このことの証拠は被告人の持てる帳面に明かなり）思い計るに彼は永きつきひを憂きことにのみ思いつづけて、身一つに心の晴るるひまもなく、うつうつとして遂に気狂となり、その身は世の人の仲間はずれに捨てられたりと思い、その恨みをこの夫婦二人にかずけ、世の人人の代りに、絶えぬ恨みを報いたりと思われたり。

　弁護人はこの見捨てられたる児に、里人が呼びなししブルヂョアなる仇名あるにつき、巧みなる弁論をつくり、大ごえして曰く、「この仇名こそ孤児のためにいよいよその神経を刺激し、はげしく怒り易くなせる原因にあらざるなきや計り難し。彼は凝り固まりたる共和党員なり、とは云え、嘗て共和政府はこれ等過激の徒を射殺し、流刑とせしものなりしが、今は放火、虐殺人共をさえ怪まざる世の有様なり。この悲しき主義行動は、公の場所にてすら喝采さるるに至りて、この若者をあやまれるのみならず、共和党員中にも女の身空にて、ガンベッタの血を、グレヴィの血を流さしめんとする声をさえ聞くに至りて、被告は一も二もなく血を、ブルヂョアの血をと望めるなり。これコムミュン党の責めにして、この人の罪なりとのみ云うべくもあらず」

右の弁論を終るや、聞きいたる人人も手を叩き、ほむる声、役所のうちにあふれたり。皆人思うよう、この弁護人の申したては、誠によく当りたりと。検事もまたこの弁論を道理として、更に深く問い質すこともなかりしゆえ、判事は被告人に向い、制《おきて》の通り尋ねしには、「その方は自身に云い開きのため申し述べたきことなきや」と。

その時被告人の立ち上るを見るに、髪は麻色の金髪にて、みどり色なる瞳は鋭くして動かず、丈《せい》は格別高からずして体《からだ》のようすはあまりすこやかなるかたならず見うけらるるも、そのかよわくして年若き人の口より叫び出す声はいとも響きて力あり。ことにその言葉は詳《つまびら》かなり。その口を開いて一とことをいうや、忽ち聞く人をして、以前の考えを悉く変らしめたるぞ不思議なりける。またその物云う調子は、講釈にてもするようにて、さしもに広き裁判所の隅隅まで、言葉の端端明かに聞きとるように声を高くして申し立てていうよう、

「裁判官様、私は仮令命を首切台の上で落すとも狂気とみられて生き延びることは喜びません。それ故にこの事柄の始終を委しく申上げます。彼の男女は確かに私の両親です。それ故私は、これを殺しました。そのわけを委しく申述べますれば、何卒御聞きとりの上相当の御裁きを願います。

さてある処に一人の女ありて、ひそかに一人の子を生みしが、その子を乳母のもとへあずけて育てたり。されどもこの母なる女はこの罪もなき子供（この罪なき子は極まりなき苦しみのうちに蹴

落され、孤児の憂名を与えられ、死罪にあてらるるうき目にあえり）を見捨てて少しも心にとめず、案じもせぬようにて、里親に月月の手当の金をも送らざりし故、もし通例の里親ならば、世間にためし多きが如くこの子供を見はなし、飢え凍えて死なせんも計りしられざりしに、まことに幸いなるは、この女は、生みの母親よりも正直にて、かつ婦人中のよほどすぐれたるおとなしく心高き人なりければ、よくこの子を養い育てたり。この子供の親達は既にその親たるのみちを過ちしこと右の如くなれば、この子供をして要なき一生を不運のうちに過させんよりも、むしろ早く食料を絶ちて見殺しにするとか、または一と思いに溝か河へ投げ入れん方まさるとなしたるなるべし。

私は別にかかる運命の焼印を押されしとのわきまえもなく生い育ちしが、ある時よその子供達が、私をバタアル（私生児）と呼べるを聞けり。されども彼等はその言葉のわけを知れるに非ず、ただそのうちの一人が、そのふた親の話に私をばバタアルなりといいたるを聞きしとのことなり。私もまたその時までは何事も知らざりしが、はじめてこれを聞きて略《ほぼ》その言葉のわけを悟れり。

私は学校に居るうちも利口なる子供の一人と云われたりき。裁判官様、私のふた親が、捨子の罪を犯さざりしならば、私は人並の者たりしならんに、いや恐らくは中以上の一人前なりしならん。しかるに彼等はこのような罪を私に負わせたり。私はいけにえに供えられ、彼等は罪人となれり。私は無罪、彼等は無慈悲なり。彼等は私をめでいつくしむべき代りに、無惨にも見捨てたり。

私が彼等より受けたるものはただこのいのちなり。されどもこのいのちは果してこれを親のたまものというべきか。これを推し極わむれば、わたくしのいのちは、ただ人の苦しみのかたまりという外なし。されば私は仇を返す外ひとつとして彼等に報ゆべきものなし。彼等は人の仕業《しわざ》のそのうちにて最も不人情にして最も汚れたる、最も恐るべき行為を冒ししなり。

凡そ人にして他人より憂き目をみせらるれば、その仇を返し、また自分のものを盗まるれば、力の及ぶ限り盗まれたる品を取り返えすことにつとむるに非らずや。況や欺き、すかされ、なぶり弄ばれ、いけにえにせられ、人の誉を汚されたる時は、その相手を殺すは当り前ならずや。裁判官様、私は誉の上においても一番悪しき盗に逢い、最も悪しきかたりを受け、一番悪しきいけにえに供せられ、一番悪しき侮り、さげすみを受けたり。この故に私はこれ等の仇を報ゆるために殺したるは当前の理屈なり。私の貴き一生を汚されたる代りに、彼等の幸なるいのちを奪えり。裁判官様はこれでも私を親殺しと仰せあるべし。彼等は私をただいまわしきもの、恐ろしきもの、恥かきの実証と思えり。これにても親と申さんや。私の生れしを厄介視し、私のからだをもって恥さらしの脅迫とみなせり。これにてもなおふた親と申さんや。彼等はただただその身を可愛がるのみにて、いらざる子供をもうけしと思い、むごたらしゅうないがしろにしたれども、その罪はおのれに出で己れに返える。遂に私が彼等を恨み、復讐する順番にあたりたり。されども私は僅この間までは彼等を親と思い大切にせんと思えり。前にも申しのべたるとおり、凡そ二年前にわたくしの父なる者の初めて私の店に来りし時は、もとより親たることを知らず、ただその人より二つの道具の注文を受けたり。その後聞きしには、彼はそれより前に私のことを寺の和尚に聞き合わせたるよし、かくてその後は度度来り、沢山の注文を出し、その代金も十分に払い渡し、時としては四方山の話をなししことさえありたり。されば私は深くこの人を敬い親しみたり。また今年の春頃のことなりしが、彼の人初めてその妻、即ち私の母親を伴い来れり。この時その女の顔色甚だ悪しく、気の病に罹りし人にてもやあるらんと思い居たりき。かくてその女は腰掛と一杯の水とを与えよといいしのみにて更に物を云わず、丁度気の狂いたる人のように私の家の内の道具などを見つづけて居たり。夫《おっと》の何かいうときは、ただ、左様、いいえと答えたるのみにて、暫くありて彼の女は心の内に何事か思い起し、それをしきりに考え初めし如く察せられたり。その翌日またその女参りしが、この時は至極穏に心落ちつき居たる様子にて、思い掛けぬほど沢山の注文なし、暫く四方山の話を為せり。その後私は三度までこの人に逢いながら、何の疑もおこさず、取引を為したりしが、ある日、この女私の世渡りのこと、また子供の時のこと、ふた親のことなど、いろいろとたずねたり。依って私は『貴き婦人よ、私のふた親はまことに無慈悲の人なりしかば、用捨情なくも私を捨て児にせり』と云いし時、女は聞きも終らず、にわかに顔色変り、いと苦しげに胸に手を当て、その儘倒れ気絶せり。私はこの様子を見て驚きながらも、さてこそこの女は正しく吾母親なりと思い附きたり。されどもなおその推察をあやまりてはと思い、その女の再び訪ね来るを待ち佗び居たり。

私はこれよりひそかに色色聞き合わせしに、この人人は、ようやく去る七月婚礼せし事を聞き知れり。それまでは、母親は三年の間やもめにて居りし由なり。また噂によれば、今の夫と結婚の前より引き続きひそかに馴れあい居たりという。されども別にこれぞという証拠もなく、ただ私のみがその証拠なりしなり。さればこそ彼等はこれをひたすらに隠さんとし、遂には殺さんとまでも計りたり。

さてある夜、彼の女いつものごとく、夫に伴われて参れり。この日はことに何かよほど気掛りのことある様子にて、帰えらんとせしとき、彼の女立ち戻りていうには、『お前はまことにまめやかにして、常に勉強なす若人なれば、いつまでも健かならんことを祈るなり。またよき嫁を貰わんと思わば、こころに叶う人をえらんであげようと思う。私もひと度心にもなき婚姻をなしたるが、運悪き婚姻はいかほど苦しきものなるやこれを知りたり。しかるに今は子供もなければ、何不自由もなく、わが財産も勝手になし得る身なれば、これをお前が婚姻の資金にせよ』とて封じたる大きな包を私に渡せり。私はあきれて彼の女を見つつ、『貴方は私の母様に非らずや』とたずねしに、彼の女は少しふるえて後退りなし、その顔をかくし、私を見ざるようせり。その時彼の男、即ち私の父は母の腕を執り、私に向い声荒く、『何故にお前はそのような気狂じみたことをいうぞ』私答えて『左に非らず、貴方がたが私の両親なることをどうぞ明かしてお聞かせ下され、その内内の事は決して人に洩しませぬし、私は貴方がたに対し必ず悪しきこころは起しません、これまでのごとく指物師にて暮しをたてまする』と云えども、何の言葉もなく、父は逸く母の腕をとり、たすけながら戸外へ連れ出さんとせしが、母は涙にむせびてありき。その時私は戸の方へ走りゆき、戸を締め錠をおろして鍵をかくしのうちに入れ、再び父に向いて、『御婦人の様子を御覧なされ、かくてもなお私の母親にあらずといなまるるや』といいければ、彼の男も、これまで長く隠しおおせし秘めごとの今は早あらわれて、その身の名誉ここに消え失せんと思いたりけん、恐れおののき、忽ち顔色青ざめ、口ももつれて、『お前はわれ等にゆすりを云い掛けんとの悪る企みなり』という。この時母親は全くあっけにとられ、『ああ私を早くここより連れ出してたべ』とのみ呼び叫ぶ。されども戸口は堅く閉しありければ、父親はいらだち声にて、『お前もしここを速かに開かずば、ゆすり騙りと訴え、縄をかけて牢へ入れん』と。この時まで私は常の如く心も乱さずありけれど、時に、いかなるはずみなりけん、戸を開き二人を出しやり、後姿の見えずなるまで戸に佇みて見送りけり。時に、いかなるはずみなりけん、忽ち胸のうちに、吾身の孤児なること、再び溝河へ捨てられたるようなる心起り、しきりに恨めしさ、くやしさ、にくさをとりまぜ、心のうち燃ゆるが如く湧きかえり、道のため、誉のため、道理のため、吾がこの命を失うとも、その筋道を樹てんと思いつめ、二人がシヤテゥのステエションに行くには必ず通る順路を推しはかり、セイヌ河の岸を伝い、二人の後を追いかけたり。

暫しがほどにして彼等に追いつきしが、夜はうば玉の闇なり。これ幸いと彼の人人の気づかざるよう、叢《くさむら》のなかを忍び足、あとにつきつつうかがいゆけば、母親は未だしきりに泣きいたり。父はこれを慰さめつつかついうよう、このことは昔そなたの過より起りしなり、何故に彼に逢いたいと望み給いしや、吾等の身分にてこのようなる不仕鱈《ふしだら》はまことに恥かしからずや。よしこちらのことは向うに知らせずとも、他所《よそ》ながら心を添え、彼を助けとりたてやらんことも叶うべきに、もとよりおもてむき親子となることかなわざる仲なれば、かかる危き思いを為し、彼を訪いおとずるるに何の益かあらんという。この時突然彼等の前に躍りいで、声をふるわし、『果して二人は私の親なり、先には明かし下されざりしが、今もなおおかくしなさるるや』と迫りて聞けり。裁判官様お聞き下され、私は国法に契い、名誉に契い、嘘偽りは申しませんが、その時父は手を振りあげて、私に立ち向い、私は打ち据えられたり。是非に及ばず私も父の頸筋をつかまえしに、父はかくしの内よりしてピストルを取り出すよと見る間もなく、ただ一発の音と共に、火花に目もくらみ、心はここに後先とわきまえず、かくしの内に持ちしコムパス取り出すその手もおそしと、幾度か力を極めて彼を突きたり。母親はいと悲しき声立てて、『誰ぞ助けてよ、人殺し』と叫びながら私の鬚の毛につかみつきたり。この時また母親をも殺ししものと思わるれども、いかにせしことか、そののちの事おぼえさらになし。かくてふたりがそこに倒れ息絶えたるをみとどけしかば、のちのちの考えもなく、そのまま二人をセイヌ河へ投げこみたり。凡ての顚末はこの通りなれば、よろしくお裁き下されたし」

かく云い終りてその席に著けり。右申立てに依り再び日を改めてこの裁きあるべしと、この日の訊問は果てにけり。さわれこの親殺しの判決はいかに取扱わるべきやと、人人皆ひそかに云いあえり。

# 解題

横井司

落語中興の祖ともいわれる三遊亭円朝は、一八三九（天保一〇）年四月一日、江戸湯島で生まれた。本名・出淵《いづぶち》次郎吉。音曲師の橘屋円太郎を実父に持ち、四五（弘化二）年に橘家小円太を名乗り、六歳で初舞台を踏む。翌年には義兄・玄昌（母・すみの連れ子）らの勧めで寺子屋に通い始めるものの、四七年に父の師匠である二代目・三遊亭円生（?～一八六二）に内弟子として入門。五〇（嘉永三）年に下谷の紙・為替両替商へ奉公に上がるも二年程で病を得て帰宅。さらに五一年には浮世絵師・歌川国芳（一七九八～一八六一）の門下となり絵の修行に入るが、やはり病を得て帰宅。その後、義兄の下で座禅の修行に励んだりしたものの、結局、芸人となることが諦めきれず、五五（安政二）年に円朝と改名して、真打ちとなった。同じ年、芝居噺《しばいばなし》で知られた初代・三遊亭円生（一七六八～一八三八）の墓に参り、三遊派の隆盛を祈願する。その後、芝居噺で名を成すが、師の円生によって、トリの演題を先に話されるという事態が続いたため、『累ヶ淵後日怪談《かさねがふちごにちのかいだん》』（五九口演）を創作した。これが後の『真景累ヶ淵』の原型といわれる。芝居噺というのは、「人情噺の途中で、鳴りものや声色をいれて、衣装は引きぬきになり、背景をかざって、ときには、短刀のような小道具を使用するなど、演出が歌舞伎調になる噺をさす」（興津要「落語鑑賞の栞」『国文学』一九七四・九臨増）。初代・円生を祖とし、当初、円朝はこの種の演目によって人気を得ていた。

六三（文久三）年には、三題噺のグループ粋狂連に加わり、文人等と交流を持った。このとき交流を持った文人に、戯作者の山々亭有人《さんさんていありんど》（一八三二～一九〇二）がいる。別に條野採菊・採菊散人などの号を持つ山々亭有人は、本名・條野伝平。日本画家・鏑木清方（一八七八～一九七二）の父で、明治に入ってからは新聞記者としても活躍し、『やまと新聞』を立ち上げ、円朝の速記を連載したりした。円朝作となっている速記本の中には、山々亭有人作のものもあるといわれる。七一（明治四）年には、この山々亭有人の補筆で『菊模様皿山奇談』を上梓。翌七二年にも、やはり山々亭有人の補筆を得て『今朝春三組盃《けさのはるみつぐみさかずき》』（後の『粟田口霑笛竹《あわたぐちしめすふえたけ》』の合巻仕立て本。なお、同じ題材で山々亭有人が補綴した人情本仕立ての『花菖蒲澤の紫』という刊本も存在する）を上梓。

同じ七二年に、弟子の円楽に三代目・円生を継がせ、それまでの道具を使った芝居噺から素噺《すばなし》（扇子と手拭のみで演ずる噺）に転向した。新しく開席した寄席の真打ち（トリ）をめぐるゴタゴタが背景にあったようだが、結果的にはこれが大きな転換をもたらすこととなる。すでに六九年には「歌舞伎同様ノ所作致候向キ」は「以之外ニ候」とする寄席取締りの布告が発せられていたものの、先に変わらず芝居噺は演じられていた。ところが七二年になって、「敬神愛国ノ旨ヲ体」し「天地人道ヲ明ニ」し「皇上ヲ奉戴シ朝旨ヲ遵守セシム」よう勤めるべきだとする「三条の教憲」が政府から発令され、これによって戯作や演芸各分野において改良運動が進むこととなった。その流れにあって素話に転向したことは、演芸界の情勢に期せずして棹さすことにもなったわけであった。この情勢を受けてのことかどうか分からないが、七七年、国学者・伊達千広（陸奥宗光の父）の講義を受けて禅への関心を深めた円朝は、この時の講義で知り合った高橋泥舟の紹介で、泥舟の義弟・山岡鉄舟（一八三六〜八八）の知遇を得た。禅を通して鉄舟からさまざま影響を受けた円朝は、後に「無舌の悟り」に到達するが、それとは別に、鉄舟を通して明治新政府の貴顕紳士たちと交流を持つようになったことは、新時代における地位確立に大きく与ったに違いあるまい。

八四年、折からの速記術興隆の流れに乗って、『怪談牡丹燈籠』を上梓。以後、『塩原多助一代記』（八五）、『真景累ヶ淵』（八八）などの口演が活字化され、洛陽の紙価を高めた。これら速記本が明治文学における言文一致運動に与えた影響は大きい。新文体を模索していた二葉亭四迷が坪内逍遥に相談したところ、「円朝の落語《はなし》通りに書いて見たら何《ど》うか」と言われた（「余が言文一致の由来」『文章世界』一九〇六・五）というエピソードは、あまりにも有名である。

八六年には、先の條野伝平（山々亭有人）によって『やまと新聞』が創刊され、『松の操美人の生埋《いきうめ》』の速記録が連載された。完結して後も、翌年の六月までに、『蝦夷錦古郷家土産《えぞにしきこきょうのいえづと》』

『鶴殺疾刃庖丁《つるごろしねたばのほうちょう》』『月謡荻江一節《つきにうたうおぎえのひとふし》』と立て続けに連載している。永井啓夫は、これら『やまと新聞』での連載によって「円朝は、芸人というよりむしろ、作家に近づいたともいえる」が速記は「高座の円朝と程遠いことを思わなければならない」と指摘している（『三遊亭円朝』青蛙房、一九六二）。九一年、席亭との対立問題の責任をとって東京の寄席出演を退隠するが、翌年には大阪・浪花座へ出演し、『業平文治《なりひらぶんじ》漂流奇談』を口演。九五年には、速記ではなく自ら筆をとった「名人長二」を『中央新聞』に連載した。九七年に、看板となった弟子の勧めでスケ（助演のことだが、真打ちと同格かそれ以上の格の出演者をさすという）として再び寄席に出勤。以後、九九年に発病するまで、スケとして高座に上がったが、同年一〇月の出演が最後の高座となった。一九〇〇（明治三三）年八月一一日、下谷車坂町の自宅で死去。享年六十二歳。

三遊亭円朝について日本のミステリ史と絡めて言及したのは、管見に入ったかぎりでは、柳田泉が「随筆探偵小説史稿」（『探偵春秋』一九三六・一一～三七・八。後『続随筆明治文学』春秋社、一九三八所収）で、『黄薔薇《こうしょうび》』を「十二分に探偵小説の素質がある」と紹介しているのを嚆矢とする。ついで江戸川乱歩が「日本探偵小説の系譜」（『中央公論』一九五〇・一一。後『続・幻影城』早川書房、一九五四所収）において、円朝の名前と作品に言及した。そこで乱歩は、大正末期以前に探偵小説は存在しなかったわけではないと書き出し、辻原元甫《げんぽ》（一六二二～？）『智恵鑑』（一六六〇）、井原西鶴（一六四二～九三）の『本朝桜陰比事』（一六八九）、北条団水（一六六三～一七一一）『昼夜用心記』（一七〇七）、作者不詳の板倉政談・大岡政談といった例をあげて「機智による謎解き小説というものはかなり広く行われていた」と述べた上で、「一方また広義の探偵小説にふくまれる犯罪小説というものは一層広く」あるといい、それが明治の犯罪実話につながっていると述べる。それから、以下のように記している。

南北、黙阿弥の悪党劇、泥棒伯円といわれた犯罪講釈の名人と、思いだしてくると、演劇、講談などにも、犯罪ものは非常に大きな領分を占めていた。明治期に入っては、こういう犯罪ものがつづいている一方、神田孝平《たかひら》訳の「和蘭《オランダ》美政録」、円朝の「松之《の》操美人の生埋」「黄薔薇」から、饗庭篁村《あえばこうそん》のポーの「黒猫」「ルーモルグの人殺し」（ポーが本当に理解されたのは大正期であるが）、黒岩涙香のガボリオー、ボアゴベイ、コリンズ、グリーンなどの翻訳と、西洋ものが従来からの犯罪実話を圧倒して入って来た。（引用は光文社文庫版『江戸川乱歩全集』第27巻、二〇〇四による）

「西洋もの」つながりとはいえ、神田孝平や饗庭篁村と並べて言及されていることに違和感を覚えるのだが、この乱歩の言及を受けてであろう、中島河太郎が『日本推理小説史』第一巻（桃源社、一九六四・八）で、黒岩涙香と共に、乱歩があげた円朝の二作品を紹介し、「両者とも翻訳というより翻案に近いが、それだけ円朝の語り口に咀嚼され、当時の生硬な訳筆に比べると格段の出来ばえである。これが後の涙香に大なり小なり影響を与えたと思われる」と、ミステリ史上の業績を位置づけている。乱歩・中島の紹介を踏襲したのが九鬼紫郎の『探偵小説百科』（金園社、七五・八）であり、さらに下って、『英国孝子ジヨージスミス之伝』および『指物師《さしものし》名人長二』を加えて円朝の探偵小説として紹介したのが、伊藤秀雄の『明治の探偵小説』（晶文社、八六・一〇）であった（『英国孝子ジヨージスミス之伝』および『指物師名人長二』については、伊藤の紹介以前にも、その探偵小説的趣向が、ミステリ・プロパー以外から指摘されていたが、詳細は各編の解題に譲る）。これらの史的考証を受け、本書『三遊亭円朝探偵小説選』では、右の四編は問題なく収録することとし、それに加え、従来怪談噺と目されてきた中編「雨夜の引窓」を併せて一巻とした。

円朝作品の場合、怪談噺に属するものでも、たとえば『怪談牡丹燈籠』のように、ミステリ的趣向が加わっているものがある。都筑道夫が『怪談牡丹燈籠』について、テレビ映画『日本怪談劇場』（東京12チャンネル、一九七〇）で放映された中川信夫監督作品に対する視聴者の批評について言及した「辛味亭事苑／批評のいましめ」（『目と耳と舌の冒険』晶文社、七四）や『黄色い部屋はいかに改装されたか?』（晶文社、七五）の第一回などで、「幽霊の殺人ではなく、幽霊を利用した殺人、という現代ふうな話」（引用は後者から）と紹介していることは、ミステリ・ファンにはよく知られている。『黄色い部屋はいかに改装されたか?』では、さらに次のように書かれている。

この怪談噺の伴蔵のくだりは、（略）推理小説ふうのトリックを持っています。（略）このトリックは、伴蔵の会話のなかで、唐突に暴露されるので、効果が減殺されている怨みはありますが、なかなかよく考えてあります。しかし、そういうトリックがあるからといって、「怪談牡丹灯籠」は、推理小説とはいえないでしょう。大ざっぱに推理小説というのでなく、もっと細かくわければ、スリラーとはいえます。けれど、本格推理小説とはいえますまい。

伴蔵の告白によって、萩原新三郎の死に、意外で合理的な解決はあたえられます。しかし、新三郎の死そのものが、謎として提出されていないからです。わかりきっているようですが、これはなかなか大事なことです。（略）合理的な解決が待ちのぞまれるような謎が、まず最初に呈示されて、それがのぞんだ通りに解決される、というのが、本格推理小説のいちばん単純なかたちです。（第一回の初出は『ミステリマガジン』七〇・一〇）

この都筑の定義に照らせば、本書に収録した円朝の作品はことごとく「推理小説」とはいえないことになるが、「大ざっぱに推理小説というのでなく、もっと細かくわければ」、現在、消費されているミステリに属するものばかりなのは、疑いを入れまい。

なお、永井啓夫も同様にミステリ的趣向に言及して、「完全犯罪を〈怪談噺〉の形式にかくれることによって、円朝は多くの聴衆をも巧みにあざむき通すことができた」のであり、「『怪談・牡丹燈籠』は伴蔵を中心に考えてみると、むしろ『非怪談噺』なのである」と指摘した後で、以下のような藤浦富太郎の言葉を紹介している。

速記本を精読してみると、伴蔵と幽霊のかけ合いから「お札はがし」まで、明らかに幽霊が実在するかのように語られている。しかし、藤浦富太郎の記憶によると、円朝の高座は、そのいずれともつかぬ曖昧さがあり、伴蔵と幽霊の会話すらおみねに聞かせるための伴蔵の独芝居とも考えられるという。そして「立派に筋の通った推理小説」であり、「怪談仕立の推理作品と解釈するのが正しいようである」（牡丹燈籠は怪談か）と指摘している。（「三遊亭円朝——明治期人情噺の限界」芸能史研究会編『日本の古典芸能　第九巻／寄席』平凡社、七一・七）

円朝の、翻案を中心とする、ミステリ的な趣向を持つ口演が、黒岩涙香の翻案などに比べると、これまであまり話題に上ることがなかったのは、怪談や人情噺に属するものとして扱われ、近代的なミステリとして受容される機会がなかったからだと考えられる。また右に引いた都筑の言葉にもうかがわれる通り、「本格推理小説」の源流として見られてこなかったことも、関係しているかもしれない。そのため戦前・戦後を通じて探偵小説の実作者に直接的に影響を与えてこなかった（実作者への影響という点では、涙香などと比べると雲泥の差であることは、いうまでもない）。それでも、一時期とはいえ、速記本という形を通して広く読まれたことを考えるなら、日本のミステリの源流が涙香にあるとしても、その伏流として、考察の対象とするならば、斯界への何がしかの寄与になるように思われる。今回は従来の史書でミステリと目されてきたテクストを中心に編んだが、これをきっかけとして、ページ数の関係でここには収録がかなわなかった『緑林門松竹《みどりのはやしかどのまつたけ》』（一八八八。別題「忍ヶ岡義賊の隠家」）などに対する、ミステリ的観点からの再評価が進めば、引いては円朝作品の再評価につながれば、幸いである。

円朝のテクストを集成したものとしては、これまでに、春陽堂版『円朝全集』全十三巻（一九二六～二八）、これをそのまま復刻した世界文庫版『円朝全集』全十三巻（六三～六四。十三冊まるまる「近代文芸資料複刻叢書・第四集」扱い）、角川書店版『三遊亭円朝全集』全六巻・別巻一（七五～七六）が刊行されている。本書収録のテキストは春陽堂版・円朝全集収録のものとし、春陽堂版で伏字になっている箇所や未収録の序文などは、初版本に拠ってこれを補塡・付加した。また、初版本・春陽堂版全集共に、登場人物の台詞ごとに、現在のように改行処理がなされているわけではない。こうした処理を施したのは戦後になってからだと思われるが、角川書店版全集は全て改行処理されている。最近年の刊行である岩波文庫版『真景累ヶ淵』（改版、二〇〇七）も、旧版とは異なり、台詞は改行処理されている。春陽堂版全集のテキストは、編者・鈴木行三によって、漢字を仮名に開いたり句読点を付したりするなどして行文が整えられており、必ずしも初版本の体裁そのものではないが、円朝作品の場合、『指物師名人長二』を除き、実際に執筆したものではなく口演の速記録であることを考えると、読みやすさを先行させる方が演者の意にかなっていると判断し、あえて初版本にこだわらなかった。初版本のテクストにしても、出版社の依頼などで一室を借りて記録されたもの（現在ならスタジオ録音にあたるもの）は、出版されてネタが盗まれることを恐れてか、実際に高座にかけたものとは異なるといわれている。出版されたものの表記にしても、たとえば『松の操美人の生埋』では、東京版と大阪版とで異動が見られるなど、一概に信用できるものではない。詳細な校閲は、将来、編まれるかもしれない円朝全集に期待したいと思う。

以下、本書収録の各編について、簡単に改題を付しておく。作品によっては内容に踏み込んでいる場合もあるので、未読の方は注意されたい。

〈創作篇〉

「西洋人情噺 英国孝子《ジョージスミス》之伝」は、一八八五（明治一八）年六月から七月にかけて、速記法研究会から八分冊で発行された。内題は「英国孝子之伝」。その後、一八九六年一〇月、武部瀧三郎から

『西洋人情噺英国孝子伝』の題で発行。さらに一八九一年四月、上田屋から、『黄金《こがね》の罪』と改題して発行されたが、一九〇六年一一月、題名を武部版に復して同店から再発行された。春陽堂版全集・第九巻（二七・八）、角川書店版全集・第六巻（七五・一〇）に収録された他、『明治文学全集10／三遊亭円朝集』（筑摩書房、六五・六）に採録されている。若林玵蔵《かんぞう》による序文は速記法刊行会版に付され、『明治文学全集』に再録されている。

加藤秀俊は、本作品について詳しくふれたエッセイ「ほん案の意味――『英国孝子伝』をめぐって」（『思想の科学』六五・一〇）において、「この物語は終始一貫、理詰めですすめられてゆく」といい、井生森《いぶもり》又作が清水助右衛門の死体を捨てに行く場面での、死臭に気づいた車夫を殺す描写は「陰惨だが、たとえば『累ヶ淵』におけるような、因果ものにはならない。つまり、車夫の幽霊が出たりはしないのである。それは、むしろ、探偵小説における殺人場面とおなし冷酷さで処理される」と述べている。また清水重二郎が父親殺しの犯人を探索する後半の展開も「理詰め」であり、「『なにかの因縁』ないし『なにかの引合わせ』で偶然に悪事が露見する」のではなく、「一枚の書類が動かぬ証拠とな」って「犯罪事実をあきらかにする」のであり、「物語の後半での清次の活躍は、この書類を見つけ出すための探偵活動だ」と述べ、以下のように全体の印象をまとめている。

つまり全篇をつうじての人間関係の処理の仕方は、おそろしくさばさばとした近代主義のそれなのである。「孝子伝」というから、親の仇をさがし出して仇討ちをするのかと思っていたら大まちがい。これは、ひとつの殺人事件と、それをめぐる探偵活動、そして事務処理の物語なのだ。言いまわしが円朝流だから、他の人情噺と大同小異のような印象をうけてしまうのだけれど、じつは、そうではない。主要プロットを透明にひき出してみると、それは、ガードナーの『ペリー・メイスン』シリーズにはいっても不思議ではないような物語なのだ。あきらかに、「孝子伝」は、イギリス小説を下敷きにした「ほん案」文学なのだ。

ここでガードナー E. S. Gardner（一八八九〜一九七〇、米）を例に出されると、いささかの違和感を禁じえないのだが、主旨はおおよそ伝わるだろう。

ところで加藤は『英国孝子伝』の原作はイギリス小説だろうと当たりをつけながら、「原本がわからない」としていたが、その後、延広《のぶひろ》真治によって、チャールズ・リード Charles Reade（一八一四〜八四、英）の *Hard Cash*（一八六三）が原典として認定されている。リードの伝記と *Hard Cash* のストーリーについては、延広の「『英国孝子伝』と“Hard Cash”」（『文学』七九・一二）に詳述されているので、関心のある向きはそちらを当たられたい。右の論文における報告によれば、円朝が冒頭で語っている人名はことごとく原典と異なっているそうで、その点について延広は、①「聴衆に親近感を抱かせようとの配慮より耳近い」名前に変えた、あるいは替え名の方を先に決め、それにあった人名を選んだのではないか、②「種本を隠す必要が存した」のではないか、という二説を唱えている。なお、リードの同作品は、アレン・J・ヒュービン Allen J. Hubin の犯罪文学書誌 *Crime Fiction III: A Comprehensive Bibliography, 1749-1995*（一九九九）にもあげられている。

**「侠骨今に馨く賊膽猶ほ腥し（きょうこついまにかんばしくぞくたんなおなまぐさし）松の操美人の生埋」**は、一八八六（明治一九）年一〇月七日から一二月二日まで『やまと新聞』に連載。翌八七年四月、東京・新庄堂および大阪・駸々堂から発行（外題は『松之《の》操美人廼《の》生埋』）。八八年六月、栄泉堂・大川屋から、また八九年八月、大阪・中村芳松から再発行された。戦後になって、西北書院から、一九四七年一月、名人全集の一冊として刊行。また『三遊亭円朝代表作集』第四巻（小山書店、五六・八）に再録された。春陽堂版全集・第五巻（二六・一二）、角川書店版全集・第六巻（前掲）に収録されている他、『明治翻訳文学全集《翻訳家編》1／三遊亭円朝集』（大空社、二〇〇二・六）に大川屋版が、第十二席まで復刻されて収められている。宇田川文海による序文は駸々堂版に付され、春陽堂版および角川書店版の両全集に採録されている。

冒頭で「此は池の端の福地先生が口移しに教へて下すつたお咄しで。仏蘭西の俠客《おとこだて》が節婦助けるといふ趣向。原書はベリツド、ヱ、ライフ（Buried a life）といふ書名ださうで。酔た時はチト言悪《いひにく》い外題でござい升が。活《いき》ながら女を土中に埋《うづ》め活埋《いきうめ》に致し升たを土中から掘出し升る仏蘭西の咄を日本に翻《なほ》して地名も人名も日本の事に致し升た丈で」（引用は駸々堂版から）とあるが、「福地先生」とは福地桜痴（一八四一～一九〇六）のこと。円朝の翻案ネタは福地桜痴から題材を得たものがほとんどと目されている。また*Buried a life*は*Buried Alive*の誤聞かと思われる。前掲『明治翻訳文学全集《翻訳家編》1』巻末の「明治期翻訳文学年表／三遊亭円朝自筆『西洋人情噺』」では*Buried Alive*と表記されている。ちなみに、延広真治「翻刻・三遊亭円朝自筆『西洋人情噺　編』」（『人文科学科紀要』第91輯　国文学・漢文学、東京大学教養学部人文科学科国文学研究室・漢文学研究室編、一九九〇・三）は、本作品の点取り（創作のための手控え）が復刻されており、そこでは「生《ホルード》人《ヱ》埋《ライフ》」という表記になっていることを付け加えておく。

原典不詳ながら、早くから江戸川乱歩「日本探偵小説の系譜」（前掲）や中島河太郎『日本推理小説史』第一巻（桃源社、前掲）によって、円朝のミステリとしてあげられていた作品で、同書において中島は「推理というよりサスペンスに富んだ語り口で、『西洋人情話』というが、講談の俠客物に似た趣向が受けたに違いない」と評している。以後、この中島の評価が踏襲されていく。九鬼紫郎が『探偵小説百科』（金園社、前掲）において「サスペンスはあるが筋は平凡で、むしろ『黄薔薇』のほうに面白味があろう」といい、伊藤秀雄が『明治の探偵小説』（晶文社、前掲）において「平易な語り口に滲み出るロマンとサスペンスはあるが、筋は平凡で講談の俠客物に似た趣向であった」と述べているのでも、それは明らかだろう。

なお、本作品には笠亭《りゅうてい》仙果（一八〇四～六八）による草双紙版『雪月花三遊新話』（一八八〇）があり、また正岡容《いるる》によれば、「短篇でいまちょっと題名は忘れた」が、「田中英光が登場人物の名もそっくりそのまゝ、戦後の現代物にして発表している」という（「円朝の作品」『三遊亭円朝代表作集

1』〔第四巻付録〕、小山書店、五六・八）。

「欧洲小説黄薔薇」は、『東京絵入新聞』に一八八七（明治二〇）年一月から四月三日にかけて、途中休載をはさんで掲載された（初掲載日不詳）後、同年四月、金泉堂から上梓された。その後、八八年四月、積善館から、同年同月、大阪・多田谷忠治郎から、同年六月、栄泉堂から、八九年二月、駸々堂から、それぞれ発行された。その後、『三遊亭円朝叢書』（金泉堂、一八九一・六）に、「敵討札所霊験《かたきうちふだしょのれいけん》」「月謡荻江一節《つきにうたうおぎえのひとふし》」とともに、また『円朝叢談』（三友舎、九二・一）に、「敵討札所霊験」「雨夜の引窓」とともに、それぞれ再録された。春陽堂版全集・第七巻（一九二六・五）、角川書店版全集・第六巻（前掲）に収録されている他、『明治翻訳文学全集《翻訳家編》1』（大空社、前掲）に金泉堂版が復刻されて収められている。なお、春陽堂版全集の内扉裏の解題によれば、『明治翻訳文学全集』に再録されている。春琴亭緒依による序文は金泉堂版に付され、『仏朗西《(フランス)》人情噺毒婦姒李《(ジユリヤ)》伝』といふ外題で、明治十八年頃牡丹屋から出版される計画」であったという。

本作品については早くから柳田泉によって、前掲「随筆探偵小説史稿」において、「十二分に探偵小説の素質がある」と紹介されていた。前掲『日本推理小説史』第一巻において中島河太郎は、本作品結末部の、大勢の書生によってお吉が殺害される場面にふれて、「この連中の出現は唐突で、それまで全く描かれてないし、たといお吉が悪人でも、みんな行方不明になったで片付けてあるのは、いかにももの足らない」と評している。九鬼紫郎は、先にもふれたとおり、前掲『探偵小説百科』において、『松の操美人の生埋』よりも「面白味があろう」と好意的で、「フランスの作家カトリーヌ・アルレエの得意とする悪女ものミステリ、と解釈すればよい」と新味のある評価を下している。伊藤秀雄もこれに示唆されたものだろう、前掲『明治の探偵小説』において、同じくアルレー Catherine Arley（一九三五〜　）の名をあげている。

近年、小松史生子によって、本作品に対する新しい読みが試みられている。小松は「円朝と涙香——『黄薔薇』から翻案探偵小説へ」（岩波書店文学編集部編『「文学」増刊　円朝の世界』岩波書店、二〇〇〇・九）において、「江戸の草双紙的世界の頃から、例えばお家騒動物等に毒婦の原型は見出せるが、その刻印は〈密通〉というコードによって押されていると言っていい」のだが、「お吉には、不思議とそうした淫奔の性は描かれ」ず、「お吉は、従来の毒婦の系譜とは異なって、密通という一大事を自らは決して踏まず、かえって貞淑な人妻をその罪に嵌らせる」どころか、「最期には六十三人もの書生達を相手に理路整然と対峙してひるまず、私刑のような形で謀殺されるくだりなど、一刀のもとに切り捨てられたり政府の捕縛によって斬首されたりするばかりだった従来の毒婦の型からしてみれば、かなり異端なのである」と指摘する。さらに小松は「三遊亭円朝、〈女〉で語る探偵小説」（『国語通信』二〇〇二・七）において、同じ個所にふれ、「毒婦の翻案であるはずのお吉の」「奇妙な潔癖さ」を見出している。その上で、同じ円朝の『怪談牡丹燈籠』にもふれつつ、「円朝が〈女〉という記号と翻案という言説構造に仮託して語ったのは、〈贖われた自由の物語〉或いは〈贖われる自由への物語〉であった」のであり、「翻案という外来性を担保にさせることで、円朝はヒロインに社会コードから〈逸脱する自由〉を与え、それが物語の中では彼女たちがふるう圧倒的な暴力性＝男を破壊させずにはおかない情熱によって贖われているのだ」と論じている。これらはいずれも探偵小説というジャンルの外からの視点による読みというべきだが、毒婦ものが女性犯罪者ものへ、さらには悪女ものへと名称を変えて、男性読者によって綿々と消費され続けてきた歴史を脱構築する面白さがあるので、紹介しておく次第。

「雨夜の引窓」は、一八九〇（明治二三）年四月、鈴木金輔から、「縁きり榎」を併載して発行。その後、『円朝叢談』（三友舎、前掲）に再録された。春陽堂版全集・第六巻（一九二七・二）、角川書店版全集・第四巻（七五・八）に収録。夢覚による序文は鈴木金輔版に付され、春陽堂版全集および角川書店版全集に再録されている。なお、底本とした春陽堂版全集に収録された序文には、鈴木金輔版と同じく句読点等がなかったので、読みやすさを考え補足しておいた。

夢覚（円朝全集・第六巻の中扉裏の編者解説によれば別号「夢のやさむる」といい本名は「書肆達磨屋

こと岩本善一」とのこと）による序文にある通り、本来は二代目・三遊亭円生が演じていた芝居噺「早川雨後の月」を素噺用に改良したものと目される。同じ与兵衛という名前を持つ三人の悪人が絡む長編の冒頭と思しく、引窓の与兵衛による与左衛門殺しからお早殺しに至る初期エピソード部分のみが速記として残されている。与兵衛の通り名に使われ、題名にもある「引窓」とは、後に与兵衛が窓から侵入して強盗を働くことに由来する。春陽堂版円朝全集・第一三巻（二八・一）に収められている解説には以下のように書かれている。

雨夜の引窓　は古い話へ円朝が作意を加へたものでありますが、芝居噺時代にはよく演じたもので、落語家の活人形の出来た時にも円朝のは雨夜の引窓でありました。此のあとはおはや殺しを見られた馬方の五郎蔵を、与兵衛が明神山の崖から突落さうとして却つて五郎蔵に押へ付けられ既に危い所へ、鉄砲の音がして五郎蔵が仆れる。辻堂から引俣の与兵衛が鉄砲を持つて現はれるといふ累ヶ淵の甚蔵新吉の組打に似たものであります。

より原典に近い芝居噺版のテクストとしては、三遊亭円楽（二代。後の三遊亭一朝）による口演速記録「引窓与兵衛」（『講談雑誌』一九一五・九）が残されている。「雨夜の引窓」が〈与左衛門殺し—寄合所脅し—内儀脅し—お早殺し〉という展開であるのに対して、「引窓与兵衛」は〈与左衛門（速記では与次兵衛）殺し—寄合所脅し—お早殺し—内儀脅し〉という展開になっており、後者のお早殺しの場面では、川中で蹴り倒し、出刃包丁で刺殺するというふうになっている。山本進編『怪談ばなし傑作選』（立風書房、九五）には、「幽霊を出そうと思えば出せる筋だから恐らく怪談ばなしとしても演じたことはあったと思われる」と紹介されているが、円朝版ではお早は生きていて、与兵衛の罪を暴く契機となることが示唆されているのに対し、円楽版だとお早は絶命し、死に際に「お前の影身に付添つて、怨みを晴さで置くべきか」という台詞を残しており、怪談噺となる展開も充分に頷ける。

ミステリとしての読みどころは、誤って与左衛門を死なせてしまった与兵衛が、与左衛門の死体を利用して自らの罪障をごまかし、さらには金まで強請るあたりの展開で、まことにトリッキーな趣向といえよう。死体にかんかんのうを踊らせて葬儀代をせしめる落語「らくだ」を連想させもするが、「雨夜の引窓」について詳しく考証している延広真治「咄における継承と創造――二代目円生から円朝へ」（『比較文學研究』七〇号、九七・八）によれば、「智恵有り殿」という話型を取り込んだものだという。

三原幸久「スペイン民族の『智慧有殿』」（『説話文学研究』第四号、昭和四十五年三月刊）や松原秀一『中世の説話――東と西の出会い』（東京書籍、昭和五十四年刊）に取上げられているのは、殺人の罪や疑いを他に転化させようとした複数の人物の企てで、死骸が次々に移動する話型で、世界中に分布する。ただ今回ここで取上げるのは、罪（実は無実）を免がれさせる為に殺された死体の移動を請け負い、礼金をせしめる唯一人の智恵有り殿（多くは真の犯人）が存在する場合に限りたい。また、災いが自らに及ばぬよう、更には殺人の罪に他を陥れようとして自殺体を移動させる、馮夢龍『惺世恒言』（天啓七年、一六二七年刊）三十四「一文銭小隙造奇冤」の類話も、自殺なので取扱わない。

このあと、延広は「智恵有り殿」話型を含む複数のテクストとそのストーリーをあげているが、煩瑣になるのでここでは省略する。ジャンル・ミステリの観点からは、死体移動によるドタバタやトラブルを描くパターンの作品として、R・L・スティーヴンスン&L・オズボーン Robert Louis Stevenson（一八五〇〜九四、英）& Lloyd Osbourne（一八六八〜一九四七、英）『箱ちがい』*The Wrong Box*（一八八九）、J・T・ストーリー Jack Trevor Story（一九一七〜九一、米）『ハリーの災難』*The Trouble with Harry*（一九四九）、シャルル・エクスブライヤ Charles Exbrayat（一九〇六～八九、仏）『死体をどうぞ』*Avanti la musica!*（一九六二）などが、思い出されよう。類話は他にも多いと思われるが、円朝の「雨夜の引窓」は、それらに連なる物語として記憶されてよいだろう。

**「指物師名人長二」**は、『中央新聞』一八九五（明治二八）年四月二八日から六月一五日まで「名人長二」の題名で連載され、同年一〇月、銀花堂から発行された。さらに翌年三月、博文館から発行（外題のみ『指物師名人長治』と表記）。『明治文学全集10』（筑摩書房、前掲）、春陽堂版全集・第九巻（前掲）、角川書店版全集・第六巻（前掲）、『明治の文学』第三巻（筑摩書房、二〇〇一・八）に収録されている他、『明治翻訳文学全集《翻訳家編》1』（大空社、前掲）に新聞連載版が復刻されて収められている。土子《つちこ》笑面による序文は博文館版に付され、春陽堂版全集、角川書店版全集および『明治の文学』第三巻に再録されている。

連載に先立って、四月二七日付の『中央新聞』に、以下のような予告文が掲載された（前掲『明治翻訳文学全集《翻訳家編》1』にも再録されている）。

> 是は文政の年間に指物師の名人として世に知られたる長二郎の伝記にして、適《あっぱ》れ此名人と成るまでの苦心勉強の一方ならぬ処、幾多の波瀾に波瀾を重ね、変化に変化を積み、悲しき節、面白き回、一節は一節より佳境に進み、一回は一回より妙域に入り、読者をして真に同情の熱涙を催さしむべし［。］若《も》し夫《そ》れ円朝子が落語《はなし》の妙絶なるに至りては世間既に日本一の名人たる声誉あり、今更事新しく吹聴するを要せず。永らく大喝采を博したる如燕子《じょえん》の曽我物語いよ〳〵本日にて完結ゆゑ明日より代り合ひまして沢山《たっぷり》と御機嫌を伺ふものなり。

「如燕子」とは、講釈師の初代・桃川如燕（一八三二～九八）のこと。

本作品は早くからモーパッサン Henri René Albert Guy de Maupassant（一八五〇～九三、仏）の短編「親殺し」Un parricide（一八八四）の翻案であることが知られていた。原典を同定したのは馬場孤蝶であり、本書の資料編にその孤蝶のエッセイと、円朝が参照した有島幸子《ゆきこ》の訳述を再録しておいたので、詳しくはそちらに譲る。また春陽堂版円朝全集・第一三巻（前掲）の解説によれば、長二は「円朝とは大層心安くしてゐた」実在の指物師をモデルにしている由。

探偵小説プロパーの研究者たち――中島河太郎や九鬼紫郎は、本作品については言及しておらず、わずかに伊藤秀雄が探偵小説として題名をあげているにすぎない。筆者（横井）が執筆した『日本ミステリー事典』（新潮選書、二〇〇〇）の円朝の項目では、スペースの関係もあり「名人の腕を惜しんで助命しようとする裁き手の苦心に、探偵趣味が横溢している」と書いただけだったが、むしろ従来の円朝研究者による探偵小説的評価が目立つ。

永井啓夫は『三遊亭円朝』（青蛙房、一九六二）で次のように述べている。

作の後半、長二が父母を殺してから後のトリックはまことに見事なもので、筒井和泉守の名裁判、林大学頭の礼記講釈など、全く日本化した構成で進められているが、この辺りの推理小説のような構成は、やはり泰西の小説技巧から学んだものであろう。

多田道太郎は「『名人長二』の成立と構造」（『三遊亭円朝全集』第六巻、角川書店、七五・一〇）において、円朝がこのトリックを成立させるために改変したポイントとして、長二が殺した父親が実父ではなかったことを指摘して、「そこが違わないと、長二の親殺しはほんとの親殺しになってしまって、封建道徳では救いようがない」が「正式の夫との間の子だとすれば、この『親殺し』は、実の父親のための復讐、仇討となる。ここに円朝のミソがある」と述べ、以下のように続けている。

血の事実と儒教道徳の額面とのくいちがい、これが長二の命を救う。親殺しが親殺しとはならず、かえって親の仇討となる。どんでん返しのこのトリックは、儒教道徳のトリックである。このトリックを演出するのは、官学の御用学者、林大学頭である。

明治の大衆は、このいささか無理な筋はこびにもかかわらず、儒教的トリックに満足したのであろう。「一件落着」の権威主義的トリックに満足したのであろうが、しかし、肝心のところは儒教道徳にあるのではなく、むしろ、人情にあり、人格性にある。その人情、その人格性を救うためのトリックとして、儒教をうべなったのではないかと思われる。このあたりのこみいりかたは、単純なペシミスト、モーパッサンよりもよほど複雑である。

権力批判的な雰囲気漂う言説は時代の風潮が反映されたものであろう。この後の部分で多田は、円朝がモーパッサンのテクストに惹かれた理由として「おそらくどんでんがえしの趣向」、「思想的、心理的トリック」に心惹かれたのだろうと考察しているのだが、そこでは松本清張の名前も見られる。

モーパッサンの「親殺し」は近代の推理小説の定石を踏んでいる。まず、屍体がでてくる。ということはまず「謎」が投げだされる(この手法、文体はたとえば松本清張のいくつかの小説で今はなじみとなっている)。被害者がじつは、加害者の最上のお得意であったということで「謎」はいっそうふかまる。「謎」の二乗である。ここで、社会が悪いという通俗哲学がもちだされ、一件落着しそうになる。すると加害者が、じつは両親を殺したのだという。「謎」の三乗である。このようにふかまるいっぽうの謎が、私生児のうらみという閃光によって一挙にときほぐされる。「ふみにじられた個人の権利」というのが、デウス・エクス・マキーナとなる。このあざやかな解決が短篇のミソである。文体もまた、あざやかな手際にふさわしく、簡潔そのものである。

円朝はこのみごとなどんでん返しに心ひかれたのであろう。しかし、ふかまる謎というモーパッサンの型は採用しなかった。投げだされた裸の事実がある。これの解釈をめぐってさまざまの意見が対立する。そして一つの意見がテストに合格して正当性をみとめられる――これが近代的思考の一つの型である。円朝はこの型を採用しなかった。（略）彼はまず、人情から出発する。人間性――つまり、長二がいかに慈悲ぶかく、しかも名人気質の人間かという描写から出発する。読者はいやでもこの主人公に「ひいき」せざるをえない。ところがこのごひいきの名人が、罠にかかるようにして殺人事件、しかも親殺しを犯してしまう。「常識」からいってとても助かりそうにもない。読者は観念の目をとじそうになる。――時に「常識」をくつがえすデウス・エクス・マキーナがあらわれる。（略）彼らは古典解釈のトリックと権威とによって、町方の人びとの「人情」を守るのである。人情から出発し人情におわる人情噺の、その途中の波瀾にモーパッサン風の「謎」と「謎とき」が採用されている。

長々と引用してきたが、ミステリ・プロパーではない評者によるミステリ観と、社会的な権力批判の文脈を背景とする大衆批判の雰囲気が、よくうかがえよう。要するに、円朝のテクストは、権力が大衆の「人情」を守ることを描くことで、権力性を補完しているのだと批判されているのだ。この批判自体は、充分にうべなえるものであり、永井啓夫の評価よりは数段優っているといえよう。ただ気になるのは、モーパッサンのテクストを「近代の推理小説の定石を踏ん」だものと規定している点だ。というのも、おそらく多くのミステリの愛読者は、「親殺し」を解決のないミステリだと、或いは別の言い方をすれば判決のない法廷ミステリの変種ではないだろうか、と思うからである（あるいは、解決編だけのミステリ、だろうか。法廷シーンから始まっている以上、それがいちばん自然かもしれない）。モーパッサンのテクストは一種のリドル・ストーリーの体裁を取っている。日本文学史上の用語を使えば観念小説（明治期のそれ）とでもいおうか。問題小説といってもいい。それは、モーパッサンのテクストの結末部分を読めば明らかだろう。

資料編に収録した有島幸子訳では「さはれ此親殺しの判決は如何に取扱はるべきやと、人人皆ひそかに云ひあへり」となっていて、リドル・ストーリー的な趣向が見えにくいが、以下に引く『モーパッサン全集』第二巻（春陽堂書店、一九六五）収録の小林龍雄訳だと、それがはっきりする。

被告はふたたび着席した。この自白の結果、事件は次回の公判に回されることになった。公判はまもなく再開されるだろう。もしわれわれが陪審員だったら、この親殺しを、いったいどうさばいたらいいだろうか。

ここでは、読者が陪審員だとすれば、どのような判決を下すべきか、と問われているのだ。近代的な文学愛読者であったとしても、モーパッサンのテクストのこの問いに論理的な解決策を見出すのは難しいだろう。結局は「人情」に基づく判断を示す他ないのではないだろうか。ところが円朝のテクストでは、それが封建的な道徳と法システムによるものとはいえ、その当時なりの法体系に則って可能なかぎり論理的に判断し、解決するのである。戯れにいってみるなら、モーパッサンの問題編に対して円朝は論理によるみごとな解決編を与えた、ということになるだろうか。もちろんそれは、体制によるつじつま合わせでしかないし、多田の指摘する、翻案にあたっての円朝の改変によって成り立つものでしかないのだが、そうした改変によってみごとな法廷ミステリを仕上げる構想力は、ミステリ的観点から、いくら評価しても評価しすぎるということはないだろう。

なお、本作品は、一八九五（明治二八）年に三世・河竹新七（一八四二～一九〇一）によって劇化上演されている。畠中敏郎は「『親殺し』と『名人長次』――モパサン、圓朝、新七」（『études françaises』6号、大阪外国語大学フランス研究会、一九六七・二）において、この劇化作品も含めた三種類のテクストについて比較検討しているが、新七版『名人長次』については「円朝の作まで行かず、かといつて円朝を離れて独自の長所を特に持つともいえない戯曲化であつた」と評している。

『日本戯曲全集・第三十二巻／河竹新七及竹柴其人集』（春陽堂、一九二九）に収められた新七版『名人長次』には、南町奉行・筒井和泉守の、「罪の疑はしきは刑せずとは往古《いにしへ》よりの金言」という、現在の刑事裁判の原則とも重なる台詞があって、法廷ドラマとして興味深いのだが、ミステリとしてのプロットの要となる、礼記講釈による助命の箇所を全く欠いており、玄石の捕縛をもって幕を下ろしている。助命の論理を欠くところは、ミステリという観点からは、最大の難点といえ、その意味でも「円朝の作まで行かず」という畠中の評価には頷けるのである。

〈資料篇〉

巻末に資料として、円朝が『指物師名人長二』を作述する際に参照した有島幸子《ゆきこ》による訳述と、円朝の拠った原作が確定した顚末を綴った馬場孤蝶のエッセイを収めた。

馬場孤蝶「『名人長次』になる迄――翻案の経路」は、『東京日日新聞』一九一七年七月一六日付に発表された。後に有島生馬編『有島幸子家集』（私家版、一九三五）に再録された。本書では後者を底本としている。なお、初出紙・単行本とも「長次」と表記されているが、これは、孤蝶が参照した三遊亭円右（初代）口演・今村次郎速記版（『講談雑誌』一九一五・四〜九）の題名が「人情噺名人長次」となっているためだと想像され、あえて訂正しなかった。ちなみに、一八九五年に劇化上演されて以来、歌舞伎上演の外題は全て「長次」という表記になっている。『講談雑誌』掲載時に題名が変わったのは、それに倣ったのかもしれない。

孤蝶がここでふれている「林毅陸《きろく》氏等のやつてゐた『新社会』といふ雑誌」とは、一九一五年九月に新社会社から創刊されたもので、売文社発行の同名誌とは異なる。孤蝶は新社会社版の同誌に文芸時評を掲載していたので、おそらくその時評欄で紹介したものと思われる。同誌掲載の紹介文も再録したかったが、掲載誌が発見できず、見送らざるを得なかった。ちなみに同じ孤蝶の「大円朝の片影」（『新小説』一二六・五）でも、同種の内容の記述が見られる。

有島幸子訳「親殺しの話」は、前掲『有島幸子家集』に初めて収録された。奥付では編輯兼発行者が有島生馬となっているが、実際に編纂の任に就いたのは与謝野寛（鉄幹）・晶子夫妻である。「編纂者の言葉」に従って有島幸子の略歴を摘記すれば、一八五四（安政元）年一月二日、江戸・日比谷で生まれた。一八七七（明治一〇）年、有島武に嫁ぐ。武郎、生馬、隆三、英夫（里見弴）、行郎の五男と、愛子、志萬子の二女をもうけた。奥村五百子《いおこ》と共に愛国婦人会を創立、各地に遊説した。また女子文芸学舎（現・千代田女学園）の創立に力を添え、理事を務めた。女子教育、社会改善をテーマに、さまざまな雑誌に寄稿。一九三四（昭和九）年二月三日歿。

孤蝶の記事によれば、全文平仮名で書かれた草稿とのことだが、『有島幸子家集』収録の本文は漢字仮名まじり文に編集されている。ここでは通読のしやすさを考えて、同書のままとした。ついでながら、孤蝶は、有島幸子の草稿を見るまえに「親殺し」の翻訳を試みており（『新潮』一九一〇・九）、また多田道太郎が、前掲の角川書店版全集の解説「『名人長二』の成立と構造」内で全文を試訳したものを載せている。

なお、小川茂久「『名人長二』と『親殺し』」（『文芸研究』第22号、明治大学文芸研究会、一九六九・一〇）によれば、コナール Louis Conard編『モーパッサン全集』（一九四七）には、モーパッサンの「親殺し」は最初、モーフリニューズ Maufrigneuse 名義でL'Assassinと題して発表され、後に短編集『昼と夜の物語』*Contes du jour et de la nuit*（一八八五）に収められた際、現行のタイトルに改められたという註があるそうである。一方、プレイヤッド版全集（一九七四）に拠った斎藤広信「モーパッサン『親殺し』と円朝『名人長二』――変容の分析とその視点」（川口久雄編『古典の変容と新生』明治書院、一九八四・一一）によれば、「親殺し」は最初、一八八二年に『ル・ゴーロワ』紙にL'Assassinという題で掲載され、その後、現行のUn parricideと改題の上、一八八四年に『ジル・ブラース』紙に再掲載されたという。正確な書誌がどういうことになるのかは判然としないが、いちおうそうした情報があることを紹介しておく。

［解題］**横井 司**（よこい つかさ）
1962年、石川県金沢市に生まれる。大東文化大学文学部日本文学科卒業。専修大学大学院文学研究科博士後期課程修了。95年、戦前の探偵小説に関する論考で、博士（文学）学位取得。『小説宝石』で書評を担当。共著に『本格ミステリ・ベスト100』（東京創元社、1997年）、『日本ミステリー事典』（新潮社、2000年）など。現在、専修大学人文科学研究所特別研究員。日本推理作家協会・日本近代文学会会員。

三遊亭円朝探偵小説選 〔論創ミステリ叢書40〕

2009年6月20日 初版第1刷印刷
2009年6月30日 初版第1刷発行

著 者 三遊亭円朝
叢書監修 横井 司
装 訂 栗原裕孝
発行人 森下紀夫
発行所 論 創 社
〒101-0051 東京都千代田区神田神保町2-23 北井ビル
電話 03-3264-5254 振替口座 00160-1-155266
http://www.ronso.co.jp/

印刷・製本 中央精版印刷

Printed in Japan ISBN978-4-8460-0783-6

# 論創ミステリ叢書

# 論創ミステリ叢書

**久山秀子探偵小説選Ⅲ【論創ミステリ叢書16】**

新たに発見された未発表原稿（梅由兵衛捕物噺）を刊行。未刊行の長編少女探偵小説「月光の曲」も併せ収録。
〔解題＝横井司〕　本体2600円

**久山秀子探偵小説選Ⅳ【論創ミステリ叢書17】**

〈梅由兵衛捕物噺〉14篇に、幻の〈隼もの〉から、戦中に書かれた秘密日記まで、没後30年目にして未発表原稿総ざらえ。未刊行少女探偵小説も併載。〔解題＝横井司〕　本体3000円

**黒岩涙香探偵小説選Ⅰ【論創ミステリ叢書18】**

日本探偵小説界の父祖、本格派の源流である記者作家涙香の作品集。日本初の創作探偵小説「無惨」や、唯一の作品集『涙香集』を丸ごと復刻。〔解題＝小森健太朗〕　本体2500円

**黒岩涙香探偵小説選Ⅱ【論創ミステリ叢書19】**

乱歩、横溝に影響を与えた巨人、まむしの周六こと、黒岩涙香の第2弾！　本格探偵小説からユーモアミステリまで、バラエティーに富んだ一冊。〔解題＝小森健太朗〕　本体2500円

**中村美与子探偵小説選【論創ミステリ叢書20】**

戦前数少ない女性作家による怪奇冒険探偵ロマンを初集成！「火の女神」「聖汗山の悲歌」「ヒマラヤを越えて」等、大陸・秘境を舞台にした作品群。〔解題＝横井司〕　本体2800円

**大庭武年探偵小説選Ⅰ【論創ミステリ叢書21】**

戦前、満鉄勤務のかたわら大連随一の地元作家として活躍し、満ソ国境付近で戦死した著者による作品集。名探偵郷警部シリーズ５篇を含む本格物６篇。〔解題＝横井司〕　本体2500円

**大庭武年探偵小説選Ⅱ【論創ミステリ叢書22】**

大連の作家大庭武年を初集成した第２弾！　「小盗児市場の殺人」等ミステリ７篇、後に日活市川春代主演で映画化された「港の抒情詩」等創作４篇。〔解題＝横井司〕　本体2500円

**西尾正探偵小説選Ⅰ【論創ミステリ叢書23】**

戦前の怪奇幻想派の初作品集、第１弾！　異常性格者の性格が際だつ怪奇小説、野球もの異色本格短篇、探偵小説の芸術論争をめぐるエッセイ等。〔解題＝横井司〕　本体2800円

# 論創ミステリ叢書

刊行予定

★平林初之輔Ⅰ
★平林初之輔Ⅱ
★甲賀三郎
★松本泰Ⅰ
★松本泰Ⅱ
★浜尾四郎
★松本恵子
★小酒井不木
★久山秀子Ⅰ
★久山秀子Ⅱ
★橋本五郎Ⅰ
★橋本五郎Ⅱ
★徳冨蘆花
★山本禾太郎Ⅰ
★山本禾太郎Ⅱ
★久山秀子Ⅲ
★久山秀子Ⅳ
★黒岩涙香Ⅰ
★黒岩涙香Ⅱ
★中村美与子
★大庭武年Ⅰ
★大庭武年Ⅱ
★西尾正Ⅰ
★西尾正Ⅱ
★戸田巽Ⅰ
★戸田巽Ⅱ
★山下利三郎Ⅰ
★山下利三郎Ⅱ
★林不忘
★牧逸馬
★風間光枝探偵日記
★延原謙
★森下雨村
★酒井嘉七
★横溝正史Ⅰ
★横溝正史Ⅱ
★横溝正史Ⅲ
★宮野村子Ⅰ
★宮野村子Ⅱ
★三遊亭円朝
角田喜久雄
瀬下耽

★印は既刊

論 創 社